内容简介

　　本书对明清时期的小说名著《水浒传》《金瓶梅》《醒世姻缘传》《聊斋志异》中的山东民俗文化，以及《红楼梦》中的满族民俗文化，分别作了认真细致的整理研究。对于认识把握民俗文化的特点，拓宽明清小说的研究视野，具有积极的现实意义。

作者简介

王平，1949年生，文学博士，山东大学文学与新闻传播学院教授、博士生导师。中国水浒学会副会长、中国金瓶梅研究会（筹）副会长、中国红楼梦学会常务理事、山东省金瓶梅文化委员会会长、山东省古典文学学会副会长。主要从事中国古代小说与元明清文学研究。

丛书主编 马瑞芳

中国古代小说发展研究丛书

明清小说与民俗文化研究

王平 等著

山东教育出版社

图书在版编目(CIP)数据

明清小说与民俗文化研究/王平等著. —济南:
山东教育出版社,2015
(中国古代小说发展研究丛书/马瑞芳主编)
ISBN 978-7-5328-9086-6

Ⅰ.①明… Ⅱ.①王… Ⅲ.①古典小说—小说研究
—中国—明清时代 Ⅳ.①I207.41

中国版本图书馆CIP数据核字(2015)第235234号

中国古代小说发展研究丛书

马瑞芳　主编

明清小说与民俗文化研究

王　平　等著

主　管：山东出版传媒股份有限公司

出版者：山东教育出版社

(济南市纬一路 321 号　邮编:250001)

电　话：(0531)82092664　传真：(0531)82092625

网　址：www.sjs.com.cn

发行者：山东教育出版社

印　刷：山东临沂新华印刷物流集团有限责任公司

版　次：2016 年 4 月第 1 版第 1 次印刷

规　格：710mm×1000mm　16 开本

印　张：24.25 印张

字　数：335 千字

书　号：ISBN 978-7-5328-9086-6

定　价：69.00 元

(如印装质量有问题,请与印刷厂联系调换)
印厂电话:0539-2925659

总　序

　　2005 年我担任山东大学古代文学学科学术带头人后，考虑到学科自身优势和发展需要，拟组织本学科教授撰写一套中国古代小说发展研究丛书。山东教育出版社对此选题很感兴趣，并申报国家"十一五"规划出版重点项目，获得批准。我们特别邀请山东师范大学王恒展教授加盟。历经十年，这套丛书的九部书稿终于集体亮相于读者面前。

　　为什么选择撰写这样一套丛书？因为此前学术界对于中国古代小说的研究多侧重于"史""论"，侧重于思想艺术分析，对小说作为中国古代文学重要文体，如何萌芽、产生、发展、壮大，直到蔚为大观，对各类小说的发展过程、阶段、特点，研究得似乎还不太够。有必要采用多角度、多侧面对中国古代小说发展脉络做一下梳理和开掘，总结出一些可以称之为规律性或中国特色的东西。

　　那么，这套丛书涉及并试图总结出中国古代小说发展过程中哪些规律和特色？

　　一曰中国古代小说的概念、范围、分类。今存文献中，"小说"这个词语最早见于《庄子·杂篇·外物论》：

"饰小说以干县令,其于大达亦远矣。"①小说研究者早就认识到这里的"小说"是指琐屑的言论,指与"大达"形成对比的小道,还不具备文体"小说"的含义。小说在汉代之前尚缺乏独立的文体意义。在漫长的文学发展长河中,随着小说题材的拓展和小说创作艺术的渐渐成熟,"小说"才成为以散文叙述虚构故事的文学体裁的专称。中国古代"小说"一词内涵、外延都相当复杂,既有文学性文体部分又有非文学性文体部分。各朝各代学者对小说做出了各种分类。16 世纪胡应麟《少室山房笔丛》将小说分为六类:志怪、传奇、杂录、丛谈、辩订、箴规。后三类就属于非文学性文体。后世学者对文学性小说文体的分类通常按语言形式做文言和白话之分;按篇幅做长篇和短篇之分(中篇小说通常被包含在短篇小说之内);按内容做志怪和传奇之分,还有更具体的历史演义、英雄传奇、人情小说之分……不一而足。本丛书着眼于文学性文体小说的研究和分门别类的细致考察。

二曰中国古代小说的起源、孕育、滋养过程。考察哪些文体、哪些因素对小说的产生起作用,这一研究较多地集中在先秦两汉语言文学中。先秦两汉并没有产生典型的小说文体,但此时的多种文体如神话传说、历史散文及诸子散文、史传文学甚至《诗经》《楚辞》都给小说的产生以或大或小、或远或近的影响。其中,神话的原型人物、典故、构思,史传文学的叙事笔法和杂史杂传,诸子中的"说体"故事和寓言故事……对中国古代小说的产生起到决定性作用。本丛书对中国古代小说产生做了全面深入探讨,提出一系列新见解。如庄子对中国古代小说家的决定性影响,《诗经》《楚辞》对小说创作的开宗作祖意义等。

三曰中国古代小说唐前史料学探究。研究中国古代小说,史料是基础,是理清小说产生年代、成就、特点的必备资料,是进行理论分析的前提。汉前小说史料依附于历史、诸子,从魏晋南北朝开始,小说作为独立的文体跻身于众多文体之中,产生大量小说作品。程毅中先生在《古代小说史料简论》一书中提出:小说作品本身和版本、目录、作者

---

① 《庄子集解》,《诸子集成》本,第 177 页,上海书店出版社,1986。

生平、评论等，都是重要的小说史料。本丛书在对中国古代小说各种发展阶段的重要作品进行探究时，注重考证，注重重要作家生平对小说创作影响的考察，注重第一手资料的收集和剖析，力求"言必有据""知人论事"。需要说明的是，唐后小说史料十分繁富，由于小说是"小道"的观念，唐后一些极其重要的作家如兰陵笑笑生、曹雪芹的生平往往不易弄清。因而对作家生平的考订应该成为小说史料学的重要内容，如与红学并列的曹学，就是专门研究《红楼梦》作者曹雪芹及其祖辈的学问。而用一本书探讨整部小说史史料问题几乎不可能，故本丛书对唐后小说史料的必要性、兼顾性研究体现在有关书中，小说史料的专门性探究暂时截止于唐前，唐后小说史料的专门性探究，留待此后有条件时增补。

　　四曰文言小说和白话小说的发展轨迹和写作特点。中国古代两类最主要的小说文言小说和白话小说都经历了萌芽、成长、繁荣、鼎盛、衰落阶段，并在各阶段产生了彪炳史册的名著。我们采用通常意义的文言和白话区分法，其实严格地说，不能用"文言或白话"截然区分中国古代许多小说，典雅的《聊斋志异》里有许多生动活泼的民间口语，通俗的《金瓶梅》中也出现台阁对话，《三国演义》则采用既非纯粹文言亦非纯粹白话的浅显文言。中国古代文言小说如《搜神记》、《幽明录》、唐传奇、《聊斋志异》等，具有明显诗化和写意性特点，人物描写带一定类型化、"扁平"性，故事叙述、情节结构较为简约明快。中国古代白话小说，不管是短篇小说《三言二拍》，还是长篇小说《三国演义》《水浒传》《金瓶梅》《西游记》《红楼梦》《儒林外史》，重在描写情节完整、曲折生动、感人悦人的故事，或着眼悲欢离合，或着眼社会问题，人物栩栩如生，风貌复杂多样，长篇小说更具有一定的史诗品格。文言小说以志怪成就最著，白话小说描写人生成就最高。不管文言还是白话小说，在人物描写、情节布局、构思艺术上，在诗意化和寓意性上，既借力于古代文化特别是古代文学其他样式如诗词辞赋散文戏剧，小说之志怪和传奇、文言与白话，又互相融汇、互相补充、互相借鉴，共同构成中国小说特有的人物创造、构思方法、描写格局、民族特点。

　　五曰对小说民俗的选择性考察。中国古代小说是中国民俗文化的重要载体，而民俗具有鲜明的地域性、民族性、时代性特点。因为中国古代小说所反映的民俗太复杂，涉及面太广，时间跨度太大，难以专门用一本书进行既细致又全面的研究。本丛书在剖析中国小说发展若干问题时，顺带对小说中的民俗进行综合考究，并选择跟山东有明确关系的几部名著如《水浒传》《金瓶梅》《聊斋志异》《醒世姻缘传》等，对小说所反映的民间信仰、饮食服饰、祭祀占卜、婚嫁丧葬、灵魂狐妖迷信、神佛道观念……进行专门考察，研究这些人生礼俗对刻画人物、组织情节起到的重要作用。作为与汉族民俗的对照，选择《红楼梦》作为满族民俗的载体进行研究。除与汉族类似的饮食服饰、神佛观念外，侧重考察《红楼梦》反映的满族游艺习俗、骑射教育以及满族的蓄奴风俗和与汉族不同的姑娘为尊的重女风俗。通过这个新角度对几部古代小说名著的解读，说明古代小说特别是明清小说中表现的民族风俗是其他任何文学作品和文化典籍都不能替代的。

　　六曰对小说传播的选择性考察。文言小说的主要传播途径不外乎史家和目录家的著录、读者传抄、类书和丛书收录、戏剧改编。白话小说的传播途径要广泛得多，在传播上也更有代表性和广泛性。印刷取代传抄成为主要传播方式，为嘉靖本《三国志通俗演义》作"引"的修髯子、刻印《水浒传》的武定侯郭勋等是小说印刷传播先驱。书坊为降低成本、扩大印刷推出的"简本"小说和短篇小说的选本如《今古奇观》，成为推动小说传播的重要因素。明清两代的文人士大夫成为白话小说的重要接受和传播者，"评点"变成自娱悦人兼推动小说销售的手段，白话小说改编成戏曲也很多见，三国戏、水浒戏、西游戏、封神戏、杨家将戏等广受欢迎。而与广泛传播形成强烈对比、引起尖锐矛盾的是统治者的"禁毁"。其实，中国古代小说很早就传播到欧洲引起世界文豪的赞誉。《歌德谈话录》多次谈到在中国只能算做二流的小说《好逑传》《玉娇梨》等，歌德说：在他们（中国人）那里一切都比我们这里更明朗、更纯洁，也更合乎道德。值得注意的是，歌德对中国古代几部二流小说跟《红与黑》等欧美名著持类似欣赏态度。拉美文学两位当代文学巨匠马尔克斯和博尔赫斯都崇拜曹雪芹和蒲松龄,博尔赫斯曾给阿根廷版《聊斋志异》写序并大加赞扬。

七曰古代小说理论发展研究。刘勰《文心雕龙》被认为是非常重要的文艺理论著作,偏偏没有关于小说的内容,这固然因为当时小说还处于萌芽时期,也说明小说从产生伊始,就没法取得与传统文学如诗词散文平起平坐的地位。小说被列入“子”部,算做“杂家”。“小说”者,小家珍说,雕虫小技也。小说长期处于被歧视的地位,在强大的传统文化笼罩下,小说家总想羽翼信史、向历史学家靠拢,蒲松龄自称“异史氏”,就是司马迁“太史公”的模仿秀。中国古代没有独立的小说理论,也没有系统的小说理论著作,小说理论常以序跋或评点形式依附于小说本身,主要起诱导和愉悦读者的作用,不像经学家说经,诗词学家说诗词,起到写作指导作用。因此中国古代小说评点家对小说创作经验的总结常是“捎带性”的副产品,且多需后世学者加以进一步综合阐释。古代小说理论极力与散文理论、史传文学理论相对接,以取得合法性,其核心理念、内在思路、观念表述多借鉴经史理论,特别是“文以载道”“良史之才”等观念经常被运用。金圣叹、毛宗岗、张竹坡、脂砚斋等古代小说评点家对小说具体人物、情节东鳞西爪的评点有鲜明的中国特色,部分吉光片羽的观点甚至可与 20 世纪文论家媲美。

八曰中国古代小说构思特点。中国古代小说从萌芽到繁荣,经历两千多年,无数作家付出辛勤劳动,它们形成了哪些富有中国特色的构思方法?哪位作家是哪类构思方式的开创者?哪位作家是哪类构思的集大成者?这些构思方法是如何萌芽、成长,并长成一株株小说名作的参天大树?这些形态各异的参天大树又如何共居华夏一园,形成中国古代小说构思千姿百态、摇曳生风的美景?……

这套丛书的写作目的,既想尽古代文学研究者职责,在古代小说研究中拓出新路子,完成新命题,又想古为今用、研以致用,希望通过对中国古代小说发展研究的比较全面的检视,使得中国古代小说与西方小说学概念、理论在纸面上接轨、“比武”,让辉煌的古代小说以崭然如新的面貌走向读者,走向世界,引导当代读者阅读,给当代小说创作者参考。

因为文出众手，每位作者都是此方面默默耕耘多年的专家，各有自认为必须说明之处，故可能本丛书对某些话题和观念，如"小说"词语的历史演变，或有重复涉及，乃或有此书与彼书抵牾之处，读者方家慧眼鉴识之。

古代文化典籍版本复杂，本丛书择善而从，所引用经、史、诗词、小说原文，基本采用权威通行本并在页下加以详注。

众擎群举，十年搏书，敬请读者方家指点。

马瑞芳

2015 年 6 月 12 日于山东大学

目　录

绪　论

一

　　"民俗"一词在中国古代典籍中早有记载,《管子·正世》开篇即云:"古之欲正世调天下者,必先观国政,料事务,察民俗,本治乱之所生,知得失之所在,然后从事。故法可立而治可行。"①《礼记·缁衣》篇"故君民者,章好以示民俗"②,《汉书·董仲舒传》中有"乐者,所以变民风,化民俗也"③之语,都提到了"民俗"一词,其含义与现代意义上的民俗差不多,大体就是指民间习俗之意。这说明虽然我国古代不可能有"民俗学"这一专门的学问,但现代意义上的"民俗"这个概念早已有之。

　　现代民俗学起源于英国,大约在 19 世纪中叶产生。乌丙安《中国民俗学》一书指出,在民俗学产生前后,当时已经有英国的学者在中国传播民俗学了,但在当时并未引起中国人的重视。直到 1922 年 12 月,北京大学《歌谣》周刊才把"民俗学"这个专业术语引入其《发刊词》中,中国现代意义上的民俗学随之宣告诞生。而在初期,国内对"民俗学"的叫法也很不统一,先后出现过"民间学"

---

① 颜昌峣等点校:《管子校释》,第 388 页,长沙:岳麓书社,1996。
② 陈澔注:《礼记》,第 300～301 页,上海:上海古籍出版社,1987。
③ 〔汉〕班固《汉书·董仲舒传》,第 2499 页,北京:中华书局,1962。以下所引《汉书》均据此版本。

"民学"等不同的称谓,直到 1927 年 11 月,广东中山大学成立了中国第一个"民俗学会",第二年 3 月 21 日出刊了《民俗周刊》之后,"民俗学"这个称谓才得到广泛的承认和使用,一直延续到今天。

民俗学传入中国之后,中国的民俗学发展很快,至今已建立了比较完善的学科体系,并且随着时间的进展,民俗学不再是孤立的学科,开始与很多学科相互渗透、相互结合,使学科研究得以不断突破和进展。文艺民俗学就是其中十分引人瞩目的分支学科。日本民俗学家井之口章次在《民俗学的位置》一文中指出,文艺民俗学的研究主要包括三个方向:"第一个方向,为了正确理解文学作品,有必要了解它背后的环境和社会,为此要借助于民俗学。第二个方向,要了解文学素材向文学作品升华的过程,因为在现实上,文学素材往往就是民间传承。第三个方向,再进一步,把文学作品作为民俗资料,也可称之为文献民俗学的方向。"①中国的文艺民俗学研究,自"五四"以来出现了众多学者,鲁迅是其中较早且卓有建树的一位。1927 年 9 月,鲁迅在广州夏期学术演讲会讲《魏晋风度及文章与药及酒之关系》,在现代学术史上首开文艺民俗学研究的先河。闻一多致力于用民俗学观点阐释中国古代神话,20 世纪三四十年代他先后写作《伏羲考》《龙凤》《姜嫄履大人迹考》。随后许多文学史著作的相关论题以及若干专题性研究著作也相继出现。鲁迅和闻一多的文艺民俗学研究主要集中在前面提及的第一个方向;第二方向的文学源流研究在对《三国演义》《水浒传》等小说名著从民间传承到文人写定的考察方面亦有所突破。②

就具体的古典文学作品而言,运用文艺民俗学方法进行研究的情况也不尽相同。针对明清小说的文艺民俗学研究就目前来看在三个方向都有涉及,前两类研究遵循的是通过民俗来研究文学的方向,如通过对明清社会民俗事象的研究来考察当时的社会状况及小说创作的背景,对小说创作意图、作家的创作动机以及作品内容等进行解读;也有民俗学者深入研究明清小说的素材来源及演变、演化之关系,着

---

① 转引自陈勤建《民俗学研究评述》,见苑利主编《二十世纪中国民俗学经典·民俗理论卷》,第 163 页,北京:社会科学文献出版社,2002。
② 汪玢玲:《鬼狐风情——〈聊斋志异〉与民俗文化·总序》,第 3 页,哈尔滨:黑龙江人民出版社,2003。

力探究明清小说在民间文学、文化传承方面的成就。第三个方向即通过文学作品来研究民俗,一些研究论文着重考察小说中对某些民俗事象的表现,以此来研究作品产生之时的相关民俗状况。

区域民俗学是指以特定区域内由于人文地理原因而形成的具有共同特点的民俗事象为研究对象,对这些共同民俗事象的成因、特征、功用、关系等进行研究的学科。① 一个地区的风土人情经过多年的历史积淀,不少已成定格,深深印在人们的脑海中,成为该地区人文特征的重要组成部分,其持续而深远的影响对文学作品的形成具有极其重要的意义。特定区域民俗对文学作品的影响体现在诸多方面,如一个地区的民众独特的生活方式和价值观念进入文学作品中,以文学艺术的形式表现出来,成为作品的形式和内容,形成了作品独特的地域特征;区域民俗孕育的传说故事被作家所采撷,成为具有浓郁地方风味的文学作品素材;区域民俗以潜移默化的影响渗透到作家的思维意识当中,在进行文学创作时,作家的文学思维方式、内容以及语言风格等无不与之有着千丝万缕的联系等。民俗学研究方法中有一点是注重地域性的研究,这也为文艺民俗学的研究提供了一个更细微的切入点。针对中国古典文学作品的研究而言,民俗学的研究即是由考察某一地区的文化传统和民情风俗入手,在解读文学作品时力求臻于"同情之了解"的境地,从而更进一步地对作家的创作意图、作品的内容以及艺术风格的形成等进行研究。本书从民俗的视角对明清小说进行研究,主要是依据了上述的文艺民俗学研究的第一第三两个方向,以期将民俗文化作为研究明清小说的一个窗口,对作家创作以及作品的思想艺术特色的形成产生新的认识和理解。

堪称包罗万象的中国古典小说,是中国民俗文化巨大的载体,将民俗学研究与中国古代小说研究相结合,既是民俗学研究的一大突破,也为中国古代小说的研究开辟了一条新的路径。从民俗角度对古代小说进行研究,其实已经不是一个新的课题。进入 21 世纪以来,从民俗角度对古代小说进行研究的论著开始增多。专门从民俗的角度论述的专著也开始出现,对小说中民俗的研究,特别是山东地域特色比

---

① 叶春生主编:《区域民俗学》,第 2 页,哈尔滨:黑龙江人民出版社,2004。

较明显的民俗事象的研究,是对明清小说解读的一个很好的角度。

二

民俗文化是一个非常宽泛的概念,举凡信仰禁忌、祭祀占卜、人生礼仪、岁时节日、衣食住行、民间文艺、家族制度等,都可以归属为民俗文化。它具有群众性、时代性、民族性、区域性、稳定性等特点。民俗文化对古代小说有着广泛而深刻的影响。

民间信仰是民俗文化的重要组成部分,它的内涵和外延极其丰富和宽泛。其内涵是指民间存在的对某种精神象征、某种宗教等的信奉和尊重;其外延包括原始宗教在民间的传承、人为宗教在民间的渗透、民间普遍的俗信以及一般的迷信。志怪小说、神魔小说的创作几乎都建立于民间信仰的基础之上,似乎不必多论;即使是历史演义小说、英雄传奇小说以及人情小说也往往借助于民间信仰以塑造人物、组织情节、渲染环境。

《三国志演义》中有关关公显圣的情节就借助了民间信仰。从魏至唐,关公在民间的影响还不是太大,清人俞樾《茶香室丛钞》卷一五录有《北梦琐言》记关公在唐咸通乱离后率鬼兵入城之事,称其为关三郎,被视为人鬼之流。① 宋代开始将其神化,据《三教源流搜神大全》卷三载,宋真宗大中祥符五年轩辕帝下降认宋朝皇帝赵氏为后裔,蚩尤闻听宋朝建轩辕殿,大怒,攻竭盐池之水,非要拆除圣殿才肯罢休。张天师举关公讨蚩尤,关公不负众望,一战成功,被封为武安王。宋徽宗时加封尊号曰"崇宁至道真君"②。元明时期,关公地位日见隆盛。元天历元年(1328)封为"显灵义勇武安英济王",元人诗中已称其为帝:"张侯生冀北,关帝出河东。"明初祀为"关壮缪公",与岳飞同祀武庙。关公在民间不仅是万能之神,更是忠义的化身。《三国志演义》成书时期正是关公的民间信仰上升时期,作者显然受到了这一民间信仰的影响,从而构思了关公死后显圣的情节。

---

① 〔清〕俞樾:《茶香室丛钞》,第 331 页,北京:中华书局,1995。
② 〔清〕叶德辉校印:《三教源流搜神大全》,清宣统元年(1909)刻本。

百回本《水浒传》①第四十二回"还道村受三卷天书,宋公明遇九天玄女",借助了有关"九天玄女"的民间信仰。九天玄女原始的形象是玄鸟,《诗经·商颂·玄鸟》:"天命玄鸟,降而生商。"②玄鸟在后代的衍变中,成为半人半鸟的神,称玄女。宋代张君房《云笈七签》卷一一四《九天玄女传》载玄女授黄帝"六甲、六壬兵信之符,《灵宝五符》策使鬼神之书",黄帝遂"灭蚩尤于绝辔之野、中冀之乡"。③从此以后,九天玄女就成为掌握天书兵法、除暴安民之神。《水浒传》中的九天玄女与宋江共吃过三杯仙酒、三枚仙枣后,赠他三卷天书,构成了全书的重要情节。

《金瓶梅》中的西门庆有一段言论表明了他的个性特征:"咱闻那佛祖西天,也止不过要黄金铺地;阴司十殿,也要些楮镪营求。咱只消尽这家私广为善事,就使强奸了嫦娥,和奸了织女,拐了许飞琼,盗了西王母的女儿,也不减我泼天富贵。"④这段话中有许多民间信仰的神灵:嫦娥是民间信仰中的月神、仙女;织女是天上的仙女,有的说是"天帝之子",有的说是王母娘娘的外孙女;许飞琼相传是西王母的侍女;西王母更是一位流传久远的女神。西门庆色欲包天的性格特征,通过这段话得到了生动的刻画。

"三言""二拍"中的许多故事情节和环境,借用了民间信仰,如《喻世明言·游酆都胡母迪吟诗》。酆都是民间信仰中的地府,较早见于南朝梁陶弘景《灵宝真灵位业图》第七中位"酆都北阴大帝",称其为"天下鬼神之宗,治罗酆山"。⑤南宋时,四川酆都之为地府说渐起。据宋人范成大《吴船录》载,西汉王方平、东汉阴长生在四川酆都县平郡山得道成仙而去,王方平、阴长生合称"阴王",讹为冥界之王,酆都便成为阴司所在地。⑥在这篇小说中,胡母迪被冥王请到酆都,遍游了阴司地狱,借以鞭挞历史上的奸相佞臣。再如《警世通言·假神仙大闹

---

① 〔明〕施耐庵:《水浒传》,济南:山东文艺出版社,1995。以下所引《水浒传》原文及金圣叹评点,除注明外,均据该本。

② 陈成国点校:《诗经·商颂·玄鸟》,第424页,长沙:岳麓书社,1991。

③ 〔宋〕张君房:《云笈七签》,第641页,济南:齐鲁书社,1988。

④ 〔明〕兰陵笑笑生:《金瓶梅》,第843页,济南:齐鲁书社,1987。以下所引《金瓶梅》,均据该版,只注页码。

⑤ 〔南朝梁〕陶弘景:《灵宝真灵位业图》,第68页,北京:中华书局,1991。

⑥ 〔宋〕范成大:《笔记六种·吴船录》,第215页,北京:中华书局,2002。

华光庙》,写五显灵官捉拿龟精,为民除害。五显的传说相当复杂,清姚福均《铸鼎余闻》引《光绪黄岩志》称其神为南朝齐时婺源柴姓兄弟五人,引《清嘉录》称"陈黄门侍郎野王之五子"。宋宣和年间封两字侯,以后多次加封,至宋理宗时,分封"显聪昭应孚仁广济王""显明昭烈孚义广佑王""显正昭顺孚智广惠王""显直昭佑孚信惠泽王""显德昭利孚爱广成王"。① 这篇小说中的五显封号是宋宁宗嘉泰年间所封,略有不同。《二刻拍案惊奇》之《叠居奇程客得助,三救厄海神显灵》,借助民间信仰中的海神讲述了商人的经历和愿望。海神早在《山海经》中就有记载,不过那时是半人半兽的形象。汉代以来,海神形态逐渐人格化。唐玄宗时,封四海之神为二字王,宋仁宗时,加封为四字王。宋元时,由于海运渔业迅速发展,对海神祭祀日益隆重。影响最大的是起源于泉州地区、后扩展到沿海各地的海神天妃,又称天后、妈祖。这篇小说中的海神是明眸皓齿的美人,显然受到了后一传说的影响。

祭祀占卜是民俗文化的又一组成部分。民间对于所信仰崇拜的对象,往往要采取一系列表示敬意、感恩和祈求的仪式、行动,使他们能够保佑和帮助自己,或试图借助他们的力量和自己一些神秘的做法来征服敌对的力量,于是便采用祭祀和占卜的方式达到上述目的。这一民俗文化也经常在古代小说中出现,是小说内容的重要组成部分。

《三国志演义》中有两处描写诸葛亮祭祀占卜这一民俗文化。一是第四十九回"七星坛诸葛祭风",一是第一百零三回"五丈原诸葛禳星"。祭风和禳星都源于古人对自然的崇拜和天人感应观念。诸葛亮祭风时称他学过奇门遁甲天书,可以呼风唤雨,然后筑了七星坛,分列了苍龙、玄武、白虎、朱雀等二十八宿四方之神,按六十四卦布了黄旗。他"沐浴斋戒,身披道衣,跣足散发""缓步登坛,观瞻方位已定,焚香于炉,注水于盂,仰天暗祝"。② 诸葛亮的这些做法与民间祭祀风神有关。春秋战国以来,中原地区多把风神归于星辰。《尚书·洪范》曰:"星有好风。"唐孔颖达传认为,这里"星"指"箕星",又称"箕斗""斗宿",为二

---

① 〔清〕姚福均:《铸鼎余闻》,第 57、58、60 页,台北:台湾学生书局,1989 年影印本。
② 〔明〕罗贯中:《三国志演义》,第 500～501 页,济南:山东文艺出版社,1991 年。以下所引《三国志演义》均据该版,只注页码。

十八宿中东方苍龙七宿之一,共有星四颗,因其成簸箕形,故能"主簸扬,能致风气"。① 秦汉以来,祀风伯被纳入了国家祀典。《汉书·郊祀志上》载,秦时"雍有……二十八宿、风伯、雨师……之属,百有余庙"②。《唐会要》卷二二载:"天宝四载七月二十七日敕:风伯雨师,济时育物……并宜升入中祀。仍令诸郡各置一坛。"③不过古代更多的是为免遭风灾而祭风神以止风,诸葛亮祭风则是为求得东南风。

诸葛亮禳星与民间星占风俗相关。小说首先写"孔明扶病出帐,仰观天文,十分惊慌"。他对姜维说道:"吾见三台星中,客星倍明,主星幽隐,相辅列曜,其光昏暗:天象如此,吾命可知!"于是安排了祈禳北斗的仪式。星占术是古代占卜术的一种,据传轩辕氏就曾设星官。《周礼·春官·宗伯》疏云:"保章氏掌天星,以志日月星辰之变动,以观天下之迁。"④《后汉书·严光传》载严光与光武帝刘秀同榻而卧,足加于帝腹,太史便急奏"客星犯御座"⑤。这条记载与诸葛亮所观天象有相似之处。诸葛亮之所以祈禳北斗,是因为北斗之神专司寿夭,北斗七星分掌诸生辰,人们只要敬奉本命辰之星,便可获得神佑。诸葛亮在帐中分布七盏大灯,即象征北斗七星。内安本命灯一盏,即象征本命辰之星。因魏延将本命灯扑灭,遂使祈禳失败。以上两处描写既突出了诸葛亮非同一般的聪明才智和鞠躬尽瘁、死而后已的精神,又有将其神化的一面。但无论如何,诸葛亮的形象因此而更加鲜明生动了。

《金瓶梅》中多处写到了占卜,以第四十六回"元夜游行遇雪雨,妻妾戏笑卜龟儿"最为详尽。书中所写龟卜方式,与古代烧灼龟甲以观兆象不同,而是"把灵龟一掷,转了一遭儿住了",再看卦贴儿上画的图形以断休咎。不管何种方式,都与动物崇拜有关。古人认为龟是长寿的动物,灵异通神。《艺文类聚》引《孙氏瑞图》称:"龟者神异之介虫也,玄彩五色,上隆象天,下平象地,生三百岁,游于蕖叶之上,三千岁

---

① 〔唐〕孔颖达传:《尚书》,见《十三经注疏·尚书正义》,第192页,北京:中华书局,1980。
② 《汉书·郊祀志上》,第1206～1207页。
③ 〔宋〕王溥:《唐会要》,第426页,北京:中华书局,1955。
④ 李学勤主编:《十三经注疏整理本·周礼注疏》,第527页,北京:北京大学出版社,2000。以下凡引该书,均据该版,只注页码。
⑤ 〔晋〕范晔著:《后汉书·严光传》,第2764页,北京:中华书局,1965。

尚在蓍丛之下,明吉凶,不偏不党,唯义是从。"①据《周礼》等书记载,周代即设有专管六龟之属的官员,汉代以后,龟卜之事渐不为官府所办,至唐而泯灭。但从《金瓶梅》可知,龟卜以另一种方式仍在民间流行。通过卜龟儿一段描写,刻画了吴月娘、孟玉楼、李瓶儿等人的性格,并暗示了她们今后的命运。

第十二回"潘金莲私仆受辱,刘理星魇胜求财",详细叙写了刘瞎子用八字为潘金莲算命的过程。这种占卜以求卦人的出生年月日时为四柱,每柱配上天干、地支各一字,共八个字,潘金莲的八字是"庚辰年,庚寅月,乙亥日,己丑时"。八字排出后,即根据八字之间五行生克等变化关系,推断吉凶祸福。刘瞎子根据潘金莲的八字推断她"一生不得夫星济,子上有些妨碍";又恐吓她"岁运并临,灾殃立至"。②潘金莲深信不疑,求刘瞎子用魇胜术补救。魇胜术是一种巫术,以某种具有魔力的物品来趋吉避邪。潘金莲使用了魇胜术后,感到果然有效。通过这些描写,刻画了潘金莲的个性。

《红楼梦》第五十三回"宁国府除夕祭宗祠,荣国府元宵开夜宴",借宁国府祭祖仪式的描写,渲染了贾府繁盛一时的气象。祭祀祖先的风俗来源甚早,殷周时代即已奉祀祖先为神明,《周礼·春官·家宗人》:"家宗人掌家祭祀之礼。"③后世家祭成为家礼中第一大事。贵族之家的祭礼多在祠堂举行,一般安排在祖先生日、忌日或元日、除夕等日,祭时有一套复杂的礼仪。《红楼梦》所写祭祖是在贾家祠堂,时间是除夕,以贾敬为主祭人,贾赦陪祭,以下各人都有一定的职责。正堂上悬着宁荣二祖遗像,以贾母为主敬献供食。当时贾家人丁兴旺,"将五间大厅,三间抱厦,内外廊檐,阶上阶下两丹墀内,花团锦簇,塞得无一隙空地"④。这就与后来贾府衰落构成了鲜明的对比。

其他如打醮、进香、还愿、朝山、求签、扶乩、拆字、堪舆等祭祀占卜风俗,在许多古代小说中都被用来组织情节、刻画人物、渲染环境,在此就不一一列举了。

---

① 〔唐〕欧阳询著:《艺文类聚》,第 1718 页,上海:上海古籍出版社,1982。

② 《金瓶梅》,第 196~197 页。

③ 《十三经注疏整理本·周礼·春官·家宗人》,第 867 页。

④ 〔清〕曹雪芹著,冯其庸重校评批:《红楼梦》,第 888 页,沈阳:辽宁人民出版社,2005。本节所引该书均据该版。

三

　　人生礼仪是民俗文化的重要组成部分,它主要包括生育、婚嫁、丧葬等礼俗。在许多古代小说中,这些礼俗成为刻画人物、组织情节的重要表现手段。

　　《红楼梦》第二回"贾夫人仙逝扬州城,冷子兴演说荣国府",借冷子兴之口交代了宝玉"抓周"的情形:

　　　　那年周岁时,政老爹便要试他将来的志向,便将那世上所有之物摆了无数,与他抓取。谁知他一概不取,伸手只把些脂粉、钗环抓来。政老爹便大怒了,说:"将来酒色之徒耳!"因此便大不喜悦。①

"抓周"又称"试晬""试儿""拈周试晬",是民间流行甚广的生育风俗。北齐颜之推《颜氏家训·风操第六》载:"江南风俗,儿生一期,为制新衣,盥浴装饰,男则用弓矢纸笔,女则刀尺针缕,并加饮食之物,及珍宝服玩,置之儿前,观其发意所取,以验贪廉愚智,名之为试儿。"②可见这一风俗早在北齐时就已流行。宋朝吴自牧《梦粱录·育子》载南宋时杭州人家抓周之事:"至来岁得周,名曰'周晬',其家罗列锦席于中堂,烧香炳烛,顿果儿饮食,及父祖诰敕、金银七宝玩具、文房书籍、道释经卷、秤尺刀翦、升斗等子、彩段花朵、官楮钱陌、女工针线、应用物件,并儿戏物,却置得周小儿于中座,观其先拈者何物,以为佳谶,谓之'拈周试晬'。"③《红楼梦》写宝玉只抓脂粉钗环,意在刻画宝玉与生俱来的叛逆性格,是运用生育风俗刻画人物的成功范例。

　　《金瓶梅》第三十九回"寄法名官哥穿道服,散生日敬济拜冤家",详细叙写了官哥"寄名"吴道士的经过。"寄名"也是民间流行的生育风俗,早在汉代就有记载,清黄生《字诂义府合按·寄名》称:"今俗有生子不利,而寄名于他人者,其事已起汉世。按《后汉·何后纪》:'后生子辩,养于史道人家,号曰'史侯'。《注》云:'灵帝数失子,不敢正名,寄养道人史子眇家。'即其事也……今俗亦有寄名于僧道者。"④《金

　　① 《红楼梦》,第27~28页。
　　② 〔北齐〕颜之推:《颜氏家训》,118页,上海:上海古籍出版社,1980。
　　③ 〔宋〕吴自牧著:《梦粱录》,第301页,北京:文化艺术出版社,1998。
　　④ 〔清〕黄生著:《字诂义府合按》,第175~176页,北京:中华书局,1984。

瓶梅》写官哥儿身体不好,西门庆将他寄名在吴道官庙里,起了法名叫做吴应元。吴道官又送给他道衣、银项圈、黄绫符等物。然而"寄名"并未能防止潘金莲的"怀嫉惊儿",官哥儿还是很快夭折了。通过这些描写,既刻画了西门庆盼子心切的心理,又刻画了潘金莲嫉妒歹毒的个性。

古代十分重视婚嫁礼俗,自周代即有"六礼"之说,《仪礼·士昏礼》和《礼记·昏义》中都有详细记载。"六礼"包括纳彩、问名、纳吉、纳征、请期和亲迎。① 后因六礼过于繁复,人们往往加以减省或变通,但纳采和亲迎两项是必不可少的,否则即非"礼聘",而有"私奔"之嫌。所谓"聘则为妻,奔则为妾",不是明媒正娶,只能做妾。从古代小说的许多爱情婚姻作品中可以发现,婚嫁时常常并不符合上述礼俗,这与小说所要表达的主题和所刻画的人物性格密切相关。

《任氏传》是唐传奇中的名篇,任氏虽是狐仙,却代表了人世间勇敢机智善良的女性。她自愿与贫苦无依的青年郑六结合,没有经过任何婚嫁礼仪,可以说是自由恋爱、自由结合,表明了任氏对爱情的向往与追求。当然,郑六是有妻室之人,所以任氏实际上处于侧室或妾的地位,但她毫不计较名分,一心一意爱着郑六,甚至超过了明媒正娶的夫妻,也表明了作者比较进步的爱情婚姻观念。

《李娃传》也是唐传奇中的名篇,李娃与荥阳生的爱情婚姻经过了许多波折,李娃终于幡然醒悟,将荥阳生从濒危中解救出来,又鞭策他读书应试,至此两人的爱情已牢固建立。荥阳生的父亲"命媒氏通二姓之好,备六礼以迎之"②,反而显得有些多余了。这很有些先恋爱后结婚的现代意识,与古代一般的婚姻大不相同。而婚嫁礼仪也就仅仅成为一种补救正名的措施,让人感到了荥阳公的迂腐和虚伪。

最令人感兴趣的是《金瓶梅》中关于婚嫁的描写。西门庆出场时前妻陈氏早逝,又娶了吴月娘为继室。"又尝与勾栏内李娇儿打热,也娶在家里,做了第二房娘子。南街又占着窠子卓二姐,名卓丢儿,包了些时,也娶来家做了第三房。"③此后他又说娶了孟玉楼,偷娶了潘金莲,逼娶了李瓶儿。在这些婚嫁过程中,几乎全省去了有关的礼仪。

---

① 《十三经注疏整理本》,《仪礼注疏》,第 109 页;《礼记正义》,第 1888 页。
② 〔唐〕白行简:《李娃传》,见鲁迅校录《唐宋传奇集》,第 69 页,济南:齐鲁书社,1997。
③ 《金瓶梅》,第 16 页。

孟玉楼嫁给西门庆时,是作为"当家立纪"的正室夫人被媒人提婚的,但除了有薛媒婆说媒外,其他各项也不合乎礼仪规定。尤其是在媒婆的安排下,西门庆直接与孟玉楼见面,商量行礼日期,更是不伦不类。这些描写说明了当时婚嫁礼仪的逐渐衰弱,也刻画了西门庆不重礼仪的个性特征。

丧葬习俗在古代小说中的描写数不胜数,其中给人印象最深的当属《红楼梦》中秦可卿的葬礼。开丧送讣闻后,由一百单八众禅僧在大厅上拜大悲忏,由九十九位全真道士在天香楼上打醮。停灵于会芳园中,灵前另外五十众高僧、五十众高道,对坛按七做好事。为了灵幡经榜上写着好看,又给贾蓉捐了个五品龙禁尉。佛僧开方破狱,传灯照亡,参阎君,拘都鬼,筵请地藏王,开金桥,引幢幡。道士伏章申表,朝三情,叩玉帝。禅僧行香,放焰口,拜水忏。众尼僧搭绣衣,靸红鞋,在灵前默诵接引诸咒。到了出殡之日,摔丧驾灵,亲友送殡。到了铁槛寺中,停放灵柩,又要做安灵道场。这一番隆重丧礼,作者并非无心做纯客观的记录,而是有深刻的用意,这便是暗示着贾珍与秦可卿非同一般的不正当关系。

《拍案惊奇》卷一七"西山观设箓度亡魂,开封府备棺追活命",以道士黄妙修为吴氏亡夫做法事为故事的起因。法事也称佛事,指佛教徒念经、供佛、施斋、拜忏、求福、消灾等宗教活动。人死之后请和尚做佛事,超度亡灵,认为可使死者不堕入地狱、超升天国,这本来是佛教的仪式,可是明清时代,民间常把佛道两教混融,因而道士也可做法事,其名目有"供斋醮神""驱鬼消灾"等。在这一回小说中,吴氏之夫新亡求荐,黄知观诡称须在堂内设箓行持,启请、摄招、放赦、招魂,在孝堂内与吴氏勾搭成奸。通过这些描写,反映了人欲横流的社会现实。

岁时节日是民俗文化的又一组成部分,从年初的春节、元宵节,直到岁末的腊八节、除夕,在古代小说中都经常出现,成为刻画人物、组织情节的重要手段。

《水浒传》第七十一回写重阳节菊花会,众梁山好汉开怀痛饮,宋江却不合时宜地吟诵了《满江红》词,惹得武松、李逵大怒,闹得不欢而散。第七十二回接着写元宵节灯会,梁山好汉进京观灯,宋江结识了李师师,并想借机向皇帝告一道招安赦书,又被李逵大闹一场,惊得皇帝一道烟走了。重阳节早在战国时已初露端倪,至汉代已有了佩茱茰、饮菊花酒的习俗。至宋代重阳习俗更为隆重,周密《武林旧事》卷三"重九":"都人是月饮新酒,泛茰簪菊。"①梁山义军虽处于山寨之中,仍举行菊花会,可见其乐观欢快气氛。宋江盼招安的举动使众人大为扫兴,由此刻画了宋江盼望招安的急切心情。元宵节始于汉代,以观灯、赛灯为主是唐宋时的事。唐张鷟《朝野佥载》卷三:"睿宗先天二年正月十五、十六夜,于京师安福门外作灯轮,高二十丈,衣以锦绮,饰以金玉,燃五万盏灯,簇之如花树。"②宋周密《武林旧事》卷二"元夕":"山灯凡数千百种,极其新巧,怪怪奇奇,无所不有。"③民间十分重视元宵灯会,梁山好汉们自然也不会例外,于是才有了"李逵夜闹东京"的生动情节。

《金瓶梅》第四十二回"逞豪华门前放烟火,赏元宵楼上醉花灯",借元宵节极力渲染西门庆的奢华,正如张竹坡回前总批所说:"此回侈言西门之盛也。"④与此同时,西门庆结交官府、威震乡里的烜赫气势,应伯爵、谢希大等帮闲的可笑嘴脸,李桂姐、吴银儿等妓女拈酸吃醋的内心世界,都一一描画了出来。

《红楼梦》第十七回、十八回"大观园试才题对额,荣国府归省庆元宵"是小说的重头戏,借贾妃元宵节省亲,描写了贾府一时之盛。同时通过宝玉、黛玉、宝钗及众姊妹的题咏刻画了各自的性情。第五十三回"宁国府除夕祭宗祠,荣国府元宵开夜宴",再次描写了荣国府元宵节的情形。这时的贾家依然旺盛兴头,欢度佳节。到了第七十五回"开夜宴异兆发悲音,赏中秋新词得佳谶",贾母便发出了今不如昔的感叹,整个节日充溢着悲凉的气氛,暗示了贾家的日渐衰落。

《红楼梦》中以岁时节日为背景组织情节的地方还有多处,如第二十七回"滴翠亭杨妃戏彩蝶,埋香冢飞燕泣残红"写芒种节黛玉葬花:"尚古风俗:凡交芒种节的这日……众花皆卸,花神退位,须要钱行。"⑤芒种的本来含义是"可以种有芒之谷",祭饯花神的风俗或许是曹雪芹的发明,以便安排黛玉葬花的情节。再如第二十九回"享福人福深还

---

① 〔宋〕周密:《武林旧事》,第359页,北京:文化艺术出版社,1998。
② 〔唐〕张鷟:《朝野佥载》,第37页,北京:中华书局,1985。
③ 〔宋〕周密:《武林旧事》,第342页,北京:文化艺术出版社,1998。
④ 《金瓶梅》,第621页。
⑤ 《红楼梦》,第424页。

祷福，痴情女情重愈斟情"，写端阳节前清虚观打醮；第三十一回"撕扇子作千金一笑，因麒麟伏白首双星"，写端阳节"蒲艾簪门，虎符系臂"，王夫人请薛家母女等赏午。端阳节又名端午节、浴兰节、重午节，是民间的重要传统节日，南朝梁宗懔《荆楚岁时记》称："五月五日，四民并踏百草，又有斗百草之戏，采艾以为人，悬门户上，以禳毒气。……以五彩丝系臂，名曰辟兵，令人不病瘟。"①据孟元老《东京梦华录》卷八"端午"条称，自五月初一即开始了节日活动。②所以贾母去清虚观打醮是在五月初一端阳节前。所谓"赏午"，包括饮雄黄酒、赏石榴花等活动。再如第三十八回"林潇湘魁夺菊花诗，薛蘅芜讽和螃蟹咏"，写重阳节赏菊吃蟹，从而描写了众人的诗才和各自的性格特征。

《警世通言》第七卷《陈可常端阳仙化》以端阳节为线索，接连写了四年的五月初五，还有粽子诗、粽子词。陈可常受到郡王的疑忌侮辱，坐化前写了一首《辞世颂》：

　　　生时重午，为僧重午；得罪重午，死时重午。为前生欠他债负，若不当时承认，又恐他人受苦。今日事已分明，不若抽身回去。

　　　五月五日午时书，赤口白舌尽消除。五月五日天中节，赤口白舌尽消灭。③

还有第二十卷《白娘子永镇雷峰塔》也与端阳节饮雄黄酒有关。可见这个节日是一个充满奇异色彩的节日。

除上述民俗文化之外，衣食住行、民间文艺、家族制度等也多在古代小说中被用来刻画人物、构思情节，最明显的例子如酒令、灯谜之类。应特别指出的是，民俗文化的影响使中国古代小说具有浓郁的生活气息和鲜明的民族特色，因此值得作进一步的深入探讨。

四

民俗与文学作品的关系是相辅相成的，民俗几乎涉及了社会生活

---

① 〔南朝梁〕宗懔：《荆楚岁时记》，第 206 页，见《五朝小说大观》，郑州：中州古籍出版社，1991。

② 〔宋〕孟元老：《东京梦华录》，第 52 页，北京：文化艺术出版社，1998。

③ 〔明〕冯梦龙：《警世通言》，第 52 页，济南：齐鲁书社，1993。

的方方面面,从物质生活的衣食住行到精神世界的信仰崇拜,无所不包。而文学的一大功能即是反映现实生活,当然,民俗也在反映的范围之中,同时它也渗透到社会生活之中,构成文学所反映的生活的特征层面。民俗除了被动地反映在文学作品中之外,它还能够通过作家的艺术创造对文学作品产生一定的影响,成为作家艺术构思的组成部分,构成作品的框架、充当情节架构的基石以及被用作细节表现的材料等,这使得文学作品的思想内容和艺术风格都带上了特定民俗的烙印。基于此,通过民俗学的视角研究文学,探究民俗进入文学作品之后所发生的种种变化以及对文学作品的种种影响,成为文学作品研究的一个新方向。

本书撰写的主要思路:运用民俗学的研究方法,首先对几部明清小说中所描写、表现、反映的民俗事象,按照信仰禁忌、祭祀占卜、人生礼仪、岁时节日、衣食住行、民间文艺、家族制度等类型分别予以归纳整理。其次对上述民俗事象进行历史的探源,寻找出其形成的主客观原因以及曾经发生过的积极或消极作用。再次对上述民俗事象进行比较分析,一是作地域的民俗比较,以发现地域民俗特别是山东民俗的独特之处,二是与当今的地域民俗作比较,以发现地域民俗的历史演变。本书的重要观点:

(一)民俗文化具有鲜明的地域特征,以山东为例,自古以来山东民俗便是民俗文化的重要组成部分,并具有自身的特点。

(二)民俗文化具有一定的稳定性和时代特征,既有其不变的一面,又随着社会时代的变化而处于或大或小、或明或暗的变化之中。正因如此,民俗文化才有其传承和改造的可能。

(三)民俗文化具有广泛的群众性,在民间有着广泛而持续的影响,只有正视并科学地处理好民俗文化问题,才能促进精神文明的建设。

(四)明清小说中所表现出的区域民俗和民族风俗最生动真实,是其他文化典籍所不可替代的。

第一章
《水浒传》与山东民俗

　　《水浒传》作为四大古典名著之一,对它的研究论著可谓浩如烟海,但从民俗学角度对其进行系统研究的专著还不多见。近几年,随着文学研究的转型与文化研究的勃兴,从民俗角度对古典名著进行研究的论著日见增多,《水浒传》当然也不例外。从全书来看,《水浒传》中的民俗描写几乎涵盖了民俗学的全部内容,主要包括物质民俗、社会民俗、精神信仰民俗和游艺民俗四方面内容。本章即以此四项内容中比较具有代表性的事项加以分析论证,并将其与山东本地的民俗进行比较研究,以考察《水浒传》中的民俗与山东本地民俗的内在关系。

第一节 《水浒传》中的物质经济类民俗

　　物质经济类的民俗,大体上包括生产、交通和运输类民俗,以及服饰、饮食和居住民俗这几个方面,即传统意义上的衣食住行。在民俗学长期的发展过程中,这是一项曾经被忽略的民俗内容,或者它所包含的内容被划分到其他的民俗类项中去了。这里单列这一节内容,是考虑到水浒英雄大多出身下层,他们的饮食起居也是民俗学应该考察的内容之一。水浒众英雄的事迹在不同地方展开,这些英雄事迹的背景自然就成为我们从民俗角度研究《水浒传》的很好的载体。

一、《水浒传》中的村寨民俗

《水浒传》写了大量的农村场景。这些先后出现的农村又可以分为渔村、山村、普通农村等几种类型。一般来说,水浒故事主要在北方地区展开,南征方腊的情节主要是战争场面的描写,很少涉及当地的居住环境。所以本节探讨的村寨风俗,主要是北方的村寨。《水浒传》中写了众多的规模不一的村寨,比较大的有祝家庄、李家庄、浔阳江边的穆家庄;次一些的则有史家村、桃花村、东溪村、宋家村、登州毛太公庄园、白虎山孔太公庄园等;再次一些的就是三阮所在的石碣村。这些村寨因主人富裕程度不同而规模不一,大体上富有者则村寨宽广,依次等而下之,宽广者往往称为"庄",规模小或者不甚宽广者则称为"村"。书中出现的上述村寨,包含了民俗学所要考察的主要的村寨模式。

《水浒传》中没有出现非常大的渔村村落,最具代表性的是三阮的石碣村。至于浔阳江边的穆家庄,从小说描写的环境来看,是渔村的可能性更大一些,但书中只是说"我这里有三霸,哥哥不知……揭阳镇上是他弟兄(穆弘、穆春)两个一霸",并没有交代穆家庄就是个渔村。从穆弘兄弟的家境来看,他们即使是生活在渔村,也不大可能是渔民,而是渔村的地主,靠欺行霸市在村子里作威作福,以欺诈其他渔民为生。

三阮就不同了,他们都是生活在社会最底层的渔民,他们生活的环境,也是最原始最古朴的渔村。第十五回作者借吴用的目光来描写三阮生活的石碣村:"到得门前看时,只见枯桩上缆着数只小渔船,疏篱外晒着一张破渔网。依山傍水,约有十数间草房。"短短几句话,就把一个渔村形象勾画了出来。小说中还提到一个渔村,便是第九十三回"混江龙太湖小结义"中费保弟兄四个所居住的榆柳庄。李俊三人眼中的榆柳庄,"团团一遭,都是歪脖柳树,篱落中有二十余家"。在水浒英雄中,水军头领一共是九位,但真正是渔民出身的只有三阮,张顺由水盗改做鱼牙主人,并不是真正意义上的渔民。榆柳庄因篇幅有限,并不如三阮居住的石碣村具有代表性,石碣村就成为书中渔村的代表,三阮也成为书中渔民的代表。

石碣村是郓城县治下的一个内陆渔村。从地理位置上看,它属于鲁西南微山湖、东平湖一带。据《山东风物大全》记载:"(山东)内陆河湖的渔业生产以微山湖最具代表性……每到夜间,各'连家船'按传统方式组合成'帮'……最穷的是'罱帮',他们每家一条小船一把罱,收获少,生活艰难。"①从书中对三阮生活条件的描写来看,他们就是典型的"罱帮",甚至弟兄三个都不在一起打鱼,生活也很是艰辛。他们被吴用说动撞筹,也是生活所迫,不能去梁山泊打鱼,赌钱又老是输,最后不得不走上造反的道路。

《水浒传》第三十七回借张横之口,以及第三十八回借众渔家之口,说张顺在江州做卖鱼牙子。所谓牙子,"就是牙商,古代指城乡市场上为买卖双方说合交易而收取佣金的中间商。"②牙商的行业组织称为牙行,张顺就是当地鱼牙行的头。这种牙行,与鲁西南微山湖一带的"帮"性质差不多,不过在三阮所居住的渔村没有提到,在其他有关山东民俗的典籍中也不见记载,大概这个并非是山东民俗,而更像是南方渔村或者是渔业的风俗。

另外,第九十三回的榆柳庄,作者在介绍时用了一句"团团一遭,都是歪脖柳树"。歪脖柳树,即垂柳,南北方均有栽培,是平原水边常见树种,有着悠久的栽培历史。就山东地区而论,树干比较直的柳树多分布在鲁西北一带;垂柳则多分布在鲁西南一带。从"歪脖柳树"一词来看,榆柳庄既有长江下游太湖一带村庄的特点,又不能排除鲁西南一带村庄的可能性,应该说与山东本地还是有一定联系的。

《水浒传》中的村寨,有几个明确交代是山村的。如祝家庄,第四十六回杨雄、石秀投宿的客店中的店小二说道:"前面那座高山便唤作独龙冈山。山前有另一座巍巍冈子,便唤作独龙冈。上面便是主人家住宅。这里方圆三百里,却唤作祝家庄。"祝家庄东边的李家庄和西边

---

① 山东省地方史志编纂委员会编:《山东风物大全》,第 418～419 页,北京:世界知识出版社,1990。

② 施正康、施惠康:《水浒纵横谈》,第 149 页,上海:学林出版社,1996。

的扈家庄自然也是山村。类似的还有少华山下史家村,桃花山脚下的桃花村,白虎山孔太公庄上,以及登州毛太公庄上,按照其地理环境的描写来看也应该都是山村。不过这些山村,从村寨民俗角度来看,并没有给我们带来多少有价值的信息,因为作者在写这些山村的时候,主要是写其中人物的行为,以及由他们的行为引发的故事情节。这些山村的代表人物都是山村中的上层人物——地主,并不能向读者展现一幅山村风俗的画面,所以并不具有代表性。

从山村物质经济民俗的特点来看,《水浒传》中最具代表性的山村应该是第四十九回解珍、解宝所活动的村庄。解珍、解宝是登州山下的猎户,他们猎得的虎落入毛太公庄后园里,才引起了"解珍解宝双越狱,孙立孙新大劫牢"的故事,也才有了后来宋公明三打祝家庄的成功。不过小说中并没有明说解珍、解宝就是毛太公庄上的人,我们这里姑且把解珍、解宝所活动的村子称作登州山下村庄。

"山村经济是根据山区自然条件和生态资源而构成的生产生活体系,这种体系的传承形态比较严格地受到山地生产方式的决定,发展成自身的类型。"①山村的经济民俗,往往以自然采集和狩猎为主。第四十七回石秀混入祝家庄打探消息,便是挑一担柴进去卖,这种依靠山区打柴卖与城市大户人家的生活方式,在旧时的山村地区极为普遍,是属于自然采集的范畴。类似的山村还有第五十三回中公孙胜居住的村子,位于九宫县二仙山下,也是个山村。戴宗、李逵二人一路打听过去,路上曾向樵夫问路,樵夫便是山村中的采集者。

至于狩猎,则以登州山下村解珍、解宝最为典型。二人本就是猎户出身,如果不是登州知府下令捉虎,二人可能就会一直做本分的猎户了。小说中对二人捉虎的描写,向读者描绘了山村捕猎的画面。类似的画面还有第二十三回武松打死老虎后,与几个猎户的对话所展现出来的山村捕猎风俗。两处都写到捕猎所用的窝弓、药箭、弩子等捕猎工具,而且均是在暗中捕猎。这种捕猎方法,至今在山东的很多地方还在使用,如在平原地区捕猎野兔。另外第二回中史进被迫造反的直接引起者李吉,也是个猎户,被称为"摽兔李吉"。他本来以捕猎野

---

① 乌丙安:《中国民俗学》,第 44 页,沈阳:辽宁大学出版社,1985。

味为生,后因少华山朱武等人强占山头,才断了财路。王四带着朱武等人的回信回来时,他"正在那山坡下张兔"。这也可以看出,少华山下的史家村,普通人家也是"靠山吃山",以捕猎为生,是个典型的山村。

武松打虎所在的阳谷县,以及解珍、解宝所在的登州府,一在山东西部,一在山东东部。今阳谷景阳冈已经基本风化为平地,现在的登州也即山东烟台市,也已难寻野生动物的痕迹,捕猎自然已经不见了。二者所反映的《水浒传》中的山村风俗,是比较典型的北方山村的代表。

《水浒传》中所描写的其他村寨,当以宋江的宋家村为代表。从小说的描述来看,很难看出这个村庄是渔村还是山村,姑且只能算作是普通农村。这个村子与晁盖的东溪村应该相差不大,东溪村是"郓城县管下东门外又两个村坊:一个东溪村,一个西溪村,只隔着一条大溪"(第十四回)。东溪村就在大溪之东了。宋江的宋家村则只是说"郓城县宋家村"(第十八回),至于具体在什么方位,与东溪村相距多远,则没有明确交代。但东溪村能看出是个山村来,因为第十三回写到,郓城知县派朱仝、雷横出去巡夜时,说"体知东溪村山上有株大红叶树,别处皆无,你们众人采几片来县里呈纳,方表你们曾巡到那里"。而宋家村则不好确定是否是山村。第四十二回"还道村受三卷天书"中,宋江从宋家村出发,"走了一个更次",又"少间",到得还道村,这个还道村"团团都是高山峻岭,山下一遭涧水,中间单单只一条路"。据此算来宋家村离还道村不远,也有可能是个山村,但不能就依此来确定。

宋家村更像是一个传统的以耕种为主的农村。第十八回中说宋江"下有一个兄弟,唤作铁扇子宋清,自和他父亲宋太公在村中务农,守些田园过活"。这是书中提到的务农耕种的唯一的一处。从这句话传递的信息来看,宋家村更像是北方平原地区以农业耕种为主的农村,以种植农作物为生,这一点与山东很多地方相似。

二、《水浒传》中的饮食民俗

梁山好汉给读者留下了"大碗喝酒,大块吃肉"的印象,《水浒传》

中描写饮酒吃肉的场景不胜枚举,且大都写得粗犷豪放。从这些饮食描写中可以窥探宋元时期的饮食类民俗,以及水浒故事发生地山东的一些饮食民俗。《水浒传》中的服饰类描写,虽不及饮食描写给人的印象深刻,但也具有鲜明的时代和地域特色。

饮食类在《水浒传》中可以分为面食类、菜食类以及茶酒类等几类。面食类中,给读者印象最深的要数炊饼和馒头。炊饼在小说中出现的次数很多,以武大郎所卖之炊饼最为有名。第五十三回戴宗和李逵去蓟州寻访公孙胜,也曾于路上买炊饼充饥。这种炊饼,并不是现在所说的圆而薄的烧饼,而是现在北方十分常见的馒头。馒头自古即被称为饼,在汉代又被称为"饦"。扬雄《方言》:"饼谓之托(即饦)。"①《齐民要术》卷二《大小麦第十·青稞麦》记载:"(青稞麦面)堪做饭及饼饦,甚美。磨尽无麸。"②宋朱翌《猗觉寮杂记》"馎饦"条载:"北人食面名馎饦,扬雄《方言》'饼'谓之'饦',音博音托。"③宋高承《事物纪原》"酒醴饮食部"有关饼的记载有"饼""胡饼""蒸饼""汤饼""不托"五条,"饼"条云:"(饼)起于七国(即战国)之时。……汉宣帝微时每买饼,所从买者辄大售。""蒸饼"条云:"(蒸饼)盖自汉、魏以来始有。"④说明蒸饼之名起于汉魏时期。自汉至宋,都把面食称之为饼,明周祈《名义考》卷十二云:"凡以面为食具者,皆谓之饼。以火炕曰炉饼;有巨胜曰胡饼,即今烧饼。以水煮曰汤饼,亦曰煮饼,即今切面。蒸而食者曰蒸饼,又曰笼饼。侯思正令缩葱加肉者,即今馒头。绳而食者曰环饼,又曰寒具,即今馓子。他如不托、起溲、牢丸、冷淘等,皆饼类。"⑤其中所说"蒸饼",即宋代的炊饼。在宋代之前炊饼的确叫做蒸饼,因以笼蒸而得名。《晋书·何曾传》记载:"每燕见,不食太官所设,帝辄命取其

① 〔汉〕扬雄著:《方言》,《四库全书·经部十·小学类一·卷十三》,北京:商务印书馆影印文渊阁本,2005。

② 〔北魏〕贾思勰著,缪启愉校释:《齐民要术校释》,第95页,北京:农业出版社,1982。

③ 〔宋〕朱翌著:《猗觉寮杂记》,《四库全书·子部十·杂家类二·卷十一》,北京:商务印书馆影印文渊阁本,2005。

④ 〔宋〕高承撰,〔明〕李果订,金圆、许沛藻点校:《事物纪原》,第470~472页,北京:中华书局,1989。

⑤ 〔明〕周祈著:《名义考》,《四库全书·子部十·杂家类二·卷十二》,北京:商务印书馆影印文渊阁本,2005。

食。蒸饼上不坼作十字不食。"①记载何曾家馒头做得好,连皇帝都爱吃。到了北宋,因避宋仁宗的讳,遂改称"蒸饼"为"炊饼"。据宋吴处厚《青箱杂记》卷二载:"仁宗庙讳'祯',语讹近'蒸'。今内廷上下皆呼'蒸饼'为'炊饼'。"②不过也仍有犯禁的,比如生活在北宋中后期的沈括,在其《梦溪笔谈》中仍沿用了"蒸饼"的说法,卷二十一《异事》篇"奇疾"条有一则小故事说:"徐德占过逆旅,老妇诉以饥,其子耻之,对德占以蒸饼啖之,尽一竹簏约百饼,犹称饥不已。"③是说老妇能吃,一气吃了一百多个馒头。《水浒传》第七十三回说:"(燕青、李逵)便叫煮下干肉,做起蒸饼,各把料袋装了,拴在身边。"此处直接称为"蒸饼",可视为宋之后小说家言。

炊饼即馒头,是典型的北方食品,也是山东的主食。小麦自殷商时期就已广为种植,但直到西汉末年,才开始把小麦磨成面粉,在此之前只吃麦粒。宋史绳祖《学斋占毕》记载:"九经中无'面'字。《周礼》所谓麷只是如今炒麦。至王莽始有啖面及鳀鱼之文。"④山东地区自古即种小麦,收获之后磨成面粉制作各种面食,其中尤以馒头为最主要的面食。《山东风物大全》记载:"山东居民把小麦磨制的白面当成细粮,一般用以制作馒头、烧饼、水饺、面条等食品。"⑤旧时生产力低下,小麦产量低,面粉是比较稀有甚至是奢侈的食物,普通人家很少以馒头为主食。《水浒传》中则经常把炊饼作为好汉们的主食,在好汉们饮酒吃肉之后,就会搬上饭来吃。这个饭,显然不是米饭之类的食品,而是炊饼之类的面食。这一描写与山东风俗吻合。山东地区待客,一般都是在客人酒足之后再上饭,以馒头为主。同时,《水浒传》把普通人家不能经常食用的馒头当作好汉们的主食,也反映了好汉们的英雄气概,他们违背社会主流的行为总是给读者以非常深刻的印象。

《水浒传》中所写的馒头与今天的馒头完全不同,而是今天的"包子"。宋时的馒头即为今之"包子",主料仍是面粉,内里有馅。在面粉

① 〔唐〕房玄龄等著:《晋书》,第 998 页,北京:中华书局,1974。
② 〔宋〕吴处厚撰,李裕民点校:《青箱杂记》,第 19 页,北京:中华书局,1985。
③ 〔宋〕沈括:《梦溪笔谈》,第 181 页,上海:上海书店出版社,2003。
④ 〔宋〕史绳祖:《学斋占毕》,第 54 页,上海:上海古籍出版社,1992。
⑤ 山东省地方史志编纂委员会编:《山东风物大全》,第 411 页,北京:世界知识出版社,1990。

出现之后,用面粉做成的各种面食名称始终十分混乱,但"馒头"之名则一直沿用下来。欧阳修《归田录》卷二曾记载:"'馒头'、'薄持'、'起溲'、'牢丸'之号,惟馒头至今名存,而起溲、牢丸皆莫晓为何物。"①馒头其实就是包子。"馒头"一词的由来,据宋高承《事物纪原·酒醴饮食·馒头》记载:"小说云:昔诸葛武侯之征孟获也,人曰蛮地多邪术,须祷于神,假阴兵一以助之。然蛮俗必杀人以其首祭之,神则向之为出兵也。武侯不从,因杂用羊豕之肉以包之以用,象人头以祀,神向焉而为出兵。后人由此为馒头。"②这说明馒头一词是由"蛮头"演变而来。这一故事在《三国志演义》第九十一回中被演绎成诸葛亮七擒孟获之后班师回朝,路经泸水时鬼神作祟,孔明拒绝用人头来祭祀,而"唤行厨宰牛杀马,和面为剂,塑成人头,内以牛羊等肉代之,名曰馒头。"这些都说明,馒头一开始的时候是有馅的,就是今天的包子。至于包子一词,宋时也已出现,宋罗大经《鹤林玉露》卷六有"缕葱丝"条,云:"有士于京师买一妾,自言是蔡太师府包子厨中人。一日,令其作包子,辞以不能,诘之曰:'既是包子厨中人,何为不能作包子?'对曰:'妾乃包子厨中缕葱丝者也。'"③可知这个包子就是现代意义上的包子,是有馅的。宋吴自牧《梦粱录》卷十六"荤素从食店"条分别记有炊饼、馒头、包子等面食,"且如蒸作面行卖四色馒头、细馅大包子。"④并且下文记载了生馅馒头、杂色煎花馒头、糖肉馒头、羊肉馒头、太学馒头、笋肉馒头等十几种馒头,其实就是包子。从《梦粱录》的记载来看,在宋代,炊饼、馒头、包子等几种对面食的称呼都已经出现,分别是今之馒头、包子。《古今笔记精华》卷二"事原"记载:"包子之名始于宋。《燕翼贻谋录》云:宋仁宗诞日,赐群臣包子。包子即馒头别名。按:今人生日食包子,其风亦古矣。"⑤只不过包子之名还不太普遍,馒头仍旧是习惯性的叫法罢了。《水浒传》中始终未见包子一词。

① 〔宋〕欧阳修撰,林青校注:《归田录》,第122页,西安:三秦出版社,2001。
② 〔宋〕高承撰,〔明〕李果订,金圆、许沛藻点校:《事物纪原》,第470页,北京:中华书局,1989。
③ 〔宋〕罗大经著:《鹤林玉露》,第337~338页,北京:中华书局,1983。
④ 〔宋〕吴自牧著,周峰点校:《梦粱录》,第260页,北京:文化艺术出版社,1998。
⑤ 北京出版社编:《古今笔记精华》,第75页,北京:北京出版社,1991。

　　《水浒传》中很少明确写到稻米,这与水浒故事的发生地有关。水浒故事主要在北方展开,北方的主食以面食为主。《水浒传》仅有几处写到吃米,第六回写鲁智深路经瓦罐寺,"猛闻得一阵香来……智深揭起看时,煮着一锅粟米粥"。这里吃的是粟米,也就是小米。第四十三回李逵回家搬取老母上山,在李鬼家讨饭吃,对李鬼老婆说:"做三升米饭来吃。"这里倒没说是小米还是大米,从小说描述来看是大米的可能性大一些。粟米在北方食用广泛,大米北方也有生产。《山东风物大全》记载,山东水稻种植历史比较悠久,品种也比较多。李逵所在的沂水县属于现今的临沂市,临沂在历史上有一种名贵的水稻,叫做临沂塘米,"是临沂市塘崖一带种植的古老农家水稻品种,俗名'水牛皮'。其栽培历史悠久。相传唐太宗李世民东征驻此地,食用唐崖村大米备加赞赏"①。历史上临沂塘米是贡品,现在经改良后得到了大面积的种植。可知《水浒传》所写的生活风俗,符合北方历史上的风俗习惯。由此可见它与山东民俗的密切关系。

　　《水浒传》中还提到了两种食品:馄饨和馉饳。尽管这两种食品在整部小说中出现次数不多,却很有代表性。按照现在的观点,馄饨似乎更像是南方的食品,北方人吃饺子更多一些。但在宋代,馉饳与馄饨有着密切的关系。

　　馄饨起源于中国北方,最初与饺子并无区别。从现有的史料来看,馄饨之名比饺子历史更长一些。至唐朝起,正式区分了馄饨与水饺的称呼。饺子的历史记载比较多,像三国时期张揖所著的《广雅》中就已言及,有关饺子的民间传说也比较多,馄饨的历史则似乎更简单一些。《水浒传》中未见饺子之名,据现有史料以及结合山东本地的一些饮食习俗来看,宋代的馄饨与《水浒传》所写的馉饳应该是相同或相近的食品,更可能是北方食品。

　　宋话本《简帖和尚》里有一段卖馉饳和吃馉饳的描写:"等多时,只见一个男女托个盘儿,口中叫:'卖鹌鹑馉饳儿!'官人把手打招,叫:'买馉饳儿。'僧儿见叫,托盘儿入茶坊内,放在桌上,将条篾篁穿那馉

---

① 。山东省地方史志编纂委员会编:《山东风物大全》,第 228 页,北京:世界知识出版社,1990。

饳儿,捏些盐,放在官人面前,道:'官人吃馉饳儿。'"①这一故事的发生
地是北宋都城东京。《水浒传》第二十六回写到武松请众邻家吃酒,就
请到了隔壁"卖馉饳的张公",地点是在北宋的京东西路东平郡阳谷
县,即今山东省阳谷县。在宋朝时,馉饳是一种非常流行的食品。上
文提到的《梦粱录》卷十六的"荤素从食店"条,也提到了"馉饳瓦铃儿"
这种食品。南宋孟元老在《东京梦华录》卷二"州桥夜市"条记载东京
夜市所卖的食品:"出朱雀门,直至龙津桥,自州桥南去,当街水饭、燺
肉……细料馉饳儿。"②与其差不多同时的周密则在其《武林旧事》卷六
"市食"条记载临安的小吃有:"鹌鹑馉饳儿、肝脏夹子、香药灌
肺……"③以各种记载所描述的馉饳的做法来看,馉饳应该就是馄饨的
一种,其个头比馄饨略大,将方形面皮放入馅后对折成骨朵状,取其形
而称之为"馉饳"。

现在天津人称馄饨为"抄手",广东人称为"云吞",在山东胶东地
区,则一直把大馄饨叫做"馉馇",既取其形,也取食用时所发出的声音
而命名。在山东省安丘市,流传着"馉饳汤旺"的故事。孟姜女所哭之
长城,民间一直讹传为秦长城,实际上按照故事的原型以及早期的典
籍记载来看,应该是齐长城。《左传·襄公二十三年》记载:齐襄公发
兵攻打莒国,齐军先锋杞梁战死。"齐侯归,遇杞梁之妻于郊,使吊之。
辞曰:'殖之有罪,何辱命焉? 若免于罪,犹有先人之敝庐在,下妾不得
与郊吊。'齐侯吊诸其室。"④后来逐渐有了杞梁妻哭长城的故事,至唐
代才出现孟姜女哭长城的记载。安丘民间流传着孟姜女思念修筑齐
长城的丈夫,包了馉饳,用瓦罐盛着去看望丈夫。不料丈夫已死,孟姜
女悲痛欲绝,晕了过去,瓦罐打破,汤流满山,化而为石,此山就叫做
"馉饳汤旺"。这一故事世代流传,故事的发生时间要早于现代流行的
孟姜女哭长城的时间,可知馉饳一词很早就在山东地区出现了。《山
东风俗》记载:"饺子,又名馉饳。"⑤另外在鲁中北地区,也有一种被当
地人叫做"馉馇"的食品,是将面加水揉硬后,用擀面杖擀成薄而圆的

① 吴晓铃选注:《话本选》,第35~36页,北京:人民文学出版社,1984。
② 〔宋〕孟元老:《东京梦华录》,第14页,北京:文化艺术出版社,1998。
③ 〔宋〕周密:《武林旧事》,第410页,北京:文化艺术出版社,1998。
④ 杨伯峻编著:《春秋左传注》,第1084~1085页,北京:中华书局,1981。
⑤ 山曼、李万鹏等著:《山东民俗》,第101页,济南:山东友谊出版社,1988。

饼状，再经叠加切割后，成两厘米见方的菱形，下水煮熟后食用。这种食品，更像上文提到的"汤饼"，不过在食用方法以及名称叫法上，与馉饳还是有相似之处的。特别是"馉饳"的叫法，与胶东地区称呼大馄饨是一样的。《水浒传》中出现馉饳和馄饨，有着切切实实的北方民俗甚至是山东民俗的根源。在水浒故事成型的过程中，山东民俗在其中起到了比较重要的作用。

《水浒传》对菜食类民俗的描写，涉及各种各样的肉、鱼、家禽、海味以及素食类食品。从全书来看，众英雄所吃的"大块肉"，以牛肉、猪肉和羊肉为主，也有狗肉、马肉、鸡肉等其他肉类。其中牛肉最多，其次是羊肉、猪肉、鸡肉、鹅肉，马肉、狗肉、鸭肉等不常被食用的也被提到了几次。另外鱼也是经常被食用的菜品之一。

我国古代长期以农耕为主，以牛为主要畜力，因而民众对牛有着深厚的感情。统治者一般也不允许杀牛，《十三经注疏·礼记正义》中记载："君无故不杀牛，大夫无故不杀羊，士无故不杀犬豕。"①中国民间流传数千年之久的牛郎织女故事，其中就有一头老牛，这头老牛为推动牛郎织女故事的开展起了至关重要的作用。自《诗经》开始，千百年来一直经久不衰，其中包含着古代民众对牛的深厚感情。孟元老《东京梦华录》记载，北宋有立春"鞭牛"的风俗，卷六"立春"条说："立春前一日，开封府进春牛于禁中鞭春。开封、祥符两县，置春牛于府前。至日绝早，府僚打春，如方州仪。府前左右，百姓卖小春牛，往往花装栏坐，上列百戏人物，春幡雪柳，各相献遗。"②类似的记载在南宋庄绰的《鸡肋编》中也有。这种"鞭牛"之风，表达了古代劳动人民的美好愿望，显示出对牛的感激之情。

因为牛对农业生产的重要性，政府一般都禁止私自宰杀。《元史》记载，元世祖忽必烈先后两次禁止私人宰杀耕牛，《元史·本纪第六·世祖三》："至元三年冬十一月……丙辰，杀牛马之禁。"《元史·本纪第八·世祖五》："至元十二年五月丁亥……申严屠牛马之禁。"说明在元代是禁止私人屠宰牛马的。牛也是祭祀时的重要牺醴之一，《元史·志第二十七·祭祀二》中提到："摄祀之仪，其目有九，八曰进熟……以

①《十三经注疏整理本·礼记正义》，第1027页。
②〔宋〕孟元老：《东京梦华录》，第163页，北京：中华书局，1982。

牲体设于盘,马牛羊豕鹿各五盘,宰割体段,共用国礼。"《祭祀五》记载:"太社太稷:牛一,其色黝,其角握,有副。"①说明元代时牛依然是祭祀所用的主要物品之一,只不过不允许私人宰杀罢了。《水浒传》中另外提到的赌博,在宋代即为违法行为,《宋史·本纪第五·太宗二》记载:淳化二年闰二月,"己丑,诏京城蒲博者,开封府捕之,犯者斩。"②这样,在 14 世纪以前的中国,私人开设赌坊和杀牛就都成为违法行为。在宋代的正规典籍记载中,几乎就看不到卖牛肉的。像《梦粱录》《东京梦华录》《武林旧事》等描写两宋民俗比较多且详细的典籍,也没有记载像出售猪肉、羊肉一样大规模出售牛肉的记载。《梦粱录》卷十六"肉铺"条,记载杭州肉铺,一般都会大规模出售猪肉、羊肉以及鱼等其他肉类,唯独不见出售牛肉。《水浒传》将牛肉列为英雄好汉们第一爱吃的肉类,这一方面是因为牛肉不是一般百姓所能食用的,吃牛肉能显示出英雄好汉的英雄气概,另一方面也以吃牛肉来表现英雄好汉们与传统社会的决裂。屠牛放赌都是违法行为,但在水浒英雄那里没有什么不可以的禁忌。第十三回介绍雷横时即说他"原是本县打铁匠人出身,后来开张碓坊,杀牛放赌";第四十九回说顾大嫂"开张酒店,家里又杀牛放赌"。而且雷横还当上了郓城县都头。违法之事却成了好汉们的英雄行径。水泊梁山以及其他山寨动不动就"杀牛宰羊",这些都以违反传统社会的方式来表现梁山好汉的英雄气概。

梁山好汉经常食用的肉类,还有羊肉、猪肉以及鸡、鹅等。从小说的描述来看,羊肉不同于牛肉,不仅仅是用来表现好汉们的英雄气概,而更像是在向读者传达羊肉的美味和普遍食用之类的信息。从现有记载来看,羊肉在宋代是比较流行和比较上等的肉类。宋周辉《清波杂志》卷一载:宰防大臣吕范和英宗谈论"祖宗家法",吕范列举的一条是有关节俭的,"饮食不贵异味,御厨止用羊肉"③。就是说御厨给皇帝做的菜里头,最好的也就是羊肉了。既然皇帝如此,臣民自然不敢超越这个界限,羊肉就成为宋代高贵的食品;又因为皇帝食用,羊肉也自然在社会上普遍食用起来。宋人的笔记中有很多以羊肉为美味的记

---

① 〔明〕宋濂等著:《元史》,第 112、161、167、1811、1881 页,北京:中华书局,1976。
② 〔元〕脱脱等著:《宋史》,第 87 页,北京:中华书局,1985。
③ 〔宋〕周辉撰,刘永翔校注:《清波杂志校注》,第 16 页,北京:中华书局,1994。

载,像孟元老的《东京梦华录》卷二"饮食果子"条就记载,当时东京的酒店所卖食品,有很多是以羊肉为原料的,如羊闹厅、羊角、羊脚子等。吴自牧的《梦粱录》卷十六"荤素从食店"条也记有"四时皆有"的"羊肉馒头"。以羊肉在宋代的流行程度来看,《水浒传》中经常出现吃羊肉的描写符合当时的实际。

至于猪肉,似乎梁山好汉并不感兴趣,他们大块吃牛肉、羊肉,但并不常吃猪肉。《水浒传》中提到了十多处有关猪肉的描写,像第三回鲁达打死的郑屠,就是开猪肉坊的,而且规模还不小,有"十来个刀手卖肉"。第七回鲁智深请众泼皮吃饭,也是"杀翻一口猪,一腔羊"。第四十四回石秀跟杨雄的丈人潘公合作开屠宰作坊,开张那天就是"赶上十数个肥猪"。事实上,在整个宋代,猪肉都是最普遍的肉类,《东京梦华录》卷二记载,每天进入东京供百姓消费的猪有上万头;《梦粱录》卷十六的"肉铺"条,用一半以上的篇幅描述猪肉以及猪肉副产品的销售盛况。只是在整部小说中,猪肉不像牛肉、羊肉那样受欢迎,众好汉吃的也少。

《水浒传》中还有一种食品值得一提,就是鹅。《水浒传》多次提到吃鹅,最有名的就是第三十回武松断配孟州时,施恩挂两只蒸鹅在武松的行枷上。第二十八回张青招待武松,也是"宰杀鸡鹅"。其他地方也经常提到吃鹅。食鹅之风在历史上曾经非常盛行,贾思勰《齐民要术》中已有食鹅之记载,唐宋时期鹅已普遍食用,并为贵重食品。但明代之后,情况发生了变化。明代王世贞所著《觚不觚录》记载,他的父亲以御史归故里,有一次请巡按吃饭,十几种菜肴里有一只"子鹅","必去其首尾而以鸡首尾盖之,曰御史毋食鹅例也"①。可见明代请御史吃饭不能食鹅。到清代,食鹅之风进一步衰减下来。

梁山好汉所吃的牛肉,主要是黄牛肉,第十五回三阮请吴用吃饭,问店小二有什么下口,小二哥说:"新宰得一头黄牛,花糕也相似好肥肉。"第二十七回孙二娘骗武松,把人肉馒头的馅说成"积祖是黄牛的"。其他地方所吃之牛肉也都是黄牛,这与北方多旱田,耕牛以黄牛为主有关。《山东风物大全》记载:山东鲁西南一带,自古即出一种优

① 〔明〕王世贞:《觚不觚录》,《四库全书·子部十二·小说家类一》,北京:商务印书馆影印文渊阁本,2005。

良菜牛——鲁西黄牛，是我国最早的三大名牛之一，主要产地就是水泊梁山一带的菏泽、济宁两地，泰安、聊城也有饲养，自古即多被食用。《水浒传》写英雄好汉多吃黄牛肉，与鲁西南所盛产的鲁西黄牛不无关系。至今菏泽曹县的红烧牛肉，仍是全国有名的肉食品。

至于羊肉，在鲁西南尤其是梁山的故乡菏泽地区，至今仍是非常普遍的食品。《山东风物大全》记载，菏泽单县的羊汤闻名遐迩，所产青山羊，已有数千年的历史。梁山好汉吃羊肉可以就地取材，因为菏泽地区自古即盛产优良山羊。菏泽之外，山东其他地区也有很多优良羊品种，像鲁南泗水的裘皮羊，鲁西北德州一带的白山羊，鲁中邹平一带的西董黑山羊，以及鲁南沂蒙山区的沂蒙黑山羊，均是山东境内历史悠久且品种优良的畜类。在水浒故事流传的过程中，元代蒙古族统治者的饮食习惯也会影响到小说的创作。蒙古族喜食羊肉，鲁西南地区又盛产青山羊，梁山好汉多吃羊肉，也就是很自然的事情了。

猪肉在整个中国，除了几个少数民族之外，都很受欢迎。梁山好汉"大块吃肉"的风俗，至今在鲁中、鲁南、鲁西南一带随处可见，但不是大块吃牛肉，而是大块吃猪肉。今梁山所属的山东济宁地区，盛产一种食品"济宁甏肉"，即大块的猪肉，以肥肉居多；济南地区则称为"把子肉"。菏泽地区待客，饭桌上必上的一道菜就是甏肉。

很多研究者都把《水浒传》中的食鹅风俗视为南方江浙一带的风俗，其实不然。山东比较有名的鹅类有莱阳的五龙鹅和微山的百子鹅，微山即现在的鲁西南地区。据《山东风物大全》记载，它们均已有五百年左右的大规模饲养历史，如果是散养，则历史更悠久。而且产鹅地食鹅的历史也跟养殖的历史一样悠久。在水浒故事流传过程中，将食鹅风俗写入小说，与山东本地悠久的食鹅历史相一致。由此可以看出，小说中描写的民俗，与水浒故事发生地的民俗，两者之间有着密切关联。

三、《水浒传》中的服饰民俗

《水浒传》所描写的服饰，既丰富且复杂。上至王公大臣，下到平头百姓，各色人等的服饰，几乎都有所涉及。而且从服饰可以看出，在等级森严的封建社会中，不同阶级之间有着严格的服饰区别。梁山好汉以下层民众为主,穿着比较简陋。

梁山好汉的衣着打扮,以武松最有代表性,第二十九回武松醉打蒋门神之前,穿着是"头上裹了一顶万字头巾,身上穿了一领土色布衫,腰里系条红绢搭膊,下面腿绗护膝,八搭麻鞋"。这应该代表了大部分下层民众的穿着。稍微好一些的穿着,以林冲最有代表性,第七回林冲出场时的穿着是"头戴一顶青纱抓角儿头巾,脑后两个白玉圈连珠鬓环。身穿一领单绿罗团花战袍,腰系一条双搭尾龟背银带。穿一对磕瓜头朝样皂靴"。类似的装束还有第三回刚出场的鲁达,他们都是下层武官。

《水浒传》虽然写了各色穿着打扮,但最具代表性和最具宋代时代特色的,应该是男人簪花和女人缠足,现以此二者为代表分析一下《水浒传》所反映的服饰民俗。

男人簪花:

《水浒传》中写了很多出男人簪花的场面。如第四回周通去刘太公庄上抢亲,"小喽啰头巾边乱插着野花",他本人则是"鬓傍边插一支罗帛象生花";第十五回写阮小五"鬓边插朵石榴花";第六十一回写燕青"鬓畔常簪四季花",李逵"茜红头巾,金花斜袅";第七十二回,柴进见东京城内班直人等"幞头边各簪翠叶花一朵",于是就有了"柴进簪花入禁院"的故事。好汉也有簪花的癖好,如第四十四回专为杨雄作的《临江仙》词中写道"鬓边爱插翠芙蓉";第六十二回写一枝花蔡庆"生来爱带一枝花,河北人氏顺口都叫他做一枝花蔡庆"。

男子簪花之俗,据史料记载起于唐代,在此之前簪花主要是女人的爱好。唐南卓《羯鼓录》载:唐玄宗时汝南王李琎,容貌秀美,深得玄宗宠爱,常随驾出游。"琎常戴砑绢帽打曲。上自摘红槿花一朵,置于帽上笪处,二物皆极滑,久之方安,遂奏舞山香一曲,而花不坠落,(本色所谓定头项,难在不动摇。)上大喜笑!"①但簪花之俗在唐代并不盛行,到宋代才开始成为普遍现象。宋代很多诗人将此习俗写进了自己的诗作里,像梅尧臣的《牡丹》:"粉英不忿付狂蝶,白发强插成悲歌。"《寄怀刘使君》:"暮春半醉归,插花红簇队。"杨万里《德寿宫庆寿口号》:"牡丹

---

① 〔唐〕南卓:《羯鼓录》,《四库全书·卷一百一十三·子部二十三》,北京:商务印书馆影印文渊阁本,2005。

芍药蔷薇朵,都向千官帽上开。"陆游《简谭德称》:"探春苑路花簪帽,春月江楼酒满衫。"由此可知,男子簪花之俗在宋代已经比较普遍了。

宋代男子簪花不仅是一种美饰,而且也是朝廷庆典时表示喜庆、荣耀的标志。《宋史·志第一百六·舆服五》记载:"簪戴。幞头簪花,谓之簪戴。中兴,郊祀、明堂礼毕回銮,臣僚及扈从并簪花,恭谢日亦如之。"①朝廷在举行大的庆典时,也要簪花。这与《水浒传》第七十二回写元宵夜柴进见众班直幞头上都簪花相符合。所簪之花一般都是假花,叫做"大罗花"或"大绢花",也即《水浒传》中所说的"象生花",为一般臣僚簪戴,少数王公大臣或亲信戴真花,以示宠幸。宋王辟之《渑水燕谈录》记载:"(真宗)后曲宴宜春殿,出牡丹百余盘,千叶者才十余朵,所赐止亲王、宰相。真宗顾文元(晁迥)及钱文僖,各赐一朵。又尝侍宴,赐禁中名花。故事,唯亲王、宰臣即中使为插花,余皆自戴。上忽顾公,令内侍为戴花,观者荣之。"②可见戴真花者皆为幸臣。宋代王巩《闻见近录》也记载:"故事,季春上池,赐生花。而自上至从臣皆簪花而归。绍圣二年,上元幸集禧观,始出宫花赐从驾臣僚,各数十枝,时人荣之。"③"生花"即真花,"宫花"即假花。统治阶级的大力提倡,自然使簪花之风在民间广为流行。

宋代男子簪花之俗与婚俗有着密切关系。时至今日,山东各地在结婚的时候,新娘头上一般都要插很多花,而男子则一般都在胸前佩戴红花,以示喜庆。男子簪花的风俗则渐渐消失。

女子缠足:

《水浒传》主要写英雄豪杰故事,对女性的描写不甚着力,一百单八将中虽有三位女性,但都被刻画成了男性化的形象。以小说对她们的描述来看,三位女将不可能缠足。小说描写的其他几位女性是缠足的,第三回鲁达救助的金翠莲,"淡黄软袜衬弓鞋",显然是裹脚的;第二十四回叙述西门庆勾引潘金莲,将筷子故意扔到地上,然后假意去拣,"只见那妇人尖尖的一双小脚儿",可知潘金莲也是裹脚的;还有第七十三回燕

---

① 〔元〕脱脱等著:《宋史》,第3569页,北京:中华书局,1985。
② 〔宋〕王辟之著:《渑水燕谈录》,第2页,北京:中华书局,1981。
③ 〔宋〕王巩:《闻见近录》,《四库全书·子部十二·小说家类一》,北京:商务印书馆影印文渊阁本,2005。

青、李逵救起的刘太公女儿，"弓鞋窄窄剪春罗"，也是个裹脚女人。

　　缠足之俗起于何时，有好几种说法，一说最早起于六朝时期，因为《南史·齐本纪》有一段记载，描述齐东昏侯的奢靡生活。东昏侯宠幸潘妃，"又凿金为莲华以帖地，令潘妃行其上，曰：'此步步生莲华也'"①。但这里只是说凿金为莲花，潘妃也不见得就裹脚导致脚小。宋代张邦基曾援引此说并加以反驳，认为"妇人之缠足，起于近世。前世无传，皆无所自"②。《玉台新咏》等大量包含六朝艳词的作品，以及唐代的诗词歌赋作品，都不见有女子缠足的记载。《古今笔记精华》卷二"事原"条记载了南唐后主李煜的一则故事，似乎与缠足起源有关："李后主宫嫔窅娘，纤丽善舞，后主作金莲高六尺，饰以宝物，细带缨络，莲中作品色瑞莲。令窅娘以帛绕脚，令纤小屈上作新月状，素袜舞云中，回旋有凌云之态。唐镐诗曰：'莲中花更好，云里月长新。'因窅娘作也。由是人皆效之，以纤弓为妙。以此知扎脚自五代以来方为之。"③从这段记载可以看出缠足之风是始于宋初的，因为李煜登基是在宋太祖建隆二年（961 年）。这段记载虽非正史，但已得到了普遍的认可。明代胡震亨在其《唐音癸签》卷十九"诂笺"（四）中将上述传言一一列举，并认可了李后主窅娘故事，认为"以此知札脚自五代始也。"④

　　自宋代起女子缠足成为普遍现象，也成为文人创作的一个题材。苏东坡有一阕《菩萨蛮》："涂香莫惜莲承步，长愁罗袜临波去；只见舞回风，都无行处。　　偷穿宫样稳，并立双趺困，纤妙说应难，须从掌上看。"讲到了裹足。陆游在《老学庵笔记》中说："宣和末好鞋底尖，以二色合成，名错到底。"可见北宋末期女子缠足已较普遍。此后，经南宋理学家的推波助澜，缠足逐渐成为中国古代女子的普遍现象，也成为古代女子是否美丽和是否贞洁的标准之一。明张岱《陶庵梦忆》卷五有"扬州瘦马"篇，记载扬州人挑选妓女或者姬妾的标准之一就是脚的大小："以手拉其裙，趾出。然看趾有法，凡出门裙幅先响者，必大；高系其裙，人未出而趾先出者必小。"⑤《金瓶梅》中有一段描写，说西门

①　〔唐〕李延寿著：《南史》，第 154 页，北京：中华书局，1975。
②　〔宋〕张邦基：《墨斋漫录》，第 220 页，北京：中华书局，2002。
③　北京出版社编：《古今笔记精华》，第 95 页，北京：北京出版社，1991。
④　〔明〕胡震亨：《唐音癸签》，第 204 页，上海：上海古籍出版社，1981。
⑤　〔明〕张岱：《陶庵梦忆》，第 144 页，青岛：青岛出版社，2005。

庆夸宋惠莲的脚比潘金莲的小，宋惠莲很高兴，却招致杀身之祸。明徐祯卿《翦胜野闻》曾记载，朱元璋的皇后马皇后是个大脚，某年元宵节，有人用漫画来嘲笑她，被微服出巡的朱元璋看到后，因查不到作画之人，就将那条街上的人全部处死。可见女子大脚，在宋以后是很为人所不齿的事情。

四、《水浒传》中的住、行民俗

《水浒传》中对人物的居住环境，出行时所需的工具、器械，以及交通的民风民俗的描写，也是值得探讨的民俗学内容之一。这方面的描写，相比饮食服饰来说，比较少一些，在书中地位也没有那么突出。不过从这些比较细微甚至是琐碎的描写中，我们可以窥探宋代社会生活的一些风情风貌，以及对后世的影响。

《水浒传》中对居住风俗或者是环境的描写，大体可以分为三类，即地主庄园、官僚贵族宅邸以及平民住宅。地主庄园，可以以祝家庄和史进的史家庄为代表；贵族官僚宅邸，可以以柴进的柴家庄和张都监的家为代表；平民住宅，则以城市居民武大郎家和乡村居民公孙胜家为代表。

如祝家庄这样类似于缩微化了的城市的庄园，北方至今已不复存在。而类似史家庄的布局，在北方尤其是山东各地，至今仍比较普遍。第二回借王进的眼光来看史家庄，说它"转屋角牛羊满地，打麦场鹅鸭成群"。随着科技的进步，"打麦场"现在已经很少使用了，但在相当长的一段时间里，山东各地的村庄都有"打麦场"，每年麦收季节具有重要作用，其他时间用来晾晒农作物或者养家禽家畜。小说写史家庄有三四百农户，其景色非常优美，应该是一个比较舒适的居住场所。

柴进的庄园虽是贵族宅邸，却像是座封建社会的小城市，庄里面的房屋十分气派，有大厅、后堂、客房等，还有可以比武的空地；张都监的住宅是典型的官僚宅邸，第三十一回"武松血溅鸳鸯楼"，从后门进去，有后花园，从后花园的角门进入厨房，然后有后堂、中堂、鸳鸯楼等，可谓府院深广。

武大家的住宅则比较简单，是一座面南背北的二层楼房，大门前挂着帘子，进门就是客堂，后面是厨房，楼上一间是卧室，一间是客房。

这种布局的房子现在北方城市还非常多，一般都是在大街的两旁做小生意的，将一楼前边作为门脸，后面设为厨房，二楼当卧室。公孙胜的乡村住宅，第五十三回写道："十数间草房，一周围矮墙，墙外一座小小石桥……到里面看时，一带三间草房，门上悬挂一个芦帘。"这种住宅多为贫苦人家的住宅，房屋用泥土搭建，上面盖上茅草、谷草或者麦秸，门口不用门，而是悬挂布帘。至今在山东很多农村依然可以看到这种保留下来的历史比较悠久的老房子。院子四周不用砖墙，而是用泥土搭建低矮的墙或者是用植物秸秆搭建篱笆墙。这种房屋虽然非常简陋，但因建造成本低，且居住起来冬暖夏凉，在北方农村一直很受百姓的欢迎。

关于居住条件，《水浒传》中只对阎婆惜的卧室描述比较详细："原来是一间六椽楼房，前半间安一副春台，桌凳，后半间铺着卧房。贴里安一张三面棱花的床，两边都是栏杆，上挂着一顶红罗幔帐。侧首放个衣架，搭着手巾，这边放着个洗手盆。一张金漆桌子上，放一个锡灯台，边厢两个杌子。正面壁上，挂一幅仕女。对床排着四把一字交椅。"这种摆设应当较为普遍。第二十八回中众囚徒劝武松服软时说"着一床干藁荐把你卷了"。"藁荐"一直是山东普通百姓尤其是穷苦人家中非常普遍的一种用品，一般是用稻草或者麦秸以绳捆扎而成。"藁荐"制作方式简单，成本低廉，而且便于携带，出行时可卷起后用绳子背在身上，住宿时打开铺在地下即可，比席子还要柔软舒适。旧时山东人外出，一般都会背床"藁荐"，随住随歇。"藁荐"一词在山东使用非常普遍，各地都用来称呼稻草或者麦秸编成的软而厚的席子。

关于出行的民俗，在《水浒传》中主要有几种交通运输工具比较特别，最有代表性的是"太平车"和"江州车"。

"太平车"在第十六回和六十一回中都出现过，第十六回梁中书给蔡京送生辰纲，就想"着落大名府差十辆太平车子"；第六十一回写卢俊义去泰山烧香，管家李固按照他的安排，"讨了十辆太平车子"。这种太平车，据孟元老《东京梦华录》卷三"般载杂卖"条记载："东京般载车，大者曰太平，上有箱无盖。箱如构栏而平，板壁前出两木，长二三尺许，驾车人在中间，两手扶捉鞭绥驾之，前列骡或驴二十余，前后作两行，或牛五七头拽之。车两轮与箱齐，后有两斜木脚拖夜，中间悬一铁铃,行即有声,使远来者车相避。乃于车后系驴骡二头,遇下峻险桥路,以鞭唬之,使倒坐缒车,令缓行也。可载数十石。"①由这段记载可以大体得知"太平车"的形状,与现在北方仍广泛使用的地排车相似。因为这种车比较大,装载的货物比较多,而且用人力或者畜力都可以,所以在北方得到了广泛应用。不过现在"太平车"远没有古代那么大了,一般都是一个人或者一头牲畜拉,装载的货物也要少得多。

《水浒传》中还写到一种车子,叫做"江州车"。第十六回杨志在松林里遇到晁盖等七人时,"只见松林里一字儿摆着七辆江州车儿";十八回里何清也跟他哥哥何涛讲"有七个贩枣子的客人,推着七辆江州车儿来歇"。这个江州车,实际上就是独轮车。不过这个"江州"可不是宋江发配去的江西江州,而是四川江州。宋高承《事物纪原》的《舟车帷幄·小车》记载:"蜀相诸葛亮之出征,始造木牛流马以运饷,盖巴蜀道阻,便于登陟故耳。木牛即今小车之有前辕者,流马即今独推者是。"②"江州车"都是一个人来推,也可以再加一个人在前面拉。因它方便上山越岭,所以使用范围非常广泛。在山东的鲁中山区,妇女或者是老人出门,一般多由丈夫或兄弟、晚辈用手推车迎送。在广大农村地区,手推车更是几乎每家都必备的劳动工具。至今在山东农村一家一户劳作的时候,一些笨重物品仍由青壮年劳力用手推车来推。这种"江州车"不是山东所产,但在山东的使用相当广泛。

值得一提的是,第十六回里还提到了一种物品——担仗,也就是扁担。杨志否决了梁中书用太平车拉生辰纲的建议后,改用扁担挑的方式来运送。小说里说"次日早起五更,在府里把担仗都摆在厅前"。扁担与担仗并不是一个东西,多用于挑水的两头有钩子的叫扁担,多用于挑行李等东西且两头无钩子的叫担仗。在山东等北方地区,二者有比较明显的区别。"担仗"一词,山东地域特色比较明显,因为山东有些地区,二者混叫,而且叫"担仗"者居多。此处更能看出地域性民俗对小说中民俗事象描写的影响。旧时大规模运送货物,一般就用前面所说的"太平车"或者是比较小的双轮车;如果物品较少,就用手推车,也即江州车推运;更少者就用扁担挑。另外根据运送物品的距离

---

① 〔宋〕孟元老撰,邓之诚注:《东京梦华录》,第113~114页,北京:中华书局,1982。
② 〔宋〕高承:《事物纪原》,第404~405页,北京:中华书局,1989。

远近,也随之改变运送工具。扁担虽不是山东独有的物品,但是"担仗"的叫法具有鲜明的山东特色。而且这样的运送方式,适合北方以旱地为主的地理环境。这种出行工具和方式的变化,尤其是书中语言的描绘,有着一定的山东意味。

第二节 《水浒传》中的社会类民俗

社会民俗"是指世世代代传承下来的各社会集团结合、交往过程中各种关系间形成的习俗惯制"①。从早期的文献《春秋三传》《周礼》《仪礼》《礼记》,到后来历朝历代的众多典籍,都记载有大量的社会类民俗内容。

从构成元素上看,社会类民俗是以家庭为基本单位的。它以最基本的一夫一妻结合而成的家庭为基础,逐渐演变到家族、亲族、社会等更广大的范围,并由此衍生出有关社会的、人生的很多种礼仪、禁忌等民俗事象。在我国几千年的历史中,这种社会类民俗甚至已经成为维系国家机制、维持社会运转的内在的基本纽带和规范。不论是庙堂之上的皇室公卿,还是目不识丁的乡间百姓、市井平民,这种以传统文化为底蕴的社会类民俗,在历史的各个时期,都发挥着无形而巨大的作用。

社会类民俗,一般包括家族、乡里的民俗,个人生活礼仪民俗等几个方面。《水浒传》所描写的社会类民俗,是着墨较多且比较重要的一项民俗内容。研究《水浒传》中的社会类民俗,既可以窥探宋元时期的一些特殊的民俗现象,又可以借此寻找小说中民俗的地域性特色。

一、《水浒传》中的家族民俗

家庭是构成社会的基本单位,它是由夫妻关系与亲子女关系结成的最小的社会生活共同体。以家庭为单位,由家庭这个小的共同体组成了家族,家庭和家族维系、延续着人类社会。

---

① 乌丙安:《中国民俗学》,第130页,沈阳:辽宁大学出版社,1985。

从范围和规模上来讲,家族的概念肯定要大过家庭,由一个个小的家庭构成了大的家族。我国的家族概念,在现代社会已经不大明确了,尤其是在城市,家族已经呈现出消亡的趋势。在广大农村地区,家族也不再像几千年的封建社会那样明确而具体。家族本身是一个历史的概念,在原始社会就已经形成,进入封建社会之后,这种封建的父系大家族成为中国古代社会构成的基本元素。并且由这种封建的大家族进一步构成封建的乡里社会,从而成为封建机制正常运转的基本零部件。

《水浒传》是一部英雄传奇小说,表面看来与这种家族、乡里的民俗并无多大关系,这方面的民俗描写也并不明显。但实际上这种乡里社会的民俗散见于小说的方方面面,并时时推动小说故事情节的开展。各种家族的、乡里的民俗构成了小说所描述的北宋末年社会生活的广阔画面,也勾画出了众英雄好汉行侠仗义、替天行道的广阔故事背景。

传统的家族,在中国古代的广大农村,其特色要比城市的鲜明,传承性特点也比城市鲜明。而且从文化的角度看,家族很大程度上是以儒家传统文化为根基的。这种建立在私有制经济基础上的封建家长制大家族,在相对闭塞、落后的中国古代农村,得以世世代代地传承下来,几千年都没有明显变化。在《水浒传》中也保持了这个特点,小说所描写的大的封建家族,基本上都是农村里的家族,生活在城市中的大家族,在其民俗特色上,则相对不如农村明显,在小说中也着墨不多。

我国古代封建家长制大家族包括两种类型,即以世代划分的家族和以婚姻关系划分的家族。以世代划分的家族,是按不同辈分的生活共同体确定的,通常包括夫妻一代家族、双亲子女两代家族、祖孙三代家族、四世同堂家族和五世同堂家族。后三种家族在我国古代最典型。以婚姻关系划分的家族,则包括了单一家族和复合家族两种类型,即以一对夫妻和多对夫妻构成的、以夫妻关系为纽带的家族。这两种类型所基于的基础也不一样,以世代划分的家族,是以血统关系为维系家族成员关系的纽带;以婚姻关系划分的家族,则是以姻缘关系为联系夫妻之间和家族之间关系的纽带。

　　《水浒传》中描写了很多家族,生活在农村中的,有史进家、宋江家、柴进家、穆弘家、孔明、孔亮家、李应家;生活在城市中的,以卢俊义家最有代表性。梁山好汉之外,另有桃花村的刘太公家、西门庆家、扈家庄扈太公家,第七十三回四柳村狄太公家、刘太公家。其中最具代表性的,是祝朝奉的祝家和曾头市曾长官的曾家。

　　《水浒传》中的这些封建家族,基本上都是以世代划分的家族。梁山好汉有妻室的不多,即使有,也是轻描淡写地一笔带过。梁山好汉之外的那些大家族,也很少出现对其妻室的描写,大都是注重父子、兄弟等关系。如宋江家,有老父宋太公,以及宋江、宋清弟兄两个,丝毫未提及宋江、宋清的妻室;穆弘家,有穆太公和穆弘、穆春弟兄两个,也未见有对他们妻室的描写;孔明、孔亮家也是如此。在《水浒传》中,父子、兄弟之间血缘上的情谊要远远高于夫妻之间姻缘上的情谊,甚至由血缘而推广至无血缘的兄弟情谊,也要高于夫妻之间的由婚姻搭建起来的姻缘关系,如杨雄杀潘巧云,在动手之前就骂道"坏了我兄弟情分"(第四十六回)。在梁山好汉看来,夫妻间的感情和恩爱根本无法与兄弟情谊相比,仅仅是凭着情投意合,就可以为兄弟两肋插刀。

　　这种以血缘关系建立起来的封建家长制家族,其主要特点是,成员之间保持着较强的血亲家庭观念,维护着对直系长辈的服从与对家长制服从的统一;对家长或者是老人有着很强烈的赡养观念;姻缘关系的成员(妻子、媳妇)等在家中一般处于从属地位;生子延续家族的观念很强烈。"子之事亲也,三谏而不听,则号泣而随之。"①以曾头市为例,家长曾长官在家里有着绝对的权威,五个儿子曾家五虎对曾长官绝对服从并担当赡养之责。宋江家中也是如此,宋太公不许宋江落草,假传自己过世,骗取宋江回来。宋江则唯老父之命是从,甘愿发配江州。扈家庄的一丈青扈三娘,与祝家庄三子祝彪定亲,成为祝彪的妻室,但她被梁山捉去之后,祝家庄并没有因为她的被捉而有什么营救措施。这也反映了她作为姻缘关系的成员,在这种血缘制家族中根本不受重视。

　　与家族制相对应,许多家族事项也世代相传。一个大的父系家

---

　　① 陈澔注:《礼记·曲礼下》,第23页,上海:上海古籍出版社,1987。

族,有着方方面面的家族事项代代相传,比如家世、家谱、家风、家教、家法、家产、家庙,等等。《水浒传》很少描写梁山众英雄的家族事项,梁山好汉之外的那些大家族,都是作为反面形象或者是陪衬出现的,小说也没有描写它们的家世、家风等。在家族的民俗传承事项中,只有家世在小说中有所提及,比较有代表性的是柴进、杨志、呼延灼、关胜四人。其他好汉只是介绍其出身,没有介绍他们的家世或祖上有什么值得炫耀的显赫身世。

第九回中小酒店店主介绍柴进的家世说:"他是大周柴世宗嫡派子孙,自陈桥让位有德,太祖武德皇帝敕赐予他誓书铁券在家中,谁敢欺负他。"第十二回林冲下山寻投名状遇到杨志,杨志对王伦众人介绍自己时说:"洒家是三代将门之后,五侯杨令公之孙。"由此知道他是北宋初年名将杨业之后。呼延灼的家世则是高俅说出,第五十四回高俅向宋徽宗保举呼延灼时说道:"此人乃开国之初,河东名将呼延赞嫡派子孙。"可知他是北宋初年名将呼延赞之后。关胜的家世则是宣赞介绍的,第六十三回中说:"此人乃是汉末三分义勇武安王嫡派子孙。"可知他是关羽的后人。这四个人的家世,在梁山众好汉中是最显赫的,这种显赫的身世在梁山众英雄排座次时发生了作用,使他们的排名比较靠前,尤其是功劳甚少的关胜,甚至排在了五虎大将之首。

在古代社会,家世对家族内部以及整个社会都有着重要影响,显赫的家世往往能成为社会舆论赞扬和崇拜的资本,也对家族的社会地位的高低起着重要的决定作用。在古代社会的各朝各代,每个地区都有名门望族、家世显赫的大家族,如六朝时的琅琊王家、清代山东的新城王家等。

家族的范围进一步扩展就形成了亲族,即由若干家族以近缘关系错综联结而成,以血缘关系为基础,再加之姻缘关系所组成。亲族是家族社交范围的扩大,是家族与社会联系的产物。有了亲族,就有了各种称谓,即以本人为中心确定亲族成员和本人关系的名称。任何家族,由于血缘关系和姻缘关系的存在,亲族的称谓都是不可避免的。《水浒传》涉及的人物非常多,其亲族类称谓也有很多,对这些称谓进行民俗学的考察和研究,对窥探宋元时期的家族类民俗,十分重要。

《水浒传》中的自称有很多种叫法,比如俺、洒家,或者谦称为小人、小生等。多种自称的叫法在全国各地通用,其中最具地域特色的是称自己为"俺"。"俺"首次在第三回中出现,是鲁达自称:"俺也闻他名字……俺这渭州。""俺只指望痛打这厮一顿"。鲁达是关西人,关西人喜欢自称洒家。但"俺"这个称谓值得关注。何心《水浒研究》中说:"《集韵》云:'俺,我也,北人称我曰俺。'按今山东人称我仍曰俺,声变作碍。"①将自己称作"俺",是山东人特有的自称方法,山东之外很少有此自称法。鲁达是关西人,更多的时候自称为"洒家",而作者不经意间让他自称为"俺",可以看出山东民俗在小说形成过程中的影响。

亲族类称谓在《水浒传》中使用最多、最频繁的怕是要数哥哥了。梁山众英雄也都是"一般哥弟称呼"。一百单八将,虽然包括了叔侄、主仆等其他关系,但大家也都是称兄道弟,最喜欢以哥哥来称呼对方。包括梁山好汉之外,英雄之间见面也是喜欢称对方为哥哥。哥哥本来是个亲族类称谓,后来逐渐扩展到社会交际中,被广泛使用。这种叫法至今山东仍然非常流行。山东人称亲族中平辈而年龄长于己者为哥哥,对亲族外初次见面的不相识者,男的一般都是称呼哥哥,甚至忽略了年龄上的差别,以拉近双方的距离,给人以亲切感。尤其在鲁西、鲁南一带,更是如此。这种称呼是一种礼貌,出于最基本的礼仪需要。山东是儒家文化的发源地,统治者有着严格的礼仪规范,下层百姓则受此限制较少,一声亲切而简洁的"哥哥",便缩短了人们之间的距离。

哥哥一词,古今称谓变化比较大。"哥"是一个古字,在古代是与"歌"相通的。《史记·燕召公世家》:"召公卒,而民人思召公之政,怀棠树不敢伐,哥咏之,作甘棠之诗。"②许慎在《说文解字》中解释为"哥,声也,从二可"③。即"哥"就是"歌",指歌声。在唐代之前,"哥"都被称为"兄",直到唐代,"哥"才开始流行。从现有的记载看,中唐之前,"哥"指父亲。据《旧唐书·王琚传》记载,唐玄宗与王琚同坐,谈及太平公主事:"玄宗泣曰:'四哥仁孝。'"④这个"四哥",指的是玄宗之父睿宗李旦,而不是玄宗的同辈。这种情况,清人梁章钜在其《称谓录》卷

---

① 何心:《水浒研究》,第279页,上海:上海古籍出版社,1985。
② 〔汉〕司马迁:《史记·燕召公世家》,第215页,北京:中华书局,2006。
③ 〔汉〕许慎:《说文解字新订》,第309页,北京:中华书局,2002。
④ 〔后晋〕刘昫等著:《旧唐书·王琚传》,第3249页,北京:中华书局,1975。

一中曾有过几条记载："《淳化阁帖》有唐太宗与高宗书称'哥哥敕'，父对子自称'哥哥'，盖唐代家法如是。《旧唐书·王琚传》：'玄宗泣曰：四哥仁孝。'称睿宗也。《棣王炎传》：'惟三哥办其罪。'称玄宗也。按：长安四年，《观世音石像铭》，中山郡王隆业所造，亦称睿宗为'四哥'。皆子称父之词。"①再往后，"哥"就指"兄"了。中唐诗人白居易在其《白氏长庆集》卷二十三《祭浮梁大兄文》中说："再拜奠大哥于座前，伏惟哥孝友慈惠，和易谦恭。"明确称"兄"为"哥"。② 从此之后，"哥哥"开始指"兄"。不过仍有例外，"哥"有时也称呼弟弟，甚至儿子。武大郎见了武松，管武松叫"二哥"（第二十四回）。《古今笔记精华》卷二汇集历朝历代"哥哥"的称呼："以'哥'称兄始见于唐明皇《与宁王宪书》，今则'哥'遂为兄之通称矣。按：'哥哥'称甚异。《汇记》于下以'哥'称帝，见于西王母称汉武帝；以'哥'称父，见于唐明皇称睿宗；以'哥'称子，见于帝姬呼高宗；以'哥'称弟，见于（宋）钦宗呼高宗。古人又以'哥'为郎君之称。明泰昌升遐，阁臣等请熹宗，既出，李选侍犹呼'哥哥'却还者三。可见宫中呼太子诸王皆曰'哥'，乃亲贵之通称。故奴婢称幼家长亦曰'哥'。"③可见"哥哥"一词，曾称呼过帝王、父亲、哥哥、弟弟，以及王公大臣、少主人等。不过自中唐以后，最通行的称呼还是称兄为哥哥。《水浒传》就是如此。除了少数的兄称弟，以及仆人称呼少主人（第三十二回孔太公庄客称呼孔明、孔亮为大哥哥、小哥哥），基本上"哥哥"一词都是对兄长的称呼。

称兄为哥哥，在宋以后基本定型。在宋以后的记载中，也有用"哥哥"来称呼姐夫、内兄甚至弟妹，或者父亲称呼儿子的，但相比之前已极为少见。并且哥哥逐渐由亲族性称谓向社会性称谓过渡，即除了血缘关系的亲属之外，对无血缘关系的男子，年龄相差不大的情况下，也以哥哥相称。《水浒传》中的哥哥之称，基本上就是亲族性称谓的扩大。时至今日，在山东广大地区，特别是普通民众中间，见面时称男子一声哥哥，仍较普遍。

除了哥哥之外，还有一个与山东关系密切的称谓，就是"泰山"，即

① 〔清〕梁章钜：《称谓录》，第 11 页，北京：中华书局，1996。
② 〔唐〕白居易著：《白居易集》，第 896 页，北京：中华书局，1979。
③ 北京出版社编：《古今笔记精华》，第 81 页，北京：北京出版社，1991。

对自己岳父的称呼。第八回林冲发配前跟自己的岳父张教头说要休妻，"泰山在上，年灾月厄，撞了高衙内，吃了一场屈官司。"第十三回梁中书对自己妻子讲话，就称岳父蔡京为"泰山"；第四十四回杨雄也对前来寻他的岳父说："泰山来做甚么？"按照典籍记载，称岳父为"泰山"，与五岳之首的山东泰山有着非常密切的关系。

　　称自己岳父为"泰山"，从现有记载来看，应该不早于唐代。岳父的另一个称呼"丈人"，则古已有之。《论语》中有《荷蓧丈人》一篇，这个"丈人"尚不是称呼岳父，而是对老年男子的尊称，这种尊称也包括自己岳父在内。《汉书·匈奴传》记载匈奴单于之语："汉天子，我丈人行。"①这个"丈人"，就是指父辈，而不仅仅指岳父。在汉代之前，妻子的父亲被称为"舅"或"外舅"，宋周辉《清波杂志》卷七，以《三国志·蜀书·先主传》为据考证："《蜀·先主传》载汉献帝舅车骑将军董承之语。裴松之注：'按：汉灵帝母董太后之侄，于献帝为丈人。盖古无"丈人"之名，故谓之"舅"也。后呼丈人为"外舅"，其本乎此。'然《汉·匈奴传》书且鞮单于云：'汉天子，我丈人行。'若曰此语止为尊老言，非专指妻之父则可，若谓古无"丈人"之名，后学窃有疑焉。"②周辉对"丈人"和"舅"都做了一番考证，可以得知汉之前对岳父称呼的一些情况。在《水浒传》中，"丈人"即指岳父。第五十回李逵调侃宋江，说他想娶扈三娘，"你又不曾和他妹子成亲，便又思量阿舅、丈人"。此处"丈人"显然是指岳父。

　　将岳父叫做"泰山"，最早的记载是起于唐玄宗时期。《宋人小说类编》卷三引南宋庄绰《鸡肋编》云："既称妻父为丈人，而又称为'泰山'者，《释常谈》（上）载，玄宗开元十三年封禅泰山，张说为封禅使。说女婿郑镒本是九品官。旧例：封禅后，自三公以下皆转迁一阶。惟郑镒是封禅使女婿，迁至五品。玄宗见镒官位腾跳，怪而问之，镒无词以对。优人黄幡绰奏曰：'此乃泰山之力也。'因此以丈人为'泰山'。"③这种说法类似于野史的记载，可信度一直受怀疑。《清波杂志》卷七还有一种说法，纯粹是将"泰山"的称呼与泰山本身联系了起来："泰山亦

①《汉书·匈奴传》，第 3777 页。
②〔宋〕周辉撰，刘永翔校注《清波杂志校注》，第 283 页，北京：中华书局，1994。
③〔清〕徐燨辑：《宋人小说类编》卷三之七，北京：中国书店，1985 年影印本。

有丈人峰，故俗于妇翁有'泰山'之呼。"①将丈人与泰山的自然景观联系在了一起。元人黄潛则以为，按《汉书·郊祀志》"大山川有岳山，小山川有婿山"的记载，"岳而有婿"，岳就可以作为妻子父亲的称呼。《清波杂志》卷七"丈人"条在"泰山亦有丈人峰，故俗于妇翁有'泰山'之呼"之说之后，也有此语。又因为泰山作为五岳之首，岳也专指泰山，故"泰山"就成为岳父的称谓。

上述记载表明，将岳父尊称为"泰山"，都与泰山有着密切关系。这种称呼在唐以后长期流行，不过现在，即便是山东人，已经很少称呼岳父为"泰山"了。山东人更习惯于在口语中称岳父为"丈人"，在书面语中则直接尊称为"岳父"。当面称呼的时候，则直接跟妻子一个叫法。看来，"泰山"也是一个历史名词，只是在特定历史时期流行。

二、《水浒传》中的生活礼仪习俗

人生礼仪习俗，即人一生所要经历的有关生、老、病、死等诸事项的习俗，以及个人在社会交际时所要遵循的有关习俗。《水浒传》展现了梁山好汉的生活画面，表达了对英雄和英雄行径的赞美。尤其在前半部中，对鲁智深、林冲、武松等人的细致描写，向读者展现了一幅个人生活礼仪的广阔画面。其中涉及的个人生活礼仪，既有助于分析人物形象内涵，也有助于探索民俗的时代性和地域特色。

人一生中一般都要经历四大礼仪习俗，即诞生礼、成年礼、婚礼、葬礼。这四大礼仪习俗基本上就包括了民俗学所要研究的个人生活礼仪习俗。从《水浒传》的描写来看，没有涉及成年礼，虽然成年礼在中国古代是很重要的人生礼仪。其他三项中，诞生礼没有写到新生儿的降生，倒是诞生礼的另一种形式寿礼在书中有所提及。另外两种礼仪婚礼和葬礼，《水浒传》中描写较多。

《水浒传》中写寿礼最为人熟知的情节，当属梁中书向权奸蔡京所送寿礼。第十三回蔡夫人提醒丈夫梁中书要给自己父亲蔡京准备寿礼，梁中书说："下官如何不记得泰山是六月十五日生辰？"并特意搜刮了价值十万贯的礼物，派杨志送到东京去，这才有了黄泥冈智取生辰

---

① 〔宋〕周煇撰，刘永翔校注：《清波杂志校注》，第281页，北京：中华书局，1994。

纲事件。可以说蔡京的一个寿礼，推动了《水浒传》很多故事情节的开展。

古代一般只给年老之人庆祝诞辰，以示对老人的尊重。《礼记注疏》卷第二十八"内则"记载了中国古代的尊老规则："凡五十养于乡，六十养于国，七十养于学，达于诸侯……五十始衰，六十非肉不饱，七十虽帛不暖，八十非人不暖，九十虽得人不暖矣。五十杖于家，六十杖于乡，七十杖于国，八十杖于朝，九十者，天子欲有问焉，则就其室，以珍从。"并对老人的子女做了规定："八十者，子不从政；九十者，其家不从政，瞽亦如之。凡父母在，子虽老不坐。"①这与《论语·里仁》的"父母在，不远游，游必有方"②是一致的，都强调对老人和年长父母的尊重。

关于祝寿，宋人周辉在其《清波杂志》中有"寿酒"和"生日押场"条。卷五"寿酒"条云："洪守番江日，先人为郡幕，时祖母留乡里，洪每值正、至，必以书送寿酒，外题'状上太夫人'，凡僚属有亲者皆然。"③这个寿酒，祝寿的含义不甚明显，而是对老人的尊重；卷七"生日押场"条则是记载王安石的事迹："王荆公当国，值生日，差其子雱押送礼物。雱言：'例有书送物，阁门缴，申枢密院取旨，出札子许收，乃下榜子谢恩。缘父子同财，理无馈遗，取旨谢恩，一皆作伪。窃恐君臣父子之际，为礼不宜如此，乞自今应差子孙弟侄押赐，并不用此例。'从之。至当之论，后皆遵行。"④是说生日礼物该由谁押送的问题。这些记载，都反映了只为老年人过生日庆寿诞的习俗。

梁山好汉大都正值青壮年，年龄最大者如晁盖、宋江，也不过三四十岁，远不到老年，自然不会庆祝生日。在山东地区，给老人庆祝生日，多从五十岁或者六十岁开始，以六十岁开始庆祝的居多。《水浒传》中说给蔡京庆祝六十五岁寿诞，完全合乎这个标准。给老人庆祝寿诞，子女、晚辈一定要给老人送礼物，子女也多以礼物贵重程度和多寡来相互攀比，以显示对老人的孝心，故梁中书要送给蔡京十万贯生辰纲。

---

① 《十三经注疏整理本·礼记注疏》，第994～995页。
② 冀昀主编：《论语·孟子·大学·中庸》，第23页，北京：线装书局，2007。
③ 〔宋〕周辉撰，刘永翔校注：《清波杂志校注》，第221页，北京：中华书局，1994。
④ 〔宋〕周辉撰，刘永翔校注：《清波杂志校注》，第281页，北京：中华书局，1994。

《水浒传》中婚姻描写较多,如金翠莲嫁给赵员外,周通强娶桃花村刘太公之女,林冲与妻子张氏的婚姻,潘金莲与武大郎的婚姻,杨雄与潘巧云的婚姻,扈三娘与王英的婚姻,柴进与方腊金芝公主的婚姻等。这些婚姻的形式不尽相同,涉及婚礼描写的场面很少。对于婚姻的具体形式,将在下一节中论述,这里主要探讨《水浒传》中对婚礼场面和礼仪过程的描写。

《水浒传》虽写了多个婚姻,但未对婚礼的过程和形式进行具体描绘。第五回小霸王周通强抢刘太公女儿时的迎亲场面稍有描写,这一婚姻应属招赘婚的行为,其对婚礼的过程描写虽不甚清晰,但仍可看出宋元婚礼的大致风貌。

《仪礼·士昏礼》对婚礼的过程有比较详细的记载,后成为中国古代婚礼的基本礼仪程序。婚礼一般分为六步,即纳采、问名、纳吉、纳征、请期、亲迎。要完成一桩婚姻,这六步一般是要严格遵守的。

古代婚礼从议婚开始。所谓议婚,就是由媒人来往于双方家长之间,商量缔结婚姻关系。这个过程实际上就是《仪礼》中所说的纳采。媒人在这个阶段起着重要作用,中国古代就有"父母之命,媒妁之言"的说法,"非媒不婚"。《诗经·豳风·伐柯》:"伐柯如之何? 匪斧不克。娶妻如之何? 匪媒不得。"[1]后人就常用"伐柯""执柯""作伐"来代称做媒。《梦粱录》中将媒人叫做"伐柯人"。可见早在两千多年之前,媒人就已经成为婚姻中不可或缺的重要一环了。不过在《水浒传》中,婚姻中出现的媒人极少,就有个王婆自称会做媒,却还是为潘金莲和西门庆通奸做媒。像周通这样招赘加抢亲的,也用不着媒人。不过订婚和送日子的程序,也即纳征和请期,倒没有省去,刘太公说周通"撒下二十两金子,一匹红锦为定礼,选着今夜好日,晚间来入赘老汉庄上"。这几项与山东民俗相合,"撒下二十两金子,一匹红锦",其实就是订婚(纳征)的形式;"选着今夜好日",就是送下了日子(请期)。周通虽是强盗,婚礼虽简单,但仍不违背人伦之礼,抢亲也要符合基本的婚礼程序。

议婚、订婚、送日子的程序比较繁琐,吴自牧《梦粱录》卷二十"婚

---

① 聂石樵编:《诗经新注》,第 293 页,济南:齐鲁书社,2000。

娶"条描述了宋代婚礼从议亲到婚礼结束的过程:"婚娶之礼,先凭媒氏,以草帖子通于男家。男家以草帖问卜,或祷忏,得吉无尅,方回草帖。"①下面还有"相亲""订婚""选日""铺房""迎亲""回门"等程序。山东许多地区至今仍比较完整地保存着这些程序。《水浒传》中的草莽英雄极少有娶妻室的,周通抢婚是极少的例外,也基本按照《仪礼》的规定来进行。

婚礼过程中最隆重的是迎亲,狭义上的婚礼就是单指迎亲的过程。《水浒传》中对迎亲的描写不太细致,仅第五回周通迎亲写得较为详细,其他像王英与扈三娘的婚礼,花荣妹妹与秦明的婚礼,仅有纳采、请期、亲迎这三个过程。在地域特色上与山东婚礼民俗相符合的,是周通迎亲的过程中,一群小喽啰吹吹打打,十分热闹,这在山东地区自古即流行。

迎亲的时间,周通是天刚黑不久,"约莫初更时分";王英和扈三娘的婚礼应该是在白天,因为"正宴饮间……林子前大路上一伙客人经过,小喽啰出去拦截,数内一个称是郓城县都头雷横"。梁山泊是强人出没的地方,一般客商是不敢晚上经过的。这个"正宴饮间",应是中午前后更合情理一些。这样,同一部作品中就出现了不同的婚礼时间。在山东地区,鲁南、鲁中地区,如济宁、泰安等地,是晚上迎亲;其他地区一般是在中午。这些婚礼场面描写虽然简单,但还是有很多与山东民俗相符合的地方。

丧礼"是人结束了一生后,由亲属、邻里、友好等进行哀悼、纪念、评价的仪式,同时也是殓殡祭奠的仪式"②,也就是为去世者举行的纪念和祭奠仪式。中国历来比较注重逝者的忌日,《仪礼》中有"士丧礼"篇,专讲丧葬事宜。《论语·乡党》中说:"朋友死,无所归,曰:'于我殡。'"③如果朋友去世后无人安葬,孔子表示自己要为其举办丧礼,可见孔子对丧礼的重视,这种思想直接影响了后世几千年的丧葬风俗。

丧葬习俗从原始社会即已存在,进入文明社会之后,丧礼日益受

---

① 〔宋〕吴自牧:《梦粱录》,第304页,西安:三秦出版社,2004。
② 乌丙安:《中国民俗学》,第193～194页,沈阳:辽宁大学出版社,1985。
③ 冀昀主编:《论语·孟子·大学·中庸》,第64页,北京:线装书局,2007。

到重视,并逐渐有了阶级的区别。《礼记·王制》载:"天子七日而殡,
七月而葬。诸侯五日而殡,五月而葬。大夫,士,庶人,三日而殡,三月
而葬。"①此后,各朝各代不断改革丧俗,至唐代发展完善。我国自古就
有多种丧礼类型,大致有土葬、火葬、水葬、天葬以及其他的复合葬法
等多种葬法。古代最通行的是土葬,儒家讲究"入土为安",认为人死
后应该完整地将整个身体下葬。

《水浒传》中对丧礼描写不是很多,只有武大郎和晁盖去世后的丧
礼描写比较详细。不过在很多章节里写到了火葬习俗,如第十七回鲁
智深、杨志占领二龙山后,杀死了原先的头领邓龙,"随即叫把邓龙等
尸首扛抬去后山烧化了";第二十六回武大死后,"来到城外化人场上,
便教举火烧化";第五十二回,沧州知府的小公子被李逵杀死,"府尹听
了大怒,亲自到林子里看了,痛哭不已,备办棺木烧化"。第七十三回
李逵杀死四柳村狄太公女儿并奸夫,"太公、太婆烦恼啼哭,便叫人扛
出后面去烧化了";第九十九回鲁智深坐化后被火化,等等。

火葬的习俗由来已久,考古发现原始社会即有火葬。有文字记载
以后,火葬最先在少数偏远地区盛行。《墨子·节葬下》记载:"秦之西
有仪渠之国者,其亲戚死,聚柴薪而焚之,熏上,谓之登遐,然后成为孝
子。"②《荀子·大略》也记载:"氐羌之虏也,不忧其系缧也,而忧其死不
焚也。"③《北史·突厥传》记载:"死者,停尸于帐,子孙及亲属男女各杀
羊、马,陈于帐前祭之,绕帐走马七匝,诣帐门以刀剺面且哭,血泪俱
流,如此者七度乃止。择日,取亡者所乘马及经服用之物,并尸俱焚
之,收其余灰,待时而葬。"④

古代受儒家观念的影响,汉族一般都崇尚土葬而反对火葬。汉代
之前,焚尸被视为奇耻大辱。战国时期各国混战,经常将对方的坟墓
掘开,焚烧尸体以示对敌国的仇恨。东汉之后佛教传入中土,佛教徒
经常火葬,于是火葬逐渐被认可接受。但相比之下,火葬始终不如土
葬流行,宋太祖还曾在建隆三年(962年)颁布过禁止火葬的命令。然

---

① 陈澔注:《礼记》,第 71 页,上海:上海古籍出版社,1987。
② 王焕镳校释:《墨子校释》,第 204~205 页,杭州:浙江文艺出版社,1984。
③ 章诗同注:《荀子简注》,第 304 页,上海:上海人民出版社,1974。
④ 〔唐〕李延寿:《北史·突厥传》,第 3288 页,北京:中华书局,1974。

而火葬之风在宋代反而比较普遍,《宋史·礼志》记载:绍兴二十七年（1157 年）"今民俗有所谓火化者,生则奉养之具唯恐不至,死则燔爇而弃捐之,何独厚于生而薄于死乎? 甚者焚而置之水中,识者见之动心。国朝著令,贫无葬地者,许以系官之地安葬。河东地狭人众,虽至亲之丧,悉皆焚弃"①。另外,《清波杂志》卷十二"火葬"条则记载:"浙右水乡风俗:人死,虽富有力者,不办蒉尔之土以安厝。亦致焚如。"②可见当时不论是南方还是北方,都有了火葬风俗。元代的《马可·波罗游记》曾记载马可·波罗在宁夏、四川、山东、浙江都看到了火葬风俗。可知宋元时期,火葬已经在很多地区盛行。

宋元的火葬,一是与佛教盛行有关,佛教徒的火葬风俗不可避免地要影响到广大汉族民众。二是与下层贫民无钱营葬有关。《梦粱录》卷十八"恤贫济老"条记载:"或死无周身之具者,妻儿罔措,莫能支吾,则给散棺木,助其火葬,以终其事。"③可见在宋代,贫寒之家无力举办丧礼,政府帮着火化遗体。这表明宋代的火葬风俗,很大程度上出于贫寒无奈,因为按古老的土葬风俗,要耗费大量钱财。

从《水浒传》的描写也可以看出,火葬者大多是非正常死亡的人。除晁盖外,邓龙、武大、沧州知府公子、狄太公女儿等人,都是非正常死亡。晁盖虽死于非命,但他是梁山泊大头领,自然要好好安葬。晁盖安葬的过程,与山东地区的丧葬风俗相同。第一步是沐浴更衣,第六十回"宋江哭罢,便教把香汤沐浴了尸首,装殓衣服巾帻"。接着是入殓、成服,"一面合造内棺外椁……山寨中头领,自宋公明以下,都带重孝;小头目并众小喽啰,亦带头巾"。接着出殡、埋葬,晁盖的丧礼完全合乎山东民俗中的丧葬礼仪。

山东丧礼中还有"烧七""烧周年"的风俗。人死后每隔七天祭奠一次,谓之"烧七",从"一七"烧到"七七"。二十六回中武松问武大死了多久了,潘金莲回答说"再两日,便是断七"。这个"断七",就是"七七",指死者死后四十九天。山东地区以"五七"为最重要。另外,山东人在父母去世百日内不能出门,六十回中宋江在晁盖去世后不久想攻

① 〔元〕脱脱等著:《宋史·礼志》,第 2918~2919 页,北京:中华书局,1985。
② 〔宋〕周煇撰,刘永翔校注:《清波杂志校注》,第 508 页,北京:中华书局,1994。
③ 〔宋〕吴自牧:《梦粱录》,第 286 页,西安:三秦出版社,2004。

打曾头市,吴用劝他百日之后再举兵,也是这个风俗的反映。还有周年祭,死后一周年为"小祥",两周年为"大祥"。《礼记·间传》中有"期而小祥……又期而大祥"的记载①;《仪礼·士虞礼》中也有"期而小祥……又期而大祥"②的记载。郑玄注:"小祥,祭名。祥,吉也。"三十二回中有关于"小祥"的描写,刘高妻子为母亲祭奠去世一周年,特去坟前化纸,是为"小祥"。四十五回中杨雄妻子潘巧云给前夫王押司做两周年的大祭,是为"大祥"。山东人惯例,"大祥"要比"小祥"隆重。另外三十二回中,清风山小喽啰抢刘高妻子之前,说:"山东人年例,腊日上坟。"明确说出了山东风俗,山东人腊月都要上坟祭祖,只不过各地时间上有差异。由此可见,《水浒传》中的丧礼更符合宋元时期的山东风俗。从火葬的盛行到土葬过程的进行,都与山东民俗基本符合。

三、《水浒传》中不同婚姻形式的描写

婚姻形式与前面所述婚礼有所不同。婚礼是指婚姻所要遵守的规范与所要履行的程序,而婚姻形式是指各种各样的婚姻应该如何形成。可以说婚礼是婚姻的具体表达形式,正是通过婚礼的进行,人们才能区分各种不同形式的婚姻。

婚姻形式自古以来就有多种。自文明社会开始,汉族的婚姻就不外乎门第婚、抢劫婚、招赘婚、服役婚、典身婚、改嫁婚、媒妁婚、爱情婚以及父母主婚、个人择婚等几种形式,还有婚姻的特殊形式离婚。《水浒传》中比较有代表性的婚姻形式,是父母主婚的媒妁婚、抢劫婚和招赘婚,另外小说中出现的妇女改嫁现象也比较多。

封建时代最普遍的婚姻便是按"父母之命,媒妁之言"形成的媒妁婚。古代非媒不婚,可以说媒人既是古代女子婚姻的促成者,又是婚姻悲剧的制造者。这种父母之命,加上媒妁之言,构成了封建礼教之下婚姻的基本形态。所谓的"门当户对"也应运而生。《礼记·昏义》:"昏礼者,合二姓之好,上以事宗庙,下以继后世。"③《尔雅·释亲》:"妇

---

① 陈澔注:《礼记》,第312~313页,上海:上海古籍出版社,1987。
② 杨天宇译注:《仪礼译注》,第422页,上海:上海古籍出版社,1994。
③ 陈澔注:《礼记》,第324页,上海:上海古籍出版社,1987。

之父母,婚之父母,相谓为婚姻。"①这些都是古代婚姻的礼教规定。《水浒传》中这类婚姻最多,因为古代代行父母之命职能的还包括尊长、上级、主人等。潘金莲与武大、扈三娘与王英、秦明与花荣妹妹的婚姻都属于这种婚姻。代行潘金莲父母之命的是清河大户,扈三娘和秦明则是宋江做的主。

　　《水浒传》中的抢劫婚和招赘婚比较值得关注。抢劫婚,有周通抢刘太公女儿,王英抢刘高妻子,华州贺太守抢画工王义的女儿,董平抢程万里女儿,等等。郑屠强迫金翠莲典身为妾,也可算是抢劫婚。这种抢劫成婚的习俗古已有之。原始社会的氏族间通婚,男方经常会将不愿嫁过来的外族女子抢走,另外部落间的战争也经常将战败的部落女子抢占为妻。《周易正义》卷一《屯卦》云:"屯如邅如,乘马班如,匪寇婚媾。""乘马班如,泣血涟如。"②都是反映远古时期的抢劫婚风俗。进入文明社会后,抢劫婚的习俗仍在延续,如魏文帝曹丕强纳甄氏为妃。而少数民族的婚俗,抢劫婚更是一直都很盛行,尤其是西北游牧民族,如蒙古族,史载成吉思汗的母亲就是其父掠夺而来。这些历史上和周边少数民族的抢劫婚风俗,影响了宋元时期的汉族风俗,甚至在山东近现代史上仍有发生。莫言《红高粱》里写的"我奶奶"的命运,就有几次被抢的经历,被"我爷爷"余占鳌抢,被土匪秃三炮抢,反映了山东高密地区的婚俗。可见,掠夺的古婚俗在山东大地上一直都存在着。

　　招赘婚在《水浒传》中出现的最多,有周通强行入赘刘太公家,李小二、曹正、张青入赘酒家,杨雄入赘潘巧云家,孙新入赘顾大嫂家等。柴进去方腊朝做卧底,后与金芝公主成婚,也是入赘婚的形式。入赘婚是母系社会时期从妻婚和服役婚的变种形式,《诗经·大雅·绵》记载:"古公亶父,陶复陶冗,未有家室……率西水浒,至于岐下。爰及姜女,聿来胥宇。"③反映的就是周朝始祖入赘从妻居的古风俗。从《水浒传》描写来看,名义上和事实上都符合招赘婚风俗的,一般发生在下层贫民中间。《汉书·贾谊传》记载:"秦人家富子壮则出分,家贫子壮则

_____

① 周祖谟:《尔雅校笺》,第52页,南京:江苏教育出版社,1984。
② 〔晋〕王弼注,〔唐〕孔颖达疏:《周易正义》,第41、44页,北京:北京大学出版社,2002。
③ 聂石樵编:《诗经新注》,第486～487页,济南:齐鲁书社,2000。

出赘。"①《汉书·严助传》亦载:"数年岁比不登,民待卖爵赘子,以接衣食。"②像柴进做方腊驸马,是不用承担入赘婚女婿所要承担的那些责任的。而按照山东风俗的记载,招赘婚的男人是非常受歧视的,在家中也没有做丈夫应有的地位和尊严。这从《水浒传》中可以看出来,像孙二娘并不听张青"三等人不可坏他"的嘱咐,导致鲁智深差点被害;顾大嫂则"有时怒起,提井栏便打老公头"(第四十九回)。入赘者子女要随妻姓,故入赘多为贫寒人家无力娶妻者。《水浒传》所写的这些入赘婚,既有传统的古婚俗特点,又掺杂了山东民俗的地方性特色。

《水浒传》多处描写了妇女改嫁。封建礼教认为女子应从一而终,不事二夫。《周易正义》卷四《恒卦》云:"妇人贞吉,从一而终。"③《礼记·郊特牲》也说:"信,妇德也。一与之齐,终身不改,故夫死不嫁。"④不过这种规定在相当长的时间内并没有得到社会的普遍重视和认同,妇女改嫁是很正常的事情。如卓文君夫死后与司马相如私奔;曹丕的皇后甄氏原为袁熙之妻;唐代公主改嫁者达二十多人。宋代吴处厚《青箱杂记》卷五记范仲淹事:"范文正公幼孤,随母适朱氏。因冒姓朱,名说。后复本姓。"⑤宋代周辉《清波杂志》卷十二"范文正复姓"条也有相同记载。范仲淹之母也曾改嫁过,李清照在南渡夫亡后改嫁,甚至理学家程颐,既默许儿媳改嫁,又亲自操办外甥女改嫁之事。宋代的法律也不完全禁止妇女改嫁。因此,《水浒传》写妇女改嫁,基本符合当时社会的现实状况。

元代是水浒故事成型的重要时期,元代的很多风俗也影响到了《水浒传》的创作。蒙古族是游牧民族,其社会生活尚处在奴隶社会时期。元朝建立后,蒙古族习俗不可避免地要影响到汉族。蒙古族受汉族礼教的束缚很少,对妇女的贞节观念十分淡薄。史载元太祖成吉思汗的女儿阿拉海吉别公主有七个名字,根据蒙古族出嫁从夫姓的风俗,可知她改嫁过很多次。受蒙古族风俗的影响,《水浒传》对妇女再嫁采取了比较宽容的态度。如潘金莲想嫁西门庆,王婆对她说"初嫁

① 《汉书·贾谊传》,第2244页。
② 《汉书·严助传》,第2779页。
③ 〔晋〕王弼注,〔唐〕孔颖达疏:《周易正义》,第170页,北京:北京大学出版社,2002。
④ 陈澔注:《礼记》,第149页,上海:上海古籍出版社,1987。
⑤ 〔宋〕吴处厚:《青箱杂记》,第47页,北京:中华书局,1985。

从亲,再嫁从身",可见当时女子改嫁是比较自由的,也不需要什么"父母之命,媒妁之言"了。杨雄甚至允许妻子潘巧云在自己家里为其前夫王押司设道场祭奠。

不过,南宋毕竟是理学兴起的时期,妇女的贞节观开始被重视,从《水浒传》中也可看出对妇女贞节的要求,如第六十一回吴用赚卢俊义上山,骗他说百日内有血光之灾,卢俊义回答说"祖宗无犯法之男,亲族无再婚之女",可见"再婚之女"是为人不齿的,认为会给家族带来不幸。林冲在救出被高衙内骗至樊楼的妻子张氏之后,首先问她"不曾被这厮玷污了?"这些又显示了《水浒传》对妇女贞节问题的重视,与对妇女改嫁的宽容态度似乎相矛盾,这可视为《水浒传》世代累积成书所造成。

第三节 《水浒传》中的信仰民俗

信仰民俗贯穿于民间经济生活与社会生活之中,是"从人类原始思维的原始信仰中不断传承变异而来的民间思维观念的习俗惯例"①。这种信仰的民俗形式,有时表现为行为上的某种手段和仪式,有时表现为书面的或语言的文学形式,还有时表现为心理上的某种对生活有比较大影响的精神力量。在中国古代悠久的历史中,由于生产力长期低下,以及很多时候统治者统治政策的需要,或者百姓对自身难以掌控的自然和社会现实的某种寄托,信仰的民俗在从庙堂之上的皇帝公卿大臣到市井乡间的普通百姓都得到了广泛的应用和世世代代的继承、发展。

民间信仰与现代意义上的宗教信仰有所不同。宗教在自身产生、发展的过程中,逐渐形成了一整套完整的体系,包括教义、教规、教徒所信仰的神灵、完整的组织体系、朝圣场所等。而且宗教教徒有自觉的宗教意识,有进行宗教活动的特定的物品、场所、活动仪式等。而民间信仰则相对松散和凌乱,既没有统一的形式,也没有统一的规定,甚

① 乌丙安:《中国民俗学》,第238页,沈阳:辽宁大学出版社,1985。

至名称相同的神灵,在不同地区、不同时代都有不同的信仰方式。信仰民俗更多的侧重于这种在民间广泛流传而又没有固定模式的民间信仰习俗。

《水浒传》描写的信仰民俗大体包括宗教信仰、岁时信仰、禁忌信仰等几部分,大都具有明显的山东特点。如泰山神,每年农历三月二十八日举行的泰山庙会,成为燕青智扑擎天柱的故事起源和背景。吴用赚卢俊义上山,也是骗他去泰山还愿。再如端午节,民间一般认为是纪念爱国诗人屈原,而山东地区则有纪念秃尾巴老李的说法。另外一些岁时民俗的描写,也可以看出山东地区的一些特点,如元宵节、清明节举行的活动。

一、《水浒传》中的岁时民俗

岁时民俗主要指民间的节日风俗。在中国历史上民间形成了许多岁时节日,如春节、上元节、清明节、端午节、中元节、重阳节、冬至、腊八节等。《水浒传》中描写了很多节日民俗,如第三十三回、第六十六回中分别描写了清风寨和东京的元宵节庆典盛会,第七十一回写众英雄重阳节时饮酒庆祝,第三十回写中秋节风俗等。在一些有关宗教信仰描写的地方,也写到了一些与宗教有关的岁时节日,如泰山庙会,盂兰盆会,等等。这些与宗教有关的节日,被下层民众接受后,宗教意味逐渐变淡,成为民间的岁时节日而经久不衰。

在《水浒传》所描写的众多岁时节日民俗中,着墨最多的是上元节,即元宵节。第三十三回中写宋江在青州花荣的清风寨避难,"住了将及一月有余,看看腊尽春回,又早元宵节近"。于是"宋江夜看小鳌山",细致描述了青州清风寨庆祝元宵节的情形。第六十六回"吴用智取大名府",描写了元宵节放灯景致。两处都写到了鳌山和花灯。

关于元宵节的起源,主要有三种说法。一种是与宗教有关的,一种是与历史有关的,还有一种则纯粹是民间传说。第一种说法与道教神祇上元天官紫微大帝相关。道教神仙谱系中有天、地、水"三官",是道教中供奉较早的神灵。道教一直有"天官赐福,地官赦罪,水官解厄"的说法。按照道教的说法,所谓"三官"是陈子梼与龙王三女所生之子,长子生于正月十五,次子生于七月十五,三子生于十月十五,长而神通,元始天尊分别封为"上元一品九气天官紫微大帝""中元二品七气地官清虚大帝""下元三品五气水官洞阴大帝",分别执掌天上、地下、水中之事。故后人将三官生日分别作为上元节、中元节、下元节来纪念。宋代吴自牧《梦粱录》卷一"元宵"篇记载:"正月十五元夕节,乃上元天官赐福之辰。"①

第二种说法与汉文帝平定诸吕叛乱有关。汉高祖刘邦死后,吕后大权独揽,诸吕朝中地位显赫,但吕后死后诸吕怕招致杀身之祸,密谋叛乱,齐王刘襄联合开国老臣周勃、陈平平叛,后拥立刘恒为帝,是为汉文帝。文帝深感太平盛世来之不易,下诏将平定诸吕叛乱的正月十五日定为纪念节日,以示庆祝。

第三种说法来自东方朔。传说东方朔冬日大雪天去御花园给汉武帝折梅花,发现有宫女欲投井自尽,急阻之,知此女名为元宵,因长期不能与家人相见而欲寻死。东方朔于是以卜者身份摆摊算卦,所有求签者都得到"正月十六火焚身"的卦语,以致民心惶惶。消息传入宫中,汉武帝向东方朔请教,东方朔就让汉武帝下令正月十五晚上做元宵、放花灯,令百姓进城观看。武帝下令照办。是日,元宵在观灯人群中发现了自己的家人,其家人喊元宵之名也使得元宵名声大振。元宵节之名遂由此而来,吃元宵、赏花灯的风俗也流传了下来。从上述元宵节起源说法来看,元宵节在中国至少已有两千多年的历史。

对"三官"的崇拜源于中国古代先民对天、地、水的崇拜,如《仪礼·觐礼》:"祭天燔柴,祭山川陵升,祭川沉,祭地瘗。"②从这些传说中也可以看出,至迟到汉代,已经有了元宵节的庆赏活动。史载汉武帝将正月十五正式定为元宵节。延至唐代,元宵节开始在民间盛行,悬挂花灯、观赏花灯的风俗流行开来。至宋代则更为流行。《水浒传》所描写的元宵节景致,与当时有关的记载完全相符。元宵节的风俗活动一般包括放灯和猜灯谜两项。

放灯之俗,当与佛教相关,而与天官无关,道教典籍和民间传说中都没有放灯与天官有关的记载。佛教中以燃灯为事佛者甚多,燃灯古佛是佛教比较重要的一个佛。自东汉明帝时佛教传入中国,汉明帝为

① 〔宋〕吴自牧:《梦粱录》,第5页,西安:三秦出版社,2004。
② 杨天宇译注:《仪礼译注》,第468页,上海:上海古籍出版社,1994。

弘扬佛法,下令每年正月十五放灯,民间遂兴起放灯风俗。宋陈元靓在其《岁时广记》中曾有关于汉明帝时元宵节放灯的记载。放灯风俗真正大盛,则是从隋唐开始的,从隋代的很多诗文中可以看出来。隋炀帝曾有一首《元夕于通衢建灯夜升南楼》:"法轮天上转,梵声天上来;灯树千光照,花焰七枝开。月影疑流水,春风含夜梅;燔动黄金地,钟发琉璃台。"可以看出当时上元节放灯风俗与佛教的密切关系。唐代佛教盛行,元宵节放灯风俗与佛教关系依旧密切。唐代大诗人苏味道、李商隐等都有上元节放灯的诗传世。《旧唐书·严挺之传》记载:"(唐睿宗)先天二年正月望,胡僧婆陀请夜开门燃百千灯,睿宗御延喜门观乐,凡经四日。"①可见唐代放灯风俗与佛教密切相关。但到了宋代,放灯风俗逐渐被民间的游乐所取代,佛教意味变淡。宋以后则几乎与佛教无关,成为纯粹的民间风俗了。唐玄宗时把赏灯的时间定为三天,即正月十四、十五、十六三天,宋代沿用这个惯例。吴自牧《梦粱录》卷一"元宵"篇载:"元夕之时,自十四为始。""至十六夜收灯。"②不过宋代各地放灯时间长短并不一致,有的地方只是十五当晚赏灯;也有的地方是放灯五夜,即在原先基础上再增加十七、十八两天,或者提前至十三开始,放至十七。宋代放灯规模比唐代有过之而无不及,在《东京梦华录》《武林旧事》《西湖老人繁盛录》等笔记中都有明确记载。

《水浒传》中写元宵节放灯这一风俗,描述最为详细的第三十三回和六十六回中,放灯的时间并不一致。第三十三回写清风寨,即山东青州地区的赏灯风俗,从小说描写来看,应该是只在十五这天的当晚来进行,因为花荣也只是在元宵节当天派兵去维持治安,先前的一系列描述都是为赏灯做准备。第六十六回则明写"十三至十七放灯五夜",与第三十三回不同。第七十二回中说东京赏灯是从正月十四开始的,因为宋江要趁"正月十四日夜,人物喧哗,此时方可入城",具体结束时间没有明说。这几处不同的描写,正反映了宋代不同地区的不同风俗。第三十三回中对清风寨即山东青州地区的赏灯风俗的描写,基本符合山东地区的民俗特色。

山东地区的元宵节赏灯活动,以德州、淄博两地为最盛。这两个

---

① 〔后晋〕刘昫等:《旧唐书·严挺之传》,第3103页,北京:中华书局,1975。
② 〔宋〕吴自牧著:《梦粱录》,第6~7页,西安:三秦出版社,2004。

地区放灯、赏灯的时间为正月十四至十六三天。除这两个地区之外，其他地区的赏灯都只是在十五这一天进行。青州不属于这两个地区，现在的青州也只是在元宵节当天进行赏灯活动。赏灯之前虽然要做很多准备，但赏灯人一般都是只在十五当晚去赏灯。《水浒传》写宋江在元宵节夜晚与清风寨百姓一起赏灯，比较符合青州当地的风俗。至于德州，地理位置靠近河北，受河北地区风俗影响，放灯的时间自然会长一些。

第三十三回还特意写到宋江所看之灯，是"剪采飞白牡丹灯"和"荷花芙蓉异样灯"。在鲁中、鲁西南地区，元宵节所放之灯必少不了荷花灯，《齐鲁节庆》记载："荷花灯、寿桃灯、娃娃灯放在居室各处，保一家平安"。① 青州属于鲁中地区，放荷花灯与当地风俗是相吻合的。

元宵节有的地方还有迎紫姑的风俗，南朝梁宗懔所著的《荆楚岁时记》记载："（正月十五）其夕，迎紫姑，以卜将来蚕桑，并占众事。"②这个风俗主要在养蚕业比较发达的地区流行。在山东，紫姑属于"厕神"，并不管蚕桑之事。

端午节和中秋节在《水浒传》中的描写没有上元节那样隆重热烈。第十三回写梁中书与夫人端午节家宴，酒席间商量给岳父蔡京送生日贺礼生辰纲之事。中秋节在第二回和第三十回中出现过。第二回写中秋节当晚，史进请少华山朱武、陈达、杨春饮酒赏月；第三十回写中秋节之夜张都监设计陷害武松。这两个节日是汉族传统中比较重要的节日。

"端午"一词的起源，最早见于晋代周处的《风土记》。人们所普遍认同的端午节为纪念屈原的说法，最早见于南朝梁吴均的《续齐谐记》和宗懔的《荆楚岁时记》。《荆楚岁时记》记载："按：五月五日竞渡，俗为屈原投汨罗江，伤其死所，故命舟楫以拯之。"还有一种"迎神说"，见于东汉《曹娥碑》，《荆楚岁时记》中也有相关记载："邯郸淳《曹娥碑》云：'五月五日，时迎伍君。逆涛而上，为水所淹。'"认为是纪念孝女曹娥和伍子胥的。闻一多的《端午考》则提出了第三种说法，端午节起源于古代吴越地区"龙"的图腾崇拜。在《荆楚岁时记》中也有记载："《越

---

① 朱正昌主编：《齐鲁特色文化丛书·节庆》，第30～31页，济南：山东友谊出版社，2004。
② 〔南朝梁〕宗懔：《荆楚岁时记》，第25页，太原：山西人民出版社，1987。

地传》云，起于越王勾践，不可祥矣。"①这三种说法基本上都与长江中下游一带尤其吴越一带有关。类似的记载在宋代高承的《事物纪原》中也有论述。还有一种说法，先秦时期，五月是毒月，五日是恶日，五月五日出生之人，男害父，女害母。《史记·孟尝君列传》记载孟尝君是五月五日出生，其父曾要求其母不要生下他，"五月子者，长与户齐，将不利父母"②。宋徽宗也是五月五日出生，从小被寄养在宫外。文人笔记对这个禁忌也有记载，《裴子语林》和《小说》分别记载了这样两则故事："胡广本姓黄，五月生，父母置诸瓮中投之于江，胡翁见瓮流下，闻有小儿啼声，因以为子。遂登三司。广后不治本亲服，世以为讥。""胡广以恶月生，父母恶之，藏之胡卢，弃之河流，岸侧居人收养之。"③可见胡广跟孟尝君、宋徽宗一样，因为是恶月出生，而被父母遗弃或者寄养。五月端午在门上插艾，趋吉辟邪，也与中国这一古老的迷信有关。

从《水浒传》第十三回中描写端午节的那段赋，可以看出山东地区的端午风俗。首先，山东百姓一般不知道屈原为何许人，他们过端午节，是为了纪念山东本地的神祇秃尾巴老李。相传秃尾巴老李的母亲生下他之后，没有人看到他是什么东西，后来他父亲发现是条黑蛇，就砍断了他的尾巴。他飞到了黑龙江中，并打败了江里的白龙，成为黑龙江的水神。黑龙江之名据说就是由此而来。至今在黑龙江坐船过河，船工都会习惯性地问一句"船上有没有山东人？"不管有没有，渡河者一般都会回答"有"，传说就是秃尾巴老李暗中保护着山东人。五月五日是秃尾巴老李回来给他父母上坟扫墓的时间，山东人遂在这一天纪念他。端午节的时候，家家门口都要插艾，以为能够辟邪。第十三回中的赋，第一句就是"盆栽绿艾"。《荆楚岁时记》中记载南方端午节也有在门口插艾的习俗。

"中秋"一词，最早见于《周礼》，《周礼·天官冢宰第一》记载了很多祭祀类的官职，其中一个官职叫做"司裘"，其职责为"司裘掌为大裘，以共王祀天之服。中秋，献良裘，王乃行羽物。"这是有关中秋的最早的记载。同在《周礼》的《春官宗伯第三》中也有记载，"籥章掌土鼓、

---

① 〔南朝梁〕宗懔：《荆楚岁时记》，第48页，太原：山西人民出版社，1987。
② 〔汉〕司马迁：《史记·孟尝君列传》，第458页，北京：中华书局，2006。
③ 鲁迅编撰：《古小说钩沉》，第3、64页，济南：齐鲁书社，1997。

幽篽……中秋,夜迎寒亦如之"①但一直到唐初,中秋才成为固定的节日,此前的典籍中未见有记载。中秋节在民间大盛是在宋代,确切地说,中秋节是从宋以后成为举国欢庆的节日。在此之前,虽然中秋早就成为传统节日,但仅仅在上层社会流行,没有进入普通百姓生活中。

中秋节的庆祝活动一般包括赏月和拜月两项。宋时中秋节赏月活动极盛,吴自牧《梦粱录》卷四"中秋"篇曾作过描述:"王孙公子,富家巨室,莫不登危楼,临轩玩月,或开广榭,玳筵罗列,琴瑟铿锵,酌酒高歌,以卜竟夕之欢。"②这是记载南宋时杭州一带中秋赏月活动的,可见赏月活动之盛。

《水浒传》第二回和第三十回中都写到了赏月。第二回写史进与少华山三位好汉中秋节赏月、饮酒;第三十回写张都监借中秋之际与武松饮酒赏月,并设计陷害武松。中秋赏月的风俗在全国各地非常普遍,至今仍极为流行。中秋拜月的风俗有地域上的差异。在山东,拜月允许男子参加,但不允许男子叩拜,俗云"男不拜月,女不祭灶"。拜月的风俗起源于北宋时期,在第三十回中,张都监请武松饮酒赏月,又叫丫鬟玉兰唱歌助兴。现在的研究者多关注张都监将玉兰配与武松,但玉兰的出场,已经暗含了中秋拜月的风俗。

《水浒传》第五十一回中提到盂兰盆会。农历七月十五中元节,俗称鬼节,本为道教节日,在民间却与佛教的盂兰盆节相结合了。与前面几个汉族传统节日不同的地方,就是它吸收、融合了很多宗教元素在里面。盂兰盆会的宗教意味甚至已经超过了中元节单纯的汉族传统节日的意味。

中元节的名称来源于道教,又称鬼节,与上元节、下元节并称"三元"。中元节是为纪念"中元二品七气地官清虚大帝",吴自牧《梦粱录》卷四"解制日"篇说道:"是日又值中元地官赦罪之辰。"③道教认为,从农历七月初一起,阴间打开鬼门,放出孤魂野鬼到人间来接受奉祭。上元节是人间的元宵节,人们张灯结彩庆元宵。"中元"承接上元而来,中元节是鬼节,也应该张灯为鬼庆祝节日。但人鬼有别,所以中元

---

① 杨天宇译注:《周礼译注》,第 105、348 页,上海:上海古籍出版社,2004。
② 〔宋〕吴自牧:《梦粱录》,第 49 页,西安:三秦出版社,2004。
③ 〔宋〕吴自牧:《梦粱录》,第 47 页,西安:三秦出版社,2004。

张灯和上元张灯不一样。人为阳,鬼为阴;陆为阳,水为阴。水下神秘昏黑,使人想到传说中的幽冥地狱,鬼魂就在那里沉沦。所以,上元张灯是在陆地,中元张灯是在水里。《水浒传》写沧州中元节,"年例各处点放河灯,修设好事",即为此风俗。

　　盂兰盆会的名称则来源于佛教,与佛教故事目连救母有关。佛经中的《目连救母》故事云:目莲僧法力宏大,其母堕落饿鬼道中,食物入口,即化为烈焰。目莲无法解救母厄,于是求教于佛,为说盂兰盆经,教于七月十五日作盂兰盆以救其母。随着佛教传入中国,盂兰盆会也开始在中国流行。南朝时佛教大盛,梁武帝萧衍于大同四年(538年)在同泰寺设盂兰盆斋,此后民间盂兰盆会开始兴盛起来。北朝颜之推《颜氏家训·终制》篇载:"若报罔极之德,霜露之悲,有时斋供,及七月半盂兰盆,望于汝也。"①南朝梁宗懔《荆楚岁时记》载:"七月十五日,僧尼道俗悉营盆供诸寺。"②可以看出盂兰盆节佛、道共具的特色。随着盂兰盆节的流传,汉族传统的中元节就逐渐被佛教的盂兰盆会所取代。唐宋以后,几乎所有中元节或鬼节的名目都完全是盂兰盆会的庆祝方式了。明末张岱的《陶庵梦忆》中的"目连戏"一篇,便是描述目连戏的名篇。

　　盂兰盆本来是七月半时供于寺庙中,以祈求超度亡故亲人的,宋以后还用来祭祀祖先。很多宋代文人笔记中都有关于盂兰盆的记载,宋代高承《事物纪原》卷八描述其样式为:"以竹为园架,加其首以荷叶,中贮杂馔,陈《目连救母》画像,致之祭祀之所。"③盂元老《东京梦华录》卷八"中元节"条记载:"以竹竿斫成三脚,高三五尺,上织灯窝之状,谓之盂兰盆。挂搭衣服、冥钱在上焚之。"④陆游《老学庵笔记》卷七记载:"织作盆盎状,贮纸钱,乘以一竹焚之。视盆所倒向以占气候,谓向北则冬寒,向南则冬温,向东西则寒温得中。谓之盂兰盆。"⑤这些记载说明宋代供奉盂兰盆十分流行。

　　盂兰盆节的主要活动就是祭祀祖先、孤魂野鬼和放河灯。在这一天都要举行家祭,有很多地区还要去坟地祭祀。《梦粱录》卷四记载:

---

① 〔北齐〕颜之推著:《颜氏家训》,第279页,广州:广州出版社,2001。
② 〔南朝梁〕宗懔著:《荆楚岁时记》,第57页,太原:山西人民出版社,1987。
③ 〔宋〕高承著:《事物纪原》,第437页,北京:中华书局,1989。
④ 〔宋〕孟元老著:《东京梦华录》,第211~212页,北京:中华书局,1982。
⑤ 〔宋〕陆游著:《老学庵笔记》,第240页,西安:三秦出版社,2003。

"有就家享祀者,或往坟所拜扫者。"①至今在南方,家祭和祭祀孤魂野鬼的风俗保存得比较完整,每年盂兰盆节的时候,各家都要去祠堂供奉,一般要持续很多天。《水浒传》第五十一回的有关盂兰盆会的描写,更像是山东本地盂兰盆会的庆祝方式。

首先从七月半举行祭祀的时间来看,山东地区一般都是在盂兰盆节这一天举行,一般不会提前或者延后。而南方的祭祀活动一般会在七月半前十天或者后十天举行,以七月半之前十天举行为多。第五十一回中说"时过半月之后,便是七月十五日盂兰盆大斋之日",时间恰好是在七月半这一天,书中也没有提到提前和延后的情况,因此与南方不同。明代谢肇淛在其《五杂俎》卷二记载:"是月之夜,(闽中)家家具斋馄饨、楮钱,延巫于市上,祝而散之,以施无祀鬼神,谓之'施食'。贫家不能办,有延至八九月者。"②是说福建地区整个七月甚至是八九月都可以举办盂兰盆会。这些都与《水浒传》第五十一回的描述相异。山东的盂兰盆节祭祀,只在七月十五这一天举行。由此可以推断,第五十一回对盂兰盆会的描述,以山东本地民俗为依据可能性更大一些,虽然故事发生地是在河北的沧州。

山东地区在七月十五当夜去放河灯,没有提前和延后的,这与南方不同,同样可以证明第五十一回中盂兰盆会的山东特色。另外,第五十一回有一篇短赋,描述寺庙里的祭祀活动,其中有一句"盘内贮诸般素食",也暗合了山东民俗。《山东民俗》记载:"中元节祭祖的习俗在山东较为普遍……单县的祭品尤为丰盛,有竹子作的盂兰盆、纸做的衣帽和一桌素食等。"③单县属于鲁西南,与梁山相近,"一桌素食"也与《水浒传》所说相符合。这一天忌杀生,故第四十回中蔡九知府手下黄孔目说"后日又是七月十五中元之节,皆不可行刑",从而救了宋江一命。

从《水浒传》第五十一回那段赋来看,盂兰盆会的主要内容是超度孤魂野鬼,没有祭祀先人的。这种风俗元代以后逐渐形成,至明代而确立。由此可以看出《水浒传》成书不早于元末的一些端倪来。

---

① 〔宋〕吴自牧:《梦粱录》,第47页,西安:三秦出版社,2004。
② 〔明〕谢肇淛著:《五杂俎》,第26页,上海:上海书店出版社,2001。
③ 山曼、李万鹏等著:《山东民俗》,第44页,济南:山东友谊出版社,1988。

二、《水浒传》中的民间信仰

民间信仰是原始信仰活动中的残余成分,是对事物本来面目的曲解,甚至是一种破坏性行为,一般都是人心理上的主观意识形态。古代由于生产力低下和科学技术落后,民间信仰有着很大的存活空间。一旦这类民俗进入文学作品,就会为作品增添许多神秘色彩而具有一定的吸引力。《二十四史》中的有些内容也难免有民间信仰的成分,如《史记·高祖本纪》记载:汉高祖刘邦起事之前,有一次喝醉了,从人报告说前方有大蛇挡路,高祖上前拔剑斩为两段。后来有人在蛇死的地方发现有一老妇夜哭,问之,言自己的儿子被别人杀了,"吾子,白帝子也,化为蛇,当道,今为赤帝子斩之"①。这是以民间信仰神化刘邦,是"君权神授"观念的表现。

《水浒传》中民间信仰的内容非常之多,成为推动故事情节必不可少的有机组成部分。如公孙胜、樊瑞的道术,王婆闰月做寿衣,吴用给卢俊义算卦,晁盖出兵攻打曾头市之前狂风吹折旗杆等,都属于此类民俗。不同的民间信仰在不同地区有不同的风格特色。

《水浒传》中出现较多的民间信仰形式是占卜类。占卜是一种非常古老的信仰形式。早在殷商时代,卜就非常盛行。《说文解字》对"占"和"卜"都作了解释,"占,视兆问也,从卜从口";"卜,灼剥龟也,象灸龟之形,一曰象龟兆之纵横也"。我国古代历朝历代都设有专司占卜的官职,《周礼·春官宗伯第三》中记有"占人"的职务:"占人掌占龟。"②《礼记·玉藻》中记载:"卜人定龟。"③《史记》"七十列传"中有《龟策列传》一篇,专记古代占卜之事。

占卜类俗信形式非常多,如禳灾、咒语、降神作法、占人、占岁、解梦、征兆、占卦、相面、看风水、测字,以及其他相应的变异形式,如小儿抓周,婚姻中的"合婚""批八字""扶乩"等。《水浒传》中多处写到占卜类俗信,如第一回张天师禳灾,第七回林冲娘子还愿,第十六回吴用解梦等。

---

① 〔汉〕司马迁:《史记·高祖本纪》,第 72 页,北京:中华书局,2006。
② 杨天宇译注:《周礼译注》,第 355 页,上海:上海古籍出版社,2004。
③ 陈澔注:《礼记》,第 166 页,上海:上海古籍出版社,1987。

　　《水浒传》"引首"和第一回中都提到了宋仁宗年间瘟疫大盛，仁宗特命太尉洪信前去江西龙虎山请嗣汉天师在"京师禁院修设三千六百分罗天大醮""禳保民间瘟疫"。在科学和生产力尚不发达的时代，人们对自然界的某些异常情况不能作出合理的解释，而相信是神灵所主使，或者是鬼怪妖魅作祟，于是产生了祈禳活动。除了道教徒进行这种活动之外，民间往往也有自己通行的祈禳方法，如在山东民间，冰雹对农业生产的危害非常大，历史上一直认为冰雹是秃尾巴老李回来给父母上坟带来的，而他的尾巴因为被父亲割断，所以害怕铁器，百姓就在冰雹天往自家院子里丢镰刀等铁器，这也是民间古老的祈禳风俗。《三国演义》第一〇三回中描述诸葛亮禳星为自己加寿，便是以为自己的寿命可以通过祈禳的方式延长。《水浒传》描写张天师的祈禳活动，一方面是为小说增添神秘色彩，宣扬宋朝天下有神灵保护，以为宋江等人替天行道、保国安民提供精神上和舆论上的支持，另一方面也是借太尉洪信之手，引出一百单八将来，为一百单八将的身份涂上神话色彩。他们是天上的星曜下凡，具有非同寻常的英雄气概，为整部小说的主题定下一个基调。

　　《水浒传》中还多次提到许愿还愿这一民间信仰。如第二回王进欺骗张牌说"许下酸枣门外岳庙里香愿，明日要去烧炷头香"；第七回林冲与娘子"一同来间壁岳庙里还香愿"；第十回林冲从草料场出去买酒，经过古庙，林冲顶礼道："神明庇佑，改日再来烧纸钱。"第四十五回潘巧云替母亲还"血盆忏旧愿"；第九十九回宋江还九天玄女的誓愿。基本上凡是涉及还愿的都会与泰山有关。自古以来这一民俗始终流传甚广，古代由于交通不便，很少有人能真正亲自去泰山岳庙还愿，因而各地都建有岳庙。王进、林冲所说岳庙，都是东京的岳庙，而不是泰山的岳庙。由此可以看出，泰山神祇在全国各地影响之深远。吴用赚卢俊义上山，说他百日内有血光之灾，须去泰山烧香避灾。从地域性来看，山东的这一民俗在小说中有着重要作用。不论去泰山烧香还愿，还是三月二十八的泰山庙会，都是山东民俗在书中的体现。

　　《水浒传》描写了公孙胜的几次巫术活动。第十九回公孙胜作法兴风抵挡官兵；第五十二回公孙胜斗法破高廉；第六十回公孙胜芒砀山降伏樊瑞；第八十六回公孙胜与辽国贺统军斗法。巫术在中国有着悠久的历史,自殷商时期就有"巫"这个职务,汉代以后,随着道教的兴起和佛教的传入,巫术逐渐与佛、道相结合。道教的一个重要源头就是中国古代的巫术,所以巫术逐渐成为道教法术。到了宋代,道教受到包括皇帝在内的很多人的信奉,宋徽宗自称"道君皇帝",天师道受到皇帝的保护,所以宋代道教特别兴盛,以道术为主要形式的巫术也就流行起来。

宋代道教神仙系统已经完备,丹鼎、符箓成为道士的职业活动,道教的神仙方术更加系统化,与此相关的宋代民间巫术活动也更为活跃,以致宋代最高统治者也以巫术要求道士,并对那些自称巫术高明的道士赞赏有加,委以重任。《宋史·钦宗纪》记载:"(靖康元年十一月闰月)丙辰,妖人郭京用六甲法,尽令守御人下城,大启宣化门出攻金人,兵大败。"①"上有所好,下必甚焉",很多大臣也喜欢巫术。《清波杂志》卷十二"张怀素"篇记载了徽宗时大臣吕吉辅、蔡元度崇信张怀素道术的事:"蔡尝语陈莹中:'怀素道术通神,虽飞禽走兽能呼遣之。'"②元代对道教也十分推崇,成吉思汗专门请教过全真教的丘处机,所以在宋元时期,道教盛行导致了巫术盛行。《水浒传》中有关巫术的描写,有着时代的依据。

巫术往往离不开咒语和符箓。符由符箓发展而来,是介于字和画之间的图案,或者就是一些奇怪的文字。咒与巫术紧密相连,不管是公孙胜还是樊瑞、高廉,他们在施行巫术的时候,总是"口中念念有词",念动咒语。咒是普通人听不懂的一些语言,施行巫术的人念咒以显示自己巫术的灵验和有根据。民间有些群众流行的口头语,可视为咒语,如山东胶东地区,小孩出去割草没完成任务,就会把镰刀往天上一扔,然后念道:"镰,镰,往下扎,家去不挨打。"而且必须让镰刀扎进地里才能保证回家不挨打。这是民间简单的巫术,小孩口中念的那句话就是简单的咒语。江湖术士或者道士念咒语并作法,显示他们有功夫并且有施法的咒语;民间简单的咒语则是群众心理上的一种慰藉,通过简单的咒语和简单的巫术来寻求精神寄托。《水浒传》中出现的这些道术,既有宗教的成分,又有民间的普通信仰因素。大体上看,公

---

① 〔元〕脱脱等:《宋史》,第 434 页,北京:中华书局,1985。
② 〔宋〕周辉撰,刘永翔校注:《清波杂志校注》,第 504 页,北京:中华书局,1994。

孙胜等人施行的巫术是道术,他们念的咒语多半是民间信仰的咒语。在山东各地这样的咒语都随处可见,《水浒传》正是从中吸收引用了这些咒语。

另外还有卜兆类民俗。这种卜兆类的俗信,更多的是一种先验的征兆,包括算卦、阴阳风水、征兆等形式,也包括一些佛教的偈语。同巫术一样,《水浒传》中的这些俗信是推动故事情节发展的必要组成部分。

《水浒传》中写算卦有两处,一是吴用赚卢俊义上山,通过算卦骗他说百日内有血光之灾,要他去泰山烧香。另一处是宋江的九天玄女课,在第八十一回、八十二回、八十六回中宋江都用九天玄女课占卜过。算卦同样有着悠久的历史,《易经》即为古代占卜的专书。《荀子》有"非相"篇,可见先秦时期相术已经十分流行。《史记·淮阴侯列传》记载了蒯通为韩信算卦之事:"贵贱在于骨法,忧喜在于容色,成败在于决断。""相君之面,不过封侯,又危不安。相君之背,贵乃不可言。"①并说韩信将来会功高震主,招致杀身之祸,韩信没有听从,直至被吕后、萧何杀害之前才相信。在《史记》之前的《左传》,以及之后的正史中,都不乏这方面的记载。

古人认为人的命运是先天就决定了的,通过测生辰八字,利用天干地支可以推知一个人的命运吉凶。《水浒传》明确把吴用的占卜设计成了骗术,只有卢俊义被蒙在鼓里。宋江的九天玄女课成为带有神秘色彩的占卜活动,在小说中出现三次,前两次写得较为简略,只说是"卜得个上上大吉之兆"。第三次得出了一个比较具体的结果,说是卢俊义诸军"大象不妨,只是陷在幽阴之处。急切难得出来"。

阴阳风水类俗信只在书中出现过一次,是当作反面事例来描述的。第三十二回中武松从飞天蜈蚣王道人手中救下张太公女儿,那妇人哭诉道:"这先生不知是那里人,来我家投宿,言说善习阴阳,能识风水……住了三两个月,把奴家爹娘哥嫂都害了性命,却把奴家强骗在此坟庵里住。"阴阳风水先生居然害得别人家破人亡,可见其不过是一个江湖骗子。

征兆类迷信在小说中出现的比较多,大体上有梦兆、异兆等。另

---

① 〔汉〕司马迁:《史记·淮阴侯列传》,第 551 页,北京:中华书局,2006。

外,小说中多次出现的偈语,也可以看作是征兆。

梦兆有着非常悠久的历史,"周公解梦",《诗经·小雅·正月》"召彼故老,讯之占梦"①,《周礼·春官宗伯第三》:"占梦掌其岁时观天地之会,辨阴阳之气。以日、月、星、辰占六梦之吉凶。"②说明在先秦时期就有了梦兆之说。东汉王符《潜夫论·梦列》指出:"凡梦:有直,有象……有反,有病,有性。"③对梦兆种类作了初步区分。

《水浒传》第十四回晁盖梦见"北斗七星,直坠在我屋脊上。斗柄上另有一颗小星,化道白光去了"。第十六回吴用以智取生辰纲的七人外加白胜,解释了晁盖之梦。第四十二回宋江在梦中得授九天玄女的三卷天书。第六十五回晁盖托梦给宋江,说他百日内有血光之灾,只有江南地灵星可治。次日宋江就一病不起,只好让张顺去请来安道全,才将病治好。第八十八回宋江不能破辽国颜统军之阵,在梦中得九天玄女传授破阵之法。这三处描写都将梁山好汉的行为加上了先验的神秘色彩,意在向读者传达他们的行为是上天所授。智取生辰纲等行动就成了顺应天意的合理的行为,九天玄女的天书也给梁山事业披上了正义的外衣。

异兆是古代巫术的一种变异形式。古人认为一些自然现象或者是人自身的怪异现象,都是将有变故发生的征兆。"天人合一"的思维方式将自身与自然紧密联系在一起,从而产生了异兆类的俗信。《中庸》第二十四章:"至诚之道,可以前知。国家将兴,必有祯祥;国家将亡,必有妖孽。见乎蓍龟,动乎四体。祸福将至:善,必先知之;不善,必先知之。故至诚如神。"④论述了自然征兆与世事变化的关系。《国语·晋语》中强调"天事必象",即可以通过一定的天象去推知天意。《水浒传》自始至终都充满了这种天道思想,一百单八将的出世,是洪太尉打开了伏魔殿,误走了妖魔,"遇洪而开"之后,书中说道:"一来天罡星合当出世,二来宋朝必显忠良,三来凑巧遇着洪信,岂不是天数!"已经预知了梁山的好汉都是上界星辰下凡。史进与少华山强人朱武

---

① 聂石樵编:《诗经新注》,第 375 页,济南:齐鲁书社,2000。
② 杨天宇译注:《周礼译注》,第 357 页,上海:上海古籍出版社,2004。
③ 〔汉〕王符著,〔清〕汪继培笺:《潜夫论笺》,第 315 页,北京:中华书局,1979。
④ 冀昀主编:《论语·孟子·大学·中庸》,第 365 页,北京:线装书局,2007。

等交往被李吉出首,此"是天罡星合当聚会";宋江回家奔丧被官府所捉,使得"天罡有分皆相会,地煞同心尽协力";宋江发配江州,直教"撞破天罗归水浒,掀开地网上梁山";徐宁上山,"撺掇天罡来聚会,招摇地煞共相逢"等,反复用这种异兆预测来表明梁山事业的正义性。

第六十回晁盖出兵攻打曾头市,出征前"饮酒间,忽起一阵狂风,正把晁盖新制的认军旗半腰吹折"。吴用当时就谏道:"此乃不祥之兆,兄长改日出军。"宋江也说:"哥哥方才出军,风吹折认旗,于军不利。"劝他改日出兵。晁盖不听,结果曾头市中箭殒命。这种自然的预兆,在民间有着广泛的市场。比如在山东很多地方,都有关于动物的异兆。第七回中鲁智深倒拔垂杨柳,之前就是因为嫌乌鸦太吵,众人道:"老鸦叫,怕有口舌。""老鸦叫,怕有口舌"在山东各地都广泛流传,与之相对应的是"喜鹊叫,来报喜"。至今在山东出门看见乌鸦或者是听见乌鸦叫,都认为是不吉利的兆头。

小说中多次出现的偈语、童谣,也是一种异兆预测。第五回智真长老给鲁智深的偈语"遇林而起,遇山而富,遇水而兴,遇江而止",预示了鲁智深后来的种种遭遇。第九十回又给鲁智深另四句偈语"逢夏而擒,遇腊而执。听潮而圆,见信而寂",预示了鲁智深征方腊的经历和最后归宿。第三十九回中黄文炳陷害宋江,将宋江的诗"他时若遂凌云志,敢笑黄巢不丈夫"与市井小儿的童谣"耗国因家木,刀兵点水工;纵横三十六,播乱在山东"对应起来,从而使宋江招致牢狱之灾。

禁忌类俗信,是在神灵崇拜和巫术信仰基础之上产生的禁忌。禁忌更多的是一种道德层面上的情感,是寻求一种精神寄托。禁忌一般分为日常生活禁忌和特殊禁忌。《水浒传》有许多禁忌描写,第五回将强人下拜称为"剪拂";第六回史进在赤松林剪径,遇到鲁智深,"望了一望,吐了一口唾,闪入去了",鲁智深自己也以为"见洒家是个和尚,他道不利市";第二十四回王婆请潘金莲帮她做寿衣,说是正好碰上了闰月;第三十八回李逵在江州给宋江买鱼,渔人说"纸也未烧,如何敢开船",提到了开船打鱼前的禁忌;第四十回中元节忌行刑;第六十回宋江想出兵攻打曾头市为晁盖报仇,吴用说晁盖死后百日内忌讳出兵;第六十九回吴用说"娼妓之家,讳'者扯丐漏走'五个字";第七十六回童贯出兵攻打梁山,"选定吉日出师";第七十八回高俅带兵攻打梁山，"至日祭旗"，等等。

这些禁忌可以看出一些山东民俗的痕迹来。比如说史进剪径时遇到鲁智深，觉得不吉利，就"吐了一口唾"。这种破解禁忌的方法，在山东各地都很流行。出门如果遇到觉得不吉利的人或者事物，比如遇到和尚、尼姑，就要吐口唾沫在地上，用脚踩一下，以为这样就可破解不吉之兆。晚上看到流星也可用同样的方法破之。晁盖死后百日内，吴用劝宋江不要出兵，这一风俗在山东各地都有，如人死后百日内，其儿女不能有大的举动。还有出行的禁忌，在山东忌讳不好的日子出门，俗云"待要走，三六九"。用在行军打仗上，就是出师的日子一定要选好，以为选个好日子出师，就可以行动顺畅，能打胜仗，如果选坏了日子，那就可能要连吃败仗了。山东很多地方出远门之前，都要祭路神。渔民捕鱼，则要祭水神，所以第三十八回说："纸也未烧，如何敢开船？"这个风俗在内陆捕捞以及沿海的捕捞业都一直保存着，其目的是祈求能够在水上平安作业，并能够多打到鱼。

《水浒传》中的禁忌类民俗，与其他类民俗相比，更具有北方地区尤其是山东本地的地域特色。这些禁忌随着生产力的发展和科技的进步，很多已经逐渐被淘汰，流传下来的只是一小部分。

第四节　《水浒传》中的游艺民俗

孔子在《论语·述而》中说："志于道，据于德，依于人，游于艺。"[①]这个"游于艺"，主要指"礼、乐、射、御、书、术"六艺。后世文人尤其是儒家学者长期将其解释为艺术上的修养与锻炼。作为现代意义上的游艺民俗，泛指各种娱乐活动。

"游艺"是一个范围比较大的词语，其主要内容是民间的娱乐文化活动。从范畴上讲，"游艺"既包括口头的说、唱等民俗事象，也包括表演、竞技等活动。通常意义上的民间娱乐，几乎都包含在"游艺"这个词语的范围之内。游艺民俗在很多时候表现为一种下层文化，更多地

---

① 冀昀主编：《论语·孟子·大学·中庸》，第40页，北京：线装书局，2007。

在民间流传,为广大群众所喜闻乐见。但游艺并不仅仅局限于此,从皇帝到乡间百姓,都会被广泛的游艺活动所吸引,不断进行各种形式的游艺活动。民俗学所考察的游艺民俗,就是这种在各社会阶层普遍流传的娱乐、竞技活动,包括口头娱乐与传统"百戏",也包括以娱乐为目的的竞技活动。

中国自远古时期就有丰富多彩的娱乐活动,人民群众在长期的生产生活中,创造了许许多多的娱乐形式。这些为百姓喜闻乐见的娱乐活动,构成了游艺民俗的基本内容。在现代社会,依然有很多古老游艺民俗活跃在广大群众中间,尤其是广大农村地区,比如山东潍坊杨家埠的木板年画、山东快书等。中国古代小说中出现了很多有关游艺类民俗的描写,如《红楼梦》中十二钗放风筝、《聊斋志异》中的《促织》篇等。

《水浒传》中有关游艺类民俗的描写非常多,如对燕青相扑技艺的描写,"智扑擎天柱"一节已经成为《水浒传》中被人们津津乐道的精彩片段;还有蹴鞠,虽然在《水浒传》中所占篇幅不多,但高俅靠它发迹,熟悉《水浒传》的读者都知道蹴鞠在小说中的分量;至于赌博,则是梁山好汉和社会闲散人员的普遍爱好;文身也在当时非常流行。

从地域特色看,《水浒传》中的某些游艺类民俗可以看出山东特色,如梁山好汉武艺高强者很多,而练武习俗则在鲁西南梁山周围一带非常盛行。蹴鞠起源于山东临淄,这项活动本身就带有浓厚的山东特色。

一、《水浒传》中的游戏娱乐民俗

《水浒传》中的游戏类民俗主要有蹴鞠、博戏、歌舞、下棋、拆白道字、顶真续麻等。第二回高俅发迹,就是借助蹴鞠游戏,通过他偶然间陪端王踢球而平步青云,以反映"乱自上作"的社会现实。赌博是很多江湖人物甚至是好汉的共同爱好,孙新、顾大嫂夫妇就是专门"杀牛放赌",李逵也曾在江州与人赌钱。至于其他的游戏,在各章节中也有很多的描写,如第六十一回,说燕青"更兼吹的、弹的、唱的、舞的,拆白道字,顶真续麻,无有不能,无有不会"。有些民俗描写虽然不甚明了,但从中依然可以看出很多宋元时期的民俗特点来。

　　蹴鞠相当于现代的足球运动,只不过现代的足球是竞技体育活动,而中国古代的蹴鞠更多的是一种游戏、一种娱乐活动。从有关记载来看,蹴鞠应起源于山东临淄。《史记·苏秦列传》载:苏秦游说齐宣王答应自己的合纵计划,先夸赞齐国富裕,其中就说:"临淄甚富而实,其民无不吹竽鼓瑟,弹琴击筑,斗鸡走狗,六博蹋鞠者。"①蹋鞠即蹴鞠,这是有关蹴鞠的最早记载,可见战国时期就有蹴鞠这种游戏了。宋代高承《事物纪原》中的"博弈嬉戏部"有"蹴鞠"篇,云:"刘向《别录》曰:蹴鞠者,传言黄帝造。或曰起战国时,蹋鞠,兵势也,所以练武事,知有材,皆因嬉戏而讲陈之。《博物志》曰:黄帝所做也。"②以此为依据,蹴鞠早在黄帝时期就有了。战国时用蹴鞠来演练兵法,逐渐成为一种游戏。《史记·扁鹊仓公列传》里有"处后蹴鞠"③的记载,说西汉项处抱病仍去玩蹴鞠,结果吐血而亡,从这个类似于笑话的记载中也可以看出蹴鞠在西汉时就已流行。西汉时曾出现专门的有关蹴鞠的著作《蹴鞠》,共二十五篇,班固在《汉书·艺文志》里将其归入兵书类,可惜现已失传。《汉书·霍去病传》也有记载"穿域蹋鞠"④。后人有注曰"鞠以皮为之,实以毛,蹴蹋为戏"。整个西汉,蹴鞠都非常流行,包括皇帝在内的社会各阶层都喜欢这种游戏。鲁迅《古小说钩沉》辑录殷芸《小说》中这样一则故事:"汉成帝好蹴鞠,群臣以蹴鞠劳体,非尊者所宜。"⑤可知在西汉时期,皇帝也喜欢蹴鞠游戏。晋葛洪的《西京杂记》载:刘邦登基后,将父亲刘太公接到长安享受荣华富贵,但其父反而没有在家时高兴了,因为皇宫里没有原先的那些人陪他玩了。于是刘邦就在长安东百里之外仿沛县丰邑建城,并迁丰邑居民去居住,陪老父玩耍,"斗鸡、蹴鞠为欢",刘太公才又高兴起来。《汉书》记载,汉武帝在宫中经常举行以斗鸡、蹴鞠比赛为内容的"鸡鞠之会",宠臣董贤的家中还专门养了会踢球的"鞠客"。可见在西汉时期,蹴鞠活动的社会面更为扩大。

　　蹴鞠到唐代经历了一次变革,首先是鞠的做法发生了变化,由里

---

① 〔汉〕司马迁:《史记·苏秦列传》,第426页,北京:中华书局,2006。
② 〔宋〕高承:《事物纪原》,第488页,北京:中华书局,1989。
③ 〔宋〕高承:《事物纪原》,第612页,北京:中华书局,1989。
④ 《汉书·霍去病传》,第2488页。
⑤ 鲁迅编撰:《古小说钩沉》,第55页,济南:齐鲁书社,1997。

面填充羽毛改为充气的动物尿泡,外面的皮革增加至八片,形状更圆了。玩的方法也有了变化,有"白打""官场"等技巧,明代胡震亨《唐音癸签》卷十七"诂笺"二记王建的诗"寒食内人长白打,库中先散与金钱",以及韦庄的诗"内官初赐清明火,上相关分白打钱"。"齐云论:白打,蹴鞠戏也,两人对踢为白打,三人角踢为官场。"①

　　这种游戏也普及到了民间,杜甫《清明》诗"十年蹴鞠将雏远,万里秋千习俗同",说明了蹴鞠习俗的普遍。宋代蹴鞠的玩法基本承袭唐代,并进一步发展完善了。宋代球类游戏主要有两种:"一种是不设球门的,以个人技巧为主,称蹴鞠;一种是设球门的,称筑球。蹴鞠又有一般场户和白打场户之分。"②《水浒传》中描写的,就是白打场户的踢法。

　　宋代皇帝几乎都喜欢蹴鞠游戏,上海博物馆现藏一幅宋画,名为《宋太祖蹴鞠图》,画的就是宋太祖与弟弟赵光义(即宋太宗)、宰相赵普等六人蹴鞠的场景。宋神宗也爱好蹴鞠游戏。《水浒传》中写高俅依靠会踢球而发迹,史有可循,据《宋史·徽宗本纪》载:政和七年,"庚子,以殿前都指挥使高俅为太尉";宣和四年,"五月壬戌,以高俅为开府仪同三司"③。高俅依靠蹴鞠可以平步青云。南宋王明清的《挥麈后录》也曾记载,有官员对高俅升迁太快表示不满,结果徽宗问他们踢球有高俅那么好吗? 由此可见,《水浒传》对高俅依靠踢球发迹的描写既有史可查,也可以看出宋代皇帝对蹴鞠的偏爱。周密的《武林旧事》卷四曾记载了皇宫内一次蹴鞠比赛的队员名单,相当于现代足球的首发阵容。南宋陈元靓在其《满庭芳》词中,描述了宫廷蹴鞠活动的盛况,并将其当作皇帝的一大爱好:"若论风流,无过圆社。拐、欧、蹬、蹑齐全,门庭富贵,曾到御帘前。灌口二郎为首,赵皇风流上下传,人都道齐云一社,三锦独争先。"这个"风流赵皇",就是《水浒传》中的道君皇帝宋徽宗赵佶。这首词记载了蹴鞠游戏的一些基本动作,像拐、欧、蹬、蹑,等等。宋代有很多类似于现代的足球明星那样的球技出众的蹴鞠高手,高俅就是堪称当时的蹴鞠高手,初见徽宗时,他"使个鸳鸯

---

① 〔明〕胡震亨著:《唐音癸签》,第 188 页,上海:上海古籍出版社,1981。
② 施正康、施惠康著:《水浒纵横谈》,第 18 页,上海:学林出版社,1996。
③ 〔元〕脱脱等著:《宋史》,第 397、409 页,北京:中华书局,1985。

拐",后来放开踢了,"这气球一似鳔胶粘在身上的"。可见高俅蹴鞠水平之高,酷爱蹴鞠的宋徽宗不由得喜欢上了他。

蹴鞠在民间的普及程度也很高,宋元时期的很多文人笔记都有蹴鞠游戏的记载。孟元老《东京梦华录》有几处提到当时东京蹴鞠活动的繁盛,卷七"驾幸宝津楼宴殿"条载"殿之西有射殿,殿之南有横街,牙道柳径,乃都人击球之所"[1]。是说宝津殿南边的横街是东京人踢球的场所。卷九"宰执亲王宗室百官入内上寿"条详细记载了当时蹴鞠比赛的盛况。周密《武林旧事》卷六"诸色伎艺人"条记载了各类艺人,其中从事蹴鞠的有黄如意、范老儿、小孙、张明、蔡润等。吴自牧《梦粱录》卷十九"社会"条记杭州的各种社团,"更有蹴鞠、打球、射水弩社,则非仕宦者为之,盖一等富室郎君,风流子弟,与闲人所习也"[2]。这一记载既说明了南宋时杭州蹴鞠类游戏的兴盛,又说明了蹴鞠游戏不仅仅是仕宦者的游戏,平民百姓也多参与其间。

南宋还出现了类似于现代足球俱乐部的组织——齐云社,又叫圆社。前面陈元靓的《满庭芳》词中就有"圆社""齐云社"的说法;《水浒传》第二回,当时还是端王的宋徽宗让高俅陪他踢球,高俅不敢,端王说:"这是'齐云社',名为'天下圆',但踢何伤。"这个"齐云社"就是专门的蹴鞠活动的组织机构。不过齐云社最早的记载见于南宋,明代有人专门整理了有关蹴鞠的著作,名为《蹴鞠谱》,里面就记载了"圆社"起于南宋时期。据说当时如果加入了圆社,就可以走遍五湖四海而都有人接待,因为当时全国各地都有圆社。这表明宋代蹴鞠活动在全国非常普及。

但在元代之前,蹴鞠更多的是在上层社会流行。元代是蒙古族建立的政权,蒙古族人作为游牧民族,更喜欢马背上的活动,对蹴鞠之类的汉族游戏不感兴趣,所以元代时,蹴鞠逐渐成为纯民间的娱乐活动。元曲中就有很多描写当时市井闲人蹴鞠活动的情况,如关汉卿的两首《女校尉》套曲,校尉是圆社中艺人的最高等级,元代有了女校尉,"蹴鞠场上,鸣珂巷里,南北驰名,寰中刻意"。"关白打、官场小踢,竿网下,世无双,全场儿占了第一"。明朝建立后严禁军队内有蹴鞠活动,

---

① 〔宋〕孟元老:《东京梦华录》,第193页,北京:中华书局,1982。
② 〔宋〕吴自牧:《梦粱录》,第296~297页,西安:三秦出版社,2004。

统治者本身也不提倡蹴鞠,蹴鞠依然只在民间流行。清代至乾隆时,明令禁止蹴鞠活动,蹴鞠在中国逐渐销声匿迹。《水浒传》第二回对端王和高俅玩蹴鞠游戏有比较细致的描写,作者有意将这种游戏与批判最高统治者相联系,表明了"乱自上作"的用意。

博戏也就是赌博,《水浒传》有多处写到了赌博。梁山一百单八将中好赌之人很多,如阮小五、阮小七、白胜、李逵等;还有很多本来就是开设赌坊的,如雷横,"打铁匠人出身,后来开张碓坊,杀牛放赌";施恩在孟州东门外开设了"三二十处赌坊";还有顾大嫂,"开张酒店,家里又杀牛放赌"。除梁山好汉之外,市井百姓也多喜欢博戏,如第十八回何清说安乐村王家店内多有聚众赌博者,白胜还因此被捉;第三十八回李逵在江州小张乙赌坊里赌博,里面赌博者也非常多。从小说的描述来看,赌博在当时是比较盛行的一种陋习,在宋代伴随着市民经济的发展而畸形发展起来。

博戏有着悠久的历史,从《史记》和其他文献中可以得知,博戏在殷纣王之前就已经产生了,此后历朝历代博戏方法不断变化。据文献典籍记载,我国最早的博戏叫"六博",以六支箸和十二个棋子为器具。南朝颜之推《颜氏家训》"杂艺"篇记载,博戏又分大博、小博,大博之法已不可考,小博之法得以流传下来。流传后世的博戏,游戏的功能退居次要地位,主要功能就是赌钱。宋元以来由于市民阶层不断壮大,市民娱乐生活日趋丰富,赌博活动也得到了畸形发展。据吴自牧《梦粱录》卷十九记载,南宋都城杭州赌风盛行,"社会"篇记载了很多类似社团的组织机构,其中就有专事赌钱的"赌钱社",而且还有"穷富赌钱社"[1]。北宋时期赌博是违法行为,宋太宗淳化二年闰二月,"己丑,诏京城蒲博者,开封府捕之,犯者斩"。但官方的禁令并不能阻止民间的偏好,下层民众仍然对博戏趋之若鹜。《水浒传》描写了很多好汉对赌博的偏爱,一方面说明宋元时期赌博之风的盛行,另一方面也表现出好汉们的豪爽气概。

实际上宋代皇帝也爱好博戏,宋代开国皇帝赵匡胤在陈桥兵变之前,曾长时间浪迹江湖市井之间。据《宋史·太祖本纪》记载:"又尝与

---

① 〔宋〕吴自牧:《梦粱录》,第 297 页,西安:三秦出版社,2004。

韩令坤博土室中,雀斗户外,因竞起掩雀,而室随坏。"①这里将土屋坍塌而太祖无伤当作太祖的一个异闻来描述,但当时宋太祖是在赌博无疑。南宋庄绰的《鸡肋编》记载了一则故事:宋太祖赵匡胤早年游荡到渭州潘原,与当地人赌博,大胜。潘原人欺负他是外地人,将他痛打了一顿,将赢的钱也抢走了。宋太祖登基之后,还一直对此事耿耿于怀,一度想把潘原县废掉。从这一记载可以看出,虽然宋朝政府多次禁止赌博,但由开国皇帝引领的这种风气,与日益发达的市井文化和日益壮大的市民阶层相结合,只能是日益兴盛,而不会消退。只不过当时的赌博多在地下进行,没有人敢明目张胆地赌博。《水浒传》中提到的几次赌博场景,也与宋代这个时代背景相符合,比如雷横、顾大嫂的"杀牛放赌",都是当作违法行为来叙述的;白胜赌博的安乐村王家酒店以及李逵赌钱的小张乙赌坊都是地下赌坊,不敢公然设赌。

北宋末年,逢年过节的时候,政府也开始以赌博来娱乐,这种娱乐活动叫做"关扑",用几枚钱币往地上掷,以猜正反面来定输赢。孟元老《东京梦华录》卷三"诸色杂卖"条记载了做"博卖"的生意人:"博卖冠梳领抹、头面衣着、动使铜铁器、衣箱、瓷器之类。"卷六"正月"条记载:"正月一日年节,开封府放关扑三日……至寒食冬至三日亦如此。"卷八"池苑内纵人关扑游戏"条记载宋徽宗时皇宫内的关扑游戏,"以至车马、地宅、歌姬、舞女,皆约以价而扑之"②。可知赌博禁令在北宋末年已形同虚设。南宋时期市民经济更加发达,统治者对赌博也不明令禁止了,于是有了"穷富赌钱社"这种公开的赌博场所。周密的《武林旧事》卷六"游手"条提到了杭州的赌坊:"浩穰之区,人物盛夥,游手奸黠,实繁有徒。有所谓美人局,柜坊赌局,水功德局,不一而足。"③可见当时赌坊已经和其他的娱乐机构一样,是合法而且生意甚好的娱乐场所了。

赌博在中国古代各个地区都曾长期存在过,山东自然也不例外,鲁西南梁山周围地区尤其兴盛。《水浒传》所描写的雷横,是山东郓城县人,"杀牛放赌",正反映了宋元时期鲁西南地区的民风。由于天灾

---

① 〔元〕脱脱等著:《宋史》,第2页,北京:中华书局,1985。
② 〔宋〕孟元老:《东京梦华录》,第119、154、198页,北京:中华书局,1982。
③ 〔宋〕周密:《武林旧事》,第97页,阜阳:西湖书社,1981。

人祸与外族入侵,鲁西南梁山一带堪称重灾区,导致这一带官逼民反之事屡屡发生。《水浒传》所写的赌博习俗,与鲁西南赌博之风的兴盛不无关系。《水浒传》所描写的多次赌博场景,与鲁西南好赌之风非常相像。

二、《水浒传》中的竞技民俗

竞技民俗与游戏娱乐民俗稍有不同,游戏娱乐民俗以愉悦身心为目的,而竞技民俗则有很强的目的性,胜负是竞技民俗的直接目的,愉悦和游戏则是次要的。而且竞技类民俗相比游戏类民俗,往往更具有侵略性和危险性。

《水浒传》中写到的竞技类民俗,最有代表性的是相扑和武术。梁山好汉中会相扑的人不少,最有名的是燕青和焦挺。第六十七回中,李逵与焦挺厮打,两次被焦挺掀翻了,李逵自己也叫道"赢他不得";第七十四回"燕青智扑擎天柱",历来为人所称道。第七十三回"李逵元夜闹东京",本想大开杀戒,却被燕青"抱住腰胯,只一交,撺个脚朝天","李逵只得随他"。天不怕地不怕的李逵,除了宋江之外,就是怕会相扑的焦挺和燕青。第二十九回"武松醉打蒋门神",用的也是相扑的招数,"玉环步,鸳鸯脚"。梁山好汉之外有相扑高手任原,几番上岱岳争锋,结果命丧于燕青之手;第八十回高俅醉后狂言,"我自小学得一身相扑,天下无对",结果被燕青掀翻在地,"半晌挣不起来"。至于武术,《水浒传》中更是屡见不鲜,充满了武术竞技的较量,并且塑造了数位武术高手,如鲁智深、林冲、武松、卢俊义等。

相扑是中国古老的竞技类游戏项目。《礼记·月令》记载:"天子乃命将帅讲武,习射御、角力。"①秦汉时期相扑叫角抵,南北朝到南宋时期叫相扑。角抵的起源很早,据传上古黄帝时期,黄帝与蚩尤作战,蚩尤部落以头上之角抵人,使人很难防御。这就是"角抵"之说的由来。秦汉时期,角抵活动开始演变为游戏娱乐活动,南朝任昉《述异记》记载:"蚩尤氏耳鬓如剑,头有角,与轩辕斗,以角抵人,人不能向,今冀州有乐曰'蚩尤戏',其民两两三三,头戴牛角以相抵,汉造角抵戏

---

① 陈澔注:《礼记》,第 97 页,上海:上海古籍出版社,1987。

盖其遗制也。"①可见角抵起源于古代氏族部落之间的战争。角抵游戏在汉代非常流行,《汉书·武帝纪》记载:"(元封三年)作角抵戏,三百里内皆观。"②至迟到西晋后期,角抵改称为相扑,并在唐以后的各朝各代都很流行。宋代高承《事物纪原》中有"角抵"篇,云:"(角抵)今相扑也。《汉武故事》曰:角抵,昔六国时所造。《史记》:秦二世在甘泉宫作乐角抵。"③说明相扑是由角抵发展而来,汉以前就有了。到了宋代,伴随着市民经济的发展,相扑开始走进勾栏瓦舍,成为游艺民俗中很重要的一种活动。

从宋代和宋以后的文人笔记的记载来看,相扑在当时是很盛行的。吴自牧《梦粱录》卷二十单列一篇"角抵",讲述南宋时杭州相扑的繁盛场景。"角抵者,相扑之异名也,又谓之'争交'。"④朝廷每有大的祭祀、节日活动,一般都会举行相扑;每三年还有一次大的相扑活动。杭州有专门的相扑比赛场所,同样是《梦粱录》卷二十"角抵"篇所记:"若论护国寺南高峰露台争交,须择诸道州郡膂力高强、天下无对者,方可夺其赏。"在这两个专门的相扑场所,选出最好的相扑选手,用来比赛献艺。当时杭州著名的相扑艺人有周急快、董急快、王急快、赛关索、赤毛朱超、周忙憧、郑伯大、铁稍工韩通住、杨长脚等。周密《武林旧事》卷六"诸色伎艺人"条记载了杭州四十四位角抵艺人,与《梦粱录》相同的有董急快、王急快、赛关索三人。以关索为绰号的相扑艺人很多,《水浒传》中的病关索杨雄,其绰号来源于《大宋宣和遗事》,应该也是由宋代相扑艺人之名而来。《水浒传》中杨雄叫做"病关索",原因是"面貌微黄",好像是病态一样。其实,这个"病"就是"赛"的意思,言其勇猛,来源是《大宋宣和遗事》,更早的来源则是相扑艺人的艺名"赛关索"。类似的名称还有病尉迟孙立、病大虫薛永等。

从现有记载来看,宋代相扑在坊市间流行的主要是小型的相扑。当时在勾栏瓦舍间流行的相扑表演项目有:刺剑相扑、使棒相扑、拳击相扑、踢腿相扑、摔跤相扑等。《水浒传》着力描述的是摔跤相扑及拳

① 〔南朝〕任昉:《述异记》,《四库全书·子部十二·小说家类三·卷十一》,北京:商务印书馆影印文渊阁本,2005。
② 《汉书·武帝纪》,第194页。
③ 〔宋〕高承:《事物纪原》,第492页,北京:中华书局,1989。
④ 〔宋〕吴自牧:《梦粱录》,第318页,西安:三秦出版社,2004。

击相扑。

小型相扑在《水浒传》中被称为"小厮扑",第七十三回中即说"燕青小厮扑天下第一"。小说中描写了多次小厮扑的相扑场景,有几次是拳击相扑,如武松醉打蒋门神、李逵与焦挺之间的争斗等。第二十九回"武松醉打蒋门神",堪称拳击相扑的神来之作,武松所使的"玉环步,鸳鸯脚",正是拳击相扑中的上乘功夫。第七十三回燕青摔李逵,第七十四回燕青智扑擎天柱以及第八十回燕青与高俅的相扑,都是摔跤相扑。宋代相扑技艺发达,相扑手段繁多,小型相扑项目也很多,但作者着力描写的只有拳击相扑和摔跤相扑两种,这两种中又更侧重于摔跤相扑,这与相扑民俗的地域特色相关。

在现代中国,相扑已基本失传,只有在西北少数地区一些摔跤类的竞技娱乐活动还保留着相扑的一点原始面貌。在长期的发展中,相扑逐渐演变成了其他竞技娱乐项目。《水浒传》所描写的拳击相扑,后来更多地向中国传统武术中的拳术靠拢;摔跤相扑,则逐渐成为摔跤竞技项目。在山东的传统娱乐性体育活动中,摔跤一直是历史悠久且深受青壮年喜爱的项目。

据《山东风物大全》记载:"摔跤起源于古代的角抵……分为固定式和自由式两种。固定式又分支架式、抱腰式,其中支架式很像古代的角抵。"①从这些描述来看,山东的摔跤竞技与《水浒传》所描写的摔跤相扑非常相像。而且从起源来看,相扑与摔跤都起源于古代的角抵。宋元时期的山东地区,摔跤已经基本成为山东民间广泛流行的娱乐性体育活动了。从《水浒传》对摔跤相扑比较多的描写来看,摔跤相扑的技术动作与山东固定式摔跤非常相像。

《水浒传》塑造了很多武艺高超的人物形象,如"善使棍棒,天下无对"的卢俊义,忍与狠兼备的豹子头林冲,三拳打死镇关西的花和尚鲁智深,赤手空拳打死老虎的武松,使两把板斧的黑旋风李逵,还有关胜、林冲、呼延灼、秦明、董平组成的马军五虎将等。甚至宋江也可以教授孔明、孔亮兄弟武术(第三十二回)。可以说《水浒传》将武术作为表现众好汉英雄气概的基本元素。

---

① 山东省地方史志编纂委员会编:《山东风物大全》,第404页,北京:世界知识出版社,1990。

《水浒传》虽然写了许多武术高超的梁山好汉,却很少说明武术的门派类型。仅有几处小说略作交代,如史进的功夫,是打虎将李忠开的手,东京八十万禁军教头王进进一步指点;操刀鬼曹正是林冲的徒弟,林冲则是家传的功夫;宋江教过孔明、孔亮兄弟。大部分好汉一出场就身怀绝技,没有交代他们的功夫出自何门何派,小说中也没有出现像后世武侠小说中所说的那些武术门派。书中描写好汉功夫高强,一般都是在两军对阵或者两人交手时,以"交战……回合"来表现。不过从地域特色来看,却可以找到遍布全书的武术描写与山东民俗的联系。

山东武术历史非常悠久,春秋时期的齐国已经举国尚武成风。唐代诗人李白曾到山东任城(今济宁地区)学剑术。在北宋末年宋江起义之后,梁山地区就出现了被称为中国武术四大门派之一的子午门,他们的功夫即叫做梁山功夫,自称是宋江起义时的众好汉流传下来的。梁山一带习武之风一直得以流传。梁山地区被称为中国武术四大发祥地之一,与河南少林寺、湖北武当山、四川峨眉山齐名。至今在梁山境内还流传有拳术燕青拳,传说为燕青所创。

山东西部京杭大运河两岸一直有着尚武好斗的习俗,历史上不乏抗争和暴乱,从西汉末绿林赤眉起义,到唐末黄巢起义,再到北宋末宋江、王伦、王则起义。宋代的统治政策是重文轻武,《水浒传》中所谓的"八十万禁军教头"林冲,当时只不过是个没有什么权力和地位的小军官,其地位甚至没有押司高。但鲁西地区恰好相反,刚武之风一直占据主导地位。宋元时期这一地区屡受外族入侵,天灾人祸不断,民众反抗力量自然非常强大。

明清时期鲁西一带常出武状元,武举的数量也远高过全国平均数。① 在兖州、曹县、东昌府等地区的地方志里,都有关于鲁西人尚武好斗风俗的记载。各种武术伴随着鲁西人尚武好斗的习俗蓬勃发展,《水浒传》中梁山好汉武艺高强符合鲁西地区的历史。

梁山好汉中有几位刺有文身。文身,又称作刺青、花绣。作为一百单八将第一个出场的人物史进,给读者留下的最明显最深刻的印

---

① 王云:《明清山东运河区域社会变迁》,第321～323页,北京:人民出版社,2006。

象,便是他身上的九条龙的文身。第二回王进初次见到史进,就看到他"刺着一身青龙",后来史进父亲史太公介绍了史进刺青和绰号的来历:"老汉的儿子从小不务农业,只爱刺枪使棒……又请高手匠人,与他刺了这身花绣,肩臂胸膛总有九条龙,满县人口顺,都叫他做九纹龙史进。"梁山好汉还有六位身上刺有文身的,分别是花和尚鲁智深、短命二郎阮小五、病关索杨雄、双尾蝎解宝、花项虎龚旺、浪子燕青。除此之外,第二十四回借西门庆之口提到了阳谷县的一个卖熟食的花胳膊陆小乙,从"花胳膊"一词可以看出陆小乙应该也是文身的。这七位好汉,尤以史进、鲁智深、燕青以其花绣而给读者留下了非常深刻的印象。

文身习俗古已有之。从现有记载来看,最早的文身习俗应起源于南方吴越一带的少数民族地区。《礼记·王制》记载:"东方曰夷,被发文皮,有不火食者矣。"①唐代孔颖达注疏说:"越俗断发文身,以避蛟龙之害,故刻其肌,以丹青涅之。"这种习俗至今东南亚一带还有保留,当地的土著居民在身上刺出类似鳄鱼鳞片,凸起来,以此来迷惑、躲避鳄鱼的攻击。《庄子·逍遥游》载:"宋人次章甫而适越,越人断发文身,无所用之。"②也提到了吴越一带文身的习俗。《礼记》的记载在《史记》中得到了印证,《史记·越王勾践世家》载:越王勾践的先祖被封到会稽,守禹之祀,就入乡随俗,"文身断发,披草莱而邑焉"③。

古代汉族人是不文身的,儒家经典《孝经》开宗明义地指出:"身体发肤,受之父母,不敢毁伤,孝之始也。"④在封建礼教的长期熏陶下,汉族人对自己的发肤爱护有加,不会像越人那样"断发文身"。古代有一种刑罚叫做"髡刑",就是剃掉犯罪者的头发,还有在脸上刺字的"黥刑",这些在汉族人眼里是非常残酷的惩罚。但各朝各代都不乏汉族文身者,只不过都是些"闾里恶少"之类的不守法度的人物。唐代段成式《酉阳杂俎》卷八"黥"篇,专门记载了很多文身者的故事。其中一则说,京兆尹薛元赏曾采取极端措施,杖杀那些在京城光头文身的作恶

---

① 陈澔注:《礼记》,第74页,上海:上海古籍出版社,1987。
② 〔清〕郭庆藩撰:《庄子集释》,第31页,北京:中华书局,2010。
③ 〔汉〕司马迁:《史记·越王勾践世家》,第272页,北京:中华书局,2006。
④ 胡平生译注:《孝经译注》,第1页,北京:中华书局,1996。

少年;段成式门下有个军健叫路神通,背后刺有天王图像,自称其无穷的神力都来源于天王。这些身上有刺青的人,几乎都是与社会传统格格不入的人。这种现象在《水浒传》中众多文身者身上得到了很好的体现。

宋代文身更加盛行。五代后周皇帝郭威,脖子上就刺有飞雀,发迹前人称"郭雀儿"。正史中也有很多相关记载,不过文身者多是军人。《宋史·岳飞传》记载:秦桧要陷害岳飞,"初命何铸鞫之,飞裂裳以背示铸,有'尽忠报国'四大字,深入肤理。"①《宋史·王彦传》记载:王彦抗金,"金人购求彦急,彦虑变,夜寝屡迁。其部曲觉之,相率刺面,作'赤心报国,誓杀金贼'八字,以示无他意。"②这些记载,都与北宋末年的抗金有关,可见文身虽然不被社会所接受,但文身所代表的勇与力,还是被英雄好汉所认同的。

宋代很多文人笔记中都有"文身恶少"的记载,这些文身者都是一些不务正业的"闾里恶少"。与前面军队和军人文身记载相同的有庄绰的《鸡肋编》,卷下"铜脸铁脸"条记载了宋室南渡后,张俊率军驻扎在杭州,选年轻力壮、身材高大的军士,在他们腿上刺上图案,谓之"花腿"。军队中称张俊的部队为"铁脸",当时"铁脸"是骂人语,指"浮浪辈"的行为。用"铁脸"称呼张俊的部队,表明刺青在当时依然不融于社会。但凡是大型的社会活动,都少不了这些"浮浪辈子弟"。孟元老《东京梦华录》卷七"驾回仪卫"条载:"有三五文身恶少年控马,谓之'花褪马'。"③这里明确把文身者叫做"恶少年"。周密《武林旧事》卷三也记载:每年八月十八的观潮节,"吴儿善泅者数百,皆披发文身,手持十幅大彩旗,争先鼓勇,溯迎而上,出没于鲸波万仞中,腾身百变,而旗尾略不沾湿,以此夸能。"④南宋杭州有"锦体社",专为人文身服务,可见文身习俗之盛。吴自牧《梦粱录》中多次提到文身风俗,如卷一"八日祠山圣诞"提到了"锦体胖子";卷二"诸库迎煮"记载小女童,"乔装绣体浪子";卷十九"社会"提到了为人文身的"锦体社"。文身之俗在

---

① 〔元〕脱脱等著:《宋史》,第11393页,北京:中华书局,1985。
② 〔元〕脱脱等著:《宋史》,第11451页,北京:中华书局,1985。
③ 〔宋〕孟元老:《东京梦华录》,第199页,北京:中华书局,1982。
④ 〔宋〕周密:《武林旧事》,第44、45页,阜阳:西湖书社,1981。

宋代虽然盛行,但始终没有成为社会的主流文化,只在下层民众中间流传,而且文身者都被冠以"恶少"之名。

《水浒传》把被主流社会所鄙视的文身风俗写成了力量和勇气的象征,或像燕青那样,是美饰的象征。从这种与主流背道而驰的风格中,也可以看出梁山好汉们的英勇气概来。从第一个出场的人物史进就可以看出,"史进出场时手持杆棒的架势,银盘也似面皮衬托下的一身刺青,都在暗示读者,小说展示的是一个不守法度、以粗犷剽悍为美的非主流社会"①。

与英雄好汉或者闾里恶少以文身为美相反,《水浒传》提到了很多位好汉因犯罪而被刺配。所谓"刺配",就是在脸上刺字然后再发配。在脸上刺字,其实也是文身的一种形式,只是将本来就为社会所不齿的文身风俗当作刑罚来使用了。古代这种刑罚叫做"黥面",各朝各代都有。《三国志·魏志·毛玠传》:"汉律,罪人妻子没为奴婢,黥面。"②宋代犯罪者有须发配外地,脸上一般都要刺字。高承《事物纪原》记载,这一刑罚起于五代后周太祖、世宗之时,其方法跟身上刺青差不多,都是先刺字,再涂墨,只不过犯罪者脸上刺成金黄色,故小说中又称其为"金印"。梁山好汉脸上刺字者很多,如宋江、林冲、武松等人。宋江为梁山招安大业,让神医安道全将他脸上金印化去。武松醉打蒋门神之前也特意"讨了一个小膏药,贴了脸上金印"。

《水浒传》中文身的七位好汉,只有阮小五和解宝是山东人。两人一为渔民,一为猎户,绰号分别为"短命二郎"和"双尾蝎",都是非常不吉利的东西,山东民间甚至以为出门见到双尾蝎要遭大厄。两人有文身,从他们的行为、性格和绰号可以看出他们与整个社会格格不入。

三、勾栏瓦舍间的游艺民俗

两宋时期,由于经济的发展繁荣,市井间的游艺民俗获得了极大发展。出现在《水浒传》中的有供游乐使用的瓦舍,有说书艺人的街头表演,以及吹弹唱舞、拆白道字、顶真续麻、弹球打弹、捕虫鸟等种种游

---

① 王同周:《地煞天罡——〈水浒传〉与民俗文化》,第137页,哈尔滨:黑龙江人民出版社,2003。

② 〔晋〕陈寿撰,〔南朝宋〕裴松之注:《三国志》,第376页,北京:中华书局,1959。

艺民俗。它们主要集中在经济比较发达的大城市中,成为人们借以消遣娱乐的手段。这些民俗非常盛行并流传下来,成为当时社会生活的有机组成部分。

《水浒传》中这些游艺民俗随处可见,如第七回高衙内带领一帮闲汉到处捕虫鸟,第五十二回殷天锡手下也有一帮这样的闲汉,游手好闲,以捕虫鸟为乐趣;第九十回燕青与李逵在东京桑家瓦舍听说书艺人讲关云长刮骨疗毒的故事,李逵竟听得入了迷,忍不住在人丛中高叫道:"这个正是好汉子!"这些游艺民俗展现了一幅广阔的市井生活画面。

宋代城市经济进一步发展,统治者对城市的管理也相比唐代更为开放。两宋时期城市取消了唐代坊、市严格区分的方式,取消了宵禁。这些措施极大地促进了宋代城市经济的繁荣和市民生活的发展。瓦舍的设立则为市井百姓和贵族子弟提供了玩乐的场所。

宋代很多文人笔记中都提到了瓦舍,对它做出了一些基本的解释,如吴自牧《梦粱录》卷十九"瓦舍"条开篇就提到:"瓦舍,谓其'来时瓦合,去时瓦解'之意,易聚易散也。不知起于何时。"①耐得翁《都城纪胜》"瓦舍众伎"条:"瓦者,野合易散之意也,不知起于何时。"②瓦舍又叫瓦肆,孟元老《东京梦华录》卷五"京瓦伎艺"条有"在京瓦肆伎艺"③的记载。近年来有学者指出,瓦舍,包括另一个名词勾栏,都来源于汉译佛经,最早起源于东晋十六国时期,原是指佛教徒僧侣的僧房、寺院等④,后来指带有集市性质的游乐场所,到两宋时已成为城市娱乐场所的专用场地和专用名称。宋元时期的文人笔记如田汝城的《西湖老人繁盛录》、耐得翁的《都城纪胜》、周密的《武林旧事》、孟元老的《东京梦华录》、吴自牧的《梦粱录》、庄绰的《鸡肋编》等,其中都有很多关于勾栏瓦舍以及瓦舍中诸多技艺的记载。如《梦粱录》卷二十"百戏伎艺"篇、"小说讲经史"篇,就是记载瓦舍间娱乐游艺活动的。《水浒传》第二回说高俅最初在东京城里城外帮闲,"因帮了一个生铁王员外儿子使钱,每日三瓦两舍,风花雪月",可见高俅最初也是瓦舍间的闲人;第

---

① 〔宋〕吴自牧:《梦粱录》,第 294 页,西安:三秦出版社,2004。
② 〔宋〕耐得翁:《都城纪胜》,《四库全书·史部十一·地理类八》,北京:商务印书馆影印文渊阁本,2005。
③ 〔宋〕孟元老:《东京梦华录》,第 132 页,北京:中华书局,1982。
④ 康保成:《勾栏、瓦舍新解》,《文学遗产》1999 年第 5 期。

九十回中燕青、李逵进桑家瓦舍听说书,就是属于"小说讲经史"的娱乐活动。

说书艺术是一项流传极广的游艺活动。在山东惠民地区,至今仍有一个庞大的"胡集书会"。按照《山东民俗》的记载,胡集书会起于元代,"每年农历正月十一日,河北沧州、石家庄一线以南以及东北、京津、内蒙、河南等地的艺人,一帮一伙,由一位师傅带领几个徒弟纷纷来到胡集"①。瓦舍最初以集市的形式出现,胡集书会正是集市的形式。其说书的程序、活动内容、形式,都与东京或者南方的瓦舍中的说书表演相似。书会中还有很多其他形式的曲艺表演,堪称北方的瓦舍。

《水浒传》还提到了"打弹"这一游艺民俗。第二回说端王"踢球打弹,品竹调丝,吹弹歌舞,自不必说"。品竹调丝、吹弹歌舞,是指音乐、舞蹈等艺术形式。后世对"打弹"这项游艺民俗知之甚少,何心《水浒研究》"民俗"中说:"宋朝的打弹,当然与现代的打弹子不同。制度如何?尚待考。"②如果从山东民俗的角度去考察,仍然可以看出"打弹"这一游艺民俗的一些端倪来。

"打弹"又称"弹球",在山东各地一直是经久不衰的游戏,参与者多为男性,尤其是男性儿童。现在的打弹游戏主要是玻璃球,也有玩泥球的。《山东民俗》对这项活动有比较详细的记载,玩法主要有"磕墙"和"变老虎"两种形式。"磕墙"即对墙弹球,弹回后以根据距离远近和是否碰到别人的球来判断胜负;"变老虎"则为挖三个呈三角形排布的小坑,然后由划定的线处开始往坑里投掷,以最先击中别人的球珠为胜。这项游戏至今仍在山东各地盛行。古代由于娱乐设施匮乏,打弹就成为儿童非常喜欢的游戏。

《水浒传》中诸多的游艺民俗,既向我们展现了一幅宋元时期市井生活的广阔画面,也为英雄好汉的行径提供了社会背景。从地域特色来看,有些游艺民俗如蹴鞠起源于山东,相扑、武术、说书等民俗在山东一直非常盛行,《水浒传》所描绘的这些民俗与山东民俗有很多相似之处。

---

① 山曼、李万鹏等著:《山东民俗》,第455页,济南:山东友谊出版社,1988。
② 何心:《水浒研究》,第277页,上海:上海古籍出版社,1985。

第二章
《水浒传》与宴饮文化

  上一章论述了《水浒传》中的物质民俗文化,但尚未论及酒文化。"醉里乾坤大,壶中日月长",一部《水浒传》浸泡在酒中,全书无处不写酒:其人物,无一不吃酒;其场面,无一不摆酒;其故事情节,无一不述酒,不描写酒店、酒肆、酒楼。酒店的格调多种多样,酒也有各种名色。既有名城大都中的高级大酒店,也有荒山野水旁的低档小酒馆。酒有白酒、浑酒;有素酒、荤酒;有山野村醪,有黄封御酒;有药酒、鸩酒,也有透瓶香、玉壶春、蓝桥风月等上等名酒。而吃酒的名分,也几乎是那一时代风尚、那一社会习俗的总编汇集。

  对于《水浒传》中"酒"的描写,我们称之为宴饮描写。"宴饮"指小说中人物的饮食集会。它首先是一个空间单位,可为人物的聚合交际、故事的发生演变提供特定的场所,同时它又是一个时间单位,人物的聚合交际、故事的发生演变将伴随着宴饮的时间流程而展开。《水浒传》正是利用宴饮来设计小说的关目,有机地结构小说。如在宋江、史进、鲁智深、杨志、武松的个人传奇中,宴饮是作为情节发展、转换的关索来加以描写的。通过宴饮的勾连,好汉们分别聚义于少华山、桃花山、二龙山和白虎山,并直接、间接地和宋江发生了联系,最终一同上了梁山。① 梁山发展的每一阶段,都与宴饮有不解之缘。林冲、晁盖先于宋江上山,为梁山奠定了基业;戴宗、李逵、张顺于宋江上山后多次下山,为梁山拉来了大批人马。无论是奠定基业还是壮大队伍,作者都热衷于用宴饮来结构情节。梁山好汉排座次之后乃至受招安之后,作者仍用宴饮场面来展示忠与义、忠与奸之间的矛盾,揭示他们的悲剧性命运。

以评点《第五才子书水浒传》而闻名天下的金圣叹,以敏锐的艺术眼光发现了宴饮描写在《水浒传》中的重要地位和价值,如在《水浒传》第二十九回的回前总评中有言:"如此篇,武松为施恩打蒋门神,其事也;武松饮酒,其文也。打蒋门神,其料也;饮酒,其珠玉锦绣之心也。"②接着,金圣叹用数百字的篇幅赞扬《水浒传》写出了千载第一酒人、酒场、酒时、酒令、酒监、酒筹、行酒人、下酒物、酒杯、酒风、酒赞、酒题。金圣叹所评《水浒传》,仅七十回本就用了一千五百八十五个"酒"字,平均每回用"酒"字二十多次。"酒"的密度之大,在中国古典长篇小说中恐怕是绝无仅有的。"酒"成为《水浒传》的美学特质,它透过人物、情节和环境,最大限度地体现了小说的阳刚之美。表面看来,频繁出现的宴饮描写,是作者信手拈来、随手写成的,实际上,是作者的匠心独运,值得特别关注和研究。虽然在《水浒传》之前宴饮描写在作家笔下迭出不穷,但意蕴之深厚、功能之强大,都无法与之媲美。《水浒传》宴饮描写从描写特点到叙事功能上都出现了超越的特质,独创的艺术手法使《水浒传》宴饮描写取得了较高的艺术成就,在叙事中起到的功能也随之越来越重要。

第一节 宴饮描写考论

《水浒传》小说成为现在的样式,不是成于一代,也不是成于一人之手,是从宋代以来到明中叶为止四五百年间经过许多"书会先生"和

---

① 吴光正:《江湖宴饮与〈水浒传〉》,《古典文学知识》2004 年第 6 期。
② 〔清〕金圣叹:《水浒传》第二十九回回前评,第 481 页,济南:山东文艺出版社,1995。

民间文士以及书坊主人之手,许多次的增补、修订、删削而成。它既然是经过补订,照道理说应该是离本来面目愈趋愈远,但事实上并不尽然。故事虽有不少的牵合、增补的明显痕迹,但其中的风习、事物、语言、习惯还保存着宋元人的本来面目。我们完全可以把《水浒传》看成一部反映中古社会世俗生活的"百科全书",特别是宋元酒文化的缩影。宋元时期,由于商业经济的繁荣和市民阶层的兴起,促进了饮食业的发展。如南宋都城杭州的饮酒业就十分发达,酒店林立,酒的销量也很大,酒课的收入成了南宋政府重要的税源之一。当时酒店建筑之富丽,设备之精美,装饰之讲究,非但直接记载在《梦粱录》《武林旧事》《都城纪胜》等文人笔记里,而且也间接反映在宋元以来的"小说"和"讲史"以及施耐庵根据说唱"水浒故事"的"小说"和"讲史"整理、加工、再创作而成书的《水浒传》里。正因为如此,可以说《水浒传》的宴饮文化包含了东西南北各地的民间习俗,但其故事发生地又以山东地区为主,所以其中也多多少少渗透着山东的宴饮文化风俗。

《水浒传》用生动细腻的笔触写出了英雄与酒的密切联系及酒性中体现的英雄神采和精神,这淋漓尽致的表现已经成为酒文学的极致。这部小说不但以酒说英雄,而且还可以把其作为宋元时期的酒业历史、市场现状来看待;在饮酒习俗礼仪、饮酒场所、饮酒器具、酒令娱乐等方面,也为人们提供了十分翔实而准确的材料。可以这么说,这部小说是宋元时期人们世俗生活的反映,其中不少带有山东民俗的显著特征,因此现在还可从中看到许多宋元的事物。本节就已知的文献探讨《水浒传》中的宴饮描写,具体地考述书中许多描写并非"向壁虚造"。但限于篇幅,只能择其要略说之。

一、"酒库""酒楼"

《水浒传》中宴饮的场所——酒楼,成为英雄们现身的独特场景。这些酒楼中,有位于北宋首都汴京繁华地带的极品酒楼,同时也有位于城镇的小小酒家,更有乡野中的小酒店。这些酒楼中,有位于东京的樊楼、江州的浔阳楼、大名府的翠云楼等各处酒楼。而在北宋京城中最具有知名度的豪华酒楼是称为白矾楼的樊楼,此楼有着很大的规模,装潢精美富丽,菜肴品种丰盛,可称为东京酒楼第一。就是这座樊楼,声名远扬。宋人周密《齐东野语》卷十一记载,"(樊楼)乃京师酒肆之甲,饮徒常千余人"①,可见当年樊楼的兴盛。樊楼在北宋末年的时候,更名为丰乐楼。宋代孟元老《东京梦华录》卷二"酒楼"条载:"大货行通笺纸店白矾楼,后改为丰乐楼,宣和间,更修三层相高。五楼相向,各有飞桥栏槛,明暗相通,珠帘绣额,灯烛晃耀。"②《水浒传》第七回陆虞候约林冲到"樊楼内吃两杯"。这个"樊楼"即"矾楼",也是"丰乐楼"。但是这座被称为东京最负盛名的高级大酒楼,在《水浒传》中只是作为故事的背景一笔带过。

《水浒传》第三十九回,宋江吟反诗的那座号称"天下名楼"的浔阳楼,也是座"正库",颇有大酒楼的格局和气派。据《梦粱录》卷六所记,南宋时,杭州的酒楼除了像熙春楼、三元楼、赏心楼、花月楼等著名的私营酒楼外,规模更大的便是由杭州户部点检所官营的酒库了。③酒库有"正库"与"子库"(分店)之分,各酒库又都开设酒楼。宋江所见浔阳江酒楼的情形是:

> 仰面看时,旁边竖着一根望竿,悬挂着一个青布酒旆子,上写道"浔阳江正库",雕檐外一面牌额,上有苏东坡大书"浔阳楼"三字。……宋江来到楼前看时,只见门边朱红华表柱上,两面白粉牌,各有五个大字,写道:"世间无比酒,天下有名楼。"宋江便上楼来,去靠江占一座阁子里坐了;凭阑举目看时,端的好座酒楼。但见:

> 雕檐映日,画栋飞云,碧阑干低接轩窗,翠帘幕高悬户牖。……宋江看罢,喝彩不已。……少时,一托盘把上楼来,一樽蓝桥风月美酒,摆下菜蔬时新果品按酒,列几般肥羊、嫩鸡、酿鹅、精肉,尽使朱红盘碟。宋江看了,心中暗喜,自夸道:"这般整齐肴馔,济楚器皿,端的是好个江州。"

这里所说的酒楼景物,好像铺张、夸大,和后世酒楼朴素的情形不同,因此会使人疑心小说中所描写的未必实有其事。然而,拿上文和宋人笔记对照一看,上述的种种怀疑也就不攻自破了。

《东京梦华录》卷二"酒楼"条记汴京情形:

---

① 〔宋〕周密:《齐东野语》,第206页,北京:中华书局,1983。
② 〔宋〕孟元老:《东京梦华录》,第16页,北京:文化艺术出版社,1998。
③ 〔宋〕吴自牧:《梦粱录》,第406～407页,北京:文化艺术出版社,1998。

凡京师酒店，门首皆缚彩楼欢门，唯任店入其门，一直主廊约百余步，南北天井两廊皆小阁子，向晚灯烛荧煌，上下相照，浓妆妓女数百，聚于主廊檐面上，以待酒客呼唤，望之宛若神仙。……大货行通笺纸店白矾楼，后改为丰乐楼，宣和间，更修三层相高，五楼相向，各有飞桥栏槛，明暗相通，珠帘绣额，灯烛晃耀。……大抵诸酒肆瓦市，不以风雨寒暑，白昼通夜，骈阗如此。……九桥门街市酒店，彩楼相对，绣旆相招，掩翳天日。政和后来，景灵宫东墙下长庆楼尤盛。①

又卷四"会仙酒楼"条，所记更为详尽：

新门里会仙楼正店，常有百十分厅馆，动使各各足备，不尚少阙一件。大抵都人风俗奢侈，度量稍宽，凡酒店中不问何人，止两人对坐饮酒，亦须用注碗一副，盘盏两副，果菜碟各五片，水菜碗三五双，即银近百两矣。虽一人独饮，碗遂亦用银盂之类。其果子菜蔬，无非精洁。②

南宋的酒库情形，和北宋毫无二致。《梦粱录》卷十六《酒肆》说：

中瓦子前武林园，向是三元楼康、沈家在此开沽，店门首彩画欢门，设红绿权子，绯绿帘幕，贴金红纱栀子灯，装饰厅院廊庑，花木森茂，酒座潇洒。但此店入其门，一直主廊，约一二十步，分南北两廊，皆济楚阁儿，稳便坐席。……如酒肆门首，排设权子及栀子灯等，盖因五代时，郭高祖游幸汴京，茶楼酒肆俱如此装饰，故至今店家仿效成俗也。大抵酒肆除官库、子库、脚店之外，其余谓之"拍户"，兼卖诸般下酒，食次随意索唤，酒家亦自有食牌，从便点供。……大凡入店不可轻易登楼，恐饮宴短浅。……初坐定，酒家人先下看菜，问酒多寡，然后别换好菜蔬。有一等外郡士夫，未曾谙识者，便下箸吃，被酒家人哂笑。……曩者东京杨楼、白矾、八仙楼等处酒楼，盛于今日，其富贵又可知矣。且杭都如康、沈、施厨等酒楼店，及荐桥丰禾坊王家酒店、暗门外郑厨分茶酒肆，俱用全桌银器皿沽卖，更有碗头店一二处，亦有银台碗沽卖，

---

① 〔宋〕孟元老：《东京梦华录》，第16页，北京：文化艺术出版社，1998。
② 〔宋〕孟元老：《东京梦华录》，第28～29页，北京：文化艺术出版社，1998。

于他郡却无之。①

又《武林旧事》卷六《酒楼》条记"官库"酒楼十一,"市楼"十八处。记市楼说:

> 已上皆市楼之表表者。每楼各分小阁十余,酒器悉用银,以竞华侈。……凡下酒羹汤,任意索唤,虽十客各欲一味,亦自不妨。过卖锅头,记忆数十百品,不劳再四传喝。如流便即制造供应,不许少有违误。……歌管欢笑之声,每夕达旦,往往与朝天车马相接。虽风雨暑雪,不少减也。②

综合这几条来看,可知宋代两京繁盛的状况。《水浒传》所记江州酒楼和汴杭两地情形相较,是望尘莫及了。不但"雕檐""画栋""碧阑干""翠帘幕"等是宋元酒肆所有,还有许多装饰、陈设、器皿之类是不见于《水浒传》的。京城所用的"绣旆"、银器,在外郡江州只是"青布酒旆""朱红盘碟",未免稍显寒酸,但在宋江眼中看来,却已认为"济楚"可观,忍不住要喝彩了。这样对照观察以后,《水浒传》所说不但毫无夸大,反而觉得形容有点不够。③

二、"阁儿""座头"

《水浒传》中写到了无数酒店,多次提到了酒店中的"阁儿"、"座头"。如北京大名府翠云楼有大小百个阁儿,至于座头更是不可胜计了,至少有数百个。江州的琵琶亭酒店是一家中等酒店,有"十数副座头"。这里"阁儿"即酒阁儿、阁子,乃是酒店里的单间雅座,相当于今天的"包厢"。一般多设在酒店的楼上。宋元时杭州著名的大酒楼如熙春楼、三元楼、赏心楼、花月楼等"每楼各分小阁十余"(《武林旧事》)。尤以武林园大酒楼的规模更大,装饰更好。"皆济楚阁儿,稳便坐席,向晚灯烛荧煌,上下相照"(《梦粱录》)。

"济楚"是宋元时称赞酒店设施齐备、整洁的日常用语,也多次在《水浒传》里出现。第三回中鲁智深、史进、李忠"三个人转弯抹角,来到州桥之下一个潘家有名的酒店。门前挑出望竿,挂着酒旆,漾在空

① 〔宋〕吴自牧:《梦粱录》,第255~256页,北京:文化艺术出版社,1998。
② 〔宋〕吴自牧:《梦粱录》,第407~408页,北京:文化艺术出版社,1998。
③ 叶德均:《戏曲小说丛考》,第547~550页,北京:中华书局,2004。

中飘荡。……三人上到潘家酒楼上，拣个济楚阁儿里坐下。"这座潘家酒楼乃是处在"风拂烟笼锦旆扬""三尺晓垂杨柳外，一竿斜插杏花旁"的优美环境中，且有"济楚阁儿"的"有名的酒店"，其条件是相当不错的。第三十九回写宋江看了酒保摆下的菜肴和使用的器皿，不禁赞道："这般整齐肴馔，济楚器皿，端的是好个江州。"第七十二回："奶子、侍婢捧出珍异果子，济楚菜蔬，希奇按酒，甘美肴馔。"

座头也称酒座，《梦粱录》卷十六提到当时杭州武林园大酒楼，装饰得楼上"厅院廊庑"，楼下"酒座潇洒"。"酒座"或"座头"出现在《水浒传》里的频率也非常高。第三十八回写宋江、戴宗、李逵三人到了浔阳江边的琵琶亭酒店：

> 琵琶亭上，有十数副座头。戴宗便拣一副干净座头，让宋江坐了头位。戴宗坐在对席，肩下便是李逵。

第三十九回写到的一座临湖酒店"有数副座头"，也只能说是一家中等酒店，且看作者的描写：

> 正饥渴之际，早望见前面树林侧首一座傍水临湖酒肆，戴宗拈指间走到跟前看时，干干净净，有二十副座头，尽是红油桌凳，一带都是槛窗。戴宗挑着信笼，入到里面，拣一副稳便座头，歇下信笼，解下腰里搭膊，脱下杏黄衫，喷口水，晾在窗栏上。

这家临湖酒店的座头既"干干净净"，又配有"红油桌凳"，而且"槛窗"都是沿湖的，其设置和环境都是不错的。

在《水浒传》中，有时甚至把对酒店座头的描写与故事情节的发展联系了起来。明显的例子便是第三十五回写燕顺为了一个座头而与石勇发生了争吵：

> 宋江和燕顺先入店里来看时，只有三副大座头，小座头不多几副。只见一副大座头上，先有一个在那里占了。……宋江便叫酒保过来，说道："我的伴当人多，我两个借你里面坐一坐。你叫那个客人移换那副大座头与我伴当们坐地吃些酒。"酒保应道："小人理会得。"……酒保却去看着那个公人模样的客人道："有劳上下，那借这副大座头与里面两个官人的伴当坐一坐。"那汉嗔怪呼他做"上下"，便焦躁道："也有个先来后到！甚么官人的伴当要换座头，老爷不换！"……酒保又陪小心道："上下，周全小人的买

卖,换一换有何妨?"那汉大怒,拍着桌子道:"你这鸟男女好不识人!欺负老爷独自一个,要换座头。便是赵官家,老爷也鳖鸟不换!高则声,大脖子拳不认得你!"

这一段对话中前后共用了七个"座头"。围绕一个"大座头"而引起的一场争吵,从而引出了宋江与石勇相见。那先占"大座头"的正是石勇。宋江出面叫酒保让石勇"移换那副大座头与我伴当们坐地吃酒"便是引发一场争吵的缘由。这是作者围绕这个"大座头"所构成的典型的生活细节。

由于《水浒传》中所叙述的梁山好汉酒事活动频繁,因此写到的"座头"既有"大座头""小座头"又有"济楚座头""整齐座头"。此外,在第三回还提到了"绰酒座儿":

酒保道:"官人息怒。小人怎敢教人啼哭,打搅官人吃酒。这个哭的,是绰酒座儿唱的父子两人,不知官人们在此吃酒,一时间自苦了啼哭。"

这里酒保说的"绰酒座儿"并不是一般的"座头",而是指酒店里巡回卖唱的歌妓。

"绰酒座儿"又称"擦坐"。据《武林旧事》卷六:"又有小鬟不呼自至,歌吟强聒,以求支分,谓之'擦坐'。""擦坐"即"擦座",又称"擦桌儿"。宋元时的话本小说《宋四公大闹禁魂张》中:"宋四公仔细看时,有些个面熟,道这妇女是酒店擦桌儿的,请小娘子坐则个。"

这种专门"擦坐"卖唱的歌妓在《水浒传》中也多次提到。如第三回"鲁智深拳打镇关西"中,就写到金老和女儿翠莲在渭州的"潘家酒楼"上"绰酒座儿"卖唱。金老手里拿着拍板,翠莲唱民间小曲。第三十八回在江州琵琶亭酒楼唱小曲的宋玉莲也是一位"绰酒座儿"卖唱的歌妓。又如第二十六回,武松赶到清河县狮子楼酒楼,见西门庆坐着主位,"两个唱的粉头坐在两边"。这里"粉头"是流传在宋元时的隐语,实指"绰酒座儿"卖唱的歌妓。[1]

三、"下酒""按酒"

《水浒传》在叙述人物宴饮时经常提到"下酒""按酒""下饭"的话。

---

[1] 杨子华:《水浒文化新解》,第17~18页,北京:新世界出版社,2007。

在宋元时,用来配酒的菜肴,叫做按酒、案酒。古文中,"案"与"按"是通假的,它来源于《说文》:"按,即下也。"按酒也就是下酒,是配酒的菜。宋代陆游在《老学庵笔记》中解释说:

> 梅宛陵诗,好用"案酒",俗言"下酒"也,出陆玑《草木疏》:荇,接余也。白茎,叶紫赤色,正圆,径寸余,浮水上,根在水底,与之深浅。茎大如钗股,上青下白。煮其白茎,以苦酒浸之,脆美可案酒。今北方多言"案酒"。①

按陆游的说法,"案酒"是宋时北方人对佐酒菜肴的称法,江南人则称"下酒"。元代睢玄明《耍孩儿·咏西湖》套曲:"有百十等异名按酒,数千般官样茶食。"因此,"下酒"与"按(案)酒"经常同时出现在人物的对话中。如短篇白话小说《俞仲举题诗遇上皇》(《警世通言》第六卷)中,在酒保问过俞良"解元,要甚下酒?"不一会儿,酒保就将"新鲜果品,可口肴馔,海鲜,案酒之类,铺排面前,般般都有"。《水浒传》中也同样既采用"下酒",又运用了"按酒"。第三十九回:酒保问:"要甚么肉食下酒?""摆下菜蔬时新果品按酒,列几般肥羊、嫩鸡、酿鹅、精肉。"

但与"下酒"相比较,用得最多的是"按酒"。如潘家酒楼:"菜蔬果品案酒。"(第三回)开封府樊楼酒店:"希奇果子案酒。"(第七回)江州浔阳楼酒店:"菜蔬时新果品按酒。"(第三十九回)靠江的琵琶亭酒店:"菜蔬果品海鲜按酒。"(第三十八回)

从上面这些按酒食物中可以看出,宋人挑选下酒菜点时,是以时新果品作为所有菜点中的上上之选的,这一把水果当作下酒菜并且异常看重的习俗,今天已不复存在。而这种以果品作为按酒的饮酒习俗在《水浒传》中多有反映。不仅在酒店里按酒食品中多次出现,而且在人物的日常生活中也经常出现。如第二回写史进约少华山上的朱武、陈达、杨春来史家庄中秋赏月饮酒,特"教人去县里买些果品案酒侍候"。第二十四回写武松的到来,"武大买了些酒肉果品归来……安排端正了,都搬上楼来,摆在桌子上。无非是些鱼肉果菜之类。随即烫酒上来"。第四十四回写无为军黄通判来拜见蔡九知府,"又送些礼物

---

① 〔宋〕陆游:《老学庵笔记》,第355～356页,西安:三秦出版社,2003。

时新酒果"。

其实，这种以果品做按酒食品的风俗也屡见于宋元时的话本小说中。如《刎颈鸳鸯会》(《清平山堂话本》)：在端阳节的"鸳鸯会"上，"其余肴馔蔬果，未暇录"；又如《错认尸》(《清平山堂话本》)，"买些酒果、鱼肉之物过年"，"到八月十五日，备果吃酒赏月"。可见以果品作为下酒的上选食品，这在宋元时的市民生活中相当的普遍，已成为当时民俗酒文化中的一种比较独特的现象。

《水浒传》中描写宴饮的按酒食品中除了果品外，经常提到的还有鲜鱼、嫩鸡、酿鹅、肥鲊等。这几种大约是宋元时平民心目中的美味食品。鲊是一种腌鱼。宋代江南地带确有喜爱吃糟鱼的习惯。宋代周煇《清波杂志》卷十二记载：

> 江上取鱼，用拦滩网，日可俯拾。滨江人家得鱼，留数日，俟稍败方烹。或谓："何不击鲜？"云："鲜则必腥。"①

原来把鲜鱼制成鲊可减去腥味。苏轼也曾注意到这个现象。他在《仇池笔记类·说十》中云："江南人好作盘游饭，鲊脯脍炙，无有不埋在饭中。"就是把腌鱼腌肉拌在饭中吃。酿鹅也是一种腌制品。小说中多次写到人们吃鹅。最有名的是武松在孟州发配时，施恩在他行枷上挂了两只熟鹅，使武松一路走一路吃，养足力气，干出了血溅鸳鸯楼的大事。据资料记载，唐宋时人们普遍喜食鹅，以鹅为贵重食品，市上鹅的数量少，价钱贵。南宋人赵叔向《肯綮录》说：

> 今日淮而北，极难得鹅。南渡以来，虏人奉使必载之以归。予谓晋宋以前，虽南方亦不多得，唐时价每只犹二三千。②

这种以鹅为贵的风气直到明代依然如此。明代著名学者王世贞在《觚不觚录》中记载他的父亲以御史归故里，有一次请巡按吃饭，十几种菜肴中就有一只"子鹅"。按明代制度，鹅属贵重食品，御史这一级官吏不得享用，所以他家把子鹅"去其首尾而以鸡首尾盖之，曰：御史无食鹅例也"。食鹅之风到清代始为之一变。据清柴桑《京师偶记》云：由于食者少，"鹅之大者至有十余斤，人不常食，唯有凶事者用之"。这时北京人的嗜好已转向鸭，"京师美馔莫妙于鸭，而炙者尤佳，其贵

---

① 〔宋〕周煇撰，刘永翔校注：《清波杂志校注》，第513页，北京：中华书局，1994。

② 《四库全书·子部三十六·肯綮录·杂家类三》，北京：商务印书馆影印文渊阁本，2005。

至有千余钱一头"。贵重程度已接近唐时的鹅价。①

此外,还有一种独特的现象,那便是在当时杭州一带的饮酒民俗中,还把羹汤作为一种下酒的菜肴。所谓羹,便是用五味调和的浓汤。南宋时杭州相当讲究"羹"这种"下酒"的烧煮,在《梦粱录》"面食店"条及《夷坚志》"鸡子梦"条中记载的羹汤类就有三十余种之多。《武林旧事》卷六:"凡下酒羹汤,任意索唤。"又《梦粱录》卷十六载有"专卖诸色羹汤"的茶酒店。同样,以羹汤作为下酒的菜肴这一饮酒的民俗也广泛地反映到《水浒传》里来。宋人的酒席上特别看重汤,而且还把汤做酒席的第一道下酒菜肴。如第三十八回宋江、戴宗、李逵在去琵琶亭酒店吃酒,在下酒菜肴中就有一碗辣鱼汤;第十四回晁盖在安排酒食款待雷横的便宴上,也是"先把汤来吃"。以羹汤当作一种下酒的菜肴这种习俗,在后来的杭州已不多见了。

四、"酒质""酒具"

中国的酒与酒文化具有悠久的历史。从古至今,它一脉相承,源远流长,有关文献记载颇多。据近年考古发掘,在距今 4300 多年前的大汶口文化遗址中,就有陶制的高柄杯、盉等酒器。在我国最早的古籍中,也有许多关于酒的记录。《尚书·商书·说命下》云:"王曰:……若作酒醴,尔惟曲蘖。"说明在殷商时期古人就已利用曲蘖制酒了。关于酒的最早制作,有许多说法。晋江统《酒诰》概括得比较简明全面:

> 酒之所兴,肇至上皇;或云仪狄,一曰杜康。有饭不尽,委之空桑。郁积生味,久蓄气芳。本出于此,不由奇方。

宋朱肱《北山酒经》卷三云:

> 古语有之,空桑秽饭,酝以稷黍,以成醇醪,酒之始也。

古人很爱喝酒,《诗经》中就有很多"为酒为醴"的描写。但直到唐代,古人所喝的都是酒精度较低的漉制酒或榨制酒。据行家说,谷物原料在发酵时,酒精成分达到十几度,酵母菌即受到抑制,停止繁殖。所以用压榨法取得的发酵原酒,即使用现代技术,其酒精度最高也不会超

---

① 曲家源:《〈水浒传〉所反映的宋代世俗生活》,《明清小说研究》1994 年第 4 期。

过 20 度。超过 20 度的酒必须用蒸馏法制造。在我国,蒸馏酒就是白酒。我国白酒的起源问题,有汉代说、唐代说、宋代说和元代说,甚至还有外来说等多种,数十年来,学界一直争论。我们倾向于蒸馏法制酒在宋代已经有了。《宋史·食货志》(下七)记载宋代造酒分"小酒"和"大酒":

> 自春至秋,酝成即鬻,谓之"小酒",其价自五钱至三十钱,有二十六等;腊酿蒸鬻,候夏而出,谓之"大酒",自八钱至四十八钱,有二十三等。①

这蒸制的"大酒"应是蒸馏酒,需要"困"一段时间才好喝,所以"腊酿夏出"。又苏轼曾说,"内库法酒"他处难得其仿佛。内库法酒,据说是柴世宗破河中李守正时得匠人至汴酿造的。说见宋代赵令畤《侯鲭录》卷四。这"内库酒法"一定有别于一般酒法,可能是蒸馏法。另据考古发现,河北青龙 1975 年出土了一套金代的铜制烧酒锅。经有关部门进行蒸酒试验和鉴定,确认是金代遗物,其铸造年代最晚不迟于金世宗大定年间(1161~1189 年),相当于南宋高宗绍兴三十一年到孝宗淳熙十六年。近年来,河北承德出土的金代天会五年至大定十九年(1127~1179 年)的铜制蒸馏器也能说明这一点。

《水浒传》对宴饮的描写非常多,但都着眼于人的酒量大,而对酒质很模糊,有时只笼统地说"村醪浊酒"或"上等好酒"。有的研究者根据人物的酒量大和第六十五回张顺渡江遇贼船,逃脱后见一个村酒店"半夜里起来榨酒",遂断定《水浒传》里写的全是榨制酒。其实应该说,小说中人物大量喝的和乡村小店卖的大多是榨制酒,但"上等好酒"有可能是蒸制酒。古代制酒器具粗陋,又缺乏精密检测手段,即使是蒸馏酒度数也不会很高。古人对酒的鉴别只能根据口感和饮后的沉醉的程度。酒不同,口感自有差别。武松到快活林去打蒋门神,一路"无三不过望"。施恩问他:"此间是个村醪酒店,哥哥饮么?"武松道:"遮莫酸咸苦涩,问甚滑辣清香,是酒还须饮三碗。"这里让人感到"滑辣"的酒必定不是榨制酒。待到蒋门神酒店,武松先是要酒喝,酒保连换两种都不中意,直到又换"一等上色好的酒"来,武松才说:"这

---

① 〔元〕脱脱等著:《宋史·食货志》,第 4514 页,北京:中华书局,1985。

酒略有些意思。"以武松的酒量说这话,这酒一定有较高的度数。第三十九回宋江上浔阳楼喝酒,要了"一樽蓝桥风月美酒",自饮自酌,"一杯两盏,不觉沉醉"。"蓝桥风月"是宋代的名酒,宋江也是每餐必饮的酒徒,"一杯两盏"就醉了,说明这"蓝桥风月"具有相当的度数。

榨制酒工艺简单,古代官私都能制作。酒税也是宋朝政府的主要财源之一。宋周煇《清波杂志》卷六记载:

> 榷酤创始于汉,至今赖以佐国用。群饮者唯恐其饮不多而课不羡也,为民之蠹,大戾于古。今祭祀、宴飨、馈遗,非酒不行。田亩种秫,三之一供酿财曲蘗,犹不充用。①

当时官府造酒处称"酒务"或"酒库"。《宋史·食货志》(下七)云:

> 宋榷酤之法:诸州城内皆置务酿,县、镇、乡、间或许民酿而定其岁课,若有遗利,所在多请官酤。三京官造曲,听民纳直以取。②

这情形同《水浒传》的描写差不多。宋江在江州浔阳楼看到楼前酒旗子上写着"浔阳江正库"五个字,就应该是官酒库。当时民间造酒也很普遍。宋洪迈《夷坚志·支志丁》卷七记叙张、方两家酿酒的情形:

> 浮梁人张世宁,淳熙癸卯暮冬之月,酿白酒五斗,欲趁新春沽买。除夕酒成,既笆取之矣,复汲水拌糟于瓮,规以饲猪……

> 西乡冷水村细民方九家,造斗酒,置瓮于床侧隐处,俄而挹之不竭。如是十余岁,日日获钱。③

这些足证《水浒传》偏远乡村小店也有卖酒的描写不虚。

酒具是酒文化中色彩斑斓的一个组成部分。酒是一种重要的物质文化现象,其文化素质主要通过不断发展着的不同品种的酒表现出来,如酒的颜色、酒的芳香、酒的风味等。但若从酿酒到饮酒的全过程来考察,表现其文化素质的还有酒具。不同品种的酒,属于液态的物质文化;酿、饮器具,属于固态的物质文化。无论是液态的还是固态的,无论是生产工具还是生活工具,都有其随着社会生产力的不断发展而发展的历史。所以,酒文化是一种与人们生产、生活密切联系的、形态丰富的物质文化现象。而在酒具的使用上,我国古代经历了一个

---

① 〔宋〕周煇撰,刘永翔校注:《清波杂志校注》,第234~235页,北京:中华书局,1994。
② 〔元〕脱脱等著:《宋史·食货志》,第4513页,北京:中华书局,1985。
③ 〔宋〕洪迈:《夷坚志·支志丁》卷七,第1022页,北京:中华书局,1981。

最原始的"污尊而抔饮"的发展阶段。"污尊,凿地为尊也;抔饮,手掬之也。"(《礼记·礼运》注疏)这时还谈不上什么酒具。但酒具的制作有其悠久的历史。从周初开始,成王分鲁侯伯禽以商民六族,其中就有长勺氏、尾勺氏这两个专门从事酒器制作的部族(《左传·定公四年》)。在长期的历史发展过程中,在制作原料上,酒具经历了从自然材料到陶、青铜、漆木、瓷和各种名贵材料的不同演变;在形制上,酒具品名繁多,造型各异,也呈现出绚丽多彩的画面。《水浒传》所写人物宴饮所用酒具名称也大多带宋元时特点。其中有些至今仍在沿用,如酒盏、酒杯、酒盅;有些酒具人们已不太了解其含义,如注子、旋子。小说第二十一回写阎婆拉宋江吃酒时在楼下烫酒的过程:"婆子一头寻思,一面自在灶前吃了三大钟酒,觉得有些痒麻上来,却又筛了一碗吃。旋了大半旋,倾在注子里,爬上楼来。"什么是"旋子""注子"? 小说中还经常提到酒家卖酒时或以角计,或以碗计;也有论瓶、论旋、论桶的。第四回鲁智深买酒的那家酒店就是以碗计,当店家问智深:"打多少酒?"鲁智深回道:"休问多少,大碗只顾筛来。"结果他"一连吃了十来碗"。宋江在浔阳楼醉酒时则是论瓶从店小二手里买的。第三回鲁智深同史进、李忠喝酒,先是叫酒保"打四角酒来",而后再"吃了两角酒"。这"两角"是多少? 清刘献廷《广阳杂记》卷五在说到古代量酒器时已不了解李白"斗酒诗百篇"的"斗酒"是多少了。他说:

> 古人量酒,多以升、斗、石为言,不知所受几何? 或云米数,或云衡数。但善饮有至一石者,其非一石米及一百斤明矣。

这"角"更不知其为几何了。

古代政府对度量衡的管制主要在粮食的斗、石和布帛的尺、匹以及金银的钱、两等几方面;至于其他大量日用品的度量计算,由于各个地方习惯不同,彼此差异较大。宋张邦基《墨庄漫录》卷五云:

> 吴中鱼市以斗计(原注:一斗为二斤半)。《松陵唱和》皮日休《钓侣》诗云:"一斗霜鳞换浊醪。"注云:"吴中买鱼论斗。"酒即称斤,其来远矣,然酒今已用升,至市交及蔬反论斤。土风不可革也。①

升、斗是体积单位,斤是重量单位。酒是液体,既可用斤称,也可

---

① 〔宋〕张邦基等著:《墨庄漫录(外十种)》,第44页,上海:上海古籍出版社,1992。

用升量,而用升较为便捷。角也是量体积。清人朱骏声《说文通训定声》从源流上考证:"疑上古酒器之始,以角为之,故觚、觯、觥等字多从角。"角作为盛酒器皿在先秦时期即已存在,《礼记·礼器·郑玄注》云:"凡觞,一升曰爵,二升曰觚,三升曰觯,四升曰角。"这是讲先秦诸侯王公举行祭礼时的酒器。到唐宋时平民百姓是否仍遵从那种制度,一角是四升,已无法知道,但宋代民间确是论角买酒。宋朱彧《猗觉寮杂记》卷上云:

> 淮以南,酒家以升计,淮以北以角计。

这样说,升、角似乎分量相差不多,是一个一般酒量者的最小饮用单位。

以上说的是量酒具。酒器中的旋子、注子也都是宋时所用之物。汉以前酒器称"滑稽"。《猗觉寮杂记》卷下云:

> 滑稽,古今说不同。杨子云《酒赋》云:"鸱夷滑稽,腹大如壶。"应劭注《史记》:"鸱夷革,是以皮为酒榼。"崔浩《汉纪音义》云:"滑稽,酒器也,转注吐酒,终日不已,故语言响应无穷者,取象。"今之注子,是其遗法。①

"鸱夷滑稽"就是皮制的大肚子酒壶。唐李匡乂《资暇集》卷下"注子、偏提"条云:

> 元和初,酌酒犹用樽杓……居无何,稍用注子,其形若罂,而盖、嘴、柄皆具。大和九年后,中贵人恶其名同郑注,乃去柄安系,若茗瓶而小异,目之曰"偏提"。②

郑注是唐宪宗时一个方伎游士,元和末因附中贵人王守澄而发迹,官至工部尚书、翰林侍讲学士。《新唐书》卷一七九《郑注传》称:"注多艺,诡谲阴狡,意探人廋隐,辄中所欲为。"深得中贵人溺爱。酒器注子与郑注同名,故被改称"偏提"。但这个时间很短。后郑注被杀,注子仍是酒器的通称,延续到宋。宋江上虞《宋朝事实类苑》卷六十七记述浙宪马卿去润州廉按,临别时州官摆宴送行。酒桌上马卿说:"将注子来,郎中处满着!"就是把酒壶称作注子。

《水浒传》所反映的宋元时饮酒方式也很有特色。那时人们喝酒,

---

① 《四库全书·子部十·猗觉寮杂记卷下·杂家类二》,北京:商务印书馆影印文渊阁本,2005。

② 《四库全书·子部十·资暇集卷下·杂家类二》,北京:商务印书馆影印文渊阁本,2005。

尤其在冬季，多要温热后才饮。这种专门用来烫酒的器具称"旋子"，又称"旋杓"。把盛酒的旋子放在热水桶里旋转几下，酒即温热。宋代耐得翁《都城纪胜》"茶坊"条云：

> 绍兴间，用鼓乐吹梅花酒曲，用旋杓，如酒肆间，正是论角，如京师量卖。[1]

这是说绍兴年间杭州茶坊用旋杓论角卖茶如东京酒肆卖酒的情景。《水浒传》保留了这一习俗，多数描写宴饮的地方，都写了用旋子烫酒的过程。在描写阳谷县武松首次在武大家做客的时候，他的嫂子潘金莲准备了酒菜，热情地请武松喝酒，武松对嫂子的盛情承受不了，"只顾上下筛酒烫酒"。这烫酒就是温酒。又如第三十九回，武松要替施恩夺回快活林酒店，小说写他来到这家酒店借喝酒之际寻找事端，"那酒保去柜上叫那妇人舀两碗酒，倾放桶里，烫一碗"给武松送去，武松以酒劣要他换酒，后来妇人和酒保又连烫了两碗上等好酒，皆不合其意。这种在桶里温酒的方法是怎样进行的？其详细方式是：将酒倒入专门温酒用的旋子当中，再将它置入"汤桶"（里面盛有滚烫的开水）里，由于旋子是肚大两头小，加上酒精密度小于水，故而旋子在汤桶里不会倾斜翻倒，且可以大部分稳定地浸没在热水里，不需多久，旋子中的酒就会温热。这一温酒方式在第九回中有翔实的描述，当陆虞候奉高俅之命来到沧州准备收买牢城营的管营、差拨谋害林冲时，恰好在林冲友人李小二店中饮酒商谈此事。那跟来的人讨了汤桶，自行烫酒。只见那人（对李小二）说道："我自有伴当烫酒，不叫你休来，我等自要说话。"当热桶里的水变凉后，则需要换上开水，所以后文有"阁子里叫将汤来。李小二急去里面换汤"等字句。

综上所述，《水浒传》中宴饮描写的情形大都和宋元时实际情形相符合，那么，小说明非虚造可知。它是宋元"说话人"就当时真实的情形来描述的；到了元末写成定本时，对这类事物也很少更动；明人改词话本为散文本时，虽文体颇多改变，但这些内容没有被删削。以后版本变化虽多，都没有影响到这些事。所以现在就今本《水浒传》，还约略可见宋元社会的一些实际情形。这是因为，宋元时"说话"艺人们创

---

[1] 〔宋〕耐得翁著：《都城纪胜》，第83页，北京：文化艺术出版社，1998。

作的素材,多是来自民间的传闻,不过是城乡生活中出现的奇人异事,
艺人们以此为出发点"随意据事演说",也只能是根据当时城乡社会生
活加以艺术创造。因此,"说话"艺人们的创造首先是对时代社会生活
的描摹和对现实人物的刻画,这些在《水浒传》中有较多的保留。但
是,由于《水浒传》的最后写定者与水浒故事产生的时代毕竟久远,书
中有些宴饮描写呈现出虚化的倾向,以至于像北宋都城声名极著的大
酒楼——樊楼在小说中只是作为故事的背景一笔带过。尽管如此,通
过考论,我们还是能够感受到作者在宴饮描写时特别是对宴饮描写的
细节的真实性保持着高度自觉的创作态度,这是艺术生命力之所在。
总之,通过对《水浒传》宴饮描写的考论,我们可以相信,一部《水浒传》
实际上就是一曲酒的咏叹调,一段宋元时期酒文化的历史,一幅宋元
时期酒风俗的"社会风情画"。

由点及面,我们可以看出,《水浒传》不仅为我们描绘了一幅酒风
俗的"社会风情画",而且还为我们描绘了一幅幅宋元时期城乡各地特
别是从京都到大小城镇的各色"社会风情画"。正是通过这样一幅幅
社会生活图景的描画,《水浒传》描写了城乡民众的日常生活、种种生
活中的矛盾纠葛等,从而真切地展现了城乡民众的生存状态和人性的
善恶情伪。19世纪西方杰出的小说家巴尔扎克在谈到他的《人间喜
剧》时说:"法国社会将要作历史学家,我只能当它的书记,编制恶习和
德行的清单,搜集情欲的主要事实,刻画性格,选择社会主要事件,结
合几个性格相同人的性格的特点,揉成典型人物,这样我也许可以写
出许多历史学家忘记写的那部历史,就是社会风俗史。"①所谓"社会风
俗史"是一种成熟的小说艺术境界,强调的是用美学方法对社会生活
和人们心灵的真实揭示。由于《水浒传》在很大程度上是缀结短篇而
成的长篇小说,这些短篇虽然有着较强的"传奇"色彩,并被编织进了
一个大的传奇故事体系,但因其主要构成部分本来出自取材于现实生
活、以对生活和人物精雕细刻为特点的"小说"技艺,于是缀结这些短
篇的《水浒传》也就引领读者进入了当时社会生活的真实,从而使《水
浒传》在一定程度上具有了"社会风俗史"的意义。

---

① 〔法〕巴尔扎克:《人间喜剧·前言》,见《西方文论选(下)》,第168页,上海:上海译文出版
社,1979。

第二节　宴饮的类型与作用

宋代饮酒之风盛行,张择端在《清明上河图》中就多处描绘"某某正店"的酒店。宋人黄庭坚在词中也如此吟道:"歌楼酒旆,故故相招,权典青衫。"饮酒的风尚在反映宋元人生活的《水浒传》中更得到淋漓尽致的发挥。无论是散布在东京及大名府的城市酒楼,还是散落于各地的乡村酒店,无不处处散发出浓郁的酒香气息。酒与水浒英雄结下了不解之缘,如果没有酒的滋润,《水浒传》怕是会黯然失色。水泊梁山的英雄好汉们,"大块吃肉,大碗喝酒"——小说作者以神来之笔,描述一百单八将饮酒的迥异风格,可谓千姿百态,既有柳丝花朵,又有山摇地撼。粗粗数之,"饮酒""吃得大醉""置酒设席""尽欢而散"等场面何止百处,节节意蕴丰满,段段令人击案。梁山好汉们饮酒,既体现了长幼尊卑的法度,又蕴含了东西南北的风俗,将酒文化的无穷魅力发挥得淋漓尽致。应注意,在这些宴饮描写中,帝王之家的"紫府琼浆""瑶池玉液",李师师之流所设"珍异果子,济楚菜蔬,希奇按酒,甘美肴馔"反倒并不出奇,奇的是王进落难之时的"四样菜蔬、一盘牛肉""五七杯酒",阮小二向往的"成瓮吃酒,大块吃肉""尽醉方散"。正是"渔父""农夫"以及中下层吏民的平凡之酒,才创造出非凡的酒食文化。一部《水浒传》浸泡在酒中,而吃酒的名分也几乎是那一时代风尚、那一社会习俗的总编汇集。

一、宴饮描写的类型

在渭州潘家酒楼,鲁智深、史进与李忠萍水相逢,吃的是见面酒;在雁门县,金老父女和赵员外热情款待鲁智深,吃的是感恩酒;在五台山寺,鲁智深呆闷了四五个月,酒瘾勃发,强夺一大桶,吃的是破戒酒;在桃花村,周通强娶刘太公的女儿,庄前下马时,刘太公把了下马杯,吃的是认亲酒;在山神庙,北风凄紧,大雪纷飞,林冲打开酒葫芦,吃的是御寒酒;在济州石碣村,吴用与阮氏三兄弟畅饮一天一夜,吃的是联络酒;在梁山水寨亭上,王伦摆下酒筵,邀请晁盖、吴用众好汉,吃的是送客酒;在郓城县一家酒楼,宋江与刘唐悄然会晤,吃的是酬谢酒;在沧州柴进家,宋江与武松慕名已久,不期而遇,临别时,樽酒相敬,结为兄弟,此谓金兰酒;在阳谷县景阳冈,武松打死吊睛白额虎,众猎户备下酒食与武松把盏,此谓犒赏酒;在清河县紫石街,武松杀了潘金莲、西门庆,提着两颗人头,再将"那碗冷酒浇奠"乃兄亡灵,此谓祭奠酒;在瑞龙镇,宋江要去清风寨知会花荣,武松欲投二龙山鲁智深、杨志聚义,便在酒店饮了数杯酒,各自东西,此谓别离酒;在青州府清风寨,黄信奉命捉拿花荣,却假意调和,各人劝了一杯,陡地把酒盏一掷,兵丁拿倒花荣,此谓信号酒;在青州清风山,王英、燕顺、郑天寿三位好汉,从黄信、刘高手里劫下宋江、花荣,备酒设宴款待,此谓压惊酒;在青州,秦明奉命征讨清风山,慕容知府出城赏军把盏,此谓壮行酒;在江州城牢狱里,宋江、戴宗被判死刑,临刑前,节级牢子送去长休饭、永别酒,此谓上路酒;在江州穆家庄,晁盖众好汉抓住黄文炳。李逵挖出黄文炳的心肝,把来与众好汉作醒酒汤,此谓洗恨酒;在还道村的一座古庙,宋江于梦幻中吃了九天玄女的三杯仙酒、三枚仙枣,此谓仙枣酒;在沂水县的沂岭,李逵杀死了四只老虎,刁滥闲吏曹太公得知他是梁山好汉,顿起恶意,叫人用大碗大钟,轮番把盏,一杯热一杯冷,灌了两个时辰,把李逵灌得酩酊大醉,然后捆送官府,此谓阴阳酒;在郓州,宋江三打祝家庄胜利后,又分化了三家联盟,下山迎接李应、杜兴,把酒接待,此谓接风酒;在浔阳江,张顺捉住了卢俊义,送上梁山,宋江和众头领每日轮一个做东,摆筵席,此谓留宾酒;在梁山忠义堂,天罡地煞,歃血盟誓,重阳佳节,肉山酒海,英雄豪杰,觥筹交错,此谓聚义酒;而两赢童贯,三败高俅,从济州到梁山,太尉宿元景、太守张叔夜奉旨宣诏,赏赐黄封御酒,此谓招安酒。此外,张文远与阎婆惜,西门庆与潘金莲,裴如海与潘巧云交杯传盏,此谓花心酒;而陆谦邀林冲喝的酒,张都监劝武松喝的酒,蔡京、高俅奏准皇上赏赐给宋江、卢俊义的鸩酒,都是陷害毒杀忠良的阴谋酒等。①

二、宴饮描写的作用

鲁迅先生在《魏晋风度及文章与药及酒的关系》中说,魏晋文人的

---

① 张瑞初:《酒、酒文化与酒的艺术》,《闽西职业大学学报》2002 年第 1 期。

饮酒,吃药,放旷,这是"因为他们生于乱世,不得已,才有这样的行为,并非他们的本态"。在分析阮籍的饮酒时说:"他的饮酒不独由于他的思想,大半倒在环境。其时司马氏已想篡位,而阮籍名声很大,所以他讲话就极难,只好多饮酒,少讲话,而且即使讲话讲错了,也可以借醉得到别人的原谅。"①这是深刻的论述,告诉我们,魏晋文人的饮酒,蕴含着特定时代背景下的复杂的政治与思想文化内容。那么,《水浒传》中人物饮酒又蕴含着怎样的内容? 这恐怕需要从"水浒酒"的作用来探讨。②

从人的生理机制讲,酒有镇静、麻醉的作用,酒还能促进血液循环,反射刺激大脑,使之兴奋。三杯酒下肚,话多了,气粗了,胆壮了,这是常人都有的体验。所以军队出征,将士出战,要喝壮行酒,一个重要的原因就是壮胆助威。《水浒传》中武松一腔英雄气,正是靠酒熊熊燃烧起来的。景阳冈打虎一节,写武松一路风尘仆仆,一走进酒旗上写有"三碗不过冈"的景阳冈酒店,就大呼:"快把酒来吃!"在咕嘟咕嘟喝完三碗酒后,得知一般客人喝了这三碗酒便要醉倒,再也过不了前面的山冈时,武松大不以为然,一连喝了十八碗,吃了四斤熟牛肉,然后不顾酒家的劝告:"乘着酒兴,只管走上冈子来。"在得知真的有虎时,作者一连写他:"看看酒涌上来,便把毡笠背在脊梁上,将哨棒绾在肋下,一步步上那冈子来。""武松走了一程,酒力发作,焦热起来,一只手提着哨棒,一只手把胸膛前袒开,踉踉跄跄,直奔乱树林来。"足见武松"明知山有虎,偏向虎山行",有着如此惊人的胆力,最后赤手空拳打死老虎,很大程度上得力于酒的神奇力量。醉打蒋门神一节,妙就妙在"醉打"。在答应为施恩夺回快活林酒店后,武松提出在前去会蒋门神的路上要"无三不过望":"出得城去,但遇着一个酒店便请我吃三碗酒,若无三碗时,便不过望子去。"施恩当下一算:"这快活林离东门去有十四五里田地,算来卖酒的人家也有十二三家;若要每店吃三碗时,恰好有三十五六碗酒,才到得那里。"他担心武松醉酒误事,一时踌躇未决。武松看破了他的心思,大笑道:"你怕我醉了没本事,我却是没酒没本事,带一分酒便有一分本事,五分酒五分本事;我若吃了十分

① 洪治纲:《鲁迅经典文存》,第 101~102 页,上海:上海大学出版社,2004。
② 黄华童:《〈水浒传〉与酒文化》,《浙江师范大学学报社会科学版》1993 年第 6 期。

酒,这气力不知从何而来。若不是酒醉后了胆大,景阳冈上如何打得这只大虫!那时节,我须烂醉了好下手,又有力,又有势!"武松于是一路吃了三十五六碗酒,然后"带着五七分酒,却装着十分醉的,前颠后偃,东倒西歪"来到快活林,乘着酒力,把蒋门神打得跪地求饶,夺回了酒店。这里,在武松身上,真正是一分酒一分本事,一分醉一分胆识,酒与勇相得益彰,酒成为威武豪壮的象征,成为胆识魄力的诱发剂。

俗话说"酒逢知己千杯少"。酒往往成为增进了解、联络感情、结拜定交的催化剂。我国民间和典籍中以酒定交的习俗和记载不胜枚举,如歃血为盟、喝鸡血酒定交等。《水浒传》中无数英雄正是借助于酒的力量聚集到一起,最后又奔向梁山造反的大旗下。如第三回鲁智深、史进、李忠结交,就是在潘家酒楼上。第三十八回宋江、戴宗、李逵、张顺结识,也是在浔阳江琵琶亭上饮酒时。第十五回吴用说三阮撞筹,先是邀三阮饮酒,说得三阮入伙,然后到东溪村七星聚义,喝下聚义酒,智取生辰纲。第十九回写王伦嫉贤妒能,摆下酒宴要把晁盖七人赶下梁山。正是在这筵席上,林冲火并王伦,使得英雄小聚义,梁山从此成为抗拒官兵、斩除贪官污吏和土豪劣绅、结纳江湖好汉的起义根据地。宋江上梁山之后,梁山四周都建了酒店。东山酒店由小尉迟孙新、母大虫顾大嫂负责;西山酒店由菜园子张青、母夜叉孙二娘管理;朱贵、杜六掌管南山酒店;北山酒店的老板是催命判官李立、活闪婆王定六。这些酒店都"设立水亭号箭,接应船只,但有缓急军情,飞捷来报",并负责接纳四方好汉。这些酒店是梁山的眼睛,是信息集中反馈的场所,是英雄们汇集的联络站。对梁山而言,这些酒店有着特殊的意义。

在古代,酒与征战的关系密不可分。出征,要喝出征酒以壮行色;凯旋,要喝祝捷酒以庆胜利。如越王勾践当年卧薪尝胆,立志复国。在他誓师伐吴时,百姓纷纷献美酒劳师。勾践下令将酒倒入一条小河,军民共饮,士气倍增。绍兴市里,如今还有这条"投醪河"。胜利后饮酒,则更为常见。如西汉时大将军霍去病收复河西失地有功,武帝赐酒犒劳。因酒少兵多,霍去病下令将酒倾入一眼泉中,与士卒共饮。相传这眼泉就是今天甘肃酒泉市酒泉公园中的那眼"酒泉"。《水浒传》中庆功、祝捷之饮也写了不少。如第三回，史进、朱武、陈达、杨春等在史家庄大败官兵，回到寨中，叫小喽罗"杀牛宰马，贺喜饮宴"。第二十回，林冲火并王伦后，晁盖等好汉排定了座次，"当厅赏赐众小头目并众多小喽罗。当下椎牛宰马，祭祀天地神明，庆贺重新聚义。众头领饮酒至半夜方散。次日又办筵宴庆会，一连吃了数日筵席"。第七十一回，打下东平、东昌两府后，一百零八位好汉聚义梁山，排定座次。到了重阳节，"宋江便叫宋清安排大筵席，会众兄弟同赏菊花，唤做菊花之会。但有下山的兄弟们，不拘远近，都要招回寨来赴宴。至日肉山酒海，先行给散马、步、水三军，一应小头目人等，各令自去打团儿吃酒。且说忠义堂上便插菊花，各依次坐，分头把盏。堂前两边筛锣击鼓，大吹大擂，笑语喧哗，觥筹交错，众头领开怀痛饮；马麟品箫，乐和唱曲，燕青弹筝，各取其乐"。总之，《水浒传》里的庆功酒，除此宴之外，大都轻描淡写一笔带过，然而作为一种手段，庆功酒必不可少，它能激发士气，为下次作战胜利奠定基础。因此，作者在每次大小战事胜利之后都要把它描绘一下。

利用酒宴设下埋伏，伺机谋杀敌手，或把毒药藏在酒里，让人喝下后或麻醉、或中毒而亡，借以达到政治上或其他方面的目的，这在中国文史典籍中屡见不鲜，也算得上是中国酒文化的一大特色。有名的"鸿门宴"和"单刀会"，就是借酒宴设伏杀人的典型事例。而曹操的"煮酒论英雄"和赵匡胤的"杯酒释兵权"，又是另一种令人胆战心惊的酒宴。《水浒传》里的酒，有时也并不好喝，往往一杯酒里隐藏着杀机和阴谋。金圣叹说："水浒所叙，叙一百八人，其人不出绿林，其事不出劫杀，失教丧心，诚不可训。"（《金圣叹序三》）这种认识带有一定的阶级偏见，然而道明一点："其事不出劫杀。"酒在这些"劫杀"中扮演着不同的角色。

《水浒传》中最明显的以酒来打劫的例子，恐怕要数孙二娘十字坡的酒店了："大树十字坡，客人谁敢那里过，肥的切做馒头馅，瘦的却把去填河。"吴用智取生辰纲，也是巧妙地用蒙汗药麻翻了杨志和众军汉，然后夺走了那十万贯不义之财。阴谋手段酒也是暗藏杀机的酒，这里指用酒来达到某种目的。酒是催化剂，它促使事情向人们所期望的方向发展；酒又是反应物，离开它，事情就有可能办不成。且看下面几则例子:第三十三回,花荣大闹清风寨一节,花荣为救宋江与刘高产生矛盾,黄信设下"鸿门宴"要铲除花荣。"明日天明,安排一幅羊酒去大寨里公厅上摆着,却教四下里埋伏下二三十人预备着。我却自去花荣家请得他来,只推道:'慕容知府听得你文武不和,因此特差我来置酒劝谕。'赚到公厅,只看我掷盏为号,就下手拿住了。"宋江忠义一世,受招安后,征辽、征"四寇",立下赫赫战功。但在高俅等人眼里,仍然是乱臣贼子,所以最终不为奸臣所容,被高俅等人在朝廷所赐的御酒中下了毒药,魂归蓼儿洼。尤其令人扼腕的是,宋江怕自己死后李逵闻知朝廷奸谋,再去啸聚山林,"把我等一世清名忠义之事坏了",于是差人召李逵到楚州,要他饮下毒酒,回到润州,药发身死。在这里,酒成了实施罪恶的工具。

在封建伦理道德的规范下,男女之间的结合只能有婚姻而不许存在性爱,性爱是一种罪恶,男女之间的婚外性生活更被视为极其丑恶的淫乱行为,女性承受着极其沉重的性压抑和性摧残。然而在酒的催化下,即使像《水浒传》这样严厉排斥性爱的作品,也难以抑制妇女性意识的觉醒。书中写了四个"淫妇"即阎婆惜、潘金莲、潘巧云和贾氏,她们都是夫妻生活的不幸者。宋江、杨雄、卢俊义都是英雄好汉,终日只顾打熬身体,不近女色。潘金莲则是被迫嫁给武大郎,根本谈不上相亲相爱的夫妻生活。在这种情况下,一旦遇上称心的男子,特别是几杯酒下肚,她们便"色胆如天",不顾一切去追求。阎婆惜勾搭上张文远,是宋江不合带那后司贴书来阎婆惜家吃酒,使得婆惜看到小张三"一身风流俊俏",于是"以目送情",勾搭成奸,犯了"风流茶说话,酒是色媒人"这条款。潘金莲私通西门庆,也是在王婆精心布置的那桌酒席上,"一钟酒落肚,哄动春心;又自两个言来语去,都有意了"。潘巧云与海阇黎苟合,也是和尚"特地对付下这等有力气的好酒","使那妇人一者有心,二乃酒入情怀",于是"酒乱性,色迷人",在僧房圣地做出"辱没神灵的勾当"。

人往往把符合社会要求和道德规范的一面袒露在公众面前,而把内心的一切欲望即那个"本我"谨慎地隐没在心底或潜意识里。然而在酒的强烈冲击下,理性的防线崩溃了,内心深处甚至是潜意识里鲜为人知的秘密往往不自觉地流露出来,以至于酒后吐真言。这是摆脱了一切束缚激情的洪流,它更多属于某种本能或盲目的冲动。《水浒传》第三十九回,写宋江在浔阳楼上独自一个,一杯两盏,依阑畅饮,不觉沉醉。于是乘着酒兴,去那白粉壁上挥毫写下:"自幼曾攻经史,长成亦有权谋。恰如猛虎卧荒丘,潜伏爪牙忍受。不幸刺文双颊,那堪配在江州。他年若得报冤仇,血染浔阳江口。"这哪里是那个谨小慎微的忠臣孝子宋江,分明是个韬光养晦、一有机会就要造反的地主阶级的叛逆。特别是《西江月》后的四句诗"心在山东身在吴,飘蓬江海漫嗟吁。他时若遂凌云志,敢笑黄巢不丈夫",更是公开表露了自己要造反,要推翻封建王朝的志向。这种"犯上作乱"的话出于宋江之口,若非凭借酒的力量,是断不可能的。

好酒贪杯,特别是喝酒过量,往往身不由己,误了大事。这类教训,古人笔下随处可见。如《尚书》载尧帝的司天官羲和常因贪杯而误事。一次,发生日食,由于羲和未能预报,引起一片混乱。为惩戒失职,尧帝下令将羲和处死。而古代帝王中,更有"醉生梦死"、因酒而亡国丧身的典型。如十六国前秦国君苻生"耽湎于酒,无复昼夜",在位两年,就被人夺了帝位。当夺位者领着人"鼓噪而来"时,他"尤昏寐未悟",临被杀还要"饮数斗""昏醉无所知"。《水浒传》中这类因酒误事的例子也不少。如第二回写时逢中秋,史进差庄客王四携书到少华山请朱武等三人来庄上赏月饮酒。王四在山上连喝了二十来碗酒,下山时醉倒在一座林子里,恰被李吉遇见,把少华山的回信献给了官府,导致官府围攻史家庄,史进被迫毁家外逃。第四回,写鲁智深在五台山出家,经受不住佛门戒律,接连两次下山,连"抢"带"骗",又是喝酒又是吃肉,还乘着酒兴打坏金刚,塌了亭子,打伤了众禅客,最后只好离开五台山,另投他方。

酒在《水浒传》中的政治性交际作用实际是一种公关手段。运用这种手段进行沟通协调,有时直接关系到事情的成败。如第七十二回,燕青、宋江为拜识名妓李师师以叙说"心腹衷曲之事",不惜重金,终得"同席一饮,称心满意"。在宴席上:"宋江乘着酒兴,索纸笔来,磨得墨浓,蘸得笔饱,拂开花笺,对李师师道:'不才乱道一词,尽诉胸中郁结,呈上花魁尊听。'当时宋江落笔,遂成乐府词一首。……写毕,递于李师师。"这次"公关"虽因李逵捣乱没能圆满完成任务,但它应该算是成功的,为下次燕青与李师师会面并向皇帝讨诏书、受招安作了序曲。第七十五回,"活阎罗倒船偷御酒,黑旋风扯诏谤徽宗"就是一次失败的"公关"。这次招安,梁山无心,朝廷无意。盛放御酒的船只行到半路,酒就被阮小七等喝掉后换上了普通的酒。饮御酒本是想"教众人沾恩",没想倒在嵌宝金花钟的御酒"却是一般淡薄村醪","众人见了,尽都骇然,一个个走下堂去了"。皇帝降诏赐酒,本希望招安成功,没料到这十瓶"御酒"倒惹恼了众好汉。

第三节　宴饮描写的叙事功能

　　谋篇布局方面,《水浒传》和《西游记》很值得一比。《西游记》在"大闹天宫""唐僧出世"以后,极力拼凑取经路上的"八十一难",借以展示故事情节表现人物形象;《水浒传》则在"忠义堂石碣受天文,梁山泊英雄排座次"以前,刻意叙写一百零八人逼上梁山的故事,这是二者相似之处。不同的是,《西游记》拼凑"八十一难"较为简便:以师徒四人西天取经为线,单线发展,反正是遇山有妖,逢水有怪,庙里有神,洞内有魔,而且这些神魔妖怪都要吃唐僧肉,只是各自的外貌、手段、法宝不同而已,"每到弄不来处,便是南海观音救了"。金圣叹在《读第五才子书法》中评道:"《西游》又太无脚地了,只是逐段捏捏撮撮,譬如大年夜放烟火,一阵一阵过,中间全没贯串,便使人读之,处处可住。"这个观点很有道理。而《水浒传》的人物、故事头绪纷繁,令人眼花缭乱。如何使来自八方、身份各异、经历不同的好汉聚义梁山,惟宋江马首是瞻,这在《水浒传》的艺术构思上是要煞费苦心的。该书结构上虽有"逼"字统掣全篇,但因"逼"的主体和客体在不同的"人物小传"中呈现出不同形态,"逼"字也就显得或明或暗,若隐若显。要将这纷繁复杂的人物故事构成一个有机整体,却是作者"气力过人处"(金圣叹语)。金圣叹批《水浒传》,就是想把作者"若干年布想、若干年储材、又复若干年经营点窜"这一艺术构思品评出来,金圣叹也确实做到了一些。显然,作者在结构文章时匠心独运,手段高明方法多样。笔者这里仅谈谈"宴饮"在人物故事转换衔接中所起的作用,并认为作者充分利用了宴饮描写来设计《水浒传》的关目。

一、梁山个人传奇中的宴饮描写

　　杨义先生认为,《水浒传》是以折扇式列传单元和群体性战役板块结构全篇的。前七十回(列传单元)的人物性格描写,显得从容不迫、虎虎有生气。这里所说的折扇式列传单元,实际上就是宋江、史进、鲁智深、杨志、武松等人的个人传奇。这些人物性格之所以"虎虎有生气",每个人的传奇故事叙述的之所以"从容不迫",很大程度上取决于宴饮描写的成功。作者以"宴饮"描写作为结构的"筋节",使故事脉络贯通而又不露斧凿之痕。也就是说,在宋江、史进、鲁智深、武松等人的个人传奇中,宴饮是作为情节发展、转换的关索来加以描写的。

　　宴饮不仅使史进沦落江湖,而且让史进把少华山、桃花山、二龙山的强人勾连起来了。原本与少华山强人为敌的史进却为少华山强人的义薄云天所感动,以至于释强人、宴强人而"浪结强人"。中秋夜折柬相邀强人赏月,王四醉酒丢失回书,遂有李吉将书献于官府,后有史进大闹史家村,并引出了鲁智深和李忠。

　　史进渭州酒楼遇鲁智深、李忠,遂开始了鲁智深的个人传奇。"鲁达凡三事","为了金老父女""又为刘老女儿""又为了林冲娘子","又三处都是在酒后"(金圣叹评语,下文所引评语如无特别说明,均为金评)发生的。此外,作者还在"大闹桃花村""火烧瓦官寺"的宴饮描写中交代了李忠和史进的下落。

　　柴进庄、十字坡、快活林、孔太公庄是武松传奇中的重要关目,这四处近似"无事生非"的宴饮描写关联着武松的生命和前程。武松酒后杀人,避难柴进庄而遇醉酒之宋江;武松酒后打虎,一跃而为阳谷县都头;武松发配孟州道,在酒店里遭遇张青夫妇;施恩酒肉酬壮士,遂有武松醉打蒋门神、大闹飞云浦、血溅鸳鸯楼;武松大闹村酒店,遂有孔亮之缚武二郎。

　　《水浒传》不仅用宴饮描写发展故事情节,而且在通过宴饮描写的叙事中,善于把握节律强弱、详略、疏密的调剂配置,于刚柔相间、情调变换中,显得笔墨摇曳多姿。至为驰名的武松传单元即"武十回",便轮换地使用正笔、逆笔一类大笔墨,从或刚或柔的诸多侧面捭打搓捏着人物性格,使之在转折跌宕中闪射出新异的光彩。"武十回"是如何利用宴饮来写武松呢?景阳冈打虎是一系列故事中的第一个。通过他与老虎惊心动魄的生死搏斗,这位草泽英雄初露头角,使他在卷入尖锐激烈的矛盾之前就在读者面前显出了英雄本色。

武松景阳冈打虎之前,进入酒店的第一句话是:"主人家,快把酒来吃。"有此句,才有连吃十八碗酒的豪饮,才有"三碗不过冈"的韵味,才有半醉半醒上冈的逸趣,才有折棒的波折……一句话生出多少文章,故金圣叹批道:"好酒是武二生平,只此开场第一句,便如闻其声,如见其人。"情节的高潮固然是打虎,写得惊心动魄,然而在此之前,作者用了大量篇幅叙写了武松在酒店喝酒的情形,反复铺写喝酒的武松与店家的争执冲突,增添了许多韵味情趣。

接着,则是借助巧妙的醉态描写,着意加重打虎气氛的紧迫感和危机感。从武松的言行可以看出,他处于一种半醉状态。文章之妙就在这半醉半醒中:若武松烂醉如泥,那定然酿成虎吃人的恶果。若其全然清醒,则不会误入乱树林的险恶境地,也不至于手忙脚乱打折哨棒,造成赤手空拳打虎的局面,从而显示出英雄的刚强与勇力。在这里我们可以看出,作者写酒就是写武松,写吃酒就是写打虎。英雄赞好酒,好酒衬英雄。酒壮英雄胆,酒添英雄力。饮酒与打虎,紧密相连,不可分割,成为一个有机整体。

"武十回"中除了写景阳冈打虎之外,作者还利用宴饮描写写了武松与五个女人的关系,并在笔墨的一擒一纵、一张一弛中调整叙事神理。如果说景阳冈打虎是刚毅神勇之笔,那么阳谷县遇兄即变为柔婉的叙情,其间又出现嫂诱其叔的柔情变轨。第二十三回(七十回本)武松回到阳谷县找到了武大,与大嫂潘金莲相见。武松住在武大家里,雪天回来,自近火边坐地:

> 那妇人暖了一注子酒来到房里,一只手拿着注子,一只手便去武松肩胛上只一捏,说道:"叔叔,只穿这些衣裳不冷?"武松已自有六七分不快意,也不应她。那妇人见他不应,劈手便来夺火箸,口里道:"叔叔不会簇火,我与叔叔拨火,只要似火盆常热便好。"武松有八九分焦躁,只不做声。那妇人欲心似火,不看武松焦躁,便放了火箸,却筛一盏酒来,自呷了一口,剩了大半盏,看着

武松道:"你若有心,吃我这半盏残酒。"

　　武松劈手夺来,泼在地下,说道:"嫂嫂休要恁地不识羞耻!"把手只一推,争些儿把那妇人推一交。武松睁起眼来道:"武二是个顶天立地、嗅齿戴发男子汉,不是那等败坏风俗、没人伦的猪狗,嫂嫂休要这般不识廉耻,倘有些风吹草动,武二眼里认得是嫂嫂,拳头却不认得是嫂嫂!再来休要恁地!"

武松面对着"哄动春心"的潘金莲的挑逗时,尽管也给人以"直是天神,有大段及不得处"的印象,但小说同时写炭火,写酒果菜蔬,写家常絮语,直写到武松发怒"争些儿把那妇人推一交",一步步把武松从真心感激嫂嫂的关怀,到有所觉察,强加隐忍,最后发作,写得丝丝入扣,合情合理,充分展现了武松刚烈、正直、厚道而又虑事周详、善于自制的性格特征。

　　武松传中作者用宴饮继续展开情节。杀嫂祭兄是义烈惨厉之笔,随之则是人肉店中戏弄孙二娘的阴森夹着诙谐,张青的调解又使这幕喜剧消解在绿林义气之中。安平寨抛掷石墩,是别样威风,却又在快活林酒店挑逗老板娘显出几分促狭,瞬即在醉打蒋门神的那番"玉环步,鸳鸯脚"中抖擞英雄本色。血溅鸳鸯楼之前,有玉兰姑娘唱中秋明月的曲儿作其反衬;醉打孔亮之前,有救出被劫掠到蜈蚣岭的张太公女儿作其铺垫。仁义则极仁义,残酷则极残酷,真诚则极真诚,神勇则极神勇,篇中把一个不亲女色、惯于打杀山间猛虎和人间凶神的义士用美酒烘托出来了,可以说武松是用美酒烘托出来的英雄。作者塑造武松形象,不是一路扯着高八度的喉咙一腔到底,而是善于换腔养气,显示出大手笔特有的于力透纸背处见从容裕如。①

　　以上我们说的是《水浒传》个人传奇中,作者如何利用宴饮描述人物,展开情节的,那么在列传单元中小范围英雄聚义又是怎样写的呢?

　　杨志、武松、鲁智深聚会二龙山,其关目亦是宴饮。鲁智深、杨志遭际二龙山,其关目为曹正之酒店。林冲取投名状,得识杨志并于梁山宴会上互叙倾慕之情;杨志失去生辰纲而潜逃,在酒店中强行赊账而引起争斗,得识林冲之徒弟曹正。于是,曹正设苦肉计帮杨、鲁二人

---

① 杨义:《中国古典小说十二讲》,第 52 页,上海:上海三联书店,2007。

攻占了二龙山。鲁智深遭际张青,其关目为孙二娘的黑店;因此,武松
二进十字坡,张青为武松出谋划策,推荐他上二龙山。

总之,通过宴饮的勾连,好汉们分别聚义于少华山、桃花山、二龙
山和白虎山,并直接、间接地和宋江发生了联系,最终一同上了梁山。

宋江杀惜后避难北方,事发后流配南方,先后为梁山泊带来了两
批人马。宋江认识这两批人马,得益于自己的江湖名声,而认识的契
机是宴饮。

宋江杀惜之后有三个去处。投柴进时,于醉酒躲酒之际认识了武
松;投孔太公庄,却救了醉酒被缚的武松;投清风寨,却差点成了清风
山强人的醒酒物。宋江救刘高妻反遭诬陷,众好汉救出宋江,由宋江
领着奔向梁山。渐近梁山泊,却于酒店中争座位认识了石勇,于是,便
有了返乡探亲被捉、发配江州的事。

宋江南下江州,一路上所遇尽是"黑道"人物。浔阳岭上,宋江在
酒店中和两个公人笑谈蒙汗药,却恰恰被李立麻翻,差点成了人肉馒
头馅;浔阳镇上,宋江仗义疏财,惹怒了穆弘,镇上店家不敢卖酒给宋
江,也不敢留宿宋江,宋江却偏偏投宿于穆春家中;浔阳江上,宋江正
庆幸自己脱离虎口,张横却问他愿吃"板刀面"还是愿吃"馄饨";梁山
泊吴用捎去的书信让宋江结识了戴宗、李逵;宋江宴饮浔阳楼,通过李
逵抢鱼认识了张顺;二上浔阳楼喝闷酒、题反诗,于是,就有了朱贵麻
翻戴宗,就有了"梁山泊好汉劫法场,白龙庙英雄小聚义"。

酒这种含有特殊刺激成分的饮料恰恰给人提供了站在生命之上
的感觉、超越自我的感觉。如果说《西游记》中孙悟空可以有七十二
变,实在没有咒念还可以去求取观音或如来佛祖帮忙,那么《水浒传》
中许多英雄就只能靠酒精的刺激作用来张扬自己,所以酒量的多少也
就成了衡量英雄与否的标志之一。即使小胆的人吃了酒也胡乱做了
大胆,这在宋江身上体现得最为明显。宋江一生谨慎,上梁山反复最
多,害怕那样陷自己于不忠不孝之地。他平时自称小吏、罪人,但在江
州还是因吃酒闯了大祸而引火烧身。这么谨慎的人,为何如此呢?酒
精的麻醉作用使他内心长久压抑的情感终于有了一个释放的机会,只
不过他选择的地点过于显眼了,但这正是他无意识心理的最好表现。
在江州的浔阳楼,他要了一樽蓝桥风月美酒及一些下酒菜,独自一个,

一杯两盏,倚阑自酌自饮,不觉沉醉。于是万千心事涌上心头,乘着酒兴,在白粉壁上写下了反诗。事情被黄文炳告发后,戴宗问他在楼上写下什么言语,宋江道:"醉后狂言,忘记了,谁人记得!"而这一切正是尼采所称的酒神境界,即个体同生命意志合为一体的神秘的陶醉境界,那醉后的狂歌乱舞,使宋江暂时逸出于一切陈旧的戒律之上,超越于善恶之外,用自由的舞蹈踏碎一切伦理。"舞蹈象征着精神从一切传统价值的束缚中解放出来,轻松愉快地享受人生,从事创造,而这本身意味着对人生的充分肯定。"这是一种痛苦与狂喜交织的癫狂状态,那暂时忘却的自我,才使我们看到生命丰盈、情绪激动的宋江。我们庆幸酒给了他一吐怀抱的机会,金圣叹在评点这段文字时一再用到"突兀淋漓"四个字,认为与宋江平时谨慎的行为完全不像,余象斗也说能写出如此诗句的人该是"何等英雄",当然他也为此付出了倒在地上的尿屎中装中风及差一点人头落地的沉重代价,正是这难于承受的痛苦,促使宋江昂起头来,义无反顾地走向梁山。这段宴饮场面的描写,在宋江性格发展中起到了加速器的作用。

由于有了许多宴饮场面的描写,可以使原本平常的情节生出波澜,既可以使故事情节变得紧张、曲折、扣人心弦,也可以使故事情节妙趣横生。这样的例子在《水浒传》中也是相当普遍的。特别是宋江与李逵的相会,作者就用充满浪漫的笔调,以宴饮为线索,描写了一系列非常有趣的故事,从而使原本平常的故事情节变得生动曲折、引人入胜。

第三十八回,宋江与戴宗在楼上吃酒,戴宗从楼下把李逵叫上来:

李逵看着宋江,问戴宗道:"哥哥,这黑汉子是谁?"戴宗对宋江笑道:"押司,你看这厮怎么粗卤,全不识些体面!"李逵便道:"我问大哥,怎地是粗卤?"戴宗道:"兄弟,你便请问'这位官人是谁'便好,你倒却说'这黑汉子是谁',这不是粗卤,却是甚么?我且与你说知,这位仁兄便是闲常你要去投奔他的义士哥哥。"李逵道:"莫不是山东及时雨黑宋江?""咄!你这厮敢如此犯上,直言叫唤,全不识些高低!兀自不快下拜,等几时!"李逵道:"若真个是宋公明,我便下拜;若是闲人,我却拜甚鸟。节级哥哥不要瞒我拜了,你却笑我。"宋江便道:"我正是山东黑宋江。"李逵拍手叫道:"我那爷!你何不早说些个,也教铁牛欢喜。"扑翻身躯便拜。

当李逵知道面前这个黑汉子就是闻名已久的宋江时,先是扑翻身就拜,然后相与饮酒,并且说道:"不耐烦小盏吃,换个大碗来筛!"寥寥数语,便将李逵嗜酒如命的豪爽性格勾勒出来。宋江问明刚才李逵在楼下与店主吵架的原因,慷慨送了李逵十两银子。李逵深受感动,便暂时停止喝酒,想去赌场赢钱来报答宋江的知遇之恩。但是赌运不佳,赌钱的结果,不仅没有赢钱,反而连宋江赠送的十两银子也输给赌徒张小乙。于是,一向"赌直"的李逵此次却偏偏不直了,他不但将宋江给他的已经输掉的十两银子抢了回来,而且还将赌场上别人的十两银子也抢走了。这个反常的举动不仅与李逵当时急于报答宋江的念头有关,而且也与酒有关。正因为李逵先前吃了酒,所以才容易性情冲动,做出不同于以往的事情来。

于是,张小乙与十几个赌徒为了夺回银子,与李逵发生了激烈的打斗,但是众人敌不过李逵,被李逵打得东躲西藏。正在这时,宋江与戴宗闻讯赶来,才平息了一场风波。故事写到这里,按理说可以告一段落,但是作者并没有停止写宴饮,而是接着在"酒"上做文章。

作者把宴饮的地点换到了浔阳江边的琵琶亭酒店。地点变了,但以宴饮为故事的发展线索没有变,而且更有了浓烈的趣味。宋江、戴宗与李逵在琵琶亭饮酒时,三人边喝酒边吃肉,由于宋江喜欢用鱼汤醒酒,戴宗便教酒保做了鱼汤端上来,三个人中,除了李逵连汤带骨头全部吃掉外,宋江与戴宗却不太喜欢吃,因为这鱼是临时用盐腌了的昨天的鱼,并不是新鲜鱼。为了让宋江吃到新鲜鱼,李逵便到江边渔船上去寻找,但是渔人由于当时没有得到鱼牙主人"浪里白条"张顺的命令,不敢开舱卖鱼。李逵见状性起,便与渔人进行了一场打斗,先是把渔人打得跳上船逃到江心,然后把岸上的小贩们打得落花流水,正打得起劲,张顺赶到,两人又一番厮打。张顺打不过李逵,幸好被宋江与戴宗赶到救下。

但张顺并不服输,他虽然在陆地上打不过李逵,却能够发挥自己的长处,过了一会儿撑船引诱李逵上船打斗,李逵没把张顺放在眼里,中计上船,结果被张顺将船弄翻,落入水中。李逵被张顺按入水里淹了个半死,如果不是宋江心生一计及时救下,恐怕要赔上身家性命了。

最后,故事出现了喜剧性的结局:张顺不但饶了李逵,而且与宋江、戴宗相识并结为兄弟,于是四人坐在一起共同饮酒。①

纵观李逵出场所发生的故事全过程,我们不难看出:宴饮始终是故事情节逐渐展开并且不断走向高潮的重要因素,作者围绕着宴饮,生出了一个又一个生动有趣的故事。如果没有酒,没有宴饮场面的描写,李逵出场的描写就不可能如此引人入胜,故事情节就会显得单调乏味,对读者就没有什么吸引力。《水浒传》全书中,常常就是因为宴饮而导致种种复杂的矛盾冲突,才使得整个情节具有戏剧性和感染力,并且良多趣味。

谈论文法,向来有"文不厌曲"之说。直线是凝结的形态,曲线是生命的形态。中国绘画的生命寓于线条的弹性之中,中国叙事生命也是寓于波澜皱折之间的。写李逵既要写他面对七八十渔人乱篙打来,两手一架,把五六条竹篙"一似扭葱般都扭断了"的蛮力,也要写他被张顺赚上船落水,任人在水中提起捺下,浸得眼白的弱点。既要写他劫法场时抢着板斧向人多处排头砍将去,又要写他搠翻剪径的李鬼后,轻信他诉说家有九十岁的老母而软下心肠。既要写他做笃筐下枯井救柴进时,担心上面割断绳索的稚拙的慧黠,又要写他误认宋江抢劫民女,愤而砍倒"替天行道"的杏黄旗的堂堂正正的鲁莽。只有这种多面用墨、曲折多姿的文笔,方能写出一个朴诚得透明、莽撞得可爱而又富有喜剧意味的好汉子来。金圣叹《读第五才子书法》说:"《水浒传》只是写人粗卤处,便有许多写法。如鲁达粗卤是性急,史进粗卤是少年任气,李逵粗卤是蛮,武松粗卤是豪杰不受羁勒,阮小七粗卤是悲愤无说处,焦挺粗卤是气质不好。"没有《水浒传》曲折多姿的笔墨,是很难写出极易类同的同是粗鲁性格的妙微差异的。所谓妙笔生花,其花乃是生于曲折之处,曲折之处往往又因宴饮而生。②

二、梁山事业发展中的宴饮描写

《水浒传》中不仅英雄们的个人传奇用宴饮勾连,而且梁山事业发展的每一阶段也都与宴饮有不解之缘。林冲、晁盖先于宋江上山,为

---

① 陈东林:《论〈水浒传〉中酒文化》,《南京航空航天大学学报社会科学版》2009年第2期。
② 杨义:《中国古典小说十二讲》,第52~53页,上海:上海三联书店,2007。

梁山奠定了基业；戴宗、李逵、张顺于宋江上山后多次下山，为梁山拉来了大批人马。无论是奠定基业还是壮大队伍，作者都热衷于用宴饮来结构情节。

林冲能躲过陆虞候的陷害，得归功于酒生儿李小二和草料场老军的酒葫芦。林冲上梁山，亦缘于宴饮。其事先而起波者，则有林冲责骂老板不卖酒肉给自己，从而引出"柴进门招天下客，林冲棒打洪教头"。其事过而作波者，则"如庄家不肯回与酒吃，亦可别样发生，却偏用一花枪来挑块火柴头"，赶走庄客，喝得酩酊大醉而为庄客所捉。林冲通过宴饮，前遇柴进，则得柴进书信在牢城过逍遥日子；后遇柴进，则得柴进书信而雪夜上梁山。

七星撞筹智取生辰纲，靠的是宴饮，为的也是宴饮。吴学究说三阮撞筹，于酒酣肉饱之际，挑逗三阮道出了人生理想："论秤分金银，异样穿细锦，成瓮吃酒，大块吃肉。""智取"的过程，又是在"酒"字上设计谋、费心思的过程。金圣叹在此回总批："今也一杨志，一都管，又二虞候，且四人矣，以四人而欲押此十一禁军，岂有得乎？……今（梁）中书徒以重视十万、轻视杨志之故，而曲折计划，既已出于小人之道，而尚望黄泥冈上万无一失，殆必无之理矣。"

这里指出，梁中书把十万贯金银财宝装了十一担，派十一个禁军挑着，命杨志押送；又不放心，于是推说另一担是夫人送的，再派一都管、二虞候监管，是防杨志的。这就造成都管、虞候妨碍杨志指挥十一个禁军，造成了黄泥冈上的失事。十一个禁军挑着百十斤重的担子走上黄泥冈，脚疼走不得。众军汉道："这般天气热，兀的不晒杀人！"都去松树林下睡倒了。杨志拿起藤条，打得这个起来，那个睡倒。老都管道："权且教他们众人歇一歇，略过日中行如何？"杨志道："你也没分晓了！如何使得？"老都管就呼叱杨志，杨志不得不让众人歇一下。这时，松林里一字摆着七辆江州车儿，七个人脱得赤条条的在那里乘凉，这就转入杨志和七人的矛盾。七个人见杨志赶入来，齐叫一声："阿也！"（金批："二字妙绝，只须此二字，杨志胸中已释然矣。"）杨志认为是几个贩枣子的客人，就消解了疑虑。接着写一个汉子挑着一副担桶的酒上冈子来。众军汉要凑钱买酒吃，杨志喝住，怕酒内有蒙汗药。七个客人出来买酒吃，两个客人去车子前取出两个椰瓢来，开了桶盖，轮替舀酒吃,一桶酒都吃尽了(余象斗评:"七个客人吃酒,诡计正在此处,杨志无疑矣。")。七个客人道:"正不曾问得你多少价钱?"(金批:"何必不问价,只为留得此句作饶酒地也。")那汉道:"我一了不说价,五贯足钱一桶,十贯一担。"七个客人道:"五贯便依你五贯,只饶我们一瓢吃。"(金批:"只用一饶字,便忽接入第二桶,奇计亦复奇文。")那汉道:"饶不得,做定的价钱。"一个客人把钱还他,一个客人便去揭开桶盖,兜了一瓢,拿上便吃(金批:"一个便吃,以示无他。"),那汉去夺时,这客人手拿半瓢酒,望松林便走,那汉赶将去。只见这边一个客人从松林里走将出来,手里拿一个瓢,便来桶里舀了一瓢酒(金批:"一个然后下药。"),那汉看见,抢来劈手夺住,望桶里一倾,便盖了桶盖,将瓢望地上一丢,口里说道:"你这客人好不君子相!戴头识脸的,也这般啰唣!"(李卓吾评:"好圈套,如何识得破。")即在第二客人用瓢舀酒时,瓢里即下了蒙汗药。那汉劈手夺住望桶里一倾,蒙汗药都下到桶里了。众军汉请老都管来求杨志,买那一桶酒吃。杨志寻思道:"俺在远处望这厮们都买他酒吃了,那桶里当面也见吃了半瓢,想是好的。"(金批:"独说那桶当面亦吃过半瓢,表出杨志英雄精细,超过众人万倍。")就同意了。众军汉先兜两瓢,叫老都管吃一瓢,杨志吃一瓢,杨志哪里肯吃。金圣叹至此批道:

> 写杨志英雄精细,固也,然杨志即使肯吃,亦不得于此处写他肯吃,何也?从来叙事之法,有宾有主,有虎有鼠。夫杨志虎也,主也,彼老都管与两虞候,特宾也,鼠也。设叙事者于此不分宾主,不辨虎鼠,杂然写作老都管一瓢,杨志一瓢,两个虞候一瓢,众军汉各一瓢,将何以表其为杨志哉!故于此处特特勒出一句不吃,夫然后下文另自写来,此固史家叙事之体也。①

老都管自先吃了一瓢,两个虞候各吃一瓢。众军汉一发上,那桶酒登时吃尽了。杨志见众人吃了无事,自本不吃,一者天气甚热,二乃口渴难熬,拿起来只吃了一半(金批:"另自写,又写得曲折天矫。"),枣子分几个吃了。那七个贩枣子的客人,立在松树旁边,指着这一十五人说道:"倒也!倒也!"那七个客人推出七辆江州车儿,把车子上的枣

---

① 〔明〕施耐庵:《水浒传》,第260页,济南:山东文艺出版社,1995。

子都丢在地上,将这十一担金珠宝贝都装在车子内,遮盖好了,叫声:"聒噪!"一直望黄泥冈下推去了。在这里,众军汉、老都管与杨志、晁盖、吴用和那汉子像漩涡般围绕两桶酒争执,吵闹,纠缠,变戏法,戏剧性的矛盾冲突展开了,众军汉要吃,杨志勉强应允买酒吃,那汉子又佯装不愿卖。在卖与不卖、要吃与不能吃之间隙,吴用做了手脚,将蒙汗药掺入酒桶,杨志终于被吴用的酒肉计套个正着,一桶药酒坠下故事情节的帷幕。待杨志离开黄泥冈,走进一家酒店吃酒,又一个故事情节嘎嘎启动。透过这一情节,初步写出了七个人的性格和智取生辰纲的矛盾斗争。这一斗争发展到官府派何涛观察派兵追捕,三阮的水战,公孙胜的法术打败何涛,七人被迫上梁山,以晁盖为首打开了梁山泊的新局面。智取生辰纲就成了上山前的一个重要情节。①

宋江上梁山后,有三大重要关目:宋江取父、李逵取娘、戴宗一取二取公孙胜。在后两大关目中,作者又一次运用了宴饮的结构功能。李逵取娘,李鬼寻思用蒙汗药麻翻李逵,结果反倒成了李逵的人肉烧烤。李逵杀四虎,被曹太公视为英雄,没想到却被李鬼之妻告发,被庄上众人灌醉活捉。李逵性命危在旦夕,李逵同乡朱富把蒙汗药放在酒肉里,把都头李云麻翻,救了李逵,遂使"梁山泊内添双虎,聚义厅前庆四人"。

公孙胜探母,却于酒店中结识了锦豹子杨林,向他介绍了戴宗,后来戴宗经由杨林在酒宴中挑动邓飞等人入伙梁山,又在酒店中拉石秀聚义,为石秀杀嫂上梁山埋下了伏笔。"杨雄、石秀结伴入伙而得时迁,住宿祝庄,索肉不已,杀其鸡,杀鸡不已,焚其屋,是何举动?"(王望如评)曰:众虎同心归水泊之所由也。杨雄、石秀仓皇逃跑之际于李家庄酒店遇杜兴,不仅使"三庄盟誓成虚谬,众虎咆哮起祸殃",而且使李应无奈而上梁山。就在宋公明一打二打祝家庄,祝家庄"擒杨林、拿黄信、捉王英、锤欧鹏、绊秦明、拖邓飞"之际,登州十里牌酒店中又发生了"母大虫怂恿孙新,逼勒孙立,联络邹渊、邹润,劫牢越狱,以解独龙山之围,为投梁山泊之地"(王评)的故事。

在这个过程中,作家让李逵在宴饮方面吃尽了苦头、出尽了洋相,

---

① 周振甫:《小说例话》,第 60~61 页,南京:江苏教育出版社,2005。

却也让李逵成了情节的连缀性人物。比如,饭店中的打闹引出了公孙胜的行踪。又如,李逵对公孙胜等异人心存畏惧,乖乖地当侍者替公孙胜买枣糕,却于买枣糕的过程中结识了汤隆。金圣叹于回前总评中强调说:"乃戴宗忽然先去者,所以为李逵买枣糕也。李逵特买枣糕,所以结识汤隆也;李逵结识汤隆者,所以为打造钩镰枪也;夫打造钩镰枪也,所以破连环马也。"为使钩镰枪,遂有汤隆之赚金枪手徐宁上山。

杨义先生认为,《水浒传》的叙事特征在于"似真传神"。"微变形"乃是似真传神的一种重要的描写方式,《水浒传》是精于此道的。变形而变得有分寸感,此之谓"微"。变形总不能都像唐传奇《薛伟》或西方卡夫卡《变形记》那样的大变形,《水浒传》作为英雄传奇不乏大夸张,但在处理变形上又往往能够把握限度以见微妙,这就有一个变形中的扩张和限制的问题。没有限制,是不能把握微变形的。李逵的率真莽撞是超凡出众,但是经过微变形处理,他几乎成了义胆包天、难以羁勒又憨厚可爱的好汉本能的象征。《水浒传》为了约束这种微变形,往往把李逵和宋江合传,铁牛要横,只须宋江一喝即止,因此宋、李合传形成了好汉本能和江湖规矩之间的冲撞和约束。李逵由于性格带有微变形处理和高度独特性,即使与人合传,甚至在千军万马中,一旦出场,也为众目所注,甚至喧宾夺主。他喜欢作为别人的伴当外出,于是作者就让每个带他外出的人事先与他约法三章。戴宗带他去蓟州寻找公孙胜,事先和他达成一路吃素之约定,发现他偷偷吃酒肉,就做起神行法使他收不住脚,使他急得百般求饶。吴用扮作算命先生,带他到大名府智赚卢俊义,也事先约定他扮作不喝酒的哑道童。燕青到泰安州与任原相扑,他偷下山追来,燕青也硬要他装病蒙头呆在客店。正如没有"紧箍咒",就不可能有孙悟空那么多护主西行、降伏妖怪的神迹一样,没有宋江和其他好汉对李逵的约束,特别是对其饮酒的约束,李逵的性格也不可能在磕磕碰碰中生发出如此多的幽默感。只有把性格扩张和限制结合起来,才能使微变形艺术产生深湛精致、耐人咀嚼的韵味来。可见,宴饮描写在微变形艺术处理中也功不可没。

宴饮描写不仅遍布在好汉们个人传奇、英雄聚义的篇章中,就是在两军对垒之际,作者亦不忘见缝插针,以宴饮作为重要关目结构情节。"托塔天王梦中显圣,浪里白条水上报冤"一回,"张顺吃馄饨而生"是由开酒店的王定六父子所救,"张旺吃馄饨而死"是由于王定六之鼎力相助。张顺此行,救了宋江、卢俊义和石秀,为梁山带来了安道全和王定六。"关胜降水火二将",李逵赌气下山,强行赊账村酒店,于是,就有杀韩伯龙,救宣赞,赦思文,荐焦挺、鲍旭等情节。梁山好汉征辽,劳而无功,苦闷至极,遂有李逵、燕青潜入城中饮茶,得知征方腊之事,于是有宋江自请为征方腊先锋。

三、梁山酒店中的宴饮描写

梁山泊的酒店不知把多少人剁成了人肉馒头馅,但也把不少江湖强人引进了梁山泊。宋江上山前,这种引进是无意识的;宋江上山后,这种引进却是宋公明的刻意筹划。人物宴饮的主要场所酒店就成了宋江人才战略中的一个重要棋子。

王伦当头领时,山寨里派朱贵开店,"专一探听往来客商经过",其目的在于财帛,却无意中迎来了林冲和智取生辰纲的大帮人马。晁盖把寨为头时,朱贵酒店发挥的作用亦仅仅是做眼谋财。晁盖与王伦的不同之处仅在取财之手段:"只可善取金帛财物,切不可伤害客商性命。"宋江上山后,四方豪杰望风而来,于是着手进行人事安排。宋江在梁山泊的东南西北四面都设置酒店,派人专门负责,并在山寨内设员专管酿酒和提调宴饮等事。在宋江的领导下,酒店的职能也发生了根本性的变化。在梁山泊的六次人事安排中,有五次提到酒店的人事安排,并指出酒店的功能在于迎接四方英雄好汉:"专一探听吉凶事情、往来义士上山。""招接四方好汉入伙。""招接往来上山好汉,一就探听飞报军情。""山下四路作眼酒店。""四店打听声息,邀接来宾头领人员。"

宋江设立的酒店也确实发挥了其应有的功能。梁山第一次人事安排,宋江让石勇掌握北面酒店,是为了让石勇接待北面来的江湖好汉。因为邹渊、邹润与石勇有旧,石勇便成了引见人;孙立与祝家庄教师栾廷玉有旧,便率登州好汉进祝家庄成了内线;邹渊、邹润与被陷祝家庄的杨林、邓飞有旧,遂让登州好汉这支内线与被陷的梁山好汉接上了线,里应外合,一举灭了祝家庄。等到下一次酒店人事安排时,石勇便"下岗"了。三打祝家庄的庆功宴还没完,朱贵酒店使人来报信:

"林子前大路上一伙客人经过,小喽罗出去拦截,数内一个称是郓城县都头雷横,朱头领邀请住了,见在店里饮分例酒食。"由此引入朱雷合传,引入柴进失陷高唐州,其目的是为了让三位对梁山有恩的头领上山。梁山泊第二次人事安排,朱贵店中添了个乐和。乐和扮作买卖人李荣,协助汤隆、时迁赚徐宁星夜赶往梁山泊,"只见李荣叫车客把葫芦沽些酒来,买些肉来,就在车上吃三杯",结果把徐宁麻翻,"直把徐宁送到旱地忽律朱贵酒店里"。李立、郑天寿是南边人,所以第一次、第二次人事安排时被安排在南边酒店,他俩迎接了前来搬救兵的孔亮。梁山泊第三次人事安排时,宋江规定酒店除了"招待往来好汉上山"之外,还须"探听飞报军情"。于是遂有朱贵店中派人报告说芒砀山樊瑞等"三个商量了,要来打俺梁山泊大寨",于是遂有史进的毛遂自荐和宋江的亲征,将芒砀山人马迎接上山。

梁山泊酒店的增设和职能的变化是根据宋江上山后山寨形势突变而出现的。宋江上山后,吴用宣布第一次人事安排时道出了这种变化的理由:"近来山寨十分兴旺,感得四方豪杰望风而来。"三山聚义打青州之后,小说写道:"且说宋江见山寨又添了许多人马,如何不喜?"于是遂有梁山泊的第四次人事安排。可见,梁山泊的人事安排是随着队伍的不断扩大而不断展开的。

四、梁山排座次及受招安后的宴饮描写

梁山好汉排座次之后乃至受招安之后,作者仍然热衷于借助宴饮场面来展示忠与义、忠与奸之间的矛盾,揭示其悲剧性命运。

菊花会上,宋江乘醉而作的那首《满江红》引发了忠和义之间的矛盾。武松首先发难,李逵乘醉大闹忠义堂。朝廷派陈太尉来梁山泊招安,"活阎罗倒船偷御酒,黑旋风扯诏谤徽宗"。在宋江寻求招安的进程中,宴饮尽管扯了后腿,但也帮了大忙。第一次,柴进麻翻了王观察,潜入睿恩殿削刻掉皇帝手书"山东宋江"寇名;宋江还在宴饮中直述"六六雁行连八九,只等金鸡消息"的急切心情。第二次,于宴饮中请被俘的御前大将邓美玉成。第三次,双管齐下,派燕青在宴饮中走李师师的门路,又让被俘的闻参谋写信走宿太尉的门路。

招安之后,梁山好汉的暴力趋向成了权奸们整治梁山好汉的借

口,而这在宴饮描写中也有充分的体现。

梁山好汉的这种暴力倾向与朝廷秩序的矛盾也往往通过宴饮来展示。宋江在菊花会上呵斥李逵:"我手下许多人马,都似你这般无礼,不乱了法度!"宋江受招安之后,就势必要对梁山的这种暴力倾向加以约束。然而,要改变这种倾向谈何容易!自律如宋江者尚自在李师师家"酒行数巡,宋江口滑,揎拳裸袖,点点指指,把出梁山泊手段来",像李逵这样的强徒就更无从谈起了。征辽前夕,江湖暴力终因厢官克扣酒肉而倾泻出来,江湖暴力与朝廷秩序的不可调和性使得蔡京们终于找到了整治宋江的理由。

让人震撼的是,宋江等的惨死,竟依然与宴饮息息相关。蔡京一伙人在所赐御食中下汞毒死了卢俊义,又将慢药放在御赐美酒中药死了宋江。宋江害怕李逵坏了他的忠义名声,把李逵招来饮酒而亡。书中有两句诗道:"可怜忠义难容世,鸩酒奸谗竟莫逃。"宋江和李逵等人被毒死,"魂聚蓼儿洼",作者仍然是肯定和歌颂宋江这种在我们今天看来是近于奴才思想的"忠义"的。如果说,悲剧的结局是寄托了作者的批判之意的话,那么,批判的矛头也只是对准当朝的权奸,而不是对准宋江及其思想路线的。小说结尾的挽诗里说:"早知鸩毒埋黄壤,学取鸱夷泛钓船。"在作者的心中和笔下,唯一对宋江不满的,仅仅是他没有像历史上越国的范蠡那样及时地功成身退。

总之,《水浒传》中的宴饮描写,从整体到局部,从详到略,都安排得十分合理有序,它为全书的结构布局、塑造人物、连缀故事、展开情节等方面服务,使其成为作品中一个重要的组成部分,构成了完整体系。

第四节　宴饮描写的超越意义及美学价值

通观中国古典小说,宴饮描写并非是《水浒传》独有的文学现象,早在先秦两汉的文学作品中就有大量的宴饮记事,唐传奇中也存在以宴饮来铺叙故事的情形,但大多是随文而出,点到为止。元明清以降,长篇小说风行于世,宴饮描写在小说家笔下迭出不穷,反复出现,形成独特系列。下面,我们以中国最为著名的古典小说为例,简述一下小说艺术与宴饮描写的关系,看一看宴饮描写是如何影响中国的古典小说,古典小说又是如何借助宴饮描写来结构情节、塑造人物、表现作者的思想感情和文化道德取向的。我们拟将《水浒传》宴饮描写放入元明清小说历史长河中进行综合关照,其中重点与《三国演义》进行比较,考察《水浒传》这部著作在宴饮描写特点和叙事功能方面的超越特点。

一、宴饮描写的超越意义

"小说"一词虽然由来已久,但在先秦两汉时期,它实际上指的是那些蕴含某种思想哲理的"小家珍说"或"丛残小语",是诸子百家论证或说明自己的哲学思想和政治思想的必要补充,所以有人把先秦两汉的所谓"小说"称作寓言。小说的出现,严格说是在魏晋时期。这时期最有代表性的小说,应推干宝的《搜神记》和王子年的《拾遗记》。我们以《搜神记》为例略做说明。在这部小说中,宴饮似乎是作为情节结构的道具和媒介而出现在故事中。葛玄"为客设酒,无人传杯,杯自至前。如或不尽,杯不去也"(《葛玄》)。东海黄公的兴衰与宴饮的关系更为密切,黄公善为幻术,能制蛇御虎,可是,到了年纪大的时候,他因"饮酒过度"而衰老。秦朝末年,东海有虎伤人,黄公受诏前往缚虎,但因年老体衰,幻术不再像当年那样有威力,结果反被老虎吞噬(《鞠道龙》)。《搜神记》中的故事大多为"怪力乱神"一类,以此来说明小说与宴饮描写的关系,似乎有些牵强。

如果说宴饮描写在志怪小说《搜神记》中还只是一种道具和媒介,那么,到了志人小说《世说新语》,宴饮描写的作用就明显了。在这部文言小说中,我们不仅可以看到魏晋名士越名教而任自然的卓异风采,而且可以看到宴饮在自由人格的实践过程中发挥着怎样的重要作用。宗白华先生曾经指出:"汉末魏晋六朝是中国政治上最混乱、社会上最混乱的时代,然而却是精神上极自由、极解放、最富于智慧、最浓于热情的一个时代,因而也就是最富有艺术精神的一个时代。"(《美学散步》)这种精神上的自由解放的一个重要标志,就是魏晋玄学的兴盛。在这样的思想文化背景下,一些自称为名士或被世人称之为名士的知识分子,以反传统的姿态登上了当时的社会大舞台。这种文化思潮和宴饮文化同声相应,同气相求,二者不可能不因此而发生特别密切的联系。鲁迅先生在《魏晋风度及文章与药及酒之关系》一文中对此有深刻精辟的论述。而《世说新语》则借助一种新的艺术形式,展示了宴饮文化与时代思潮的内在联系。①

魏晋名士最为显著的特点就是宴饮和发牢骚,东晋的王恭概括为:"名士不必须奇才,但使常得无事,痛饮酒,熟读《离骚》,便可称名士。"在魏晋文士狂放不羁的社会文化行为中,人们常常可以看到酒的身影,酒与名士如影随形,如响随声,须臾不离。有"江东步兵"之称的张翰任情纵性,有人对他说:"你可以放纵一时,可你难道就不为你身后的名声想一想吗?"张翰回答得很痛快,说:"与其让我身后有名,不如现在就给我一杯酒!"毕卓与谢鲲、阮瞻等八人号称"八达",他嗜酒如命,说:"一手持蟹螯,一手持酒杯,拍浮酒池中,便足了此一生!"(《世说新语·任诞》)更不用说一醉六十天的阮籍、嗜酒如命的刘伶,"三天不喝酒,就觉得形和神不再相亲"的山简,他们借宴饮追求的是个人精神、人格、思想和行为的自由,并以此为人生的最高准则和最终追求。不仅如此,饮酒之风对当时的世风影响也很大,寻常人物也都效法名士的做派,把宴饮作为人生潇洒之事。此外,该书还借宴饮表现当时文士的简傲疏狂,赞美文士的宽容和豁达,反映富豪权贵们的穷奢极欲等。可以这么说,在中国小说史上,一部作品像《世说新语》这样如此丰富多彩地描写宴饮不多,如此集中而概括地突出了宴饮文化的社会功能及其在人们日常生活中作用的小说也很少。

和《世说新语》相比,唐传奇对宴饮的描写可以说上升了一个档次。在小说情节结构中,宴饮的作用逐渐显现出来。李公佐的《南柯太守传》,开篇就是"东平淳于梦,吴楚游侠之士。嗜酒使气,不守细行",曾因武艺补淮南军裨将,却因"使酒忤帅",斥逐落魄,最后遂纵诞饮酒为事,终于"因沉醉致疾"。一次,他喝醉了酒,被朋友扶回家,躺在大堂的东廊庑下,昏然忽忽,仿佛若梦,只见二紫衣使者引他至"大槐安国",国王招他为驸马,他轻而易举地娶到了国王美若天仙的女儿

---

① 王守国、卫绍生:《酒文化与艺术精神》,第 161~163 页,开封:河南大学出版社,2006。

瑶芳为妻。婚后,夫妻二人恩爱异常,情款意洽。不久被任命为南柯太守,为政期间,政绩显著,累迁大位。他和公主生有五男二女,男以门荫授官,女亦聘于王族,"一时之盛,代莫比之"。然而盛极而衰,不久公主去世,接着他被革职软禁。国王慈悲,念他离家多年,将他发付故里。依旧由先前二紫衣使者引他出境,待看见本里闾巷时,二使者忽然不见。淳于梦猛然惊醒,"见家之僮仆拥彗于庭,二客濯足于榻,斜日未隐于西垣,余樽尚湛于东牖。梦中倏忽,若度一世矣"。淳于梦"感南柯之浮虚,悟人世之倏忽,遂栖心道门,绝弃酒色"。故事因宴饮而起,又因宴饮而结。宴饮在整个小说中起到了结构情节、突出主题的重要作用。李公佐的另一篇小说《谢小娥传》,也是宴饮在关键的时候发挥了重要作用。

虽然宴饮描写在唐传奇的情节结构中的地位和作用上升到一个新层次,但在表现社会生活、反映时代风尚、折射时代思潮、展示士人心态等方面,却不及《世说新语》那样淋漓酣畅、丰富多彩,倒是仅存小序的敦煌故事赋《茶酒论》,铺陈茶酒功过是非,生动形象,影响深远。

在宋元话本和明代拟话本中,宴饮常常是以色之媒的角色出现的。在时人眼中,酒壮英雄胆,酒也是色之媒。而在宋元话本和明代拟话本中,酒的角色更多偏重后者。宋元话本是说书艺人的底本,为招徕听众,说书艺人需要迎合以新兴市民阶层为代表的听众心理和需求,而酒为色之媒,虽是一种陈腐的观念,但它在听众中还是很有市场的,能够引起听众的兴趣和共鸣。所以,许多话本都把酒的角色定位在色之媒这一点上,对酒大加挞伐,把酒色与财气并列为人生"四害"。《古今小说》中的《蒋兴哥重会珍珠衫》,集中反映出这样一种世俗观念。小说作者把酒作为色之媒来看,一些关键情节的设计都与宴饮有关。《警世通言》中《苏知县罗衫再合》一篇的"引子",不仅可以看出明代享乐主义的人生观,而且可以看出当时人们(包括许多文人在内)对酒的认识。杭州才人李宏三科不第,心情抑郁,准备往严州访友,在钱塘江口,看见一"秋江亭",亭壁上有人题《西江月》一首,单道酒色财气的害处,李生看了颇不以为然,于是故事开始发生。李生在和酒色财气幻化成的美女对话后,猛然惊醒,顿悟酒色财气无益于人生,于是又写了一首诗,表明自己的认识:"饮酒不醉最为高,好色不乱乃英豪。

无义之财君莫取,忍气饶人祸自消。"小说作者虽然对酒色财气持否定态度,但从中也可看出当时人们对酒色的宽容。这正反映出明代市民阶层的享乐主义生活观,也是宴饮描写对当时社会的认识作用。

以上我们简单、粗线条地勾勒了《水浒传》之前,中国古典小说中宴饮描写的特点或作用。下面拟将《水浒传》与《三国演义》进行重点比较,兼与《金瓶梅》《红楼梦》等明清小说比较,以考察这部作品在宴饮描写方面的超越特点。

《水浒传》与《三国演义》同为中国古典名著。它们中许多脍炙人口的故事,不但在中国的老百姓中广泛流传,而且在世界各国都拥有众多的读者。在关于宴饮描写上,这两部古典名著有以下一些共同点:

第一,《水浒传》与《三国演义》中都有关于宴饮的描写,而且都有堪称这方面典范的精彩故事。如《水浒传》中的"武松打虎""武松醉打蒋门神""浔阳楼宋江吟反诗""智取生辰纲""鲁智深拳打镇关西""鲁智深醉打山门"等;《三国演义》中则有"宴桃园英雄三结义"、"连环计"中的"小宴"和"大宴"、"击鼓骂曹"、"青梅煮酒论英雄"、"关云长温酒斩华雄"等。

第二,《水浒传》与《三国演义》的作者,对大多数宴饮场面的描写,写得合情合理,恰如其分。这两部书中凡是写宴饮的场面,都不是为了让人物喝酒而喝酒。一般说来,这两位作者笔下人物的宴饮,都与故事情节的发展相关:或是情节发展不可缺少的一个环节,或是情节过渡所必须。如《水浒传》中"浔阳楼宋江吟反诗"的故事,不但故事发生地点是在"浔阳楼"这家有名的酒楼,而且宋江如果不是喝醉了酒,他怎么会去吟反诗?《三国演义》中"群英会蒋干中计"这个故事,如果周瑜不是假装酒醉,又怎么能骗得了蒋干? 不然的话,"过江""盗书"这些情节的发展,就会变得毫无意义。因为它违反了生活的逻辑,从而使故事缺乏合理性。

第三,《水浒传》与《三国演义》中大多数宴饮描写,是为刻画人物的性格服务的。在生活中,有人能喝酒,有的人不能喝酒;有的人嗜酒如命,有的人喝酒却很有节制。这与人物的特殊性格有关。因此,文学作品就应该反映生活的这种真实。《水浒传》与《三国演义》中都有性格鲁莽的人物,宴饮描写对于揭示他们的性格特点显然起着特殊的作用。如"鲁智深醉打山门"中的鲁智深,虽然出家当了和尚,但还是那么爱喝酒,依然会在酒后闹事。这正好应了"江山易改,本性难移"这句俗话。张飞如果不喝酒,在读者心目中还是那个脾气暴躁、性格耿直的张飞形象么?

第四,《水浒传》与《三国演义》的作者在写宴饮时,都能注意到详略得当。在这两部著作中,大多数宴饮描写与故事情节有着密切的关系,但是也有的宴饮描写在故事中只是起结构过渡或情节交代的作用。因此,作者必须根据宴饮在书中所具有的地位和性质来决定是详写还是略写。如这两部著作中都有喝庆功宴酒的场面,作者都是采取略写的办法。对于一些非常重要的宴饮描写,这两位作者可以说是不惜笔墨。可是也有一些重要的宴饮场景的描写,作者采用了略写的手法,如"关云长温酒斩华雄"中有关宴饮的描写就比较简略。

如果我们认真研究一下《水浒传》与《三国演义》,就不难发现在这两部古典名著中,关于宴饮的描写,无论就形式还是就内容而言,也有很大差别。从所涉及宴饮描写的面来讲,《水浒传》比《三国演义》显得更为广泛,描写也更为详细。

首先,《三国演义》中所涉及的宴饮描写一般都比较外在,往往只是为了增加故事的艺术性而设计的,专门以宴饮作为故事情节发展主线的情况比较少见,全书只有"连环计"中的"小宴"和"大宴"、"青梅煮酒论英雄"、"董卓设宴议废帝"、"辕门射戟"等为数不多的几个故事。而在《水浒传》中,以宴饮作为故事情节发展主线的故事比比皆是,几乎全书每个故事都与宴饮有一定的关系。而且宴饮描写蕴含了丰富的文化内涵和精神内涵,促使了人物性格的形成以及人物命运的转变;加剧了小说中的矛盾与冲突,推动故事情节朝着紧张、曲折的方向发展,并促使故事情节波澜横生;深化了小说的社会内涵,丰富了小说的思想内容。到了《金瓶梅》,宴饮描写开始转向平凡的日常家庭生活。小说中频繁出现的宴饮场景描写,虽然有不少精彩之处,但从整体来看,情节相当粗糙,大宴小宴周而复始地频繁出现,经常游离于情节的发展,行文略显拖沓,带有明显的自然状态,破碎、芜杂、一般化之弊病随处可见,像一个目击者在讲述,而不是一个艺术家的描绘。宴饮描写到了《红楼梦》形成了新的开拓,在形式上把纯粹的现实主义向着诗意化开掘了一步,开始自觉地运用意境创造的诗歌艺术手法于宴饮描写,直接将意象描写与意境创造变为叙事手段,融入叙事过程,而不是在叙事中勉强加入一些诗词,从而使宴饮描写具有浓郁的境界感、抒情性与韵味性,自然也就提高了叙述的审美品位与审美效果。

其次,《水浒传》与《三国演义》的作者,对宴饮描写的重视程度是有所不同的。可以毫不讳言地说,《水浒传》的作者要比《三国演义》的作者更自觉地利用宴饮描写来进行小说情节安排和人物塑造,也更有意识地探索在小说创作中如何运用宴饮描写的问题。客观地评论,《三国演义》中虽然也有许多精彩的有关运用宴饮描写的成功范例,但是《水浒传》的作者显然在运用宴饮描写方面,更为成功、更为普遍。①《三国演义》常常通过人物交际的宴饮描写,横向组接不同政治军事集团,表现矛盾冲突的斗争生活。"曹操煮酒论英雄""刘表后堂宴刘备""关云长单刀赴会",这些在全书最有光彩的宴饮描写都具有横向组接叙事功能。但也经常随手点染,对宴饮只做简略的交代,因此组接的功能亦要弱一些。《水浒传》宴饮描写与《三国演义》相比,是处在不同的叙事功能层面上,《三国演义》宴饮描写是单纯展示生活本身,处在形象叙事的层面上的,而《水浒传》中宴饮描写"处在点染人物,贯通情节,以及蕴含世俗哲学的功能层面"②。宴饮描写成为叙事过程中的一个焦点,发挥了情节纽带的作用,具有强大的结构功能。就组接功能来看,《金瓶梅》宴饮描写独具匠心。它将宴饮设为西门庆的专用舞台,宴饮既是他调情猎色的场所,又是用来巴结权贵的手段,几乎每一次结交新的官员都被巧妙地安排于宴会之上,意味深长。因此,小说在组接功能上比《三国演义》《水浒传》更为自然流畅。《红楼梦》宴饮描写的组接功能得到进一步提高,不仅通过人物交际宴会描写去变换场景空间、活动氛围与生活情趣,拓展生活容量,而且在同一时间内开辟了两个叙事的空间,通过转化、组接传达出丰厚的内涵。如果说《金瓶梅》宴饮描写的艺术空间是平面的,《红楼梦》则是立体的,承载了更多的艺术内涵。

---

① 祖存基:《〈水浒传〉与中国的酒文化》,《江苏经贸职业技术学院学报》1997 年第 4 期。
② 杨义:《中国叙事学》,第 277 页,北京:人民出版社,1997。

宴饮描写在元明清几部重要章回小说中反复再现,作家从不同的阅历、感受、趣味和个性出发,对其从不同角度、不同层次进行了挖掘。如果说前代小说宴饮描写是对生活素材的直接利用,《水浒传》宴饮描写则是审美的创新组织,因此在文本中具有的艺术魅力和叙事功能也就更为突出和强大。

二、宴饮描写的美学价值

中国的酒文化历史悠久,源远流长,广泛见之于小说、诗歌、散文、戏曲等文艺作品中,构成了中国文苑的一道亮丽风景线。所谓酒文化,一般是指以酒为内容但又超越了有关酒的具象描写而上升到文化层面和精神层面的一种特殊文化形态。也就是说,在涉及酒的文化作品或者艺术作品中,酒本身已不仅仅是一种饮品,而是蕴含了丰富的文化内涵和精神内涵。那么《水浒传》中关于酒的描写也已经超越了酒的具象描写,而上升到了一种新的文化层面和精神层面,达到了一个很高的艺术境界。如果我们去掉了《水浒传》中关于酒的描写和酒文化的精神内涵,那么整篇作品不仅人物形象黯然失色,社会内涵会趋于平淡,而且艺术成就也必然要大打折扣。所以,我们可以这样说,"酒"成为《水浒传》的美学特质,它透过人物、情节和环境,最大限度地体现了小说的阳刚之美。

汉代人就曾把酒称之为"天之美禄",认为这是上天赐给人类最好的礼物,既可以合欢,又可以浇愁,酒味之美、酒意之浓是其他任何饮料所无法比拟的。在《水浒传》中,酒更多的则是与英雄豪杰相伴。清朝闽人林梅溪认为《水浒传》善于写酒而不善于写茶,他在《武夷茶趣》中说:"酒壮英雄豪气,茶抒闲人性情。'大雪满天地,古月仗剑游;欲说心中事,同上酒家楼。'若为同上小茶馆,则失去英雄豪气矣,故《水浒传》多酒气而少茶趣。"酒是发散的,饮后使人兴奋;茶是收敛的,品之使人清醒。美酒的力量恰恰在于一种微微麻醉之中,唤醒的潜在的自由欲望,人们可以完成平时无法实现的愿望。在《水浒传》中,酒使水浒英雄性格的内在美得以外现,因而有关酒的描写即宴饮描写也就成了作者刻画英雄性格的手段。金圣叹认为,《水浒传》所以使人百读不厌,根本原因在于它成功地塑造了一系列典型性格。他说:"别一部书,看过一遍即休,独有《水浒传》,只是看不厌,无非为他把一百八人性格,都写出来。"这是一个深刻的见解,概括了小说艺术的一条重要美学规律。中外艺术史的实验证明了典型性格确实是构成小说艺术美的主要因素。《水浒传》写了大量英雄宴饮的场面,或一人独酌,或两人对酌,或众人在宴会上群饮,并借助于酒来完成人物性格的塑造。水浒英雄除王英外多不近女色,但除李云之外多亲近美酒。作者在第三回(七十回本)中说:"常言'酒能成事,酒能败事',便是小胆的吃了也胡乱做了大胆,何况性高的人!"可见酒对"性高"的英雄产生的巨大影响。先说酒胆英雄武松。金圣叹在第四回回前总评中说:"鲁达酒醉打金刚,武松酒醉打大虫。""鲁达打周通,越醉越有本事,武松打蒋门神,亦越醉越有本事。""三碗不过冈"的酒招旗,在一般客人眼中是一则普通广告,在武松眼中却极富挑逗性,挑动了他的好胜心理,体现了他逞能、自信、桀骜不驯的性格特征。武松是用武力作后盾,用"全场紧逼"的战术,迫使酒家卖给他十八碗好酒的。以好汉自命的武松,正是仗着好汉固有的自豪感的支持,强索那十八碗好酒。这十八碗好酒,映衬出英雄人物不同凡响的作为,无所畏惧、敢作敢为的气概。在第二十八回(七十回本)中"无三不过望,醉打蒋门神",也表现出了武松绝非凡人可比。在这一回中,"酒"字竟然出现了八十八次之多,居全书之首。王望如在回末总评中说:"其于虎也,先醉后打;其于蒋门神也,先醉后打……皆借酩酊以佐其神威,酒之动气甚矣哉!"①恰当地说明了酒与武松英雄行为的关系。醉酒象征着情绪的放纵、神经的兴奋,醉酒后的境界是神奇的,无论是打,是骂,是卧,都带有一种平时无法比拟的豪气与霸气,难怪《水浒传》对此境界钟爱有加。其他像"鲁智深醉打山门""吴用智取生辰纲""浔阳楼宋江吟反诗"等,酒在其中都起了至关重要的作用。

金圣叹在《读第五才子书法》中讲到"草蛇灰线法":"骤看之,有如无物;及至细寻,其中便有一条线索,拽之通体俱动。"金圣叹的"草蛇灰线法",无论从《水浒传》全书还是各章回来看,"宴饮"这一道具都得到了极为成功的运用,使其发挥了推进情节、蝉联场面、连缀事件的重

---

① 陈曦钟、侯忠义、鲁玉川辑校:《水浒传会评本》,第 551 页,北京:北京大学出版社,1987。

要作用。如第二十二回，宋江在柴进庄上，因喝酒有些醉了，脚步趔趄，踩在火锨柄上，把火锨里的炭火都掀在武松脸上，引出武松这个人物和"武十回"一系列重要的故事情节。诸多英雄由宴饮而相识，相识后又找酒店相拜痛饮。梁山泊朱贵酒店是水浒根据地的交通站和前哨，每一位英雄上了梁山，起义军首领都要摆酒设宴，以示欢迎。宴饮使本来陌生的英雄之间的感情距离缩短了。

在《水浒传》中，宴饮又起到激化情节的作用。小说第四回金圣叹评点鲁智深说："鲁达凡三事，都是妇女身上起。第一为了金老女儿，做了和尚。第二既做和尚，又为刘老女儿。第三为了林冲娘子，和尚都做不得。然又三处都是酒后，特写豪杰亲酒远色，感慨世人不少。"这是说鲁智深三次打抱不平，都是他酒后英雄正气所致。宋江本是一个对皇帝抱有幻想的人物，参加起义态度最不坚决的人物，但他在浔阳楼独自饮酒时，乘着酒兴题了反诗而招灾致祸。作者在这里极尽其能事地用酒把宋江性格中潜藏的反抗的一面急速升化、外现，以推动后续故事情节大起大落。

一般说来，情节发展应有连续性且紧凑。但是，金圣叹认为，有时也不妨中断一下、停顿一下，他称之为"忽然一闪法"。第八回写林冲在柴进庄上与洪教头比棒，正要开始，柴进却说："且把酒来吃着，待月上来也罢。"情节的发展到此突然停顿。后来终于开始比武了，不到四五回合，只见林冲托地跳出圈子来，叫一声"少歇"，情节的发展又一停顿。原来林冲要求取下护身枷。等到开了枷，正要重新开始比武，柴进又叫道："且住。"这是又一停顿。金圣叹在此三处停顿下批道："说使棒反吃酒，极力摇曳，使读者心痒无挠处。""此一回书每用忽然一闪法，闪落读者眼光，真是奇绝。""奇哉！真所谓极忙极热之文，偏要一断一续而写，令我读之叹绝。"从这些批语看，第一处停顿吃酒及后两处停顿，目的是为了引起读者的焦急心理，引起读者的悬念，而这种焦急心理和悬念，足以增加读者的美感享受。再如，第九回林冲刺配沧州后，管营与潜来的陆虞候设计，差林冲看管大军草料场，为御寒林冲冒雪至附近酒店饮酒并买回一葫芦酒，返回草料场，两间草厅已被雪压倒，只得到古庙暂时栖身。草料场起火，林冲欲开门救火时，听得门外陆虞候、差拨和富安设计谋害其性命的一番言语，使得林冲忍无可忍,怒杀仇人,做出了义无反顾上梁山的人生抉择。酒店饮酒且沽酒的情节与雪压草厅倒塌的巧合,使林冲的命运和抉择与宴饮又一次形成了密不可分的联系。此外,一些因宴饮误事而使情节突变的例子也表现了"宴饮"的戏剧性作用。①

意境,历来是文学艺术家惨淡经营而创造的艺术境界。《水浒传》在结构情节、切换场面的同时,也善于运用写境与造境的艺术和同中见异与犯而能避之技法,去创设酒景与酒情浑融、酒意与酒象和谐的"宴饮"的艺术境界。诸如浔阳楼诗情酒意,饮马川醉酒舞剑,欢庆元旦赏雪梦酒,皆为范例。

"世间无比酒,天下有名楼。"苏东坡题名的浔阳楼,悬挂着一个酒旆。碧阑干,翠帘幕;雕檐映日,画栋飞云。楼外,一派非常江景;楼内,美酒、美食、美器。酒楼内外,真山真水真酒真景物,好一处游览胜地,犹如一幅风光旖旎的山水画图。而人物主体游闲骋目之际,苦闷逝去,欢喜袭来。由景而情而致酒兴,一樽蓝桥风月,更使宋江"感恨伤怀"。情动于中而形于外,酒兴所至,挥毫题词;酒激神经,"大喜大笑",又饮数杯,"手舞足蹈";"狂荡起来",再写下四句诗。情感波澜,皆因酒冲激,一派江景,全凭酒楼装点。名楼与美酒绘画了一幅情与景浑融的艺术佳作。这是《水浒传》中人物经常活动的场所——酒店。这些小说经常描写的酒店,是表现人物形象的需要,同时也是展现人物形象的生活平台。各种各样的人物尤其是梁山中的一些好汉,在这些酒家环境中充分地展现了自己的个性风采。

就《水浒传》中所写的酒店来看,既有名城大都中的高级大酒店,也有荒山野水旁的低档小酒馆。前者如"名贯河北,号为第一"的大名府翠云楼:"上有三檐滴水,雕梁绣柱,极是造得好;楼上楼下,有百十处阁子,终朝鼓乐喧天,每日笙歌聒耳。"后者如梁山泊附近荷花荡中摆有红油桌凳的水阁酒店和险峻高山下的卖茅柴白酒的村落小酒肆。各种酒店的经营方式也有所不同。有既卖酒也卖菜、卖饭的"全席酒店",也有既卖酒、卖菜不卖饭的"快餐酒店",还有卖酒卖肉包子的"小吃酒店",另有几位唱着民歌小曲、挑着酒担的"流动售酒员"。这些酒

---

① 王念选:《〈水浒传〉中的酒与美学特质》,《河北学刊》2006 年第 4 期。

店,书中描写也各有特色。第三回中的渭州桥下潘家酒楼:"门前挑出望竿,挂着酒旆,漾在空中飘荡。怎见的好座酒肆?正是:李白点头便饮,渊明招手回来。有诗为证:风拂烟笼锦旆扬,太平时节日初长。能添壮士英雄胆,善解佳人愁闷肠。三尺晓垂杨柳外,一竿斜插杏花旁。男儿未遂平生志,且乐高歌入醉乡。"这里写的是城市中较大的酒店。而即使是乡野间的酒店,也是另有一番风光。鲁智深野猪林救下林冲后看见的一处,但见:"前临驿路,后接溪村。数株槐柳绿阴浓,几处葵榴红影乱。门外森森麻麦,窗前猗猗荷花。轻轻酒旆舞熏风,短短芦帘遮酷日。壁边瓦瓮,白泠泠满贮村醪;架上磁瓶,香喷喷新开社酝。白发田翁亲涤器,红颜村女笑当垆。"而李白、刘伶、陶渊明往往更是其中必不可少的主角,"刘伶仰卧画床前,李白醉眠描壁上"(第九回);"壁上描刘伶贪饮,窗前画李白传杯。渊明归去,王弘送酒到东篱;佛印山居,苏轼逃禅来北阁"(第二十九回)等,均可以看作是《水浒传》对酒店的无限赞美。

《水浒传》中所描写的与情节发生直接关系的酒店计六十多家,几乎每一回都有一个酒店。而书中所写酒的内容也异常广泛,它将读者置身于浓郁扑鼻的酒气之中,为人们真切地展示出水浒英雄的时代是一个酒的时代,水浒英雄的世界是一个酒的世界。《水浒传》中不仅男子吃酒,连顾大嫂、孙二娘这样的妇女也颇有酒量,即使是十几岁的少年郓哥也开口就找武大郎要三杯酒吃。从男到女,从老到少,从市民到农民、渔夫,从皇帝、官僚到平民百姓,个个喜欢饮酒。这个极富刺激性的宴饮的环境正是水浒英雄进行惊心动魄、扣人心弦的现实斗争的硕大舞台。一旋旋、一碗碗、一桶桶、一瓮瓮的酒浆正是书写这部具有强烈浪漫主义色彩的传奇式英雄史诗的浓烈墨汁。

上面分别谈了宴饮描写与《水浒传》的环境、情节和人物性格的关系,其实都是围绕宴饮与《水浒传》的阳刚之美这个美学特质说的。"宴饮"赋予了这部小说一定的美学内容,即英雄史诗式的阳刚之美。

这种美的表现是多方面的:从劫去生辰纲、题反诗,可以看出宴饮与反抗封建统治秩序的关系;从打虎、倒拔垂杨柳,可以看出宴饮与战胜自然的关系;从杀潘金莲、醉骂潘巧云,可以看出宴饮与抵制色情的关系。正是透过宴饮描写中的这些关系,我们清晰地看到了作者的审美理想和审美方式,看到了中国中世纪社会意识的某些进步因素。然而,《水浒传》产生在市民意识初步觉醒的时代,所以这部小说又不免打上市民意识和小农思想的烙印。华夏民族中世纪的美是浑然的、以气为主的史诗式的美;而市民意识高度发展时期的美是细腻的、以情为主的抒情诗的美。但是,尽管作品渗入了不少市民意识,其美学思想的主体还是中世纪式的。这一点,如果拿《水浒传》与真正市民意识很浓的第一部世情小说《金瓶梅》加以比较,就可以看得很清楚。熟悉和喜爱《水浒传》的读者去读《金瓶梅》,就会感到后者内容琐屑,气氛郁闷,格调低沉,缺乏理想的力量,难以卒读。这实际上反映了读者对《水浒传》激励人心的阳刚之美的欣赏。可以说,《水浒传》的阳刚之美,就是与社会和自然进行不妥协抗争的理想的美。

审美意识,是对客观对象的认识和反映。它与审美主体的个人爱好、知识水平、经验体会、思想情趣、道德观念密切相关。这就形成了审美主体的个性差异,就是说,同一客观对象,在不同的作家笔下,表现了不同的审美追求,成为不同的审美意象。同样是酒,不同的作家注入不同的思想内涵,就呈现出不同的形态。如陶渊明的"酒"表现了飘逸、洒脱的隐士风貌。杜甫的"酒"弥漫着凄凉愁苦的气氛,折射着他的悲剧命运和对人生的感慨。就是功业上有建树的曹操也发出了"对酒当歌,人生几何""何以解忧,唯有杜康"的感叹,"酒"中散发出浓郁的悲凉情调。《水浒传》的作者,从层层叠叠的历史高山上找到了表情达意和观念契入的角度,使民族心理和生命情调得以一种历史的延续。所以,《水浒传》的英雄人物,人人豪饮、个个海量。"酒"成了"力"和"勇"、"侠"和"义"的象征,所体现出的是一种阳刚之美。这一具有独特艺术个性的审美意象,是作者惨淡经营、刻意追求之所得。

《水浒传》阳刚的审美不仅胜于后代,也胜于前代。汉末到魏晋南北朝的文人与酒有关的不胜枚举,这时期文人不信宗教的宣传,不祈求生命的长度,而用宴饮来增加生命的密度,提升生命的质量,在这一点上,魏晋文人与水浒英雄是相同的。但截然不同的是,前者宴饮在于对生命的强烈的留恋,以及对死亡突然来临的恐惧;而后者宴饮则在于使生命更有活力,或使死亡变得更加痛快。宴饮对于前者的作用同声色犬马差不多,只是一种享乐和麻醉的工具;而对于后者,则是斗争精神的兴奋剂,越喝酒,对现实的认识越清醒,战斗的意志越坚定,抗争的精神越顽强。通过对宴饮的意义进行时代的比较,《水浒传》阳刚之美的特质就更加鲜明了。

第三章
《金瓶梅》与山东民俗

第一节　《金瓶梅》与运河文化

　　《金瓶梅》的内容从《水浒传》中潘金莲与西门庆的故事生发而来,其故事发生地本来在阳谷县,《金瓶梅》却将故事发生地移到了清河县。小说表面上写宋朝时事,实际上描写的是明中叶的社会现实。清河县在明代与东平府并不相属,但小说又让清河县隶属于东平府,并将临清放在一条线上。所有这一切都是出于一个目的,那就是让故事尽量靠近运河,因为故事只有在运河一带展开,才能使其内容更加丰富多彩,更加富有时代气息,更便于展现当地的社会风貌,也更符合刻画人物的需要。

一、明代运河文化的特点

　　所谓运河文化,是一种带有区域性特征的文化。中国大运河是世界上开凿时间最早、流程最长的一条人工运河。它始创于春秋时期,至元世祖至元三十年(1293年),终于完成了由杭州至北京纵贯南北的人工大运河。明代不断整修运河,运河管理更是日臻完善。大运河的贯通,极大地促进了整个运河区域社会经济环境的改善,使运河区域成为新的经济带,同时也形成了颇具特色的运河文化。

首先,由于交通的便利,运河区域的工商业相对其他地区要发达得多。在沿运河地区尤其是运河两岸城镇,商业气息尤为浓厚,一大批官私工商业如造船业、瓷器业、酿造业、纺织业、印刷业、造纸业蓬勃兴起。各种商业店铺数不胜数,南来北往的商贾将各种商品输送到城镇市场。如棉纺织业,明中期之前,山东西部的棉纺织业远落后于江南地区。明中期后,情况发生了变化。东昌府所属各州县的棉纺织生产迅速普及,已由自经性生产向商品性生产方面转化。再如砖瓦窑业,永乐年间,朝廷于运河一线建立了许多窑厂,烧制的砖瓦专供修筑长城和营造北京宫殿之用。其中临清便是当时全国规模最大的官窑制砖厂,由官府调发的"二百"窑户组成,"岁额城砖百万"①。朝廷"差工部侍郎一员于临清管理烧造,提督收放"②。据实地考察,分布在临清的西南及东南运河两岸地带的明代砖窑遗址不下二百座,排列十分密集。官府对砖的制作规格和烧造质量要求极为严格。据《明会典》记载,临清窑厂烧造的砖分"城砖、副砖、券砖、斧刃砖、线砖、平身砖、望板砖、方砖"八个品种。使用临清砖修建的北京宫殿城陵,历经数百年仍坚固完好。③

其次,随着农业与手工业的发展,明代运河地区的商品经济空前繁荣。运河沟通了南北两地的经济交流,市场规模明显扩大,城镇商贸兴盛。自明永乐初京杭大运河全线贯通后,运河成为沟通南北经济的主要通道。通过运河,"燕赵、秦晋、齐梁、江淮之货,日夜商贩而南;蛮海、闽广、豫章、南楚、瓯越、新安之货,日夜商贩而北"④。运河北部地区输出的主要是棉花、麦豆及干鲜果品,运河南部地区输出的主要是棉布、丝绸、铁器、瓷器、纸张、茶叶等。临清位于山东鲁西北卫河与运河的交汇地,是连接直隶、河南与山东三省的水陆中枢。明景泰年

---

① 临清市人民政府编:《临清州志》卷七《关榷志·工部关·临砖附》,第341页,济南:山东地图出版社,2001。

② 〔明〕申时行等:《明会典》卷一九〇《工部十》,见《续修四库全书》编委会编:《续修四库全书·史部》第792册,第294页,上海:上海古籍出版社,2013。

③ 安作璋:《中国运河文化史》,第1177~1178页,济南:山东教育出版社,2001。

④ 〔明〕李鼎:《李长卿集》卷一九《借箸编》,明万历四十年刻本。

间已初显繁荣景象："薄海内外，舟航之所毕由……商贾萃止，骈樯列肆，云蒸雾溘。"①正德以后，临清的商业区由内城扩展到外城，城区达到了"延袤二十里，跨汶（即运河）、卫二水"②的规模，成为当时北方地区最大的中转贸易市场。嘉靖、隆庆、万历时期，临清是大宗干鲜果品的集散码头，江南出产的棉布、丝绸主要通过运河北销，仅临清一地便集中了布店七十三家，绸缎店三十二家，杂货店六十五家，纸店二十四家，典当铺百余家，粮店百余家，瓷器店数十家。③绸缎年进销量在百万匹左右④，大量的布绸贸易使临清有"冠带衣履天下"⑤的美誉。来自闽广、江浙、两湖、山陕等地的商人活跃在临清市场上，使临清的旅馆业也特别兴盛，城内大大小小的客店有数百家。商贸的繁盛促进了临清关税的增长，万历时期，临清钞关的关税额达到八万余两，为全国各大钞关税额之首。⑥

再次，运河文化具有包容性和开放性，东昌、临清一带的许多文人对明中叶兴起的心学能够迅速接受，如穆孔晖、王道、张后觉、孟秋四人便是其中的代表。⑦穆孔晖，东昌府人。受到王守仁的赏识而被录取为举人，后在南京曾亲聆王守仁讲学。在学术思想上，他继承了王守仁的良知说，把心学和佛学中的"顿悟说"结合起来，反对程朱理学所宣扬的"天理至上"等观点。王道，东昌府武城县人。师承王守仁而有所创新，认为"性生于气"，否定了程朱理学"理在气先"的观点。张后觉，东昌府茌平县人，王守仁的再传弟子。嘉靖后期，任山东提学佥事的邹善、万历初任东昌知府的罗汝芳，两人都是王学的倡导者，先后在济南、东昌建立书院，均聘请张后觉担任主讲。因此张后觉培养了众多弟子，影响极大。他的思想与王学左派基本一致，主张"现成良知说"。孟秋，东昌府茌平人，是张后觉的学生，主张"致良知说"，反对将

---

① 临清市人民政府编：《临清州志》卷四《艺文志·临清州治记》，第124页，济南：山东地图出版社，2001。
② 临清市人民政府编：《临清州志》卷一《城池》，第30页，济南：山东地图出版社，2001。
③ 《明神宗万历实录》卷三七六，台北："中央研究院"历史语言研究所，1965年校印。
④ 临清市人民政府编：《临清州志》卷一一《市廛志》。
⑤ 〔清〕陈梦雷编纂：《古今图书集成·职方典》卷二五四《东昌府风俗考》，第2366页，台北：鼎文书局，1977。
⑥ 安作璋：《中国运河文化史》，第1186～1188页，济南：山东教育出版社，2001。
⑦ 安作璋：《中国运河文化史》，第1216～1218页，济南：山东教育出版社，2001。

天理人欲对立起来,在东昌一带有较大影响。从总体上来说,王学尤其是王学左派的学说,一方面将人们从僵化的程朱理学中解放出来,另一方面也助长了人欲横流的社会风气。

二、《金瓶梅》与临清运河文化

王汝梅先生曾经指出:"对《金瓶梅》地理环境描写的感受理解,正像对人物的评价那样,学者们的见解是不同的。"他列举了一丁的"徐州说",陈诏的"扬州说"、"徐州说"、"淮安说"以及阎增山等的"临清说"。然后通过实地考察,将与《金瓶梅》有关的临清明代文化遗存做了采访摘要。① 王汝梅先生分别对有关砖厂、钞关、晏公庙等的遗迹、文献记载与《金瓶梅》的描写一一做了比较,发现这些遗迹是扬州、淮安、徐州等地所没有的。这说明《金瓶梅》故事发生地与临清有着密切关系。

实际上《金瓶梅》有多处直接写到临清,如第九十二回"陈敬济被陷严州府,吴月娘大闹授官厅":"这杨大郎到家收拾行李,跟着陈敬济从家中起身,前往临清马头上寻缺货去。到了临清,这临清市上,是个热闹繁华大马头去处,商贾往来之所,车辆辐辏之地,有三十二条花柳巷,七十二座管弦楼。"②第九十三回"王杏庵义恤贫儿,金道士娈淫少弟"写陈敬济流落在清河,一位老者多次接济他,但他很快便挥霍一空,最终老者只好让他去晏公庙安身,老者对陈敬济说道:"此去离城不远,临清马头上,有座晏公庙。那里鱼米之乡,舟船辐辏之地,钱粮极广,清幽潇洒,庙主任道士,与老拙相交极厚,他手下也有两三个徒弟徒孙。我备分礼物,把你送与他做个徒弟出家,学些经典吹打,与人家应福,也是好处。"③

更为重要的是,《金瓶梅》有不少地方明写清河,暗写临清。如关于砖厂的描写,清河从未有烧制皇砖之事,而临清是明清两代大型御砖生产基地。北京的许多宫殿和天坛、定陵等建筑所使用的砖料,都

---

① 王汝梅:《金瓶梅地理环境与临清》,见马鲁奎主编《金瓶梅与运河名城临清》,第38页,香港:天马出版有限公司,2008。

②《金瓶梅》,第1450页。

③《金瓶梅》,第1471页。

是临清烧制的。自明永乐初,临清便建立了官窑,最兴盛的时期有三百八十四个窑厂,每年生产御砖一千一百五十二万块。①《金瓶梅》虽然有时也将清河、临清以至于东平等地相混合,但以临清为故事发生地的轴心,当是无可置疑的。

《金瓶梅》与临清运河文化的密切关系可以从两个方面看出,一是小说中有关商业活动的描写,一是有关运河交通便利的描写。小说写临清的大码头客商云集,热闹非凡。货船一到码头,商贩们便"打着银两远接""迎着客货而买"。② 临清的广济闸大桥下,有"无数舟船停泊"③。小说中的西门庆是一个亦官亦商之人,生活在一个商业气息相对浓厚的环境之中,而靠近运河便是最好的选择。小说第六十九回文嫂对林太太说道:西门庆"开四五处铺面:段子铺、生药铺、绸绢铺、绒线铺,外边江湖又走标船,扬州兴贩盐引,东平府上纳香腊"④。以店铺形式进行商业活动,是运河岸边临清商界的一大特色。前引《明神宗万历实录》卷三七六对当时的临清商铺有粗略的统计,其中布店七十三家、绸缎店三十二家、杂货店六十五家。所经营的货物除棉花外,多贩自外地。第六十回便有西门庆店铺开张的描写:"那时来保南京货船又到了,使了后生王显上来取车税银两。西门庆这里写书,差荣海拿一百两银子,又具羊酒金段礼物谢主事……家中收拾铺面完备,又择九月初四日开张,就是那日卸货,连行李共装二十大车。……甘伙计与韩伙计都在柜上发卖,一个看银子,一个讲说价钱。崔本专管生活。……那日新开张,伙计攒帐,就卖了五百余两银子。"⑤

除了西门庆之外,小说还写到了南方商人在运河一带的经商活动,最典型的例子便是第三十三回中的湖州客人何官儿,他有五百两丝线因故急着脱手。西门庆用四百五十两银子买了下来,在狮子街的空房里开了个绒线铺。明代中后期南方商人到临清经商者非常之多,这是因为当时的临清是最为活跃的商贸基地。谢肇淛(1567—1624)二十六岁中进士后,先后做过湖州推官、东昌知府,他对临清商人的情

① 傅崇兰:《中国运河城市发展史》,第 299 页,成都:四川人民出版社,1985。
②《金瓶梅》,第 1312 页。
③〔明〕兰陵笑笑生:《金瓶梅》词话本,第 2774 页,北京:人民文学出版社,1985。
④《金瓶梅》,第 1052 页。
⑤《金瓶梅》,第 891~892 页。

况比较熟悉,在其《五杂俎》卷十四中有这样一段话:"州县有土著人少而客居多者,一概禁之,将空其国矣。"①然后举临清为例:"山东临清,十九皆徽商占籍,商亦籍也。"可见当时的临清聚集了大量的南方商人。

临清依靠运河交通的便利,成为沟通南北的枢纽。西门庆到南方采办货物,都是沿运河船运。第六十七回写西门庆吩咐韩道国与来保拿四千两银子去松江贩布,给崔本两千两银子去湖州买绸子,"过年赶头水船来"②。第八十一回接着写韩道国与来保拿着西门庆的四千两银子到了扬州,"且不置货,成日寻花问柳,饮酒宿妇"③。直到初冬天气方才往各处购买布匹,然后打包上船,沿运河来到临清闸上。由于当时河南、山东大旱,不收棉花,布价昂贵,每匹布加三利息,各处乡贩都在临清一带码头迎着客货而买。韩道国见有利可图,便自作主张先卖了一千两布货。

临清钞关是明代七大钞关之一,据《明会典》卷三十五记载,万历初年,临清钞关收税八万余两,名列各钞关之首。小说第五十九回写道:韩道国在杭州置了一万两银子的缎绢货物,直抵临清钞关,但因缺少税钞银两,不能装载进城。西门庆于是给钞关上的钱老爷写了一封信,又送了五十两银子,结果十大车货,只纳了三十两五钱钞银子。那位钱老爷"也没差巡栏下来查点,就把车喝过来了"。西门庆非常高兴,说道:"到明日,少不的重重买一分礼谢他。"④从此以后,临清钞关的钱老爷成了西门庆的好友。第七十七回写崔本购置了二千两银子的湖州绸缎货物,来到临清码头,西门庆又写信给钱老爷,烦他青目。第八十一回,虽然西门庆已死,但其伙计不知,还希望西门庆给钱老爷写信,以便少纳税钱。

临清还成为官员过往驻足之地,因而给西门庆交通官府提供了便利条件。第三十六回"翟管家寄书寻女子,蔡状元留饮借盘缠"写道:"一日,西门庆使来保往新河口,打听蔡状元船只,原来就和同榜进士

---

① 〔明〕谢肇淛著:《五杂俎》,第 289 页,上海:上海书店出版社,2001。
② 《金瓶梅》,第 1006 页。
③ 《金瓶梅》,第 1310 页。
④ 《金瓶梅》,第 871 页。

安忱同船。这安进士亦因家贫未续亲,东也不成,西也不就,辞朝还家续亲,因此二人同船来到新河口,来保拿着西门庆拜帖来到船上见,就送了一分下程⋯⋯"蔡状元"见西门庆差人远来迎接,又馈送如此大礼,心中甚喜。次日就同安进士进城来拜"。西门庆盛情款待二人,蔡状元也不见外,开口向西门庆索要钱财:"学生此去回乡省亲,路费缺少。"西门庆慷慨应允:"蔡状元是金段一端,领绢二端,合香五百,白金一百两。安进士是色段一端,领绢一端,合香三百,白金三十两。"①西门庆的这些钱财没有白花,很快便得到了回报。

第四十九回"请巡按屈体求荣,遇番僧现身施药",蔡状元新点了两淮巡盐,要途经清河上任。西门庆闻听此信,立即做好迎接的准备。"留下来保家中定下果品,预备大桌面酒席,打听蔡御史船到。一日,来保打听得他与巡按宋御史船,一同京中起身,都行至东昌府地方,使人来家通报。这里西门庆就会夏提刑起身。来保从东昌府船上,就先见了蔡御史,送了下程。然后西门庆与夏提刑出郊五十里,迎接到新河口,地名百家村。先到蔡御史船上拜见了,备言宴请宋公之事。"在蔡御史的疏通下,宋御史果然也欣然赴西门庆之约。两位御史同时成为西门庆的座上宾,"当时哄动了东平府,大闹了清河县"②。西门庆这次的馈赠更为慷慨:"宋御史的一张大桌席,两坛酒,两牵羊,两封金丝花,两匹段红,一副金台盘,两把银执壶,十个银酒杯,两个银折盂,一双牙箸。蔡御史的也是一般的。"③做了这些铺垫之后,西门庆在酒席上提出了早些支放盐引的要求,蔡御史当时就答应比别的商人早掣一个月。西门庆的目的达到了。

根据这些描写,可以说《金瓶梅》的作者或写定者对运河临清一带非常熟悉。《金瓶梅》的作者或写定者始终是一个悬案,上述情形可以视为考定作者或写定者的一条重要线索。

---

① 《金瓶梅》,第 551~555 页。
② 《金瓶梅》,第 716~718 页。
③ 《金瓶梅》,第 719 页。

第二节 《金瓶梅》与饮食文化

饮食是人类生活中最基本也是最重要的内容,作为折射与反映社会生活的文学作品,自然也会有许多关于饮食的描写。但是可以毫不夸张地说,在所有的古代文学作品中,都没有像《金瓶梅》那样,如实地描绘出了毫无节制的食欲狂求,广泛地揭示出了饮食与权力、财色的密切关系,真实地反映出了饮食礼仪规范的牢固约束力。如此频繁、如此细致、如此广泛地来描写种种饮食活动,这绝非是一种偶然现象,而是独特的时代氛围使然。

一、饮食与权力

《金瓶梅》紧合着时代的节拍,直言不讳地描写了人们的种种情欲,食欲则是这种种欲望中的一类。小说的每回之中几乎都有饮食场面的描写,无论是什么时间,无论在什么场合,都离不开吃饭饮酒。小说开卷第一回便有两处重要的饮食场面描写,一是玉皇庙内西门庆等十人结拜兄弟:

> 不一时,吴道官又早叫人把猪羊卸开,鸡鱼果品之类整理停当,俱是大碗大盘摆下两桌。西门庆居于首席,其余依此而坐,吴道官侧席相陪。须臾,酒过数巡,众人猜枚行令,耍笑哄堂。①

西门庆结交的这几个兄弟,不折不扣的是伙酒肉朋友,开口闭口离不开吃喝。当应伯爵听西门庆说要让花子虚入伙时,马上笑着说:"哥快叫那个大官儿邀他去,与他往来了,咱到日后敢又有一个酒铺儿。"②西门庆也不由得笑骂道:"傻花子,你敢害馋痨痞哩,说着的是吃。"③西门庆因故中途离开,"单留下这几个嚼倒泰山不谢土的,在庙留连痛饮"④。

---

① 《金瓶梅》,第 26 页。
② 《金瓶梅》,第 19 页。
③ 《金瓶梅》,第 19 页。
④ 《金瓶梅》,第 27 页。

二是武大郎家中安排酒饭款待武松："无非是些鱼肉果菜点心之类。"①武大郎虽然不过是一个卖炊饼的小贩，与西门庆家不能相比，但安排一个小小的酒席，似乎也不在话下。

西门庆在未发家之前，已经是家宴不断，如第十回"妻妾玩赏芙蓉亭"、第十五回"佳人笑赏玩灯楼"。除在家中宴饮之外，妓院酒楼也是西门庆常来常往之处。第十一回"西门庆梳笼李桂姐"写西门庆等人在花子虚家饮酒未毕，又来到李家勾栏。"虔婆让三位上首坐了。一面点茶，一面打抹春台，收拾酒菜。少顷，掌上灯烛，酒肴罗列。桂姐从新房中打扮出来，旁边陪坐。免不得姐妹两个金樽满泛，玉阮同调，歌唱递酒。"②

再如第十五回"狎客帮嫖丽春院"写西门庆等人在元宵之夜来到妓院饮酒作乐："桂姐满泛金杯，双垂红袖，肴烹异品，果献时新，倚翠偎红，花浓酒艳。酒过两巡，桂卿、桂姐一个弹筝，一个琵琶，两个弹着，唱了一套《霄景融合》。"③当西门庆发家之后，其大吃大喝更是一发而不可收。第三十一回"西门庆开宴为欢"，西门庆既得子又加官，"到了上任日期，在衙门中摆大酒席桌面，出票拘集三院乐工承应，吹打弹唱"④。官哥儿做满月时，西门庆一连摆了四天酒席：第一天"在前边大厅上摆设筵席，请堂客饮酒"⑤，先是吴月娘在卷棚摆茶，然后大厅上，"屏开孔雀，褥隐芙蓉，上座"。西门庆到午后时分来家，家中安排一食盒酒菜，邀了应伯爵和陈敬济。⑥ 第二天，西门庆在大厅上锦屏罗列，绮席铺陈，请官客饮酒。

再如第四十二回"逞豪华门前放烟火"，元宵之夜，西门庆家中请了周守备娘子、荆都监母亲、荆太太、张团练娘子、夏提刑娘子等堂客，由吴月娘作陪。西门庆则在狮子楼与应伯爵等人饮酒作乐，回家时已有三更时分。次日，家中再次大摆酒席，宴请乔太太等堂客。"前边卷棚内，安放四张桌席摆茶，每桌四十碟，都是各样茶果、细巧油酥之

---

① 《金瓶梅》，第 36 页。
② 《金瓶梅》，第 176 页。
③ 《金瓶梅》，第 237 页。
④ 《金瓶梅》，第 465 页。
⑤ 《金瓶梅》，第 465～466 页。
⑥ 《金瓶梅》，第 467～468 页。

类"。过了一会儿,又早在前厅摆放桌席齐整。"厨役上来献小割烧鹅,赏了五钱银子。比及割凡五道,汤陈三献,戏文四折下来,天色已晚。""月娘又在后边明间内,摆设下许多果碟儿,留后坐,四张桌子都堆满了。"①又吃了一回酒,直至三更天气才散。《金瓶梅》如此放开手脚地大书特书西门庆家的暴食暴饮,这是以往说部中从来未有过的现象。造成这种现象的重要原因,便是对无限膨胀的人欲的一种无可奈何的反映。

明代中叶,随着商品经济的发展,商贾阶层的势力有所增长,社会地位也有所提高。但是,他们在政治领域尚未立住脚跟,面对强大的封建政治势力,只能委曲求全。西门庆清醒地认识到了这一点,所以他千方百计地与官府相交往,而饮酒吃喝便成为这种交往的重要方式之一。这样一来,饮食便与权力紧紧结合在了一起。

西门庆通过吃喝与清河县大大小小的官员打得火热;不仅如此,他还以豪华的美酒佳肴与达官显要拉上了关系。第三十六回西门庆宴请蔡状元和安进士,酒饭之外,还特意安排了戏子伺候。第二天,西门庆又在家中摆酒款待,并送给每人一份丰厚的礼物。这仅仅是初试锋芒,第四十九回巡按宋御史与蔡御史要来清河县,西门庆深知这两位朝廷显贵的重要,便全力以赴地准备起来:"门首搭照山彩棚,两院乐人奏乐,叫海盐戏并杂耍承应。"进到西门庆家,"只见五间厅上,湘帘高卷,锦屏罗列,正面摆两张吃看桌席,高顶方糖,定胜簇盘,十分齐整"。"茶汤献罢,阶下箫韶盈耳,鼓乐喧阗,动起乐来。西门庆递酒安席已毕,下边呈献割道。说不尽肴列珍羞,汤陈桃浪,端的歌舞声容,食前方丈。两位轿上跟从人每位五十瓶酒,五百点心,一百斤熟肉,都领下去。家人、吏书、门子人等,另在厢房中管待,不必细说。当日西门庆这席酒,也费够千两金银。"②

这还不算,宋御史临行时,"西门庆早令手下把两张桌席连金银器,已都装在食盒内,共有二十抬,叫下人夫伺候。宋御史的一张大桌席,两坛酒,两牵羊,两封金丝花,两匹段红,一副金台盘,两把银执壶,十个银酒杯,两个银折盂,一双牙箸。蔡御史的也是一般的"。宋御史

---

① 《金瓶梅》,第 646 页。
② 《金瓶梅》,第 718 页。

走后，西门庆令左右重新安放桌席，摆设珍羞果品上来，两人继续饮酒，至掌灯时分，西门庆把蔡御史"让至翡翠轩，那里又早湘帘低簌，银烛荧煌，设下酒席"。蔡御史又与两个妓女饮酒作乐。这种豪华的酒食糜费，可谓闻所未闻，感动得宋、蔡两位御史连声称谢不已。宋御史表示："余容图报不忘也！"[1]蔡御史则表示道："休说贤公华札下临，只盛价有片纸到，学生无不奉行。"[2]其后他们也果然履行了自己的许诺。西门庆成功地达到了寻找政治靠山的目的。

西门庆尝到了结交官府的甜头，只要权贵们开口，他是有求必应。第六十五回宋御史委托西门庆款待钦差殿前六黄太尉，西门庆虽然正忙乱着给李瓶儿办丧事，但还是倾其全力大事准备：

> 西门庆次日，家中厨役落作治办酒席，务要齐整。大门上扎七级彩山，厅前五级彩山。十七日，宋御史差委两员县官来观看筵席，厅正面屏开孔雀，地匝氍毹，都是锦绣桌帏，妆花椅甸。黄太尉便是肘件、大饭、簇盘、定胜、方糖，吃看大插桌。观席两张小插桌，是巡抚、巡按陪坐。两边布按三司有桌席列坐。其余八府官，都在厅外棚内，两边只是五果五菜平头桌席。……太尉正席坐下，巡按下边主席，其余官员并西门庆等各依次第坐了。教坊伶官递上手本，奏乐，一应弹唱，队舞各有节次，极尽声容之盛。当筵搬演《裴晋公还带记》。一折下来，厨役割献烧鹿花猪，百宝攒汤，大饭烧卖。[3]

正如应伯爵对西门庆所说："虽然你这席酒替他陪几两银子，到明日休说朝廷一位钦差殿前大太尉来咱家坐一坐，只这山东一省官员，并巡抚、巡按人马散级，也与咱门户添许多光辉。"[4]西门庆借助饮食勾结上了官府，成为地方上炙手可热的人物。

二、饮食与财色、礼仪

晚明还是一个放纵性欲的时代。"人情以放荡为快，世风以侈糜

---

① 《金瓶梅》，第719页。
② 《金瓶梅》，第724页。
③ 《金瓶梅》，第989～990页。
④ 《金瓶梅》，第987页。

相高,虽逾制犯禁,不知忌也。"①为了与宋代理学的禁欲主义相抵制,晚明著名思想家李贽公开宣称:"如好货,如好色,如勤学,如进取,如多积金宝,如多买田宅为子孙谋,博求风水为儿孙福荫,凡世间一切治生产业等事,皆其所共好而共习,共知而共言,是真迩言也。"②这种大胆的言论固然有个性解放的因素,但也不可避免地助长了性欲的放纵。在所有的欲望中,食与色最基本,联系也最密切。《金瓶梅》中总是把饮酒吃喝与放纵性欲紧密相连,尤其是西门庆,在每次玩弄女性时,都离不开美酒佳肴。第三回西门庆与潘金莲勾搭成奸,依赖的便是那桌酒食:"睃那粉头时,三钟酒下肚,哄动春心,又自两个言来语去,都有意了,只低了头,不起身。"③

第十三回西门庆与李瓶儿初次幽会,更是以酒为媒:"灯烛下,早已安派一桌齐整酒肴果菜,壶内满贮香醪。""两个于是并肩叠股,交杯换盏,饮酒做一处。迎春旁边斟酒,绣春往来拿菜儿。吃得酒浓时,锦帐中香熏鸳被,设放珊瑚,两个丫鬟抬开酒桌,拽上门去了。两人上床交欢。"④从此一发而不可收。第十四回李瓶儿到西门庆家做客,当着吴月娘等人的面,便与西门庆"你一杯,我一盏"地饮起酒来。"吃来吃去,吃的妇人眉黛低横,秋波斜视。"⑤正所谓"风流茶说合,酒是色媒人"。可见酒与色的关系多么密切。

西门庆以酒壮胆,甚至与招宣府的林太太勾搭成奸:"须臾大盘大碗,就是十六碗美味佳肴。旁边银烛高烧,下边金炉添火。交杯一盏,行令猜枚,笑雨嘲云。酒为色胆。看看饮至莲露已沉,窗月倒影之际,一双竹叶穿心,两个芳情已动,文嫂已过一边,连次呼酒不至。西门庆见左右无人,渐渐促席而坐,言颇涉邪……"⑥第七十八回两人再次偷情,林太太"房里安放桌席。须臾,丫鬟拿酒菜上来,杯盘罗列,肴馔堆盈,酒泛金液,茶烹玉芷。妇人玉手传杯,秋波送意,猜枚掷骰,笑语哄春。话良久,意洽情浓,不多时,目邪心荡。……酒酣之际,两个共入

---

① 〔明〕张瀚:《松窗梦语》,第123页,上海:上海古籍出版社,1986。
② 张建业主编:《李贽全集注·焚书注》,第94页,北京:社会科学文献出版社,2010。
③ 《金瓶梅》,第75页。
④ 《金瓶梅》,第205~206页。
⑤ 《金瓶梅》,第226页。
⑥ 《金瓶梅》,第1057~1058页。

里间房内"①。

西门庆贪欲丧命,仍然与酒色相关。他与王六儿尽兴纵欲之后,又连饮了十数杯,吃得酩酊大醉,酣睡如雷。潘金莲却不肯放过他,终于使他呜呼哀哉,气断身亡。

具有讽刺意味的是,西门庆借酒玩弄女性的伎俩,潘金莲也学到了手,依样画葫芦地干了起来。第十二回西门庆泡在妓院中,半月不曾回家,"金莲归到房中,挨一刻似三秋,盼一时如半夏。知道西门庆不来家,把两个丫头打发睡了,推往花园中游玩,将琴童叫进房,与他酒吃。把小厮灌醉了,掩上房门,褪衣解带,两个就干做一处"②。第二十四回潘金莲与女婿陈敬济借着敬酒,干脆在西门庆面前打情骂俏起来:

> 却说西门庆,席上见女婿陈敬济没酒,分付潘金莲去递一巡儿。这金莲连忙下来,满斟杯酒,笑嘻嘻递与敬济,说道:"姐夫,你爹分付好歹饮奴这杯酒儿。"敬济一壁接酒,一面把眼儿斜溜妇人,说:"五娘请尊便,等儿子慢慢吃。"妇人将身子把灯影着,左手执酒;刚待的敬济将手来接,右手将他手背只一捻。这敬济一面把眼瞧着众人,一面在下戏把金莲小脚儿踢了一下……两个在暗地里调情玩耍,众人到不曾看出。③

《金瓶梅》开头便议论了"酒色财气"四者之间的关系,酒色关系已如上述,那么,酒与财的关系又有何表现呢? 可以发现,无论是行贿受贿,还是经商买卖,都离不开饮酒吃喝。似乎只有酒酣耳热之后,才是谈论金钱的最佳时间。

第六回西门庆要贿赂团头何九,便将何九请到一个小酒店里,并吩咐酒保取瓶好酒来。"何九心中疑忌,想到:'西门庆自来不曾和我吃酒,今日这杯酒必有蹊跷。'"果然如其所料,"两个饮勾多时,只见西门庆向袖子里摸出一锭雪花银子,放在面前"。④ 几杯酒下肚,才拿出银子买通仵作,隐瞒武大被害真相。第九回西门庆为感谢李外传给他

---

① 《金瓶梅》,第 1248~1249 页。
② 《金瓶梅》,第 185 页。
③ 《金瓶梅》,第 365 页。
④ 《金瓶梅》,第 101 页。

传递消息,请他在酒楼上饮酒,把五两银子送他。这时西门庆尚未发家,不过是小打小闹而已。第四十七回"西门庆枉法受赃",他已经毫无顾忌地放开手脚大干了。他收了苗青一千两银子的贿赂,要免掉其贪财害主的罪名。但此事必须与上司夏提刑取得一致,于是他便将夏提刑请到家中:

> 须臾,两个小厮用方盒摆下各样鸡、蹄、鹅、鸭、鲜鱼下饭。先吃了饭,收了家伙去,就是吃酒的各样菜蔬出来,小金钟儿,银台盘儿,慢慢斟劝。饮酒中间,西门庆方提起苗青的事来……①

吃过这席酒,自然没有办不成的事。晚明社会的现实情形便是如此,饮食与权力、财色有着密不可分的关联,因为归根结底它们都是人欲的具体表现,永无止境的欲望把它们自然而然地联系在了一起。

晚明社会出现的某些新文化因素虽然对旧有的文化体系给予了一定的冲击,但一方面由于旧有文化体系的强大,另一方面由于新文化因素只发生在个别领域,因此,新旧文化力量的对比仍然是悬殊的,传统的礼仪规范依然有着巨大的影响,这在《金瓶梅》中有着生动的表现。

尽管西门庆不惜花费巨资宴请各级官员,但在大大小小的官员面前,他必须唯唯诺诺,俯首听命。第三十一回西门庆做了理刑副千户后首次设宴请客。当两位太监刘公公、薛公公来到时,"慌的西门庆穿上衣,仪门迎接"②。因为他们虽已离宫在家,但毕竟是皇帝跟前的人。所以,不仅西门庆对他们毕恭毕敬,就是地方上的一班头面人物周守备、荆都监、夏提刑等也要让他们坐个首席。点唱曲子时,"周守备先举手让两位内相,说:'老太监,吩咐赏他二人唱那套词儿?'刘太监道:'列位请先。'周守备道:'老太监,自然之理,不必过谦。'"③在他们看来,老太监的地位理应在他们之上。

第四十九回"请巡按屈体求荣"更可见出这一点。西门庆为讨好朝廷中的两位权贵,做了充分的准备。在酒席上,更是"鞠恭展拜,礼

---

① 《金瓶梅》,第698页。
② 《金瓶梅》,第472页。
③ 《金瓶梅》,第473页。

容甚谦"。"当下蔡御史让宋御史居左,他自在右,西门庆垂首相陪"。①宋御史坐了没多大会儿,就要离开,慌得西门庆再三挽留。通过这些描写不难看出,商人的金钱虽多,但在权力面前还得俯首称臣。

西门庆的家庭既在某种程度上打破了旧有的规范,但等级尊卑观念依然顽固存在,这在饮食方面表现得十分明显。第十回"妻妾玩赏芙蓉亭",西门庆陷害武松得手后,十分高兴,在家中安排酒席庆贺:"请大娘子吴月娘、第二李娇儿、第三孟玉楼、第四孙雪娥、第五潘金莲,合家欢喜饮酒。""当下西门庆与吴月娘居上,其余多两旁列坐,传杯弄盏,花簇锦攒。"②第二十一回"吴月娘扫雪烹茶",李娇儿等人聚钱请西门庆和吴月娘:"当下李娇儿把盏,孟玉楼执壶,潘金莲捧菜,李瓶儿陪跪。头一钟,先递了西门庆。……从新又满满斟了一盏,请月娘转上,递与月娘。""良久,递毕。月娘转下来,令玉箫执壶,亦斟酒与众姊妹回酒。唯孙雪娥跪着接酒。其余都平叙姊妹之情。于是西门庆与月娘居上坐,其余李娇儿、孟玉楼、潘金莲、李瓶儿、孙雪娥并西门大姐,都两边打横。"③

西门庆的妻妾到别人家做客,也谨守各自的名分。第四十一回"两孩儿联姻共笑嬉"中,吴月娘众人到乔大户家定亲:"须臾,吃了茶到厅,屏开孔雀,褥隐芙蓉,正面设四张桌席。让月娘坐首席;其次就是尚举人娘子、吴大妗子、朱台官娘子、李娇儿、孟玉楼、潘金莲、李瓶儿;乔大户娘子,关席座位;旁边放一桌,是段大姐、郑三姐:共十一位。"④从表面上来看,西门庆的家庭似乎是一个完全遵循封建礼仪的规规矩矩的家庭,实际上却并非如此。西门庆的正室之妻是吴月娘,但西门庆真正宠爱的是潘金莲、李瓶儿、孟玉楼。因为在他看来,名分不过是虚名而已,财色才是实实在在的东西。

潘金莲虽无钱财但姿色超群,又会迎欢卖俏,最受西门庆喜爱。因此潘金莲"恃宠生娇,颠寒作热,镇日夜不得个宁静"⑤。潘金莲甚至还曾"当家管理银钱"。李瓶儿不仅有姿色,而且还为西门庆带来一大

① 《金瓶梅》,第718页。
② 《金瓶梅》,第160~161页。
③ 《金瓶梅》,第327~328页。
④ 《金瓶梅》,第612页。
⑤ 《金瓶梅》,第167页。

批钱财,所以更为西门庆所宠爱。吴月娘虽为正室夫人,但她缺少应有的权威。按照传统的道德规范,"妾之事女君与妇之事舅姑等"①。然而西门庆的五个妾对月娘并未表现出应有的尊重,反而将家中闹得个"家反宅乱",月娘也束手无策,空自嗟叹而已。第三十二回潘金莲故意将李瓶儿之子官哥儿举得高高的,月娘明知孩子是被唬着了,但当西门庆问起此事时,她一字也没对西门庆说,显然有惧怕潘金莲之意。第三十五回金莲与玉楼说笑,月娘问她们笑什么,她二人"嘻嘻哈哈,只顾笑成一团",根本不把月娘放在眼中。第四十三回当着月娘的面,金莲向西门庆"假作乔妆",又哭又闹,月娘只能在旁陪笑相劝,还让金莲匀匀脸去,以防别人看见。就连地位最低下的孙雪娥与仆妇宋惠莲打骂,月娘也不过仅仅骂上两句而已。

通过以上现象我们可以得出这样一个结论,饮食文化中的礼仪规范似乎具有更为牢固的权威性和约束力。尽管在其他方面可以打破传统道德规范的束缚,但饮食礼仪不允许随意搞乱。由此可以看出,晚明社会的许多方面虽然已经发生了变化,但像饮食礼仪这样一些由来已久的行为规范,还继续为人们所遵循,即使如西门庆之流也不能例外。

三、饮食与时代、地域

《金瓶梅》中有关饮食的描写还相当真实地反映了明代中后期运河一带的饮食习俗。首先,《金瓶梅》中的饮食体现着南北交融的特点,尽管故事发生在北方,但南方食品常常出现。菜蔬类如酸笋、鱼酢、糟鱼、醉蟹、鲥鱼等,尤其是鲥鱼,第五十二回写黄四给西门庆送礼,其中有"四尾冰浸的大鲥鱼"。西门庆不知道它的珍贵,应伯爵说道:"江南此鱼一年只过一遭儿,吃到牙缝里,剔出来都是香的。好容易! 公道说,就是朝廷还没吃哩!"②应伯爵并非夸张,因为鲥鱼产于春夏之交的南方各大江河,所以必须冰藏冷运,耗费巨大。除朝廷之外,北方一般人很难吃到新鲜鲥鱼。当时的临清码头是贡船的换冰之地,因而才有可能品尝到这一美味。至于鲥鱼的烹制方法,南北方亦有所

---

① 《十三经注疏整理本·仪礼注疏》,第 677 页。
② 《金瓶梅》,第 783 页。

不同。南方以清蒸为主,北方则以油煎为主。所以同一回写西门庆家的厨师做了"两盘新煎鲜鲥鱼"。《金瓶梅》中菜点的原料和制作技法也体现着运河文化的特点,从原料来看,既有北方较普遍的荤素原料,又有南方地区的特色原料。但仔细鉴别就会发现,鲜活及无法远途运输的都产于北方,而南方的原料大部分是可以贮藏的或制成品。如鸡、鸭、鹅、猪、牛、羊等肉食品,豆芽、芹菜、鲜藕、山药等蔬菜,石榴、雪梨、葡萄等水果,皆北方所产,在小说中出现时都是鲜活的。而糟鲥鱼、糟笋、酸笋、橘酱等都是用南方所产原料加工而成。制作技法也南北兼有而以北方为主,据李晓东、赵建民《〈金瓶梅〉菜点烹饪之特色》①统计,小说中出现的烹饪方法有四十余种之多,其中属于鲁菜特点的约占60%,如煎、炒、拌、爆、汆、炸、白煮、烹、熘等。具有苏菜烹饪方法特点的约占40%,如水晶、蒸糟、烧、腊、炖、鲊、腌、酿、扒、白切、火熏等。第二十三回写宋蕙莲红烧猪头肉是典型的北方做法:"舀了一锅水,把那猪首、蹄子剃刷干净,只用的一根长柴禾,安在灶内,用一大碗油酱,并茴香大料,拌的停当,上下锡古子扣定。那消一个时辰,把个猪头烧的皮脱肉化,香喷喷五味俱全。将大冰盘盛了,连姜蒜碟儿,用方盒拿到前边李瓶儿房里。"②红烧猪头肉蘸着姜蒜食用也是北方才有的吃法。

同时,由于故事发生地在运河临清一带,北方的面食和南方的点心经常同时出现。北方的面食如炊饼、卷饼、白面蒸饼、玉米面鹅油蒸饼、烧饼、烙饼、温面等是主食。南方运河一带的许多菜点也不可缺少,如白糖万寿糕、雪花糕、定胜糕、玫瑰花饼、玫瑰元宵等点心就是流传至今的苏州名点,大饭烧卖是淮扬名点。还有丰富的粥类,如软糯粳米粥、梅桂白糖粥、粳粟米粥等也是江南的食物。

《金瓶梅》中写到的各类酒品有三十一种之多③,这形形色色的酒品也体现着南北交汇的特点。其中产于北方的酒如火酒、白酒、竹叶青酒、羊羔酒、黄米酒、窝儿酒、鲁酒、葡萄酒等;产于南方的如金华酒、

---

① 李晓东、赵建民:《〈金瓶梅〉菜点烹饪之特色》,载赵建民、李志刚主编《"金瓶梅"酒食文化研究》,第87页,济南:山东文化音像出版社,1998。

②《金瓶梅》,第350页。

③ 李万鹏:《〈金瓶梅词话〉酒品资料》,载赵建民、李志刚主编《"金瓶梅"酒食文化研究》,第288页,济南:山东文化音像出版社,1998。

坛酒、河清酒、荷花酒、麻姑酒等;还有南北兼产的如雄黄酒、菊花酒、黄酒、豆酒、老酒、头脑酒、艾酒等。总之,京杭大运河为南北两大风味的饮食交流起到了重要作用,也只有运河中段一带才有可能出现这种饮食文化南北交汇的景象。

从中国古代小说发展演变的角度来看,《金瓶梅》的饮食描写可以说是由上层社会文学进入到市民阶层文学的重要标志之一,具有鲜明的时代特征和极为重要的影响。与《三国志演义》《水浒传》《西游记》等章回小说所描写的帝王将相、英雄豪杰、神妖精怪相一致,饮食不可能成为这些小说描写的重点。因而,在这些小说中虽然也偶尔有关于饮食方面的描写,但不仅数量少,而且其目的也与《金瓶梅》迥异。例如《三国志演义》第二十一回"曹操煮酒论英雄",身为丞相的曹操请刘备饮酒,其酒菜不过是"盘置青梅,一尊煮酒"。如果说这是因为仅有两个人饮酒,所以酒菜才如此简单,那么第五十六回"曹操大宴铜雀台"是一次"大会文武"的宴集,然而写到饮食场面时,也不过就是"乐声竞奏,水陆并陈。文官武将轮次把盏,献酬交错"①,大量笔墨则用在了人物行动对话之上。

或许人们会说,三国时代饮食本身就非常简单,因而小说中也不可能有比较细致的描写。那么以宋代社会为背景的《水浒传》情形又如何呢? 应当说,《水浒传》比《三国志演义》更多地写到了饮食场面,但其目的绝非是为了宣扬不可抑制的食欲。例如第二十三回"景阳冈武松打虎"用了很多的笔墨写武松饮酒,但究竟他饮的是什么酒,吃的是什么菜,只字未提。因为作者的目的在于突出武松的英雄气概,而并非是为了描写饮食本身。再如第七十一回"梁山泊英雄排座次",这是梁山好汉们的一次盛典,重阳节菊花会写得也颇有气势。对宴会场面这样写道:

> 至日肉山酒海,先行给散马、步、水三军,一应小头目人等,各令自去打团儿吃酒。且说忠义堂上遍插菊花,各依次坐,分头把盏。堂前两边筛锣击鼓,大吹大擂,笑语喧哗,觥筹交错,众头领开怀痛饮。②

---

① 《三国志演义》,第 569 页。
② 〔明〕施耐庵:《水浒传》,第 1205 页,济南:山东文艺出版社,1995。以下只注页码。

这在《水浒传》中已经算得上是最为详尽的饮食描写了,然而与《金瓶梅》相比,还是显得非常简略,而且其本意乃在于表现梁山事业达到顶峰时的喜悦气氛。至于《西游记》,因为以神佛妖魔为描写对象,有关饮食的描写自然而然与现实生活相距较远,猪八戒的贪吃成为讥笑嘲讽的对象。

《金瓶梅》作为第一部以家庭生活为题材的长篇章回小说,其对饮食场面的描写对后来的小说创作产生了深远影响。清代小说《醒世姻缘传》《红楼梦》都十分重视饮食场面的描写,而且这些饮食描写与《金瓶梅》一样,成为小说的重要表现手段。

第三节 《金瓶梅》与巫卜文化

《金瓶梅》中有许多民间信仰描写,对于刻画人物性格、推动情节进展起到了重要作用。巩聿信在《论〈金瓶梅词话〉中的数术文化描写》①一文中对《金瓶梅》中的占卜术和方术曾作了一个统计,其中占卜术包括相面术三处、算命术五处、龟卜术二处、相思卦一处、祭本命星坛一处、演禽星一处、圆梦一处、看风水多处、查历忌多处、谶语多处。方术包括丽发术、回背术、求子术、收惊、烧纸献神、天心五雷等。除了占卜方术之外,还有祭祀、婚丧嫁娶等种种信仰风俗描写,《金瓶梅》可称得上是一部民间信仰的百科全书。

一、《金瓶梅》之前小说中的巫卜描写

在《金瓶梅》之前,长篇章回小说中也有不少巫卜描写,如《三国志演义》《水浒传》中就有多处写到星相、先兆、谶语等。这些巫卜方式主要为上层社会所重视,带有浓厚的神秘色彩,是天人感应思想的体现。其功能则主要是强化小说的创作主旨,或突出人物的聪明才智。《三国志演义》中以"夜观星相"来预言政事及人物吉凶成为常见的方式,

---

① 巩聿信:《论〈金瓶梅词话〉中的数术文化描写》,载《金瓶梅文化研究》第2辑,第190页,北京:中国文联出版社,1999。

而且每言必中,从无差错。第十四回有一大段关于曹魏代汉而有天下的预示,就采用了星相的方式。侍中太史令王立私谓宗正刘艾曰:"吾仰看天文,自去春太白犯镇星于斗牛,过天津,荧惑又逆行,与太白会天关。金火交会,必有新天子出。吾观大汉气数将终,晋、魏之地,必有兴者。"又密奏献帝曰:"天命有去就,五行不常盛。代火者土也,代汉而有天下者当在魏。"①这一段议论主要是为了证明曹魏代汉乃是天意,尽管从道德情感上否定曹魏代汉,但天意不可违,于是作者通过巫卜似乎找到了一条摆脱历史与道德相悖的途径。

《三国志演义》有两处诸葛亮运用巫卜的描写。一是第四十九回"七星坛诸葛祭风",一是第一○三回"五丈原诸葛禳星"。祭风和禳星都源于古人对自然的崇拜和天人感应观念。诸葛亮祭风时称他学过奇门遁甲天书,可以呼风唤雨,然后筑了七星坛,分列了苍龙、玄武、白虎、朱雀等二十八宿四方之神,按六十四卦布了黄旗。他"沐浴斋戒,身披道衣,跣足散发","缓步登坛,观瞻方位已定,焚香于炉,注水于盂,仰天暗祝"。② 诸葛亮的这些做法与民间祭祀风神有关。春秋战国以来,中原地区多把风神归于星辰,《尚书·洪范》曰:"星有好风。"唐孔颖达传认为,这里"星"指"箕星",又称"箕斗""斗宿",为二十八宿中东方苍龙七宿之一,共有星四颗,因其呈簸箕形,故能"主簸扬,能致风气"③。秦汉以来,祀风伯被纳入了国家祀典。《汉书·郊祀志》载,秦时"雍有……二十八宿、风伯、雨师……之属,百有余庙"④。《唐会要》卷二十二载:"天宝四载七月二十七日敕:风伯雨师,济时育物,并宜升入中祀。仍令诸郡各置一坛。"⑤不过古代更多的是为免遭风灾而祭风神以止风,诸葛亮祭风则是为求得东南风。

诸葛亮禳星与民间星占风俗相关。小说首先写"孔明扶病出帐,仰观天文,十分惊慌",对姜维说道:"吾见三台星中,客星倍明,主星幽隐,相辅列曜,其光昏暗:天象如此,吾命可知!"于是安排了祈禳北斗的仪式。星占术是古代占术的一种,据传轩辕氏就曾设星官。《周礼

① 《三国志演义》,第 126 页。

② 《三国志演义》,第 500~501 页。

③ 《十三经注疏整理本·尚书正义》,第 382 页。

④ 《汉书·郊祀志》,第 1206~1207 页。

⑤ 〔宋〕王溥:《唐会要》,第 426 页,北京:中华书局,1955。

·春官·宗伯》亦云："保章氏掌天星,以志日月星辰之变动,以观天下之迁。"①《后汉书·严光传》载严光与光武帝刘秀同榻而卧,足加于帝腹,太史便急奏"客星犯御座"②。这条记载与诸葛亮所观天象有相似之处。诸葛亮之所以祈禳北斗,是因为北斗之神专司寿夭,北斗七星分掌诸生辰,人们只要敬奉本命辰之星,便可获得神佑。诸葛亮在帐中分布七盏大灯,即象征北斗七星。内安本命灯一盏,即象征本命辰之星。因魏延将本命灯扑灭,遂使祈禳失败。以上两处描写既突出了诸葛亮非同一般的聪明才智和鞠躬尽瘁、死而后已的精神,又有将其神化的一面。显然这些描写是为了烘托诸葛亮的形象,对巫卜术作了肯定性的描写。

《三国志演义》中许多人物将死之时都有凶兆预示,如第九回董卓自郿坞回京接受汉献帝禅让帝位,其九十余岁的老母说道:"吾近日肉颤心惊,恐非吉兆。"董卓"行不到三十里,所乘之车,忽折一轮,卓下车乘马。又行不到十里,那马咆哮嘶喊,掣断辔头"。"次日,正行间,忽然狂风骤起,昏雾蔽天。"③这种种迹象都是不祥之兆,很快董卓便被吕布杀死,从而证明逆贼之亡乃是上天的旨意。不仅凶事会有先兆出现,吉祥之事同样如比。第三十二回写道:"丕初生时,有云气一片,其色青紫,圆如车盖,覆于其室,终日不散。有望气者密谓操曰:'此天子气也。令嗣贵不可言。'"④后来曹丕果然称帝。第五十三回关羽前取长沙,刘备和诸葛亮随后接应。"正行间,青旗倒卷,一鸦自北南飞,连叫三声而去。"刘备问:"此应何祸福?"诸葛亮袖占一课,曰:"长沙郡已得,又主得大将。午时后便见分晓。"⑤果然很快便接到了关羽的捷报,已经拿下长沙郡,并得到黄忠、魏延两员大将。这些吉兆也充分证明了一切成败都在天意掌握之中。

梦兆在《三国志演义》中也多次出现,第三十八回吴太夫人病危时对周瑜、张昭说道:"长子策生时,吾梦月入怀;后生次子权,又梦日入怀。卜者云:'梦日月入怀者,其子大贵。'不幸策早丧。今将江东基业

---

① 《十三经注疏整理本·周礼·春官宗伯·保章氏》,第 527 页。
② 〔晋〕范晔:《后汉书·严光传》,第 2764 页,北京:中华书局,1965。
③ 《三国志演义》,第 79 页。
④ 《三国志演义》,第 330 页。
⑤ 《三国志演义》,第 541 页。

付权,望公等同心助之,吾死不朽矣。"①第六十三回刘备与庞统取雒城时,刘备对庞统说道:"吾夜梦一神人,手执铁棒击吾右臂,觉来犹自臂疼。此行莫非不佳?"②庞统求胜心切,不信此兆,结果死于落凤坡下。这些征兆无一例外皆全部兑现,从而说明天人感应的事实。谶语或童谣也带有前兆的意味,第九回董卓进长安后的当夜,听到有数十小儿于郊外作歌:"千里草,何青青。十日上,不得生!"③暗示了董卓将遭不测。第六十三回庞统未死之前,东南便有童谣云:"一凤并一龙,相将到蜀中。才到半路里,凤死落坡东。风送雨,雨送风,隆汉兴时蜀道通。蜀道通时只有龙。"④预示了庞统的不幸。第八十回华歆等一班文武大臣劝献帝禅位,以谶语为据:"鬼在边,委相连。当代汉,无可言。言在东,午在西;两日并光上下移。"⑤所谓"鬼在边,委相连",即"魏"字。"言在东,午在西",即"许"字。"两日并光上下移",即"昌"字,意为魏将在许昌接受汉禅。如果说星相、先兆是天意的表现,那么这些谶语则是人心的反映。天意、人心不可违抗,是贯穿《三国志演义》全书的一个重要思想。

《水浒传》中也有许多前兆和谶语的描写,第六十回晁盖带领众好汉去打曾头市,宋江与众头领"就山下金沙滩饯行。饮酒之间,忽起一阵狂风,正把晁盖新制的认军旗半腰吹折。众人见了,尽皆失色"⑥。宋江、吴用都认为这是不祥之兆,劝晁盖改日出军。但晁盖执意要去,果然不幸中箭身亡。第一回张天师祈禳瘟疫,龙虎山伏魔殿中的石碣碑后凿着"遇洪而开"四个大字。洪太尉看后大喜,命众人将石板揭开,"只见一道黑气,从穴里滚将起来,掀塌了半个殿角。那道黑气直冲上半天里,空中散作百十道金光,望四面八方去了"⑦。这一谶语使梁山好汉的出现染上了神秘的天命色彩。第五回鲁智深大闹五台山

---

① 《三国志演义》,第 390 页。
② 《三国志演义》,第 645 页。
③ 《三国志演义》,第 79 页。
④ 《三国志演义》,第 546 页。
⑤ 《三国志演义》,第 813 页。
⑥ 《水浒传》,第 1019 页。
⑦ 《水浒传》,第 12 页。

后,智真长老送他四句偈言:"遇林而起,遇山而富;遇水而兴,遇江而止。"①预示了鲁智深后来的经历遭遇。第三十九回蔡九知府收到蔡京家书,中有童谣曰:"耗国因家木,刀兵点水工。纵横三十六,播乱在山东。"黄文炳解释说:"'耗国因家木',耗散国家钱粮的人,必是家头着个木字,明明是个宋字。第二句'刀兵点水工',兴起刀兵之人,水边着个工字,明是个江字。这个人姓宋名江,又作下反诗,明是天数。"②虽然是黄文炳有意陷害宋江,但这四句童谣也的确反映了实际情况。可以看出,这些谶语、童谣的作用也在于证明一切皆由天定。

二、《金瓶梅》中的相术描写

与《三国志演义》和《水浒传》相比,《金瓶梅》中的巫卜描写发生了很大变化,星相、先兆、谶语等明显减少,社会上流行的相术、占卜、厌胜等方式则大量出现,其在小说中主要是完成叙事功能,而不再仅仅是证明一切皆为天意。《金瓶梅》中的巫卜描写可以分为两种情形:一是抄引各种巫卜之书,这些抄引的内容很好地表现了人物的性格特征;二是作者根据各种需要进行独创,更可看出作者的良苦用心。其特点是琐细详尽、真实自然,这既符合《金瓶梅》的整体风格,又显示了作者对运用这些巫卜描写以达到创作目的的重视。

关于第一种情形,陈东有先生曾撰文论述了第二十九回和第九十六回中的相术,认为:"《词话》如此照搬抄引相术材料,而这种抄引又是十分的内行,抄引的断语与作品中的人物、情节密切相吻合,进而必然地成为全书情节框架和人物性格命运的高度概括,令人难以相信作者会是'大名士'之流,倒是书会才人之辈,常与市民中三教九流相识,具这般本事,才会有此等独特而又俚俗的文心妙思。"③巩聿信先生则指出:"《词话》中的数术描写有它不可替代的艺术价值,但这并不是说这类描写就已十分精当、完美无缺。客观上说,这些描写还相当粗糙,主要表现在:大量的数术描写多抄自当时社会上流行的数术资料,如

---

① 《水浒传》,第83页。
② 《水浒传》,第651~652页。
③ 陈东有:《〈金瓶梅词话〉相面断语考辨》,载《金瓶梅研究》第4辑,第132页,南京:江苏古籍出版社,1993。

相术断语多抄自《神异赋》、《麻衣相心》、《女人凶相歌》等,算命断语多抄自《子平真铨》、《三命通会》、《滴天髓原注》等,历忌之术多参照当时通行的历书及阴阳秘书,等等。作者多是照抄照搬,保留原始状态,并没有进行精细的艺术加工使之改头换面或脱胎换骨。其明显的艺术缺陷是:对情节发展、人物刻画没什么作用的材料没有加以剔除,也一并搬进来,造成文字描写的冗长、臃肿。"①

两位先生的观点显然有不尽一致之处。笔者认为,《金瓶梅》在抄引相术断语时,巩聿信先生所指出的那些缺陷还不是十分明显。如第二十九回吴神仙为西门庆等人相面时,抄引的相术断语与小说的需要还是基本吻合的,对人物命运和结局的预示起到了重要作用,读者阅读时也会对这些断语表示出极大的兴趣。巩先生所指出的问题较多地表现在算命术方面,算命术即推八字,以求卦人的出生年月日时为四柱,每柱配上天干、地支各一字,共八个字,八字排出后,即根据八字之间五行生克等变化关系,推断吉凶祸福。第十二回"潘金莲私仆受辱,刘理星魇胜求财",详细叙写了刘瞎子用八字为潘金莲算命的过程。潘金莲的八字是"庚辰年,庚寅月,乙亥日,己丑时",刘瞎子根据潘金莲的八字推断她"一生不得夫星济,子上有些妨碍";又说她:"子平虽取煞印格,只吃了亥中有癸水,庚中又有癸水,水太多了,冲动了,只一重己土,官煞混杂。论来,男人煞重掌威权,女子煞重必刑夫。所以主为人聪明机变,得人之宠。只有一件,今岁流年甲辰,岁运并临,灾殃立至。命中又犯小耗勾绞,两位星辰打搅,虽不能伤,却主有比肩不和,小人嘴舌,常沾些啾唧不宁之状。"②这一推断中夹杂了一些推八字的术语,略有芜杂之嫌,但毕竟预示了潘金莲的命运。第七十九回吴神仙为病入膏肓的西门庆推算流年吉凶说道:"白虎当头,丧门坐命,神仙也无解,太岁也难推。造物已定,神鬼莫移。"③虽然抄了算命术的断语,但确实道出了西门庆必死无疑的结局。第九十一回孟玉楼要改嫁李衙内,请算命先生推算年命是否有妨碍。算命先生推算说:

---

① 巩聿信:《论〈金瓶梅词话〉中的数术文化描写》,见《金瓶梅文化研究》第 2 辑,第 190 页,北京:中国文联出版社,1999。

② 《金瓶梅》,第 196～197 页。

③ 《金瓶梅》,第 1287 页。

"直到四十一岁才有一子送老。一生好造化,富贵荣华无比。"①因孟玉楼比李衙内大了六岁,请算命先生改小几岁,先生道:"既要改,就改做丁卯三十四岁罢。……丁火庚金,火逢金炼,定成大器,正合得着。"②通过算命先生的推算预示了孟玉楼的未来。这些应当说还是基本成功的。

相比之下,第二十九回吴神仙为西门庆推八字,第六十一回黄先生为李瓶儿算命,讲述了大量五行相克的道理,就有些过于琐碎了。巩聿信先生指出:"就其断语来说,乍一看,行话满纸,但仔细分析,却非精当之论。尤其是断语与八字本身脱节之处甚多。按命书讲,八字中日柱天干代表自己。第二十九回西门庆八字中,壬生酉月,干透辛金,为典型的正印格,但作者却断为伤官格,并引徐子平'伤官伤尽复生财,财旺生官福转来'之语来验证伤官格为富贵之命。这是作者为配合作为小说人物的西门庆的命运而引抄而来的相关断语,而非从所列西门庆八字中分析而得的结论。断语中,大运排法亦明显错误。……由此可见,作者虽对那些浅俗流行的数术类型非常熟悉,但对那些艰深难懂、专业化程度较高的类型并不甚精通。作者主要是在根据小说描写的需要抄引数术断语,而不是也不能够从所引的八字、体相、卦象等出发作恰如其分的精当分析,也没能对其进行去粗取精的适当艺术加工。"③

笔者认为,问题不在于断语与八字本身脱节,也不在于"不能够从所引的八字、体相、卦象等出发作恰如其分的精当分析",因为作者的目的是借此完成小说的叙事,如果作者一字不动地抄引算命书,或不顾小说的实际需要而大讲特讲子平术,尽管讲得十分准确,但仍然是一种不折不扣的赘笔。同时也不能苛求作者完全抛开算命书的现成断语,独自再编创一套话语来满足小说创作的需要。换句话说,作者能够将当时人们所熟知的算命术语巧妙地运用到小说创作之中,十分难能可贵,关键在于对所使用的材料应有所取舍。如第四十七回东京报恩寺僧人对苗天秀说:"员外左眼眶下有一道死气,主不出此年当有

①《金瓶梅》,第 1441 页。
②《金瓶梅》,第 1441 页。
③ 巩聿信:《论〈金瓶梅词话〉中的数术文化描写》,见《金瓶梅文化研究》第 2 辑,第 191 页,北京:中国文联出版社,1999。

大灾。你有如此善缘与我,贫僧焉敢不预先说知。今后随其甚事,切无出境。戒之!戒之!"①这一段相面描写着墨不多,却预示了后面的情节进展,发挥了应有的叙事功能,这正是《金瓶梅》相面描写的成功之处。

三、《金瓶梅》中的占卜描写

如果说《金瓶梅》中的相术描写是以抄引相术断语为主,算命术描写也存在同样的问题,那么在占卜描写中就基本上是根据小说的需要而进行的独创了。"占卜"是影响人类最深刻的习俗之一,"占"即观察兆象,"卜"即用火灼甲骨取兆,据说早在伏羲、黄帝时已经流行。后来占卜术日渐繁杂,诸如蓍占、易占、占梦、占星、望气、签占、牌占、金钱卜、鬼卜、米卜等不一而足。《金瓶梅》多处写到了占卜,如第八回"盼情郎佳人占鬼卦,烧夫灵和尚听淫声",潘金莲将武大毒死之后,本以为西门庆很快就会将自己娶回家中。但西门庆忙于娶孟玉楼,把潘金莲放在了一边。潘金莲"盼不见西门庆来到,骂了几句'负心贼'。无情无绪,闷闷不语,用纤手向脚上脱下两只红绣鞋儿来,试打一个相思卦"。小说虽然没有交代相思卦的结果,但通过这一描写,已足可见出潘金莲思念西门庆的内心。用绣鞋占卦是明清时期女子思念丈夫或情人时的一种占卜方式,《聊斋志异·凤阳士人》中吕湛恩注引《春闺秘戏》说:"夫外出,以所著履卜归,俯则否。名占鬼卦。"②明代民歌《哎呀呀》也有以绣鞋占卦的内容。可见这是明清时期女子常用的占卦方式。

再如第四十六回"元夜游行遇雪雨,妻妾笑卜龟儿卦",这段描写的目的十分明确,即充分揭示吴月娘、孟玉楼、李瓶儿等人的不同性格,并暗示她们今后的命运。为达此目的,作者不惜花费较多的笔墨,以至于这一回的字数明显地超出了其他各回。书中所写龟卜方式,与古代烧灼龟甲以观兆象不同,而是"把灵龟一掷,转了一遭儿住了",再看卦帖儿上画的图形以断休咎。不管何种方式,都与动物崇拜有关。古人认为龟是长寿的动物,灵异通神。《艺文类聚》引《孙氏瑞图》称:

①《金瓶梅》,第689页。
② 任笃行:《全校会注集评〈聊斋志异·凤阳士人〉》,第275页,济南:齐鲁书社,2000。

"龟者神异之介虫也,玄彩五色,上隆象天,下平象地,生三百岁,游于蕖叶之上,三千岁尚在蓍丛之下,明吉凶,不偏不党,唯义是从。"①据《周礼》等书记载,周代即设有专管六龟之属的官员,汉代以后,龟卜之事渐不为官府所办,至唐而泯灭。但从《金瓶梅》可知,龟卜以另一种方式仍在民间流行。

卜龟儿卦的老婆子为吴月娘卜了个属龙的女命,然后说:"这位当家的奶奶是戊辰生,戊辰己巳大林木。为人一生有仁义,性格宽洪,心慈好善,看经布施,广行方便。一生操持,把家做活,替人顶缸受气,还不道是。喜怒有常,主下人不足。正是:喜乐起来笑嘻嘻,恼将起来闹哄哄。别人睡到日头半天还未起,你老早在堂前转了,梅香洗铫铛,虽是一时风火性,转眼却无心,和人说也有,笑也有。只是这疾厄宫上着刑星,常沾些啾唧。亏你这心好,济过来了,往后有七十岁活哩。"孟玉楼深知月娘最大的愿望就是生子,因此让老婆子算一下月娘命中是否有子。婆子道:"往后只好招个出家的儿子送老罢了,随你多少也存不的。"②这些话语完全出自老婆子之口,其中不乏对月娘的阿谀奉承,但正是这些话语揭示出了月娘给外人的假象。如"看经布施,广行方便",实际上月娘看经完全有着自己的功利性和明确的目的,那就是求得子嗣。所谓"喜怒有常,主下人不足",实际上是对月娘无法控制家庭局面的反讽。尤其是说月娘"只好招个出家的儿子送老",明确地预示了后来的情节。

再看孟玉楼的卦帖儿更加符合其命运:"一个女人配着三个男人:头一个小帽商旅打扮,第二个穿红官人,第三个是秀才。也守着一库金银,左右侍从伏侍。"婆子道:"你为人温柔和气,好个性儿。你恼那个人也不知,喜欢那个人也不知,显不出来。一生上人见喜,下钦敬,为夫主宠爱。只一件,你饶与人为了美,多不得人心。命中一生替人顶缸受气,小人驳杂,饶吃了还不道你是。你心地好了,虽有小人也拱不动你。"③不仅指出了孟玉楼的性格特征,而且暗示着孟玉楼后来再嫁。李瓶儿的卦帖儿是:"上面画着一个娘子,三个官人:头一个官人

① 〔唐〕欧阳询等编:《艺文类聚》,第1718页,上海:上海古籍出版社,1982。
② 《金瓶梅》,第684~685页。
③ 《金瓶梅》,第685页。

穿红,第二个官人穿绿,第三个穿青。怀着个孩儿,守着一库金银财宝,旁边立着个青脸獠牙红发的鬼。"婆子道:"这位奶奶,庚午辛未路旁土。一生荣华富贵,吃也有,穿也有,所招的夫主都是贵人。为人心地有仁义,金银财帛不计较,人吃了、转了他的,他喜欢;不吃他、不转他到恼。只是吃了比肩不和的亏,凡事恩将仇报。"这些都基本符合李瓶儿的性格特征,尤其是说李瓶儿"今年计都星照命,主有血光之灾,仔细七八月不见哭声才好"①,更是明白无误地预示了李瓶儿的结局。

除了相面术、算命术、占卜术之外,《金瓶梅》还有厌胜术、驱邪术、祭本命、查历忌、看风水等多处巫卜描写,这些描写拓展了小说的表现手法,增强了小说的表现力,细致自然。

第十二回潘金莲对刘瞎子的推算深信不疑,送给刘瞎子一两银子和两件首饰,求他用厌胜术"回背回背"。厌胜术是一种巫术,以某种具有魔力的物品来趋吉避邪。刘瞎子让潘金莲"用柳木一块,刻两个男女人形,书着娘子与夫主生辰八字,用七七四十九根红线扎在一起。上用红纱一片,蒙在男人眼中,用艾塞其心,用针钉其手,下用胶粘其足,暗暗埋在睡的枕头内。又朱砂书符一道烧灰,暗暗搅茶内。若得夫主吃了茶,到晚夕睡了枕头,不过三日,自然有验"。刘瞎子还能够讲出一番道理:"用纱蒙眼,使夫主见你一似西施娇;用艾塞心,使他心爱到你;用针钉手,随你怎的不是,使他再不敢动手打你;用胶粘足者,使他再不往那里胡行。"潘金莲一一如法炮制,"过了一日两,两日三,似水如鱼,欢会异常"②。但这种效果只是暂时的,没有多久,西门庆就旧态复萌了。通过这些描写,生动地刻画了潘金莲的个性。

第六十二回李瓶儿病情不断恶化,常常出现幻觉,西门庆请来五岳观潘道士为李瓶儿驱邪。潘道士焚符遣将,拘来当坊土地、本家六神,查考有何邪祟。结果李瓶儿是为宿世冤恩诉于阴曹,并非邪祟所致。这就说明官哥儿和李瓶儿之死都是花子虚的冤魂在作祟。潘道士又为李瓶儿祭本命星,"到三更天气,建立灯坛完备。潘道士高坐在上,下面就是灯坛,按青龙、白虎、朱雀、玄武,上建三台华盖;周列十二

---

① 《金瓶梅》,第 686 页。
② 《金瓶梅》,第 197 页。

宫辰；下首才是本命灯，共合二十七盏"。"那潘道士在法座上披下发来，仗剑，口中念念有词。望天罡，取真炁，布步䨓，蹑瑶坛。""大风所过三次，忽一阵冷气来，把李瓶儿二十七盏本命灯尽皆刮灭"，然后对西门庆说："定数难逃，不能搭救了。"①这番描写，如临其境，如闻其声，为李瓶儿之死蒙上了一层厚厚的阴影，具有震撼人心的力量。

李瓶儿死后，通过一系列宗教活动渲染了西门庆家的热闹兴头，刻画了人物的性格特征。先是请阴阳徐先生来"看时批书"，借所谓的《阴阳秘书》交代了李瓶儿的前生和来世。李瓶儿前生是滨州王家的一位男子，因打死了怀胎母羊，今世为女人属羊。"虽招贵夫，常有疾病，比肩不和，生子夭亡，主生气疾，而死前九日魂去，托生河南汴梁开封府袁家为女，艰难不能度日。后耽阁至二十岁，嫁一富家，老少不对，终年享福，寿至四十二岁，得气而终。"②道教有《阴阳正要三元备要百镇秘书》，云石居道人撰，今存清乾隆年间刻本，这里所说的《阴阳秘书》，或许即指此书。借助道教渲染了李瓶儿的悲剧命运。紧接着西门庆又请韩画士为李瓶儿画像，吴月娘却说："成精鼓捣，人也不知死到那里去了，又描起影来了。"潘金莲说得更为露骨："那个是他的儿女，画下影，传下神，好替他磕头礼拜！到明日六个老婆死了，画六个影才好。"③

李瓶儿刚死，王姑子便念《密多心经》、《药师经》、《解冤经》、《楞严经》并《大悲中道神咒》，请引路王菩萨与他接引冥途。"首七"时，报恩寺十六众上僧做水陆道场，诵《法华经》，拜三昧水忏。"玉皇庙吴道官来上纸吊孝，就揽二七经。"④不仅佛教各派经典杂陈，佛教、道教也不分彼此，将悲痛的丧事写得如此阔绰热闹，与后面西门庆之死形成了鲜明的对比。李瓶儿死后吴月娘和潘金莲为她穿衣服，潘金莲要给李瓶儿穿一双"大红遍地金高底鞋儿"，月娘说："不好，倒没的穿到阴司里，教他跳火坑。"然后给瓶儿穿了双"紫罗遍地金高底鞋"⑤。潘

---

① 《金瓶梅》，第 937～938 页。
② 《金瓶梅》，第 944 页。
③ 《金瓶梅》，第 954 页。
④ 《金瓶梅》，第 958 页。
⑤ 《金瓶梅》，第 943 页。

金莲是从不信阴间地狱的,但吴月娘十分相信地狱之说。

查历忌在《金瓶梅》中出现多次,有趣的是潘金莲成为看历忌的能手,其为情节服务、刻画人物的用意更为明显。第三回王婆为帮助西门庆勾搭潘金莲,请潘金莲缝制送终衣服,让潘金莲查看历日。潘金莲看了之后说道:"明日是破日,后日也不好,直到外后日,方是裁衣日期。"但王婆为了尽快达到目的,"一把手取过历头来挂在墙上,便道:'若得娘子肯与老身做时,就是一点福星,何用选日。老身也曾央人看来,说明日是个破日,老身只道裁衣日,不用破日,我不忌他。'那妇人道:'归寿衣服,正用破日便好。'"①这次看忌日,成功地刻画了王婆老奸巨猾的性格。

再如第五十二回为官哥儿剃头看历日,潘金莲选了庚戌日,结果官哥儿被吓得怪声哭喊起来。吴月娘发现潘金莲会看历日,便问她几时是壬子日。因为薛姑子嘱咐月娘要在壬子日吃药才能够怀孕。但当潘金莲问月娘为何要查壬子日时,她只是含糊其辞。通过这一次看历日,刻画了月娘阴冷的性格。②

四、《金瓶梅》巫卜描写的时代因素

《金瓶梅》巫卜描写的上述特点及其所具有的文学功能,与明中叶的社会文化思潮有一定关系。明代中叶儒学思想发生明显转变,陈献章以南宋陆九渊心学的本体论为基础,创造了以个体人生为世界主宰的本体观,成为明代心学思潮的肇始者。心学的集大成者王守仁提出了"致良知"的学说,所谓"致良知",就是发挥自我意识的作用,强调个人的独立人格与自我意识。稍后的王学左派代表人物王艮提出了"尊身立本"的思想,高度重视人的价值和人格的尊严。不仅儒学思想发生了变化,这一时期的佛、道等宗教观念也发生了程度不同的变化,其突出表现便是儒佛道三家思想的进一步互补融合。例如著名僧人憨山德清用"真心一元论"来统摄儒佛道,认为"三教之学,皆防学者之心"③,同样强调了人的主观意识。在一定意义上显示了古代小说表现

---

① 《金瓶梅》,第 68 页。
② 《金瓶梅》,第 775～776 页。
③ 〔明〕释德清:《憨山大师梦游全集》影印本,北京:北京出版社,1998。

形式的发展,对后来的小说创作产生了积极影响。"三言"中的巫卜描写与《金瓶梅》便十分相似,如《喻世明言·蒋兴哥重会珍珠衫》,王三巧思夫心切,请一卖卦先生占卜。那瞎先生占成一卦,说道:"青龙治世,财爻发动。若是妻问夫,行人在半途,金帛千箱有,风波一点无。青龙属木,木旺于春,立春前后,已动身了。月尽月初,必然回家,更兼十分财采。"王三巧听了,欢天喜地,但"直到二月初旬,椿树抽芽,不见些儿动静。三巧儿思想丈夫临行之约,愈加心慌,一日几遍,向外探望。也是合当有事,遇着这个俊俏后生"①。可见作者安排这位卖卦的瞎先生为王三巧占卜,目的不是宣扬其占卜灵验,而是以此为下面的情节作一铺垫,让王三巧与陈商相见。再如《警世通言·苏知县罗衫再合》中,苏云被徐能一伙强盗谋害未死,十九年后去寻找妻子,梦见在烈帝庙中拜祷求签,醒来后自己解签,与不幸遭遇一一相符,最后一句又暗示应去南京御史衙门告状,结果与妻儿得以重逢,求签、解梦为情节进展作了巧妙的铺垫。由此可以见出,《金瓶梅》在古代小说发展中的地位和影响是全面而深刻的,这一切既决定于小说自身发展的内在要求,又决定于时代社会文化思潮的变化。简而言之,宗教世俗化、平民化的倾向使巫卜不再那么神秘和可信,小说家也就可以根据创作的需要而随意使用了。

第四节 崇祯本《金瓶梅》第一回的宗教文化描写

众所周知,《金瓶梅词话》万历本和《金瓶梅》崇祯本有着很大的不同,对于这种不同,研究者们给予了不同的评价。本节无意全面评价两者的区别及优劣,仅拟对崇祯本第一回中宗教文化描写的叙事功能作些分析,从中或可发现崇祯本写定者或曰改写者的宗教观念和艺术上的良苦用心。

一、强化题旨

《金瓶梅词话》卷首有所谓"四贪词",劝人不要贪图酒色财气。其

---

① 〔明〕冯梦龙:《喻世明言》,第4页,济南:齐鲁书社,1993。

"色""财"二首分别曰："休爱绿鬓美朱颜,少贪红粉翠花钿。损身害命多娇态,倾国倾城色更鲜。莫恋此,养丹田。人能寡欲寿长年。从今罢却闲风月,纸帐梅花独自眠。""钱帛金珠笼内收,若非公道少贪求。亲朋道义因财失,父子怀情为利休。急缩手,且抽头。免使身心昼夜愁。儿孙自有儿孙福,莫与儿孙作远忧。"①两首词主要从人情世故方面劝诫世人。其中的"色"词与"词话本"第一回"景阳冈武松打虎,潘金莲嫌夫卖风月"开场词又略有不同。第一回开场词曰："丈夫只手把吴钩,欲斩万人头。如何铁石,打成心性,却为花柔？请看项籍并刘季,一死使人愁。只因撞着,虞姬戚氏,豪杰都休。"如果说"四贪词"的"色"词是从养生敛欲方面进行说教,那么开场词则主要针对的是"情色"二字,所谓："色绚于目,情感于心,情色相生,心目相视。亘古及今,仁人君子,弗合忘之。晋人云:情之所钟,正在我辈。如磁石吸铁,隔碍潜通。无情之物尚尔,何况为人终日在情色中做活计,一节须知。"②

　　这段议论说明了"因色生情""情色相生"的道理,警告世人不要被"情"所迷惑。也就是说,作者认为西门庆及众女性并非仅仅是放纵性欲,其中还有"情"的成分在内。再看下面的一段话："如今这一本书,乃虎中美女,后引出一个风情故事来。一个好色的妇女,因与了破落户相通,日日追欢,朝朝迷恋,后不免尸横刀下,命染黄泉,永不得着绮穿罗,再不能施朱傅粉。静而思之,着甚来由。况这妇人,他死有甚事？贪他的断送了堂堂六尺之躯,爱他的丢了泼天哄产业,惊了东平府,大闹了清河县。"③这段议论更为明确地将西门庆的衰败归咎于潘金莲等所谓的女色,尤其是"况这妇人,他死有甚事"两句,意为一个女人死了没有什么可惋惜的,但一个男人因为贪爱女子,断送了堂堂身躯,丢了自己的家业,那就太不值得了。这就显露了作者心目中女人是祸水的传统观念。

　　崇祯本第一回则做了彻底改动,其本质乃是用宗教观念来提升小说的宗旨。具体来说,就是以道教的修身养性和佛教的色空观念警示

① 〔明〕兰陵笑笑生:《金瓶梅词话》,第2页,北京:人民文学出版社,1985。
② 〔明〕兰陵笑笑生:《金瓶梅词话》,第1页,北京:人民文学出版社,1985。
③ 〔明〕兰陵笑笑生:《金瓶梅词话》,第3页,北京:人民文学出版社,1985。

世人,而不再坚持女人是万恶之源的观念。正如张竹坡第一回回前评所说:"开讲处几句话头,乃一百回的主意。一部书总不出此几句……"①又说:"开卷一部大书,乃用一律、一绝、三成语、一谚语尽之,而又入四句偈作证,则可云《金瓶梅》已告完矣。"②张竹坡的这种说法虽然有些夸大其词,几首诗歌、几句谚语也难以概括全书一百回的内容,但崇祯本的确在这方面花费了不少心思,尽量使第一回出现的佛道教义成为贯穿全书的主旨。

张竹坡所说的"一绝",即唐代道士吕岩的一首绝句,见于《全唐诗》卷八五八,题为《警世》。诗曰:"二八佳人体似酥,腰间仗剑斩凡夫。虽然不见人头落,暗里教君骨髓枯。"③《金瓶梅》崇祯本引用这首诗时作了一处改动,将"凡"字改成了"愚"字。虽然仅仅是一字之差,却可以看出改动者的用意。如果说"凡夫"还有为情所动的可能,那么"愚夫"就是不辨真伪,误以色为情。这就在"情"与"色"的关系上特别突出了"色"的危害。这一改动尽管还带有女人是祸水的痕迹,但已将所谓的"情"完全抛开了。吕岩被道教奉为"仙",在社会上具有广泛的影响和威望,因此他的诗就更具有警示作用。可以看出,崇祯本在小说开头便苦心孤诣地将道教教义作为全书的主旨。

崇祯本第一回还有一明显不同,即在突出"色"的危害的同时,还强调了"财"的危害性,并且将财的危害性放在了色之前,开卷伊始就反复作了交代:"这酒色财气四件中,唯有'财色'二者更为利害。怎见得他的利害?假如一个人到了那穷苦的田地,受尽无限凄凉,耐尽无端懊恼,晚来摸一摸米瓮,苦无隔宿之炊,早起看一看厨前,愧没半星烟火,妻子饥寒,一身冻馁,就是那粥饭尚且艰难,那讨余钱沽酒?更有一种可恨处,亲朋白眼,面目寒酸,便是凌云志气,分外消磨,怎能够与人争气!"④然后才说到色的利害。"说便如此说,这'财色'二字,从来只没有看得破的,若有那看得破的,便见得堆金积玉,是棺材内带不去的瓦砾泥沙;贯朽粟红,是皮囊内装不尽的臭污粪土……只有那《金

① 《金瓶梅》,第1页。
② 《金瓶梅》,第10页。
③ 〔清〕彭定求等编:《全唐诗》,第9702页,北京:中华书局,1960。
④ 《金瓶梅》,第11页。

刚经》上两句说得好,他说道:'如梦幻泡影,如电复如露。'见得人生在世,一件也少不得,到了那结果时,一件也用不着。……到不如削去六根清净,披上一领裂裟,参透了空色世界,打磨穿生灭机关,直超无上乘,不落是非窠,倒得个清闲自在,不向火坑中翻筋斗也。"①

对《金刚经》中"如梦幻泡影,如电复如露"这两句话,张竹坡评道:"是一部大主意大结果,大解脱,所以有普净也。"②《金刚经》是佛教重要经典,因用金刚比喻智慧有能断烦恼的功用,故名。《金刚经》认为世界上一切事物空幻不实,"实相者则是非相",认为应"离一切诸相"而"无所住",即对现实世界不应执著或留恋。由此可见崇祯本以佛教色空教义讲明了著书旨意,显示了与词话本的明显不同。

色空观念是佛教的重要观念之一。佛教认为有情的组织是由"色受想行识"五种因素积聚而成,是为"五蕴"。其中色蕴相当于物质现象,它包括"四大"(地水火风)和由"四大"所组成的感觉器官以及感觉的对象,总括了时间和空间的一切现象。佛教大乘空宗主张"五蕴"和合的人我以及"五蕴"在本质上是空的,世界上的万物只是一种假象而已。这种观念与传统的"生死无常""人生如梦"的意识相结合,遂对文学创作产生了深刻影响。无论是词话本还是崇祯本,全书都是以此为立意主旨。财色当着人生在世时,一件也少不得:到了那结果时,一件也用不着。"倒不如削去六根清净,披上一领裂裟,参透了空色世界,打磨穿生灭机关,直超无上乘,不落是非窠,倒得个清闲自在,不向火坑中翻筋斗也"。这就是财色皆空的道理。对于这种财色无法伴人常存、"一旦无常万事休"的色空观念,人们是容易理解的,甚至可以说是尽人皆知的事实。问题在于人们明知如此,却又难以抵制其诱惑,直到生命结束也未能觉悟,西门庆便是一例。《金瓶梅》的作者就是要以西门庆为法,警醒世人,毋蹈覆辙。

《金瓶梅》中西门庆家的兴盛是凭借着金钱的势力,靠着谋财娶妇、经商放债、收受贿赂等精明的手段。西门庆一死,有万贯家财、数十口之家的一个官商之家,顷刻间支离破碎,人财两空,真可谓"盛由一人,败由一人"。西门庆家由盛转衰,向人们传递了这样一个信息,

---

① 《金瓶梅》,第12～13页。
② 《金瓶梅》,第12页。

即"财色"诱人亦害人。正如张竹坡评语所说："此回总结'财色'二字利害，故'二八佳人'一诗，放于西门泄精之时，而积财积善之言，放于西门一死之时。西门临死嘱敬济之言，写尽痴人，而许多账本，总示人以财不中用，死了带不去也。"因此，西门庆家由盛转衰的原因是十分明显的，其中寓示的道理也是非常确定的，是人们可以理解和把握的。在某种意义上说，也是人们可以防止的，这也正是作者向世人进的箴言。《金瓶梅》可以说是独罪财色的檄文，为了突出这一主旨，所以崇祯本在第一回便直接借用了佛道二教的教义。有人认为，崇祯本第一回开头的这段说教并不高明，但实际上《金瓶梅词话》从总体布局上也是以色空观念为指导，只是由于故事是从《水浒传》脱胎而来，因此开卷第一回未能将这一主旨明确点出。崇祯本则开宗明义，旗帜鲜明地突出了这一点。尤其是在人欲横流的明代后期，在人们无所顾忌地追欢逐乐之际，或许只有用宗教教义警醒世人才会奏效。

二、结构照应

崇祯本第一回把词话本的"景阳冈武松打虎"改为了"西门庆热结十兄弟"，目的是让主人公西门庆尽早登场。西门庆正式登场所做的第一件事，便是"热结十兄弟"。值得注意的是，为这次结拜，作者特意引出了两座寺庙。西门庆与应伯爵、谢希大商量在何处举行结拜仪式，应伯爵问道："到那日，还在哥这里，是还在寺院里好？"谢希大说："咱这里无过只两个寺院，僧家便是永福寺，道家便是玉皇庙。这两个去处，随分那里去罢。"西门庆道："这结拜的事，不是僧家管的，那寺里和尚，我又不熟，倒不如玉皇庙，吴道官与我相熟，他那里又宽展，又幽静。"①细心玩味便不难发现，对应伯爵提出的第一种选择，即在西门庆家中举行结拜仪式，西门庆和谢希大根本没有理睬，而是直接选择了寺庙。可见作者要急于引出这两座寺庙，张竹坡评道："玉皇庙、永福寺，须记清白，是一部起结也，明明说出全以二处作终结的柱子。"②

张竹坡的评点很有道理，这可从两点看出：第一，结拜兄弟并非一定要在道教庙观之中举行，我们不妨看一下《水浒传》和《三国志演义》

①《金瓶梅》，第19页。
②《金瓶梅》，第19页。

中的描写。百回本《水浒传》第九十三回"混江龙太湖小结义,宋公明苏州大会垓",写李俊、童威、童猛要与费保等四个江湖好汉结拜为兄弟,"四个好汉见说大喜,便叫宰了一口猪,一腔羊,置酒设席,结拜李俊为兄"①。《三国志演义》第一回"桃园结义":"次日,于桃园中备下乌牛白马祭礼等项。三人焚香再拜而说誓曰……"②可见结拜兄弟不拘何处都可,并无地点要求。第二,既然要在玉皇庙中举行,又将永福寺顺手带出,其用意也十分明显,即造成前后呼应的叙述效果:其后,玉皇庙和永福寺便多次出现,成为照应全书的重要环境。

就在这第一回中,玉皇庙还与李瓶儿、潘金莲和庞春梅的出场密切相连,张竹坡评道:"玉皇庙,诸人出身也。故瓶儿以玉皇庙邀子虚上会时出,金莲以玉皇庙玄坛座下之虎出,而春梅又以天福来送玉皇庙会分,月娘叫大丫头时出。然则,三人俱发源于玉皇庙也。"③需要补充的是,前后几次玉皇庙的出现,与李瓶儿的关系更为密切。第一回中,因为原来十兄弟中的卜志道已死,西门庆提议让花子虚顶替。又特别吩咐去花家送信的玳安,如果花子虚不在家,就对李瓶儿说。张竹坡一针见血指出:"巧出瓶儿,此沉吟之故也,所以必拉他上会。"④花子虚果然如约赴会。第三十九回"寄法名官哥穿道服,散生日经济拜冤家",因为李瓶儿生了儿子官哥儿,西门庆在玉皇庙许下一百二十分醮。正月初九日为官哥儿在玉皇庙寄名、打醮,一派热闹景象。张竹坡指出:"玉皇庙,两番描写,俱是热闹时候。即后文荐亡,亦是热闹之时,特特与永福寺对照也。"⑤"有玉皇庙之热,方有永福寺之冷。"第六十三回"韩画士传真作遗爱,西门庆观戏动深悲",西门庆为李瓶儿大办丧事,玉皇庙吴道官"前来上纸吊孝,就揽二七经"。有意思的是,做水陆道场的是报恩寺而不是永福寺的僧人,因此有理由认为,凡是写热闹处,总是在玉皇庙,而冷落处,则一定是永福寺。但热中有冷,为官哥儿寄名,并未能让官哥儿平安无事,为李瓶儿大办丧事,也无法使李瓶儿起死回生。

---

① 《水浒传》,第 1468 页。
② 《三国志演义》,第 6 页。
③ 《金瓶梅》,第 715 页。
④ 《金瓶梅》,第 19 页。
⑤ 《金瓶梅》,第 582 页。

永福寺第一次正面出现,是第四十九回"请巡按屈体求荣,遇梵僧现身施药"。西门庆为蔡御史送行来到永福寺,长老道坚介绍说:"这座寺原是周秀老爹盖造,长住里没钱粮修理,丢得坏了。"①西门庆当即表示要资助长老修葺寺院。在永福寺的大禅堂中,西门庆遇到了一位番僧,得到了滋补之药,成为他纵欲丧身的重要原因。不仅西门庆,其他人物也都与永福寺密切相关,所以张竹坡说:"至于永福寺,金莲埋于其中,春梅逢故主于其内,而月娘、孝哥俱于永福寺讨结果。独于瓶儿未有永福寺之瓜葛也,不知其于此回内,已为瓶儿结果于永福寺之因矣。何则?瓶儿病以梵僧药,药固用永福寺中求得,然则瓶儿独早结于永福寺矣。故玉皇庙、永福寺是一部大起结。"②

对永福寺作全面介绍是第五十七回"闻缘簿千金喜舍,戏雕栏一笑回嗔",需要指出的是,由于这一回据沈德符《万历野获编》所记,乃一"陋儒"所补,因此对永福寺盛衰史的描述与第四十九回不符。前面已交代永福寺乃周秀的香火院,此回开头却说起建自梁武帝普通二年,"开山是那万回老祖"。万回老祖圆寂后,寺院便衰败下来。后有一位道长老卓锡于此,面壁九年,突发念头,要修复寺院。于是道坚长老变成了道长老,他来西门庆家化缘重修寺院,这才勉强与前文所写相连接。刚刚得子的西门庆正在兴头上,不仅自己捐了五百两,还表示要向其他人化缘,助成这件善事。这一番叙述虽然尽量使西门庆与永福寺发生关联,但仍然留下了漏洞。因为只有让永福寺是周守备的香火院,才能使前后情节相联系。因此张竹坡评道:"此回单为永福寺作地。何则?永福寺,金、瓶、梅归根之所。不写为守备香火,则金莲亦不能葬此,春梅亦不来此。使止写守备香火,而西门无因,不几无因,而果顾客失主乎?故用千金喜舍,总为后文众人俱归于此也。如瓶儿死于番僧药,而药由永福寺。金莲、敬济葬于寺中,春梅逢月娘于寺内,而玉楼又因永福寺见李衙内。是众人齐归于此,实同散于此也。"③

第八十九回"清明节寡妇上新坟,永福寺夫人逢故主",吴月娘、孟

_____

① 《金瓶梅》,第726页。
② 《金瓶梅》,第715页。
③ 《金瓶梅》,第834页。

玉楼等人与春梅重逢于永福寺。作者先从月娘等人眼中,写出永福寺的齐整威严。吴大舅向月娘说这是周守备的香火院,西门庆曾舍几百两银子重修佛殿,于是月娘和众人一起进寺院饮茶休息。又见到了长老道坚,道坚再次对月娘等人说这是周守备的香火院,于是与第四十九回前后照应。就在这时,已是周守备宠妾的春梅来了。寺中从长老到众僧,无不毕恭毕敬。春梅并不到寺院,而是径奔金莲坟前烧香祭奠,放声大哭。祭奠之后春梅才来寺内,长老殷勤接待,却将月娘等人放在一边。春梅与月娘等人相见,十分谦恭。作者有意渲染她对潘金莲的忠心,着力刻画其有情有义,反衬出月娘的刻薄寡恩。

上述与玉皇庙、永福寺有关的情节,崇祯本和词话本的描写基本相同,只是回目稍有差异而已。由于崇祯本在第一回中就将这一座道观、一座寺院巧妙带出,因而比词话本前后衔接就更为紧密贯通。

三、刻画人物

崇祯本第一回还借助玉皇庙中道教神仙的画像,成功地刻画了应伯爵这一人物的性格特征。在吴道官的陪同下,西门庆与应伯爵等人观看玉皇庙内的画像:"上面挂的是昊天金阙玉皇上帝,两边挂着的紫府星官,侧首挂着便是马、赵、温、黄四大元帅。"白赉光见马元帅三只眼,便对常峙节说道:"哥,这却是怎的说? 如今世界,开只眼闭只眼儿便好,还经得多出只眼睛看人破绽哩!"应伯爵听见,走过来道:"呆兄弟,他多只眼儿看你倒不好么?"①众人笑了。马元帅亦称"灵官马元帅""三眼灵光""华光天王""马天君"等,玉帝封其为"火部兵马大元帅",与赵公元帅、温琼元帅和关圣帝君并称道教"护法四元帅"。民间传说他有三只眼,分别为火之精、火之星、火之阳,故俗称"马王爷三只眼"。白赉光本来是说社会上见不得人的丑事太多了,人们只好睁一只眼闭一只眼,装作看不见罢了。但是应伯爵另有他意,将话题转到了西门庆身上。意谓如果西门庆能够多多看顾众弟兄,大伙都有好处。此话一出,众人心领神会,所以都笑了起来。寥寥数语表现出了应伯爵的狡黠及其与西门庆结拜兄弟的真实意图。

---

① 《金瓶梅》,第 23 页。

　　常峙节又指着温元帅说道:"二哥,这个通身蓝的,却也古怪,敢怕是卢杞的祖宗?"①所谓温元帅相传为浙江温州人,名琼,字子玉。其母曾夜梦"火精"降神于腹,怀孕而生温琼。二十余岁时举进士不第,乃抚几叹道:"生不能致君泽民,死当为泰山神,以除天下恶厉。"死后变化为青面赤发之神,玉帝封为"亢金大神"。② 因其蓝面赤发,所以常峙节说他"通身蓝的"。机敏的应伯爵马上又找到了话题,以温元帅通身蓝色为调侃对象讲了个笑话,"说的众人大笑"。这一笑话其实是应伯爵拿自己的帮闲身份做调侃对象,目的是让西门庆高兴。从中也不难见出应伯爵可怜而又可笑的处境。紧接着是黑脸的赵玄坛元帅,"身边画着一个大老虎"。白赉光指着道:"哥,你看这老虎,难道是吃素的,随着人不妨事吗?"应伯爵笑道:"你不知,这老虎是他一个亲随的伴当儿哩。"谢希大伸着舌头道:"这等一个伴当随着我,一刻也成不的。不怕他要吃我么!"应伯爵对西门庆说:"这等,亏他怎地过来!"西门庆还没有明白其中的含义,应伯爵道:"子纯,一个要吃他的伴当随不的,似我们这等七八个要吃你的随你,却不吓死了你罢了。"③应伯爵心中十分清楚,包括自己在内的追随西门庆左右的所谓"伴当儿",实际上不过都是一只只吃人的老虎,只要主人稍有疏忽,这些老虎便会将主人吃掉。应伯爵的这个笑谈犹如一个响卜,后来果然变成了事实。

　　由这只老虎引出了景阳冈上的"吊睛白额老虎",当听说县里出五十两赏钱捉拿老虎时,白赉光说道:"咱今日结拜了,明日就去拿他,也得些银子使。"西门庆道:"你性命不值钱么?"白赉光笑道:"有了银子,要性命怎的!"④众人齐笑起来。应伯爵紧接着讲了个要钱不要命的笑话,说得众人哈哈大笑。在一次次笑声中形容毕肖地描画出了这群结拜兄弟视金钱如生命的内心世界。应当指出的是,所谓的道教四大护法元帅,有不同的说法,一般指马、温、赵、关,关即关羽。也有说是指马超、赵云、吕布(温侯)、关羽,但如果是指这四人,所谓"三只眼""蓝

---

　　① 《金瓶梅》,第 23 页。
　　② 钟肇鹏主编:《道教小辞典》,第 64 页,上海:上海辞书出版社,2001。
　　③ 《金瓶梅》,第 24 页。
　　④ 《金瓶梅》,第 25 页。

面"等就对不上号了。崇祯本说四大元帅为马、温、赵、黄，如果按后一说法，"黄"可以指黄忠，如果按前一种说法，黄指何人，就不得而知了。吴道官所安排的结拜兄弟的仪式，按道教祈祷的规定进行，其中一项是要焚烧疏纸。所谓疏纸，就是一篇向天祈祷的疏文，文后要写上每一个人的名字，这就关系到谁先谁后的问题。按照民间习俗，结拜兄弟时以年龄为长幼顺序。在西门庆等十人中，明明应伯爵年龄最长，但他一定要让西门庆做老大。应伯爵说得好："如今年时，只好叙些财势，那里好叙齿？若叙齿，还有大如我的哩。且是我做大哥，有两件不妥：第一，不如大官人有威有德，众弟兄都服你；第二，我原叫应二哥，如今居长，却又要叫应大哥了，倘或有两个人来，一个叫'应二哥'，一个叫'应大哥'，我还是应'应二哥'应'应大哥'呢？"①结果西门庆做了大哥。花子虚虽然有钱，也只做了四哥。

应伯爵是《金瓶梅》中十分重要的一位人物，但在词话本中，直至第十回才首次登场。崇祯本则在第一回中就通过宗教描写刻画了其复杂的性格，生动形象，为后面这一人物的发展奠定了基础。

第五节 《金瓶梅》与婚俗文化

在古代长篇章回小说中，以较多笔墨描写婚俗，始于《金瓶梅》，继之以《醒世姻缘传》和《红楼梦》。三部小说都以家庭生活为素材，婚俗描写则成为重要内容之一。婚俗描写在三部小说中表现出不同的特征，有着不同的功能。这些婚俗描写对刻画人物性格、表达创作主旨、构思故事情节都起到了重要作用。通过比较三部小说在婚俗描写方面的异同，也可为解决某些悬而未决的问题提供一定的线索。

古代婚俗通行"六礼"，《礼记·昏义》曰："昏礼者，将合二姓之好，上以事宗庙，而下以继后世也，故君子重之。是以昏礼纳采、问名、纳吉、纳征、请期，皆主人筵几于庙，而拜迎于门外，入揖让而升，听命于

①《金瓶梅》，第25页。

庙,所以敬慎重正昏礼也。"①所谓"纳采",即男家请媒人到女家提亲,若女方同意议婚,则男方再去女家求婚,俗称"说媒"。所谓问名,即男家托媒人询问女方名字和出生年月日时辰,请阴阳先生占卜男女双方的生辰八字,以定婚姻吉凶,俗称"讨八字"。所谓纳吉,即卜得吉兆后,男家备礼复至女家决定婚约,俗称"小聘""送定""过定""定聘"等。所谓纳征,即男女两家缔结婚姻后,男家将聘礼送往女家,俗称"大聘""纳币""过大礼",送过彩礼后,婚姻才算正式生效。所谓请期,即男家备礼征求女家对结婚日期的意见,俗称"提日子""送日头"。所谓亲迎,即迎娶新娘的仪式,因地区不同而各异,或用花轿,或用喜车;或新郎亲往女家迎娶,或由男家遣迎亲队伍迎娶,新郎则在家等候。车轿来到男家后,又有迎轿、下轿、祭拜天地、拜堂、行合卺礼、入洞房等程序。"六礼"始于周代,其后一直延续下来,但具体实行时繁简不同。《金瓶梅》《醒世姻缘传》主要以市井或乡绅生活为描写对象,故事发生地在北方;《红楼梦》则主要描写贵族家庭,故事发生地以南方为主。因此三者在婚俗描写方面便有了不同的特征,表现出了不同的功能。

一、《金瓶梅》所写婚俗的特征

《金瓶梅》在婚俗描写方面最突出的特点,便是几乎专写寡妇再嫁,通过细致逼真的婚俗描写反映了时代风气的变化,同时对刻画人物性格、展示人物命运也有着重要作用。西门庆有一妻五妾,对正室夫人的婚嫁只是轻描淡写地一带而过,但娶孟玉楼、潘金莲、李瓶儿用墨甚多。自南宋至明代中期,理学盛行,寡妇守节被大力提倡。撰修于弘治年间的《明会典》载:"凡民间寡妇,三十以前夫亡守志、五十以后不改节者,旌表门闾,除免本家差役。"②反之,如果寡妇改嫁,几乎没有什么婚礼可言,一般也不能坐轿。但《金瓶梅》完全打破了这一常规,尤其是娶孟玉楼,先后两次再嫁,两次改嫁的程序都与正常婚嫁相差无几,作者对此并无贬斥之意。由此不难看出时代风气发生了明显变化,以及作者心目中孟玉楼非同一般的地位。

孟玉楼本来是"贩布杨家的正头娘子",家里颇为富有,"不料他男

---

① 《十三经注疏整理本·礼记正义》,第 1888 页。
② 王云五主编:《万有文库》第 2 集万历重修《明会典》,第 1826 页,上海:商务印书馆,1936。

子汉去贩布,死在外边。他守寡了一年多,身边又没子女"①。这些不是可有可无的赘笔,而是强调了孟玉楼是正常人家出身,其改嫁也是合乎情理之事。第七回"薛媒婆说娶孟三儿,杨姑娘气骂张四舅"整整一回讲述娶孟玉楼之事。在娶进西门庆家门之前,西门庆与孟玉楼没有苟且偷合之事,因此与明媒正娶相差无几,但又充分显示了其中的金钱交换意味。先是西门庆带着礼物,由薛媒婆领着,来孟玉楼前夫的姑姑杨姑娘家"提亲"。送杨姑娘"一段尺头""四盘羹果",外加三十两白银,允诺成亲后再给七十两。这可视为"纳采",实际上是用金钱买通杨姑娘。第二天又到孟玉楼家"相亲",送去"锦帕二方,宝钗一对,金戒指六个"。同时西门庆与孟玉楼相互询问了年庚,相当于"问名"和"纳吉"。五月二十四日"送聘礼",即"纳征"。六月二日成亲的前一天送嫁妆,张四和杨姑娘争执不休。"薛嫂儿见他二人嚷做一团,领率西门庆家小厮伴当,并发来众军牢,赶人闹里,七手八脚将妇人床帐、装奁、箱笼,扛的扛,抬的抬,一阵风都搬去了。""到六月初二日,西门庆一顶大轿,四对绛纱灯笼,他小叔杨宗保头上扎着髻儿,穿着青纱衣服,骑在马上,送他嫂子成亲。西门庆答贺了他一匹锦段,一柄玉绦儿。兰香、小鸾两个丫头都跟了来,铺床叠被。"②孟玉楼不仅坐着大轿,西门庆还亲自前往迎娶,甚至前夫家还遣人送亲。与"六礼"相比,不仅没有从简,还增加了"送嫁妆""铺床""谢亲"等环节。一位寡妇再婚,却如此隆重,大操大办,一方面可以见出西门庆对孟玉楼那份家产的重视,另一方面也可见出孟玉楼在西门庆心目中的地位。

西门庆死后,众妻妾风流云散,只有孟玉楼安心等待,终于等到了李衙内的眷顾。第九十一回"孟玉楼爱嫁李衙内,李衙内怒打玉簪儿"不厌其烦地叙写了孟玉楼再嫁李衙内的过程,对孟玉楼的命运再次给予肯定。清明节时李衙内在郊外看见了孟玉楼,顿生爱恋之心,便委托官媒婆陶妈妈到吴月娘处提亲。那天孟玉楼见了李衙内,也有相许之意。所以媒人一说,正合孟玉楼心意。但孟玉楼并未轻易答应,而是详细询问了李衙内的情形:"今年多大年纪? 原娶过妻小没有? 房

---

① 《金瓶梅》,第 117 页。
② 《金瓶梅》,第 128 页。

中有人也无？姓甚名谁？有官身无官身？"①当这一切都感到满意后，才将生辰八字给了媒人。按照"幼嫁随亲，再嫁由身"的婚俗，孟玉楼有权决定自己的婚姻大事。孟玉楼比李衙内大六岁，媒婆感到不太稳妥，于是请算命先生瞒了三岁。李衙内对年龄却毫不在意，立即选定了行礼、过门的日子。"四月初八日，县中备办十六盘羹果茶饼、一副金丝冠儿、一副金头面、一条玛瑙带、一副玎当七事、金镯银钏之类、两件大红宫锦袍儿、四套妆花衣服、三十两礼钱，其余布绢棉花，共约二十余抬。两个媒人跟随，廊吏何不韦押担，到西门庆家下了茶。""到晚夕，一顶四人大轿，四对红纱灯笼，八个皂吏跟随来娶。玉楼戴着金梁冠儿，插着满头珠翠、胡珠子，身穿大红通袖袍儿……媒人替他戴上红罗销金盖袱，抱着金宝瓶，月娘守寡出不的门，请大姨送亲，送到知县衙里来。"②当年是嫁给西门庆，如今是从西门庆家嫁出，而且比当年还要红火热闹隆盛，其中的讽刺意味不言自明。

《金瓶梅》刻画了众多男男女女的形象，于中孟玉楼是绝无仅有的例外。张竹坡在《金瓶梅寓意说》中曾这样评说："至其写玉楼一人，则又作者经济学问，色色自喻皆到。试细细言之：玉楼簪上镌'玉楼人醉杏花天'，来自杨家，后嫁李家，遇薛嫂而受屈，遇陶妈妈而吐气，分明为杏无疑，杏者，幸也。身毁名污，幸此残躯留于人世。而住居臭水巷，盖言无妄之来，遭此荼毒，污辱难忍，故著书以泄愤。"③或许这些解释有些勉强，但透过孟玉楼两次改嫁的婚俗描写，的确表现了作者对这一人物的好感。

若与西门庆娶潘金莲和李瓶儿相比，这一点就更加明显。在娶她们两人之前，先写了西门庆与她们的偷情，这已与孟玉楼不同。至于婚嫁过程不仅十分简单，而且是偷偷摸摸。第九回的回目"西门庆偷娶潘金莲，武都头误打李皂隶"说得很明白，是偷娶潘金莲。既没有媒人提亲，更用不着相亲、送聘礼，"当晚就将妇人箱笼，都打发了家去"。"到次日初八，一顶轿子，四个灯笼，妇人换了一身艳色衣服，王婆送

footnotes
① 《金瓶梅》，第1438页。
② 《金瓶梅》，第1442～1443页。
③ 《金瓶梅》，第16页。

亲,玳安跟轿,把妇人抬到家中来"。① 西门庆没有去迎亲,但毕竟还安排了迎亲的花轿和接送之人。娶李瓶儿又有所不同了。李瓶儿的丈夫花子虚因气丧命后,李瓶儿一心一意要嫁给西门庆,两人不止一次地商量此事。就在打得火热时,西门庆的亲家陈洪忽然出了意外事故,西门庆把娶李瓶儿之事放在了一边。等到危机过后,听说李瓶儿招赘了蒋竹山,西门庆不由得大怒,想方设法收拾了蒋竹山。李瓶儿后悔莫及,不改初衷仍要嫁西门庆。西门庆说道:"既是如此,我也不得闲去,你对他说:甚么下茶下礼? 拣个好日子,抬了那淫妇来罢。""次日,雇了五六副杠,整抬运四五日。""择了八月二十日,一顶大轿,一匹段子、四对红灯笼,派定玳安、平安、画童、来兴四个跟轿。约后晌时分,方娶妇人过门。""妇人轿子落在大门首,半日没个人出去迎接。""西门庆正因旧恼在心,不进他房去。""一般三日摆大酒席,请堂客会亲吃酒,只是不往他房里去。"②这种不成体统的婚礼,烘托了李瓶儿尴尬凄凉的命运。

潘金莲在西门庆死后,也有再嫁的机会,但与孟玉楼的命运相比,相差何止十万八千里。吴月娘发现了她和陈敬济的淫乱关系后,让王婆领她出去,"或聘嫁,或打发,叫他吃自在饭去罢。……如今随你聘嫁,多少儿交得来,我替他爹念个经儿,也是一场勾当。"③显然潘金莲不是自己做主再嫁,而是被吴月娘转手卖掉。潘金莲在王婆家失去了人身自由,陈敬济要和她见面,必须要征得王婆的同意。王婆则奇货可居,将她变成了敛钱的工具,开口便要一百两银子,否则免谈。潘金莲也并非没人惦念,首先是陈敬济一心一意要娶她,但实在拿不出这么多钱,于是急忙去东京筹措。其次是庞春梅三番五次请求周守备将她娶回,但总因价格高没有谈妥。就在这时,武松为兄报仇杀死了潘金莲。孟玉楼、潘金莲、李瓶儿三人虽然都是以寡妇身份嫁给西门庆,同样都是妾的身份,但通过上述不同的婚俗描写,生动而形象地刻画了她们不同的性格和命运。

---

① 《金瓶梅》,第 144 页。
② 《金瓶梅》,第 292~293 页。
③ 《金瓶梅》,第 1374 页。

二、《醒世姻缘传》所写婚俗的特征

《醒世姻缘传》以两世姻缘作为情节框架,关注的是家庭婚姻问题。其婚俗描写既真实又夸张,具有浓厚的讽刺意味。同时对重视人品才华的婚姻观给予了肯定,对父母包办的婚姻观则给予了批评,借助婚俗描写表明了作者的婚姻观念。

第十八回"富家显宦倒提亲,上舍官人双出殡"通过提亲的婚俗,讽刺了只看重钱财的婚姻观。晁源的妻子计氏死后,又有许多媒婆来给他提亲:"每日阵进阵出,俱来与晁大舍提亲,也不管男女的八字合得来合不来,也不管两家门第攀得及攀不及,也不论班辈差与不差,也不论年纪若与不若,只凭媒婆口里说出便是。"①八字、门第、班辈、年龄本来应是媒人说合的基本条件,但媒婆为了赚取钱财,就顾不得许多,只是信口开河。秦家使来的媒婆说:"待姑娘今日过了门,我明日就与你姑爷纳一个中书。"唐家使来的媒婆说:"待你姑爷清晨做了女婿,我赶饭时就与他上个知府。"②晁源拿不定主意选哪一位,于是请人作为男方的媒人前去相亲。两家虽然没有同意,但知道晁家在当地是有钱的乡宦,便都管待了媒人酒饭,给每位媒人一百个铜钱的赏钱。晁源看好了秦家的小姐,秦家也贪图晁家的钱财,但是秦小姐得知晁源的丑行后,宁肯剪了头发做尼姑也不同意这门婚事。

第三十七回"连春元论文择婿,孙兰姬爱俊招郎"则与此相反,通过择婿这一婚俗肯定了重视人品的婚姻观。举人连春元为自己的女儿择婿并不看重门第家产,而是看中人品。他看到薛如卞"清秀聪明",尽管薛家不是当地人,他认为只要不回原籍,"可以招他为婿,倒也是个门楣"③。连举人的夫人开始还不放心,及到见面后,也十分满意。择婿更加重视本人的才华容貌,至于其他条件就不那么重要了。正如回前诗所说:"愚夫择配论田庄,计量牛羊合囷仓。哪怕暗聋兼跛蹙,只图首饰与衣裳。豪杰定人惟骨相,英雄论世只文章。谁知倚时

① 〔清〕西周生:《醒世姻缘传》,第133页,济南:齐鲁书社,1993。以下只注页码。
② 《醒世姻缘传》,第133页。
③ 《醒世姻缘传》,第282页。

风尘女,尚识俦中拔俊郎?"①在作者看来,只有愚夫才将钱财作为选择配偶的唯一条件,有远见的英雄豪杰则以容貌才华作为标准。薛如卞和连小姐成婚后,果然恩恩爱爱,幸福美满。

父母之命和媒妁之言是旧时婚姻的重要条件,《醒世姻缘传》对父母之命给儿女婚姻造成的危害作了批判。薛素姐之所以许配给狄希陈,完全是双方父母一手包办。本来薛教授要求狄家的女儿巧姐与儿子再冬做媳妇,为了证实自己的诚意,这才要"先把素姐许了希哥",双方换了亲。素姐早就与狄希陈不和,曾对母亲说道:"我不知怎么,但看见他,我便要生起气来,所以我不耐烦见他!""他要做了我的女婿,我白日里不打死他,我夜晚间也必定打死他,出我这一口气!"②这足以说明两人性格的不协调。但在"父母之命""换亲"等婚俗的制约下,不考虑青年男女本人的意见,强行缔结了这段婚约。

为防止狄希陈在外寻花问柳,当狄希陈十六岁时,狄婆子便急忙与他完婚。第四十四回"梦换心方成恶妇,听撒帐早是痴郎"细致入微地描写了两家成亲的过程。首先是"聘礼"极其全面:狄家给薛家送的"聘礼"有首饰、尺头、绢发、两只牝牡大羊、鹅鸭鸡鸽等。古人往往以雁为聘礼,认为雁如果失去配偶,终生不再配对,取其贞洁之义。后因雁不易得到,改用鹅或羊代替。这里不仅有两只大羊,而且还有鹅鸭鸡鸽等,以说明狄家对这一姻缘的重视。

其次是婚礼极其隆重,"上头""送嫁妆""铺床""迎亲""揭盖头""谢亲"等婚俗一应俱全。二月初十日狄希陈的母亲去给新娘素姐"上头","到了吉时,请素姐出去,穿着大红装花吉服,官绿装花绣裙,环佩七事,恍如仙女临凡。见了婆婆的礼,面向东南,朝了喜神的方位,坐在一只水桶上面。狄婆子把他脸上十字缴了两线,上了鬃髻,戴了排环首饰,又与婆婆四双八拜行礼"③。"上头"即改变女子幼年的发式,把头发绾成一个髻,以此表示女子已为成人。往往是婚前数日,男家主妇亲自为未过门的媳妇上头。"喜神"又名"吉神",成婚时,新人坐立须正对喜神所在之方位,以求一生多喜乐。喜神所在方位变幻不

---

① 《醒世姻缘传》,第 280～281 页。
② 《醒世姻缘传》,第 195 页。
③ 《醒世姻缘传》,第 337 页。

定,随时辰不同而有所不同,此时喜神在东南方,故"面向东南"。"坐水桶",又名"子孙桶",取早生贵子、生活富裕之意,一般由娘家陪送。

到了十五这一天,"狄家门上结了彩,里外摆下酒席"。"薛家也从清早门上吊了彩,摆设妆奁"。"将近傍午,叫了许多人,抬了桌子,前边鼓乐引导,家人薛三省、薛三槐压礼。""连举人的娘子合薛婆子两顶轿子先到。狄婆子迎到里面,见过礼让过了茶。狄希陈出来见丈母。""薛婆子合连婆子都往狄希陈屋里与他铺床摆设。"①"铺床"又称"铺房",在婚礼前一天,女家将新房中应用家具器物送到男家,铺设布置妥当。宋司马光《书仪·昏仪》:"前期一日,女氏使人张陈其婿之室。"自注:"俗谓之'铺房',古虽无之,然今世俗所用,不可废也。"②可见,这一习俗出现于北宋年间,沿袭至明清。

第二天五更,"只见外边鼓乐到门","吉辰已到,请催新人上舆。狄希陈簪花挂红,乘马前导,素姐彩轿紧随,连夫人合相栋宇娘子二轿随后,薛如卞、薛如兼都公服乘马,送他姐姐。新人到了门,狄家门上挂彩,地下铺毡;新人到了香案前面,狄婆子用箸揭挑了盖头"③。"迎亲"即新郎前往女家迎娶新娘的仪式,古代迎亲都在黄昏,《金瓶梅》所写的几处迎亲也都是傍晚,这从"洞房花烛夜,金榜题名时"的谚语中也可看出。但这里是清晨"五更",《红楼梦》写贾琏偷娶尤二姐是五更,但宝玉和宝钗成亲时又在傍晚。"挑盖头"是婚礼中的重要仪式,源于东汉。唐杜佑《通典》卷五十九载:"拜时之妇,礼经不载。自东汉魏晋及于东晋,咸有此事。按其仪,或时属艰虞,岁遇良吉,急于嫁娶,权为此制。以纱縠幪女氏之首,而夫氏发之,因拜舅姑,便成妇道。六礼悉舍,合卺复乖。"④原来用纱巾蒙住头、脸只是权宜之计,后世则沿袭下来。但由谁来揭盖头,各地风俗并不一致。宋吴自牧《梦粱录·嫁娶》载新郎、新娘拜堂时,"并立堂前,遂请男家双全女亲,以秤或用机杼挑盖头"⑤。此处是由狄婆子用箸来揭挑盖头。

送亲的人离开时,狄家给每位"送了一柄真金蜀扇、一枚桂花香

① 《醒世姻缘传》,第338页。

② 〔宋〕司马光:《司马氏书仪·婚仪》,第33页,北京:中华书局,1985。

③ 《醒世姻缘传》,第341页。

④ 〔唐〕杜佑著:《通典》,第1682页,北京:中华书局,1988。

⑤ 〔宋〕孟元老:《东京梦华录(外四种)》,第299页,北京:文化艺术出版社,1998。

牌、一个月白秋罗汗巾、一个白玉巾结"。"收拾叫狄希陈去薛家谢亲，一对果盒，用彩楼罩着，一副桌面，五方定肉，用食盒抬了，先用鼓乐导引，后面狄希陈衣巾乘马，送到丈人家里。薛教授仍旧穿了那套行头，接进客舍。狄希陈见过了礼，拜了祖先，上席饮酒。"①这种谢亲仪式并不多见，由此可以看出两家对这一姻缘的高度重视。

虽然婚礼无可挑剔，但依然不能避免父母包办婚姻所酿成的恶果，就在婚礼进行之中，素姐暴虐粗野的性格就突然显露出来。首先是"撒帐"婚俗的描写："只见那宾相手里拿了个盒底，里面盛了玉谷、栗子、枣儿、荔枝、圆眼，口里念道……将手连果子带五谷抓了满满的一把往东一撒，说道……"②按照民间风俗，"撒帐歌"共九句，每句前以"撒帐东""撒帐西""撒帐南""撒帐北"开头，本来应当都是祝福新郎、新娘和谐美满、早生贵子之词。但这位宾相"费了二三日的整工夫，从新都编了新诗来这里撒帐"，其实是些不堪入耳的粗俗话。素姐当时就翻了脸，骂道："你们耳朵不聋，任凭叫这个野牛在我房里胡说白道的，是何道理？替我掐了那野牛的脖子，撺他出去！"那宾相往外飞跑，说道："好俺妈！我宾相做到老了，没见这们一位烈燥的性子。"③

其次是"娘家送饭"，新婚第一天，按照民间习俗，女方要给已嫁的女儿送去饭菜。薛婆子趁送饭之际解劝女儿，谁知女儿索性骂了起来，并说不许狄希陈进入新房之中，"他们要敲门打户的，惹的我不耐烦了，我开了门，爽俐打几下子给他！"④到三日回门时，薛婆子等又再三劝导，素姐说："我不知怎么，见了他，我那心里的气不知从那里来，恨不得一口吃了他的火势！"⑤这一切都表明了狄希陈与薛素姐的婚姻毫无感情基础，凭着父母的一厢情愿无法弥补两人的裂痕，从一定意义上反映了父母包办婚姻的不合理性。

狄希陈也曾有过自己的初恋和意中人，他到济南参加府学考试时，意外地结识了卖唱的孙兰姬，两人情投意合，难舍难分。按照一位尼姑的说法，"他两个是前世少欠下的姻缘，这世里补还。还不够，他

① 《醒世姻缘传》，第 343 页。
② 《醒世姻缘传》，第 341 页。
③ 《醒世姻缘传》，第 342 页。
④ 《醒世姻缘传》，第 343 页。
⑤ 《醒世姻缘传》，第 348 页。

也不去,还够了,你扯着他也不住"。狄希陈的母亲担心两人以后不再分开,尼姑又说道:"不相干,不相干,只有二日的缘法就尽了,三年后还得见一面,话也不得说一句了。"①把男女爱情视为前世姻缘,这是婚姻观念中的重要内容,但是这种缘分又无法持久,于是世上恩爱夫妻少。前世怨仇须来世相报,这也是一种姻缘,因此悍妇便不可避免地出现了。这大概就是小说所要传达的主旨。

三、《红楼梦》所写婚俗的特征

《红楼梦》中宝、黛的爱情悲剧建立于"还泪"说之上,从这一点看,与《醒世姻缘传》两世欠债复仇的结构颇为相似。前八十回着重写宝玉和黛玉的相互磨合,后四十回才写到了他们爱情的悲剧。在前八十回中,虽有几处写到了婚俗,但主要是起到一种铺垫作用,或是为了表明贾家主子们的淫乱,或是表明倚仗权势霸婚的恶习,或是表明家长包办儿女婚姻的危害。

首先是贾琏娶尤二姐做二房,由贾珍"作主替聘"。尤二姐虽然原已许配给张华,但张家遭官司败落了,于是贾珍使人将张华父子叫来,逼勒着与尤老娘写退婚书,不难看出贾珍的霸道与荒唐。使人看房子打首饰,给二姐置买妆奁及新房中应用床帐等物。不过几日,早将诸事办妥。遂择了初三黄道吉日,迎娶二姐过门。"至初二日,先将尤老和三姐送入新房。""至次日五更天,一乘素轿,将二姐抬来。各色香烛纸马,并铺盖以及酒饭,早已备得十分妥当。一时,贾琏素服坐了小轿而来,拜过天地,焚了纸马"②,然后入了洞房。需要注意的是,同样是娶侧室,尤二姐虽然是初嫁,但乘的是两人抬的素轿,贾琏穿得也是素服,而且本人不去亲迎。而在《金瓶梅》中,西门庆娶孟玉楼,是用花轿、穿艳服,而且亲自去迎接。如果说尤二姐婚姻极其草率,但又要拜天地、焚纸马,这些习俗《金瓶梅》《醒世姻缘传》中都没有写到,那么或许是南北婚俗不同所致。通过这些婚俗描写,不难看出尤二姐婚姻的不伦不类,也讽刺了贾琏、贾珍等人的好色轻浮。

二是第七十二回"来旺妇倚势霸成亲"。来旺媳妇倚仗是凤姐的

---

① 《醒世姻缘传》,第 308~309 页。
② 《红楼梦》,第 1121 页。

陪房,要娶彩霞为儿媳。贾琏说道:"我明儿做媒,打发两个有体面的人,一面说,一面带着定礼去,就说我的主意。他十分不依,叫他来见我。"①显示了贾琏的蛮横无理。这时管家林之孝把旺儿之子吃酒赌钱、无所不为的情形告诉了贾琏,劝贾琏不要管这事。但凤姐"已命人唤了彩霞之母来说媒。那彩霞之母满心纵不愿意,见凤姐亲自和他说,何等体面,便心不由意的满口应了出去"。彩霞既与贾环有旧,又听说"旺儿之子酗酒赌博,而且容颜丑陋,一技不知","生恐旺儿仗凤姐之势,一时作成,终身为患,不免心中急躁"②。但也只能听从父母之命,任人摆布。可见由谁做媒对婚姻所起的重要作用,青年男女自身没有任何婚姻自主的权利。

三是第七十九回、第八十回,通过婚俗描写揭示了迎春婚姻的不幸和薛蟠婚姻的可悲。迎春的婚姻完全是其父贾赦一手包办,孙绍祖"祖上系军官出身,乃当日宁荣府中之门生,算来亦系世交"。此人"现袭指挥之职,生得相貌魁梧,体格健壮,弓马娴熟,应酬权变,年纪未满三十,且又家资饶富,现在兵部候缺提升"。对于这样一位人物,贾家意见并不一致。"贾母心中却不十分称意,但想来拦阻亦恐不听,儿女之事自有天意前因,况且他是亲父主张,何必出头多事,为此只说'知道了'三字,余不多及。""贾政又深恶孙家,虽是世交,当年不过是彼祖希慕荣、宁之势,有不能了结之事才拜在门下的,并非诗礼名族之裔,因此倒劝谏过两次,无奈贾赦不听,也只得罢了。"既然贾母和贾政都不同意,其中自有缘故,唯有贾赦"见是世交之孙,且人品家当都相称合,遂青目择为东床娇婿"③。按照婚俗习惯,儿女婚事只能由父母做主,作为一家之长的贾母都无法劝阻,更不要说迎春本人了。结果孙绍祖"一味好色,好赌酗酒,家中所有的媳妇、丫头将及淫遍"。又说是贾赦用了他五千两银子,把迎春"准折"卖给了他,"论理,我和你父亲是一辈,如今强压我的头,卖了一辈。又不该作了这门亲,倒没的叫人看着赶势利似的"④。最终酿成了迎春的婚姻悲剧。

---

① 《红楼梦》,第 1251 页。
② 《红楼梦》,第 1256 页。
③ 《红楼梦》,第 1407~1408 页。
④ 《红楼梦》,第 1432 页。

薛蟠与夏金桂的婚姻虽然是薛蟠本人所决定,但他之所以看上夏家小姐,主要是因为两家乃"通家来往""门当户对",对这位夏小姐的人品没有丝毫了解。谁知这位夏小姐从小娇生惯养,"竟酿成个盗跖的性气。爱自己尊若菩萨,窥他人秽如粪土;外具花柳之姿,内秉风雷之性"。见"薛蟠气质刚硬,举止骄奢,若不趁热灶一气炮制熟烂,将来必不能自竖旗帜矣。又见有香菱这等一个才貌俱全的爱妾在室,越发添了'宋太祖灭南唐'之意,'卧榻之侧岂容他人酣睡'之心"①。自从来到薛家后,就没有肃静过一天,终于将香菱折磨至死。薛蟠虽然后悔莫及,但也无可奈何了。

在前八十回铺垫的基础上,后四十回通过婚俗描写讲述了宝玉、黛玉、宝钗之间的爱情婚姻悲剧。宝玉虽然是贾家的公子,但他的婚事只能由家长包办。围绕宝玉的婚事,贾家的家长们在不同范围内多次商量,唯独不听宝玉的意见。第一次是贾母与贾政商量,贾母的意见是:"也别论远近亲戚,什么穷啊富的,只要深知那姑娘的脾性儿好、模样周正的就好。"贾政则认为宝玉自己要首先学好,不然"反倒耽误了人家的女孩儿"。贾母听了这话,"心里却有些不喜欢,便说道:'论起来,现放着你们做父母的,那里用我去张心。但我只想,宝玉这孩子从小跟着我,未免多疼他一点儿,耽误了他成人的正事,也是有的。只是我看他那生来的模样儿也还齐整,心性儿也还实在,未必一定是那种没出息的,必至糟蹋了人家的女孩儿"②。贾母尽管心疼宝玉,但也承认只有父母才能决定宝玉婚姻大事。第二次是贾政的门客王尔调给宝玉提亲,说的是邢夫人的亲戚张家小姐。贾政告诉了王夫人,王夫人与贾母、邢夫人等商量此事,因张家要求女婿过门赘在他家,贾母一口拒绝。第三次是贾母、王夫人、邢夫人一起去凤姐处探视巧姐的病情,凤姐说道:"现放着天配的姻缘,何用别处去找?……一个'宝玉',一个'金锁',老太太怎么忘了?"她的话一说出,"贾母笑了,邢、王二夫人也都笑了"③。三人的会心之笑,说明她们早已有同样的想法,只是等待时机而已。家长们已经思虑成熟,宝玉却依然被蒙在鼓里。

---

① 《红楼梦》,第1413页。

② 《红楼梦》,第1486~1487页。

③ 《红楼梦》,第1497页。

第八十五回宝玉给贾母等人说那块玉夜间发光,凤姐说:"这是喜信发动了。"宝玉问:"什么喜信?"①她们急忙遮掩了过去。虽然此事连袭人都已知道,但唯独瞒着宝玉。显然宝玉的婚事完全由家长们讨论决定,宝玉本人根本没有参与的权利。认真分析起来,家长们倒也不是完全不听儿女的意见,如薛姨妈应了宝玉的亲事后,就问宝钗愿意不愿意。宝钗反正色对母亲道:"妈妈这话说错了,女孩儿家的事情是父亲做主的。如今我父亲没了,妈妈应该做主的,再不然问哥哥。怎么问起我来?""宝钗自从听此一说,把'宝玉'两字自然更不提起了。"②这一问一答显示了宝钗深受封建礼教的熏陶,自觉维护"父母之命"婚俗的性格特征,因此家长对她十分放心。但宝玉就不同了,家长们知道他心中只有林妹妹,而林妹妹又没被家长们看好,所以一定要瞒着宝玉,不允许他本人参与。但最终酿成了一场婚姻悲剧。

宝玉身上的那块玉不知为何突然丢失,荣国府上下闹了个不亦乐乎,宝玉也因失玉而疯癫,"终日懒怠走动,说话也糊涂了"③。听算命的人说"要娶了金命的人帮扶他,必要冲冲喜才好,不然只怕保不住"。但一来宝钗的哥哥薛蟠尚在狱中,二来元春才死,宝玉"应照已出嫁的姐姐有九个月的功服",按照婚俗规定,宝玉、宝钗此时不宜成亲。为了缓解宝玉的病情,还要赶在贾政动身赴任之前,因此贾母主张要冲冲喜,"即挑了好日子,按着咱们家分儿过了礼。赶着挑个娶亲日子,一概鼓乐不用,倒按宫里的样子,用十二对提灯,一乘八人轿子抬了来,照南边规矩拜了堂,一样坐床撒帐,可不是算娶了亲了么。……一概亲友不请,也不排筵席,待宝玉好了,过了功服,然后再摆席请人。"④所谓"冲喜",即举行象征性的婚礼以驱除邪祟,化凶为吉。这一风俗明代已经流行,《醒世恒言·乔太守乱点鸳鸯谱》的故事情节就源于"冲喜":"刘妈妈揭起帐子,叫道:'我的儿,今日娶你媳妇来家冲喜,你须挣扎精神则个。'"⑤贾母想用冲喜的方法救治宝玉,又担心宝玉心中只有黛玉,无奈之下,只好按照凤姐的主意,使用"掉包计",结果适得

① 《红楼梦》,第 1504～1505 页。
② 《红楼梦》,第 1651～1652 页。
③ 《红楼梦》,第 1651 页。
④ 《红楼梦》,第 1661～1664 页。
⑤ 〔明〕冯梦龙:《醒世恒言》,第 95 页,济南:齐鲁书社,1993。

其反。正如袭人所担心的那样:"如今和他说要娶宝姑娘,竟把林姑娘撂开,除非是他人事不知还可,若稍明白些,只怕不但不能冲喜,竟是催命了!"①

宝玉和宝钗虽然仅仅是"冲冲喜",但贾府的家长们又均按照正式婚礼的程序举行。凤姐夫妇做媒,薛姨妈让薛蝌将泥金庚帖送给贾琏,交换了生辰八字。凤姐"将过礼的物件都送于贾母过目",金珠首饰共八十件,妆蟒四十匹,各色绸缎一百二十匹,四季衣服共一百二十件,只是"没有预备羊、酒"。② 到成亲时,凤姐又说:"咱们南边规矩,要拜堂的。""傧相赞礼,拜了天地。请出贾母受了四拜,后请贾政夫妇登堂,行礼毕,送入洞房。还有坐床撒帐等事,俱是按金陵旧例。"③依照婚礼习俗,这些仪式一旦举行,就意味着婚姻已成事实。由此不难看出家长们急于将生米做成熟饭,让宝玉无法反悔。但"那新人坐了床便要揭起盖头的",宝玉迟早要知道新娘的身份,所以"揭盖头"这一婚俗就成为关键的细节。与《醒世姻缘传》不同,这里有意让宝玉自己来揭,从而造成了扣人心弦的艺术效果。当宝玉要动手去揭开时,"反把贾母急出一身冷汗来"。但盖头是迟早要揭的,其结果可想而知:宝玉揭了盖头,"睁眼一看,好像宝钗,心里不信,自己一手持灯一手擦眼,一看可不是宝钗么!……宝玉发了一回怔……自己反以为是梦中了"④。家长们没有达到自己的目的,反而毁害了三位青年。通过这些婚俗描写展示了一场感人肺腑的爱情婚姻悲剧,这应当是后四十回比较成功的描写之一。

以上三部小说的婚俗描写在整个明清小说中极有代表性,从中可以发现个别不一致处:第一,迎亲时间。《金瓶梅》中娶孟玉楼、潘金莲、李瓶儿均是黄昏;《醒世姻缘传》是清晨五更时分;《红楼梦》娶尤二姐也是五更,但宝玉、宝钗的婚礼是晚间,其中原因耐人寻味。第二,迎亲人员。《金瓶梅》《醒世姻缘传》都写到新郎亲自去迎接新娘,或在自己家中等候;但《红楼梦》娶尤二姐,贾琏既没有亲迎,也没在新房中等候,而是素服乘小轿自来。第三,花轿与素轿。《金瓶梅》《醒世姻缘

---

① 《红楼梦》,第 1665 页。
② 《红楼梦》,第 1680 页。
③ 《红楼梦》,第 1690 页。
④ 《红楼梦》,第 1690~1691 页。

传》中都是彩轿，唯独《红楼梦》中娶尤二姐是素轿。第四，拜堂。只有《红楼梦》写到了拜堂、烧纸马。贾母还特别提到"照南边规矩拜了堂"，看来当时只有南方才有拜堂、烧纸马的风俗。第五，谢亲。《金瓶梅》中，孟玉楼出嫁后的第三天，她的姑姑和两个嫂子来到西门庆家，西门庆送了七十两银子、两匹尺头。《醒世姻缘传》中是狄希陈到薛家表示感谢，《红楼梦》则是宝玉、宝钗"回九"，即新婚后的第九天新郎、新娘去新娘家答谢。显然，这些不同的婚俗描写反映了三部小说故事发生地的不同，以此为线索，或可解决某些悬而未决的问题。

第六节 《金瓶梅》与山东方言

一、《金瓶梅》方言之争

关于《金瓶梅》所使用的方言是研究者们长期争论不休的一个问题。最早提及这一问题的可以追溯到明代的沈德符，他在《万历野获编》中说原本缺少五十三至五十七回，由一位陋儒补写，不仅"肤浅鄙俚，时作吴语"，而且"前后血脉，亦绝不贯串"。① 他虽然没有正面说除了这五回之外所用的方言，但言外之意显然是说全书用的不是"吴语"。后来张竹坡在第六十七回评点中首次提到了"山东声口"。这处原文是："西门庆道：'老先儿倒猜得着，他娘子镇日着皮子缠着哩。'"② 张竹坡为什么说这句话是"山东声口"？ 有的研究者认为张竹坡是彭城（今江苏徐州）人，兰陵笑笑生视徐州为鲁地，张竹坡也将笑笑生视为同乡，所以说是"山东声口"。但若认真思考，恐怕问题不在于此。西门庆在小说中是清河县人，理应使用山东方言，这句话中的"镇日""着皮子缠着"便是地道的山东方言，与张竹坡生活的徐州一带方言有所不同，所以张竹坡在评点中才会特别指出是"山东声口"。

20 世纪上半叶，许多学者都一致认为《金瓶梅》使用的方言是山东方言。1919 年在《金瓶梅词话》尚未发现之前，曾任南方大学教授的张

---

① 〔明〕沈德符：《万历野获编》卷二十五，第 652 页，北京：中华书局，1959。
② 《金瓶梅》，第 1014 页。

焘在《古今小说评林》中就曾说道:"《金瓶梅》虽是白话体,但其中十九是明朝山东人俗话。""统观《金瓶梅》全部……至其措辞,则全是山东土话。"①当《金瓶梅词话》发现之后,先是郑振铎先生于 1933 年在《谈〈金瓶梅词话〉》一文中说:"书中有许多山东土话,南方人不大懂得的,崇祯本也都已易以浅显的国语。""我们只要读《金瓶梅》一过,便知其必出于山东人之手。那末许多的山东土白,绝不是江南人所得措手于其间的。"②紧接着吴晗先生、鲁迅先生以及胡适先生也都力主此说。50 年代之后,大多数研究者依然主张山东方言说,如中国社科院文学研究所编写的《中国文学史》就说道:"作者十分熟练地运用山东方言。"③有趣的是,即使那些表示不同意见的也首先肯定用的是山东话。如 1940 年姚灵犀在《瓶外卮言》④中说,小说讲述的是山东的事,当然应当用当地的土语。由于京城是四方杂处之地,在京城做官的人都会说北方话,山东离京城非常之近,又是水陆必经之路,南方人擅长北方话的很多。再者,《金瓶梅》中的方言,南方人也全懂,所以很难说作者是北方人还是南方人。实际上姚灵犀并未否认《金瓶梅》的语言是山东话,只不过是说南方人也有可能是作者而已。

　　进入 20 世纪 80 年代后,开始出现了不同观点。1982 年,朱星在《〈金瓶梅〉的词汇、语汇札记》⑤中指出,《金瓶梅》基本上是用北方官话写的,因为故事发生在山东清河县,所以对话中有些山东方言,但不全是。西门庆与官场人来往,对话用文言,只有家中妇女,尤其在骂人时,用些山东话,但也不是太多。因此所谓山东方言一说太笼统,山东有一百多个县,方言很复杂,纯山东方言词汇并不多。1984 年,黄霖先生在《〈金瓶梅〉作者屠隆考续》⑥一文中也认为,《金瓶梅词话》的语言相当驳杂,其方言俚语并不限于山东一方,几乎遍及中原冀鲁豫以及苏皖之北,甚而晋陕等地,都有相似的语言与音声,中间又时夹吴越之

　　① 冥飞:《古今小说评林》,见黄霖编《金瓶梅资料汇编》,第 358~359 页,北京:中华书局,1987。以下只注页码。
　　② 郑振铎:《谈〈金瓶梅词话〉》,《文学》1933 年第 1 卷第 1 期。
　　③ 中国社科院文学研究所:《中国文学史》,第 949 页,北京:人民文学出版社,1963。
　　④ 姚灵犀:《瓶外卮言》,第 41~42 页,天津:天津古籍书店,1989。
　　⑤ 朱星:《〈金瓶梅〉的词汇、语汇札记》,《河北大学学报》1982 年第 1 期。
　　⑥ 黄霖:《〈金瓶梅〉作者屠隆考续》,《复旦大学学报》1984 年第 4 期。

语。1985 年,张惠英女士在《〈金瓶梅〉用的是山东话吗》①一文中认为,《金瓶梅》的语言是在北方话的基础上,吸收了其他方言,其中吴方言特别是浙江吴语显得比较集中。后来又发表文章指出,在用具、饮食及一般用语中比较集中反映有杭州一带的方俗用语。VOV 的重叠式只有吴语中保存,因此作者应为南方人。

针对上述观点,许多研究者撰文表示了不同意见。著名学者吴晓铃先生认为《金瓶梅》用的是黄河以南、淮河以北的山东省以济南为中心的方言,即山东的标准语。有的研究者将方言范围进一步缩小,比如张远芬先生认为运用了大量的山东峄县方言;张士魁先生认为有大量的徐州、枣庄间的方言,赵炯先生认为是兰陵一带的方言,许志强先生认为既有鲁南方言,也有淄川方言,张清吉先生认为用的是山东东南的诸城方言,等等。看来,关于这一问题还会继续争论下去,不过种种迹象表明,山东临清一带的方言说似乎显得更有说服力,这可以从以下语音、词汇及语法几个方面说明。

二、《金瓶梅》的语音

关于《金瓶梅》的语音问题,许多研究者都发表了很有价值的观点,尤其是张鸿魁先生的《金瓶梅语音研究》②一书成就更为突出。该书语音特点分析一章详细归纳了《金瓶梅》中入声韵尾的消失、浊音声母的清化、入声字调的分派、儿音节和儿化韵等,最终得出了《金瓶梅》符合北方方言的结论。由于张鸿魁先生的这部专著篇幅较长,这里不可能全部引用,因此仅以马静的《从方言背景看〈金瓶梅〉的作者》③一文所引例子作些说明。

首先看一下入声字的归类。在北方方言中,古入声字分别归入阴、阳、上、去四声中,但各地出入较大。在胶辽官话中,全浊声母归阳平,次浊声母归去声,清声母归上声。在冀鲁官话中,全浊声母归阳平,次浊声母归去声,清声母归阴平。在中原官话中,全浊声母归阳平,次浊声母和清声母全归阴平。显然,在三种北方官话中,全浊声母

---

① 张惠英:《〈金瓶梅〉用的是山东话吗》,《中国语文》1985 年第 4 期。
② 张鸿魁:《金瓶梅语音研究》,第 157～216 页,济南:齐鲁书社,1996。
③ 马静:《从方言背景看〈金瓶梅〉的作者》,见《金瓶梅文化研究》3 辑,第 244 页,北京:华艺出版社,2000。

都归属阳平,没有什么不同。次浊声母在胶辽官话和冀鲁官话中相同,都归属去声,而在中原官话中则归属阴平。清声母在冀鲁官话和中原官话中相同,都归属阴平,而在胶辽官话中则归属上声。根据这一规律来分析《金瓶梅》中的入声字就可以发现,全浊声母字如学、鹤、席、伏、服全部都读阳平;次浊声母字如灭、肉、物、落等都读去声;清声母字如八、泼、忒、乙等都读阴平,只有一个"甲"字是例外,读上声。由于次浊声母字读去声,这就排除了中原官话的可能。又由于清声母字大都读阴平,这就排除了胶辽官话的可能。于是,最大的可能就是冀鲁官话,而这一官话所包括的地区是济南、临清一带。

再看 z、c、s 与 zh、ch、sh 即卷舌与不卷舌的读音。在普通话中,声母为卷舌音 zh、ch、sh 的字,胶辽官话有两种不同的读法,一种是卷舌的,一种是舌叶音,但在《金瓶梅》中却是同音的。如从=重,"从新又护起他家来了"。咂=扎,"五娘使你门首看着拴簸箕的,说你会咂的好舌头"。搽=擦,"妇人用帕搽之"。寺=事,"常言道:男僧寺对着女僧寺,没事也有事"。只=自,"人自知道一个兄弟做了都头,怎的养活了哥嫂"。穿=揣,"白驹过隙,明揣梭"。死=使,"海棠使气白赖又灌了半钟酒"。这也说明,《金瓶梅》的语音不是胶辽官话。

其他值得注意的语音现象还有不少,如呵=哈=喝,"吃了半个点心,呵了两口汤","几句话说的西门庆反呵呵笑了","自来也不曾呵俺们一呵"。第一句中的"呵"应为"喝",第二句中的"呵"应为"哈",第三句中的"呵"才是"呵斥"的"呵",但在小说中可以通用。再如造=做,"或吃酒吃饭,造甚汤水,俱经雪娥手中整理","武二叫过买,造两份饭菜"。"则"="做","娘子没来由,嫁他则甚?""题那淫妇儿则甚?"对=得,"这妇人对了西门庆此话","对叫过画童儿送到他往韩道国家去"。第一句中的"对了"是"得到"的意思,第二句中的"对"应是"得"即"必须"的意思。这些语音现象也可以说明《金瓶梅》中的语音更接近于冀鲁官话。

三、《金瓶梅》的词汇

前面已经说到,《金瓶梅》的词汇系统非常庞杂,造成这种现象的原因可以从主观和客观两个方面去寻找。从主观方面来说,作者可能是一位走南闯北、熟悉各地方言词汇的作家。但这种可能性极小,因为一位作家在写作过程中,除非出于小说创作的需要,才有可能夹杂各种方言词汇。不然的话,尽管他掌握了各地许多的方言词,也没有必要忽而北方,忽而南方。从客观方面来说,这与小说作者或写定者生活的地域有着密切关系。一般来讲,只有交通便利之处,才有可能出现这种词汇交融现象,而运河山东临清一带正好符合这一要求。明代临清一带的语言特点尤其是词汇特点正是南北方言、官话、俗语、行业语融会贯通的运河语言词汇特点。

元末明初之际的连年战争给临清造成了极大的破坏,洪武年间的几次移民及卫所制度,使当地居民的籍贯相当复杂。明代永乐年间大运河全线贯通,南北物产交流,商贾旅客往来不绝,临清迅速成为运河中段的重要城市。当时临清的衙门既有中央派出机关如钞关、皇庄、卫所等,又有地方衙署如州署、学馆、递铺等,还有宦官设立的各种机构如砖场等。而来自山西、安徽、浙江等地的商贾更是云集于此,还有运河上的船户、寺庙中的僧侣及茶楼酒肆中的卖艺者,这一切造成了临清居民成分的复杂,他们所使用的语言词汇当然也就会复杂起来。

马永胜、姚力芸在《〈金瓶梅词话〉方言新证》①一文中曾经指出,《金瓶梅》中有雁北方言土语出现,并举了三个例子。其中两个例子见于第三十二回:李桂姐说"真是硝子石望着南儿丁口心",李桂姐说完,大家"都一起笑了"。同一回应伯爵说"寒鸦儿过了,就是青刀马","众人都笑了"。大家"都一起笑了"及"众人都笑了",说明当时大家都明白这两句话的含义,但是今天许多地区的人很难理解。马、姚两位指出,讲雁北方言的人感到并不难理解,因为这是在雁北方言基础上用了藏头法和谐音法。第一句话的含义是"笑死俺的",第二句话的含义是"含咽过去,就是挺倒摸",指的是两个调情动作。第三个例子见于第七十六回,应伯爵骂李桂姐和郑爱月:"我把你两个女又十撇,鸦胡石影子布儿朵朵云儿了口恶心。"马、姚两位认为,这是用拆字法、谐音法和藏头法凑成的一句话,"女又十撇"是"奴才"的拆字,"鸦胡"是"夜壶"的谐音,"石影子布儿,朵朵云儿,了口恶心"藏头"石朵了",谐音是"拾掇了"。整句话的意思是"我把你这两个奴才夜壶拾掇了"。而这也只有用雁北方言才能解释通。

---

① 马永胜、姚力芸:《〈金瓶梅词话〉方言新证》,《山西大学学报》1994 年第 4 期。

　　马、姚两位对造成这种现象的原因作了分析,认为各地的方言会发生相互吸收、相互补充、相互融合的变化。如明代永乐年间就曾从山西大量向外移民,这些移民不可避免地会将自己的方言带向各地,最终与各地方言融合。另一方面,方言土语在某一地区又有着特别旺盛的生命力,某一地区的方言土语,其他地区的人有可能听不懂。这一分析非常中肯,但也正好说明,《金瓶梅》的作者或写定者必定生活在一个各地方言融会贯通的地区,而临清正是这样的一个地区。魏子云先生在《为〈金瓶梅〉作者画句点》①一文中指出,不仅第五十三回至五十七回有吴语,其他各回中也有不少,如"物事""乃郎"等。黄霖先生又进而补充了许多,如"小顽""家火""呆登登""馋痨痞""阴山背后""合穿扶""做夜作"等。有人还曾指出,小说中经常出现的"达达"一词并非纯山东话,吴语中也有。以上这些例词实际也正说明了《金瓶梅》词汇的兼容性,而这种兼容性只有交通比较发达、居民成分比较复杂的地区才可能具备。

四、《金瓶梅》的语法

　　从语法系统来看《金瓶梅》作者或写定者的生活地域,也是研究者们运用的方法之一。如张惠英女士 1992 年根据现有的北方方言资料中未见有"VOV"结构的报道,便认为北方话、闽语、粤语都没有这种"看他看""管他一管"的说法,南京、徐州等苏北地区也没有这个说法。因此,这种重叠式大概来自江淮话或吴语,现在只有吴语还保存与此相近的形式。这就是说,《金瓶梅》的作者或写定者很可能是吴语方言区的人。② 但这种观点很快便受到了质疑,1998 年罗福腾先生在方言调查的基础上,证明"VOV"结构存在于鲁中地区。又与用山东方言写成的《醒世姻缘传》和《聊斋俚曲》作了比较,得出结论说,自明清时代至今,山东方言一直存在"VOV"结构。这就是说,这一词序结构并不仅仅局限于某一地区,当然也不能推翻作者或写定者生活在山东的说法。③

---

　　① 魏子云:《为〈金瓶梅〉作者画句点》,《宁波师院学报》1992 年第 2 期。
　　② 张惠英:《〈金瓶梅〉俚俗难词解》,北京:社会科学文献出版社,1992。
　　③ 罗福腾:《从〈金瓶梅词话〉"VOV"结构看方言特征对版本鉴别的作用》,见《金瓶梅文化历程》2 辑,第 227 页,北京:中国文联出版社,1999。

朱德熙先生于 1985 年撰文讨论了汉语方言里的两种反复问句，认为北方地区多使用"你去不去？"即"VP 不 VP？"结构。南方方言多使用"你可去？"即"可 VP？"结构。一种方言里一般只有其中的一种说法。用这两种结构来验证《金瓶梅词话》中的情况，结果发现第五十三回至五十七回中的反复问句只用"可 VP"结构，而其他各回基本只用"VP 不 VP"结构。这就是说，这五回文字系由南方人写成，除此之外系由北方人写成。

《金瓶梅词话》中还有许多语法现象，在山东话中经常出现。如"着"虽用来表示动作的进行或状态的持续，但也可以用来结句："我且不吃饭，见了娘，往屋里洗洗脸着。"意思是洗完脸再去见娘。再如"来"可表示已经过去："你那里吃饭来没有？"意思是你在那里吃过饭没有？"来"还可以加强肯定语气或疑问语气："我来叫画童来。"意思是我来不为其他事，只是为叫画童。"你与他说些什么来？"意思是你都和他说了些什么？"来"还可以表示祈使语气："咱到后边去来。"意思是请到后边去。再如比较句式："一天热起一天。"意思是一天比一天热。使动句用"乞"或"吃"："早晚乞那厮暗算。"意思是被那厮暗算。"淫妇出去吃人杀了，没的禁拿我出气。"意思是被人杀了。而"使"则表示花费、使用、用："后来怕使钱，只挨着。"意思是怕花费钱，不去看病，只是挨一天算一天。"昨日在哪里使牛耕地来？"意思是在哪里用牛耕地？当然，上述这些语法现象也可能出现在山东之外的某些地区，或其他地区的人们也能够明白。这也正好说明《金瓶梅》中语言的包容性和兼容性。

总之，研究《金瓶梅》所描写的故事发生地，需要将各种因素综合起来进行分析，而不应仅仅局限于某一方面的现象。民俗与语言在各种因素中属于比较重要的两个方面，就这两个因素来看，《金瓶梅》的故事发生地应在运河山东临清一带，其作者或写定者也必然与这一带有着种种关联。

第四章
《醒世姻缘传》与山东民俗

　　《醒世姻缘传》是一部写实色彩十分浓重的古典世情小说。无论是在语言、人物性格，还是民风民俗上，都非常接近现实生活。早在 20 世纪二三十年代，就有学者看到了这部小说的认识价值，如胡适先生曾经于 1931 年评价《醒世姻缘传》"是一部最丰富又最详细的文化史料"，并预言"将来研究 17 世纪中国社会风俗史的学者，必定要研究这部书"①。

　　《醒世姻缘传》基本上是采用山东地区的方言土语，讲述了明中后期发生在山东武城县和章丘明水镇的一个两世姻缘的故事。仅从这个方面来看，小说便与山东有着千丝万缕的联系。并且，以这个故事为骨架，书中极为丰富地表现了山东地区方方面面的生活情景：有乡绅、商户、富家内宅以及各色各样的底层民众；有婚丧、嫁娶、诞生、寿辰等人生礼俗；有寺庙、道观、算命、解签、僧、道、尼、婆；有春夏秋冬、佛道两界的种种节日等……可谓包罗万象、气象万千。黄肃秋先生曾高度评价过这部书："这样生动逼真地刻画出鲁东中小城市中市民生活的著作，其泼辣恣肆

────────────

① 胡适：《醒世姻缘传考证》，见《胡适文集》第 5 册，第 310 页，北京：北京大学出版社，1998。

的笔锋,真是古今说部所仅见的一部小说。"①书中看似琐碎的描写实则包含了繁多的民俗事象,这些民俗事象具体反映了明清时期山东地区真实的社会风貌和民风民俗。因此,对《醒世姻缘传》与山东民俗进行系统的整理和研究是非常有意义且极有必要的。这些研究一方面可以弥补对《醒世姻缘传》社会学、民俗学研究的不足,另一方面对认识把握山东的民俗文化有着重要的作用。

民俗学与文学是两个完全不同的学科,《醒世姻缘传》却为这两者搭建了一座桥梁。民俗研究多借助于实地考察,对于历史上的民俗事象,我们通过实地考察得到真正的答案;小说是文学家在真实生活的基础上进行的艺术创作,不可避免地会打上时代烙印,会留下作者生活区域的民俗特征。我们不妨将当时的笔记记载、后人整理的民俗典籍与这部小说结合起来,互相比照,互相印证,来了解那个远去了的时代中的民俗实况。

对《醒世姻缘传》进行民俗学以及社会学等方面的研究还有广阔的挖掘空间。从《醒世姻缘传》中,我们可以发现许多古代民俗,而从民俗学中我们也可以借鉴到新的研究角度和研究方法,从而更好地认识和解读《醒世姻缘传》这部小说。比如,《醒世姻缘传》的作者问题尚未有定论,或许我们可以从民俗方面找到一些线索,以发现作者的踪迹;再如,《醒世姻缘传》的写作年代也还有争议,我们亦不妨从民俗中找到一些蛛丝马迹,以确定其写作年代。以《醒世姻缘传》中的民俗事象为研究对象,会有更宽的研究面、更广的研究视野、更多的发现和研究成果。

本章将结合民俗学研究中的分类方法,把《醒世姻缘传》中出现较多的民俗事象分成人生礼仪习俗(包括婚嫁礼俗、诞育礼俗、寿诞礼俗、丧葬礼俗)、民间信仰习俗(包括道教信仰、狐精信仰、灵魂信仰、人造俗神信仰)和节日习俗(包括岁时节令习俗、庙会集市习俗)三部分,整理和介绍山东民俗在《醒世姻缘传》中的具体表现,并探讨这些民俗事象在小说中所起到的作用。

---

① 黄肃秋:《〈醒世姻缘传〉再版前言》,见《醒世姻缘传》,第1页,上海:上海古籍出版社,1981。

第一节 《醒世姻缘传》与山东地区的人生礼俗

一、《醒世姻缘传》与山东地区的婚嫁习俗

婚姻的缔结是人生中"划时期"的重要事件,也是维系宗法制度的重要环节。在重伦理的中国社会,通过婚姻形成的夫妇关系历来被视为人伦之本。正所谓"有天地然后有万物,有万物然后有男女,有男女然后有夫妇,有夫妇然后有父子,有父子然后有君臣,有君臣然后有上下,有上下然后礼仪有所错"①。因此,伴随着对婚姻的重视产生了一套复杂繁琐的婚嫁礼俗制度,也就是"六礼"。山东是圣人故里、礼仪之乡,在婚嫁礼俗上既遵循古礼,又有鲜明的个性特点。

《醒世姻缘传》中对婚姻事件和场面有着大量而详细的描写,涵盖了纳妾、换亲、寡妇再嫁等特殊婚姻。这些描写多用山东方言写成,体现着原汁原味的乡音乡俗,洋溢着浓郁的生活气息,向我们展示了明清时期山东社会真实而详尽的时代风貌。

狄希陈迎娶薛素姐是《醒世姻缘传》中的重要情节。小说原名《恶姻缘》,这个"恶姻缘"很大程度上即指狄、薛二人的婚姻。这段婚姻在小说中既是前世因果报应所决定的,又是双方家长"换亲"意志的产物,与现代所提倡的"自由恋爱"精神完全相悖,是封建时代男女婚姻的典型,小说的第二十五回、四十四回及四十五回都进行了全面细致的描写。

所谓"换亲",就是"一家男女与另一家男女互为婚姻"②,《醒世姻缘传》第二十五回"薛教授山中占籍,狄员外店内联姻"中,狄希陈与薛素姐六七岁时,薛夫人见狄希陈"浓眉大眼,敦敦实实的",心里想:"若不是我们还回河南,我就把素姐许与他做了媳妇。"而狄婆子则肚中算计:"他若肯在这里住下,我就把陈儿与他做了女婿。"两人心思可谓不谋而合。后来薛家决定在山东定居,狄家添了巧姐,薛家又生了再冬,

---

① 《十三经注疏整理本·周易·序卦》,第 396 页。
② 山曼、孙丽华:《齐鲁民俗》,第 25 页,济南:山东文艺出版社,2004。

"一日，薛教授使了个媒婆老田到狄家要求巧姐与再冬做媳妇，狄员外同他娘子说道：'我们相处了整整十年，也再没有这等相契的了，但只恐怕他还要回去，所以不敢便许。'老田又照依回了话。薛教授道：'我之意要在这里入籍，昨日已央过狄员外与我打听房产了。若再不信，我先把素姐与了希哥，我们大家换了亲罢。'"如此，"择了吉日，彼此来往通了婚书，又落了插戴"。这是狄希陈与薛素姐婚姻的缔结。

明代"汉族社会的婚姻礼仪，按朝廷规定，其完婚过程基本按照古代六礼程序而行，要行纳采、问名、纳吉、纳征、告期、亲迎"①。完整的六礼主要通行于上层社会士大夫之家，平民百姓家完全遵从这一程序的很少，大多是在六礼的基础上有所更改取舍，从简而行之。《醒世姻缘传》中所描写的婚姻具有较强的民间性。上述对狄希陈与薛素姐婚约的缔结描写虽相对简略，但仍可以看出，其过程大致包括纳采、问名、纳吉三步。在山东，这三步可以合称为"议婚"，是缔结婚姻的第一阶段。这一阶段的主要程序是：第一步男方请媒人提亲。多是男方主动向女方提亲，但也有女方主动向男方提亲的，称为"倒提媒"。提亲相当于"六礼"中的纳采。在《醒世姻缘传》中，薛、狄二人的婚事是由女方家长薛教授主动提出的，按山东风俗应视为"倒提媒"，薛、狄二人的婚事是在薛教授为其子再冬提亲的基础上进行的。薛教授作为再冬（男方）家长，表现主动也是可以理解的。薛、狄两家相处十年，关系密切，已成厚交，也就不拘于俗套了。第二步，提亲后，男女双方家长要相亲。若满意，就可进入合婚阶段。薛、狄两家是厚交，互相深为了解，早在狄希陈、薛素姐孩童之时，双方父母即有互通婚姻之意，岂有不满意之理，故这一步略去。第三步，合婚，即"问名"，请阴阳先生看双方的属相和生辰八字是否相合，如果合，则可签订正式婚约。

在《醒世姻缘传》第四十四回"梦换心方成恶妇，听撒帐早是痴郎"与第四十五回"薛素姐酒醉疏防，狄希陈乘机取鼎"中，作者用了大量篇幅细致描写了狄希陈迎娶薛素姐的全过程。

首先，狄母"择在十一月过聘，过年二月十六日完婚"，之后狄家大事置办聘礼，"十一月初十日备了一个齐整大聘。管家狄周，媒婆老田

① 徐杰舜主编，周耀明著：《汉族风俗史》第 4 卷《明代、清代前期汉族风俗》，第 137 页，上海：上海学林出版社，2004。

押了礼送到薛家"。薛家收了聘礼,赏了狄周、老田,又托了二人带了回礼给狄家。这实际包含了"六礼"中的"纳吉"和"告期",也即山东婚俗中的"订婚"和"送日子"。狄家定了迎娶日期,送了聘礼,薛家回礼,这表明女方已经同意于二月十六日完结狄希陈与薛素姐的婚事。因此,两家分别依照山东地方风俗,狄家置办新房,"每日料理娶亲勾当",薛家则为女儿置办嫁妆。

其次,二月初十日,临近婚期,狄母备了礼品亲自去薛家为儿媳"上头","到了吉时,请素姐出去,穿着大红装花吉服,官绿装花绣裙,环佩七事,恍如仙女临凡。见了婆婆的礼,面向东南,朝了喜神的方位,坐在一只水桶上面。狄婆子把他脸上十字缴了两线,上了鬓髻,戴了排环首饰,又与婆婆四双八拜行礼"。古时,女子成年要行"加笄"礼,在山东,有的地方在"送日子"后,要给待嫁的女子行加笄礼,即"上头",经婆婆"上头"后的女子一般不再见外人,直到出嫁之后,才能公开露面。

紧接着,"倏忽又是十五,狄家门上结了彩,里外摆下酒席。外头请了相栋宇、相于廷合狄婆子的妹夫崔近塘四个相陪,里边请的相栋宇婆子、崔近塘婆子。外头叫的是四个小唱,里头叫的还是张先、谢先。一一完备,伺候铺床"。"薛家也从清早门上吊了彩,摆设妆奁,虽也不十分齐整,但是那老教官的力量,也就叫是竭力无余的了。将近傍午,叫了许多人,抬了桌子,前边鼓乐引导。家人薛三省、薛三槐压礼。老田夹着一匹红布,吃的憨憨的跟着送到狄宅。""薛婆子合连婆子都往狄希陈屋里与他铺床摆设。外边薛教授、连春元、薛如下、薛如兼四位已到,狄宾梁领着狄希陈,同着相栋宇父子、崔近塘,迎接进去,安坐献茶,递酒赴席。鼓乐和鸣,歌讴迭唱;觥筹交错,肴馔丰腴。虽是新亲,都原旧友,开怀畅乐,尽兴而归。送了客去,狄家又送催妆食盒一盘、粉一盘、面一盘、猪肉一盘、簪髻盖袱;一套过门的礼衣,先送到薛宅,看就十六日卯时过门。"这一段描写包含了山东婚俗中的"下催妆"与"铺床"两个环节。"催妆"主要是通过催妆礼委婉地告知女方应该把嫁妆送到男方家了。一般男家下"催妆"后的第二天,女家便送嫁妆到男方家中。"送嫁妆时,女家装车,派两个子弟跟车,一个称为

'押车的',一个称为'挂帘子的',还要请媒人坐在车上,俗称'压车头'。"①有些地方,上头即有"催妆"之意。此处,薛家送嫁妆早于狄家的催妆礼,便是由于狄母初十日已携礼去薛家上过头了,这体现了民间婚礼在实际操作过程中对六礼的步骤有所变通。铺床的习俗全国各地不尽相同。在山东,铺床既可以由娘家人和婆家人共同完成,也可以是婆家人单独铺床。婆家单独铺床时,通常要请两位命相符合要求且儿女双全的婶子和嫂子铺床,也有由新郎父母或哥嫂铺床的。铺完床之后,这天晚上不能空床,从喜日起,一个月内不能空床。《醒世姻缘传》中狄希陈婚前铺床是由女方母亲和儿女双全的连婆子一起进行的。第四十九回"小秀才毕婚恋母,老夫人含饴弄孙"中,晁梁婚前便是由女方姜家单独铺床,且因忌空床,"量上了一布袋子绿豆压在床上"。第五十五回"孝女于归全四德,悍妻逞毒害双亲"中,巧姐出嫁前,作为嫂子的薛素姐正该为弟妹铺床,但因其性情暴戾乖张,才没让她去,后来请了女方亲戚相妗子、崔三姨、相于廷娘子和狄婆子四位。此处,素姐的缺席从一个侧面体现了她不合常规的性格,也体现了人们对这种不符合封建道德规范的性格的排斥。

接下来便是婚礼最隆重、最繁杂的部分——亲迎(包括拜天地、喝交心酒、撒帐、娘家送饭等诸多环节)。亲迎的时间古时多为夜里,而现在多数是白天。在《醒世姻缘传》中,狄希陈亲迎薛素姐的时间是由阴阳先生看好的吉时卯时。晁梁亲迎姜氏择时子时,而狄希陈迎娶童寄姐亦在卯时。五更,狄家鼓乐到门,薛教授急忙穿戴整齐出去大门外接了女婿到家。"酒过五更,看陈三道,吉辰已到,请催新人上舆。狄希陈簪花挂红,乘马前导,素姐彩轿紧随,连夫人合相栋宇娘子二轿随后;薛如下、薛如兼都公服乘马,送他姐姐。新人到门,狄家门上挂彩、地下铺毡。新人到了香案前面,狄婆子用箸揭挑了盖头。……那宾相在旁赞着礼,狄希陈与素姐拜了天地,牵了红,引进洞房。宾相赞教坐床合卺,又赞狄希陈拜床公床母。"这段描写包含了山东婚礼的大致过程。其中,男骑马、女坐轿是常见的婚礼习俗。"一般而言,新郎要穿上长袍马褂,胸前别花,坐轿或骑马,带领吹鼓手等迎亲队伍到新

① 朱正昌主编:《齐鲁特色文化丛书·礼仪》,第93页,济南:山东友谊出版社,2004。

娘家迎亲","新娘由其兄弟背出闺房,送入轿内。路上不能落轿"。①
新娘到了男家,拜天地,入洞房,是中华民族普遍的习惯,而入洞房后
拜床公床母则体现了山东地区重子嗣、重传宗接代、重宗族的观念和
习俗。之后便是"撒帐",傧相手里拿着个盒底,里面盛了五谷、栗子、
枣儿、荔枝、圆眼,口里念着"撒帐词",同时也把盒子中的果子朝东南
西北四个方向抛撒,这些果子大都有吉祥的含义,如枣、栗子、荔枝谐
音"早立子",圆眼则象征"圆满"。撒帐词亦多吉祥和祝愿之语,而《醒
世姻缘传》中傧相则为了独创新意,编入了一些不堪入耳的下流话,导
致薛素姐破口大骂,第一次显示出她的暴戾性格。

至此,狄薛二人的婚礼基本结束。另外,在山东,还有婚后邻居或
新娘娘家人送饭的习俗。送饭的方式和时间各不相同,商河、庆云等
地的县志中记载:"自结婚之日起开始送饭,连送两三天。"《醒世姻缘
传》第四十四、四十五回至少记录了两天六餐,送饭人不拘,有时是新
娘的母亲薛夫人,有时是其他女客。晁梁娶姜氏、巧姐出嫁亦依此进
行。

《醒世姻缘传》中另有一些其他形式的婚嫁,描写相对简略,下面
分别介绍一下。

一是纳妾。如晁大舍纳珍哥、晁老爷纳春莺、狄员外纳调羹和狄
希陈娶童寄姐。"纳妾的方式主要有三种:一是礼聘为妾,即通过正当
的婚嫁程序,男家下聘,明媒正娶,声誉较好。二是买妾。……三是收
房为妾,就是男主人将婢女正式收纳为妾。"②《醒世姻缘传》中晁大舍
纳珍哥属于第二种情况,只说花了八百两银子买回家中,没有详细的
情节。珍哥作为买来的妾,社会地位低下,去亲友家吊丧,亦受人轻视
和怠慢。如第十一回"晁大嫂显魂附话,贪酷吏见鬼生疮"中,"珍哥穿
戴的甚是齐整,前呼后拥,到了孔家二门内,下了轿。司门的敲了两下
鼓,孔举人娘子忙忙的接出来,认得是珍哥,便缩住了脚,不往前走。
等珍哥走到跟前,往灵前行过了礼,孔举人娘子大落落待谢不谢的谢
了一谢,也只得勉强让坐吃茶"。过了一会儿,"只见又是两下鼓,报是

---

① 安作璋、王志民主编,朱亚非、石玲、陈冬生著:《齐鲁文化通史·明清卷》,第561页,北
京:中华书局,2004。
② 朱正昌主编:《齐鲁特色文化丛书·礼仪》,第137页,济南:山东友谊出版社,2004。

堂客吊孝。孔举人娘子发放道：'看真着些，休得又是晁奶奶来了！'孔举人娘子虽口里说着，身子往外飞跑的迎接。吊过了孝，恭恭敬敬作谢，绝不似待那珍哥的礼数"。进屋后，"让坐之间，珍哥的脸就如三月的花园，一搭青，一搭紫，一搭绿，一搭红，要别了起身。萧夫人道：'你没的是怪我么？怎的见我来了就去？'珍哥说：'家里事忙，改日再会罢。'孔举人娘子也没往外送他。"孔举人娘子对待珍哥的态度表现了礼法影响下嫡庶分明的观念。这段描写在再现民俗生活的同时，向读者展现了珍哥作为社会下层妇女因没有受到传统教养而不遵照儒家传统礼俗行事的特点；晁老爷纳春莺和狄员外纳调羹属于第三种情况，都要由主母同意和操办，有一定的仪式。《醒世姻缘传》第十八回写道："夫人慨然允了，看了二月初二日吉时，与他做了妆新的衣服，上了头，晚间晁老与他成过了亲。"第五十六回写道："（狄婆子）主意要狄员外收他为妾。狄员外略略的谦了一谦，也再拜登受。狄婆子叫人在重里间与他收拾卧房，打了煤火热炕，另做了铺陈，新制了红绢袄裤，又做了大红上盖衣裳，择了吉日，上头成亲。"两者大同小异，都因为有了当家主母的认可而地位高一些，倘若能为丈夫生个一男半女则母随子贵，春莺便由于育有晁梁而在家中备受尊重；狄希陈娶童寄姐则属第一种。狄希陈自己说是"两头娶大"，古时虽允许一夫多妻制，但正妻只有一个，薛素姐为正房，则童寄姐只能是妾。狄希陈对其妻薛素姐心存忌惮，又与童寄姐心投意合，因此狄希陈对这门亲事较为重视，他们的婚姻经历了正式的"六礼"程序，与迎娶素姐并无太大差异，童寄姐的地位在上述几种中是最高的，一家上下都称之为"童奶奶"。

二是再嫁。宋末以来形成的"失节事大，饿死事小"的贞操观念，使得女子再嫁成为一件极不光彩的事情。寡妇改嫁几乎没有什么婚礼可言，在山东某些地方，"寡妇再嫁至少在给亡夫烧'百日'后，由媒人说合，征得公婆同意，并要新夫付足钱后，方可被娶"①。《醒世姻缘传》第四十一回"陈哥思妓哭亡师，魏氏出丧做新妇"，汪为露死后，有媒人为其续弦夫人魏氏与侯小槐牵线，侯小槐偷偷下过聘礼后，走漏风声，汪前妻之子要收财礼银二十两和坟上猪羊大祭方可迎娶。到了

---

① 朱正昌主编：《齐鲁特色文化丛书·礼仪》，第142页，济南：山东友谊出版社，2004。

汪为露五七出殡的当天,下葬之后,侯小槐脱去素服,魏氏在汪为露坟上哭了一场,拜了四拜,换了吉服,上轿结彩,跟了鼓乐娶到侯家。在这里,魏氏再嫁是作者果报思想的体现,是为了表达汪为露恶行恶报而设,依然可以看出山东地区再嫁风俗中媒人说合、公婆同意、男方讹新夫钱财等要素。第三十六回"沈节妇操心守志,晁孝子刲股疗亲",晁知州死后,春莺父母打算叫女儿改嫁,因春莺肚中有五个月的身孕,直到满了晁知州三年孝,才来找晁家主母晁夫人商议改嫁之事,由于春莺反对,因此作罢。春莺守志受到了晁夫人的赞赏,也受到了晁家上下的尊重。这体现了儒家的贞烈观,也是山东孔孟之乡"尚礼义,重廉耻"①民风的重要表现。

《醒世姻缘传》卷首《姻缘传引起》中说,君子有三件乐事,在这三乐之前还得再添一乐,方可成就那三乐之事,第一要紧的就是再添一个贤德妻房。因此整部书围绕着"恶姻缘"洋洋洒洒地写了一百回,而书中的婚嫁之事描写繁杂,正是为这"恶姻缘"做的铺垫。描写不可谓不全面,不可谓不详尽,不可谓不细致,不可谓不生动,让读者在切实感受到当时的生活场景的同时,不禁为后来姻缘中的种种现象而感叹。这些描写不仅对于我们了解明清时代山东地方婚嫁礼俗有重要的意义,而且在小说中具有烘托人物形象的重要作用。

二、《醒世姻缘传》与山东地区的诞育习俗

婚姻是人伦的基础,而诞育则是人类繁衍的关键。在过去生产力水平和医疗条件不发达的情况下,家族延续的危机感使人们自然而然地重视生育。在一个生命降生前后,有许多禁忌避免生育的失败,也有许多仪式庆祝生命的降生。这些仪式不仅包含了对新生婴儿的祝福,而且使得这个新出生的自然人社会化,成为社会的一分子,接受社会礼法和风俗的约束。

诞育习俗一般包括添喜、报喜、三朝礼、送粥米、满月、做百日等。各地又在细节上有所不同。

《醒世姻缘传》第二十一回"片云僧投胎报德,春莺女诞子延宗"、

---

① 胡朴安:《中华全国风俗志》(上编),第10页,石家庄:河北人民出版社,1986。

第四十九回"小秀才毕婚恋母,老夫人含饴弄孙"描写了晁家添喜的过程。以第二十一回晁梁的出生为例。

第二十回中,晁夫人对徐大尹说,春莺分娩"算该十一月,或是腊月初边"。到第二十一回中已是十一月半后,晁夫人盼子心切,早早地把徐大尹推荐的收生婆子老徐日夜在家守住,"另在晁夫人住房重里间内收拾了暖房,打了回洞的暖炕,预先寻了两个奶子伺候"。到了十二月十五日晚间,春莺腰酸肚疼,有了临盆的迹象,晁夫人又请了一个熟识的算命女先,一起在炕上等。以上是生产之前的准备工作。据《齐鲁特色文化丛书》"礼仪"部分介绍,临产之前一般要请一个产婆过来接生,产房通常设在产妇家中,只要安静、暖和、不透风即可,分娩时,产房内不能有闲杂人。"有的地方,产前当婆婆的要去庙里烧香,默求送生娘娘保佑早降麟儿,母子平安。"①春莺分娩,是在晁夫人卧房的重里间进行的,分娩时,晁夫人和女先在卧房,春莺和产婆老徐在里间产房。婴儿降生后,丫环养娘纷纷观看,断了脐带,埋了胞衣,给产妇喝了定心汤,方才安排她到炕上坐着。晁家依照本地风俗,把鸡蛋用红曲连壳煮了,赶了面,分送出去,向大家报喜。在诞育习俗中,婴儿降生,通常不能生在床上,据说是怕污染了床神,对产妇和婴儿都不利。因此,有些地方先在床前放块土坯,再铺麦秸和谷草,让婴儿生在草上,俗称"落草",《醒世姻缘传》中晁梁出生即采用"落草"的方式。婴儿出生后,要剪断脐带,把胞衣找个僻静的地方埋起来,不能让狗吃掉,否则孩子长不大,另外还要给产妇喝一剂生化汤,在山东,有些地方用糁子米熬成"定心汤",有的地方用"天母棵"(益母草)熬红糖水。春莺喝的"定心汤"即前者。另外,第四十九回,晁夫人得知儿媳姜氏有孕之后,"叫了静业庵陈姑子讽诵五千卷《白衣观音经》,又与白衣大士挂袍",与山东地区婆婆求送生娘娘保佑的习俗完全一致。

真正的诞育礼俗应该说是从婴儿出生三日后的"三朝礼"开始。婴儿出生后的第三天叫三朝,洗三就是在三朝的时候给婴儿洗浴。我国大部分地区都有洗三的习俗。山东大部分地区现在虽已没有"洗三"之说,但有的地方会在三朝时举行礼仪活动,也即"三朝礼"。依照

---

① 山曼、李万鹏等著:《山东民俗》,第158页,济南:山东友谊出版社,1988。

山东风俗,初生婴儿的衣服一般是红色的和尚服,婴儿吃奶被称为"吃口口",第一次吃母奶之前,要请一个正在喂乳的妇女先喂一次,谓之"开口";产妇在分娩三天后方可下床,下床后要谢送生神。亲戚朋友前来祝贺添喜,俗称"送粥米"。婴儿的乳名要由祖父母和父母等长辈起,也有的请有身份、有地位的人赐名。①

《醒世姻缘传》中晁梁出生后三日,"送粥米的拥挤不开",大家在晁家看着接生婆徐老娘为晁梁洗了三,亲眷们纷纷掏出银子、铜钱"添盆",晁家也摆酒待客,另做了发面馍馍舍与贫人食用。第四十九回晁梁之子洗三时,与其父洗三过程相仿,另外姜夫人带了家人娘子来与婴儿开了口,晁夫人央请晁梁的岳父姜副使为外孙起了乳名"全哥"。晁家请了戏班,姜副使点了一出《冯商四德记》。整体来说,《醒世姻缘传》中描写的"三朝"礼俗,既有山东民俗的因素,又杂糅了北京等其他地方的"洗三""添盆"等诞育习俗,体现了民俗的区域性融合。

婴儿降生一个月,称为满月。一般人家在这天要"做满月",或称"过满月",祝贺婴儿母子平安,谓之"弥月之喜"。这一天,主家宴请宾客,亲友们要送贺礼,一般为馒头、点心、衣物之类。婴儿在月子里第一次理发,俗称"铰头"或"剃头"。"铰头"各地都有一定的仪式,大多在满月这天举行,"满月剃头仪式在旧式礼俗中比较隆重,主要由外祖母家赠礼,布置礼堂,请全福人抱婴儿坐中间,由剃头匠人剃胎发,胎发多收藏起来或用丝络装起来挂在床头,剃头后婴儿穿上新衣,亲友赠礼聚餐,剃头匠人得供桌上所有供品"②。在山东,剃头的仪式也多与婴儿的舅舅有关。另外,满月这天,是产妇结束"坐月子"时多禁忌的特殊日子,恢复到以前的正常生活状态。

《醒世姻缘传》第二十一回描写了晁梁满月的情形:"瞬眼之间,过了年,忙着孩子的满月,也没理论甚么灯节。十六日,春莺起来梳洗,出了暗房。晁夫人也早早梳洗完备,在天地上烧了纸,又在家庙里祭祀,春莺也跟在后面磕头,方才一家大小人口都与晁夫人道了喜。春莺先与晁夫人叩了头,晁夫人分付家下众人都称呼春莺为沈姨,因他原是沈裁的女儿,所以称他娘家的本姓;又与小娃娃起了个乳名叫做

---

① 山曼、孙丽华:《齐鲁民俗》,第 14～15 页,济南:山东文艺出版社,2004。
② 乌丙安:《中国民俗学》,第 187 页,沈阳:辽宁大学出版社,1985。

小和尚。吃过了早饭，可可的那十六日是个上好的吉日，'煞贡'、'八专'、'明堂'、'黄道'、'天贵'、'凤辇'都在这一日里边，正正的一个剃头的日子，又甚是晴明和暖，就唤了一个平日长剃头的主顾来与小和尚剃胎头。先赏了五百文铜钱、一个首帕、一条大花手巾；剃完了头，又管待他的酒饭。渐次先是那些族里的婆娘们，又是众亲戚的女眷，都送了礼来与小和尚满月。"

一出满月，产妇便可结束月子生活，因此春莺终于可以出得暗房。由于春莺是晁老爷收房之妾，所以地位较低，其娘家人也不受重视，故而春莺没有"搬满月"之事，剃头亦无春莺娘家兄弟在场。山东是孔子故里，受孔府家族制度的影响，也比较重视家族习俗，如年节、祖先忌、诞日或家庭喜庆之日，在家中或祖茔进行简单的祭祀活动。其中"庙祭在家庙中举行"，"家庆通常包括家庭成员的诞生礼，冠礼（即成年礼）、婚礼、寿礼等项，除此之外，一切为家庭添喜的事，都可以作为家庆"①。晁梁的出生不是一般的添丁之喜，更重要的是避免了晁家财产被晁思才、晁无晏等人瓜分，避免了晁家家破人亡。因此，这次添丁之喜足以看作是晁家的家庆，理应在家庙中祭祀一番。

《醒世姻缘传》中关于诞育礼俗的描写，有的是山东民俗所特有的，也有的是盛行于北京等地，通行于全国的普遍性习俗。这些民俗在小说中描写运用得顺畅而自然，可以为我们提供比现有典籍记载中更为全面生动的资料，具有深刻的认识价值。同时，这些关于诞育礼俗的描写还具有重要的文学意义，一是推动了故事情节的发展，如阻止了晁思才等人瓜分晁夫人"分田睦族"等，二是展现了社会各类人物生动具体的性格、形象，如晁思才等人的贪婪无耻、晁夫人的宽容仁厚、晁家丫头的朴实烂漫、接生婆的小气贪财等。

三、《醒世姻缘传》与山东地区的寿诞习俗

过生日、做寿的习俗是南北朝时才见于典籍记载的。这时的过生日与之前的不过生日同样出于孝亲观念。不庆贺生日是为了体悟父母的辛苦，而庆贺则是为了娱亲。在山东地区，不同年龄的人庆贺的

① 山东省地方史志编纂委员会编：《山东省志·民俗志》，第115页，济南：山东人民出版社，1996。

内容不同,名称也不同,年轻人的诞日叫做"过生日""好日子",老年人的诞日则叫"寿辰",庆祝活动叫做"做寿""祝寿"。各地重点庆贺的寿日不尽相同,一般都看中六十、七十、八十等"整寿",有的地方六十大寿之后,"逢五排十"必大庆。①

《醒世姻缘传》中描写了不少人的寿诞活动,既有年轻人的生日,也有老人的寿辰,既有权臣做寿,又有普通人过生日,既有身陷囹圄的生辰,又有处于亲人丧期的寿日,可谓内容丰富,形式多样。其中描写最多的是晁夫人的寿诞,包括六十岁之前的普通寿诞、六十大寿和一百零四岁寿辰。

《醒世姻缘传》第五回"明府行贿典方州,戏子恃权驱吏部"中,十月初一晁夫人生日,正赶上晁知州借新来的苏州戏子与乡宦们互相宴请,所以"这般人挑了箱,唤到衙内,扮戏上寿"。这班戏子里就有后来与晁家渊源颇深的梁片云与胡无翳,对晁夫人的寿日描写引出了他们两位的出场。第二十一回"片云僧投胎报德,春莺女诞子延宗"中,十月初一正是晁夫人的六十寿日,已剃度皈依佛门的梁片云和胡无翳来给晁夫人拜寿,正赶上晁老爷和晁大舍双双故去,晁夫人身戴重孝,没有大操大办寿诞之事,所以梁、胡二人只是送了几样礼,单独给晁夫人拜了寿,晁家设素宴款待了他们,由此才引发了片云要投胎报德之愿。第九十回"善女人死后登仙,纯孝子病中得药",因遇灾年,晁夫人率子晁梁代穷人缴纳粮米,又借与贫民粮种,其善行得到了县官奖许,恰逢十月初一晁夫人寿辰,"县官具了彩亭门扁,县官率了佐贰典史,都穿了吉服,亲到晁家,与晁夫人挂了一面绿地金字'菩萨后身'门扁,又与晁梁挂了一面粉地青书'孝义纯儒'门扁。晁梁设酒款待"。此时,梁片云已经投胎托生为晁梁,而胡无翳则坚持每年来给晁夫人庆寿,武城县各里的里老、收头因"感激晁夫人母子的恩德,攒了分资,成群打伙散在各庙里,请了僧尼道士,都与晁夫人做寿生道场"。晁氏善行惊动了成化皇帝,成化爷下诏封诰晁夫人,晁家准备在晁夫人一百零四岁寿辰迎接诰命,寿辰之日,前来贺寿者过多,以致晁家"原起有备下的酒席,只因来得人客太多,不能周备,只得把肴菜合成一处,每人一

① 山曼、孙丽华:《齐鲁民俗》,第 32 页,济南:山东文艺出版社,2004。

器,两个馒头,一大杯茶,聊且走散,另卜了日子治酒请谢"。作为有德者的晁夫人,她的寿辰虽未详述具体环节,单就这几句话的描写,就可以切身感受到其寿辰庆典的隆重、热闹。

山东习俗中,富裕人家庆寿,仪式相当隆重。本家晚辈及其他亲朋好友一大早就带着寿礼聚到老人处,把寿堂布置得喜庆祥和。吉时一到,身穿吉服的寿星率众人拜祭天地祖先后,接受阖家大小及亲友的叩拜。拜寿仪式完后,主人大摆寿宴招待宾客。"有的官绅富户做寿,不仅大摆酒席,还请锣鼓班或戏班在堂前吹奏寿曲或表演寿戏,以此增添喜庆气氛。"①晁夫人做寿时,梁片云、胡无翳所在的戏班便奉演了一班寿戏。晁夫人因其美德而得到了众人的捧场,受到了县官的奖许,这本身也显现出齐鲁地区重礼崇德的风尚。

《醒世姻缘传》第九十二回"义徒从厚待师母,逆妇假手杀亲儿"对陈师娘的生日亦有描写。陈师娘老年寄居在晁家,在主母不在、仆役怠慢的情况下,众人依然蒸点心、做肴品庆其寿辰,春莺和姜氏亦记得从庄屋赶回城里,与陈师娘拜寿。收留孤弱,并尽心为其祝寿,场面虽不奢华隆重,却也充分显示出孔孟之乡淳厚朴实的民风。

《醒世姻缘传》第十四回"囹圄中起盖福堂,死囚牢大开寿宴",小珍哥因为逼死计氏,被监禁在武城县牢里,晁大舍用银钱打点了典史,在牢中新盖了单间,"那伏事丫头常常的替换,走进走出,通成走自己的场园一般"。"四月初七日是珍哥的生日,晁大舍外面抬了两坛酒,蒸了两石麦的馍馍,做了许多的嘎饭,运到监中,要大犒那合监的囚犯,兼请那些禁子吃酒。将日下山时候,典史接了漕院回来,只听得监中一片声唱猜枚,嚷做一团。"这段描写虽未从正面叙述珍哥过生日的场景,但仅从这一句"声唱猜枚"亦可想见当时禁子和众囚贪图这特殊的寿宴而为小珍哥祝寿的场景。

《醒世姻缘传》第七十六回"狄希陈两头娶大,薛素姐独股吞财",此时狄员外夫妇俱已故去,狄希陈到京中守着童寄姐过日子,家业便都交付给素姐掌管。二月十六日是素姐的生日,平日与他交好的侯道婆、张道婆、白姑子以及周龙皋老婆等这些不受人待见的女人都来与

① 朱正昌主编:《齐鲁特色文化丛书·礼仪》,第153页,济南:山东友谊出版社,2004。

素姐上寿。"老侯荐了一棚傀儡偶戏,老张荐了一个弄猢狲的丐者以为伺候奉客之用。"素姐免不了大摆筵宴,招呼这群"狐群狗党"。只因这次寿诞得了一只活猴,薛素姐整日把它当作狄希陈来数落、毒打,以致猴精挣断铁链,把素姐"抠瞎了一只眼睛,咬落了个鼻珠","往日那副标致模样,弄得一些也都没了"。这段描写借道婆尼姑等人给素姐上寿,反映了当时佛道两界的财色化。那只抓坏了素姐眼睛的猴子因为这场寿宴而在小说中做了主角,有力地推动了故事情节的发展,讽刺了素姐的泼辣暴虐。

在山东,做寿无非就是亲友晚辈带着寿礼前来祝寿,而主人家则设宴款待,富裕人家还会请戏班唱戏助兴。民俗典籍中对山东地区的寿诞习俗记载较少,能看到的记载大多是关于老人庆寿的。而《醒世姻缘传》中记述了各色各样的寿诞,这些描写不仅具有重要的文学意义,更有着深刻的认识价值。作者借详尽的民俗描写,一方面展现了当时的寿诞场面和各色各样的人物百态,另一方面推动了故事情节的发展,塑造了生动的人物形象。

四、《醒世姻缘传》与山东地区的丧葬礼俗

死亡标志着人生旅途的结束,丧葬礼(简称丧礼或葬礼)是人生礼俗中的最后一个环节。我国历来重视丧葬礼,这些仪式标志着个人最终告别社会,可以让生者寄托哀思。同时也是反映社会伦理、礼节的一面镜子,成为亲属关系的大检阅、伦常礼教的大演习。"齐鲁之邦素来重礼仪,隆丧、厚葬、盛祭的思想根深蒂固。"[1]因此,自西周以来形成的一整套繁琐而严格的丧葬礼仪,在山东继承和保存得相对完整和全面。我国还特别重视善终和凶死的差异,在丧葬礼俗上有明显的体现,民间则极讲究寿终正寝。

民间丧葬礼俗分为五步,即初丧、吊丧、出殡、埋葬及葬后祭礼,每一步又有许多环节。同是丧葬又分为不同的种类,如童丧(即夭亡)、客死、凶死、海上祭亡、丧仪等。《醒世姻缘传》中描写的丧葬既有凶死的(计氏、晁源、麻从吾等),也有寿终正寝的(如晁夫人);既有富家大

---

① 朱正昌主编:《齐鲁特色文化丛书·礼仪》,第171页,济南:山东友谊出版社,2004。

户的丧礼（如晁老爷、晁夫人等），又有贫民之家的葬式（如晁无晏）。

　　明清时期多采用土葬，仪式隆重烦琐。对于"寿终正寝"的"喜丧"，讲究重殓厚葬，大摆宴席，鼓吹闹丧，择穴安葬。而丧葬仪式中的贫富差距十分明显，不管是衣、棺、坟墓还是礼仪都有很大差别。贫者往往旧衣、薄棺、土坑，草草掩埋了事，贫穷至无钱买棺买地者，用席箔裹尸，当日埋葬于义田；富豪乡绅则不仅有多重殓衣、厚重棺木、隆重埋葬，而且在礼仪上也大讲排场。《醒世姻缘传》第五十三回"期绝户本妇盗财，逞英雄遭人捆打"中，晁无晏弃世之时，"与他穿了几件随身的粗布衣裳"，"使了二两一钱银买了二块松木，使了五百工钱包做了一口薄薄棺材；放了三日，穿心杠子抬到坟上葬埋"。而第十八回"富家显宦倒提亲，上舍官人双出殡"中，晁老爷三月二十一日考终了正寝，开了十三日吊，请了阴阳官择了下葬之日，又请了当地的名流书写墓志、点主、祀土，四月二十四日开丧，晁源花钱请了县官、典史、乡绅们前来上祭，直到闰四月初六日才大举下葬。再加上初八日的"复三"，整个丧葬礼仪历时近五十天。其贫富厚薄有若天壤之别。

　　在出丧过程中，先是小殓，再是入殓、成服。小殓即给临死之人穿好"寿衣"，抬到堂屋明间的灵床上。俗信在病人咽气前穿上的新衣服到阴间依然穿着，咽气后再穿的就得不到了。所以，人们一般在活着的时候就准备好寿衣，以便临终前穿。《醒世姻缘传》第九十回"善女人死后登仙，纯孝子病中得药"，晁夫人许下天神三月十五日子时辞世后，便把以前做好的"妆老衣服"拿出来晒好。到了三月十四日夜里，她便穿好寿衣，及至三更之后端坐在灵床上坐化而逝。而第九回"匹妇含冤惟自缢，老鳏报怨狠投词"中，计氏虽不是寿终正寝，在决心自杀之后亦托父亲做了新衣服，趁夜里大家睡了，自己梳洗得干干净净、整整齐齐，穿上新做的那套衣服，口中含了金、银，才坦然自缢。穿寿衣，这也算计氏为自己的小殓做了第一步工作。山东还有在死者口中放"噙口钱"的习俗，叫做"口中含宝"，一方面寓意吉祥，一方面保佑再次投胎做人。计氏赴死之前在口中含了金、银，便是为自己小殓做了第二步工作。入殓，即把死者的遗体殓入棺材内，也称"大殓""成殓""棺殓"。由灵床转殓入棺，意味着此后死者就要与世隔绝，所以入殓时死者的至亲都要到场。如果死者是女性,入殓时娘家人必须到场,征得娘家人同意后,丧家才能入殓。《醒世姻缘传》第九回中,计氏死后晁家第一时间把计氏的父兄请来,无论是停放地点,还是棺木规格,都要由计家父子说了算。"计家里外的男妇也不下二百多人,都来看计氏入了敛,停在正房明间,挂上白绫帐面,供上香案桌帏。"入殓之后,亲人们为死者穿孝衣,名为"成服",古代沿袭下来的孝服分为"斩缞""齐缞""大功""小功""缌麻"五种等级,统称为"五服"。从成殓入棺至出殡前这段时间,停放灵柩、进行祭奠的堂屋称为"灵堂",子女等亲属要日夜守护在灵柩旁以尽孝道。灵堂内正面悬挂灵楼,灵楼前设灵牌或遗像。一般人家停棺时间不长,富家则请阴阳先生择"丧日"开丧。《醒世姻缘传》第十八回中,晁老爷入殓后,晁源便请了画士为其父画"喜神"。这里的"喜神"即遗像,要表现出死者生前的品级。晁源为图好看,强迫画师画了一幅超越晁老爷生前官品且相貌失真的"伪喜神"挂在灵前,以致四月二十六日乡绅公祭时,陈方伯见之勃然大怒,拂袖而去,众人也因为晁源的越礼、陈方伯的离去而感到不光彩。

吊丧亦分步进行,首先是报丧,然后开吊、守灵。人死之后,丧家即出"丧榜",还要向死者亲友报丧。《醒世姻缘传》第十八回中,晁老爷死后晁源便请来阴阳官写"丧榜","晁大舍嫌那'奉直大夫'不冠冕,要写'光禄大夫上柱国先考晁公'。那阴阳官扭他不过,写了,贴将出去"。丧榜上的名衔也是要与死者生前品级相符的,晁源这个浪荡公子非要把一品勋阶加到晁知州头上,引起了众人的议论和陈方伯的大怒。但谁都没能左右晁源这些僭越的做法,体现了明代中后期传统礼法的松懈。接下来是开吊。吊孝一般从大殓之后开始,亲族邻里要到灵堂来吊孝,而守灵的死者子女要在一旁陪哭,最后还要屈右膝跪拜亲友,谓之"谢孝"或"谢客"。对不同身份的人,主家谢客的礼数也不同。开吊的时间长短视各家情况而定。"停殡过长的丧家,不能天天都让人来吊孝,需要腾出时间来置办出殡大事,所以一般在五天或七天后就宣布'止吊'。"①《醒世姻缘传》第二十回"晁大舍回家托梦,徐大尹过路除凶"中,晁源的丧事过了"首七"便闭了丧。第十八回晁老爷

---

① 朱正昌主编:《齐鲁特色文化丛书·礼仪》,第196页,济南:山东友谊出版社,2004。

和第九十回晁夫人的丧礼均"开了十三日吊"便暂闭了丧。第六十回"相妗子痛打甥妇,薛素姐监禁夫君"中,狄婆子死后众人来狄家吊孝,相妗子痛打了素姐一顿,素姐怀恨在心,找了个机会便把狄希陈监禁在屋里,再也不放出去。"住了一大会,和尚们请孝子去榜上金押、佛前参见,那里寻得见那孝子? 又歇了一会,亲戚街邻络绎的都来吊孝,要那孝子回礼,那里有那孝子的踪影?"第十一回"晁大嫂显魂附话,贪酷吏见鬼生疮"中,孔举人家中有丧事,晁家原应派计氏去吊丧,因计氏已死,珍哥便自荐去了。孔举人娘子听司门的报"晁大奶奶前来吊孝",便急急的出来迎接,等见到是小珍哥后,谢礼时便"大落落待谢不谢的谢了一谢"。珍哥临走时,孔举人娘子连送也没送。吊孝这个仪式原本是生者表达对死者的悼念之情并安慰死者亲属的一种方式,通过吊孝可以增进与死者家属的关系。然而,随着仪式的不断发展、演进,开吊时间长短渐渐成了富家大户显示排场的方式,而吊孝与回礼的礼数也显示出封建纲常中的等级差别。人们更可以从开吊时丧家表现出的礼数中看出其人其家的品行修养。

出殡是丧葬礼俗中最隆重、最受关注的一部分。"齐鲁向有厚葬之俗,对出殡尤为讲究。出殡不仅是死者的哀荣,更重要的是生者的显耀,所以旧时不论贫富,都尽力而为,不惜花费大量人力、物力,以致倾家荡产。"①出殡一般分开丧、出殡、路祭等步骤,而在开丧之前,丧家还要做好一系列准备工作。第十八回晁老爷的丧礼中晁家开了十三天吊,暂且闭了丧,开始着手做开丧出殡的准备,如请阴阳官选择破土和安葬的日期,请人写墓志、书丹、篆盖,派人各处道丧,差人去临清置办物品,请匠人扎彩冥器,到临清请戏班、礼生,请人点主、祀土等。开丧做好准备工作后,请亲友临丧。晁家定于四月二十四日为晁老爷开丧,亲朋好友都来吊祭,晁源买通县官、典史亦来上祭。二十六日,乡绅前来公祭。出殡是把灵柩送至埋葬的墓地,是"护送死者离开家庭、离开阳世、走向冥界的仪式,是亲人向死者的最后告别仪式。出殡是丧礼中最能显示家庭、家族团结之环节,凡是家族中五服以内的晚辈、外来的亲友都应参加,来的人越多越好"②。普通人家多为三日出殡,

---

① 山曼、李万鹏等著:《山东民俗》,第212页,济南:山东友谊出版社,1988。
② 朱正昌主编:《齐鲁特色文化丛书·礼仪》,第211页,济南:山东友谊出版社,2004。

有的大户为选吉日、造吉穴,停放灵柩可达数月甚至一二年之久。《醒世姻缘传》中对出殡的具体环节并未做详细描述,出殡后便是埋葬。"下葬前,各地都要举行一些小仪式,官宦之家要举行悬棺祀土仪式。"①下葬仪式结束后,孝子要回灵即把牌位安放在灵堂上,然后行三拜九叩之礼。第十八回晁老爷丧礼,"到了坟上,把两个灵柩安在两座棚内,题了主,祀了土,俱安下葬。送殡的亲朋陪了孝子回了灵到家"。

葬后礼俗主要包括圆坟(复三)、烧七、百日、周年等。圆坟是葬后死者亲属到墓地为新坟添土、祭奠的仪式。圆坟的日期多在下葬后的第二天或第三天,称"复二"或"复三"。第十八回晁老爷初六日下葬,初八日复三。"烧七"是指从死者去世之日起,每七天就要举行一次焚香、烧纸、祭祀的仪式,通常并不一定每个七都烧,但五七是一定要烧的。第四十三回"提牢书办火烧监,大辟囚姬蝉脱壳",珍哥替身入殓后,"停了三日,用三两银买了一亩五分地给他出殡葬了。晁夫人说是断了这条祸根,虽是惨伤之中,又是欢喜。三日,又叫晁书去他坟上烧纸,按节令也都差人与他上坟"。此处晁书在坟上烧纸即"头七"。《醒世姻缘传》中对烧七中的其他"七"并未做详细描写,但大户人家也有在"五七"出殡的习惯。如第四十一回和第九十回中,汪为露和晁夫人都是五七出殡。死者去世百日之后,亲属要上坟祭祀,称为"烧百日"或"烧百天"。《醒世姻缘传》中没有详述此礼。"人死一年谓之'周年',这天也称为'忌日',忌日祭祀亡灵谓之'烧周年'、'烧忌日'。古代人死一周年行小祥礼,两周年行大祥礼,第三年忌日,行释服礼。民间特别重视三周年,祭祀仪式与五七基本相同,此后子女不再守孝,可以脱去孝服,恢复正常生活。"②《醒世姻缘传》中描写了晁老爷与晁夫人的三周年。第三十六回中,晁老爷三周年,晁家请了真空寺智虚长老做满孝的道场。各门的亲戚朋友都送了脱服礼,春莺换了色衣,小和尚也穿上红缎子僧鞋。第九十二回"义徒从厚待师母,逆妇假手杀亲儿"中,"胡无翳为晁夫人三周年祭,特来烧纸","三月十五日,晁夫人三年忌辰,在坟上搭棚厂,请僧建脱服道场。也集了无数的亲友,都

---

① 安作璋主编,朱亚非著:《山东通史·明清卷》,第333页,济南:山东人民出版社,1994。

② 山东省地方史志编纂委员会编:《山东省志·民俗志》,第342页,济南:山东人民出版社,1996。

来劝晁梁从吉"。第九十三回"晁孝子两口焚修,峄山神三番显圣"中说,晁夫人三周年时,"晁梁庐了三年墓,在坟上建了脱服道场,谢完了吊祭亲友,谒见县官学师;坟上立了墓表、诰命碑碣、华表、牌坊、供桌、香案;又种了三四千株松柏;按了品级,立了翁仲冥器"。

另外,山东民间把非正常的凶死视为不吉利的事情,有许多禁忌,并举行特殊的丧仪。这种对凶死的特殊对待,主要源于人们的灵魂信仰。民间认为凶死者会变成怨灵、恶灵,给生者带来灾祸。所以人们视凶死为不祥,连对与恶灵相关的死者尸体也因害怕而尽量回避。由此产生的习俗便是在外凶死的尸体不准入家,前去吊唁的人也不多,丧家在家外设坛超度。《醒世姻缘传》第二十四回中,晁源与唐氏都是在雍山庄被小鸦儿斩去了头颅,属于凶死,晁家便把他们各自的头与身体缝在一起,又入殓、钉棺,把唐氏的棺材停放在外面庙里,晁源的棺木停在庄上被害的房内受吊,还请了"十二众和尚"在庄上建醮念经追荐。开吊期间,除了晁家人外,几乎无人来吊。

儒家思想出于宗法观念和忠孝观念,对丧葬礼极为重视,山东作为儒家思想的发祥地尤为突出。上层的"礼"必将影响到下层的"俗",以致民间礼俗中对丧葬极为重视。《醒世姻缘传》作为浓缩人世百态的文学作品,对丧葬礼俗的过程及其细节做了全面而具体的描述。从这些形形色色、差距明显的丧葬中,很容易看到明清时代山东地区人们的生活习惯和精神面貌。从那些夸张渲染的章节中,也不难读到作者鲜明的态度。

第二节 《醒世姻缘传》与山东地区的民间信仰习俗

一、《醒世姻缘传》与山东地区的道教信仰习俗

道教作为我国土生土长的宗教,有着最广泛的民众基础和最强大的适应力与容纳力。道教从一开始就是在神仙信仰基础上酝酿和发展而来的,其核心信仰即神仙信仰。"道教神灵谱系是一个开放的体系,几乎所有自古以来的神灵均被列入其体系,而且不间断地将民间

新产生的神罗列其中。"①明清时期,道教以其最广泛的神仙信仰继续作为民间信仰习俗中的重要组成部分而存在,并且影响深远。

山东作为道教的发祥地之一,历代都是道教文化中心之一。《醒世姻缘传》中有大量明清时期道家信仰习俗的描写,既有各种各样的道教法事,又有种种由道教教义衍生出来的观念意识,更有各路的道家神仙。

《醒世姻缘传》第二十七回"祸患无突如之理,鬼神有先泄之机"中,作者在描写明水镇风俗之变时说,天顺之后,因安享富贵久了,民众轻狂恣肆,"以致虚空过往神祇,年月日时当直功曹,本家的司命灶君,本人的三尸六相,把这些众生的罪孽,奏闻了玉帝,致得玉帝大怒,把土神掣还了天位;谷神复位了天仓;雨师也不按了日期下雨,或先或后,或多或少;风伯也没有甚么轻飙清籁,不是摧山,就是拔木"。导致了节气颠倒,农田歉收。第二十八回"关大帝泥胎显圣,许真君撮土救人"中写道:"那些普面的妖魔鬼怪,酿得那毒气直触天门,熏炀得玉皇大帝也几乎坐不稳九霄凌虚宝殿! 倒下天旨,到了勘校院普光大圣,详确议罚。"又写道,明水的民众肆意将会仙山上的泉水引到房内,触犯了龙王,污浊了水伯,"致得那龙王时时奏报,河伯日日声冤。水官大帝极是个解厄赦罪的神灵,也替这些作祸的男女弥缝不去,天符行来查勘,也只得直奏了天廷","于是勘校院普光大圣会集了二十天曹,公议确报的罪案"。之后便有整整两回的篇幅描写了许旌阳真君奉玉帝之命水淹恶人。这两回中出现了玉帝、灶君、谷神、雨师、风伯、龙王、水官大帝、普光大圣、许真君等众多道家神祇的名称。这些都是道家神仙谱系中的人物,而玉帝更是众神之尊。

玉帝即玉皇上帝。玉帝在正统的道教典籍中并不是唯一的至高无上的最高神(道教典籍中"三清"为最高神,元始天尊为三清之首,玉帝仅排第十几位),而在民间信仰中则是至高无上的天神,号称"昊天金阙至尊玉皇上帝",总管三界十方,是神鬼人三界真正的皇帝。据《醒世姻缘传》中的描述,玉帝不仅掌握着神界的最高权力,还执掌着人间的生杀大权。以此可见,玉帝是民间信仰中管辖神鬼人三界十方

---

① 齐涛主编,郑土有著:《中国民俗通志·信仰志》,第6页,济南:山东教育出版社,2005。

的最高统治者。在山东,玉皇大帝的庙宇数不胜数。传说正月初九是玉皇大帝的生日,所以这一天,有玉皇庙的地方必定要举行规模盛大的庙会,四方香客云集而来烧香叩头,祈祷还愿。《醒世姻缘传》第七十二回"狄员外自造生坟,薛素姐伙游远庙"中写道:"那日恰好是三月初三,离明水镇十里外有个玉皇宫,每年旧例都有会场,也有醮事。"第七十三回"众妇女合群上庙,诸恶少结党拦桥"中则详细描写了薛素姐参加玉皇庙会的情景。俗信王母娘娘是天宫中玉帝的妻子,诞日是农历的三月初三,每逢此日北京等地亦有规模盛大的庙会活动。另外,三月初三日诞生的神还有玄武(即民间所称的真武大帝)。真武大帝信仰源于星辰信仰,明代朱棣定都北京后,由于统治者的大力推动,真武信仰迅速遍及全国,成为仅次于三清、玉帝的大神。三月初三日真武大帝诞辰,上海、广东、台湾等地均有热闹非凡的庙会。《醒世姻缘传》中描写的三月初三玉皇宫庙会应当是作者将玉帝与王母或玉帝与真武大帝的诞日混淆了。而在山东地区,王母娘娘的信仰影响力远大于真武大帝,王母与玉帝在民间信仰中又是一家人,我们不妨认为《醒世姻缘传》中的三月三玉皇庙会是玉帝信仰与王母信仰的混合体。

水官大帝是道家三官大帝之一。三官包括天官、地官、水官。《中国神明概论》中说:"三官,俗称三界公。所谓'天官赐福,地官赦罪,水官解厄'。"①《清嘉录》卷一"正月·三官素"条载:"上元、中元、下元日为三官诞辰。俗以正、七、十月朔至望日嗜素者,为之'三官素'。"②这种三官信仰反映到民俗中,具体表现为上、中、下三元的节日庆祝。

上元即正月十五,又称"灯节"。《醒世姻缘传》前二十二回故事发生地是山东武城县,《武成县志续编》(清道光二十一年刻本)载:"'上元',食元宵。街衢设灯彩,竞笙歌,为火树银花,高吐数丈,聚观喧阗,夜分乃罢。十六日,结伴游寺观,谓之'走百病'。入夜,灯彩箫鼓,视'上元'尤胜。"小说中曾多次写到正月十五上元灯节,如第三回"老学究两番托梦,大官人一意投亲",正月十四日,晁源对珍哥说:"今日是上灯的日子,我扎挣着起去,叫他们挂上灯,你叫媳妇子看下攒盒,咱看灯放花耍子。"到了十六日晚上,各处俱点上了灯,晁源还命下人给

---

① 沈平山:《中国神明概论》,第165页,台北:台湾新文丰出版社,1979。
② 〔清〕顾禄:《清嘉录》卷一,第29页,上海:上海古籍出版社,1986。

在后院单独住的妻子计氏送去过节的酒食。第七回"老夫人爱子纳娼,大官人弃亲避难"又提到晁源"挂花灯,放火炮,与珍哥过了灯节"。第六十七回"艾回子打脱主顾,陈少潭举荐良医"也提到狄员外派狄周到济南府去买纱灯,以备上元之用。这些描写既展现了那个时代的民俗情景,又印证了地方志和民俗典籍中的记载。

中元即七月十五,《山东通史·明清卷》写道:"农历七月十五为中元节,又称鬼节,主要是祭祀祖先。山东较为盛行。……一些地方要举行盂兰盆会和放河灯。运河两岸放河灯十分隆重,中元之夜,人们把灯具和纸船放入河内,河上灯火通明,灯具顺流水而下,犹如无数繁星移动,甚为壮观,沿河百姓纷纷提灯观览。"①《醒世姻缘传》第五十六回"狄员外纳妾代庖,薛素姐殴夫生气"描述了中元节的情景:"这七月十五日是中元圣节、地官大帝的生辰,这老侯、老张又敛了人家布施,除克落了剩的,在那三官庙里打三昼夜兰盆大醮;十五日夜里,在白云湖内放一千盏河灯。不惟哄得那本村的妇女个个出头露面,就是那一二十里外的邻庄都挈男拖女来观胜会。"

风伯是民间对风神的称呼,也称为风师。雨师即雨神。我国地域广阔,南北方对风伯雨师的信仰和称呼也不尽相同。中原地区以星宿为风神,南方以鸟形或有翼的怪兽飞廉为风神,风伯的称呼则南北共用。北方把雨师与星宿联系起来,南方则谓雨师名屏翳。

灶神又称"灶君""灶王爷"。灶神信仰源于原始的火崇拜,但在后来的发展过程中成了"管理一切家务的总管神,成了天帝派往各家的监察员"②。由于灶君定时回天庭向天帝汇报,所以有在灶君回天庭(腊月二十三或二十四)之前"辞灶"的风俗,意为好好招待灶神一番,希望其在天帝面前多说好话不说坏话。

河伯、龙王都是人们对水神的称呼。水神在古代又被称为"水伯""水君"等。河伯为专司黄河之神,源于自然崇拜,魏晋之后被纳入道家神仙体系。龙王本是古代幻想出来的动物神,晋代之后道教吸收佛经中的龙王之说,大造龙王。凡有水处,莫不驻有龙王,掌握该地的水旱丰歉,于是大江南北龙王庙林立。"在民间的水神信仰中,与直接对

① 安作璋主编,朱亚非著:《山东通史·明清卷》,第335页,济南:山东人民出版社,1994。
② 朱正昌主编:《齐鲁特色文化丛书·礼仪》,第270页,济南:山东友谊出版社,2004。

水的崇拜相联系,还多有把水中的鱼、龟以及所谓的蛟龙等看作水神形象。"①唐以后,江河湖海各处水神多为龙王所占,除了道书、小说偶或出现外,河伯在民间信仰中已湮没无闻。《醒世姻缘传》第八十六回"吕厨子回家学舌,薛素姐沿路赶船"中,吕祥和薛素姐在黄河边,就见到了许多水神庙。

所谓的三尸(亦称三虫),本为汉代神仙家方士所创,虽寄居人身,却非本人之灵魂,而是代表玉帝,负有监察之职。

许旌阳,亦称许真君,相传名许逊。传说中的许旌阳道术高超,且常为人斩除恶蛟。相传江西南昌有铁柱宫,即许旌阳锁蛟龙之处。故《醒世姻缘传》第二十八回说,"玉帝檄召江西南昌府铁树宫许旌阳真君放出神蛟","于辛亥七月初十日子时决水淹那些恶人"。这段故事情节曲折细致,引人入胜,人物形象生动饱满,并且交代了素姐和狄希陈的特殊身份,预言了狄希陈将来的仕途命运,无论从民俗学,还是文学上,都是非常重要的一部分。

雷部是由雷神、雷公、雷师等发展而来的。战国之后,雷与风、雨、云等神常被称为"师",而民间对于雷神的最普通的称呼为"雷公"。人们认为"雷公"能代天执行刑罚,有辨明善恶的能力,击杀罪过之人。明代时已形成固定的雷部众神体系。道教为迎合统治者的需要,特别强调雷部的刑杀功能。

《醒世姻缘传》第五十四回"狄生客中遇贤主,天爷秋里殛凶人":"只听得天塌的一声响,狄宾梁合狄希陈震得昏去,苏醒转来,只见院子里被雷击死了一个人,上下无衣,浑身扭黑,须发俱焦,身上一行朱字,上书'欺主凌人,暴殄天物'。仔细辨认,知是尤聪被雷击死。进到厨房里面,只见狄周也烧得扭黑卧在地上,还在那里掇气,身上也有四个朱字:'助恶庇凶。'"作者对此事的解释为:"尤聪因他欺心胆大,撒泼米面,所以干天之怒,特遣雷部诛他。狄周只该凡事救正,岂可与这样凶人结了一党,凡事与他遮盖?所以也与尤聪同遭雷殛。""恶人"尤聪虽未被人们揭发罪行,却被代天行刑的雷部发现,并施以惩罚——击死。这说明了明清时山东民间雷神信仰雷公劝善惩恶的观念影响

---

① 乌丙安:《中国民间信仰》,第 42 页,上海:上海人民出版社,1996。

较广。

道教神仙诸如玉皇大帝、灶神、许真君、风雨雷电、河伯等,在明清时期山东地区的民众心中有着非常大的影响。逢年过节,民间盛行敬奉玉帝、灶神等,发誓时常说"若违此誓,天打雷劈",这都是道教信仰在生活中的体现。《醒世姻缘传》中记录的这些当时流行的信仰习俗,现今在山东的许多农村地区仍有留存。

二、《醒世姻缘传》与山东地区的狐精信仰习俗

在动物崇拜中,狐崇拜尤为久远和广泛。"最初它是祥瑞之兽,以后传为妖精,成为恶灵。晚期又转化为狐仙,享受供祭。"①狐崇拜在汉族中原、北方地区十分典型。民间信仰中所说的狐狸精、狐仙,是几种动物精怪的总称,具体指哪几种,各地有一定的差别,最常见的是狐狸、黄鼠狼、刺猬、老鼠、蛇五种动物精怪。狐精信仰在汉以前已流行,至明清时达到鼎盛。清初淄川文学家蒲松龄在《聊斋志异》中就摹写了许多狐精形象。狐喜欢与人杂处,与人的距离更近了,以致闹到人狐难分的地步。

狐精的基本特点是"好淫善媚,变化无常"②。《醒世姻缘传》中的主要人物薛素姐前世即为一只修行了一千多年的狐狸,只因为被晁源一箭射死,才托身女体做了晁源后世狄希陈的妻子,以报上世之怨。小说第一回与第三回中介绍了这只狐精的来历和日常特征。如第三回"老学究两番托梦,大官人一意投亲"中作者借晁源祖父之口说:"雍山洞内那个狐姬,他修炼了一千多年,也尽成了气候,泰山元君部下,他也第四五个有名的了。"第一回"晁大舍围场射猎,狐仙姑被箭伤生"中介绍说,那只狐精"先时寻常变化,四外迷人。后来到一个周家庄上,托名叫是仙姑,缠住了一个农家的小厮,也便没有工夫再来雍山作孽,不过时常回来自家洞内照管照管。有时变了绝色的佳人,有时变了衰残的老媪,往往有人撞见"。又说:"谁想这样皮囊幻相,只好哄那愚夫的肉眼。谁知那苍鹰猎犬的慧目把这狐精的本形看得分明,猎犬奔向前来,苍鹰飞腾罩定。狐精慌了手脚,还了本形。"第三回中晁源

———————————

① 乌丙安:《中国民间信仰》,第66页,上海:上海人民出版社,1996。
② 齐涛主编,郑土有著:《中国民俗通志·信仰志》,第314页,济南:山东教育出版社,2005。

的祖父也曾托梦告诉晁源,家中的《金刚经》有神将护卫,狐精因怕那神将,必定是怕那《金刚经》的。

《中国民俗通志·信仰志》中说:"民间相传狐有八畏:畏鹰犬、畏古镜、畏千年木、畏法术、畏神灵、畏雷、畏凶怪、畏渡河。"①而《醒世姻缘传》中,狐精见鹰犬而现原形、怕护佑《金刚经》的神将等描写恰好印证了狐"畏鹰犬""畏神灵"之说。在小说中,不仅狐精怕鹰犬,连同狐精投胎转世后得素姐也对鹰心存畏惧。《醒世姻缘传》第六十三回"智姐假手报冤仇,如下托鹰惩悍泼"中,"原来素姐从小只怕鹞鹰,但凡行走,必定先要在那头上看得四下里没有鹞鹰飞过,方敢走动;如正走中间,猛然一个鹞鹰飞过,便就双睛暴痛,满体骨苏,就要大病几日"。薛如下等人就是凭借这一点放了鹞鹰在素姐房内,唬骗得素姐对自己凌虐丈夫之事略有悔过。这便是狐信仰中狐"畏鹰犬"的说法在小说中的具体表现。第八十六回"吕厨子回家学舌,薛素姐沿路赶船"中,薛素姐与吕祥同行,一路追赶狄希陈,行到济宁黄河边时,"见那黄河一望无际,焦黄的泥水,山大的浪头,掀天泼地而来,又未免有十来分害怕"。这也是对狐精"畏渡河"的一个具体描写。

另外,民间狐信仰还认为狐精恩怨分明,报复起来也十分惨毒。传说猎取、伤害狐狸的人必定要遭报应,甚至伤残、短寿、家破人亡、断子绝孙。《醒世姻缘传》中雍山洞内的那只狐精被晁源射杀之后,多次报复晁源等人,并且致使晁源身首异处,使晁家几乎绝后。如第一回,晁源等人打猎回来,"刚刚跨进大门,恍似被人劈面一掌,通身打了一个冷噤"。第二回又有晁大舍"梦中常常惊醒,口中不住呻吟。睡到二更,身上火热起来,说口苦、叫头疼,又不住的说谵语"。第三回,晁家家人李成名拿着狐皮将要出门,"谁知出门走了不上数十步,一只极大的鹞鹰从上飞将下来,照那李成名面上使那右翅子尽力一拍,就如被巨灵神打了一掌,将挟的狐皮抓走了"。大年初一,晁源出门时,"上得马台石上,正要上马,通象是有人从马台石上着力推倒在地",以致头目磕肿,昏去半日。之后的几回中,晁源幸得《金刚经》的保护方才平安无事。第四回,狐精趁《金刚经》不在,放火烧了晁家在雍山庄的房

---

① 齐涛主编,郑土有著:《中国民俗通志·信仰志》,第 319 页,济南:山东教育出版社,2005。

屋、仓库。过了半年晁源在雍山庄与唐氏偷情,双双被小鸦儿斩去头颅,亦是狐精在作怪。可见狐精报复之频繁惨毒。至于狐精转世投胎后的薛素姐对晁源后世狄希陈的凌虐报复,其残忍凶狠自不待言。

"崇狐的人们普遍认为它可以化身为男女老幼各种人,在人间活动,或附灵于人体,或以恶作剧惩罚人。"①这无疑增强了狐精的神秘感,使人们对狐精的敬畏更加深了一层。《醒世姻缘传》第四十二回"妖狐假恶鬼行凶,乡约报村农援例",汪为露死后,其新妇魏氏再嫁于侯小槐,二人住在汪家旧宅中。"不多两日,或是灯前,或是月下,或黄昏半夜,或风雨连朝,不是魏氏,就是侯小槐,影影绰绰,看见汪为露的形影。那明间原是停放汪为露所在,恍惚还见一个棺材停在那里,汪为露的尸首被暴雷震碎,久已没了气息,从新又发起臭来;那当面砖上宛然一个人的形迹,天晴这迹是湿的,天雨这迹是干的。"小说中这些奇怪的现象就是狐精所为,之所以会有这样的描写,也体现了作者生活的明清时代狐精信仰深入人心。而这只狐精的所作所为并非止于此,它还假冒汪为露,称自己死后被冥界封为"天下游奕大将军",让侯小槐与魏氏在家中供奉自己的牌位,并摆上丰盛的供品。当这些条件和要求得到满足后,狐精还以汪为露的身份霸占了魏氏的身体,甚至不让侯小槐接近。在这些描写中,狐精与人近距离接触,故意制造出离奇现象,使人恐惧。它还幻化为人的形象,以某人的身份做一些非礼之事。这都体现了明清山东民间信仰中,狐精神通广大、喜恶作剧的特征。

狐精信仰属于精怪信仰中的一种。精怪是人们在万物有灵的观念支配下幻想出的一类存在物。受道家"老而成精"的思想影响,人们认为自然物经过千百年的"修炼"会成为精怪。而这些成精的生灵能够灵通变化,具有一些人的特性,参与到人间社会生活中,或为害作恶,或护佑致福。由于狐狸的狡诈特性,人们幻想出来的狐精形象大多具有千年修炼、道行高深、为害人间、报复性强等特点。人们对它们的态度也是既轻蔑又惧怕。《醒世姻缘传》中雍山洞中的狐精、汪为露家中的狐精,以及由狐精转世的薛素姐均属此类狐精信仰的具体体

---

① 乌丙安:《中国民间信仰》,第67页,上海:上海人民出版社,1996。

现。有着狐精的这些特点，人们读到薛素姐用种种方法凌虐狄希陈时，便不会觉得突兀、奇怪，作者给薛素姐安排了狐精转世的身份，显然也是为其暴虐、残忍的虐夫性格做一个铺垫，找一个合理的解释。

三、《醒世姻缘传》与山东地区的灵魂信仰习俗

在灵魂信仰观念中，人死即为鬼。人们一般把鬼灵分为"善灵"和"恶灵"（又称"善鬼"和"恶鬼"），寿终正寝、正常死亡者为善灵，非正常死亡者为恶灵。封建时代又有的把有后人的死人称为"善灵"，没有后人的死亡者称为"恶鬼"。在灵魂信仰中，各种鬼生活在阴间的世界中，他们可以保佑生人的生活，有些鬼还会到人间作祟，祸害人类。人们对善灵和恶灵有着不同的态度。灵魂信仰与家族观念相结合便产生了祖灵信仰。

《醒世姻缘传》中对灵魂信仰的描写主要包括晁源及其祖父、计氏及其祖父、丁利国夫妇等托梦和附体的行为描写。其中，晁源祖父与计氏祖父均为善鬼，计氏、晁源、丁利国夫妇因凶死而成为恶鬼。在祖先崇拜中，人们"认为祖灵是庇护保佑自己子孙后代的灵魂，具有降福本氏族的神秘力量"①。民间相信死去的人生活在阴间，需要后人、亲人的供养，因此就出现了"祭祖"之事。"祭祀祖先的行为既是对祖先的崇拜，又是对先人的孝心。"②山东地方祭祀祖先一般分为常祭、专祭、特祭、大祭等几种。大家族各种祭祀俱全，而小户人家出现了大喜之事，如婚嫁、生子、入泮、中举、出仕等都要特祭，以感谢祖宗的保佑；元旦、清明、中元等节日也会进行祭祖。《醒世姻缘传》中第二十一回晁梁出生后，晁夫人择在其满月之日到家庙中进行祭祀；第三十八回"连举人拟题入彀，狄学生唾手游庠"中，狄希陈等人考中秀才得以入泮进学，狄家大举庆贺，狄希陈拜过天地后，便"到后面见了祖先与他父母，都行过礼"。第六回"小珍哥在寓私奴，晁大舍赴京纳粟"，晁老爷提升为通州知州，上任途中经过家乡，特地祭祖焚黄。这都是特祭的表现。另外，丧礼过后的"三日""五七""周年""三周年"等，生人亦为死者举行墓祭。俗信如果家人适时祭供，祖灵便会保佑家人健康顺

① 乌丙安：《中国民俗学》，第 268 页，沈阳：辽宁大学出版社，1985。
② 朱正昌主编：《齐鲁特色文化丛书·礼仪》，第 276 页，济南：山东友谊出版社，2004。

利,有灾难时也会暗中保佑。《醒世姻缘传》第三回、第六回便详细描述了晁源祖父因狐精要对晁源不利,暗中保护或托梦提醒的情景。如第三回"老学究两番托梦,大官人一意投亲",晁源祖父两番托梦将狐精的来历、报复计划告诉晁源,并提醒其随身携带《金刚经》、勿出门等,以免被狐精报复。第六回中晁源听从其祖父的劝告,带上《金刚经》南去跟随父亲上任,晁老爷在途中便得到了其父亲的托梦,不外乎是提醒其注意狐精的报仇。而第十一回"晁大嫂显魂附话,贪酷吏见鬼生疮"中,计都和计巴拉为计氏自缢之事状告晁源与珍哥,县官收了晁家贿赂,对其有所偏袒,�签之时,"看见一个穿红袍长须的人把他手往下按住;到了衙里,那个穿红袍的神道常常出见,使猪羊祭了,那神道临去,把他背上搭了一下,就觉的口苦身热,背上肿起碗大一块来",过了两三日,县官便一命呜呼了,这便是计氏祖父计会元在暗中相助。计都得知后"同计巴拉即时买了纸锭,办了羹饭,叩谢他父亲计会元暗中的保护"。

在灵魂信仰中,除了护佑后代的祖灵善鬼之外,更多的是"非正常亡故的邪鬼"、"游弋在荒野坟山中的野鬼"和"作祟兴灾的恶鬼、厉鬼"等。这些"恶灵"既有与"善灵"相同的能力(如托梦、显圣等),又有善灵所没有的特征,如"俗传溺水而亡的鬼魂,不得归入家坟,也不得转世,只能在各种水域(江、河、湖、潭、塘、井等)作祟,至人溺死后做它的替死鬼。同样,自缢而死的亡魂也不得入祖坟,不得转世,四处游荡诱人上吊自杀后做它的替死鬼"[1]。再如受了冤屈而死的亡魂往往成为厉鬼、野鬼,在民间信仰中这些鬼常以凶残的手段残害生人。《醒世姻缘传》中计氏自缢而亡,晁源身首异处,丁利国夫妇因仇恨麻从吾的忘恩负义而病死他乡,他们死后便都成为恶灵。

《醒世姻缘传》第九回"匹妇含冤惟自缢,老鳏报怨狠投词",计氏自缢的当天夜里,计都和计巴拉都曾梦到计氏穿着新做的衣裳,脖子缠着一根罗红带子,告诉父兄要状告珍哥为她报仇。第二十回"晁大舍回家托梦,徐大尹过路除凶",晁源被杀之日,晁夫人亦梦到晁源"披了头发,赤了身子,一只手掩了下面的所在,浑身是血,从外面嚎啕大

---

① 乌丙安:《中国民间信仰》,第174页,上海:上海人民出版社,1996。

哭的跑将进来",并告诉晁夫人是狐精领了小鸦儿杀了自己。由此可见,在山东民间信仰中,凶死之人往往会托梦告知亲人,托梦之时身上带着死时的特征标志,如计氏脖上的红带、晁源浑身的血。并且,在亡者托生之前,这种死亡时的特征标志会持续存在,如第三十回"计氏托姑求度脱,宝光遇鬼报冤仇"中,计氏的阴灵不得转世,只好托梦给婆婆,而晁夫人梦中所见的计氏项上依然拖了一根红带。

受害而亡者,往往成为怨魂厉鬼,一有机会便在仇人身上作祟。《醒世姻缘传》中计氏之死是由于小珍哥夺宠且诬陷她与僧道通奸,所以记恨于珍哥。第十一回"晁大嫂显魂附话,贪酷吏见鬼生疮"中,珍哥正咒骂计氏时,突然被计氏附身,不仅数落一番,还狠狠地打了自己几个嘴巴、大绺大绺地捋下自己的头发,并且在众人面前脱光了自己上身的衣服。计氏附在珍哥身上折腾完了之后,珍哥一头倒在地上,昏迷了半日,醒来之后浑身痛楚,并且浑然不知被附体时发生的事。计氏附体报复珍哥之后,晁家上下再也不敢怠慢计氏的灵柩和计家父子,可见怨灵报复对生人影响之深。与此相呼应的是第二十七回"祸患无突如之理,鬼神有先泄之机",丁利国夫妇供养麻从吾一家十几年,费尽了自己的积蓄,麻从吾当官之后全然不顾恩情,将丁氏夫妇扫地出门,又气又病之下,二人双双亡故。丁氏夫妇对麻从吾的怨恨更甚于计氏之于珍哥。二人死后,麻从吾官衙内"器皿自动,门窗自闭自开""乌鸦飞进,到他床上去叫""把饭锅打得粉碎""床脚飕飕的锯断"。又过了几日,丁氏夫妇便附身于麻从吾两口子或其他生人,历数麻从吾的恶行。鬼魂被镇压住后,麻从吾官衙内才安生了半月。怨灵被放出后,又躲进麻氏夫妇的肚中"扯肠子,揪心肝",疼得他们碰头打滚地叫唤。最终,麻从吾夫妇还是没有躲过丁氏二人的报复:"一齐的都自己采头发,把四个眼乌珠,一个个自己抠将出来,拿了铁火箸往自己耳内钉将进去,七窍里流血不止。""麻从吾合老婆须臾之间同时暴死。"

丁利国夫妇作为恶灵、厉鬼,其报复手段残暴、狠毒。正因如此,民间信仰中对凶死之恶灵才怀有畏惧和躲避的态度。在具体行为上主要表现为凶死之人不入家、不入祖坟,死者亲人为其建醮、念经超度,助其转世托生。如晁源死后其灵柩一直停放在雍山庄,第三十四回中,计氏因不能托生而托梦给婆婆,晁夫人便请了二十四位有德行的真僧,"建三昼夜道场",前后共诵经三千卷,帮助计氏托生到北京童银匠家。超度之后的计氏再给晁夫人托梦时,穿着打扮并没有变,只是项上没有了那根红带,这便是恶灵转化后的表现。

在鬼魂信仰中,鬼帝、阎王、东岳大帝、地藏王等都是鬼界的掌管者。而由于泰山东岳大帝的缘故,山东地区的鬼魂信仰非常盛行。《醒世姻缘传》中对鬼魂和祖灵的描写十分生活化,更贴近下层平民的信仰习俗,为人们了解那个时代山东民众的灵魂信仰提供了形象生动、真实立体的资料。

四、《醒世姻缘传》与山东地区的俗神信仰

中国的信仰民俗是一个完全开放的结构,除了广泛吸收不同文化、不同民族的信仰事象之外,还可以通过不断的造神运动来扩大信仰对象的范围。在中国历史上,有许多对社会做出巨大贡献的名人,他们死后被奉为神灵,享受人们的供奉,"也往往是当地公认的善贤者神化为神的"①,他们共同成为民间信仰中重要的组成部分。

全国普遍存在的关帝圣君和金龙四大王等民间俗神信仰在山东地区亦不例外。这种现象在乌丙安的《中国民俗学》中被称为"神人崇拜"②。

关帝圣君人物原型为三国时期蜀汉的大将关羽。历史上的关羽是一名忠信正直、骁勇善战的名将,他为蜀汉立下汗马功劳,败走麦城后被孙权所杀,首级被曹操厚葬于洛阳,身躯被孙权葬于当阳。关羽从人步入神界,开始于民间传说的虚构和戏曲小说的渲染。唐宋以来,佛教把关公由显圣的神异转为佛门护法伽蓝,道教也大力宣扬关公除妖的神功。历代皇帝出于统治需要又不断追封,使关羽上升到王、圣、帝的神位。到明清时期,"从信仰的面来说,在明朝,关帝信仰已远远超过孔夫子:孔夫子的信仰主要是官方和学子,而关帝的信仰则遍布全社会"③。在民间,关羽被奉为战神、降魔神、武财神。神州大地,关庙遍布。"关帝庙中塑有关公像,有的高达丈余,在其身边还有

---

① 乌丙安:《中国民间信仰》,第182页,上海:上海人民出版社,1996。
② 乌丙安:《中国民俗学》,第188页,沈阳:辽宁大学出版社,1985。
③ 齐涛主编,郑土有著:《中国民俗通志·信仰志》,第12页,济南:山东教育出版社,2005。

周仓、关平或是马岱、廖化侍立。庙门口最常见的门联是：'夜看春秋文夫子，单刀赴会武圣人'，横批'肝胆相照'或'日月同辉'等。""民间教团帮会也笃信关帝，结社、祈愿、拜签、乩占也从没离开过关帝崇拜。"①

对关帝的祭祀有固定祭祀和临时祭祀两种。年终、春秋二季、神诞日等庙堂里香火鼎盛，"山东有些地方的关帝庙还要挂上方形大旗，黄布黑字，上书'协天大帝'"②。本地区普遍把神诞日五月十三传为关公"单刀赴会"之日，一些地方还有抬神出游和举行庙会的活动。至于临时的祭祀活动，多半是人们遇到一些久病不愈、久旱不雨、战事连年之类的天灾人祸时，就会去祭拜关帝庙，希望关帝显圣，帮助消除灾祸。

《醒世姻缘传》成书时，正是明清之际关帝信仰最鼎盛的时期，因此，书中对关帝圣君崇拜的描写真实而虔诚。如第五十二回"名御史旌贤风世，悍妒妇怙恶乖伦"，狄员外要陪同狄希陈一起上京坐监，"选下了日子，要同狄希陈往关帝君庙许一愿心，望路上往回保护"。素姐因孙兰姬之事大发雷霆，狄员外"怕他等爷儿们去了有甚恶意，狄员外又到关帝庙里求了一签"。第六十五回"狄生遭打又陪钱，张子报仇兼射利"中，路口出地摊起课占卜的先生也"挂了一幅关帝的画像"。可见，当时关帝信仰遍布社会各阶层，不惟拘于关帝庙中的祝祷许愿，无论各行各业凡挂了关帝的名义，便显得更可信。民间还流行关帝显圣的说法，《醒世姻缘传》第二十八回"关大帝泥胎显圣，许真君撮土救人"便讲述了一个"关老爷显圣"的故事。

"谁知他来的那路口，有小小的一间关圣庙。那庙往日也有些灵圣，那明水镇的人几次要扩充另盖，都托梦只愿仍旧。这晚，关圣的泥身拿了周仓手内的泥刀，走出庙来，把赛东窗腰斩在那路上，把严列星在坟上也剁为两段。把材内的尸首渐渐的活将转来，递了一领青布海青与他穿了，指与他回家的道路。"严列宿从新妇周氏口中得知此事后，唤起乡约地方一起到了坟上，"望见一个人怒狠狠站在那里""扑到跟前，仔细一看，却是庄头上庙里的关老爷"。有人回关帝庙里，"神座上果然不见了关老爷，看那周仓手内的刀却没了，也走到庙门槛内。

---

① 朱正昌主编：《齐鲁特色文化丛书·礼仪》，第 263 页，济南：山东友谊出版社，2004。
② 朱正昌主编：《齐鲁特色文化丛书·礼仪》，第 263 页，济南：山东友谊出版社，2004。

一只手扳了那门框,半截身子扑出门外,往那里张看"。众人这才确实相信是关老爷显圣。"县官亲来仔细验看,用猪羊祭了,依旧将那泥像两个人轻轻的请进庙去站在神位上边。哄动了远近的人,起盖了绝大的庙宇。"小说又写道:"关老爷是个正直广大的神,岂止于不追旧恶,定然且保佑新祥。"这说明明清之际关帝圣君信仰的影响力迅速扩大,无论官府还是平民都开始将其推为最灵验的神之一。

关帝圣君在明清时迅速成为全国范围内各阶层民众普遍信仰的人造俗神,而金龙四大王也毫不逊色,成为沿河地区广泛信仰的人造俗神。这里的金龙四大王相传为南宋末年的诸生谢绪。谢绪本是南方人,死时投身于江,但朱元璋与元军在吕梁鏖战时,似有天将挥戈驱黄河之水倒流,至元军大败。夜间朱元璋梦见一文雅书生前来拜谒,自称谢绪。朱元璋醒后第二天遂封其为"金龙四大王"。《金湖七墨》卷八"金龙四大王"条记载:"大王姓谢氏,越人,为民捍灾赴水而死,灵爽赫奕,累请封锡,因神行四,故曰四大王。化身常为金色小蛇,故曰金龙。北方舟子皆敬之,见有金蛇方首者游泳而来,必以朱盘奉归,祀以香火,可保一方安吉。""山东沿黄一带的居民称河伯为'大王爷',祭祀大王爷的仪式十分隆重,远胜于敬火神。每年一到汛期,由地方官亲自率队,百姓跟随前往,将河伯大王供奉庙中,烧香祈福。因为大王爱看戏,所以还要演戏酬神。至于演哪一出戏,也得由大王首肯才行,这便是'河伯点戏'。还有的地方尊称河伯为'金龙四大王'。"①

《醒世姻缘传》第八十六回"吕厨子回家学舌,薛素姐沿路赶船",吕祥与薛素姐一路追赶狄希陈到了济宁时,薛素姐见河水凶险,便差吕祥打听河神庙宇,"要到庙里烧纸许愿,保护他遭风遇浪,折舵翻船"。吕祥打听到东门里便是金龙四大王的行宫,当日正有人祭赛还愿,"唱戏乐神,好不热闹"。"脸朝了南面的戏楼,甚是个相意好看的所在。吕祥站在凳旁伺候。再说这河神的出处,居中坐的那一位,正是金龙四大王,传说原是金家的兀术四太子。左边坐的叫是柳将军,原是个船上的水手;因他在世为人耿直,不作非为,不诬谤好人,所以死后玉皇叫他做了河神。右边坐的叫是杨将军,说就是杨六郎的后

<hr />

① 朱正昌主编:《齐鲁特色文化丛书·礼仪》,第 269 页,济南:山东友谊出版社,2004。

身。这三位神灵，大凡官府致祭，也还都用猪羊；若是民间祭祀，大者用羊，小者用白毛雄鸡。浇奠都用烧酒，每祭都要用戏。"素姐便买了纸马金银，在神前亲手拈香，下拜祷告，并许愿如果使狄希陈一行翻船丧命，便给"三位河神老爷重挂袍，杀白鸡、白羊祭赛"。开戏之后，素姐正在听戏，却被柳将军附身，数说平生的过恶。虽有金龙四大王与杨将军说情，依然没有得到轻恕。

这段描写中称金龙四大王为金兀术之子，当为作者听传之误，但文中关于金龙四大王爱听戏、在官民中俱有信仰的描写可以在民俗典籍中得到印证。在《醒世姻缘传》中出现的人造俗神还有江神屈原、河伯伍子胥、都城隍于谦、伽蓝菩萨岳飞以及山东布政司的土地文天祥等。

这些坚持正义、为民请命的正直之士，英勇无畏、被害致死的英雄将士，忠于家国的文人墨客等，他们死后成为神，护佑人们的生产、生活。小说第三十四回"狄义士掘金还主，贪乡约婪物消灾"中写道："若是那样忠臣，或是有甚么贼寇围了城，望那救兵不到，看看的城要破了；或是已被贼人拿住，逼勒了要他投降，他却不肯顺从，乘空或是投河跳井，或是上吊抹头，这样的男子，不惟托生，还要用他为神。那伍子胥不是使牛皮裹了撩在江里死的？屈原也是自己赴江淹死，一个做了江神，一个做了河伯。那于忠肃合岳鹏举都不是被人砍了头的？一个做了都城隍，一个做了伽蓝菩萨。""再说那张巡、许远都是自刎了头寻死，都做了神灵。若是那关老爷，这是人所皆知，更不必絮烦说得。"下面又提到岳家银瓶小姐父兄死后赴井而亡，上帝怜她的节孝，册封了青城山主夫人。曹文叔之妻夏侯氏，为丈夫守满孝后志不改嫁，自杀身亡。上帝封了礼宗夫人，协同天仙圣母主管泰山。王贞妇被贼拿住，投崖而死，上帝册封她为青风山夫人。

作者认为："像这样的男子妇人，虽然死于非命，却那英风正气比那死于正命的更自不同。上天尊重他的品行，所以不必往那阎王跟前托生人世，竟自超凡入圣，为佛为神。"这不仅是一个人的想法，更折射出明清时山东地区民众在品德高尚者死后将其敬奉为神的观念和倾向。圣人故里，孔孟之乡，儒家的"礼""德"等观念根深蒂固，人们鄙薄无德无行者，尊敬德高望重者。在《醒世姻缘传》中，邢皋门德行清高,便有神灵暗中相助;晁夫人仁厚慈善,神灵便赐予她孝子奉养余年。在造神运动中,因德行高尚而成神的,为数甚多,《醒世姻缘传》第九十回、九十三回便讲述了晁夫人死后位列仙班的始末。

第九十回"善女人死后登仙,纯孝子病中得药"中,三月三,晁夫人梦见"街门旌旗鼓吹,羽盖幡幢导引着一位穿戴金冠朝衣的一位天神,手捧黄袱包裹的敕书,至门下马,进堂朝南正立,叫晁夫人设香案,换衣接诏"。诏书说:"福府洞天之主,必需积仁累德之人。尔郑氏善行难名,懿修莫状,是用特简尔为峄山山主。"到了三月十五日子时,"果然东南上一阵阵香气袭人,仙乐逼耳,晁夫人闭上眼,坐化而逝"。第九十三回"晁孝子两口焚修,峄山神三番显圣"中,武城县百姓知道晁夫人做了峄山圣姆,都随香社要往峄山进香。三月十四日,众人正往峄山行走时,见到一队人马摆列了王者仪从,又有文官武将、女官侍从护卫一顶大红销金帏幔的棕辇路过,还以为是"鲁王妃归宁父母",后来一位自称是"圣姆脚下的管茶博士"的黄巾后生告诉他们:"这是峄山圣姆,是你武城县晁乡宦的夫人。他在阳世间多行好事,广结善缘。丈夫做官,只劝道洁己爱民,不要严刑峻罚;儿子为人,只劝道休要武断乡曲,克剥穷民。贵粜贱籴,存活了无数灾黎;代完漕米,存留了许多百姓。原只该六十岁的寿限,每每增添,活了一百五岁。依他丈夫结果,原该断子绝孙;只因圣姆是个善人,不应使他无子,降生一个孝子与他,使他奉母余年。如今见做着峄山圣姆,只是位列仙班,与天下名山山主颉颃相处;因曲阜尼山偶缺了主管,天符着我峄山圣姆暂摄尼山的事。"后文有峄山圣姆显圣惩治窃贼、为民降雨之事,更是深得民心。晁夫人做峄山圣姆更接近于"圣人崇拜",对这类人物的崇拜"是其人在世时,表现了大德、大智、大勇,其文治武功大利于民,为世人景仰、敬慕,并把他们推举至神位,赋予一定的神性"[1]。晁夫人生前曾得到皇帝的诰封,死后又有乡民为之建祠,与关帝圣君、金龙四大王这些"神人崇拜"相比,晁夫人这种"圣人崇拜"是"以儒家思想为指引,以皇朝官方为倡导,以建祠立庙为标志,以崇拜祀奉为手段"[2],更多地

---

① 乌丙安:《中国民间信仰》,第 222 页,上海:上海人民出版社,1996。
② 乌丙安:《中国民间信仰》,第 235 页,上海:上海人民出版社,1996。

显示出品德节操方面的精神上的崇尚和敬仰。山东由于孔孟文化的层层积淀,普通民众受儒家道德影响较深,自觉地以儒家思想提倡的忠孝仁慈观念为导向,创造出属于本地区的"圣人崇拜"便是极为自然的了。

关帝圣君、金龙四大王等信仰习俗是经过了长期的积淀,在民间逐渐形成的,所以他们的信众范围较为广泛。而《醒世姻缘传》中作者将善人晁夫人神化为峄山圣姆,位列仙班,享受附近民众的供奉,其信众应局限于山东之内。但这可以为我们提供关帝圣君、金龙四大王等刚刚神化时的情形。小说将晁夫人描写成因善行而成神的"峄山圣姆",这种民俗事象体现了山东地域特征,也体现了山东地区民众自觉的造神运动和圣人崇拜观念和思想倾向。同时,晁夫人死后成神,这正是作者利用民间信仰的手段,烘托这个人物形象的品德高尚和完美。

第三节 《醒世姻缘传》与山东地区的节日习俗

一、《醒世姻缘传》与山东地区的岁时节令习俗

明代是我国岁时节令习俗的重要发展期,这一时期的岁时节令习俗已开始从宗教迷信的笼罩中解脱出来,向礼仪性、娱乐性文化活动的方向发展。明清时期的节令习俗有着形式多样、丰富多彩的活动内容。本时期运河的开通,促进了南北风俗的融合,而明代初期的移民潮也使山西等地的风俗习惯融入到山东民俗中来。因此山东地区明清时期的岁时节令习俗显示出普遍性、融合性的特点。《醒世姻缘传》中对年节(包括除夕、元旦——古代的正月初一)、元宵、端午、重阳、十月朔、冬至等节日均有描写,其中以年节、元宵、冬至最为详细。

年节习俗是包括年底前的准备工作、除夕、元旦、年后拜节等在内的一个广泛的节令习俗。汉代时,年节的民间习俗已较成系统,明清时年节民俗风尚更为复杂多样,是一年中最隆重的节日。虽然年节各地都有,基本的习俗是相似的,但各地在细节上仍有自己的特点。"实

际上,山东地区所谓的过年,并不仅仅是指正月初一的春节,而是有一个更大的期限。""山东民间过年的期限则更长,一般从腊月二十三祭灶开始,一直到正月十五闹过花灯才算过好年。"①《醒世姻缘传》第三回、三十三回记述了当时山东地区迎新年的准备活动。旧时,距元旦尚有十多天就已经算是到了"年下",各家各户开始置办过年的节礼、年货以及其他物品。如第三十三回"劣书生厕上修桩,程学究裈中遗便":"这一年十二月十五,早早的放了年下的学,回到家中,叫人擀炮仗,买鬼脸,寻琉璃喇叭,踢天弄井,无所不至。"这是儿童、学生们临近年节从学校束缚中解脱出来,欢乐迎新年的表现。第三回"老学究两番托梦,大官人一意投亲",晁大舍将息料理病体,到十二月十五日起来梳洗,"天地上磕了头,还了三牲愿",次日十六日起来,将冬至后打猎得来的野鸡、兔子简点一番,"要添备着年下送礼","因年节近了,在家打点浇蜡烛、炸果子、杀猪、央人写对联、买门神纸马、请香、送年礼、看着人榨酒、打扫家庙、树天灯杆、彩画桃符"。这是以晁家为例描述了家庭准备年节的活动。距离年节尚有半月,已开始准备过年,而这些准备活动全部用于除夕、元旦两天,可见当时民众对年节的重视和年节习俗的复杂繁多。

　　腊月的最后一天便是除日,又称年三十、除夕、大年夜等,主要社会习俗有吃年夜饭、换桃符、写春联、贴门神、祭天、请神、祭祖、辞岁等。《章丘县志》载:"'除夕',易门神,换桃符、春联,插芝麻秸于壁,祀天地、祖先,祭品较常丰富。长幼聚饮,祝颂而散,谓之'分岁';围炉团坐,谓之'守岁'。爆竹声远近响震,谓之'惊山'。"②"除日的活动很多,主要有三个特点:一是响(放鞭炮),二是红(贴春联),三是火(点灯守岁)。"③最初的爆竹是指烧竹筒作响,明代沿用了这一习俗,但更多是燃放纸炮。《醒世姻缘传》第三十三回,狄希陈放年假后便叫人"擀炮仗",这里的"炮仗"便是纸炮。更换桃符、春联、门神的习俗在明代十分普及,但三者的重要程度略有差异。《醒世姻缘传》中第三回,晁家

　　① 安作璋、王志民主编,朱亚非著:《齐鲁文化通史·明清卷》,第543页,北京:中华书局,2004。
　　② 〔清〕吴璋总纂:《章丘县志》,清道光十三年刻本。
　　③ 山东省地方史志编纂委员会编:《山东省志·民俗志》,第407页,济南:山东人民出版社,1996。

是三者并重,一边央人写春联,一边买门神纸马,而且还彩画桃符。山东地区还有点灯守岁的习俗。"德州、博兴、临朐、鲁西南等地有布灯的习俗。临朐民间叫做'树灯笼杆子',用一根木杆挑起灯笼,树在天井里。德州则在各个角落里放碗灯、彩灯和玻璃灯等,意味着驱逐黑暗迎来光明。"①在《醒世姻缘传》中此俗被称为"树天灯杆"。另外,除日祭祖的仪式也非常重要。下午开始把家谱挂上,备好香炉、灯笼、纸表、鞭炮等物,到黄昏时开始请祖。这种活动也叫"请年"。《醒世姻缘传》第三回中,除夕夜里,晁源祖父托梦时提到:"适间你接我来家受供。"初二日,晁奉山媳妇在晁太公神主前祷告时也说:"新年新节,请你老人家来受供养。"这都是除日请祖、请年习俗的表现。

元旦,又称元日,是一年的开始。元旦的民俗活动主要有接神、祀神、祭祖、拜年、放爆竹、写桃符、绘门神、点天灯、庙宇烧香等。《历城县志》载:"孟春月'元日'昧爽,设香烛、牲醴祀神祇、祖先,家人称寿。及旦,戚里相贺。"②《武城县志续编》又载:"'元旦',绘门神,贴春联,燃爆竹,祭神,祀先,照伦序拜尊长毕,食饺饵。亲友更相贺岁,数日乃罢。"③在《醒世姻缘传》第三回、三十六回、六十七回、七十六回中对此均有描述。如第三回"老学究两番托梦,大官人一意投亲"中提到年初一早上,晁源"一面梳洗完备,更了衣,天地灶前烧了纸,家庙里磕了头,天也就东方发亮了"。之后晁大舍到庙里磕了个头,再到县衙里递了个帖,就等着吃了饭出去拜客。第六十七回"艾回子打脱主顾,陈少潭举荐良医"中,常功有了那件皮袄之后,"初一五更起来,装扮齐整,先到了龙王庙叩头,祝赞龙王叫他风调雨顺;又到三官庙叩头,祝赞天官赐福,地官赦罪,水官解厄;又到莲花庵观音菩萨面前叩头,祝赞救苦救难。同班等辈之家,凡有一面相识之处,与夫狄家的亲友,只为穿了这件衣裳。要得衣锦夸耀,都去拜节"。第七十六回"狄希陈两头娶大,薛素姐独股吞财"中又讲"薛如卞兄弟三人来与素姐拜节,要到狄员外夫妇喜神面前一拜"。这是山东民间元旦的习俗。第三十六回

---

① 山东省地方史志编纂委员会编:《山东省志·民俗志》,第410页,济南:山东人民出版社,1996。

② 〔明〕宋祖法修:《历城县志》,明崇祯十三年(1640)刻本。

③ 〔清〕厉秀芳辑:《武城县志续编》,清道光二十一年刊本。

"沈节妇操心守志，晁孝子刲股疗亲"中则记述了官府元旦之俗："县官拜过了牌，脱了朝服，要换了红员领各庙行香。"可见，明清时山东地区民众的过年习俗与现在并无太大差异：初一早起，换上鲜亮的新衣服；男子在家长的带领下祭拜神灵，对祖先的牌位和遗像供祭参拜；吃水饺之前要先盛一碗敬天地，再盛一碗敬灶君；吃饭之后便是拜年。拜年在官府则地方官员沐浴盛装，前往所在衙门举行"望阙遥贺"的礼仪活动，然后互相间往来交庆。在民间则人人穿着鲜衣，序拜尊长，家众互拜，天亮后邻族戚友交相贺拜。拜年也有采用"投帖"形式的，如《醒世姻缘传》中晁源就曾叫书办预备拜帖，初一早上到县衙里递了个帖。

过了初一，年节并未结束，拜节活动还在继续，如《醒世姻缘传》第三回，计老头和计巴拉正是正月初七日来与计氏拜节；而第五回中，晁大舍初三日与监里老师、苏锦衣、刘锦衣拜节。这些往来交拜的活动最晚持续到正月十五上元节才结束。

冬至，因为是一阳之始，所以古代对其十分重视。冬至前一天叫小至或小冬，冬至叫做长至或大冬，冬至后一天叫做至后。节日三天，君不听政，民间歇市，学生放假。旧时山东利津、夏津等地有"冬至大如年"的民谚，他们又称冬至为亚岁、小年，各地庆贺如春节一样，只是没有拜年这一条。莒县的士大夫阶层还会举行酒会，叫做"消寒会"，画"消寒图"。《历城县志》载："仲冬月'至日'，祀先，逆女。官拜阙，士拜师，民祭祖。"①《醒世姻缘传》第四十三回"提牢书办火烧监，大辟因姬蝉脱壳"中，冬至日，武城县"县官拜过牌，往东昌与知府贺冬，留着待饭，晚上没回县来"。可见当时官府对冬至节十分重视，地方官员要趁此佳节，向上级长官拜贺。第一回"晁大舍围场射猎，狐仙姑被箭伤生"中，冬至日正好下雪，"晁大舍叫厨子整了三四桌酒，在留春阁下生了地炉，铺设齐整，请那一班富豪赏雪"。宴会上有女戏子斟酒侑觞，一伙人猖狂恣纵，一直吃到次日五更，并约定十一月十五日去往雍山打猎。晁大舍等人宴饮赏雪便属于士大夫举行"消寒会"之列，只因这班人是些富豪纨绔，没有画"消寒图"的雅致。

另外，《醒世姻缘传》中还提到了元宵、端午、中元、重阳等节日习

---

① 〔明〕宋祖法修：《历城县志》，明崇祯十三年(1640)刻本。

俗,这里就不一一赘言了。

二、《醒世姻缘传》与山东地区的庙会集市习俗

庙会是中国古代民间社会生活的一项重要内容,它最初产生的基础是祭祀、娱神等活动。但到明清时期,庙会已经成为集民间信仰、商业贸易、休闲娱乐以及社区整合等功能于一体的节日了。山东"各地庙会确定的时日不一,但多在春秋两季,名称也因地而异,如济南千佛山庙会、泰山庙会、青州云门山庙会、荣成藤将军会、蓬莱阁庙会、临清泰山行宫庙会、曲阜村门会、海阳圣母会、长岛娘娘庙会等"①。作为中国传统社会中少有的全民性活动之一,庙会集纳了不同阶级、阶层以及不同职业、性别、民族、地域的人。因此,它涵盖了各种各样的传统习俗,要了解一个时代的民俗风貌,庙会是必不可少的观察对象。《醒世姻缘传》中较长篇幅描写的"泰山香社"就是泰山庙会的重要组成部分。

《醒世姻缘传》第七十三回"众妇女合群上庙,诸恶少结党拦桥"中描写了三月初三明水镇的玉皇宫庙会。小说写道:"那三月三玉皇庙会,真是人山人海。拥挤不透的时节,可也是男女混杂,不分良贱的所在。"据《山东民俗》记载,庙会开始时总要祭神,祭神仪式结束后,娱乐贸易活动才自由展开,民间艺人卖艺募钱,赶庙会的人争相围观,场面非常热闹。小说用了"人山人海""拥挤不透"八个字形容得极为生动。在这次庙会上,作者重点描写了人物繁杂的场面,勾画了一些人物的丑陋行径。有一个军门大厅刘佐公子,来明水看会,同了无数的游闲子弟,立在桥上,但是有过来的妇女,哄的一声,打一个圈,围将拢来,便用言语侮辱调戏。这反映了那个时代庙会上的陋习。薛素姐听从了侯道婆等人的劝说,挤在人群里,与一个出了名的行为不检点的女人程大姐一同赶会,引起了庙会上众多恶少、光棍的注意:"但是略有半分姿色,或是穿戴的齐整,尽被把衣裳剥得罄净,最是素姐与程大姐吃亏得很,连两只裹脚、一双绣鞋也不曾留与他,头发拔了一半,打了个七死八活"。事后,薛素姐将此事诉诸县衙,结果败兴而归。"过得

---

① 安作璋主编,朱亚非著:《山东通史·明清卷》,第 336 页,济南:山东人民出版社,1994。

两日,果然济南府行下一张牌来,严禁妇女上庙,要将侯张二道婆拿解究问,合家逃躲无踪。绣江县勒了严限,问地方要人。那禁止烧香的告示都是以薛氏为由。"在中国传统社会中,广大平民缺少娱乐项目,庙会这种全民性的娱乐活动定然吸引众多下层民众的参加。在这种意义上讲,庙会便是全民性的狂欢节日。

《醒世姻缘传》第六十八回"侯道婆伙倡邪教,狄监生自控妻驴"和第六十九回"招商店素姐投师,蒿里山希陈哭母"中,作者虽未全面描写泰山庙会,却以庆贺泰山奶奶碧霞元君的诞辰为纽带,用了整整两回的篇幅详细叙述了以两位道婆为首的香社去泰山进香参加庙会之事。泰山庙会的缘起与泰山崇拜和道教在泰山的兴盛有关,最初是以东岳大帝为纽带形成的。元、明、清时期乃至民国,虽然东岳大帝的影响比起碧霞元君有所减弱,但泰山庙会仍把祝贺东岳大帝的诞辰作为主要内容之一。进入明代,泰山庙会除庆贺东岳大帝的诞辰外,又增加了庆贺碧霞元君的诞辰活动。传说中碧霞元君的诞辰是四月十八日,与东岳大帝的诞辰时间(三月二十八日)相近,在不改变泰山庙会会期时间的情况下,把庆贺碧霞元君的诞辰活动纳入进来,便吸引更多的香客,吸引更多的赶会者,尤其是广大的妇女群体。

泰山庙会上除了有宗教仪式之外,更多的是娱乐活动和商品贸易,正如《醒世姻缘传》中两位道婆所说:"四月十八顶上奶奶的圣诞,比这白衣奶奶的圣诞更自齐整,这是哄动二十合属的人烟,天下的货物都来赶会,卖的衣服、首饰、玛瑙、珍珠,甚么是没有的?"在这种有香社传统的庙会中,朝山进香年年有,一方面形成了相沿成习的走会规矩和仪式,另一方面也形成了一些约定俗成的说法和做法,这些就构成了庙会中的香社习俗。如《醒世姻缘传》中两位道婆说:"实是这十五日会友们待起身上泰山烧香,俺两个是会首,这些会友们眼罩子、蓝丝绸汗巾子,都还没做哩;生口讲着,也还没定下来哩;帐也都还没算清哩。"这不经意的一句话便体现了当时上泰山进香的隆重:除了行程中的组织、照应,香社会首还要提前许多天置办香客们途中所需的生活物品;她们不仅要到处劝导善男信女加入香社以扩大规模,更要为这些香客们准备好坐骑、打点好路中歇脚之处。用小说中道婆的话说,普通民众们参加香社的目的"一则积福,二则看景逍遥"。在当时民众心中,"泰山奶奶掌管天下人的生死福禄",因此,上山进香是积福的绝好途径。香社人马走到泰安州待要住店时,"洗脸吃茶,报名雇驴轿、号佛宣经,先都到天齐庙游玩参拜,回店吃了晚饭。睡到三更,大家起来梳洗完毕,烧香号佛过了,然后大众一齐吃饭。老侯两个看着一行人众各各的上了山轿,老侯两人方才上轿押后。那一路讨钱的、拨龟的、舍路灯的,都有灯火,所以沿路如同白昼一般"。这段描写真实生动地表现了当时香社途中的行动细节,其中"号佛宣经""参拜""烧香"等活动正是要表示对碧霞元君的虔诚,希望泰山奶奶能保佑自己及家人平安幸福。香客们到了泰山顶上,依俗是要交香火钱的,也叫"香税"。小说中亦有描写,"那管香税的是历城县的县丞,将逐位的香客单名点进"。

这种香社在进香前前后后都有许多讲究和程序,《民俗研究》上曾有一篇文章《〈醒世姻缘传〉与泰山香社》①,专门就《醒世姻缘传》研究论述了泰山香社的目的、组织情况、进行的程序等。香社接受新成员一般是先由会首劝诱,动心之后要参加香社"烧信"的先期活动,另外还要向会首交纳会费。真正的进香过程则有下面几步:首先,在当地烧信香演社;其次,香会备好锣鼓、旗幡,浩浩荡荡前进,每经过一个村庄都要锣鼓齐鸣,燃放鞭炮;路上寄宿时,最重要的就是"安驾",即祭拜、安放泰山奶奶的神像神位;到达朝觐地泰山时,香社要参拜客店的娘娘庙,然后徒步登山,甚至不乏一步一叩头者;抵达圣母殿后,要把各自准备的祭献——贡献。祭祀游玩结束后,香客店在红庙摆上酒席为下山的香客们"接顶";最后,香客们收拾行李打点回家,回到家中须烧信香,感谢泰山奶奶保佑自己平安到家。至此,一次进香活动圆满结束。小说对整个行程描写细致详尽。

集市也是明清时期非常普遍的一种贸易形式,它是由古时的"日中而市"发展而来的。到明代时,集市已经发展为庙市、灯市、内市等多种形式。山东人把到集上做买卖称为"赶集""上集",到集上闲逛称为"逛集"。集市日期一般约定俗成,五天为一周期,"此外还有一些特殊的集市,如蓬莱城的五更集,天明不久就散集;微山县的南阳镇集分

---

① 李伟峰:《〈醒世姻缘传〉与泰山香社》,《民俗研究》2005 年第 4 期。

为早市和夜市"①。集市一般以地名或当地的标志性建筑命名:前者如南阳镇集,后者如《醒世姻缘传》中提到的城隍庙集。

《醒世姻缘传》第六回"小珍哥在寓私奴,晁大舍赴京纳粟"中,写到七月二十五日晁大舍"端了一扶手银子,果然到了庙上,买了些没要紧的东西,回到京中宅子"。到了十二月二十五日,他又"煞实与珍哥置办年节,自头上以至脚下,自口里以至肚中,无一不备。又到庙上与珍哥换了四两雪白大珠,又买了些玉花玉结之类,又买了几套洒线衣裳,又买了一匹大红万寿宫锦"。这一天,晁大舍还在庙上买到了自以为奇异的两件"活宝"——会念经的狮猫和会说话的鹦哥。在山东,"集上分行业设'市'、'行',各'市'、'行'都有固定集中营业区域""每年阴历进入腊月,人们开始置办年货,此时集市一变而为'年货市场',人称'腊月集'。'腊月集'上除日常消费品如新衣、新帽、布匹、百货、食品等等种类与数量都大大增加之外,又有一些新市出现"。② 小说中十二月二十五日的城隍庙集即上面所说的"腊月集"。在这次腊月集上,由于人们纷纷前来置办年货,无论是货贩还是买主都比较多,集市显得格外热闹。除了常规的年货之外,腊月的城隍庙集上还有一些稀奇有趣的玩意儿专门哄骗有钱无心的阔少。这种东西往往会吸引众多看客,买者编一些无边的瞎话把自己的货品夸得天花乱坠,尽管有些看者能识破,但还是有像晁大舍这样未经人事的阔少相信并花高价买下。

山东融会了齐、鲁两地的民风、民俗。自古齐文化"通商工之业,便鱼盐之利",以农业为主,农工商并举。虽然最初的鲁文化与齐文化有许多不同,但随着朝代的更替与文化的融合,齐、鲁文化互相融合,齐地的工商文明也成为山东地区普遍的文化特征。明清时期山东因为有运河经过,且临清是非常重要的码头城市,因此经济繁荣,贸易昌盛,出现了许多富实的县镇,如临清州"舟车毕集,货财萃止,服贾之民,亦什居其六焉"③,章丘县"关厢士民杂居,商贾辐辏,营机利,多驵

---

① 安作璋、王志民主编,朱亚非著:《齐鲁文化通史·明清卷》,第550页,北京:中华书局,2004。

② 山曼、李万鹏等著:《山东民俗》,第332页,济南:山东友谊出版社,1988。

③ 胡朴安主编:《中华全国风俗志》(上编),第14页,石家庄:河北人民出版社,1986。

侩"①。《醒世姻缘传》中描写的庙会、集市上的贸易活动正体现了山东地区的商业状况。

以上对《醒世姻缘传》中的山东民俗的研究,主要是梳理了小说中的民俗表现,将其与民俗典籍中的记载相对照,从中可以看到在山东地区整体的民俗环境中,小说所写到的个别地区民俗表现的特殊性;也可以从中看到那个时代的民俗概貌,与之前、后来乃至现在有怎样的区别;还可以从中看到与其他地方相比,小说中描写的民俗有着怎样的山东文化特色等。

山东是孔孟之乡,儒家文化的发源地。《醒世姻缘传》中的民俗描写也处处渗透着儒家文化的观念。首先,由于儒家文化的熏陶,山东人多重视忠孝,讲究礼节,《醒世姻缘传》中的许多描写也从一个侧面印证了这一点,如小说中长者的寿诞、丧礼都隆重而热闹,晁夫人更是因为仁厚而受到乡人的尊崇被推为神人,婚丧嫁娶的习俗和礼节非常繁琐,连一个小姑娘春莺都懂得为夫守寡以贞节赢得大家的尊重等。其次,由于儒家传统的影响,山东人多努力向统治阶层靠拢,官本位思想较浓,《醒世姻缘传》中,晁老爷当官后街坊邻里的表现忽然变得亲热而殷勤,明清时期受到官方推崇的关帝圣君和碧霞元君在山东也受到民众的格外礼遇,山东地区的民俗也融入了天子脚下北京的民俗特征。

另外,由于地处北方,丘陵广布,山东民众的性格也像其自然特征一样,耿直、豪爽、刚烈。《醒世姻缘传》中薛素姐的形象虽不讨人喜欢,但她那种天不怕地不怕的刚烈、狂野性情也是符合山东人性格特征的。这一地区民俗自然而然显现出的儒家文化的色彩以及豪爽直率的性格特征,正是山东文化的独特之处。

---

① 胡朴安主编:《中华全国风俗志》(上编),第8页,石家庄:河北人民出版社,1986。

第五章
《聊斋志异》与山东民俗

　　《聊斋志异》作为中国古代最杰出的小说作品之一，自产生时起就受到了人们的广泛关注，从清人的评注、题跋到后世专门的研究论文和专著，两百多年来研究领域不断拓展，研究角度涉及语言学、社会学、文艺心理学、精神分析学、文化学、文体学、叙事学、女性批评等，成为学术研究领域的一个持续的热点。①　其中从民俗学角度研究《聊斋志异》起步较晚，直至20世纪80年代，它才以日渐鲜明的姿态呈现在大众的视野中。

　　20世纪六七十年代零星发表的一些论文如苏雪林的《由〈聊斋·偷桃〉谈印度魔术》、谷旭的《从民俗学看〈聊斋〉》、藤田祐贤的《聊斋民谭考》等已开始触及《聊斋志异》与民俗文化研究这一领域，进入80年代以后，汪玢玲先生陆续发表了一系列论述《聊斋志异》与民俗文化的论文，并在1985年结集出版了《蒲松龄与民间文学》一书，首开从民间文学角度系统研究古代文学作品先例。她在前辈学者如鲁迅、叶德钧、聂石樵、杨柳等的聊斋本事考源的基础上进一步考证聊斋故事与民间故事的渊源

---

① 王平著:《二十世纪〈聊斋志异〉研究述评》,《文学遗产》2001年第3期。

关系，并细致研究蒲松龄提炼民间故事素材的方法。① 2003 年，汪先生在原有资料的基础上，结合近年研究成果，又出版了《鬼狐风情——〈聊斋志异〉与民俗文化》一书。作者在对作品本事进行考源的基础上进一步探讨了《聊斋志异》的思想艺术成就，同时也着重研究了《聊斋志异》的民间性——所用的民间艺术的构造方法、民间典故的继承改编，尤其着力于考察其与民间鬼、狐文化的关系，兼及聊斋俚曲和蒲氏其他杂著的民俗研究，也约略涉及了一些明清时期的具体民俗事象，如婚俗、丧俗等，但篇幅不多。

此后，从民俗学角度研究《聊斋志异》逐渐为学术界所接受，大量的研究论著相继出现，或借助对《聊斋志异》中某些民俗的研究深入了解作品创作的社会背景，或探究民间流传的故事、传闻如何升华为聊斋小说作品，或将《聊斋志异》作为研究 16、17 世纪民俗的生动资料进行民俗学研究。

在上述研究论著中，从总体上探讨《聊斋志异》民俗特征的有《〈聊斋志异〉与华夏风俗》《论〈聊斋志异〉的民俗描绘》等；研究蒲松龄的民俗思想及其创作与民俗学关系的有《蒲松龄与民俗学》《论蒲松龄的民俗思想》等，并涉及《聊斋志异》中表现的乡俗风物以及对民间情趣的探讨。

《聊斋志异》相关的物质民俗研究已开始涉及当时的社会经济状况，研究者对作品中所表现出的饮食文化、酒文化和杂技等关乎百姓日常生活的民俗事象表现出了一定的兴趣，如《〈聊斋志异〉中的饮食文化》、《谈〈聊斋志异〉中对酒的描写》以及《〈聊斋志异·偷桃〉篇的民俗学价值》、《〈聊斋志异〉所写中国古代杂技琐谈》等。

写鬼写狐是《聊斋志异》的突出特色之一，蒲氏在构筑神鬼狐妖艺术世界的过程当中，民间信仰、宗教以及民间思维方式和理念是怎样与艺术形象相结合的，这个问题逐渐成为研究者关注的重点。通过检索可以发现，《聊斋志异》精神民俗研究方面的论著大多围绕其中的民间信仰与民间意识，关注的重点仍不出鬼文化和狐文化的范畴，兼及《聊斋志异》中出现的职能各异、多姿多彩的民间神灵，如《〈聊斋志异〉

---

① 汪玢玲：《七十年来的蒲松龄研究》，《蒲松龄研究》1994 年第 2 期。

与民间神灵》《〈聊斋志异〉中的民间信仰和民间意识》等；研究《聊斋志异》的兆数信仰、风水文化以及其他巫术禁忌活动，如《"镜听"考源》《试论〈聊斋〉与巫史之关系》等；涉及《聊斋志异》与宗教文化的研究往往也掺杂着大量民俗方面的内容，如民间对佛、道的俗信以及由此而产生的和尚、道士等群体，研究论文多着眼佛、道文化与《聊斋志异》的关系以及宗教神灵的信仰等。研究者对《聊斋志异》民俗文化方面的专题研究也开始涉及《聊斋志异》所体现出的乡土特色以及对《聊斋志异》民间性的研究等，如《〈聊斋志异〉民间性溯源》、藤田祐贤《聊斋民谭考》等；也有研究者开始关注某些地域文化特征与《聊斋志异》作者创作的关系，如《蒲松龄与泰山》等。

关于《聊斋志异》的地域性特征，冯镇峦在《读聊斋杂说》中就已指出："此书多叙山左右及淄川省事，纪见闻也。"①蒲松龄长期蛰伏淄川乡邑，搜集了较多反映当地风土民情、渗透百姓心理因素的传说、故事，波谲云诡，运思入妙，熔铸成各具面目、意境翻新的文言小说。作家把民俗素材加以构思创作，编织成了一篇篇蕴藉谐谑的篇章。既反映现实，又寄托情感；既提出解决人生矛盾的设想，又表达自己的美学理想。适合民众口味，在百姓中产生了巨大的感染力。他不仅把自己采集的材料编撰成《农桑经》《补蚕经》《药祟书》《婚嫁全书》等民俗学专著，而且把它们有机地融入作品，作为花妖狐魅之辅，赋予他的神怪小说大量的民间生活内容，这样，这部浪漫主义杰作便成了一部风土人情记。② 然而，已有的研究多着眼于文化层面，就某些民俗现象泛泛而论，很少强调民俗事象的地域特色，而较为系统地总结作品中具有浓郁地方特色的山东民俗事象，联系作家生活创作经历对作品的研究则更为欠缺。

汪玢玲先生也曾指出，蒲松龄的著作"广泛地反映了明清时期的社会制度、风土人情、民间故事、博物知识及民间习俗、信仰、民间游艺等等……是一座彩色斑斓的民俗小宝库"③。面对这样一座闪耀着山

---

① 任笃行：《全校会注集评〈聊斋志异〉》，第 2482 页，济南：齐鲁书社，2000。本书所引《聊斋志异》原文及诸家注释评点均据该本。

② 蔡国梁：《〈聊斋〉反映的清初民俗》，《社会科学辑刊》1984 年第 3 期。

③ 汪玢玲：《蒲松龄与民俗学》，《东北师大学报》1984 年第 5 期。

东地域特色的民俗文化宝库,本书将选取其中比较具有代表性的符号,如山东民间鬼狐神仙及宗教信仰、地域民俗文化如泰山鬼神文化、崂山道教文化等作为主要的观照对象,旨在考察独具特色的山东民俗意象在《聊斋志异》中艺术化的表现形式,研究民俗的表现在《聊斋志异》故事结撰中的作用,以及对作品思想艺术风格形成的影响,并进一步探讨作为文学作品的《聊斋志异》与其产生的艺术土壤——山东民俗文化之间的独特关系。

第一节 作家游历采风与山东地方民俗的艺术化表现

一、"雅爱搜神"与《聊斋志异》素材来源

"雅爱搜神"是蒲松龄创作《聊斋志异》的动因之一,其在《聊斋自志》中写道:"才非干宝,雅爱搜神;情类黄州,喜人谈鬼。闻则命笔,遂以成编。久之,四方同人,又以邮筒相寄,因而物以好聚,所积益夥。"蒲松龄之孙蒲立德在《聊斋·书跋》中又对乃祖搜集素材、写作《聊斋志异》这样评价道:"而于耳目所睹记,里巷所流传,同人之籍录,又随笔撰次而为此书。其事多涉神怪;其体仿历代志传;其论赞或触时感事,而以劝以惩。"山东民间至今仍流传着蒲松龄搜集民间文化资料的种种传说,如传说其在教书之余,从济南移植来"白玉垂丝菊",自制"蜜饯菊桑茶"招徕行人说故事。文人笔记如邹弢的《三借庐笔谭》卷六中则记载蒲松龄携烟茶于路旁邀过往行人搜奇说异的故事,一向为人引用。此说虽然未必确切,但蒲松龄多年来注意观察积累,搜集传闻故事作为创作素材这一点是确定无疑的。

从《聊斋志异》素材来源看,大致有三个:一是口头来源,作家通过与人闲聊,听人讲故事,或远方友人邮筒所寄,搜集流传在民间的口头故事,加以改编渲染以成聊斋篇章;二是书面来源,作家取材于历史事件和历史人物,或者在小说典故基础上进行创新,敷衍成篇;少部分来自作家亲身经历,随手所记。为作家提供口头素材的多为其朋友、家族和亲戚,所记录的故事也多以明清时期的山东各地为背景。"雅爱

搜神"正是蒲松龄创作《聊斋志异》的基础,也正是因为《聊斋志异》故事多取自所见所闻以及身边友人提供的传说故事,所以它更多地保留了明清时山东地方习俗、风土人情之面貌。

二、游历采风与山东地域风情撷趣

蒲松龄一生的绝大部分时间都在家乡淄川度过,其间除去康熙九年秋到康熙十年秋的南游宝应之外,他游历的足迹多不出齐鲁大地。或奔波于家乡与郡城之间,为科举前程殚精竭虑;或遨游于仙山海岛,宿道观,观海市,一洗俗尘;或瞻仰岱岳之姿,蕴蓄昂藏之气,感受博大而深邃的泰山文化……在感事赋诗之余,作家"雅爱搜神"的志趣不改,更多地把目光投向那些奇异动人的传说故事和丰富多彩的世俗人生百态,将其作为构筑《聊斋志异》艺术世界的材料,在展现独特的地域民俗风物的同时,又独具匠心地对其点染提炼,使这些带有鲜明地域特色的文化元素与小说的艺术构思及思想意蕴水乳交融,共同建造了这座体现着作者艺术才情、思想深度且闪耀着山东独特地域民俗文化特色的艺术宝库。

据马瑞芳先生考证,蒲松龄诗文中涉及到其济上游踪的,先后有二十多次,可见郡城济南是聊斋先生的频游之地。他或是自己参加考试,或是陪弟子参加考试,有时还要为馆东父子营干,包括代办"物色菊种"一类的雅事,或因达官贵人之邀,如喻成龙以礼敦请;或偶与髫龄好友"重过诗酒豪游地",而"年年作客芰菱乡"。①

稷下,是诗人蒲松龄流连忘返之地,他有不少吟诵千佛山、历下亭、珍珠泉、趵突泉的诗歌,写得生趣盎然,大明湖的美景更为诗人所偏爱。多次往返泉城途次和小驻郡城的生活,使长期蛰居乡村的私塾先生游览了济南的许多风景名胜,了解了不少郡城风俗,并收集了很多济南传闻掌故。新闻总入"鬼狐史",这些记录济南风俗见闻的篇章,在《聊斋志异》中多有体现。

蒲松龄经常游览大明湖,他有一首《客邸晨炊》描述的就是其客居大明湖边的情景:"大明湖上就烟霞,茆屋三椽赁作家。粟米汲泉炊白

---

① 马瑞芳:《蒲松龄评传》,第 232 页,北京:人民文学出版社,1986。

粥,园蔬登俎带黄花。"①《水面亭》则描述了诗人饮酒大明湖水面亭上的豪情:"论心话旧一樽前,风送荷香媚远天。酒遇刘伶醒亦醉,月逢庾亮过不圆。雄谈欲碎珊瑚树,小酌堪凌玳瑁筵。闻说圣朝新右武,好投文笔去筹边。"②《聊斋志异》中的《寒月芙蕖》篇讲济南道人在大明湖上请客,所选的地点正是天心水面亭,这与蒲松龄对大明湖诸景的熟悉不无关系,篇后吕湛恩注:"《道园学古录》:'李洞居大明湖上,作天心水面亭、白云楼、都阃故宅……'"荷花是大明湖最具特色的代表事物之一,蒲松龄在关乎大明湖的诗作中时有提及,如《水面亭》中的"风送荷香媚远天",《同安丘李文贻游大明湖》中的"片帆无恙湖山雨,一棹忽冲芰荷烟"③。《寒月芙蕖》中对此也有传神表现:"(水面)亭故背湖水,每六月时,荷花数十顷,一望无际;宴时方凌冬,窗外茫茫,惟有烟绿。"有人慨叹无莲花可赏,道人施展法术,众人再看时:"果见弥望青葱。间以菡萏,转瞬间,千枝万朵,一齐都开;朔风吹来,荷香沁脑。"湖面上竟然出现了荷花盛开的美景,然而这都是"幻梦之空花",只可远观,而无法采撷。《丐僧》则刻画了济南一僧人"赤足,衣白衲,日于芙蓉、明湖诸馆,诵经抄募"且不吃不喝、能剖腹理肠等神异之事。芙蓉指的当是济南的老商业街芙蓉街,以街中路西的芙蓉泉而得名,是当时济南府最繁华毓秀之地,清泉长流,商贾聚居。蒲松龄写作小说时信手拈来,足见其在作家脑海中印象之深。

《鹰虎神》中一偷儿在郡城(济南)东岳庙行窃后"将登千佛山,南窜许时,方至山下。见一巨丈夫,自山上来,左臂苍鹰,适与相遇"。《钟生》篇中提及辽东名士钟庆余应济南乡举,"闻藩邸有道士,知人休咎,心向往之。二场后至趵突泉,适相值"。千佛山、趵突泉等济南名胜纷纷走入聊斋,充当了作者结撰鬼狐故事的背景。

《聊斋志异》中还有不少直接反映济南民间风俗的作品,如《跳神》篇:"济俗:民间有病者,闺中以神卜,倩老巫击铁环单面鼓,婆娑作态,名曰'跳神'。"小说中详细描述了济南妇女跳神治病活动的整个过程,对研究民间信仰风俗有相当的借鉴意义。《上仙》则以作家亲身所见,

---

① 路大荒整理:《蒲松龄集》,第 600 页,上海:上海古籍出版社,1986。
② 路大荒整理:《蒲松龄集》,第 671 页,上海:上海古籍出版社,1986。
③ 路大荒整理:《蒲松龄集》,第 513 页,上海:上海古籍出版社,1986。

讲述了其与友人至供奉狐仙的巫婆家中求医问药的经过,对济南民间借狐仙信仰而大行其道的巫术迷信活动进行了细致描画。《武技》篇中因从少林僧学武而自命不凡的李超,"偶适历下,见一少年尼僧,弄艺于场,观者填溢。……不觉技痒,意气而进",才一交手,"尼骈五指下削其股。李觉膝下如中刀斧,蹶仆不能起。……月余始愈"。意在惩戒那些学艺不精且自命不凡的习武者,同时从一个侧面表现了当时济南甚至整个山东民间崇尚武术、习练武艺的风俗,据说该民俗春秋战国时期就已产生,一直延续至今。① 《偷桃》是表现我国古代杂技的经典篇章,历来为研究者所重视,对其阐述也已很多,在此不作赘述,然而篇中值得注意的还有杂技表演的大背景——演春习俗。小说开篇:"童时赴郡试,值春节。旧例:先一日,各行商贾,彩楼鼓吹赴藩司,名曰'演春'。余从友人戏瞩。是日,游人如堵。堂上四官皆赤衣,东西相向坐。……"迎春习俗盛行于山东民间,康熙三十一年(1692)所修《济南府志》中记载:"凡立春前一日,官府率士民,具春牛、芒神,迎春于东郊。……里人、行户扮为渔樵耕读诸戏剧,结彩为春楼;而市衢小儿,着彩衣,戴鬼面,往来跳舞,亦古人乡傩之遗也。立春日,官吏各具彩杖,击土牛者三,谓之鞭春,以示劝农之意焉。"其他还有记载,如立春前五天检查鞭春的准备工作,谓之"演春"。② 道光《招远县志》记载迎春时"(官吏)皆簪春花,官则朱衣,吏胥群从,以迎春于东郊亭"③。并随后举行各种各样的演出活动,而偷桃的魔术就是在这种场合下表演的。

历城人物故事,如刻画济南同知吴南岱"刚正不徇"之凛凛风骨的《一员官》;讲述历城人刘亮采之父与狐仙交往,后来狐仙投生成为其子神奇故事的《刘亮采》;还有采自济南名士朱缃关于其父朱宏祚缉捕盗贼故事的《老龙舡户》,以及记朱宏祚亲历事的《外国人》等。当是蒲松龄在与济南名士的交往中采集而来,敷衍成篇。济南之行的交游采风使蒲松龄掌握了大量民俗信息,作家收集到的各种故事、传闻一经

---

① 叶春生主编:《区域民俗学》,第 130 页,哈尔滨:黑龙江人民出版社,2004。
② 山曼、李万鹏等著:《山东民俗》,第 3 页,济南:山东友谊出版社,1988。
③ 丁世良编:《中国地方志民俗资料汇编(华东卷)》,第 229 页,北京:书目文献出版社,1995。

点染创造,在体现鲜明的地域民俗特色的同时,更为构筑神鬼狐妖世界提供了素材,增强了作品的艺术性和感染力。

康熙十一年(1672)夏,蒲松龄与同乡先贤唐梦赉、高珩、张绂等八人同游崂山,这次出游,他们不仅饱览山色,还有幸目睹了难得一见的崂山海市,唐梦赉《志壑堂文集》卷十二《杂记》中对此有过记载:"壬子之夏,游劳山,见海市。……"并作《劳山看海市诗补赋》描述海市盛况。① 蒲松龄也作《劳山观海市作歌》:"山外水光连天碧,烟涛万顷玻璃色。直将长袖扪三台,马策欲挝天门开。方爱澄波净秋练,乍睹孤城悬天半。垆坫横亘最分明,缥瓦鱼鳞参差见。万家树色隐精庐,丛枝黑点巢老乌。高门洞辟斜阳照,晴光历历非模糊。禔属一道往来者,出或乘车入或马。扉阖忽留一线天,千人骚动谯楼下。转眼城郭化山丘,猎马百骑皆兜牟。小坠腾骧逐两鹿,如闻鸣镝声飕飗。飘然风动尘埃起,境界全空幻亦止。人世眼底尽空花,见少怪多勿须尔。君不见:当年七贵赫如云,炙手热焰何腾熏。"② 细致入微地描绘了海市那瞬息万变的奇妙景观,体现了作者独具匠心的艺术观察和描摹生活的深厚功力。

《聊斋志异》中有三篇比较重要的小说《劳山道士》、《香玉》和《成仙》,都是以崂山为背景创作的,与蒲松龄曾亲自游历崂山有关。《劳山道士》中作者对流传于民间的关于崂山道士法术的种种神异传说的娴熟运用和改造,以及《成仙》篇中对崂山道士云集的修道盛况的表现,在传闻的基础上,对崂山也有一定的感性认识。《香玉》开篇即写:"劳山下清宫,耐冬高二丈,大数十围,牡丹高丈余,花时璀璨似锦。"如此描述极似作者亲见。在崂山下清宫还一直流传着蒲松龄曾在南配房的一间西耳房中住过,并在那里创作了与崂山相关的这几部作品的传说。③ 民间传说的可信与否难以查证,但《聊斋志异》中对崂山风物民情的艺术表现,进一步体现了作家采风游历过程中"雅爱搜神"的创作旨趣,地域民俗风物的刻画渲染构成了小说的素材、情节或者细节,

① 袁世硕、徐仲伟:《蒲松龄评传》,第90页,南京:南京大学出版社,2000。
② 路大荒整理:《蒲松龄集》,第507页,上海:上海古籍出版社,1986。
③ 邹宗良:《蒲松龄的崂山之行》,《蒲松龄研究集刊》第4辑,第223～228页,济南:齐鲁书社,1984。

成为作家艺术构思不可或缺的组成部分。同时,从作品中可以发现,崂山道教文化对作家产生了深刻影响,这与《聊斋志异》中大量的道教题材小说的创作也不无关系。

康熙十二年(1673),蒲松龄又同唐梦赉、高珩等游览泰山,并各有诗文记录这次泰山之行,唐梦赉在《志壑堂文集》卷十二《杂记》中记道:"癸丑,登泰岱,宿岳顶公署。四鼓登日观峰,天宇穹窿,白云满地。已而鸡声唱彻,东望白云中,火焰堆起三峰,初如红榴乍吐;渐高,云气始赤,叠锦拖绮,变现万状;朱轮盘去天渐近,白云渐消,山峦村落渐出,而世界现矣。"①

泰山之行给蒲松龄留下了很深的印象,他创作了《登岱行》《秦松赋》等诗歌。但他此行最重要的收获,是搜集了大量泰山故事素材,为后来的创作准备了充分的条件。②

《聊斋志异》中有关泰山的小说有二十多篇,从表现山东民俗的角度来看主要有以下几个类型。第一,反映泰山碧霞元君信仰,如《云翠仙》《柳氏子》《周生》等。其中《云翠仙》讲到了百姓参礼碧霞元君的跪香习俗,同时对泰山独特的登山工具——山兜也进行了刻画,如"才(梁有才)殷勤,手于橐,觅山兜二,舁媪及女。已步从,若为仆;遇隘,辄呵兜夫不得颠摇动,良殷"。借雇山兜的前前后后十分形象地表现了梁有才急于讨好云翠仙母女的用心。第二,表现泰山神主宰阴间俗信,如《棋鬼》《布客》《王货郎》《韩方》《鬼隶》等。第三,表现民间狐信仰,如《胡四姐》《周三》《长亭》等。其中,《周三》中的侠狐周三是一个十分独特的狐精形象,他"虬髯铁面,服袴褶",不同于小说中常见的温文尔雅的狐女、狐秀才,并且作者也避开了民间常用的以法术驱狐的方法,让侠狐以暴易暴,令人耳目一新。另外还有反映泰安知州张廷芳不畏权贵、爱民如子的《一员官》,记录西僧眼中泰山"遍地皆黄金,观音、文殊犹生。能至其处,则身便是佛,长生不死"奇特信仰的《西僧》。涉及莱芜风俗民情的有狐仙题材的《狐妾》《胡四相公》,反映白莲教起义和法术的《小二》以及揭露贪官酷吏害民的《潞令》《鸮鸟》等。作家通过游历和与当地文人的交往获取了大量素材和民风民俗信息,

---

① 袁世硕、徐仲伟:《蒲松龄评传》,第 91 页,济南:山东文艺出版社,2004。
② 袁爱国:《蒲松龄与泰山》,《蒲松龄研究》1997 年第 3 期。

基于此进行创作,小说题材涉及社会生活的多个方面,较为全面地反映了当时泰山地区民众精神生活面貌。更为重要的是,作家以这样一些故事素材为载体,抒发个人的理想并对社会的弊端进行了深刻的揭露和批判。同时,小说对民俗素材的表现和运用也达到了很高的艺术水平,作家处处留心,将所见所闻随手点化为小说细节,点染出色,触景生春,又使作品流露出浓郁的地域民俗特色和独特的艺术况味。

除了作家亲自采用田野调查的方式获得创作素材之外,《聊斋志异》中的许多故事来自作家的友人、亲戚及广泛搜集的散落各地的奇闻异事,这些出自不同地区的故事同样也保留着能体现其诞生地特色的风物标志,成为聊斋小说展示山东民间风土人情的绝佳注脚。如《葛巾》篇对菏泽(曹州)牡丹进行了艺术化表现,曹州民间种植牡丹的历史十分悠久,自明代起就已广泛种植,成为继洛阳、亳州之后的又一牡丹之乡,名花佳种繁多,而民间流传的花神故事也在此基础上得以发展,最终成就了聊斋名篇《葛巾》。东海古积岛有五色耐冬花但岛上多蟒,见于《崂山志》记载①,也是当地民众的常识。《海公子》篇正是借此结撰了书生为赏花而上岛,为蛇妖所缠,急中生智,以猎药成功杀妖逃生的故事。再如《淄川县志》中记载:"(焕)山在县西十五里……有山市,邑人多见之者。城郭、楼台、宫室、树木、人物之状,类海市云。"②在《山市》篇中作者即以细致传神的笔调描绘了家乡"淄川八景"之一的焕山山市变幻万端的奇妙景象,令人惊叹不已。瓷窑多产陶瓷器皿,民众多以制陶、贩陶为业,《农妇》中的主人公瓷窑坞农妇即以贩陶器为生,有盈余便施舍乞丐,彰显了农村劳动妇女的勤劳品质和高尚人格。

山东民俗风物频频出现在《聊斋》篇章中,这些闪耀着独特地方色彩的民俗元素的存在,丰富了《聊斋志异》所表现生活的容量。作家在天马行空地幻想之时不忘将地域民俗细节融入作品,使这些民俗素材经过精心的艺术构思和谋篇布局,组成一个次序井然、和谐的有机整体,为作品增加了浓郁的生活气息。同时民俗元素又为小说的创作提供了背景、线索和素材,为故事架构和人物性格命运表现创造了条件,

---

① 〔明〕黄宗昌修:《崂山志》卷五《仙释》,即墨:新民印书局,1916年刻本。
② 〔清〕张鸣铎修:《淄川县志》卷一《舆地志·山川·焕山》,清乾隆四十一年(1776)刻本。

提高了作品的艺术性和感染力,使得《聊斋志异》与其生长的土壤——山东民风民俗之间呈现出了相辅相成的独特关系,生动地体现了民俗与文学的互动与融合。

第二节 《聊斋志异》与花妖狐魅

花妖狐魅是《聊斋志异》中非常动人的一类形象,蒲松龄在山东民间崇信动植物精灵民俗的基础上,赋予了这些精灵以全新的形象与深刻的文化内涵;既保留着民间崇拜民俗的痕迹,又以文学的手法对民俗加工改造,使民俗中的动植物特性、神异性与作家着意表现的人性和谐统一,实现了文学与民俗的互动与融合。

一、《聊斋志异》与山东民间树妖花神崇拜

民间信仰"万物有灵"的观念,民众相信即使是花草树木也都有灵气,年深日久便能修炼成精,能够幻化人形,混迹人间。山东地方志及其他资料中对此也有一定的记载,如道光《章丘县志》收录了一则关于章丘县南曹范村树精的传说:"关帝庙有巨槐三株,俱数围许,土人呼之曰大槐、二槐、三槐,相传为唐时物也。邑人有客于南方者,于逆旅见二老人,皆魁梧不类常人,心异之。问其姓氏曰姓槐……原籍章丘之曹范村。……二人徙居于此十余年矣,弟槐三尚在彼。……关帝庙巨槐耳,两株已枯,今计之恰十余年,因相戒勿犯其三,至今犹如故云。"①树木,尤其是古树通灵的说法在民间极为普遍,如长清灵岩寺之古柏:"其树将伐倒时,乌乌之声闻十余里。古人云:'木千年者其灵为青羊,万年者为青牛。'信然矣! 树既有灵,可轻伐哉?"②民间故事对此类题材尤为偏爱,如《泰山民间故事》中《槐花仙子》篇就讲述了泰山岱庙唐槐院内一株唐槐化为女子,与人间男子恋爱的故事。③

时至今日,这种古树有灵、能祸福百姓的崇拜风习在山东民间仍

① 〔清〕吴璋总纂:《章丘县志》卷十五《轶事志》,清道光十三年(1833)刻本。
② 〔清〕马大相:《灵岩志》卷六《述闻》,第186页,济南:山东友谊出版社,1994。
③ 宝君、秋水著:《泰山民间故事》,第17~18页,济南:山东友谊出版社,1986。

有存在,比较常见的是为百年甚至千年古树披红,每逢节庆或有疾病时到树下设礼祭拜、烧香许愿,可见这种风俗在民众中深远的影响力。对于长期生活于山东淄川农村的作家蒲松龄而言,这种影响潜移默化地深入到了思想意识当中,在文学创作中常不自觉地流露出来。如康熙十二年蒲松龄游泰山曾作《秦松赋》,赋中他极力赞扬了泰山"五大夫松""亘古而不坠"的自然之美,并设计了这样一个情节:"予登岱过其下,摩挲而问之曰:'大夫乎,大夫乎!秦之封其有乎,无乎?君以为荣乎,污乎?'徘徊良久,坐而假寐,梦一伟男子告予曰:'世之呼我牛也,牛之;马也,马之。秦虽以我为大夫,我未尝为秦大夫也。为鲁连之乡党,近田横之门人,高人烈士,义不帝秦。秦皇何君?而我为其臣!'"①用拟人化的手法表现了其"意调高骞""清标独耸"的人格,也隐约透露出蒲松龄意识中存在的树木有灵、可幻化人形的浪漫主义观念。

《聊斋志异》中对此类崇拜风俗多有体现,作者在塑造植物精灵形象时,既有借鉴民间信仰的成分,如树木年深日久可化人形,具有神术异能,虔诚信仰能造福人类等,又突出了其道德化、人格化的特点,进行艺术的加工,使笔下的树木精灵颇具人情,同时又不忘点出其异类的特点,而更重要的则是借此承载作者创作的思想内蕴。

《柳秀才》中"峨冠绿衣,状貌修伟"的"柳秀才",即为柳树之神。他心系百姓疾苦,预先告知沂令蝗神将降临沂地,并为其出谋划策,免去百姓庄稼的劫难,以自身代受蝗灾之苦,"后蝗来,飞蔽天日;然不落禾田,但集杨柳,过处柳叶都尽",拳拳爱民之心,无愧于百姓保护神的称号。在《香玉》篇中,那位红衣飘拂、意态温雅的美丽女子便是耐冬树神绛雪,与牡丹花神香玉相映生辉,让人过目难忘。如果说《蝗神》中的柳神是以其无私为民的高尚情怀赢得百姓敬重的话,《香玉》中的耐冬树神绛雪则为我们演绎了一种别样的情怀。耐冬又名山茶,产于气候温煦的海岛中,《香玉》中耐冬树的原型,至今仍生长于崂山下清宫三官殿前,传说为明代张三丰移植而来,颇具神异色彩。②《崂山志》记载:"明永乐间有张三丰者,尝自青州云门来,于崂山下居之。居民

---

① 路大荒整理:《蒲松龄集》,第 600 页,上海:上海古籍出版社,1986。
② 山东美术出版社编:《山东风物志》,第 100 页,济南:山东美术出版社,1984。

苏现礼敬焉。邑中初无耐冬花,三丰自海岛携出一本,植现庭前,虽隆冬严雪,叶色愈翠,正月即花,花蓄艳可爱,今近二百年,柯干大小如初,或分其蘖株别植,未有能生者。"① 耐冬正月严冬之时繁花满树,其不畏霜雪之凛然精神与冷艳气质在《聊斋志异》中时有显现,如黄生初遇香玉、绛雪于下清宫,香玉主动与黄生交往,而绛雪则与他保持着一种"与君交,以情不以淫"的朋友之谊;在香玉被掘走、黄生痛失爱人而绛雪痛失密友的凄凉境地中,绛雪陪伴安慰黄生,直至香玉复活,她落落大方的风度,使黄生深受感动,他曾感慨道:"香玉吾爱妻,绛雪我良友也!"黄生死后化为牡丹,被无知道士砍掉,绛雪与香玉一样,亦殉情而死。表面虽为君子之交,而实则能生死相从,这就是蒲松龄赋予耐冬树神绛雪的独特人格,虽化身娇弱女子,却保留了作为耐冬的高洁精神和凛然之气,令人可敬可叹。

花神在民间信仰中是司花的神祇,总花神一般被称为"百花神"。民间对花神的信仰非常普遍,如花朝节就是为祭奠花神而设,山东有些地区庆祝花朝节,《费县志》岁时民俗有"二月十五日'花朝',韵士多相邀饮"的习俗。曲阜地区则流行在"花朝日"这天"为扑蝶之会"。② 民间信仰中每种花都有花神,如《山东民俗》记济南有称六月二十四日为荷花生日的,大明湖北岸原有一座荒废日久的藕神祠。③ 而在以牡丹著称的菏泽,则广泛流传着许多关于牡丹花神的民间故事,如《曹州牡丹史话》中记载的《李公子夜遇牡丹仙》,讲述的是牡丹仙子与书生谈诗论文的风雅故事;《翠牡丹》则讲述了牡丹仙子爱上了惜花的少年,托杏树老仙做媒嫁给少年,并生育了一子一女,也都化为了牡丹名品的佳话。④

《聊斋志异》中塑造的花神有《葛巾》篇中的牡丹花神葛巾、玉版,《香玉》篇中的香玉,《黄英》中的菊花神黄英和陶三郎;《荷花三娘子》中荷花神荷花三娘子以及《绛妃》篇中的众花神。民间信仰中花神的司花神职是固定不变的,但文学作品中的花神在流传过程中随着时代

① 〔明〕黄宗昌修:《崂山志》卷五《仙释》,即墨:新民印书局,1916 年刻本。
② 丁世良编:《中国地方志民俗资料汇编(华东卷)》,第 264、289 页,北京:书目文献出版社,1995。
③ 山曼、李万鹏等著:《山东民俗》,第 36 页,济南:山东友谊出版社,1988。
④ 李保光:《曹州牡丹史话》,第 17~18、26~27 页,济南:山东友谊出版社,1987。

的不同,被赋予了不同的意义和内涵。明以前的花神是传统女性美的象征,明清时期的花神形象由性爱之神向爱情神祇转变,《聊斋志异》即为突出一例。

《葛巾》《香玉》为《聊斋志异》中的爱情名篇,描写的都是书生与牡丹花神的浪漫爱情故事。作家在刻画牡丹化为美丽女子形象的同时,也时时不忘点出其作为花神的特点,如《葛巾》中书生常大用爱花成癖,在曹州牡丹园中作怀牡丹诗百绝,其痴情赢得了牡丹仙子葛巾的眷顾,葛巾先让桑姥为常生送来所谓"鸩汤",其"药气香冷",饮之"肺膈宽舒,头颅清爽",这与中医以牡丹根入药之丹皮类似,而葛巾"吹气如兰""异香竟体"的特点也暗示了她花神的身份。在与常大用结合后,葛巾又将自己的妹妹玉版介绍给大用之弟大器。然而常大用终非达人,在得知葛巾、玉版两人的真实身份之后心生猜疑,葛巾、玉版只好双双离去,所生之子没入土中化为名贵牡丹。

曹州自古栽培牡丹的传统与许多关于牡丹花神的传说为蒲松龄提供了创作素材,文中洛阳人常大用闻说"曹州牡丹甲齐、鲁",故不惜长途跋涉到曹州赏花,在经历了爱情变故之后,葛巾、玉版所生之子化为牡丹,洛阳牡丹从此闻名于世,小说将洛阳牡丹的故乡说成曹州,颠覆了历史事实,是为文人戏笔。光绪《曹县志》记载:"牡丹非土产也……初盛于洛下……再盛于亳州……至于今,亳州寂寥,而盛事悉归曹州。"①而葛巾紫、玉版白皆为当时曹州牡丹中的名品。当时曹州还有"桑篱园""凝香园""绮园""万花园"等十余处牡丹园,其中桑篱园四周以桑树编织为篱,故而得名。《葛巾》篇中的桑姥应该即指此园中的桑树精,而故事的结撰可能就是以"桑篱园"为背景的。

在人类与异类的交往中,"达"可以说是一个极为重要的因素,只有旷达,才能专注于情,进而对异类的身份不以为意甚至宁愿生死以之,达到一种高妙超脱的境界。《香玉》中着力塑造的黄生即是这样一位达人,他在崂山下清宫中与美丽多情的白牡丹花神香玉相恋,香玉为即墨蓝氏掘走,憔悴而死。黄生悲痛欲绝,作哭花诗,其痴情感动花神,准许香玉再生。深情者如黄生,为与花神常相厮守,死后竟也化为

① 〔清〕陈嗣良等修:《曹县志》卷四《物产》,清光绪十年(1884)刻本。

下清宫的一株牡丹,在不幸被道士斫去之后,白牡丹与耐冬亦相继殉情而死,演绎了一段"情之结者,鬼神可通,花以鬼从,而人以魂寄"的缠绵爱情。明人高弘图《崂山九游记》记载了一则关于崂山上清宫中白牡丹的传说:"宫有白牡丹一本,近接宫之几案,阅其皴干,似非近时物,道士神其说,谓百岁前曾为有大力者以其本负之以去,凡几何年,大力者旋不禄。有衣白人叩宫门至曰:我今来! 我今来! 盖梦谈也。晨视其牡丹旧坎,果已归根吐茎矣。大力者之庭向所发而负者,即以是年告瘁。"①《香玉》篇的取材似乎与此传说有一定的关系,康熙十一年蒲松龄游崂山时很可能听到了这个广泛流传的白牡丹故事,于是在小说中对它作了艺术加工,塑造了美丽多情的香玉。

《黄英》篇是作者化用菊这一传统文化意象而创作的一篇带有探索意义的小说,一反菊之不染尘俗的高洁形象,而让菊花神黄英姐弟以种菊贩菊为业,以致"一年增舍,二年起夏屋""村外治膏田二十顷,甲第益壮"。以清贫自许的迂腐书生马子才对妻子业菊获利的行为十分不满,夫妻之间对此展开多次妙趣横生论辩,最终都以马子才的失败而告终。蒲松龄借花神姐弟之口说出的"自食其力不为贪,贩花为业不为俗"和"聊为我家彭泽解嘲耳"的妙语箴言,表达了其进步的思想观念。民间花神信仰在文中亦有体现,如黄英之弟陶三郎嗜酒,醉后即现出原形,化身为菊等颇具神秘色彩的情节,最后适逢花神节日"花朝节",当时文人风俗于是日诗酒唱和,曾生携酒拜访陶生,二人痛饮大醉,陶生又倒地化为菊,马子才仿效黄英的方法将其拔出,然而(菊花)"久之,叶益憔悴。……奔视之,根株已枯"。悲伤的黄英将菊梗掐下,埋入盆中,在闺房中精心培植,九月花开,短干粉朵,有酒香,取名为"醉陶",用酒浇灌则更加茂盛。作家在此处选择花朝节作为菊花神陶三郎的死亡与重生之日,是套用了花朝是"百花生日"这一民间说法,民俗的描写推动了情节的发展,并增加了故事的传奇色彩。《荷花三娘子》篇中也有花神荷花三娘子为躲避宗生,化为红莲、怪石等神异情节。可以看出,从《葛巾》和《香玉》中牡丹花神的热烈奔放到《黄英》中的作家着意表现菊花神的从容淡定,再到《荷花三娘子》中荷花

---

① 〔明〕黄宗昌修:《崂山志》卷八《游观》,即墨:新民印书局,1916 年刻本。

神的幽雅高洁,这都与植物本身的特点有着密切的联系,可见作家在天马行空的幻想创造中亦不忘现实的依据。

《绛妃》篇则是作家展示其才情、抒发其胸中积闷的一篇类似抒情散文的小说作品,素材来自唐《博异志》"崔元微"(护花)。① 小说讲述了作者在绰然堂梦中为众花神邀去作《讨封氏檄》,代替花神声讨狂风摧残花枝的种种恶行,文中大部分篇幅是洋洋洒洒、声情并茂的檄文,炫耀文采之余更深层目的是借此抒发作者对社会上种种"飞扬成性、忌嫉为心""射人于暗,妖类含沙"的恶势力的鞭挞和抗争,重在思想意义方面,对民俗的表现不多。

纵观《聊斋志异》中有关树妖花神的篇章,山东民间的信仰风习保留了相当的痕迹,更重要的是它们通过潜移默化的影响而成为了作家的一种独特的思维方式,一草一木皆具人情是作家创作惯用的思维模式。民间崇拜的对象走下神坛,成为下层百姓的保护者,或与人间书生共谱美丽恋曲,民间信仰中的神秘性在小说中更多地体现为一种意趣性,构成民间信仰重要因素的种种异类特征成了小说人物形象的点缀和装饰因素,帮助构造人物形象和充实作品内涵。而作家着意表现的人性则在这种烘托下更加鲜明,使得小说中的树妖花神形象分外动人,也充分体现了作家力图表现的思想内蕴。

二、聊斋狐故事与山东民间狐信仰

齐鲁大地,东依浩瀚大海,内地多山地丘陵,这种独特的地理位置和环境气候特点适合狐狸生存,狐信仰在民间相应盛行,形成了流传在山东民间的众多民俗形式和传说。《聊斋志异》俗名《鬼狐传》,其中谈狐的有 82 篇之多,绝大部分是以北方尤其是山东地区狐崇拜习俗和狐精灵传说为题材的。

狐信仰在我国由来已久,典籍上关于狐的记载,可以追溯到公元前 10 世纪左右产生的《周易》和传为伯益所作的《山海经》。迨及汉魏,随着原始宗教、道教和佛教的影响,狐故事已初具雏形,狐信仰和狐妖、狐崇拜交互并行,并逐渐成为志怪小说的重要内容。唐宋时的

---

① 汪玢玲:《鬼狐风情——〈聊斋志异〉与民俗文化》,第 36 页,哈尔滨:黑龙江人民出版社,2003。

狐故事中狐精逐渐向人性化发展,此时之狐女多表现为人间理想的贤妻。随着文学形式的演进,到明清时,狐故事所表现出的内涵更丰富,继承了唐代已具备的天狐、狐妻、狐妖等多种题材,向完型期故事发展。①

在山东民间,狐信仰也有着悠久的历史。泰安大汶口出土的汉画像石就多龙、蛇、狐画像。其中狐即为九尾狐,主祥瑞也。民间"狐黄猬柳"或"狐黄柳白"信仰中第一个就是狐狸。② 在随后的发展中,狐信仰逐渐出现了人格化、道德化的倾向。民间对狐狸一般忌讳直呼其名,通常称为"狐仙""老狐家",有的还根据其性别、年数、职守称作"胡大姑""胡三太爷""胡老师"等。③ 有些接骨先生或有大病的人家,家中设狐仙牌位,称为"安客",称狐仙为胡爷爷,据说能保佑先生看病接骨百治百愈,得大病者很快痊愈。每逢初一、十五必摆供上香,并且按三五奇数设供果,每家中来客,席上佳肴要一一取少许放入供桌盘中,以与胡爷爷同享。这种信仰具有十分顽强的生命力,时至今日,淄川黉山一带仍有狐仙姑、狐三太爷之庙宇,可为佐证。④

《聊斋志异》中狐故事占据了相当大的比重,所记狐故事遍及山东各地,可见聊斋先生对狐情有独钟,同时也从一个侧面反映出明清时民间狐崇拜的浓烈程度。不仅民间百姓祭祀,文人士大夫中也有狐信仰。孙廷铨少时读于家塾,有元狐夜入"蹲墙上,目如电光,书案间遗一小盒,有金豆二粒,一方一圆……因名其塾为金豆山房"⑤。其祠甚至设到了官府衙门,一些道教名山狐仙祠也极普遍。⑥

许多脱胎于民间狐信仰的聊斋故事,与民俗之间存在着丝丝缕缕的联系,《聊斋志异》中有不少直接表现山东民间狐信仰的篇章,如狐作祟,与狐相关的占卜、祭祀等巫术活动以及通过法术战胜狐狸的故事等,这些故事一般情节简单,人物形象着墨不多,类似民间风俗的速

---

① 汪玢玲:《鬼狐风情——〈聊斋志异〉与民俗文化》,第197~200页,哈尔滨:黑龙江人民出版社,2003。

② 贾运动:《泰山民间的"四仙"信仰》,《民俗研究》2005年第3期。

③ 山曼、李万鹏等:《山东民俗》,第365页,济南:山东友谊出版社,1988。

④ 王晶红:《黉山搜神记——〈聊斋志异〉的民俗文化土壤观瞻》,《蒲松龄研究》2006年第1期。

⑤ 〔清〕富申修:《博山县志》卷十下《杂记》,清乾隆十八年(1754)刻本。

⑥ 郑土有:《中华民俗通志·信仰志》,第314页,济南:山东教育出版社,2005。

写，读之可以对明清时山东民间的狐信仰情况有一个大致的了解。写狐祟人的有《胡大姑》《董生》《狐入瓶》《牛同人》《农夫》《周三》等。这类故事带有浓郁的民间故事特色，结局往往以人的胜利而告终，具有浓郁的喜剧色彩。值得一提的是，《聊斋志异》中写了不少形式各异的术士道人捉狐降妖的法术，如《胡大姑》中"李以泥金写红绢作符……又以镜缚梃上，捉作柄，遍照宅中"，《金陵乙》中异域僧之符咒法术等，展示了民间信仰中迷信和巫术相互渗透的特征。

民间狐信仰的另一表现形式是一些巫婆、神汉家中设佛龛供奉狐仙，声称仙家附体，为人卜疑难，说休咎。山东地方志中对此也有记载，如民国二十四年刻《莱阳县志》记载："疾病延医诊治……而迷信者专事祈禳，或祷天地，谓之'天地□愿'；或祷寺庙，作俑焚化，谓之'替身'。或媚于灶，或佞于佛，或祈灵狐狸，或延请巫觋……"①扶乩也叫扶鸾或扶箕，请来的有鬼也有狐。在鲁南地区，降箕之神多自称胡仙姑或黄仙姑。②《聊斋志异》中的《上仙》《胡四相公》等篇中就描述了民间借狐仙之名而进行的一些巫术迷信活动，如《胡四相公》篇中莱芜城内巫婆的"托狐神以渔病家利"；《上仙》篇记高季文病于逆旅，作者闻说"南郭梁氏家有狐仙，善'长桑之术'"，便与高振美共谒之。请仙之室"壁间悬观音像；又两三轴，跨马操矛，驺从甚沓。北壁下有案：案头小座，高不盈尺，贴小锦褥，云仙人至，则居此。众焚香列揖。妇击磬三下，口隐约有词……"十分详尽地刻画了民间供奉狐仙的摆设和请仙过程，极具民俗学的价值。

在《聊斋志异》主要狐仙故事中，民间狐信仰往往只是作为故事背景或框架，充当小说思想内蕴的载体。作家以民间对狐仙的崇拜民俗以及由此生发的狐精灵传说为素材，通过想象和加工，塑造出了具有人的特征、知书达理、重情重义且对人世生活充满向往的狐仙形象。这类故事在《聊斋》中具有极高的艺术价值，给读者呈现了一系列具有超常个性魅力的亦人亦狐的典型形象。汪玢玲先生将《聊斋志异》狐故事之狐分为六种，分别是情狐、义狐、天狐、文狐、妖狐和凡狐，并对

① 丁世良编：《中国地方志民俗资料汇编（华东卷）》，第244页，北京：书目文献出版社，1995。

② 郑土有：《中华民俗通志·信仰志》，第318页，济南：山东教育出版社，2005。

这六种形象的典型特征进行了详尽的分析。①

在这类小说中,民俗被进行了暗处理,民间对狐仙的种种俗信,被应用到人物形象塑造和情节结构中,使脱胎于民间俗信的小说人物性格特征真实可信,形象也更加丰满传神。如狐女皆美貌绝伦,狐男皆儒雅蕴藉以及狐仙诙谐善谑、聪明灵俐的特征等转化为了小说中人物的典型性格,如《聊斋志异》中描写狐女娇娜的"娇波流慧,细柳生姿",胡四姐"荷粉露垂,杏花烟润"以及《狐谐》中狐女的伶牙俐齿、活泼善谑的性格特点。狐仙善变化,能施法术千里摄物、未卜先知,种种神术异能丰富了小说情节内容,并对塑造狐仙形象起到了重要的作用。他们往往通过自己的神通救人于困厄之中,与人结下深厚友谊或美满姻缘,如《狐妾》中狐女独力操办三十余席,且能不远千里,连夜取来刘洞九老家的佳酿,更为神异的是,她能预先知晓刘为官之地将有兵祸,让他外出避难;《红玉》中狐女红玉替遭权贵欺凌的书生抚养孤儿,并助其获取功名、重振家业,无私无畏之精神令人神往。

民间俗信狐修炼过程中要炼仙丹,成正果后可以位列仙班;狐仙惧怕雷击以及天神惩罚等俗信在聊斋狐故事结撰中也有体现。如《王兰》篇中王兰被鬼吏误勾入阴间,想返魂却发现"皮囊已坏",鬼吏惧怕责罚,便答应帮其窃取狐狸仙丹,将其引至一处,"有狐在月下,仰首望空际;气一呼,有丸自口中出,直上入于月中;一吸,辄复落,以口承之,则又呼之:如是不已",十分形象地描画了狐狸炼丹的过程。再如《娇娜》中狐女娇娜用自己的金丹为孔生治疗胸口肿块,在娇娜遭遇雷霆之劫时孔生奋不顾身进行救助,为暴雷震毙,娇娜又用金丹将其救活,二人的知己之情在危难中被塑造得十分感人。蒲松龄将民间俗信巧妙地融入篇章架构中,在对山东民间狐仙信仰的审美观照中完成了对小说中狐仙系列人物形象的塑造,给人以自然天成之感,很少有斧凿雕琢的痕迹,表现了其深厚的艺术功力。

三、民间花妖狐魅崇拜民俗与《聊斋》小说之关系

山东民间的花妖狐魅信仰进入《聊斋志异》,对小说的创作主要起

---

① 汪玢玲:《鬼狐风情——〈聊斋志异〉与民俗文化》,第 200 页,哈尔滨:黑龙江人民出版社,2003。

到了以下几个方面的作用：第一，与花妖狐魅信仰相伴而生的各种各样的传说故事为作家所吸收利用，成为《聊斋》小说的素材，如民间影响广泛的狐妻型故事为蒲松龄大量创作人狐爱情小说创造了条件；第二，民俗信仰往往被用来表现人物的性格，塑造人物形象，如大量民间俗信中的花妖狐魅的性格及形象特征成为作家创造人物形象的依据；第三，花妖狐魅崇拜民俗的表现也在一定程度上描绘了作家生活时代民间信仰的风俗画卷，除去直接表现民间崇狐伏狐情状之外，也为聊斋人物活动创造了富有时代特色和民俗情趣的典型环境。

聊斋先生谈狐说妖，有着民间风俗的遗存，同时也是作者借以抒发怀抱，表达寄托的一种途径。正如《蒲松龄评传》中所评价的："（《聊斋志异》）作者不只是记述怪异之事，而且还有意识地结撰奇异的故事。……作者结撰这类奇异的故事，是作为文学事业，以寄托情怀……"①浸润在作家思想中的山东民俗，逐渐成为一种独特的思维方式，他信手拈来以之作为创作的素材，花妖狐魅故事的外壳包裹着的是作家对于现实人生的深刻思考。

对现实社会黑暗官场的映照，如《辛十四娘》中楚银台公子凭借权势就可将无辜书生投入牢狱，而最后竟然是凭着狐婢化为妓女接近皇帝而被解救，可谓暗昧殊甚。揭露科举制的弊端，如《冷生》中受狐仙启发的冷生才艺大进，文思精妙，然而"每逢场作笑，响彻堂壁"，因之被古板的学使黜名；《王子安》中一书生醉中梦见自己中举，狂喜大呼长班，想出耀乡里，被狡黠的狐仙嘲弄，抒发了作者攻苦终生而不得一第的痛苦。抒写人与异类的恋爱故事，《香玉》中书生与花妖木怪的生死相从；《娇娜》中孔生与娇娜"柏拉图式"的精神恋爱，表现作者对爱情婚姻问题的思考。在这个神秘瑰丽的世界里，只要心胸豁达、真诚正直，人间书生与异类之间就不存在障碍，他们可以成为良师益友，可以结成恩爱伉俪，可以为之赴汤蹈火，可以相从至死不渝。花妖狐魅只是民间俗信基础上的一种身份符号，作家创作的真正目的是写他所生活的社会和人。

民俗之于《聊斋》，正是如此巧妙地构筑了这样一个平台，而《聊

---

① 袁世硕、徐仲伟：《蒲松龄评传》，第 180 页，南京：南京大学出版社，2000。

斋》之于民俗,展示之外又有理解与思考,应用之际不忘辨别美恶,处处显示着作家为使风俗淳的拳拳劝世之心。正如汪玢玲先生评价的那样:"作者以其深厚的生活基础和广泛地吸取人民创作经验,充满奇丽的幻想,所以他能将人民审美的特质、民间信仰与社会理想统一起来,创造出不朽的狐典型艺术形象,在文学史上享有崇高的地位。"①

第三节　齐地的仙风道骨

齐地多山濒海,连绵起伏的群山,浩渺无际的海洋,奇幻的海市蜃楼,是触发齐人富于幻想的自然条件。海内三神山与不死之国的传说产生于此,齐国又是神仙方士的发源地,从战国到魏晋,著名方士大都为齐人。这一切,为齐文学打上了深深的空灵烙印。描述奇幻神异的志怪小说成为齐地的一大特色,汉时志怪小说,涉及荒外之事的大多托言东方朔、郭宪,而东方朔即为齐人,而此后蒲松龄的《聊斋志异》也正是这种文化氛围的产物。② 在充满了空灵、神奇氛围的齐地,聊斋故事便不可避免地受其影响。《聊斋志异》近五百篇故事中,谈鬼神的有一百七十多篇,其中涉及神人仙子的就有三四十篇之多。③

一、求仙风俗与聊斋仙境

齐地濒临恢诡谲怪、浩瀚莫测的大海,明灭变幻的海市蜃楼、迷茫隐现的海岛以及驾舟航海的艰险神奇,都引发出人们对另一个世界的遐想与神往,因而出现了神仙和仙岛的传说和崇拜。自古以来对于齐地海外仙山的描述颇丰,《列子·汤问》记载:"渤海之东……有五山焉:一曰岱舆,二曰员峤,三曰方壶,四曰瀛洲,五曰蓬莱。……其上台观皆金玉,其上禽兽皆纯缟,珠玕之树皆丛生,华实皆有滋味,食之皆

---

① 汪玢玲:《鬼狐风情——〈聊斋志异〉与民俗文化》,第 218 页,哈尔滨:黑龙江人民出版社,2003。

② 叶桂桐:《论齐文化的特质》,《山东社会科学》2000 年第 2 期。

③ 汪玢玲《鬼狐风情——〈聊斋志异〉与民俗文化》,第 122 页,哈尔滨:黑龙江人民出版社,2003。

不老不死。所居之人皆仙圣之种,一日一夕飞相往来者,不可数焉。"①
《史记·封禅书》也记曰:"自威、宣、燕昭使人入海求蓬莱、方丈、瀛洲。
此三神山者,其传在渤海中,去人不远。……诸仙人及不死之药皆在
焉。"②围绕着海中神山、不死之药而展开的形形色色的求仙活动,在齐
地蓬勃兴起,除了地理因素外,与齐地开放的民俗风习亦有很大关系。

《安期岛》即是齐地求仙风俗的反映。齐人安期生传河上丈人之
黄老学,是一位著名的学者和方士,后被人神化,成为所谓海上神仙的
主要代表。李白曾写诗道:"我昔东海上,崂山餐紫霞。亲见安期生,
食枣大如瓜。……"③安期生在民间的影响甚广,以至于出现了以其名
字命名的岛屿——安期岛。《安期岛》讲的即是长山刘鸿训寻仙访道
的故事,他听说安期岛为神仙所居,便在安期弟子小张的引导下登上
安期岛,"时方严寒,既至则气候温煦,山花遍岩谷"。洞府中一老者让
僮儿从洞外石壁中取来了"其色淡碧""其凉震齿"的"先天之玉液",可
惜刘中堂并不知晓其"一盏可延百龄"的神奇之处,畏寒不饮,与成仙
的机会失之交臂。小说形象地反映了人们对海中仙山及仙人的奇异
想象,并流露出凡人因世俗之障而无法得到成仙要旨的遗憾之情,具
有浓郁的民间故事风味。

蒲松龄受到民间传说和自然界幻景的启示,在《聊斋志异》中创造
了许多形态各异的仙人境界。如《白于玉》篇写天上的广寒宫"内以水
晶为阶,行人如在镜中",将水晶世界移入了广寒宫中,这是在人间难
以寻觅到的神奇所在。在《仙人岛》中,作家所描写的仙境是古代皇宫
模式,高大宏伟,"重楼延阁,类帝王居","有台高丈余,台上殿十一楹,
弘丽无比",建筑气势之辉煌,无以伦比,然后所见所闻,又是一派在凡
间少见的奇妙景象:"诸客自空中来,所骑,或龙,或虎,或鸾凤,不一
类,又各携乐器。"这种描写是现实与幻想结合的生动表现。《丐仙》中
高玉成进入丐仙以法术幻化的仙境,见到"异鸟成群,乱弄清咮……亭
中几案,皆镶以瑙玉。有一水晶屏,莹澈可鉴,中有花树摇曳,开落不
一……"又有朝阳丹凤、青鸾黄鹤进酒献茶,巨蝶化为美人舞蹈助兴

① 严北溟、严捷译著:《列子译注》,第115页,上海:上海古籍出版社,1986。
② 〔汉〕司马迁:《史记·封禅书》,第1171页,北京:中华书局,2000。
③ 山东美术出版社编:《山东风物志》,第95页,济南:山东美术出版社,1984。

等,令高生大开眼界。在游历了天宫之后,这个与神仙特别有缘的高生又遵照丐仙的叮嘱入深山避难,失足堕入云窟中,遇到了三位正在对弈的老人,一局终了,老人将高生送出,出洞后才发现仙境中的顷刻之间,人间已过去三年,扑朔迷离,神秘莫测。形形色色的聊斋仙境,取材于民众对神仙居住的仙山海岛的俗信,既沿袭了民间传说中对仙境的各种奇幻想象,又融入了作家的文学创造,从而使小说呈现出瑰丽神奇的艺术之美。蒲松龄笔下的仙境个个不同,或是远离人间的深山海岛,或是闹市之中的神秘幻境,它们无一例外具有幽美清雅的环境,仙人生活其中,远离世俗的尘嚣,对人生有着深刻而超脱的体悟。如《翩翩》中仙女翩翩扣钗而歌:"我有佳儿,不羡贵官;我有佳妇,不羡绮纨。"道出了鄙弃人世荣华的超脱境界,这种观念来自于传统风俗,有着鲜明的道家特色。

然而,《聊斋志异》中也有许许多多的神人仙子纷纷告别仙境,来到人世扶危济困,解黎民于倒悬,这与下层民众头脑中普遍存在的迷信观念以及渴望得到超自然的神仙拯救的天真幻想有关。蒲松龄受民俗影响,同时深切关注着现实世界,因而创作了许多此类题材的作品,如《宫梦弼》中神人宫梦弼帮助因好客而家道中落、在炎凉世态中衣食不继的柳家重振家业;《丐仙》中幻化为乞丐的仙人帮助豁达善良的高生摆脱冥府的勾致。美丽贤良的仙女谪降人世,与贫寒正直的人间少年谱出美丽恋曲,如《嫦娥》中仙女嫦娥主动下嫁宗生;《云萝公主》中云萝公主与书生共浴爱河。也有仙人邀游世间,度脱有缘之人得道成仙,如《贾奉雉》中郎生引导贾生窥破科举考试黑幕,鼓励其入山修行;《白于玉》中白于玉引吴生游览天宫,帮其摒弃功名美人俗念、避世修仙等。仙人与仙境成为聊斋先生映照现实社会的一面镜子,一方面人世间存在着种种黑暗不公,迫切地希望有一种神奇的力量来主持公道,拔救弱者;另一方面作者又清醒地认识到这种神奇力量的虚无性,而最终对社会产生了逃避的思想,《聊斋志异》中不少避世修仙故事即由此而发。

还有很值得关注的一方面是聊斋先生对所生活的社会始终抱有一种深切的关怀,不论是叙写神仙为人间惩恶扬善还是讲述凡人品性纯良最终得道成仙,深层的目的即是以善的思想改造恶的现实,表达了作者对理想社会的向往和追求。从根本上讲,这些神仙故事脱胎于民间信仰中的本有观念和固定模式,在齐地浓郁的求仙风俗的影响下,作家创作中艺术幻想与信仰意识相互作用,将个人的社会理想融入既有的故事框架中并积极地进行改造创新,造就了这样一些闪耀着民俗风情同时又承载着作家思想内蕴的小说佳作。

另外,《聊斋志异》中形形色色的神仙故事,不仅得益于齐地广泛流传的神仙传说,也与作者的采风游历有很大的关系。他曾于康熙十一年与同乡先贤唐梦赉、高珩、张绂等八人同游崂山,饱览风景胜迹,采集故事传闻,并有幸目睹了海市的奇景,这为他在小说作品中驰骋想象,描述仙人仙境提供了绝妙的素材。而奇幻的想象在作品的创作中更是起到了锦上添花的作用,高珩在为《聊斋志异》作序时就指出了其"驰想天外,幻迹人区"的想象特征,余集在他为之所写的序言中也特别强调了"涉想于杳冥荒怪之域""恍惚幻妄,光怪陆离"的思维方式,然而,这些超越现实的创造性想象又与现实生活有着或多或少的关联,正如冯镇峦所说:"虽海市蜃楼,而描写刻画,似幻似真,实一一如乎人人意中所欲出。"

二、《聊斋志异》与八仙传说

齐地民间故事中神仙传说不胜枚举,如齐国方士的导引秦始皇、汉武帝到东海寻求神仙不死之药的故事,徐福带领童男童女入海求仙的传说等等,尽人皆知。宋代出现八仙过海的传说,金元则有"北七真"的种种传说等。

在齐地形形色色的神话传说中,八仙故事是其中较有代表性的一个。八仙传说由来已久,唐代已有《八仙图》《八仙传》,元杂剧中有《八仙庆寿》,以张果老、汉钟离、铁拐李、蓝采和、韩湘子、曹国舅、吕洞宾、徐神翁八人为八仙。《八仙出处东游记》中又将徐神翁改为何仙姑,此八人就是后来民间传说中的八仙。① 八仙信仰起于齐地,而后普及到全国。山东境内八仙信仰十分盛行,蓬莱有仙人洞,崂山有聚仙台,章丘胡山天公地母祠,其左就列八仙奉祀。② 临淄孙娄庄也建有八仙阁,

---

① 牟宗艳:《齐文化中的神话传说》,《管子学刊》1996 年第 4 期。
② 〔清〕钟运泰修:《章丘县志》卷一《山川·胡山》,清康熙三十年(1691)刻本。

民众奉之尤笃:"八仙之在寰海,其声灵之显翼非一,而于吾乡为尤著。……营寨驻防……吾寨之树最先,规模方位,实仙师所指授。又默为守护,赖其灵佑以脱于是岁八月寇贼之祸。……瘟疫之厄……无恙,皆仙师之赐也。"①

《聊斋志异》中涉及八仙中的何仙姑和吕洞宾。《青娥》篇中青娥少而慕道:"年十四,美异常伦。幼时窃读父书,慕何仙姑之为人。父既隐,立志不嫁。"然而在书生霍桓猛烈的爱情攻势下,她暂时放弃了修道的理想,与霍生共享人间幸福,在这里,爱情的力量战胜了得道成仙的诱惑。山东的八仙信仰中最普遍的是吕洞宾,其祠庙遍布山东各地。宋元时就已经有专门的祠宇,明清时期更加普遍,长清县"吕仙自明以来始有祠"②。吕洞宾信仰在士大夫中较为盛行,万历间青州知府李焴"好道术,蓄一灰木炉,炉中香烟自起则吕仙降其室,与晤言终日,惟一小童闻之,余人不闻也"。其行政事务方面也得到吕仙多方指点。③ 明清文人士大夫阶层有扶乩之风,祈求对象一般是吕洞宾,《何仙》篇对此风俗有所表现。长山人王瑞亭所请之乩神"自称何仙,为纯阳弟子;或谓是吕祖所跨鹤云。每降,辄与人论文作诗","文学之士多皈依之",李生文佳而位居四等。蒲松龄借何仙之口,道出其深层原因:提学署中衡文者"前世全无根气。大半饿鬼道中游魂,乞食于四方者也;曾在黑暗中八百年,损其目之精气,如人久在洞中,乍出,则天地异色,无正明也"。通过民间扶乩请神风俗,尖锐地讽刺了科举制度的腐朽和黑暗,倾诉了其半生科场落败的悲愤。

吕洞宾豁达大度、不拘小节的可亲形象,使他深受社会下层民众的爱戴,其信仰也得到了广泛的传播。《刘海石》篇即是吕祖弟子刘海石为人驱怪收妖之事。刘海石奉吕祖之命"遨游世上,拔救众生",他年轻时好友刘沧客一家面临灭门之祸,沧客之长子、妻子等相继神秘死去,刘海石除掉了"吸人精气以为灵"的妖物,及时地治好了刘沧客濒临死亡的儿子和儿媳。《吴门画工》篇写吴门画工信奉吕祖,绘制其图像并虔诚礼拜。一天,他在一群乞丐中发现一人"敝衣露肘,而神采

---

① 舒孝先修:《临淄县志》卷三十五《志余·杂文·八仙阁》,民国九年(1920)刻本。
② 李起元修:《长清县志》卷末《五峰志略·祠观·吕仙祠》,民国二十四年(1935)刻本。
③〔清〕张承燮等编纂:《益都县图志》卷五十四《杂志下》,清光绪三十三年(1907)刻本。

轩豁",认出是吕祖降临。吕祖为报答其虔诚,让画工在梦中见到了一位宫廷美人,画工醒来后将梦中所见画图收藏,后来因为这幅画深受皇帝赞赏,从此名声大噪,家资至巨万。小说套用了神仙幻化为乞丐遨游人世的故事模式,表现了下层百姓崇奉吕祖,并希望其能一显神通,帮助百姓摆脱贫困境的幻想。从这些篇章可以看出,蒲松龄对民间传说故事的运用以及民众信仰心理的体察达到了很高的境界,可以在小说中挥洒自如,信手拈来,作为小说情节的构成要素,使民间信仰有机地融入小说创作中,增强了作品的艺术性和感染力。

三、《聊斋志异》中的崂山与崂山道士

崂山位于黄海之滨,山雄壑险,水秀云奇,山海相映,云光离合,有"海上名山第一"之称。崂山古属齐国,齐地是神仙之说的渊薮,而山的幽深与海的缥缈又给崂山蒙上了一层神秘的面纱,所以自古就被称为"神仙之宅,灵异之府"。蒲松龄以之为背景结撰了许多著名的篇章,其中以崂山神仙道士为题材的《劳山道士》《成仙》等广为传颂,可见崂山道教对作家思想意识的深厚影响力。

齐文化的黄老之学以及神秘主义因素,神仙方士中对长生不老的追求和海中三仙山的宣传,阴阳五行中带有宗教色彩的解释以及齐地丰富多彩的原始崇拜和民间信仰,都为道教继承和吸收,成为中国道教最主要的来源之一。① 从春秋末年起,崂山就云集了一大批道家方士,有文献记载的最早在此修道的是西汉武帝时的张廉夫,他在海滨修茅庵一所,供奉三官大帝,名为三官庙。唐代诗人李白和道士吴筠曾同上崂山访道。唐天祐元年(904 年),道士李哲玄入崂山修道,建三皇殿。宋乾德五年(967 年),宋太祖封崂山道士刘若拙为华盖真人,并为其修建了太平、太清和上清三座道观作为道场。②

金朝中期,以山东沿海的昆嵛山为中心的全真道教兴起,此时崂山道教仍为正一教天下,但已受全真教影响。全真教中对崂山道教影响最大的是丘处机,《崂山志》记载:"元邱长春名处机,栖霞人,自号长春子。为儿时,有相者谓其异日当为神仙宗伯。年十九为全真学,云

---

① 王志民:《齐文化论稿》,第 9 页,济南:山东大学出版社,1995。
② 山东美术出版社编:《山东风物志》,第 97~98 页,济南:山东美术出版社,1984。

游访道崂山,见其奇秀改名鳌山,以为栖真处。"①丘处机晚年曾两游崂山,大大加深了全真教对崂山道教的影响。入元后,崂山道教逐渐全部皈依全真教。由于明朝统治者扬正一而抑全真的道教政策影响,崂山道教在明中前期进入衰落期,如《即墨县志》载,到万历年间,太清宫已经"倾圮甚,羽流窜亡",只有"一二香火守废基",以至于"举地售之",②可见当时崂山全真道之衰落。这一期间,著名的武当全真道士张三丰曾在崂山修炼多年,传授道法和武当拳艺。明朝后期,在崂山的诸道派中,丘处机所创的龙门派最为兴盛,和其他全真道派共同为崂山赢得了"全真天下第二丛林"的称号。到了清朝初期,崂山的道教庙宇发展到百余座,对外称"九宫八观七十二庵",形成了庞大的丛林基地。崂山道教在两千余年的发展过程中,形成了一个完整的宗教体系,道士云集,教门昌繁,传誉天下,成为我国的一大道教名山。③ 其浓厚的道教文化也以深远的影响力改变着民众的精神世界,使得神仙、道士、成仙等成为百姓信仰视野中的焦点,从而留下了许多神奇的传说和故事,成为点燃小说家创作灵感、提供素材的绝佳条件。

崂山道门昌繁,曾出现了多位得道高人,崂山道士的仙风道骨在平民百姓中也广受崇拜,如《崂山志·仙释》记载:"崔道人修真黄石宫,避人与其徒结茅古积岛,自耕食。岛在山南海中百余里,常为蟒穴。崔始居而蟒来,以头塞户,瞪目二日,崔语之曰:'有宿怨当食我,无则久居此何为?'旋去,隐不复见。世传其事,谓道力足以胜之也。"④元姚燧的《王宗师道行碑铭》中曾记述全真七子之一的王处一(玉阳子):"遨游齐鲁间,大肆其术,度人逐鬼,踣盗碎石,出神入梦,召雨摇峰,烹鸡降鹤,起死嘘枯。"⑤以法术显其神异的种种形迹,可见当时人们对道人之法术并非视为无稽之谈。《池北偶谈·谈异三》中也记载了崂山道士有分身之术且"天神数百辈,围绕道士房,如作礼状……"的神异之事。⑥ 在这种风气的影响下,民间也流传着许多关于崂山道士

① 〔明〕黄宗昌修:《崂山志》卷五《仙释》,即墨:新民印书局,1916年刻本。
② 〔清〕尤淑孝修:《即墨县志》卷十二《杂稽·释道》,乾隆二十九年(1764)刻本。
③ 牟钟鉴、白奚、常大群等:《全真七子与齐鲁文化》,第38页,济南:齐鲁书社,2005。
④ 〔明〕黄宗昌修:《崂山志》卷五《仙释》,即墨:新民印书局,1916年刻本。
⑤ 牟钟鉴、白奚、常大群等:《全真七子与齐鲁文化》,第22页,济南:齐鲁书社,2005。
⑥ 〔清〕王士禛:《池北偶谈》卷二十七《崂山道士》,第519~520页,北京:中华书局,1982。

穿墙走壁、点石成金等法术的传说,《聊斋志异》中与此相关的三篇小说《劳山道士》、《成仙》和《齕石》都或多或少地有着脱胎于这些民间传说的痕迹。

《劳山道士》篇讲的是王生羡慕崂山道士的神奇法术,入山学道却不肯吃苦用功,两个多月后便要离开,临行前请道士传授给他穿墙术。王生回家后自诩学到了神仙法术,"坚壁所不能阻",向妻子炫耀,"去墙数尺,奔而入;头触硬壁,蓦然而踣",最终弄得"额上坟起,如巨卵焉",成为人们讥笑的对象。小说意在讽刺像王生那样眼高手低、心术不正之人,同时也为读者刻画了崂山道士仙风道骨的形象,描述了道士神奇的法术:"剪纸如镜,粘壁间。俄顷,月明辉室,光鉴毫芒。"又"以箸掷月中。见一美人自光中出。初不盈尺;至地,遂与人等。纤腰秀项,翩翩作'霓裳舞'。已而歌曰:'仙仙乎,而还乎,而幽我于广寒乎!'其声清越,烈如箫管。歌毕,盘旋而起,跃登几上。惊顾之间,已复为箸"。与《聊斋志异》中其他神仙题材的小说有异曲同工之妙,又因其源自道教名山崂山,给小说平添了一层宗教神秘色彩,成为作家展示个人思想、地域特色和民众信仰心理的绝佳篇章。

《成仙》篇中也提到了崂山道士,周生无故蒙受牢狱之灾,好友成生经过多方营救,才使其"朦胧题免"。经过这场官司后,成生"世情尽灰",决心归隐崂山修行。周生不忍抛下年轻美貌的妻子,不肯与成生偕隐。八九年后,已得道的成生"黄巾氅服,岸然道貌"地归来,以幻术将自己与周生互换。周生入崂山寻找成生,"休止树下,见羽客往来甚众",一语道出了崂山羽客云集的盛况。从明末到清初约一百年的时间里,正是崂山全真教的中兴时期,崂山成了道士云集的修行胜地。周生进入崂山下清宫,见到了奇异的景象:"时十月中,山花满路,不类初冬……异彩之禽,驯人不惊;声如笙簧,时来鸣于座上。"仙境的美好与现实世界的黑暗龌龊形成了鲜明的对比,而周生在成生幻术引导下窥破妻子与仆人的私情,终于决心归隐。《齕石》篇讲到新城王钦文太翁(即王士禛之父)家一王姓圉人"幼入崂山学道。久之,不火食,惟啖松子及白石。遍体生毛"。是一个神异之事的简短记录,渲染了崂山在民众心目中作为"神仙之府,灵异之宅"的神异观念。《池北偶谈》中记录了一则其家中庸人王嘉禄"少居崂山中,独坐数年,遂绝烟火,惟啖石为饭"的奇事,与蒲氏所记当为一事。①

从以上几篇小说可以看出,崂山以其鲜明的道教文化成为聊斋小说中修仙之境的代表,崂山道士亦人亦仙的灵异传说为蒲松龄结撰小说提供了素材,《聊斋志异》中还有数量众多的关于道士的小说,不一定全都来自崂山,但与受其影响而产生的广泛的民间俗信有着密切的关系。民俗以其潜移默化的影响渗透到了作家的思想意识当中,并以有形的传说故事作为其载体,成为大量关于神仙道士的《聊斋志异》篇章的主要来源。

形形色色的神人、仙道在《聊斋志异》中粉墨登场,演绎着凡人修行求仙的悲欢、道士惩恶扬善的风骨以及各种奇妙莫测的法术幻境,十分形象地反映了明清之际道教盛行民间的状况以及民众丰富的信仰世界。而在自古就以神仙灵异著称的齐地,道教神仙更是深入人心。蒲松龄深受民间风气影响,同时又广泛地从前人著述和民间传说中汲取营养,加入自己的社会理想和瑰奇想象,将宗教、民俗与文学巧妙结合,创造了这样一批闪耀着奇幻色彩的小说作品,民间神仙信仰与宗教理念融入小说当中,拓展了小说表现的生活畛域和审美内涵,也为小说增添了盎然的情趣,同时一些民俗描写还具有很高的民俗学价值。

第四节 《聊斋志异》与山东民间鬼信仰

鬼魂观念来自远古时期先民的万物有灵观念和灵魂不死观念。在石器时代中国已出现鬼魂的观念,并随之产生了鬼文化,在殷商时期的甲骨文中已出现"鬼"字,并有关于"鬼方"的记载。②

中国鬼文化历史悠久,影响深远,并且在演进过程中也表现出了自身的一些特点,如神鬼难分、鬼之优越者可以成神的精神现象,这种观念在文学作品中时有表现。在思想领域,鬼文化也占据着一定的地

---

① 〔清〕王士禛:《池北偶谈》卷二十《谈异一·啖石》,第 487 页,北京:中华书局,1982。
② 汪玢玲:《鬼狐风情——〈聊斋志异〉与民俗文化》,第 122 页,哈尔滨:黑龙江人民出版社,2003。

位,如儒家倡导在天人合一的思想基础上尊重祭祀天神祖灵,却"不语怪力乱神";主张神道设教,把鬼神观念作为推行仁政教化的思想工具。而对普通民众而言,鬼魂观念在生活中产生重要影响并逐渐演化成生活习俗的一部分的,当属人死后的一系列安葬、追祭活动以及与灵魂相关的巫术祭祀活动等。中国的鬼魂信仰与佛教的地狱观念结合之后,产生了许多具有各种职能的阴间神祇,但在民众信仰观念中占据重要地位,且对其的祭祀活动逐渐成为民俗一部分的并不多,从山东民间来看,与鬼魂观念相伴而生的神灵,百姓最为熟悉的当属东岳大帝和城隍。

一、东岳大帝与幽冥世界架构

《聊斋志异》又称《鬼狐传》,其中写鬼神的篇章就有一百七十多篇,而对以治鬼著称的泰山和东岳大帝屡有涉及,有十几篇之多,可见无论在当时民众的信仰观念还是在作家蒲松龄的思想意识中,对泰山治鬼和东岳大帝主宰冥间的认识是极为普遍的。从山东各地的地方志中也可以发现这一点,如乾隆《博山县志》记载博山国氏女死后,仍然同其夫"言笑燕婉,恩意如平生",月余后,向其夫涕泣告别,云"当赴泰山",自此遂绝。[①]　道光《章丘县志》记载:章丘明经郝祚蕃,死前一月语家人,"吾适梦至一尊神所,仪卫仿佛东岳君,召余授速报司印绶命,以某日赴任",而"及期果卒"。[②]

在古人心目中,泰山是天地的中心和孕育万物的大山,古代帝王多以封禅泰山作为重要的祭祀活动,显示了原始山岳崇拜的性质。泰山的人神化,始见于东汉年间的纬书,如《孝经援神契》《龙鱼河图》等。[③]　魏晋时,泰山治鬼的观念盛极一时,泰山神也被人格化,称为泰山府君。他掌管着阴府,一如阳间的官僚机构。如在岱庙办公的"东岳天子",下辖设在蒿里山的阎罗殿、冥府十王、七十二司等。[④]《布客》中鬼隶就自称"乃蒿里山东四司隶役",另外各地还有城隍、土地等下

---

① 〔清〕富申修:《博山县志》卷十下《杂志》,清乾隆十八年(1753)刻本。
② 〔清〕吴璋总纂:《章丘县志》卷十五《轶事志》,清道光十三年(1833)刻本。
③ 郑土有:《中华民俗通志·信仰志》,第78～79页,济南:山东教育出版社,2005。
④ 李伯涛:《泰山民俗》,第317～319页,济南:山东画报出版社,1996。

属的阴间基层行政官员。

东岳大帝在民间神灵中具有极高的地位,光绪《益都县图志》记载:"东岳天之孙,物之始,宗五岳,君百神,职司人命而生之死之,鉴察人物而祸之福之。"①民众对其十分崇信,广泛立庙祭祀,东岳庙又称天齐庙,宋代以来较为兴盛,山东各地十分普遍,如肥城"境内大小各村,所在多有",其中规模较大、有迹可考者就有十二处之多。② 民国《昌乐县续志》记载:"天下之人,不远千里,朝献而至者,云屯雾集……而民居四远,例不能然。所以各于乡里必有坛□庙宇以宅其灵,以立其像,庶几乎易得陈其荐献者。"③

《聊斋志异》承袭民间俗信而来,一般将东岳大帝作为统治整个幽冥世界的主宰,他与地狱之主阎王时而分庭抗礼时而又合二为一,这与小说素材来源的多样性有关,反映了民间在该信仰上的些微差别。《聊斋志异》表现东岳大帝信仰比较有代表性的篇章有《棋鬼》《韩方》《王货郎》等。

在作者所虚构的幽冥世界中,东岳大帝以最高统治者的身份出现,他统领众鬼,掌管人死之后的道德审判和善恶轮回。然而作者的目的并不在宣扬鬼神,而是借鬼神信仰表达深层思想内蕴。如《棋鬼》篇讲到一书生嗜棋如命,因之气死父亲,被打入恶鬼狱中。东岳五凤楼建成,岳帝征召文人写作碑记。书生在应征赴泰山道中棋瘾复发,与游客对弈,却屡屡告负。他"神情懊热,若不自已","自晨至于日昃,不遑溲溺",耽误了应征期限,结果又遭东岳大帝问罪,"仍付狱吏,永无生期"。《聊斋志异》中塑造了很多"痴人"形象,如"情痴"孙子楚、"石痴"邢云飞等,作家时有赞赏之意流露,如《阿宝》篇"异史氏曰"评价:"性痴则其志凝:故书痴者文必工,艺痴者技必良;世之落拓而无成者,皆自谓不痴者也。"然而,对这位"棋痴",作家痛切地批评道:"癖之误人也如是夫!"言语之中流露出深沉的惋惜与自悔之意,这与作家坎坷落拓的个人经历不无关系。

---

① 〔清〕张承燮等编纂:《益都县图志》卷二十八《金石志下·修东岳行宫碑并阴》,清光绪三十三年(1907)刻本。
② 〔清〕凌绂曾等修:《肥城县志》卷二《古迹·东岳庙》,清光绪十七年(1891)刻本。
③ 王金岳等修:《昌乐县续志》卷十七《金石志·重修三殿庙记》,民国二十三年(1934)铅印本。

　　《韩方》中济南以北郡县发生瘟疫，韩方的父母皆病，土地告诉韩方："目前岳帝举枉死之鬼，其有功于人民，或正直不作邪祟者，以城隍、土地用。今日殃人者，皆郡城中北兵所杀之鬼，急欲赴都自投，故沿途索赂，以谋口食耳。"而治病之法便是以岳帝来震慑群鬼，虽是套用了岳帝统御阴间之鬼的民间俗信，而深层的目的是借以凸显北兵所杀之累累冤鬼，控诉暴政。《王货郎》篇讲述了冥中审案，一人被召至"太山下官衙"做证之事，可见阴间断案亦求人证物证俱全，与阳世的昏官庸吏形成鲜明对比。而名篇《席方平》中席方平入冥间为父伸冤，万死不辞，历经种种磨难，终得二郎真君秉公处理，阎王、郡司、城隍等一干人犯"即押赴东岳施行"，可见东岳为冥间之主的观念深入人心。

　　《周三》《赵城虎》《鹰虎神》等篇章对民间普遍崇信东岳大帝、大量修建东岳庙的民俗有所反映，并将其作为结撰小说的背景。如《周三》篇中侠狐周三居住在泰山岳神庙中；《赵城虎》中赵城皂隶无法捉住吃人老虎，到岳神庙哭诉，岳神显灵，老虎乖乖就缚；而《鹰虎神》则记载了济南东岳庙门神的灵异故事：此神高丈余，面目狰狞，俗称"鹰虎神"。有盗贼至庙中行窃后逃往千佛山，恰遇是神架苍鹰下山，盗"大恐，蹲伏而战"，惟叩头不已，其神遂押盗贼返庙受罚。可见当时不只泰山，山东许多地方都建有岳神庙，人们除了到庙中祭拜东岳大帝之外，还举行各种各样的祭祀游艺活动。如明张岱的《岱志》中就记述了东岳庙内的民俗文化活动："东岳庙大似灵光殿，棂星门至端礼门，阔数十亩，货郎掮客，杂错其间，交易者多女人、稚子。其余空地，斗鸡蹴鞠，走解说书。相扑台四五，戏台四五。数千人如蜂如蚁，各占一方，锣鼓讴唱，相隔甚远，各不相溷也。"①

　　民间对东岳大帝的崇信以及由此衍生出的种种传说故事成为作家创作的素材，同时民俗中对冥间印象及东岳大帝形象的种种描述又为作家创造典型环境和塑造小说人物形象提供了模板。如《聊斋志异》中关于阴森恐怖的冥间的种种绘声绘色的描述，想象之外必定有着民间俗信的基础，而东岳大帝作为阴间的主宰，其王者尊严的形象

① 〔明〕张岱：《琅嬛文集》，第68页，长沙：岳麓书社，1985。

也在一定程度上影响了作家对人物形象的塑造。在蒲松龄的笔下,泰山与岳帝作为冥界的中心,不只掌管着生死祸福,更重要的是它作为阳世善恶的裁判所,是公平正义在现实中无法实现的一种反拨,这种理念也有着相当的民俗基础。民众相信因果报应之说,并幻想阴间的东岳大帝执掌着这种维系世界公平正义的权力,许多与此相关的民间故事即是以东岳大帝审判恶人为题材。在《聊斋志异》中,这种民俗理念为作家所吸收利用,作为构筑与现实世界对照的幽冥世界主要基石,以艺术的手法曲折地表现了其对社会现实的批判与思考。

二、城隍形象与民间信仰基础

城隍信仰也是民间鬼信仰的一种表现形式,在山东有悠久的历史,"宋明以来,其祠遍天下"①。光绪《平阴县志》认为"城隍之祀,肇于唐,盛于宋元,而加隆于明,太祖锡之封秩之令、典通之海宇"②。明清时期,城隍信仰已经普遍化,山东各地基本上都建立了城隍庙。城隍本是自然神,在明清时期逐渐人格化,以地方守护神的面貌出现,能够起"保障、防卫、御灾、捍患"③的作用,因而新官上任,均需拜谒城隍神,《博山县志》记载:"新官莅任,特行祭告,每月朔望行香,旱则祷之。"④明代以来,它又兼任管理孤魂冤鬼的职务,每年的清明和十月初一都要出巡邑厉坛。⑤

明清时期,城隍信仰逐渐走向世俗化,表现之一就是城隍庙会的出现。这一时期,围绕着城隍信仰,出现了一系列民俗节庆活动。民国《朝城县志》记载:"若夫四月十五'城隍生日',邑人设杂剧为醮事庆贺;远近纠会,具猪羊、食品上贡,四乡祝者男女拥杂,或更用彩纸帛北

---

① 栾钟尧修:《邹平县志》卷五《建置考下·城隍庙》,民国三年(1913)刻本。
②〔清〕李敬修编纂:《平阴县志》卷七《碑记》,〔清〕赵贯台著:《重修城隍庙记》,清光绪十九年(1893)刻本。
③〔清〕凌绂曾等修:《肥城县志》卷四《礼仪》,〔明〕李邦珍著:《重修城隍庙记》,清光绪十七年(1891)刻本。
④ 王荫桂等修:《续修博山县志》卷六《教育志·祀典·城隍庙》,民国二十六年(1937)铅印本。
⑤ 山曼、李万鹏等:《山东民俗》,第 352 页,济南:山东友谊出版社,1988。

（扎）为舆辇、宫室，前以彩杖、鼓吹引道，男女随后作佛号，谓之'进驾'。"①可见城隍出巡以及相应的庙会活动，已成为当时极为隆重的节日。《聊斋志异》对此也有所反映，如《吴令》篇即描写了民间为城隍出巡而铺张浪费、耗民脂膏的习俗，意在表彰吴令为革除陋俗、节省民财而做出的种种努力。民间社会对于城隍的信仰，多是作为一种送终的习俗。清代博山县，民间亲死"举家曳白布，匍匐哭于道，灌浆水于城隍神庙，谓之舍劳"②。

　　另外，山东地区的城隍信仰也表现为人格化的特征，"好奇之士，每以居官廉直者，曲附之"③。但将城隍神具体化为某人尚不普遍，然而也有记载，如民国《青城县志》记："又发书一函，令投青城县苏老爷评城隍也。"④此苏老爷就是青城城隍。淄川唐梦赉撰《慧先石先生神异记》中记述道：石慧先先生去世后，降神于家人，云"吾已为桃源县城隍"⑤。《聊斋志异》中出现的城隍，一些是由在阳世正直博学之人死后担任的，如《考城隍》中宋公病中为冥吏邀入阴间参加考试，以"有心为善，虽善不赏；无心为恶，虽恶不罚"的佳句博得诸神赞誉，被派到河南任城隍，宋公因奉养老母，九年后才赴任。

　　《聊斋志异》许多篇章中都出现了城隍庙，可见城隍信仰在当时民众生活中的普及程度之深，如《刘全》记侯某在城隍庙中为刘全献瓜像清除鸟粪；《鬼隶》中人间二隶遇城隍二鬼隶，二鬼隶"将以公文投东岳"，报济南大劫杀人之名数，反映了城隍为冥间地方官吏的职责，而作者的创作意图则是借"鬼话"批判明末清兵在济南屠城的暴行。城隍掌一城之政务，自然少不了打击歪风，维护治安。《王大》中众博徒聚赌正酣，"闻人声纷挐，一人奔入，曰'城隍老爷亲捉博者，今至矣！'众失色。……既出，果见一神人坐马上，马后絷博徒二十余人。天未

　　① 丁世良编：《中国地方志民俗资料汇编（华东卷）》，第327页，北京：书目文献出版社，1995。
　　②〔清〕富申等修：《博山县志》卷四下《风俗》，清乾隆十八年（1753）刻本。
　　③〔清〕张承燮等编纂：《益都县图志》卷十三《营建志上·城隍庙》，〔清〕陶锦著：《重修青州府城隍庙碑》，清光绪三十三年（1907）刻本。
　　④ 杨启东修：《青城县志·杂记·冥见》，民国二十四年（1935）排印本。
　　⑤〔清〕唐梦赉著：《慧先石先生神异记》，见〔清〕倪企望修：《长山县志》卷十三《艺文记》，清嘉庆六年（1801）刻本。

明,已至邑城,门启而入。至衙署,城隍南面坐,唤人犯上,执籍呼名。呼已,并令以利斧斫去将指,乃以墨朱各涂两目,游市三周讫"。城隍显灵禁赌,一如人间贤官能吏。另外,城隍还有从人间索要服役隶员的习惯,如《皂隶》中历城令梦见城隍索人服役,便将八名皂隶的姓名写在官牒上,在城隍庙焚化,"至夜,八人皆死"。

明清时期,城隍信仰在官员断案、抓贼中颇为盛行。光绪《肥城县志》记载:"有情属暧昧者,百辨而不解,一至神前而不欺,事关隐伏者累官刑而不输,一祷庙而遂明。有司祷雨、捕寇之类,无不响应其赫灵昭应。"①再如康熙年间,齐东县斩犯大盗崔龙逃跑,知县余为霖撰文告城隍:"我司阳而神司阴,黄夜越狱惟神之咎,十日不获,则毁庙徙位。"②清晰明确地点明了城隍应负的责任。《聊斋志异》中多借神道设教来表现清官捕盗、断案,较有代表性的有《胭脂》和《老龙舡户》等。如《胭脂》篇中胭脂鄂生一案审至关键环节,时任山东学政的施闰章"赴城隍庙,使(疑犯)尽伏案前。便谓:'曩梦神人相告,杀人者不出汝等四五人中。今对神明,不得有妄言。如肯自首,尚可原宥;虚者,廉得无赦!'……(无人自首)公命释之,谓曰:'既不自招,当使鬼神指之。'使人以毡褥悉幛殿窗,令无少隙;袒诸囚背,驱入暗中,始授盆水,一一命自盥讫;系诸壁下,戒令面壁勿动:'杀人者,当有神书其背。'"当时民间广泛流传着城隍捕盗的传说,施公主要利用了下层民众对城隍的信仰心理以及杀人真凶的畏惧心虚,成功地使凶手不打自招,可谓足智多谋。《老龙舡户》写到粤东总制朱徽荫审理商旅被害积案,一无头绪,"于是竭诚熏沐,致檄于城隍之神。已而变食斋寝,恍惚中见一官僚,搢笏而入。……"此人正是城隍刘某,他为朱公提供了重要线索,使得累累积案告破,宣扬城隍显灵的背后意在表彰清官为捕盗殚精竭虑的良苦用心。

《聊斋志异》中众多涉及城隍信仰的篇章,多数是借这一神灵之名映射人间地方官吏,以阴间一城之主的廉洁勤政来反衬人间昏官的庸碌贪酷;少数篇章记载了城隍派鬼隶投公文、显灵抓赌、擒贼等神异之

---

① 〔清〕凌绂曾等修:《肥城县志》卷四《礼仪》,〔明〕李邦珍著:《重修城隍庙记》,清光绪十七年(1891)刻本。

② 〔清〕余为霖:《城隍庙碑》,见〔清〕余为霖修:《齐东县志》卷八,清康熙年间刻本。

事,与作者喜欢搜奇猎异有关,虽是围绕民间对城隍职能界定展开小说,却能在其中体现出作者的政治理想。而在另一些小说中,城隍又成了贪婪残暴的昏官,专事收受贿赂,草菅人命,如《席方平》中羊氏贿赂冥吏,将席方平之父榜掠致死,席方平"抽笔为词,值城隍早衙,喊冤以投"。羊氏内外贿通,"城隍以所告无据,颇不直席"。冥王亦是如此,席方平顿感"阴曹之暗昧有甚于阳世",城隍、郡司、冥王皆为"羊狠狼贪""人面兽心"之徒,对现实之揭露可谓深刻。再如《小谢》中陶望三被人贿赂学使、诬告下狱,秋容入狱探望,归途中被城隍庙西廊黑判强抢去,逼其为媵妾,可见官吏贪赃枉法、残民以逞之事,阴间与阳世没有什么区别,表现出作者对现实的清醒认识。

民间固有的城隍信仰在聊斋先生笔下被构撰成了不同的故事,赋予了多重的内涵。《聊斋志异》中塑造了许多不同的城隍形象,有人间正直贤良之士死后被封为城隍,一洗其在阳世的落魄潦倒、不被重视的悲凉;也有庇佑百姓,主持公道、显灵助清官断案之城隍,意在宣扬作家清明政治的理想;当然,也有纵容下属欺凌民女、贪赃枉法之城隍……民间俗信的运用,丰富了作家构筑的幽冥世界的容量,为塑造形形色色的城隍形象提供了模板;民间俗信中城隍的种种职能、作为,又成为作家因之结撰故事、深入形象地阐述自己社会理想的载体。在民间信仰基础上,作家借鬼神灵异展开故事,而真正的意旨是借其表现呼唤公正、批判现实的良苦用心。

三、幽冥世界架构与山东民间鬼信仰

《聊斋志异》以谈狐说鬼著称于世,鬼故事在作品中占据了相当多的篇章,也是《聊斋志异》的精华所在,汪玢玲先生曾在专著中就《聊斋志异》与鬼文化作过详尽的探讨,内容涉及鬼文化的产生与发展、《聊斋志异》鬼故事的类型以及创作方法等。①

山东鬼文化是中国历史悠久、影响深远的鬼文化的重要组成部分,因地理环境的影响,受泰山文化的影响深远,因而呈现出了鲜明的地域特色。有学者考证,泰山成为治鬼之府的说法从西汉时就已出

---

① 汪玢玲:《鬼狐风情——〈聊斋志异〉与民俗文化》,第122～186页,哈尔滨:黑龙江人民出版社,2003。

现，随后其影响波及全国各地，产生了形形色色的鬼文化和鬼信仰。《聊斋志异》小说中多次出现泰山治鬼以及东岳神统领冥间的情节，即可为证。另外，泰山鬼文化的盛行直接影响了山东各地民众的精神世界，各种各样的信仰形式应运而生，如神鬼庙宇的建造，各式各样的祭祀形式以及其他民俗迷信活动盛行，形形色色的鬼故事的产生与流传等，无一不来自于山东民间浓重的鬼信仰。蒲松龄长期生活在山东淄川农村，耳濡目染了各种流行于下层百姓中的乡风民俗，民间鬼文化对其精神世界必定会产生相当的影响。这些影响又会通过创作进入到《聊斋志异》中，成为其鬼怪小说中的神秘主义因素的来源。不论作家对鬼神相信与否，他在创作中却真实地运用了这样一种神秘的模式，而这种模式除了历朝历代志怪小说的传承外，另一来源即是当时民间普遍而深远的鬼信仰与鬼文化。

民间鬼信仰和鬼文化为聊斋故事素材的产生和流传创造了条件，作家在此基础上展开想象，注入自身独特的思想、愿望，创造出了大量体现作家艺术才情且渲染铺陈、叙述委婉的佳作。民间对鬼的种种俗信进入小说，成为人物的某些异于常人的行为特征，有助于塑造鲜明生动的人物形象。鬼是生活在阴曹地府的幽灵，不能光明正大地与人接触，因此，《聊斋志异》中的鬼故事往往发生在夜里，如《林四娘》中女鬼林四娘"夜夜必至"，"鸡鸣，遂起而去"。在古人的鬼信仰中，他们认为鬼是虚的，往往以影子出现在人眼前，因此《梅女》中封生初见梅女，"凝视间，见墙上有女子影，依稀如画"，随之不动也不灭，然后由影子转成少女。不少人相信已死之人如果得到金宝之气的保护，遗体可以不腐，这或许就是古代以金宝殉葬的原因，《爱奴》篇中鬼女爱奴就是借着"金宝之余气"而得以保存遗体。同时，民间俗信中溺死、吊死等凶死之人灵魂不得转世，必得寻找替身的观念根深蒂固。《王六郎》中水鬼王六郎宁可自己受苦，也不忍心伤害他人来达到托生的目的，善心感动上天，被任命为招远土地；另外，《水莽草》篇中误食水莽草中毒身亡之鬼千方百计迷惑生人等也是运用了这种神秘的民俗模式。可以说，《聊斋志异》的鬼故事绝大多数是建立在民间对鬼的种种俗信基础上的，与民俗有着千丝万缕的联系。小说对民间俗信中鬼魂的习性、禁忌以及由此衍生而来的驱鬼法术与招魂方法等的表现，丰富了作品表现生活的容量,同时也增加了作品的神秘浪漫主义色彩。

然而,值得指出的是,《聊斋志异》鬼故事已经跳出了之前志怪小说那种张皇鬼神、称道灵异的窠臼;虽借用了许多神秘诡异的故事外壳,其核心却是借鬼以写人,写现实世界,假鬼神以警人事。写书生与鬼女之间的悲欢离合,旨在宣扬真情、颂扬青年男女间的真挚爱情,如《聂小倩》《小谢》《伍秋月》《连琐》等。聊斋先生常借鬼神来批判社会的阴暗面,宣扬其社会理想,鬼作为小说人物的身份符号,其深层意义已经超越了本身的神秘因素,如《考弊司》中借批判一个满嘴仁义道德的虚肚鬼王的贪婪酷虐,映照了现实官吏的残暴贪鄙;《叶生》《于去恶》则是借鬼表现读书人生生不息的功名翘盼,即便是身为异物仍追逐不休,传达出了作者一生不第的愤懑与无奈。在小说中,山东民间的鬼信仰与鬼文化成为作家构筑幽冥世界的基石和框架,它以独特的形式构成小说人物的性格行为模式,充当神异情节设置的因由并最终成为结局出现的民俗基础。作家承袭了志怪小说的神秘一脉,而又运思入妙、别出心裁,给这类小说注入了深厚的生活内容以及高妙的艺术品味,从而造就了中国志怪小说的巅峰之作。

第五节 《聊斋志异》中的山东民间俗神例说

一、碧霞元君信仰与蒲松龄的神道观

碧霞元君是产生于鲁中地区的全国性信仰神,全称为"东岳泰山天仙圣母碧霞元君"。关于碧霞元君的来历有很多种说法,如黄帝七女说、汉明帝时石氏民女说、东岳大帝女儿说等。泰山碧霞元君信仰历史悠久,传说宋真宗封禅泰山后,在池中得一石人,遂建祠奉祀,号为圣帝之女,碧霞元君是明代改泰山玉女祠为碧霞灵应宫以后的称呼。①

清初颜神镇通判叶先登在《碧霞元君辨》中指出:"碧者,青类也;

---

① 李伯涛:《泰山民俗》,第319~320页,济南:山东画报出版社,1996。

霞者言山之高接乎云霞也；元者，善之长，尤东方之长乎五方也；君者，主也，为生物主也。"民间又把她视为"送子娘娘"，碧霞祠"旁列侍者皆乳媪、保姆，携抱婴孩为宜男之状"，能够满足人们求子的需要。加之此庙"非帝王明禋之所，无贵贱皆可以祠祭而徼福也"①，没有身份、等级的限制，更便于其传播。关于她的信仰在妇女中特别盛行，到泰山为其挂袍还愿的络绎不绝，香火比岱顶的玉皇大帝还盛。

明清时期山东的碧霞元君信仰繁盛，清初章丘一带，"岁时伏腊，则多随香社徼福于泰山，名曰'上顶'"②。民国《冠县志》"岁时民俗"载："四月初八日，设醮泰山行宫。凡境内碧霞元君祠咸集有会场，商贾喧阗，士女杂逻，竞执香楮进庙祈祷，谓之'朝山进香'。会期，百戏杂陈，粉墨登场，附近男女竞趋之。"③张岱的《岱志》中也真实地描绘了泰山香火之盛及平民泰山崇拜的心理世界：浩浩荡荡的进香人群，夜里或登山或下山，"上者下者，念阿弥陀佛，一呼百合，节以铜锣。灯火蝉联四十里，如星海屈注，又如隋炀帝囊萤火数斛，放之山谷间，燃山燿谷，目眩久之"④。《吴令》篇后附有一篇原载于《聊斋志异》遗稿的描写百姓祭祀碧霞元君的文字，生动地表现了明清之际民众崇信碧霞元君的民俗："州人崇奉碧霞元君。歇马厅外，行宫十余所，各雕木为像，寿节辇游街衢，远达乡郭。制仪伟，作百戏，穷工极巧，奢丽非常。夜则张灯，蜡烛之费，日不下数百斤。鼓乐喧哗，月余不息。观者至二百里外，水陆舟车，络绎不绝。作剧者自列肆贩贾，以至陶冶梓匠，肩挑食力之侪，届期胥舍业，著优人衣，涂花面，间傅粉作妇人妆。抚辇随行者数百人，衣冠齐楚，顶戴萤然，或亲举乐器，沿街吹击，意洋洋甚自得。此俗习惯已久。惟旱潦岁歉，辇舆不出，否则男妇丛杂，一郡若狂矣。"

碧霞元君本是道教之神，但在明清时期，民众大多称其为"泰山娘娘""泰山老奶奶""泰山老母"等具有极为浓厚的人情味和世俗性的称呼。在山东地区，尤其是泰山附近，碧霞元君信仰渗透到民众生活的许多方面，在泰安肥城一带，巫婆常以"泰山奶奶"的名义替人治病、招

① 〔清〕叶先登等修：《颜神镇志》卷五《遗文·碧霞元君辨》，清康熙九年(1670)刻本。
② 〔清〕钟运泰修：《章丘县志》卷一《风土》，清康熙三十年(1691)刻本。
③ 丁世良编：《中国地方志民俗资料汇编(华东卷)》，第330页，北京：书目文献出版社，1995。
④ 〔明〕张岱：《琅嬛文集》，第69页，长沙：岳麓书社，1985。

摇撞骗，"病者为老翁，必曰神言奶奶将役之也；为老媪，必曰神言奶奶将婢之也；为小儿、为幼女，必曰奶奶之童子、奶奶之花娣也。奶奶者，碧霞元君也。欲病愈，必焚冥镪，谓之买命"①。在民间村落中也多有供奉碧霞元君的香会，称为"泰山社"。如道光《商河县志》祭礼："每年正月，组合多人赴泰山进香，名为'香社'，其在家烧香者，名为'懒跋社'。俗谓泰山神碧霞元君最有灵验，祭之当获吉庆，故群趋奉之。"②

《聊斋志异》中《柳氏子》提到四月间，乡人组织香社登泰山朝圣，巧遇已经为鬼的柳西川之子，从而引出了一个两世冤仇的故事。《云翠仙》中则对百姓四月间向碧霞元君进香的习俗进行了描写："岱四月交，香侣杂沓；又有优婆夷、塞，率众男子以百十，杂跪神座下，视香炷为度，名曰'跪香'。"无赖梁有才在跪香的人群中发现了美丽的云翠仙，便装做香客，借机调戏她。云翠仙参礼碧霞元君，母亲对她说："汝能参礼娘娘，大好事。汝又无弟妹，但获娘娘冥加护，护汝得快婿，但能相孝顺，都不必贵公子富王孙也。"母亲一心想让碧霞元君保佑女儿找到一个如意郎君，却不想被梁有才蒙蔽，稀里糊涂地将女儿嫁给了他，开启了云翠仙悲剧的婚姻。

碧霞元君信仰不只在平民百姓中盛行，有些官员眷属亦深为崇信。如《周生》篇中邑令夫人徐氏有参礼碧霞元君的心愿，让幕客周生写了一篇祝文，派遣仆人带着祭品和祝文代她还愿。祝文中"颇涉狎谑"，得罪了神灵，周生、徐夫人和焚稿之仆都受到了惩罚。碧霞元君是《聊斋志异》中出现频率较高的民间神灵之一，多是直写民间对其崇信的种种形式，以之作为小说情节的组成部分，如修建庙宇、跪香许愿、撰文祭拜等，类似民间风俗的速写，从一个侧面反映出当时山东民间对其崇信之风的浓烈程度。

小说一方面对山东民间的神灵崇拜进行表现，处处留心，着意点染，记录了当时民间信仰活动的种种资料，丰富了其所表现的生活容量。另一方面，作者又将这些民俗资料作为小说创作的材料，如以参礼碧霞元君的民俗活动作为故事发生或人物遇合的背景，成为作品艺

---

① 〔清〕凌绂曾等修：《肥城县志》卷一《方域·疗病说》，清光绪十九年（1893）刻本。
② 丁世良编：《中国地方志民俗资料汇编（华东卷）》，第133页，北京：书目文献出版社，1995。

术架构不可或缺的部分。更重要的一点是,作者描述民间神灵信仰不是为张皇鬼神、称道灵异,小说表层的故事背后都或多或少地有着深层的思想内蕴,或对人间邪恶之人进行惩戒,或委婉批评家长独断专横为儿女安排婚姻的作风(《云翠仙》),碧霞元君的出现正起到了一种绝妙的反讽作用。《周生》篇中作者借周生之口道出了"文字不可不慎也"的痛彻之言。

《聊斋志异》以谈鬼神妖异著称于世,其对百姓生活中常见的民间神灵的表现所在多有,且常常有妙笔箴言阐述作者自身的观点。民俗作为反思和审视的对象,在描写中蕴涵了作家强烈的道德批判和文化批判意识,体现了赞扬淳风美俗、批判丑风陋俗的价值取向。[1] 对于民间崇信碧霞元君这一现象,蒲松龄在几篇小说中表现出的是对民众盲目信仰的一种引导和矫正。蒲松龄《请禁巫风呈》中指出:"淄邑民风,旧号淳良,二十年来,习俗披靡,村村巫戏。商农废业,竭资而为会场,丁户欠粮,典衣而作戏价。"希望当局采取措施,如此"庶几浇风顿革,荡子可以归农;恶少离群,公堂因而少讼"[2]。传达出的是反对民众盲目崇信神灵、倡导废除淫祀、爱惜民力的良苦用心。而在《云翠仙》中,翠仙母女虔诚参拜碧霞元君,为的是求其保佑云翠仙找到一个忠厚善良之如意郎君,正如上文引用云母所说,然而最终母亲为女儿选择了无赖梁有才,使云翠仙几遭被卖入青楼的厄运。可见,碧霞元君并没有给虔诚参礼之人以任何护佑,作者此文以母女参礼元君开篇,以云翠仙婚姻失败结局,是有着一定深意的。再如《周生》篇,周生在所写祭文中对神灵不敬,使碧霞元君震怒,周生受冥谴得病而死,不久徐夫人与焚稿之仆两个无辜之人也莫名死去。篇末作者评价道:"狂生无知,冥谴其所应尔。乃使贤夫人及千里之仆,骈死而不知其罪,不亦与俗中之刑律犹分首从者,反多愦愦哉!"对冥罚不分首从颇有微辞。联系博山人孙崇祚撰《重修泰山行宫碑记》中所说:"或乃曰:神能为人殃祥,而不能自庇其一身风雨,补葺若有待于人者,所谓神者安在?是说

---

① 参见皋于厚:《明清小说的文化审视》,第 119 页,北京:学苑出版社,2003。
② 路大荒整理:《蒲松龄集》,第 206 页,上海:上海古籍出版社,1986。

也,则吾不能知。"①可见民众狂热的信仰背后,文人如蒲松龄等对神灵存在与灵验与否是有着较为清醒的认识的。他对风俗俚习的表现,是在理性精神的烛照和审查下进行的,贯穿着作家的文化忧虑和深刻思索。

蒲松龄不迷信神鬼,不信其为实有,却又不反对修神庙、塑神像,他为修庙塑神写碑记、募疏即是证明,然而在这些为神道所作之文中,有的宣扬神道警惕人心,传说的诸种灵异现象不可不信,有的则"王顾左右而言他",笔墨调侃随意,近乎游戏,颇有对神灵的不敬之辞,这种现象在《聊斋志异》中也很常见。归根到底,蒲松龄把神鬼当作人的一种精神寄托,"福则祈之,患难则呼之",虽没有实际意义,却可以让民众得到些许精神慰藉或是有所敬畏。如其在《创修五圣祠记》中所论,即与善男信女的崇信有本质区别;他还认为神道有正人心的劝诫价值,故而借用来劝善惩恶、淳化风俗。② 正因为他持有这样的双重标准,所以不满愚民百姓奉神道为圭臬、劳民伤财的淫祀陋俗大行其道的状况,并对因崇信神灵而破坏生产、蛊惑人心的现象深恶痛绝,往往又站出来嘲弄神灵、矫正陋俗,借助小说传达出了爱民淳俗的一片拳拳之心。

二、《聊斋志异》与山东民间雹神信仰

雹神信仰是山东民间信仰中一个非常普遍且又十分独特的形式,外省极为少见。山东许多地方都建有雹神庙,如博山凤凰山东麓有雹泉庙③,昌乐县西丹河西岸也有雹神祠④,高密四月间有"孟夏之月,厥八日谒灵沛侯庙祈年"之风俗⑤,后修《高密县志》中对此古俗又作了详细说明:"'过大驾',农历四月初八,'名流'、'上绅'组织'雹泉老爷出巡'。由因病许愿的穷苦群众抬着有纸扎神像的轿串街。群众怕下冰

① 孙崇祚:《重修泰山行宫碑记》,见王荫桂等修:《博山县志》卷十三《艺文志》,民国二十六年(1937)铅印本。
② 袁世硕、徐仲伟:《蒲松龄评传》,第196～201页,南京:南京大学出版社,2000。
③ 王荫桂等修:《博山县志》卷二《祀典·雹泉庙》,民国二十六年(1937)铅印本。
④ 〔清〕魏礼焯等修:《昌乐县志》卷四《山川考·西丹河》,清嘉庆三年(1798)刻本。
⑤ 丁世良编:《中国地方志民俗资料汇编(华东卷)》,第212页,北京:书目文献出版社,1995。

雹打毁庄稼,沿街焚香,顶礼膜拜……"①《庆云县志》"三月……十五日,男女雹泉庙烧香"等。② 雹神信仰起于何时,其来源发展又是如何,下文试将作一探讨。

万历《安丘县志》记载:"雹泉在西南四十里,自石函中迸出,颗颗如联珠,如雨雹。……上有膏润庙。"③古代风俗,大凡河流、名泉处常建有供奉龙神或水神的庙宇,膏润庙因其所在雹泉之上又被称为雹泉庙,其神称为雹泉神,又因雹泉泉水喷涌如雹,人们可能自然而然地将雹泉神简称为雹神。山东许多地方供奉雹神的庙宇都称为雹泉庙(祠),如凤凰山的雹泉庙。《庆云县志》和《高密县志》等提及的民众至雹泉庙烧香等活动,可以推测此等称号源自于安丘雹泉庙。

《安丘县志》还记载,雹泉神最初的职能是降雨,如:"膏润庙在雹泉,莫考其初。元至元二十一年知县马瑞重建……又记大观政和中旱,知县李安洁沐祷于泉,有白蛇白鼠之祥,时乃大雨。再请于朝得赐庙额,封其神为灵霈侯。至元中复旱,密州守黄济以诗祷之,雨竟如祷,乃再新庙貌以答神贶。"④可见,至少在北宋时,安丘膏润庙(雹泉庙)就已存在,久旱不雨时地方官员曾前往求雨。《新元史》中记载:"(元代)至元十四年,回水窝渊圣广源王加封善佑崇山灵济照应王;加封广惠安丘雹众灵沛侯,加封灵霈公。"⑤可见安丘雹神在元时已得到官方的部分认可,并与水神同被加封,或是因为两者职能具有某些相近之处。

安丘地区还流传着两则关于雹泉及雹泉庙来历的传说,其一讲的是李左车隐居于安丘雹泉村,时值南方遭灾,颗粒无收,他带上荞麦种子,长途跋涉救济灾民,获救灾民为了纪念他,建造了雹泉庙。另一则传说讲述了一李姓青年外出打柴,在一处砍掉了一棵树后,一股水流喷涌而出,青年为了不让大水淹没村庄农田,便坐在了泉眼上,泉水流

① 高密县地方志编纂委员会编:《高密县志·社情民俗》,第553页,济南:山东人民出版社,1990。
② 丁世良编:《中国地方志民俗资料汇编(华东卷)》,第159页,北京:书目文献出版社,1995。
③ 〔明〕熊元、马文炜修纂:《安丘县志》卷三《山川考·雹泉》,明万历十七年(1589)刻本。
④ 〔明〕熊元、马文炜修纂:《安丘县志》卷五《建置考·膏润庙》,明万历十七年(1589)刻本。
⑤ 柯劭忞:《新元史》卷八七《志五四·礼七》第412页,北京:中国书店1988年影印本。

淹成池,青年不幸被淹死。为了纪念他,村民们便称其为李坐池,在泉上立庙祭祀。因其与李左车发音相近,久而久之,百姓便将其与秦汉时大将广武君李左车混为一人,称雹泉神为广武君李左车,又简称雹神。

并非山东各地的雹神信仰都起自安丘,有些地区的雹神信仰与雹泉无关,有着明显的起自龙信仰的痕迹。位于今枣庄境内的沧浪渊上有沧浪神祠,祠内供奉的神灵为雹神李左车,枣庄、滕州一带百姓俗称雹神为沧浪神。① 《兖州府志》载:"沧浪神祠,在县北六十里沧浪渊上,有司春秋秩祀。盖龙窟也,亦谓之感应龙祠,不知创自何时,至宋宣和间始赐额为霖泽庙。"②康熙十二年修《峄县志》也记载:"峄西北六十里,有渊曰沧浪……此渊有龙。龙能出云为风雨以敷佑吾人,旱祷则辄雨……峰峦突兀,岩崖连络,有翼然居于其中者,为沧浪霖泽庙焉。"时至今日,每年农历三月初三这一天仍是沧浪渊庙会,方圆百里的群众慕名而至,焚香祈祷,期盼人寿年丰。霖泽庙的前身为感应龙祠,其神职能为降雨,当是民间龙崇拜的产物。在对历史人物李左车信仰兴起之后,霖泽庙供奉的神祇也由神龙变为广武君李左车。

安丘地区的雹泉庙原名为膏润庙,"膏"和"润"都为滋润之意,与降雨有关,而历史上也多有官员、百姓前往求雨。《兖州府志》中提到的供奉李左车的霖泽庙,其神龙祠的前身主降雨的职能更加明显。气象神中的雨神(后又称雨师)主要用于国家祀典,而民间百姓祈雨,尤以祈祷龙王之风最盛。③ 龙一直与风雨雷电、江河湖海联系在一起,并且它的产生也与雷雨有关,如朱熹《周易本义》卷四《说卦传》第八章谓:"震为龙。"第十一章:"震为雷,为龙。"正因为如此,在后来的民间信仰发展过程中,龙一直与行云布雨有关,如《山海经·大荒北经》:"(应龙)去南方处之,故南方多雨。"④到唐宋时,关于龙的民间信仰已基本定型,小说中已出现了关于龙王、龙女的完整故事,如李朝威的《柳毅传》。明清时期这种信仰更加普遍,许多地方都建有龙王庙,遇到干旱年份百姓往往到庙中拜祭求雨。

① 山曼、李万鹏等:《山东民俗》,第 359 页,济南:山东友谊出版社,1988。
② 〔明〕于慎行修:《兖州府志》卷二十四《祠庙志》,明万历二十四年(1596)刻本。
③ 宗力、刘群:《中国民间诸神》,第 184 页,石家庄:河北人民出版社,1986。
④ 袁珂校注:《山海经校注》,第 427 页,上海:上海古籍出版社,1980。

在古人的心目中,影响最广的主降雨的神灵非龙莫属,故各地几乎都有祭祀龙神的庙宇祠观,而雨、雹又同属一类,故在专门司雹的神灵出现以前,人们当然地认为龙也掌管着降雹的职能,这就可以解释一些地区的雹神庙的前身为神龙祠的原因。古代山东地区的雹灾十分频繁,对农业生产造成了很大的破坏,对雹灾的恐惧以及万物有灵的观念使人们产生了一种对司雹神灵的敬畏,对其重视程度逐渐提高,最后终于从龙信仰中分离出来,专门掌管行雹一事。其发展的痕迹在滕州等地称雹神为沧浪神、兖州供奉雹神的庙宇前身为神龙祠等可以看出。

山东地方志中还有两条值得注意的信息,一是民国《莱阳县志》记载:"四月农家以香楮、爆竹祀土地祠,祝免冰雹,并谓是月一日至四日少雨则麦不稔。"光绪《邹县续志》岁时民俗有"六月朔日蒸馒头祭神于中霤,曰'祭雹冰'"①。可见至少在这两个地区,百姓虽对冰雹这一自然现象存有敬畏之心,雹神信仰却并没有渗透到百姓的信仰体系中,该地区没有产生独立的雹神,也未从其他地区引进这一信仰形式。

在《聊斋志异》的两篇《雹神》中,蒲松龄非常自然地称雹神为广武君李左车,可见最晚在清前期,山东地区的雹神信仰已经发展得十分完备,具有充分人格化的特征,从地方志的记载中也可见一斑,如乾隆《淄川县志》记载了万历年间的一次雹灾:"见云中巨人,身指一节丈余,往来忙扰,上下身首俱不见。或见云初起处,有人捧长牒,展两足踏两兽,背上坐两小儿持鞭疾击兽。……或见红绿衣人持短兵格斗,或见长绳千尺翻转络绎。"②这一记载融合了民众对雹灾产生原因的思考以及对雹神巨人形象的奇特想象,富有民间特色。

李左车事迹见于《史记·淮阴侯列传》③,秦汉之交,在汉赵井陉之战中,赵王歇和成安君不用广武君计策,致使赵军大败,广武君被擒,韩信招抚他并拜其为师,采用他的计策顺利平定了燕、齐诸国。关于李左车的籍贯,史书无载,至今也没有定论,而在《雹神》篇中则有雹神广武君与山东淄川人王筠苍为同乡之说,可见在蒲松龄的意识中,雹

---

① 丁世良编:《中国地方志民俗资料汇编(华东卷)》,第 239、292 页,北京:书目文献出版社,1995。

② 〔清〕张鸣铎修:《淄川县志》卷三《灾祥》,清乾隆四十一年(1776)刻本。

③ 〔汉〕司马迁:《史记》,第 2615~2619 页,北京:中华中局:1980。

神广武君李左车应为山东人或至少在山东地区有过重要的活动。

据《山东寺庙塔窟》记,枣庄沧浪神祠中老道人鹿明山曾讲述道:霖泽庙神主为战国时赵人李佐居(左车)。时楚欲灭赵,诡称伐齐,假道于赵。赵王信之。李佐居力谏,不听,出走东海。后楚果攻赵,赵败。李佐居隐逸处,即沧浪渊。后人遂于渊上立庙祀之。① 李左车的事迹与史书所记有很大出入,当是民间流传的故事。然而,这在李左车最终成为司雹之神的过程中也占据了相当的地位,可以推测,李左车当是先取代龙神成为沧浪神,同时继承了龙司雨雹的种种职能,后来随着神职的细化而成为专门的雹神。虽然不论是作家蒲松龄还是当时的百姓对李左车为司雹之神的观点根深蒂固,但遗憾的是,在史书以及其他资料中并没有发现李左车被尊为雹神的相关记载。

清代出现的秃尾巴老李故事也为山东雹神信仰的最终形成增添了不少神异色彩。《山东民俗》记述秃尾巴老李从山东来到东北,掌管黑龙江后回乡祭奠母亲,一路伴有疾雨冰雹,故而也有地区将其尊为雹神。② 秃尾巴老李亦人亦龙,既与某些地区之前以龙为降雨行雹之神相关,又与其他一些地区雹神充分人格化的信仰有着微妙的联系,故而也被巧妙地融入了山东的雹神信仰体系中。经历了漫长的岁月之后,人们提及雹神时,往往在其尊称李左车、李老爷之后还不忘善意地加上秃尾巴老李,可见秃尾巴老李几乎已经成为雹神信仰中不可或缺的一个部分。但是这种变化应该出现在清代山东人大量移民东北之后。

不管源流如何,雹神信仰最终在山东民间流行,不同的信仰方式相互交汇影响,形成了一种普遍的且较有影响力的雹神信仰,并逐渐跻身于山东的许多地区百姓信仰的神灵系统中。此时的雹神融合了山东民间安丘雹泉神、龙神和秃尾巴老李以及广武君李左车等多种信仰形式,最终形成了以秦汉时广武君李左车为主要符号的雹神,得到了人们的普遍认可,并针对其司雹的特征,民间还为其附会了很多神异传说,其中也出现了许多描述其何以成为雹神的故事。

《聊斋志异》之《雹神》和《张不量》两篇都涉及雹神这一民间信仰。

---

① 赵浦根、朱赤主编:《山东寺庙塔窟》,第308～309页,济南:齐鲁书社,2002。
② 山曼、李万鹏等:《山东民俗》,第444～445页,济南:山东友谊出版社,1988。

《雹神》（卷一）篇中淄川人王筠苍莅任楚中，登龙虎山拜谒天师，见到了雹神广武君李左车，天师称其为王筠苍之同乡。雹神奉旨到章丘行雹，王公担心家乡受灾，为百姓求情，最后雹神将冰雹多降于山谷中，"沟渠皆满，而田中仅数枚焉"。在另一篇《雹神》（卷八）中，作者通过唐梦赉触犯雹神之后的奇特经历，从侧面反映了民间雹神信仰的一些特征。唐太史到日照参加安氏葬礼，"道经雹神李左车之祠，暂入游眺"。他不顾道士"池鳞皆龙族，触之必致风雹"的告诫，用小石击中了池中的鱼，离开后"则有黑云如盖，随之以行，继而籁籁雹落，大如绵子"。雹神的惩罚还不止于此，接着他附身于稗贩之客，声称要出席明天的葬礼，安氏十分害怕："敬修楮币祭具，谒祠哀祷，但求怜悯，不敢烦其枉驾。"可见当地人十分敬畏雹神。篇末异史氏曰："广武君在当年，亦老谋壮事者流也。即司雹于东，或亦其不磨之气，受职于天。然神矣，何必翘然自异哉！……"《张不量》篇中的"雹神"只闻其声，不见其人，一个贾人在"忽大雨雹"时听到云中有人说不要伤害了张不量田地的庄稼，进入村中一打听才知道张氏是一个贷给别人粮食，归还时"多寡不较，悉纳之，未尝执概取盈"的行善之人，故而受到雹神的眷顾。别人田中"禾穗摧折如麻"，"独张氏诸田无恙"。可见雹神有了惩恶扬善的职能。

此三篇关于雹神的小说，充分展示了明清之际雹神信仰的人格化、道德化的特点。此时的雹神为秦汉时广武君李左车，他为道教神祇，受天师的管辖；且行雹承自玉帝旨意，额数、地点不可更改，如《雹神》（卷一）中所写；其形象高大修伟，且衣冠须发不同于常人，揭示了他神的一面；他行动时伴有雷霆霹雳，与龙的特征有类似之处；更为重要的一点是雹神不可侵犯，侵犯则必遭冰雹袭击；且雹神常常附在生人身体上，对世人进行惩戒，一旦触犯雹神，必须带着"楮币祭具"到神祠中请求哀免，如《雹神》（卷八）中所写。同雷电之神类似，雹神也具有惩恶扬善、道德示警的作用。如《张不量》篇所写雹神护佑积德行善之人田地的举动。另外，普通人在神人允许、帮助下，也可以行雹，《张不量》篇后附录吴宝崖（陈琰）《旷园杂志》一则："花坞僧济水言：'顺治十八年，青州一丐者，为神人敕其行雹。……'"另据《池北偶谈·行雹》记载,平原某人即被神人"教之以手撒雹……须臾不知行几百里"①。

人入仙界与神灵交往是《聊斋志异》的惯用模式,小说中往往着意渲染神灵的奇异之处,如《雹神》(卷一)中描述雹神的状貌修伟以及能腾空而去等特征,就有取自于民间俗信的痕迹,上文所引乾隆《淄川县志》中描述雹神为"云中巨人"的记载,可为佐证。在另一篇《雹神》中,雹神的灵异之处被描写得更加神秘,雹神庙池鳞皆龙族,触怒它们则会受到冰雹的惩罚,这与民间广泛流传的雹神用冰雹惩戒不敬之人以及作恶之徒的俗信十分吻合。山东民间的雹神信仰的种种表现为《聊斋志异》塑造雹神这一民间俗神形象、结撰瑰奇神异的故事创造了条件。然而,作家表现雹神信仰,目的不在于张皇鬼神、称道灵异。写雹神行雹,是为了赞扬王筠苍的一片拳拳爱民之心;写雹神屡次显灵惩戒不迷信的唐太史,意在借雹神的急切自荐展现唐公的倜傥不羁,即"鬼神必求信于君子";《张不量》篇中的雹神,则是作家劝善惩恶创作意图的绝佳体现。小说的思想意义绝不停留在表面,而是借神灵信仰的模式来承载更深层的思想内涵,这也是蒲松龄笔下民俗与文学互动与融合的体现。

民俗事象在《聊斋志异》中的表现可谓多种多样、不拘一格,生活民俗方面的服饰、饮食以及交通等风俗习惯在作家创作中常用来描摹生活,增强作品的艺术真实性。然而这些民俗广泛流行于明清之际的广大汉族地区,带有极大的普遍性,山东地域特色并不明显,故而文中并未将其作为主要研究对象进行讨论。反映一个地区民众精神世界的精神民俗往往带有比较强烈的地域特征,可以作为从地域民俗视角研究文学作品的观照对象。从《聊斋志异》的作品内容来看,其中比较有代表性的精神民俗事象主要有:

濒临大海的齐地所孕育的神仙崇拜以及民众精神世界中开放、浪漫、富于幻想和喜谈怪异的风俗。《聊斋志异》中三四十篇涉及神仙的小说中遇仙、求仙题材占据了很大的比重,可以想见这一民俗对作家本人的思想意识以及作品创作所产生的巨大影响。在齐地的神仙崇

---

① 〔清〕王士禛:《池北偶谈》卷二十七《谈异七·行雹》,第 618～619 页,北京:中华书局,1982。

拜体系中,八仙和崂山道士无疑占据了极其重要的地位,这两类崇拜都与崂山有着密切的关系,崂山作为齐鲁大地极负盛名的"神仙之宅、灵异之府",在民众的神灵崇拜和道教文化的孕育方面功不可没,成为从山东民俗角度研究《聊斋志异》的一个着力点。齐地的仙风道骨进入神鬼狐妖的艺术世界,奠定了小说神秘、浪漫的感情基调。神仙、道士的奇异故事成为小说的素材和框架,种种神秘莫测的法术幻境渲染了作品的浪漫主义气质,而隐藏在神仙怪异表象之下的作家深刻的思想内蕴,成就了《聊斋志异》特出于前代及后世志怪小说的超拔之气。

花妖狐魅是《聊斋志异》中最令人难忘的一类艺术形象,作家取自于民间俗信,却又不止于侈谈怪异,天马行空的幻想铺陈背后反映的是对现实世界的深刻思考。这些山东民间信仰体系中的最平易近人的精灵,往往成为下层百姓爱戴崇奉、寄托理想的载体。与民间崇拜相伴而生的形形色色的传说故事为作家所吸收利用,成为小说的故事框架和某些情节模式;民间俗信中花妖狐魅脱胎于其本身的动植物特性的种种神术异能,构成了《聊斋志异》诙诡奇幻的艺术特色。另外,民俗还以一种更为直接的形式进入小说中,如民间神巫借花妖狐魅为人治病以及形形色色的驱狐法术等,增加了小说反映现实生活的容量。

鬼是民间俗信中最为人关注的一类崇拜符号,由来已久且影响深远。《聊斋志异》又名《鬼狐传》,可见作家对"鬼"情有独钟,并将其作为文学事业的重要表现对象。山东民俗中"鬼"的影响主要来自泰山,泰山自古就被称为"治鬼之府",其在民众对另一个世界的信仰中占据了举足轻重的地位,成为聊斋小说中众鬼的趋赴之所。东岳大帝作为泰山的灵魂,也成为聊斋鬼故事中的一个重要人物,他融合了种种民间俗信,同时又承载着作家赋予的掌管人间正义裁判所的职能。城隍作为冥间的地方行政官员,在民间也具有深厚的影响力,民众对其的信仰崇拜中往往寄托了很高的要求与期望,蒲松龄正是把握了这一民俗心理,以民间流传的故事为框架,塑造了一批个个不同的城隍形象,宣扬其渴望政治清明的社会理想。

另外,《聊斋志异》中还着力塑造了两位民间神灵——碧霞元君和雹神。前者起源于民众的泰山崇拜,但不像东岳大帝那样具有浓厚的官方特征,为广大下层百姓所崇奉,尤其盛行于妇女之中。《聊斋志异》中的碧霞元君,并未以一个实在的形象出现,而是作为一种民间信仰的载体而存在,作家借描写百姓对其的祈祷崇拜设计场景、刻画人物,并表达了自己对于民间神灵崇拜的种种思考。雹神是具有极其鲜明的山东特色的民间信仰形式,蒲松龄借助它创作了三篇内容各异的小说,对当时民间雹神信仰的形式,其在民间俗信中的形象、籍贯、职能等进行了表现。可以说,正是借助了《聊斋志异》故事的传播,雹神信仰才进入了多数人的视野,这也是文学与民俗互动的生动体现。

《聊斋志异》的神鬼灵异世界借助于神仙、精灵、鬼怪以及人世的奇闻异事得以构筑,形成了一个能够相互沟通的立体网络。民俗在这个神秘之网的架构中起到了重要的作用。首先,民间俗信的种种形式以及由此生成的传说故事充当了小说创作的框架和材料。作家灵活地运用各种民俗形式,构成内容,穿插故事,推动情节,刻画人物,增加趣味。其次,民俗以被反映对象的形式进入小说,丰富了《聊斋志异》表现生活的容量。可以说,作家独特的思维方式也是构筑在民间俗信的基础上的,在这个相互沟通的立体网络中,民间信仰形式构成了人世与神怪世界沟通的重要方式,消弭了凡人与神怪之间的隔阂,从而为作家畅行无阻地往来于神异世界与平凡人世之间提供了依据。作品中借助民俗描绘而实现的生动的生活细节和人情世态描摹,融入了作家浓郁的感情色彩和深刻的思想意蕴,使作品达到了高超的艺术境界。不可忽视的是,《聊斋志异》在利用民俗的过程中也促进了民俗的传播,这对弘扬博大深邃的齐鲁文化也起到了积极的推进作用。

第六章
《红楼梦》与满族风俗文化（上）

第一节　《红楼梦》风俗描写的满族特色

　　所谓风俗，是指历代相沿积久而成的风尚、习俗。《诗经·周南·关雎序》云："美教化，移风俗。"又，《诗经·小雅·古风序》"刺幽王也"，孔颖达疏："《汉书·地理志》云：'凡民禀五常之性，而有刚柔缓急音声不同，系水土之风气，故谓之风；好恶取舍，动静无常，随君上之情欲，故谓之俗。'是解风俗之事也。风与俗对则小别，散则义通。"由此可知，凡由自然环境不同而形成的习尚，称之为"风"；而由社会环境不同而形成的习尚，称之为"俗"。① 生活于白山黑水之间的满族，在其漫长的历史发展进程中，形成了与汉族不同的民风习俗。在入关后的数百年间，满汉文化的交融，促使满族的风俗习惯不断演变。尽管如此，直至今天，满族仍然保留了相当一部分本民族的风俗特征。

　　《红楼梦》这部产生于清代乾隆年间的伟大作品，其中包含着相当丰富的满族文化风俗。与其他清代小说不

---

① 《辞海》"风俗"条，第 1528 页，上海：上海辞书出版社，1980。

同,《红楼梦》的风俗描写呈现出"满汉结合""满汉一体""满汉交融"的独特景观。这种风格特征的形成,不仅与《红楼梦》产生的特定时代与文化环境有着直接联系,更与作者特殊的家世背景息息相关。

一、时代背景因素

《红楼梦》风俗描写的满族特色,首先取决于清代中叶满汉文化交融的宏观时代背景。清代是由满族入主中原与汉族地主联合共同缔造的封建王朝,这决定了清代文化有别于历代文化的特殊性质。清代文化具有多元文化的性质,它以汉族文化为主体,同时又融入了以满族为代表的少数民族文化。在清初社会的重建过程中,满汉两种异质文化经历了由冲突到融通的过程,至《红楼梦》产生的乾隆中叶,满汉文化交融进一步加深。

历史上的满族是一个有着自己文化传统的民族,满族的形成以女真为主体,女真文化是满族的核心文化。满族对女真文化的继承,最突出地表现在语言、骑射、服饰三个方面。语言不仅是交流的工具,也是文化的承载体。满族在形成前后基本上使用的是女真语言,这种后来被称为"满语"的语言,曾经在满族形成的过程中发挥了巨大的凝聚作用。1599年,努尔哈赤又命令额尔德尼和噶盖参照蒙古文字、结合满语语音创制了满文。满文的创制和使用,在满族文化发展史上具有划时代的意义。骑射是女真文化的又一重要特征。女真人素以擅长骑射著称于世,骑射在女真的狩猎生活和军事征服中发挥了重要的作用。当年努尔哈赤起兵统一各部,直至八旗劲旅入关,建立全国政权,凭借的都是他们精于骑射的本领。衣冠发饰从来就是一个民族文化的重要象征,满族在形成过程中直接继承了女真的服饰文化,长袍马褂、窄衣箭袖、剃发垂辫是其鲜明的特征。语言、骑射、服饰,构成了满族最直观的文化特征。

民族之间的文化交流与渗透往往是双向互动的,以往史家过于强调汉族文化对满族文化的同化作用,而忽视满族文化对汉族文化的重要影响,这是非常片面的。终清一代,就满汉文化交融的总体进程来看,是以汉族文化为主体的,但这并不等于说,满族文化始终处于被动的接受地位。相反,作为统治民族,满族在主动地学习和吸纳汉族文化的同时,又凭借其在政治上的优势地位,极力维护本民族的文化特征,并对汉族文化施加影响。早在努尔哈赤经营辽东的时候,就曾经通过八旗组织来消融、同化当时前来归附的汉人、蒙古人和朝鲜人。被编入八旗的汉人和其他民族的成员,已经开始学习满语和接受满族习俗。满族入关以后,强制汉族剃发易服,虽然初期遭到强烈反抗,但日久天长便习以为常,安之若素。满族的衣冠发式,直至清末都没有太大的改变。

事实上,"严格地讲,任何民族,包括野蛮的或半开化的民族,只要是一个有文化根柢的民族,彻底被文明先进的民族同化,以至在历史上消失得无影无踪,是几乎不可能的"①。满族入关以后,为了适应新的环境,在汉族文化的影响下,不得不改变原有的生活方式和价值理念;但是作为统治民族,满族固有的文化传统,不可避免地要对清代文化产生深刻的影响。从某种意义上说,清代(尤其是盛清时代)文化之建构是以汉族文化为主体的,同时又是以满族文化为重要导向的。清代文化打上了满族文化的深深印痕,这种影响至今依然可见。从风靡大江南北的旗袍,到饮誉中外的满汉全席,以及大量的满文典籍,无不为我们提供了满汉文化交融的最生动典型的个案。而乾隆年间产生的《红楼梦》,更是这两种文化激荡出的一朵绚丽奇葩。从宝玉"黑亮如漆"的"一根大辫"到"大红箭袖"袍服,还有贾府人见面时的"请安打千"礼等,凡此种种,无不是那个时代留下的印迹。

二、地域文化因素

清代始终处在满汉文化交融的历史进程中,清代的文学作品总要或多或少地抹上一丝多元文化的色彩。但是《红楼梦》风俗描写所呈现的鲜明的满族特色,还与培壅它的京旗文化土壤直接相关。在满汉文化交融的历史进程中,八旗制度的存在具有极为特殊的意义。八旗本是满族特有的军政合一、兵民一体的社会制度,建立在清代王朝之前。八旗制度随着满洲铮铮铁骑入关,与整个清代相始终。在有清二百多年的历程中,影响所及政治、经济、文化等各领域,形成了枝蔓极

---

① 郭成康:《也谈满族汉化》,《清史研究》2000 年第 2 期。

广的八旗文化。所谓京旗,是指满族定鼎北京后分置拱卫京城的那部分八旗。① 满族进入北京以后,将北京崇文门、正阳门、宣武门以北的内城划归八旗居住,而令内城居民迁往外城居住。② 又在畿辅圈出八旗土地,解决旗人生计问题。八旗各旗在北京都有各自的镇守和居住区域。

北京八旗驻扎区域的划定,首先形成了一个以满洲为中心的八旗聚居区,进而形成了自己独特的经济和文化活动圈。清朝采取"旗民分治"政策,在一定程度上限制了满汉民族的进一步交往。为了限制民人进入内城,以及旗人出城居住,清朝颁布了一系列禁令。尤其是对于旗人出城居住,清初例禁尤严,规定在北京禁卫八旗,不准擅自离旗四十里。除关于旗、民居住方面的限制外,清朝在分配地亩过程中也尽量将旗、民分隔开来。此外,在婚姻、刑罚、教育等方面也设置了重重界垒。八旗制度的存在,客观上延缓了满汉文化交融的进程,但是对于保持满族文化传统具有特殊的意义。八旗有自己固定的单独居住区域,有自己独特的经济领地,这在很大程度上保证了满族入关以后,其原来的文化传统能够延续下去,不至于迅速淹没在汉族文化的汪洋大海中。八旗居住区的划分,为保持满族文化传统提供了天然的屏障。

满族生活圈的存在,一方面可以使他们在汉族文化的包围下,继续保持自己的文化传统;另一方面,又可以有选择地吸收圈外的汉族文化。在这个长期的交融和渗透过程中,产生了意义深远的京旗文化。清代的京旗文化是以满洲贵族为主体的文化,在这个特殊的文化圈内,满族文化居于主导地位。虽然在长期的缓冲渐进过程中,"京旗

---

① 除此而外,还有驻防八旗。驻防八旗在满族入关前已开始设立,入关后这一制度推行于全国各地。按驻地分,可分为畿辅驻防、东北驻防、各直省驻防。驻防全国各地的八旗官兵分别建城以居之,而不与民人杂居,称为"满城"或"满营"。

② 顺治五年八月谕曰:"京城汉官、汉民,原与满洲共处,近闻劫杀抢夺,满、汉人等,彼此推诿,竟无日时。似此光景,何日清宁。此实参居杂处之所致也。朕反覆思维,迁移虽劳一时,然满汉皆安,不相扰害,实为永便。除八固山投充汉人不动外,凡汉官及商民人等,尽徙城南居住。其原房或拆去另盖,或贸卖取偿,各从其便。"(《八旗通志初集》卷二十三,434 页,长春:东北师范大学出版社,1985)自此,开旗、民分城居住之先例,旗人分隶内城,民人尽归之于外城。内城范围,北自德胜门、安定门以南,东自东直门、朝阳门以西,南自崇文门、正阳门、宣武门以北,西自西直门、阜成门以东。

文化"与后来的"北京文化"在概念上有渐趋重合的趋势,但是在康雍乾时期,京旗文化的特征还是十分显著的。生活在京旗文化圈内的满族,在语言、习俗等方面,都形成了与外界不同的景观。

京旗文化是《红楼梦》创作最直接的文化背景,它为《红楼梦》提供了主要的创作素材。《红楼梦》中贾府的贵族生活很大程度上取材于清代的北京满族贵族。贵族的生活方式、价值取向、审美趣味、精神风貌,在《红楼梦》中都有最逼真的再现。《红楼梦》中的贾府实际上就是康雍乾盛世时期八旗贵族家庭的典型代表。周汝昌先生曾指出:"但看曹雪芹笔下反映的那种家庭,饮食衣着,礼数家法,多系满俗,断非汉人可以冒充。"①除了满洲风俗之外,贾府的庄园经济、家奴制度、骑射文化,也都进一步明确标识了它的旗人家庭特征。《红楼梦》自其流传以来就被认为是描写旗人的小说,人们关于小说"本事"的种种猜测,以及在永忠、富察明义等贵族旗人中引起的强烈共鸣,都说明了它与满族文化息息相关。

三、作者因素

《红楼梦》包含大量的满族文化风俗,还与作者特殊的家世密切相关。几十年红学研究的重要成果之一,就是基本弄清了曹雪芹的家世。现在我们可以确知,曹雪芹家本为汉人,在清入关前即归入满洲籍,属于正白旗满洲包衣人。

"包衣"全称"包衣阿哈"(booi aha),汉译为"家的"。包衣之出现,早在 16 世纪辽东女真崛起之时,其主要来源是俘虏。这些俘虏失去人身自由而成为依附于主子的奴隶。后八旗制度建立,他们便随主子一起编入八旗满洲。上三旗和下五旗均设包衣组织。上三旗者为内务府属,下五旗者为五旗王公府属。② 包衣组织均在八旗满洲之中,《八旗满洲氏族通谱》称这些包衣旗鼓佐领及管领下人为满洲旗分内之尼堪姓氏,即满洲旗分内汉姓之人。包衣世袭,身份一般不能改变,

---

① 周汝昌:《红楼梦新证》,第 128~129 页,北京:人民文学出版社,1976。
② 内务府所辖汉姓包衣,除佐领下人及管领下人,还有其会计司管辖下的庄头旗人,为屯居旗人之一种。下五旗包衣,即隶属于下五旗的诸王、贝勒、贝子、公等之包衣;其中的汉姓包衣,虽然没有像上三旗内务府那样的专门管理机构,但所拥有旗鼓佐领及管领则略同于上三旗。

除非功勋卓著或其他特殊原因，可能被"抬"入旗分佐领。

包衣佐领、管领下人，又不同于一般意义上的奴隶，即清文献所谓之"户下人"。"户下人"是指分属于不同主子的散在奴隶，即八旗户下家奴。"户下人"没有自己的独立户籍，而附在主人户下，不准做官、应试，一般情况下也不准披甲当兵。而包衣佐领、管领下人虽没有独立人格，但受组织管辖，有独立户籍，具有当兵、科举、仕进的权利。在选官任职方面，并没有什么限制，具有与旗分人丁同样的政治地位。入关以后，包衣人的地位不断提高，获得更多的做官机会。内务府上三旗包衣直属于皇帝，地位更非同一般。内务府"三旗（即包衣佐领、管领）支领俸饷，悉照八旗之例行"①。旗鼓人"其在内府仕途，均于满洲相同，荐升九卿，亦占满缺"②。并且在清朝官制中规定，江南织造、两淮盐政、粤海关监督等有油水的衙门，又都是内务府官员专缺。因此，在内务府包衣中，出现了一批声势显赫、家资巨万的人物。据王锺翰先生考证，有清一代声名显赫的内务府世家，多至二三十家，位尊事显者百余人，其中汉姓人占大多数。③ 故清末有民谣："财大气粗房不古，此人必是内务府；礼多事多动钱急，此人必是外三旗。"当然这毕竟是少数。

曹雪芹即生于这样一个内务府世家。曹雪芹五世祖曹锡远，《八旗满洲氏族通谱》称其"世居沈阳地方，来归年分无考"，推测可能在后金天命六年（明天启元年，1621 年）三月努尔哈赤攻陷沈阳时被俘虏。④ 高祖曹振彦在后金天聪八年（明崇祯五年，1634 年）以前已任多尔衮属下的旗鼓牛录章京（旗鼓佐领），并且因参加大凌河战役有功而加半个前程。⑤ 清顺治元年（1644 年），曹家"从龙入关"，成为"从龙勋

① 《世宗宪皇帝上谕旗务复议》卷三，转引自李燕光、关捷主编《满族通史》，第 400 页，沈阳：辽宁民族出版社，1991。

② 〔清〕福格：《听雨丛谈》卷一，"内旗旗鼓与八旗汉军不同"，第 17 页，北京：中华书局，1984。

③ 王锺翰：《内务府世家考》，载《王锺翰学术论著自选集》，第 491 页，北京：中央民族大学出版社，1999。

④ 另一说：可能在后金天命四年（明万历四十七年，1619 年）七月努尔哈赤攻占铁岭时被俘。（参见周汝昌《风流文采曹雪芹》，第 12 页，太原：书海出版社，2004）

⑤ 《清太宗实录》卷十八"天聪八年四月辛丑"记："墨尔根戴青贝勒多尔衮属下旗鼓牛录章京曹振彦，因有功加半个前程。"（北京：中华书局，1985 年影印本，第 237 页）

旧"。顺治年间曹振彦外任浙江盐法道。康熙继位,高祖曹玺外任江宁织造,内工部尚书。祖父曹寅,因母系康熙保母而备受宠信,出任江宁织造兼两淮盐政,成为皇帝之耳目,炙手可热。父辈曹颙、曹頫继任江宁织造,分别任郎中、员外郎。曹氏一家显赫数十年,是清朝内务府世家中最突出者。

像曹家这样的内务府包衣世家,由于和满洲关系密切、历年久远,必然要受满族文化、风俗的影响以及各种强制满化措施的约束,因此满化程度较深。清人福格在《听雨丛谈》中说:"八旗汉军,祭祀从满洲礼者十居一二,如汉人礼者十居七八。内务府汉姓人多出辽金旧族,如满洲礼者十居六七,如汉军礼者十居三四耳。"①这说明内务府三旗在礼俗方面已基本满洲化了。对照《红楼梦》的风俗描写,不难看出曹雪芹对于旗人世家的风俗习惯、礼仪家法是相当熟稔的。正如奉宽在《兰墅文存与石头记》一文中说:"故老相传,撰《红楼梦》人为旗籍世家子。书中一切排场,非身历其境不能道只字。"②

恰是在上述特定的时代文化背景下,诞生了《红楼梦》这部满汉文化交融的伟大杰作。《红楼梦》风俗描写的满族特色以及多元文化性质,体现了满汉两个民族文化在风俗层面的交融与互渗。需要指出的是,由于风俗本身具有传承性、变异性、创新性等多元社会文化特征,因此入关以后的许多满族风俗已经并非原汁原味的满洲旧俗。以下章节所涉及的满族风俗,狭义是指直接从女真文化中继承而来的满洲旧俗;广义还包括在满洲旧俗基础上,又杂糅了部分汉族风俗,并在八旗社会中普遍盛行的旗人风俗。

第二节 《红楼梦》与满族生活习俗

一、服饰习俗

满族服饰具有浓郁的骑射民族特色。入关以后,清朝坚持以满洲

---

① 〔清〕福格:《听雨丛谈》卷六"颁胙"条,第137页,北京:中华书局,1984。
② 一粟编:《红楼梦卷》,第26页,北京:中华书局,1963。

传统服饰为基础制定冠服制度。早在顺治初年,清政府便诏定官民服饰之制,命男子皆"削发垂辫","箭衣小袖,深鞋紧袜";但民间又有"生降死不降,老降少不降,妓降优不降"之说,因此,"生必从时服,死虽古服无禁;成童以上皆时服,而幼孩古服亦不禁;男子从时服,女子犹袭明服。盖自顺治以至宣统,皆然也"①。清代的服饰大体沿袭此种规范而发展变化,在这个过程中自然包括满、汉两个民族服饰的相互借鉴和融合。《红楼梦》的服饰描写,有实写,有虚写,有的学者认为:"总的说来,《红楼梦》人物的服饰是真实地反映了清代前期的服饰面貌的。"②此处不就《红楼梦》服饰描写作全面研究,只将最能体现满族特色的服饰习俗加以说明。

(一) 发式

满族的发式与汉族有很大区别,汉族尊孔子之训:"身体发肤,受之于父母,不可毁伤。"因此留全发,总发为髻。满族则不然,按《大金国志》记载:"(金俗)辫发垂肩,与契丹异。(耳)垂金环,留颅后发,系以色丝。富人用珠金饰,妇人辫发盘髻。"③满族为金之后裔,故沿其俗。

1. 辫发

《红楼梦》中有三处正面写到辫子,如第三回写黛玉眼中宝玉的发式:

> 头上周围一转的短发,都结成小辫,红丝结束,共攒至顶中胎发,总编一根大辫,黑亮如漆。从顶至梢,一串四颗大珠,用金八宝坠角。

又如第二十一回写史湘云为宝玉梳头,宝玉当时的发式是:

> 在家不戴冠,并不总角,只将四周短发编成小辫,往顶心上归了总,编一根大辫,红绦结住。自发顶至辫梢,一路四颗珍珠,下面有金坠脚。

四周梳小辫,归至顶心编成大辫,这是满洲子弟幼年的发式,这种发式

---

① 徐珂编撰:《清稗类钞·服饰类》"诏定官民服饰"条,第 6146 页,北京:中华书局,1986。

② 参见郭若愚:《〈红楼梦〉人物的服饰研究》(上),载《红楼梦研究集刊》第 10 辑,第 414 页,上海:上海古籍出版社,1983。

③ 〔宋〕宇文懋昭撰,崔文印校证:《大金国志校证》卷三十九,第 552 页,北京:中华书局,1986。

直至清末光绪年间还存在。在辫子上以珍珠、宝石坠角为饰，不仅可以限制辫子随意摆动，而且可以显示富豪，这是当时八旗子弟的通常发式。按清代的辫发制度，小孩出生，先剃胎发，中间留一个小小的辫顶，日后头发逐渐长长，又把小辫顶以外其余的头发梳成许多短的小辫，但这圈小辫之外，仍然剃去一圈。当四周小辫再长长，归到一总，最后梳成大辫。这个过程，女孩和男孩大体一样，只是年龄渐长，便不再剃最外周围的一圈。① 所以第六十三回写芳官道：

> 头上眉额编着一圈小辫，总归至顶心，结一根鹅卵粗细的总辫，拖在脑后。……引得众人笑说："他两个倒像是双生的弟兄两个。"

以上三处描写都是小孩子的辫发，至于成年人的辫发却没有涉及。有人认为第六十三回写宝玉令芳官改换男装，是对成年男子发式的侧面描写：

> （宝玉）因又见芳官梳了头，挽起纂来，带了些花翠，忙命他改妆，又命将周围的短发剃了去，露出碧青头皮来，当中分大顶。……

金启孮先生认为"露出碧青头皮"，是模拟成年男子的发式。其实不然，前面提到小孩发式，在一圈小辫周围仍要剃去一圈，第七十八回写宝玉"靛青的头"，即指剃去的周围。实际上，这段文字是写宝玉把芳官打扮成小土番儿的样子②：剃去短发，当中分顶，打着联垂。芳官并自诩："人人说我打联垂好看。""联垂"指梳成许多细辫，"当中分大顶"，使左右头发均分。这和满人脑后垂单辫是有区别的。又，第五十二回写宝琴见到的那个真真国女孩，也是"披着黄头发，打着联垂"。可见，此处芳官的发式绝非满洲男子发式。

2. 留头

满族女子童年时和男孩一样，不蓄全发，剃去周围头发，余发编结成辫，但随着年龄渐长，不再剃周围头发，称作"留头""留满头""留发"。再大到成年待嫁时，便梳起发髻，不再梳辫。例如：

---

① 启功著：《启功给你讲红楼》，第 30 页，北京：中华书局，2006。
② 按，养小土番儿是当时很盛行的风气，昆山柴桑所著《京师偶记》："今旗下贵家，必买臊鞑子小口，以多为胜，竞相夸耀。男口至五十金，女口倍之。"芳官此处所说"咱家现有几家土番"，应是当时风俗的反映。

　　周瑞家的听说,便转出东角门至东院,往梨香院来。刚至院门前,只见王夫人的丫鬟名金钏儿者,和一个才留头的小女孩儿站在台阶坡上顽。(第七回)

　　红玉听了冷笑了两声,方要说话,只见一个未留头的小丫头子走进来,手里拿着些花样子并两张纸,说道……(第二十六回)

3. 杩子盖

　　小男孩发未长长时,留一辫顶,俗称"杩子盖"。如第六十一回柳家的骂小幺的一段:

　　那柳家的笑道:"好猴儿崽子! 你亲婶子找野老儿去了,你岂不多得一个叔叔,有什么疑的! 别讨我把你头上的杩子盖似的几根屄毛揸下来! 还不开门让我进去呢。"

4. 头饰

　　清代满汉差别,首重头脚。满族男女皆重头饰,贵族男子喜在辫子上以珍珠、宝石、金银坠脚为饰,如前面描写宝玉的发饰;满族妇女因重视发式头饰并且从不缠足,因而赢得了"金头天足"的美誉。

　　满族妇女喜欢在头发上插金银、翠玉等制成的压发簪、珠花簪等,还普遍喜欢在发髻上插饰花朵,将硕大的花朵戴在头上是满族妇女的传统风俗。朴趾源在《热河日记》中记载,满族妇女"野花满鬓,老少无分","五旬以上"犹"满髻插花,金钏宝珰",即便年近七旬,甚至"颠发尽秃,光赭如匏",仍"寸髻北指,犹满插花朵"。① 这一风俗在《红楼梦》中也有体现。贾府中不仅年轻女子喜欢戴花,如第七回写薛姨妈将新式宫花分送给姑娘和年轻媳妇;而且年老妇人也喜欢戴花,如第四十回描写贾母戴花的情景:

　　李纨忙迎上去,笑道:"老太太高兴,倒进来了。我只当还没梳头呢,才撷了菊花要送去。"一面说,一面碧月早捧过一个大荷叶式的翡翠盘子来,里面盛着各色的折枝菊花。贾母便拣了一朵大红的簪于鬓上。因回头看见了刘姥姥,忙笑道:"过来带花儿。"

此处正体现了《热河日记》所记老年妇女的戴花习俗。

---

① 〔朝鲜〕朴趾源:《热河日记》,第 41~46 页,北京:书目文献出版社,1996。

（二）服饰

"满洲章服与明朝衣冠的显著差别，一个是缨帽箭衣，一个方巾大袖；一个窄瘦，一个宽博。"①《天聪九年档》记载了大汗女儿出嫁时额驸的穿戴："是日，汗之次女玛喀格格许给查哈尔孔果尔……席间，令额尔克孔果尔以定亲礼，头戴熏貂皮暖帽，身穿貂皮袍，腰扎系有手帕、荷包及小刀之玉雕带，脚着缎靴。"②这是满族男子的典型穿戴。《红楼梦》中写到具有满族特色的服饰有：袍、褂、箭袖、鹰膀、靴等。

1. 袍子

袍子，满语称"衣介"，因是旗人的常服，所以称为"旗袍"。其特点是"衣皆连裳"，明显区别于汉族的"上衣下裳"。它的基本款式是圆口领、窄袖、左衽、衣摆开衩、有扣袢、束腰带。平时穿的袍称常服袍，外出时穿的袍称行袍。又因季节不同，有皮、棉、纱、单、夹等各式。例如《红楼梦》第七十二回写道：

> 贾琏笑道："……正是巧的很，我才要找姐姐去。因为穿着这袍子热，先来换了夹袍子再过去找姐姐，不想天可怜，省我走这一趟，姐姐先在这里等我了。"

又如，第九十四回写宝玉"穿着一裹圆的皮袄在家歇息"，"一裹圆"是当时流行的一种不带开禊的长袍，俗称小袍，是日常在家穿的便服。

满族妇女的服装与男装一样，也以袍服为主，区别于汉族女子的"上衣下裙"。震钧《天咫偶闻》说："满俗，妇女衣皆连裳，不分上下，此古制也。"③清代满、汉妇女的服饰虽然有着相互融合的过程，但在清朝前期乃至中期，旗女着装与汉女着装却一直保持着泾渭分明的形制。《红楼梦》写女子大多上衣下裙，属汉族女子服饰。但有一处描写颇值得玩味，第十一回写凤姐到天香楼看戏，有一句说：

> 凤姐儿听了，缓步提衣上了楼……

俞平伯所藏嘉庆甲子百二十回刻本此处批道："上楼提衣是旗装。"④"缓步提衣"，这是描写穿旗袍贵妇人的步态。

---

① 郑天挺：《清史探微》，第 51 页，北京：北京大学出版社，1999。
② 关嘉录等译：《天聪九年档》"天聪九年九月"条，第 115 页，天津：天津古籍出版社，1987。
③〔清〕震钧：《天咫偶闻》卷十，第 211 页，北京：北京古籍出版社，1982。
④ 转引自俞平伯：《读红楼梦随笔》三六"记嘉庆甲子本评语"，见《俞平伯论红楼梦》，第 780 页，上海：上海古籍出版社，1988。

2. 褂子

褂子是罩在袍子外面的服装,款式为对襟,通常比袍子要短。如写宝玉:

> 外罩石青起花八团倭缎排穗褂(第三回)

> 外罩石青貂裘排穗褂(第十九回)

又有女人的褂子,如:

> 贾母穿着青皱绸一斗珠的羊皮褂子(第四十二回)

> 独李纨穿一件青哆罗呢对襟褂子(第四十九回)

> (史湘云)穿着贾母与他的一件貂鼠脑袋面子大毛黑灰鼠里子里外发烧大褂子(第四十九回)

3. 箭袖

《红楼梦》中还多次写到宝玉穿"箭袖",如:

> 穿一件二色金百蝶穿花大红箭袖(第三回)

> 身上穿着秋香立蟒白狐腋箭袖(第八回)

> 穿着白蟒箭袖(第十四回)

> 穿着大红金蟒狐腋箭袖(第十九回)

> 穿着荔色哆罗呢的天马箭袖(第五十二回)

> 便去换了一件狐腋箭袖(第九十四回)

箭袖,满语称"哇哈",是在袍、褂窄袖袖口前边再接一个半圆形的袖头,因形似马蹄,故又称"马蹄袖"。它是满族袍、褂中很有特点的一种衣袖,最初满族男子所着袍、褂的袖口上,多半都带有这种"箭袖"。箭袖产生于长期的狩猎生活,尤其适应北方冬季出游骑射。将箭袖覆盖手背上,无论是挽缰驰骋,还是盘弓搭箭,都可以保护手背不被冻伤。入关以后,由于生活环境的变化,箭袖也不再起原来的作用,所以渐渐出现了"退化"和减少的趋势。如一般日常穿的袍褂,就不必再镶上箭袖,而是着平袖即可。但是,在一些有身份的满族人中,仍然要做一些带有箭袖的袍子,以为礼服。平时将袖头挽起,一旦遇到行礼之时,便迅速将袖口掸下来,这一举动就是满族所讲究的"放哇哈"。入关以后,这种礼节已不限于满族,汉族也使用。《清稗类钞·服饰类》有明确记载:"马蹄袖者,开衩袍之袖也。以形如马蹄,故名。男子及八旗妇女皆有之。至敬礼时,必放下。"①有的还特意做几副带箭袖的"套袖",以备不时之需,需要时将其套在平袖之上,事后摘下,时人称这种"套袖"为"龙吞口"。沈阳故宫所藏的清代宫廷服装里,就有许多质料较好的"龙吞口"。清朝对箭袖袍子非常重视,按《清朝会典》记载,皇帝、皇后龙袍,亲王、贝勒、文武官蟒袍,须一律带箭袖。这种官服制度一直保持到清朝灭亡,箭袖已经成为满族民族传统的象征。

《红楼梦》中宝玉穿箭袖大多为正式场合,如第三回是去庙中还愿,第十四回是参见北静王,第九十四回"本来穿着一裹圆的皮袄",但听说贾母来了,便急忙去"换了一件狐腋箭袖",以示尊重。

4. 鹰膀

《红楼梦》第四十九回写到贾宝玉的装束是:

> 只穿一件茄色哆罗呢狐皮袄子,罩一件海龙皮小小鹰膀褂,
> 束了腰,披了玉针蓑,戴上金藤笠,登上沙棠屐……

关于"海龙皮鹰膀褂",人民文学出版社 1982 年版《红楼梦》是这样注释的:"海龙皮:是一种类似水獭皮的皮毛,色深于獭,更有光泽。多用作翻毛皮衣,整个皮褂是用一条一条皮子拼成,犹如山鹰翅膀上的花纹,故名。"这样解释显然是不正确的,实属望文生义。

关于"鹰膀褂",徐珂《清稗类钞·服饰类》"巴图鲁坎肩"条有明确说明:"京师盛行巴图鲁坎肩儿,各部司员见堂官往往服之,上加缨帽,南方呼为一字襟马甲,例须用皮者,衬于袍套之中。觉暖,即自探手,解上排纽扣,而令仆代解两旁纽扣,曳之而出,借免更换之劳,后且单夹棉纱一律风行。其加两袖者曰鹰膀,则宜于乘马,步行者不能著也。"②可见,"鹰膀"实际上是由巴图鲁坎肩发展而来的一种褂子。

坎肩,又称"背心""马甲""紧身",满语称"窝龙带",北方通常称"坎肩",是清代满汉民族普遍流行的服饰。据载,清代的坎肩是由南方的"半臂"演变而来的。半臂者,"汉时名绣褶,即今之坎肩也,又名背心。隋大业时,内官多服半臂。《说文》:'无袂衣谓之裪。'赵宦光《长笺》曰'半臂,衣也。武士谓之蔽甲方,俗谓之披袄。小者曰背子,

---

① 徐珂:《清稗类钞·服饰类》"马蹄袖"条,第 6201 页,北京:中华书局,1986。
② 徐珂:《清稗类钞·服饰类》"巴图鲁坎肩"条,第 6191 页,北京:中华书局,1986。

与古之裲裆相似,其一当胸,其一当背,亦作两当。'"①邵博《邵氏闻见后录》卷二十有"东坡自海外归毗陵,病暑,着小冠,披半臂,坐船中,夹运河岸,千万人随观之"②的记载。又,《西湖老人繁盛录》中出现过"背心"一词:街市衣服中有"生绢背心""苎布背心""扑卖摩候罗者多穿乾红背心"。③

清代的坎肩款式有多种,如一字襟、琵琶襟、对襟、大襟等。其中最有特色的是巴图鲁坎肩(巴图鲁即满语勇士的意思),这是一种多纽扣的坎肩,又称"一字襟"坎肩,也称"军机坎"。这种坎肩四周镶边,于正胸横行一襟,上钉纽扣七粒,左右两腋各钉纽扣三粒,合为十三粒,俗称"十三太保"。这种坎肩最初穿在袍服之内,如果乘马行走觉得热时,只要探手解掉横直两排纽扣,便可在衣内将其曳脱,避免先脱外衣的麻烦。后来干脆直接穿在外面,但仍保持一字襟和多扣的样式。巴图鲁坎肩最初在朝廷要员中服用,故又称"军机坎",以后一般官员也都穿着,慢慢演变为一种半礼服,至清后期民间人人均可穿服。清代小说中多有关于"巴图鲁坎肩"的描写,如《儿女英雄传》第十五回,写邓九公"身穿一件倭缎厢沿加厢巴图鲁坎肩儿的绛色小呢对门长袖马褂儿"④。又如吴趼人的《二十年目睹之怪现状》第十二回也写道:"就有他的底下人,拿了小帽子过来;他自己把大帽子除下,又卸了朝珠。宽去外褂,把那腰带上面滴溜打拉佩带的东西,卸了下来;解了腰带,换上一件一裹圆的袍子,又束好带子,穿上一件巴图鲁坎肩儿。"⑤

巴图鲁坎肩在清代八旗子弟中非常流行。在巴图鲁坎肩的两个跨栏处,用与坎肩不同的面料,另接出两个袖子,就是《红楼梦》中所谓之"鹰膀"。这是清代满族在服饰上的创新和改造。这种"鹰膀"褂深受八旗子弟的喜爱,据说八旗子弟骑马抖威风时常穿。可见,《红楼梦》中贾宝玉的这种装束是非常符合八旗时尚的。至于为什么将这种褂子称之为"鹰膀",大概是针对其独特的两袖而取的一种比喻义,同

① 徐珂:《清稗类钞·服饰类》,"半臂"条,第 6191 页,北京:中华书局,1986。
② 〔宋〕邵博:《邵氏闻见后录》,第 160 页,北京:中华书局,1983。
③ 〔宋〕西湖老人:《西湖老人繁胜录》,见《东京梦华录》(外四种),第 105 页,北京:文化艺术出版社,1998。
④ 〔清〕文康:《儿女英雄传》,第 145 页,济南:齐鲁书社,1995。
⑤ 〔清〕吴趼人:《二十年目睹之怪现状》,第 67 页,上海:上海古籍出版社,2001。

时也表达了满族人对鹰的喜爱和崇拜之情,这正体现了满族作为骑射民族在服饰上的审美趣尚。南方汉族的"半臂",经由"巴图鲁坎肩",发展成深受八旗子弟喜爱的"鹰膀"褂,这一演变过程充分体现了满汉两个民族各自不同的审美取向,以及在服饰艺术上的相互借鉴和融合。

5. 八团

《红楼梦》第五十一回,写袭人母丧回家,凤姐赏了她衣服:

> 一面说,一面只见凤姐儿命平儿将昨日那件石青刻丝八团天马皮褂子拿出来,与了袭人。

《清稗类钞》记载:"八旗妇人礼服,补褂之外,又有所谓八团者,则以绣或缂丝,为彩团八,缀之于褂,然仅新妇用之耳。"①清代龙褂、吉服褂即有八团纹饰。根据文献记载和故宫所藏实物,皇后龙褂饰五爪金龙八团,两肩、前胸后背各一团为正龙,前后襟行龙各二团。镇国公夫人、辅国公夫人、郡主至三品夫人吉服褂均饰花卉八团。

6. 靴

满族素有"女履旗鞋男穿靴"的习俗,满族男子一般都喜欢穿靴。早期在关外,冬季寒冷,满族男子喜欢穿兼具鞋、靴特点的"靰鞡鞋"。靰鞡,又写作"乌拉",俗曰:"关东三件宝,人参、貂皮、乌拉草。"此鞋多用野兽皮缝制而成,内垫捶软的靰鞡草,捆绑在小腿上。据《李朝实录》记载,当年努尔哈赤及诸将就"足纳鹿皮兀剌靴,或黄色、或黑色"。后来演变成各种样式的靴子,仅《满文老档》记载的就有"倭缎靴子""股皮靴子""夹绿斜皮的股皮靴子""黄皮勒靴子"等。

《红楼梦》中的男子普遍穿靴,如:

> 贾珍吃过饭,盥漱毕,换了靴帽,命贾蓉捧着银子跟了来,回过贾母王夫人……(第五十三回)

> 宝玉坐在床沿上,褪了鞋等靴子的工夫……(第二十四回)

> 宝玉也来了……便命人除去抹额,脱了袍服,拉了靴子,便一头滚在王夫人怀里。(第二十五回)

> 贾琏见问,忙向靴桶取靴掖内装的一个纸折略节来,看了一

---

① 徐珂:《清稗类钞·服饰类》"八团"条,第6178页,北京:中华书局,1986。

看，回道……（第十七回）

不仅男子穿靴，女子有时也穿靴，如第四十九回写黛玉和湘云在雪天穿靴：

> 黛玉换上掐金挖云红香羊皮小靴

> （湘云）脚下也穿着麂皮小靴

（三）饰物

1. 荷包

满族的佩饰，最有民族特色的是荷包。满族不分男女老幼，均喜佩荷包。戴荷包源于满族先民的一种遗风。当年女真外出行猎时都在腰间系挂"法都"，法都就是用皮做成的"囊"，里面可装食物，囊口用皮条子扎紧，便于远途充饥。后来演变成一种精巧的佩饰。《清朝野史大观》卷二《清宫遗闻》中记载："士大夫奉行役，多著缺襟袍，即会典所谓行袍也。行装多佩荷包飘带，亦曰风带。……满洲松湘圃相国，尝于扈从时语同列曰：君等知荷包佩帉所由始乎？我朝初以马上得天下，荷包所以储食物，为中途充饥之用。"[1]大体说明了荷包的由来。荷包除平时佩戴之外，生日、满月、放定、过礼、迎亲诸事，以及青年男女私订终身时，都把其作为礼品和信物赠送。《总管内务府现行则例》规定每年制作定数的荷包，供皇帝皇后在年节、万寿圣节及四时八节作例行赏赐之用。每年岁末，皇帝要赏赐王公大臣"岁岁平安"荷包。皇帝选皇后看中了谁，就把自己身上的荷包挂在她的衣襟上，叫做"放小定"。戴荷包时，女子一般将其挂在"大襟嘴"上，或旗袍领襟之间的第二个纽扣上；男子多挂在束腰带的两侧，有时还兼配些食刀、火镰、耳勺、牙签、眼镜盒、扇带等杂品以及烟草、小零食等。

《红楼梦》多次描写了佩荷包的习俗，而且涉及荷包的各项功用。如第六十四回写道：

> 贾琏又不敢造次动手动脚，因见二姐手中拿着一条拴着荷包的绢子摆弄，便搭讪着往腰里摸了摸，说道："槟榔荷包也忘记了带了来，妹妹有槟榔，赏我一口吃。"

又如写宝玉处：

---

① 小横香室主人编：《清朝野史大观》卷二《清宫遗闻》"行装佩飘带荷包之原始"条，第21页，上海：上海书店，1981。

　　　　宝玉坐了;(袭人)用自己的脚炉垫了脚;向荷包内取出两个
　　梅花香饼儿来……(第十九回)

　　　　宝玉见了他……便自己向身边荷包里带的香雪润津丹掏了
　　出来,便向金钏儿口里一送。(第三十回)

上述诸例,在荷包中装小零食,在用途上仍保留满族早期荷包的遗风。
荷包作为礼物,在《红楼梦》中也有表现,如第五十三回元宵节,"北府
水王爷送了字联、荷包";第六十二回宝玉过生日,凤姐送的礼物是"一
个宫制四面和合荷包,里面装一个金寿星,一件波斯国所制玩器"。荷
包作为爱情的信物,在第十七回有最精彩的描写:黛玉以为宝玉把她
送的荷包赏了人,一气之下就剪了前日宝玉烦她做的那个香袋,宝玉
"忙把衣领解了,从里面红袄襟上将黛玉所给的那荷包解了下来"。这
里荷包的意义已经不同于一般的礼物,而是二人传递感情的信物。

　　2. 如意

　　如意是满族人的吉祥物。据说它是随佛教自印度传入的佛具之
一,梵语称"阿耶律"。古代满族人用玉琢成此物,视为吉祥物。如意
端头如灵芝草形状,图案呈心形或云形,满族人常将其雕在栏杆的上
端、桌椅腿脚上,镶在箱柜角上,缀贴在衣服角上,或当耳饰纹样。如
意不仅可作为饰物,还是馈赠的高级礼品。《红楼梦》第十八回,贾妃
省亲完毕,给贾母的赐物是"金玉如意各一柄";第二十八回,贾妃给贾
母的"端午儿的节礼"中,也有一个香如意;第七十一回,贾母八十寿
辰,礼部奉旨亲赐"金玉如意各一柄"。在贾妃的赏赐中,只有贾母有
如意,可见如意是非常珍贵的礼物。

　　据《清朝野史大观》卷一"仁宗不喜如意"条载:"如意,物名
也。……满洲旧俗,凡值年节,王公大臣督抚等,必进如意于朝,以取
兆吉祥。入关后,仍沿其旧,未之革也。至嘉庆朝,乃有禁止之谕。"[1]
又,卷二"前清宫词百首"有诗曰:"金钗钿合定深情,执贽宫仪别有名。
椒戚都趋珠宝市,一时如意价连城。""如意"注云:"清制册立后妃,见
两宫必递如意为贽。上及太后亦以如意赐之。每遇庆典,椒房贵戚搜

----

　　① 小横香室主人编:《清朝野史大观》卷一《清宫遗闻》"仁宗不喜如意"条,第54页,上海:上
海书店,1981。

买遍京师,而东西珠宝市之价遂较寻常倍蓰矣。"①以上礼节,正与《红楼梦》中所写吻合。

二、饮食习俗

《红楼梦》描写的贾府贵族饮食生活中,也有许多满族的习俗。

(一) 满洲饽饽

《红楼梦》第七十一回写道:

> 正乱着,只见凤姐儿打发人来请吃饭。尤氏道:"我也不饿了,才吃了几个饽饽,请你奶奶自吃罢。"

饽饽是满族的传统食品,满族的面食制品总称为"饽饽",习称"满洲饽饽"。它是满族最主要的主食之一,其品种多样,用料广泛,风味独特,具有粘、甜、酸、酥的特点。使用的原料主要有玉米、麦、高粱、粟、糜等。种类包括萨琪玛、搓条饽饽、牛舌饽饽、苏子叶饽饽、粘糕、旋饼、绿豆糕等,其中尤以萨齐玛最具盛名。萨琪玛,满语为"狗奶子糖蘸"之义,又称糖缠或饽饽糖缠。《燕京岁时记》载:"萨齐玛乃满洲饽饽,以冰糖、奶油合白面为之,形如糯米,用不灰木烘炉烤熟,遂成方块,甜腻可食。"②饽饽因为便于携带并且耐饱,八旗兵打仗曾做过军粮。饽饽还是满族人祭祀必备的祭品,俗称"饽饽桌"。《道咸以来朝野杂记》记载:"内外城糕点铺所制诸品,上之备祭祀之用,满筵俗呼饽饽棹子,丧礼中隆重之品,有三层至九层之别。下之为馈节之需,如月饼、花糕应节诸点心。"③清代王府或贵族之家都有饽饽房,四季都做糕点。上文所引尤氏说"吃了几个饽饽",本回前面交代是指"几样荤素点心"。

(二) 喜食野味

贾府的饮食生活还体现了满族喜爱吃野味的习俗。第五十三回黑山村庄头乌进孝缴纳贡租,贡单中野味占了很大比重,这说明贾府有喜食野味的习俗。据爱新觉罗·瀛生等人著《京城旧事》记载:"清帝居住在北京皇宫里,但几乎天天吃关外贡入的狍、鹿、野鸡、鲟鳇等野

---

① 小横香室主人编:《清朝野史大观》卷二《清宫遗闻》"前清宫词百首",第58页,上海:上海书店,1981。

② 〔清〕富察敦崇:《燕京岁时记》,第88页,北京:北京古籍出版社,1981。

③ 崇彝:《道咸以来朝野杂记》,第85页,北京:北京古籍出版社,1983。

物。……吃野味是狩猎者的传统习惯。满族进关后,不但皇家仍吃关外的野味,而且每年冬季由关外运野物来京出售,旗人家也普遍食用。"①从乌进孝的进贡单上看,大鹿、獐子、狍子、鲟鳇鱼等物,非东北不能办到。杨宾《柳边纪略》卷三载:"柳条边外山野江河产珠、人参、貂、獭、猞猁狲、貂、鹿、狍、鲟鳇鱼诸物。设官督丁,每岁以时采捕,俱有定所、定额,核其多寡而赏罚之,或特遣大人监督,甚重其事。"②又对鲟鳇鱼有更详细的说明:"牛鱼,鲟鱼也。头略似牛……重数百斤,或千斤,混同、黑龙江,虎儿哈河皆有之。最不易得。"③另外,乌进孝从庄上到京城,"走了一个月零两日",也说明大概是来自关外。

《红楼梦》对贾府吃野味的习俗还有具体描写:

1. 野鸡

野鸡是东北最多的飞禽。《黑龙江外纪》卷八载:"都人称关东云:'棒打獐子瓢舀鱼,野鸡飞在饭锅里。'余尝见野鸡盛时,往往飞集门窗,一握而得,则此言不诬。"④红楼梦多次写到吃野鸡,如:

> (凤姐)拉了李嬷嬷,笑道:"好妈妈,别生气。……我家里烧的滚热的野鸡,快来跟我吃酒去。"(第二十回)

> 贾母道:"今日可大好了。方才你们送来野鸡崽子汤,我尝了一尝,倒有味儿,又吃了两块肉,心里很受用。"……贾母点头笑道:"难为他想着。若是还有生的,再炸上两块,咸浸浸的,吃粥有味儿。那汤虽好,就只不对稀饭。"(第四十三回)

> 宝玉却等不得,只拿茶泡了一碗饭,就着野鸡爪子斋忙忙的咽完了。(第四十九回)

2. 鹿肉

《红楼梦》第四十九回写芦雪亭咏雪,其中给人留下最深印象的是史湘云等人"大嚼烤鹿肉"的情景。鹿原多产于东北和内蒙,吴桭臣《宁古塔纪略》记他过乌稽时:"拾枯枝炊饭,并日间所得獐、鹿,烧割而啖,其余火至晓不绝。"⑤"烧割而啖"原是北方民族在狩猎营中的吃法,

① 爱新觉罗·瀛生等:《京城旧事》,第46～47页,北京:北京燕山出版社,1998。
② 〔清〕杨宾:《柳边纪略》卷三,见《龙江三纪》,第79页,哈尔滨:黑龙江人民出版社,1985。
③ 〔清〕杨宾:《柳边纪略》卷三,见《龙江三纪》,第92页,哈尔滨:黑龙江人民出版社,1985。
④ 〔清〕西清:《黑龙江外记》卷八,第88页,哈尔滨:黑龙江人民出版社,1984。
⑤ 〔清〕吴桭臣:《宁古塔纪略》,见《龙江三纪》,第253页,哈尔滨:黑龙江人民出版社,1985。

史湘云等人实际上也是采用这种吃法,只不过不用枯枝,而是用"铁炉、铁叉、铁丝"等烧烤工具。对于这种吃法"宝钗黛玉平素看惯了,不以为异",可见烧烤在贾府乃平常之事。又如在第三十七回秋爽斋结海棠诗社,探春取号"蕉下客",黛玉马上由"蕉叶覆鹿"联想到炖鹿脯吃酒,也说明贾府是经常吃鹿肉的。

三、其他生活习俗

(一)女子天足

清代满族妇女不缠足,汉族妇女缠足,这是从文化传统上区分满族和汉族的重要标志。生活在白山黑水之间的满族妇女自古天足,后来与汉族接触,有些满族妇女开始仿效汉族妇女缠足。从后金至清初,朝廷曾多次颁布"禁妇女裹足"令。《清稗类钞·礼制类》云:"崇德戊寅七月,奉谕旨,有效他国裹足者,重治其罪。顺治乙酉,禁裹足。康熙甲辰,又禁裹足。"①顺治初年,孝庄皇后还令人将"有以缠足女子入宫者,斩"的懿旨,悬挂到神武门内。② 直到康熙戊申年后,"禁妇女裹足"令才开始松弛。③ 可见,清廷对缠足之陋习是深恶痛绝的。

《红楼梦》中的女子究竟是"天足"还是"缠足",曾引起过不小的争论。实际上,《红楼梦》中既写了大脚,也写了"三寸金莲",这是符合清代社会现实的。

关于大脚的描写,唯一一处明写是第七十三回:

> 原来这傻大姐年方十四五岁,是新挑上来的与贾母这边提水桶扫院子专作粗活的一个丫头。只因他生得体肥面阔,两只大脚作粗活简捷爽利,且心性愚顽,一无知识,行事出言,常在规矩之外。

---

① 徐珂:《清稗类钞·礼制类》"禁妇女裹足"条,第500页,北京:中华书局,1984。
② 徐珂:《清稗类钞·宫闱类》"不准缠足女人入宫"条,第357页,北京:中华书局,1984。
③ 按《清稗类钞·礼制类》"禁妇女裹足"条云:"戊申七月,礼部题为恭请酌复旧章以昭政典事都察院左都御史王熙疏内阁:'顺治十八年以前,民间之女,未禁裹足。康熙三年,遵奉上谕,下议政王、贝勒、大臣、九卿、科道官员会议:元年以后,所生之女,禁止裹足;其禁止之法,该部议复等因。于本年正月内,臣部题定:元年以后,所生之女,若有违法裹足者,其父有官者,交吏、兵二部议处;兵、民则交付刑部,责四十板,流徙十。家长不行稽查,枷一个月,责四十板;该管督、抚以下文职官员有疏忽失于觉察者,听吏、兵二部议处在案。查立法太严,或混将元年以前所生者,捏为元年以后诬妄出首,牵连无辜,亦未可知,相应免其禁止'云云。裹足自此弛禁。"

此外还有侧面描写,如第二十六回:

红玉向外问道:"倒是谁的？也等不得说完就跑,谁蒸下馒头等着你,怕冷了不成!"那小丫头在窗外只说得一声:"是绮大姐姐的。"抬起脚来咕咚咕咚又跑了。

此处写小丫头抬脚就跑,大概也应是天足。天足女子行动上较为自由灵便,不同于缠足女子的碎花小步。"都门竹枝词"有诗为证:

一条白绢颈边围,整朵鲜花钿上垂。

粉底花鞋高八寸,门前往来走如飞。①

《儿女英雄传》第三十一回对此也有精彩描述:"旗装打扮的妇女走道儿,却合那汉装的探雁脖儿、摆柳腰儿、低眼皮儿、瞅脚尖儿走的走法不同;走起来大半是扬着个脸儿、拔着个胸脯儿、挺着个腰板儿走。……更兼他身子轻俏,手脚灵便,听得婆婆说了,答应一声,便兴兴头头把个肚子腆得高高儿的,两只三寸半的木头底儿咭噔咯噔走了个飞快。"②

另外,《红楼梦》中还有几处女子穿靴的描写也值得探讨,如第四十九回:

黛玉换上掐金挖云红香羊皮小靴……（湘云）脚下也穿着麂皮小靴……

女孩家常穿"羊皮小靴""麂皮小靴",正是满族习俗。此处所谓"小靴",相对于成年男子的靴子而言,并非是指小脚,与第三回写宝玉"蹬着青缎粉底小朝靴"是一个意思。

应该说明一点,虽然清廷多次下令禁止缠足,可是风俗一时不易挽回,人心向往缠足。到乾隆年间缠足之风有增无减,不仅汉族女子照缠不误,满洲八旗女子也尝试缠裹小脚。清代旗人女子在汉人缠足的基础上,创造了满汉杂糅的"刀条儿"脚的折中方式。"刀条儿"脚的特征是只缠瘦,不缠弓,用缠脚布把双足缠裹得尽量瘦窄细长。甚至有的八旗男子也学妇人以细布束脚,达到使脚纤细而更"美"的目的。可见,缠足不仅在汉族妇女的审美观念中根深蒂固,就是对部分满洲人来说也有相当的诱惑力。《红楼梦》中也有几处关于缠足的描写,如

① 〔清〕杨米人等:《清代北京竹枝词》"都门竹枝词",第20页,北京:北京古籍出版社,1982。
② 〔清〕文康:《儿女英雄传》,第361页,济南:齐鲁书社,1995。

第六十五回写尤三姐、第六十二回写香菱、第六十九回写尤二姐、第七十回写晴雯等。

（二）女子吸烟

《红楼梦》第一〇一回有凤姐吸烟事：

> 宝玉虽也有些不好意思，还不理会，把个宝钗直臊的满脸飞红，又不好听着，又不好说什么，只见袭人端过茶来，只得搭讪着自己递了一袋烟。

这是中国古代小说中较早提到吸烟的例子。烟草传入中国和国人开始吸烟始于明朝，清人赵翼《陔余丛考》"烟草"条说："明末崇祯年间，人们方始吸烟。"烟草传入我国可分为南北两路，北路即从朝鲜传入东北，深受满族贵族的青睐。据朝鲜《李朝实录》丙戌（1646）五月条记载："九王喜吸南草，又欲得良鹰，南草良鹰，并可送入。"九王是指努尔哈赤第十四子睿亲王多尔衮。朝鲜王为投其所好，献烟草和良鹰以取其欢悦，于是烟草便在东北地区传播开来。关东土地肥沃，很适合烟草生长。这里种植的烟草叶大而且肥厚，烟味醇浓，成为久负盛名的"关东烟"。入关以前，清世祖曾下令禁烟，主要是禁止出境货买烟草。但是吸烟在满族贵族中已形成嗜好，禁烟只是禁下不禁上，自然起不到什么作用，后来干脆宣布开禁。河北一带曾有传说流传："入关的清兵，嘴上安锅，鼻子里冒烟……"这正是吸旱烟的具体写照。到清统一全国，烟草的种植和吸食已遍布南北各地，朝廷遂重新颁示严禁。史载，康熙皇帝"尤其恶烟"，不仅要求别人戒烟，自己首先戒烟。后来，乾隆皇帝曾仿效康熙禁烟，但是态度并不十分坚决。由于种烟有利可图，民间自然趋之若鹜；烟草又是清廷一大税源，禁烟只能成为空谈。

满族不仅男子吸烟，女子也吸烟。清末民初，河北流行的一首民谣说："东北出了几宗怪：土版墙，篱笆寨，窗户纸，糊在外；十七八的姑娘叼根大烟袋，养活了孩子吊起来！"女人吸烟一般是在家里，习惯用细长的烟袋杆，烟锅也相对小，称作"坤烟袋"。其中老太太用的烟袋杆特别长，一般都在二尺以上，装好烟后，往往自己够不着点火，或由晚辈帮着点，或者自己伸到灶火和炕上的火盆里点。《红楼梦》出现的女子吸烟的描写，与满族的习俗正相吻合。

与吸烟有关，还形成了一系列的礼俗文化。《红楼梦》中宝钗给凤姐递烟,就是待客的重要礼节。东北婚礼中还有一项与吸烟关系密切的礼仪,就是新媳妇的"装烟礼",即新娘子在婚后拜见婆家亲友长辈,要"请"过受礼者的烟袋,为其装好一袋烟,点着火之后敬上,受礼者还要给"装烟钱"做见面礼。旧时"规矩大"的满族家庭,伺候公婆的儿媳,在晚上回自己房间休息之前,要给公婆装一袋烟并点着后才走。第二天早上给公婆"请安"时,第一件事也是装烟和点烟,可见当姑娘时"叼烟袋"的功夫还是会派上用场的。

(三)喜用兽皮

满族先民长期与森林、野兽为伴,兽皮在满族生活中占有重要的位置。早在渤海时期,兽皮就作为珍品出现在给唐的贡品中。满族先民很早就用兽皮缝制衣帽、鞋靴、被褥以及各种用品。每当寒冷的冬天来临,他们都以"厚毛"(即有长毛的兽皮)为衣。入关以后,满族人仍喜欢穿戴和使用兽皮。《清朝野史大观》记载:"清朝极贵玄狐,次貂,次猞猁狲。玄狐惟王公以上始服。康熙十一年,重定衣服等威之制,三品以上,始得服貂皮及猞猁狲,未久复故。"[1]

喜用兽皮的习俗在《红楼梦》中也有表现。首先体现在穿戴上,如贾珍给族中子弟分年货时,"披着猞猁狲大裘"(第五十三回);宝玉入家塾上学,袭人为他包好了"大毛衣服"(第八回);雪天去稻香村,黛玉穿着"大红羽纱面白狐狸里的鹤氅"(第四十九回);晴雯为宝玉补裘,宝玉"拿一件灰鼠斗篷替他披在背上"(第五十二回)。除穿戴之外,贾府还喜用兽皮褥垫,如第五十三回写道:

> 尤氏上房早已袭地铺满红毡,当地放着象鼻三足鳅沿鎏金珐琅大火盆,正面炕上铺新猩红毡,设着大红彩绣云龙捧寿的靠背引枕,外另有黑狐皮的袱子搭在上面,大白狐皮坐褥,请贾母上去坐了。两边又铺皮褥,让贾母一辈的两三个妯娌坐了。这边横头排插之后小炕上,也铺了皮褥,让邢夫人等坐了。地下两面相对十二张雕漆椅上,都是一色灰鼠椅搭小褥,每一张椅下一个大铜脚炉,让宝琴等姊妹坐了。

第一〇五回写宁国府抄家时的登记物件中,仅兽皮一项就有:

---

[1] 小横香室主人编:《清朝野史大观》卷三《清朝史料》"服玄狐"条,第16~17页,上海:上海书店,1981。

　　黑狐皮十八张，青狐六张，貂皮三十六张，黄狐三十张，猞猁
狲皮十二张，麻叶皮三张，洋灰皮六十张，灰狐腿皮四十张，酱色
羊皮二十张，猢狸皮二张，黄狐腿二把，小白狐皮二十块……香鼠
筒子十件，豆鼠皮四方……梅鹿皮一方，云狐筒子二件，貉崽皮一
卷，鸭皮七把，灰鼠一百六十张，獾子皮八张，虎皮六张，海豹三
张，海龙十六张，灰色羊四十把，黑色羊皮六十三张，元狐帽沿十
副，倭刀帽沿十二副，貂帽沿二副，小狐皮十六张，江貉皮二张，獭
子皮二张，猫皮三十五张……各色皮衣一百三十二件。

第三节　《红楼梦》与满族社会习俗

一、称谓习俗

（一）人名称谓

　　满族在人名称呼上与汉族大不相同。在宗法社会中，汉人非常注
重姓氏，姓氏代表着宗族和血统，不能随意更改；汉人又最注重名讳，
男子既冠，即有表字，他人若再直呼其名，则视为大不敬。而满俗大
异，其称人不冠姓，直呼其名。《清稗类钞·姓名类》云："顺、康、雍、乾
之朝，满大臣有以姓之一字为氏者，有以名之一字为氏者，父子祖孙，
相沿成习。"①如和珅，钮祜禄氏，人称"和第大人"；明珠，纳喇氏；文康，
费莫氏；敦敏、敦诚，爱新觉罗氏，皆只称名，不冠姓。《红楼梦》中称贾
赦为赦老爷、贾政为政老爷、贾珍为珍大爷、贾琏为琏二爷、贾宝玉为
宝二爷，以及称贾珍之妻尤氏为珍大嫂子、贾珠之妻为珠大嫂子等，皆
出一辙，实为满族的称呼习惯。

（二）亲属称谓

1. 老祖宗

　　《红楼梦》中，有时称贾母为"老祖宗"，如：

　　　　这熙凤听了，忙转悲为喜道："正是呢！我一见了妹妹，一心

---

① 徐珂：《清稗类钞·姓名类》"满族以名之一字为氏"条，第2132页，北京：中华书局，1984。

都在他身上了，又是喜欢，又是伤心，竟忘了老祖宗。该打！该打！"（第三回）

凤姐又在一旁帮着说"过日他还来拜老祖宗"等语，说的贾母欢喜起来。（第八回）

贾珍听了笑道："我说老祖宗是爱热闹的，今日不来，必定有个原故，若是这么着就是了。"（第十一回）

老祖宗在汉族本是男称，满族也称辈分高、年纪大的女性为"老祖宗"。《清稗类钞·称谓类》云："光绪朝，宫廷自皇帝以次及于宫眷，均呼孝钦后以男称，有时亦呼老祖宗，又或称之为老佛爷，德宗则称之曰亲爸爸。"①孝钦后就是慈禧太后。这样以男称来称呼有权势的女性，当为满族习俗。《红楼梦》中晚辈称贾母为"老祖宗"，也是一种敬称。

2. 爷、奶奶

"爷"是满族对男性的尊称。《清朝野史大观》卷二《清宫遗闻》"记满洲姑奶奶"条云："按旗人男称爷，女称奶，乃极尊贵之名称。"②满族这种称呼习俗，一般是地位低的称呼地位高的，或者是奴仆称呼主子。《红楼梦》称呼男子为"爷"的例子随处可见，如：

次日醒来，就有人回："那边小蓉大爷带了秦相公来拜。"（第八回）

赵嬷嬷道："……我这会子跑了来，倒也不为饮酒，倒有一件正经事，奶奶好歹记在心里，疼顾我些罢。我们这爷，只是嘴里说的好，到了跟前就忘了我们。……"（第十六回）

前者的"小蓉大爷"指贾蓉，后者"这爷"指贾琏，都是对年轻男主子的称呼。

"奶奶"是对女主子的称呼，相对于男主子称"爷"，特别是对年轻的女主子用得最多。《红楼梦》普遍称年轻已婚女主子为"奶奶"，如第十五回：

老尼道："这点子事，在别人的跟前就忙的不知怎么样，若是奶奶的跟前，再添上些也不够奶奶一发挥的。只是俗语说的，'能

---

① 徐珂：《清稗类钞·称谓类》"太后之称谓"条，第2182页，北京：中华书局，1984。
② 小横香室主人编：《清朝野史大观》卷二《清宫遗闻》"记满洲姑奶奶"条，第34页，上海：上海书店，1981。

者多劳',太太因大小事见奶奶妥帖,越性都推给奶奶了,奶奶也要保重金体才是。"

这里的"奶奶",是老尼对王熙凤的尊称。对李纨、尤氏、秦可卿等其他年轻媳妇也都称奶奶,如第十回:"那先生笑道:'大奶奶这个症候,可是那众位耽搁了。……'"这里的"大奶奶"就是指秦可卿。

当然,"爷""奶奶"的称呼并不仅限于旗人社会,汉族社会也使用这一称呼。例如《醒世姻缘传》第四十六回:

魏三说:"你看这话! 不是为堵挡那族里的嘴,要俺这孩子做甚么? 要不是有点绕弯,晁奶奶可不就轻易的一家给他五六十亩地呀? 你到家合奶奶说,奶奶心里明白,奶奶使孩子如今就跟了我家去极好;要奶奶舍不的,叫他且养活老了,可这话合我另讲;要说是合我混赖,倒趁着徐爷在这里讲个明白倒好。"

但是,汉族社会中称"爷""奶奶"时又常冠以姓氏,如"晁奶奶""沈奶奶""徐爷""姜爷"等,自与旗人社会不尽相同。

3. 哥儿

满族称男孩子为"阿哥"或"哥儿",是对有身份的男孩子的爱称和尊称。《清稗类钞·方言类》记:"哥儿,公子也。"①如:

李贵等一面掸衣服,一面说道:"哥儿听见了不曾? 可先要揭我们的皮呢! ……"(第九回)

二人正说着,只见人回:"哥儿来了"。贾珍便命叫他进来。(第五十三回)

金钏儿睁开眼,将宝玉一推,笑道:"……我倒告诉你个巧宗儿,你往东小院子里拿环哥儿同彩云去。"(第三十回)

这几个例子里的"哥儿"分别指宝玉、贾蓉和贾环。有时有的女孩子的乳名也称"哥儿",如:

刘姥姥忙笑道:"这个正好,就叫他是巧哥儿。……"(第四十二回)

贾母接来吃了半碗,便吩咐:"将这粥送给凤哥儿吃去"……(第七十五回)

---

① 徐珂:《清稗类钞·方言类》"八旗方言"条,第2225页,北京:中华书局,1984。

这里的"哥儿"分别指巧姐儿和王熙凤。

4. 姐儿、姑娘

《清稗类钞·称谓类》云："姐，姐儿也；轻之之辞也。而富贵家之女乃有此称，且又从而小之，曰小姐。巨室闺秀反以此称为荣，大奇。北方有称姑娘者，旗人尤多，揣其意义，实较小姐为尊也。……既嫁，则称姑太太，或姑奶奶。"①《红楼梦》对未嫁女子多称"姑娘"，如林姑娘、宝姑娘、史大姑娘等，有时也称"姐儿"，如：

> 李嬷嬷听了，又是急，又是笑，说道："真真这林姐儿，说出一句话来，比刀子还尖。你这算了什么。"（第八回）

《红楼梦》中也称通房丫头为"姑娘"，如称平儿为平姑娘；又如第三十一回晴雯说袭人"明公正道，连个姑娘还没挣上去呢"，这里也是指通房丫头。

5. 妞妞

满族人家称女孩子为"妞儿"或"妞妞"。"妞儿，姑娘也。"②如《红楼梦》第九十二回：

> 那奶妈子便说："姑娘给你二叔叔请安。"宝玉也问了一声"妞妞好？"

这里的"妞妞"是宝玉对巧姐儿的称呼。按《清稗类钞·称谓类》记："若宗室，若觉罗，若闲散八旗，若内府三旗，凡对未嫁之幼女，皆称妞妞。"③在《红楼梦》中，小女孩称"妞妞"，未嫁的大姑娘则称"姑娘"。

6. 哥哥、姐姐

满族对表亲中的兄弟姐妹行，相互之间称呼仍如本族，只称"哥哥""姐姐""妹妹""兄弟"，而无汉俗"表哥""表姐""表弟""表妹"之称。《红楼梦》中，宝玉、黛玉、湘云、宝钗等都互称"哥哥""妹妹"，而不称"表哥""表妹"之类，如：

> 二人正说着，只见湘云走来，笑道："二哥哥，林姐姐，你们天天一处顽，我好容易来了，也不理我一理儿。"（第二十回）

> 探春惜春都笑道："二哥哥，你成日家忙些什么？吃饭吃茶也

---

① 徐珂：《清稗类钞·称谓类》"小姐姑娘"条，第2185页，北京：中华书局，1984。
② 徐珂：《清稗类钞·方言类》"八旗方言"条，第2225页，北京：中华书局，1984。
③ 徐珂：《清稗类钞·称谓类》"皇室皇族之女称谓"条，第2182页，北京：中华书局，1984。

是这么忙碌碌的。"（第二十八回）

这里湘云、惜春都称宝玉为"二哥哥"，与亲妹探春的称呼是一样的。

又，满洲世家日常呼嫂子为"姐姐"。这一称呼在《红楼梦》中一般不使用，而是概用"嫂子"，如"大嫂子""珍大嫂子"；独称凤姐为"姐姐"，如第二十八回：

> 宝玉向林黛玉说道："你听见了没有，难道二姐姐也跟着我撒谎不成？"

又如，庚辰本、有正本第二十五回回目均作"魇魔法姐弟逢五鬼"。宝玉独称凤姐为"姐姐"，有人可能会认为王熙凤本为王夫人内侄的原故，但这样解释也不通。宝玉呼其为"二姐姐"，显然是因为贾琏排行第二的原故，因此"二姐姐"即"二嫂子"。据清代佚名《燕京杂记》载：北京方言"叔呼其嫂为姐，嫂呼其叔为弟。伯呼其娣为妹，娣呼其伯为哥"①。《红楼梦》中，宝玉称王熙凤为"姐姐"，王熙凤称宝玉为"宝兄弟"；贾珍称王熙凤为"大妹妹"，王熙凤称贾珍为"大哥哥"，这应该符合当时北京的方言习惯。叔呼其嫂为"姐"，这不符合汉族的称呼习惯，应为八旗方言。对照《水浒传》即可知，武松和潘金莲始终是以叔嫂相称。

（三）其他称谓

1. 家的

《红楼梦》中称仆妇为"某某家的"，如：周瑞家的、来旺家的、赖大家的、林之孝家的、王善保家的、鲍二家的等。"家的"一词出自满语booi，booi译作"包衣"，汉意为"家的"。这里的"家的"，是家里人的意思，如"鲍二家的"，有时也写作"鲍二媳妇"。《儿女英雄传》也有同样的用法，如第二回写道："内里带的是晋升家的、梁材家的、戴勤家的、随缘儿媳妇。"

2. 嬷嬷

嬷嬷，满语写作 meme，乳母之意。"京师呼奶媪为奶子、奶妈，文其词曰奶姥、奶娘，国语曰嬷嬷。"②《红楼梦》中的"嬷嬷"有两种用法：一是称乳母为嬷嬷，如宝玉的乳母李嬷嬷、贾琏的乳母赵嬷嬷、贾政的

---

① 阙名：《燕京杂记》，第 126 页，北京：北京古籍出版社，1986。
② 〔清〕福格：《听雨丛谈》卷十一"乳母"条，第 229 页，北京：中华书局，1984。

乳母赖嬷嬷等。二是将一般年长仆妇通称为嬷嬷,如:

当下茶果已撤,贾母命两个老嬷嬷带了黛玉去见两个舅母。
(第三回)

贾母见他如此有趣,吃的又香甜,把自己的也都端过来与他吃。
又命一个老嬷嬷来,将各样的菜给板儿夹在碗上。(第四十回)

3. 主子、奴才

"主子""奴才"是清代特有的称呼。八旗社会主仆名分森严,主人
称"主子"(eje),仆人称"奴才"(aha)。如:

那焦大那里把贾蓉放在眼里,反大叫起来,赶着贾蓉叫:"蓉
哥儿,你别在焦大跟前使主子性儿。……"(第七回)

李贵等一面掸衣服,一面说道:"……人家的奴才跟主子赚些
好体面,我们这等奴才白陪着挨打受骂的。从此后也可怜见些才
好。"(第九回)

二、婚姻习俗

清代旗人的婚姻习俗是满汉两个民族交融的产物。它是在满族
婚礼习俗的基础上,融入汉族习俗形成的。满族入关以前,其婚娶礼
仪古朴简单。入关之后,受汉族婚娶"六礼"的影响,逐渐形成议婚、小
定、过礼、送日子、迎娶、坐帐、合卺、分大小、回门、住对月等一套繁琐
细密的婚娶礼仪。昭梿《啸亭杂录》卷九"满洲嫁娶礼仪"条,详细记载
了满族婚姻礼仪的全过程。现引录如下,以供参考:

满洲氏族,罕有指腹定婚者,皆年及冠笄,男女家始相聘问。
男家主妇至女家问名,相女年貌,意既洽,赠如意或钗钏诸物以为
定礼,名曰小定。择吉日,男家聚宗族咸友同新婿往女家问名,女
家亦聚宗族等迎之。庭中位左右设,男家入趋右位。有年长者致
词曰:"某家男某虽不肖,今已及冠,应聘妇以为继续计。闻尊室
女,颇贤淑著令名,愿聘主中馈,以光敝族。"女家致谦词以谢。若
是者再,始定婚。令新婿入拜神位前,及外舅父母如仪。既进茶,
女家趋右位,男家据宾席,或设酒馔以贺。改月择吉,男家下聘,
用酒筵、衣服、绸缎、羊鹅诸物,名曰过礼,女家款待如仪。男家赠
银于妇家,令其跳神以志喜焉。既定婚期,前一日,女家赠妆奁嫁

赀视其家之贫富,新婿乘骑往谢。五鼓,鼓乐娶妇至男家,竟夜笙歌不绝,谓之响房。新妇既至,新婿用弓矢对舆射之。新妇怀抱宝瓶入,坐向吉方。及吉时,用宗老吉服致祭庭中,奠羊、酒诸物。宗老以刀割肉,致吉词焉。礼毕,新婿新妇登床行合卺礼,男女争坐被上,以为吉兆,因交媾焉。次早五鼓兴,始拜天地、神像、宗祠,翁姑坐而受礼如仪。其宗族尊卑以次拜谒。三日或五日妇归宁父母,婿随至女家,宴享如仪。满月期,妇复归宿女家,数日始返,然后婚礼毕焉。①

从《啸亭杂录》所记来看,旗人婚俗在问名、放定、迎娶、回门等礼仪环节已与汉族婚俗基本一致,但在一些细节上仍有许多不同,如放小定时送如意、夜间迎娶、箭射新娘、五鼓拜天地等,这些仍能体现满族婚俗的特点。

《红楼梦》提到的婚俗事项,如放定、发庚帖、发通书、过礼、拜天地、坐床、撒帐、交杯盏、上头等,多为当时旗人和汉人所共有,但是其中也有满族传统婚俗的体现。汉族结婚通常是在白天迎娶新娘,而满族则在夜间。《红楼梦》共描述了两个结婚场面,一个是贾琏偷娶尤二姐;另一个是宝玉和宝钗大婚。在这两个婚姻礼仪的描写中,都体现了满族婚俗中夜间迎娶的特点。

贾琏和尤二姐成婚于夜间,《红楼梦》第六十五回有明确表述:

> 至次日五更天,一乘素轿,将二姐抬来。各色香烛纸马,并铺盖以及酒饭,早已备得十分妥当。一时,贾琏素服坐了小轿而来,拜过天地,焚了纸马。那尤老见二姐身上头上焕然一新,不是在家模样,十分得意。揽入洞房。是夜贾琏同他颠鸾倒凤,百般恩爱,不消细说。

宝玉与宝钗大婚也是在夜里,《红楼梦》第九十七回至九十八回有多处确切交代:

> 正在那里徘徊瞻顾,看见墨雨飞跑,紫鹃便叫住他。墨雨过来笑嘻嘻的道:"姐姐在这里做什么?"紫鹃道:"我听见宝二爷娶亲,我要来看看热闹儿。谁知不在这里,也不知是几儿。"墨雨悄

---

① 〔清〕昭梿:《啸亭杂录》卷九"满洲嫁娶礼仪"条,第281页,北京:中华书局,1980。

悄的道："我这话只告诉姐姐，你可别告诉雪雁他们。上头吩咐了，连你们都不叫知道呢。就是今日夜里娶，那里是在这里，老爷派琏二爷另收拾了房子了。"（第九十七回）

次早，贾政辞了宗祠，过来拜别贾母……贾母恐贾政在路不放心，并不将宝玉复病的话说起，只说："我有一句话，宝玉昨夜完姻，并不是同房。今日你起身，必该叫他远送才是。……"（同上）

探春、李纨叫人乱着拢头穿衣，只见黛玉两眼一翻，呜呼，香魂一缕随风散，愁绪三更入梦遥！

当时黛玉气绝，正是宝玉娶宝钗的这个时辰。……一时叫了林之孝家的过来，将黛玉停放毕，派人看守，等明早去回凤姐。（第九十八回）

夜间迎娶是满族婚娶仪式的显著特点。有清一代，从宫廷到民间，满族人一直奉行夜婚习俗。《道咸以来朝野杂记》记载："大家嫁娶，率以夜间，或清晨，以午前后者甚少。"①《晚清宫廷生活见闻》记载了末代皇帝溥仪的婚礼，1921年12月1日举行庆典，30日夜间，满族王宫和遗老旧臣聚集在皇宫内等候典礼。1日零时，溥仪准备迎娶，二时凤舆出发，三时把皇后迎接到乾清宫，当凤舆来到乾清宫檐下，"溥仪还要向她连射三箭"②。民国年间，许多满族群众也仍奉行夜婚制。

有学者认为，满族的夜婚习俗是原始氏族抢夺婚的遗俗。《金史》记载渤海国"旧俗男女婚娶多不以礼，必先攘窃以奔"③。乌丙安先生认为："满族过去举行的'叉车'、'抱轿'也是用半路相遇相截获新娘的方式标志古代掠夺婚的残余变异的。"④瑶族中有一种迎亲方式，也是在夜间进行的男方结伙高举火把向女家杀抢而来，这种习俗也是古代抢婚的变异形式，似与满族夜婚习俗有相通之处。据了解，直至今日，除了少数民族中有夜婚习俗之外，个别汉族地区也有夜婚习俗，如山东的泰安、曲阜、博山等地，有些地方的婚仪即在子夜举行。但这些均与《红楼梦》无涉。

---

① 崇彝：《道咸以来朝野杂记》，第84页，北京：北京古籍出版社，1982。
② 中国人民政治协商会议全国委员会文史资料研究委员会编：《晚清宫廷生活见闻》，第130～132页，北京：文史资料出版社，1982。
③ 〔元〕脱脱等：《金史》卷七《世宗中》，第169页，北京：中华书局，1975。
④ 乌丙安：《中国民俗学》，第221页，沈阳：辽宁大学出版社，1992。

三、丧葬习俗

《红楼梦》第十三回至十五回以浓墨重彩描写秦可卿的丧礼,这其中许多是流行于当时八旗社会的礼俗。对此,我们可以参照清人福格《听雨丛谈》中的相关记载加以说明。

（一）"助哭"

《听雨丛谈》卷七"助哭"条云:"哀哭之事,中外礼仪不同。……八旗丧礼,属纩、成殓、举殡,则男妇擗踊咸哭。朝晡夕三祭,亦男女咸哭。男客至,客哭则孝子哭,不哭则否。女客至,妇人如之。直省丧礼,受吊日,主宾皆不举哀,祭堂寂然。殡日亦俯首,前导惟鼓乐之声而已。"①

《红楼梦》第十四回写凤姐在会芳园登仙阁哭灵的情景:

> 凤姐吩咐得一声:"供茶烧纸。"只听一棒锣鸣,诸乐齐奏,早有人端过一张大圈椅来,放在灵前,凤姐坐了,放声大哭。于是里外男女上下,见凤姐出声,都忙忙接声嚎哭。

这与《听雨丛谈》所记"男妇擗踊咸哭"的八旗哭丧法是相同的。

（二）"丹旐"

《听雨丛谈》卷十一"丹旐"条云:"八旗有丧之家,于门外建设丹旐,长及寻丈,贵者用织金朱锦为之,下者亦用朱缯朱帛为之,饰以繐锦。"②清初记述关外满族状况的著作如《柳边纪略》《宁古塔纪略》等书中,皆有满人死后立红幡的描写,可见此为女真旧俗。

《红楼梦》第十三回记秦可卿停灵时说:

> 会芳园临街大门洞开,旋在两边起了鼓乐厅,两班青衣按时奏乐,一对对执事摆的刀斩斧齐。更有两面朱红销金大字牌对竖在门外,上面大书:"防护内廷紫禁道御前侍卫龙禁尉。"

这里的两面"朱红销金"大牌,有的学者认为是"织金朱锦""丹旐"的变相。③

---

① 〔清〕福格:《听雨丛谈》卷七"助哭"条,第 161 页,北京:中华书局,1984。
② 〔清〕福格:《听雨丛谈》卷十一"丹旐"条,第 233 页,北京:中华书局,1984。
③ 余英时:《曹雪芹的反传统思想》,载《红楼梦研究集刊》第 5 辑,第 156 页,上海:上海古籍出版社,1980。

(三)"专道"

《听雨丛谈》卷十一"专道"条云:"京师最重丧礼,庶人丧辆皆得专道而行。涂遇王公贵官之舆马弗避。贵官或停舆候过,或避于甬路之下旁驱。"①《红楼梦》第十五回秦可卿出殡,北静王前来路奠,贾赦、贾珍等一齐上来请他回舆,北静王说:

> "逝者已登仙界,非碌碌你我尘寰中之人也。小王虽上叨天恩,虚邀郡袭,岂可越仙辆而进也?"贾赦等见执意不从,只得告辞谢恩回来,命手下掩乐停音,滔滔然将殡过完,方让水溶回舆去了。

此为"专道"之例证。

(四)"伴宿"

《听雨丛谈》卷十一"专道"条云:"又京师有丧之家,殡期前一夕举家不寐,谓之伴宿,俗称坐夜,即古人终夜燎之礼也。"②《红楼梦》第十四回写送殡前夕伴宿的情景:

> 这日伴宿之夕,里面两班小戏并耍百戏的与亲朋堂客伴宿,尤氏犹卧于内室,一应张罗款待,独是凤姐一人周全承应。

(五)"丧舆"

《听雨丛谈》卷十一"专道"条云:"按京师丧舆,或舁夫八十人,六十四人,四十八人,三十二人,十六人,各视其位及称家之有无也。"③这与《红楼梦》第十四回所写相同:

> 至天明,吉时已到,一般六十四名青衣请灵,前面铭旌上大书:"奉天洪建兆年不易之朝诰封一等宁国公家孙妇防护内廷紫禁道御前侍卫龙禁尉享强寿贾门秦氏恭人之灵柩。"

四、生育习俗

(一)"落草"习俗

《红楼梦》第八回描写宝玉的服饰时提到:

> 项上挂着长命锁、记名符,另外有一块落草时衔下来的宝玉。

---

① 〔清〕福格著:《听雨丛谈》卷十一"专道"条,第234页,北京:中华书局,1984。
② 〔清〕福格著:《听雨丛谈》卷十一"专道"条,第234页,北京:中华书局,1984。
③ 〔清〕福格著:《听雨丛谈》卷十一"专道"条,第234页,北京:中华书局,1984。

"落草"指婴儿降生,是满族独特的生育习俗。古时,满族妇女临产前,要将炕席卷起,在土炕上铺上一层谷草,产妇坐在谷草上分娩。满族这种生育习俗的形成,与其早期的生活环境有直接关系。满族及其先人生活在白山黑水之间,自然条件十分艰苦,在生育时利用干草,既可以防潮,又可以防寒。由于满族妇女把婴儿产在草上,故称生小孩为"落草"。后来生育条件有了很大改善,但落草仍作为习俗保留在民间。至今在一些偏僻的满族村屯,妇女生小孩时仍要卷起炕席,铺上谷草,以示不忘本。《红楼梦》称宝玉出生为"落草",只是沿用这一称呼而已。老舍的《正红旗下》也有同样的说法:"我在降生前后,母亲当然不能照常伺候大姑子,这就难怪在我还没落草儿,姑母便对我不满意了。"①

(二)育儿习俗

1. 乳母习俗

满族有乳母习俗,特别是在王公贵族家庭中尤盛。《清朝野史大观》卷二《清宫遗闻》载:"清祖制,皇子生,无论嫡庶,一堕地,即有保母持之出。付乳媪手。一皇子例须用四十人。"②并且专设奶子府,"选养奶口,以候内廷宣召"。"每季精选良家妇,年十五以上,二十以下,四十名"。这些奶口,一则见幸,"终身事所乳,得沾恩泽"③。曹雪芹的曾祖母孙氏就是康熙帝的乳母,康熙帝称之为"吾家老人"。《红楼梦》描写了满族贵族家庭的乳母习俗,贾府中公子、小姐无论嫡庶都有乳母,满语称为"嬷嬷",如宝玉的乳母是李嬷嬷,贾琏的乳母赵嬷嬷。乳母的丈夫被称为嬷嬷爹,乳母所生子女称为奶哥哥或奶姐姐。这些乳母在贾府中往往受到另眼看待,第七十三回贾母所说的话可见一斑:

> "你们不知。大约这些奶子们,一个个仗着奶过哥儿姐儿,原比别人有些体面,他们就生事,比别人更可恶,专管调唆主子护短偏向。……"

又如第十六回,贾琏乳母赵嬷嬷求凤姐儿照看他两个儿子:

---

① 老舍:《正红旗下》,第 2 页,北京:人民文学出版社,1980。
② 小横香室主人编:《清朝野史大观》卷二《清宫遗闻》"皇室无骨肉情"条,第 10 页,上海:上海书店,1981。
③ 小横香室主人编:《清朝野史大观》卷二《清宫遗闻》"奶子府"条,第 22~23 页,上海:上海书店,1981。

　　凤姐笑道:"妈妈你放心,两个奶哥哥都交给我。你从小儿奶的儿子,你还有什么不知他那脾气的?拿着皮肉倒往那不相干的外人身上贴。可是现放着奶哥哥,那一个不比人强?你疼顾照看他们,谁敢说个'不'字儿?没的白便宜了外人。"

可见,乳母的地位是一般下人不能比的。

　　2. 教引嬷嬷

　　《红楼梦》写贾府子女的教养,并不是由生母直接掌管,而是另有专职,即所谓"教引嬷嬷"。如第三回写道:

　　外亦如迎春等例,每人除自幼乳母外,另有四个教引嬷嬷……

贵族家庭的教引嬷嬷负责教导礼法、做人、处事等,其职务与皇宫的"谙达"近似。《清稗类钞·宫闱类》记:"皇子……既断乳,即去乳母,增谙达,凡饮食言语行步礼节皆教之。"①

五、礼仪习俗

(一)尊老敬上

　　满族礼仪首倡家礼,家礼中又以尊老敬上为重。杨宾《柳边纪略》卷四详细记载了满族的尊老习俗:

　　俗尚齿,不序贵贱,呼年老者曰马法。马法者,汉言爷爷也。呼年长者曰阿哥。新岁卑幼见尊长必长跪叩首,尊长者坐而受之,不为礼。首必四叩,至三则跪而昂首若听命者然,尊长者以好语祝之,乃一叩而起,否则不起也。少者至老者家,虽宾必隅坐。随行出遇老者于途,必鞠躬垂手而问赛音。赛音者,汉言好也。若乘马必下,俟老者过,老者命之乘,乃敢避而乘。②

　　若以《红楼梦》描写的相关礼节与之对照,就会发现二者完全一致。如第四十三回、四十五回写道:

　　贾府风俗,年高伏侍过父母的家人,比年轻的主子还有体面,所以尤氏、凤姐儿等只管地下站着,那赖大的母亲等三四个老妈妈告个罪,都坐在小杌子上了。(第四十三回)

　　只见一个小丫头扶了赖嬷嬷进来。凤姐儿等忙站起来笑道:"大娘坐。"又都向他道喜。赖嬷嬷向炕沿上坐了,笑道……(第四

---

① 徐珂:《清稗类钞·宫闱类》"皇子皇女之起居"条,第353页,北京:中华书局,1984。

② 〔清〕杨宾:《柳边纪略》卷三,见《龙江三纪》,第108页,哈尔滨:黑龙江人民出版社,1985。

十五回)

这两个例子都体现满族礼俗"尚齿,不序贵贱"的特点,敬老可以打破主仆的界限,这在汉族礼法中是不多见的。又如第十六回:

> 贾蔷道:"才也议到这里。赖爷爷说,不用从京里带下去,江南甄家还收着我们五万银子。……"

贾蔷称赖大为"赖爷爷",这是满俗"呼老者曰马法"的例子。又如第七十五回:

> 贾珍夫妻至晚饭后方过荣府来。只见贾赦、贾政都在贾母房内坐着说闲话,与贾母取笑。贾琏、宝玉、贾环、贾兰皆在地下侍立。贾珍来了,都一一见过。说了两句话后,贾母命坐,贾珍方在近几小杌子上告了坐,警身侧坐。

这与《柳边纪略》所记"少者至老者家,虽宾必隔坐"相吻合。又如第五十二回,对"出遇老者于途……若乘马必下"也有表现:

> 宝玉慢慢的上了马,李贵和王荣笼着嚼环,钱启、周瑞二人在前引导,张若锦、赵亦华在两边紧贴宝玉后身。宝玉在马上笑道:"周哥,钱哥,咱们打这角门走罢,省得到了老爷的书房门口又下来。"周瑞侧身笑道:"老爷不在家,书房天天锁着的,爷可以不用下来罢了。"宝玉笑道:"虽锁着,也要下来的。"钱启、李贵等都笑道:"爷说的是。便托懒不下来,倘或遇见赖大爷、林二爷,虽不好说爷,也劝两句。有的不是,都派在我们身上,又说我们不教爷礼了。"周瑞、钱启便一直出角门来。
>
> 正说话时,顶头果见赖大进来。宝玉忙笼住马,意欲下来。赖大忙上来抱住腿。宝玉便在镫上站起来,笑携他的手,说了几句话。

另外,从第五十四回贾珍贾琏给贾母敬酒的场面,也可以看出这种尊老敬上的礼俗:

> 于是除邢王二夫人,满席都离了席,俱垂手旁侍。贾珍等至贾母榻前,因榻矮,二人便屈膝跪了。贾珍在先捧杯,贾琏在后捧壶。虽止二人捧酒,那贾环弟兄等,却也是排班按序,一溜随着他二人进来,见他二人跪下,也都一溜跪下。宝玉也忙跪下了。

(二)满族礼节

1. 请安礼

《清稗类钞·礼制类》云:"请安之礼,始于辽,历金、元皆然,明代

犹未尽革。……《辽志》云：'凡男女拜皆同，其一足跪，一足著地，以手
动为节，数止于三、四。'彼言捏骨地者，跪也。夫一足跪一足著地，即
一足立而著地，但驱彼一足也。以手动为节，即垂手近足跗之节也。
但言数止三四，似犹有烦简之不同，固不仅如后之垂右手屈左膝之各
仅一次也。惟妇女多请双安，则以两手抚两膝而同时屈之耳。"①在清
代，请安礼是满族最普通的礼节，流行在旗人社会各个阶层，具有鲜明
的民族特点。按照当时家庭礼仪，晚辈每天要到长辈房中请安问好。
另外，在一般情况下，晚辈见到长辈，下级见到上级，平辈之间相见，都
要行请安礼。《红楼梦》描写请安的场面随处可见。

（1）打千儿。

打千儿，满语称"埃抗搭拉米"，是满族男子下级对上级或卑者对
尊者的礼节。有时分别多日的平辈相见也施此礼，以示敬重。施礼
时，凡穿箭服或袍褂的，要先掸下袖头，然后左脚前移半步呈半蹲状，
左手扶在左膝上，右手下垂，头颈与上身略向前倾，口称"请某某安"。
礼毕恢复直立。关于请安的动作，老舍在《正红旗下》中描绘了最会请
安的福海的样子："先看准了人而后俯首，急行两步，到了人家的身前，双
手扶膝，前腿实，后腿虚，一趋一停，毕恭毕敬。安到话到，亲切诚挚地叫
出来：'二婶儿，您好！'而后从容收腿，挺腰敛胸，双臂垂直，两手向后稍
拢，两脚并齐'打横儿'。"②《红楼梦》写到打千儿的地方有多处，如：

> 独有一个买办名唤钱华，因他多日未见宝玉，忙上来打千儿
> 请安，宝玉忙含笑携他起来。（第八回）

> 贾政因问："跟宝玉的是谁？"只听外面答应了两声，早进来三
> 四个大汉，打千儿请安。（第九回）

> 接着又见一个小厮带着二三十个拿扫帚簸箕的人进来，见了
> 宝玉，都顺墙垂手立住，独那为首的小厮打千儿，请了一个安。宝
> 玉不识名姓，只微笑点了点头儿。（第五十二回）

有请安，就有接安。它是长对幼、上对下在礼仪上的一种动作。
通常晚辈给长辈请安时，长辈含笑示意，奴仆给主人请安时，主人伸手
一接，这都叫接安。如宝玉"忙含笑携他起来""只微笑点了点头"，都
是接安的意思。

---

① 徐珂：《清稗类钞·礼制类》"请安"条，第489页，北京：中华书局，1984。
② 老舍：《正红旗下》，第30页，北京：人民文学出版社，1980。

通常请安是要语言和动作相伴的,但还有另一种情况,即说"请某某人安"时,只有语言没有动作。如:

> 凤姐正自看园中的景致……猛然从假山石后走过一个人来,向前对凤姐儿说道:"请嫂子安"。(第十一回)

> (宝玉)刚欲上马,只见贾琏请安回来了,正下马,二人对面,彼此问了两句话。只见旁边转出一个人来,"请宝叔安"。(第二十四回)

这两个例子中,凤姐和贾瑞是平辈,且年齿相近;贾芸虽系宝玉之侄,却年长四五岁。在这种具体情况下,常常请安的一方只说一句"请嫂子安"或"请宝叔安"就罢了。

满族女子请安与男子不同,满族女子对长辈请安行"蹲安礼"。行礼时,行礼者站在受礼者面前,双脚平行,双手扶膝,随即一躬腰,膝盖略弯曲如半蹲状,嘴里念"请某某大安"。昔日满族妇女早晚向公婆请安或拜见宾客、长者时常施此礼。清中期后,这种礼节逐渐被双手放在左侧腰际、身前屈、腿稍弯的施礼所取代。"抚鬓礼"是平辈女子之间日常相互请安的礼节。相见的女子以右手抚摸三下额角,同时向对方点几下头,眼睛看着对方以示问候;受礼者同样以抚鬓礼回拜。

(2)问安。

问安,也叫请小安,其动作是垂手站立,低头唱喏,问"赛音"。平辈相见,常施此礼。如《红楼梦》第二十四回写道:

> 一钟茶未吃完,只见那贾琮来问宝玉好。

(3)定省。

定省,也称"晨昏定省"。按当时家庭礼节,晚辈每天早晚都固定要到长辈处请安,称"定省"。过去北京称之为"请早安""请晚安"。例如:

> 那宝玉本就懒与士大夫诸男人接谈……今日得了这句话,越发得了意,不但将亲戚朋友一概杜绝了,而且连家庭中晨昏定省亦发都随他的便了。(第三十六回)

> 一时,只见迎春妆扮了前来告辞过去。凤姐也来省晨……(第七十八回)

请安之礼适用于许多场合,除上述通常情况外,有时由于意外或疾病等原因,晚辈也要向长辈请安。如:

> 只见袭人走来,说道:"……那边大老爷身上不好,姑娘们都

过去请安,老太太叫打发你去呢。快回去换衣裳去罢。"(第二十三回)

（宝玉)见了贾赦,不过是偶感些风寒,先述了贾母问的话,然后自己请了安。贾赦先站起来回了贾母话,次后便唤人来:"带哥儿进去太太屋里坐着。"宝玉退出,来至后面,进入上房。邢夫人见了他来,先倒站了起来,请过贾母安,宝玉方请安。(第二十四回)

在后面的例子中,宝玉除自己请安外,还代表贾母问贾赦的病情。因宝玉在述贾母关心的话时是贾母的代表,所以贾赦要站起来回话。宝玉见邢夫人时,因邢夫人知宝玉是从贾母处来,且代表贾母来问贾赦的病情,所以也先站起来请安,然后才轮到宝玉自己请安。这一段描写是当时请安礼的真实再现。

2. 见面礼

《宁古塔纪略》叙述旗人礼俗说:"无作揖打恭之礼,相见惟执手,送客垂手略曲腰。久别乍晤,彼此相抱,复执手问安。如幼辈,两手抱其腰,长者用手抚其背而已。如以右手抚其额、点头,为拜。如跪而以手抚额点头,为行大礼。妇女辈相见,以执手为亲,拜亦偶耳。"①

两个妇女见面时互相拉手问好,满语称"拉拉礼",这种礼俗在《红楼梦》中有所描写,如第五十三回写道:

贾母归了坐,老嬷嬷来回:"老太太们来行礼。"贾母忙又起身要迎,只见两三个老妯娌已进来了。大家挽手,笑了一回,让了一回。吃茶去后,贾母只送至仪门便回来,归正坐。

这里所谓"大家挽手,笑了一回",实际就是满族的"拉拉礼"。这种礼节在《儿女英雄传》中也有逼真的描写,如第二十二回写安太太与舅太太见面时,"早见姑太太带了媳妇,站在舱门口里面等着。舅太太便赶上去,双手拉住"。接着,舅太太与何玉凤见面时,"原来,这舅太太也是旗装,说道:'姑娘,我可不会拜拜呀,咱们拉拉手儿罢。'""拉拉礼"是满族妇女的常礼,现在这种礼节在辽宁沈阳地区也仍然广为使用。

---

① 〔清〕吴桭臣:《宁古塔纪略》,见《龙江三纪》,第247~248页,哈尔滨:黑龙江人民出版社,1985。

第四节　《红楼梦》与满族信仰及游艺习俗

一、信仰习俗

（一）祭祀习俗

1. 以西为上

满族以西为上，西屋一般为祭祀场所。福格《听雨丛谈》云："八旗祭祀，位设于西。盖古人神道向右之义。胜国洪武初，司业宋濂上孔子庙堂议曰：古者主人西向，几筵在西也。……按此说，八旗以西为上之礼，实合于古矣。"①《红楼梦》第五十三回"宁国府除夕祭宗祠"②，借宝琴的视角交代了贾府祠堂的位置：

> 且说宝琴是初次，一面细细留神打谅这宗祠，原来宁府西边另一个院子，黑油栅栏内五间大门，上悬一块匾，写着是"贾氏宗

---

① 〔清〕福格：《听雨丛谈》卷六"以西为上"条，第 137 页，北京：中华书局，1984。

② 关于《红楼梦》第五十三回"宁国府除夕祭宗祠"，究竟写的是"满人礼俗"，还是"汉人礼俗"，学界颇有争议。大体有三种看法：一是"满人礼俗"说，二是"满汉杂糅"说，三是"汉人礼俗"说。宋德胤先生认为：《红楼梦》第五十三回所写的祭祀仪式是和汉族迥异的，汉族崇奉儒教，在祭祀宗祠时，女性是不得入祠的。在祭祀时，主祭是男性，焚香、献礼、献帛、献爵均由主祭去做，族中女性是不沾边的。满族则不然，在祭祀中，有些场合是由女性主祭的，这是满族祭祀的古老习俗。曹雪芹在《红楼梦》中所描写的贾府祭宗祠的习俗，显然正是满俗。（参见宋德胤《〈红楼梦〉中的满俗初探》，《红楼梦学刊》1984 年第 4 期。）海外学者赵冈先生《考红所记》一文则认为：《红楼梦》第五十三回宁国府除夕祭宗祠的过程是满汉两族礼仪的混合杂糅。"正堂上拜影""贾母上供菜"等细节，是明显的满族祭礼。理由是：汉人的礼法是把祖宗名字写在木牌上，即"木主"，以供后代子孙祭奠；而满人则是画出祖先遗容，称为"影像"，供祭时拿出来悬挂，礼成以后再收藏起来，这种礼仪可以上溯到辽代。又引震钧《天咫偶闻》为旁证，认为贾母在供桌前上菜与满族祭礼中的"主妇主祭"相符合。而在宗祠中贾敬主祭、贾赦陪祭一段，则是"按汉人礼法"。赵冈先生的观点受到了邓云乡先生的质疑。邓先生首先认为"悬影""拜影"的礼仪，绝不是八旗从关外带来的满洲风俗礼仪，而是北京当地自明前就流传下来的古老风俗习惯，并引明末刘侗《帝京景物略》、康熙时张茂节等编《康熙宛平县志》为证。其次认为贾母供菜也并非满人礼仪中的"主妇主祭"，而是因为在贾氏宁、荣二府中，贾母辈分、年事最高，又是朝廷命妇，过年家中摆供，供宁国公、荣国公等祖先，整治供菜，以礼数上讲，自然是贾母亲手来摆。这在汉人家庭中，从历史上的古礼讲总是如此。因此认为《红楼梦》第五十三回所写，由祭宗祠、拜影、献供菜直到天地桌等诸般祭祀活动，都是满汉两族过年时所共有的风俗礼仪，并没有写满洲旗人特有的礼仪。（参见邓云乡《〈宁国府除夕祭宗祠〉诸礼非满洲礼仪辨——与赵冈先生商榷》，载《红楼梦学刊》1982 年第 1 期。）

祠"四个字……

贾府祠堂位设于西,体现了满族"以西为上"的礼俗。顺治十二年,清朝仿照盛京的清宁宫对坤宁宫进行了改建,除东西两头的两间通道外,按满族的习俗把西端四间改造为祭祀的场所。据满族创世神话说,天母阿布卡赫赫方向女神给人类指方向,最早指明的是西方,所以"以西为上"。

2. 祭祀供品

《红楼梦》第五十三回,乌进孝送来的贡物中,其中一部分是"留出供祖的"。在进贡单中,如大鹿、狍子、汤猪、鲟鳇鱼等这些祭祀用牲,都是来自东北的特产。这和清宫祭祀所需供品相似。清宫每年都需要大量来自东北的贡品,用于满足对祖陵、坛庙以及内廷的大小祭祀活动。如鹿贡是每年向宫廷呈纳的必不可少的贡物,除梅花鹿、角鹿、鹿羔等活鹿外,还有鹿尾、鹿舌、尾骨肉等。雍正朝建吉林望祭亭,祭祀长白山神用的就是鹿贡。另外,根据《满洲祭神祭天典礼》记载可知,祭天坛用鲟鳇鱼,祭后妃陵墓用细鳞鱼,祭神祭天用上等猪、中等猪等。

3. 克食

"克食"(kesi)为满语词,是恩赐的意思。《听雨丛谈》卷十一"克食"条云:"克食二字,或作克什,盖满汉字谐音书写……考清语克什之意,为恩也,赐予也,赏赉也。"①《红楼梦》第一百一十八回写道:

> 忽见莺儿端了一盘瓜果进来,说:"太太叫人送来给二爷吃的。这是老太太的克什。"

这里的"克什",是指贾母冥寿撤下来的供品,是贾母的恩赐。《儿女英雄传》第二十一回也有类似的描写:"祭完,只见安太太恭恭敬敬把中间供的那盘撤下来,又向碗中拨了一撮饭,浇了一匙汤,要了双筷子,便自己端到玉凤姑娘跟前,蹲身下去,让他吃些。不想姑娘不吃羊肉,只是摇头。安太太道:'大姑娘,这是老太太的克食,多少总得领一点儿。'"祭神祭祖之后将供品赏给在场人食用,这是满族早期的风俗。《听雨丛谈》"颁胙"条云:"八旗各族祭祀,撤俎后主人主妇先馂,馂后

---

① 〔清〕福格著:《听雨丛谈》卷十一"克食"条,第218页,北京:中华书局,1984。

新朋始至,殆先主而后宾也。"①接受祖宗先人的祭食,就是"受胙"的意思。

(二)巫婆跳神

《红楼梦》第二十五回写贾宝玉、王熙凤受魇魔法后,乱嚷乱叫,闹得天翻地覆:

当下众人七言八语,有的说请端公送祟的,有的说请巫婆跳神的,有的又荐玉皇阁的张真人,种种喧腾不一。

我国古代很早就有巫婆跳神的记载,唯清初盛行的是满洲跳神。《清史稿·礼志》以及昭梿《啸亭杂录》、萧奭《永宪录》、姚元之《竹叶亭杂记》等笔记,均有关于满洲跳神的记载。《满族大辞典》"跳神"条说:"满族祭祀活动旧俗。清代宫廷与民间皆然。朝祭时,萨满在三弦、琵琶、拍板伴奏下,执神刀、诵神歌进神位前献酒,众歌鄂啰啰。夕祭时,萨满系闪缎裙、束腰铃,执手鼓进于神位前诵请神歌祈请,在架鼓拍板伴奏下,盘旋蹀步。先向后再向前,反复舞蹈并诵神歌3次。背灯祭时,萨满诵神歌4次。民间萨满有以跳神治病拿邪者,清初曾为官方禁止,但一直公开或秘密继续活动。"②按,《清史稿》卷八十五《礼志》四:"跳神之举,清初盛行,其诵祝辞者曰萨吗。迄嘉庆时,罕用萨吗跳神者,然其祭固未尝废也。"③可见,清初跳神是与祭祀活动相伴的。

民间跳神之举主要用于治病驱邪,杨宾《柳边纪略》卷四载:"满人有病必跳神,亦有无病而跳神者。富贵家或月一跳,或季一跳,至岁终则无有弗跳者。……跳神者,或用女巫,或以冢妇,以铃系臀后,摇之作声,而手击鼓。……而口致颂祷之词,词不可辨。"④清代小说《聊斋志异》中专有《跳神》一篇,记曰:"济俗:民间有病者,闺中以神卜。倩老巫击铁环单面鼓,婆娑作态,名曰'跳神'。而此俗都中尤盛。……满洲妇女,奉事尤虔。小有疑,必以决。"⑤满族作家和邦额在《夜谈随录》中,还记述了镶白旗蒙古人穆萨满作法驱狐的故事。

---

① 〔清〕福格著:《听雨丛谈》卷六"颁胙"条,第137页,北京:中华书局,1984。
② 孙文良主编:《满族大辞典》"跳神"条,第781页,沈阳:辽宁大学出版社,1990。
③ 赵尔巽等著:《清史稿》卷八十五《礼》四,第2571页,北京:中华书局,1976。
④ 〔清〕杨宾著:《柳边纪略》,见《龙江三纪》,第109页,哈尔滨:黑龙江人民出版社,1985。
⑤ 〔清〕蒲松龄著:《聊斋志异》卷五《跳神》,第759页,北京:人民文学出版社,1995。

二、游艺习俗

（一）放鹰

放鹰是八旗子弟娱乐中的一种。《红楼梦》第四十七回写宝玉问柳湘莲近日可曾到秦钟的坟上去了，湘莲道：

怎么不去？前日我们几个人放鹰去，离他坟上还有二里。

满族是以射猎著称的民族，先民们很早就懂得捕鹰。鹰被驯化后，用来帮助猎户捕获猎物，俗称"放鹰"。鹰的捕捉和驯服很不容易，民间常有"九死一生，难得一名鹰"的说法。捕鹰一般在秋季进行，将野性十足的鹰捕获后带回家，先放在熬鹰房将鹰上架，加上"脚绊"，几天几夜不许睡觉，磨掉野性，叫"熬鹰"；再通过"过拳""跑绳"等环节，鹰就能听到吆喝，来到猎者的手臂上；最后对鹰进行"勒膘"，即把肠油刮出，使肌肉强健，便于捕获猎物。这样驯好的鹰就可以到山野之中放了。《清朝野史大观》描写了放鹰的方法："以绣花锦帽蒙其目，擎者挽绦于手，见禽乃去帽放之。"①架鹰者站在高处观望，让人用棒敲打树丛将野物轰出，俗称"赶仗"；发现有猎物跑或飞出，鹰会立即尖叫着俯冲下去捕获猎物；这时架鹰者要尽快赶到，取下猎物，只给鹰吃点动物内脏，不可喂饱，所谓"鹰饱不拿兔"，就是这个道理。

猎户以鹰用于狩猎，统治者则以玩鹰作为娱乐。清政府每年都向东北收鹰，按杨宾《柳边纪略》："辽以东皆产鹰，而宁古塔犹多，设鹰把势十八名。每年十月后即打鹰，总以海东青为主，海东青者，鹰品之最贵者也。……得海冬青后，杂他鹰遣送内务府，或朝廷遣大人自取之。"②"海冬青"，满语称"松昆罗"，体型中等，比一般鹰、秃鹫小的多，但爆发力惊人，且性情凶猛，产于我国关外黑龙江吉林一带。《本草纲目》记载："雕出辽东，最俊者谓之海东青。"早在唐代，"海东青"就已是满族先世朝奉中原王朝的名贵贡品。唐代大诗人李白曾有诗云："翩翩舞广袖，似鸟海东来。"清康熙帝曾写诗赞道："羽虫三百有六十，神

---

① 小横香室主人编：《清朝野史大观》卷一《清宫遗闻》"行围"条，第34页，上海：上海书店，1981。

② 〔清〕杨宾著：《柳边纪略》，见《龙江三纪》，第91页，哈尔滨：黑龙江人民出版社，1985。

俊最属海东青。"由于海东青不易捕捉和驯化,在金元时期甚至有这样的规定:凡触犯刑律而被放逐到辽东的罪犯,谁能捕捉到海东青呈献上来,即可赎罪。当时的可汗贝勒、王公贵戚,为得名雕不惜重金购买,成为一时风尚。后来风靡于八旗子弟中的玩鹰,也是指饲养和驯化这种猎鹰。

满族民间还有许多关于"海东青"的传说,在萨满教神谕中,雕神不仅是人世间光明与黑暗的支配者,同时又是力量与威武的象征,是最凶猛的宇宙大神。爱新觉罗·溥杰先生在《四平民族研究》创刊号封底题字为"民族之鹰海东青",鹰已经成为满族民族精神的象征。至今在不以狩猎为生的满族人中仍保留着养鹰、放鹰的习俗。

（二）玩鸟儿

"玩鸟儿"是清代八旗子弟中的一种风尚。"玩鸟儿"并非始于八旗,却以八旗为甚,如老舍笔下《茶馆》中的松二爷,临被带上大堂,还忘不了说一声:"看着点我们的鸟儿……""玩鸟儿"已成为清代八旗子弟标志性的特征。

清代流行的玩鸟儿把戏很多,有专为听闻的,如"调鹦鹉""画眉曲";有专为竞飞的,如"放鸽子";有专为赌赛的,如"斗鹌鹑"。名目繁多,不一而论。《帝京岁时纪胜》云:"膏粱子弟好斗鹌鹑,千金角胜。夏日则贮以雕笼,冬日则盛以锦囊,饲以玉粟,捧以纤手,夜以继日,毫不知倦。"①可见风气之盛。除此之外,当时社会上还流行各种驯鸟杂技,如"黄雀衔卦帖""麻雀衔旗"等。

关于"麻雀衔旗",《红楼梦》第三十六回有生动细致的描写:

> 宝玉听了,以为奇特,少站片时,果见贾蔷从外头来了,手里又提着个雀儿笼子,上面扎着个小戏台,并一个雀儿,兴兴头头的往里走着找龄官。……宝玉问他:"是个什么雀儿,会衔旗串戏台?"贾蔷笑道:"是个玉顶金豆。"宝玉道:"多少钱买的?"贾蔷道:"一两八钱银子。"……说着,便拿些谷子哄的那个雀儿在戏台上乱串,衔鬼脸旗帜。

---

① 〔清〕潘荣陛著:《帝京岁时纪胜》,第33页,北京:北京古籍出版社,1981。

这种雀儿串戏台子的把戏,一般都是艺人趁着雏雀还没有出飞的时候,把它从窝里掏出来,用谷粒子引逗训练而成的。久而久之,雀儿就能熟练地在笼中小戏台上串来串去,时而衔起五彩的小旗帜,逐一放到人们面前。所以,人们把这种驯化雀儿的把戏叫做"麻雀衔旗"。康熙年间李声振的《百戏竹枝词》,其中就有对"麻雀衔旗"的吟咏:

> 毁穴探雏飞去难,衔旗教得向笼樊。
>
> 若还王母斑龙近,道是云中朱雀幡。

可见,在《红楼梦》产生以前,这种技艺就已经流行开了。宝玉能够问:"是个什么雀儿,会衔旗串戏台?"说明他对此并不陌生,雀儿把戏可能已经不是第一次进入大观园了。

(三)抓子儿

《红楼梦》第六十四回写到了"抓子儿"这种游戏:

> 看时,只见西边炕上麝月、秋纹、碧痕、紫绡等正在那里抓子儿赢瓜子儿呢。

关于"抓子儿",启功先生注云:"用猪拐骨或石子、果核等物,先铺撒开,捡起一颗,向空中仍出,尽速抓起其余各颗,再把落下的接在手里,练习手眼的敏捷。"这样解释大体不错,只是略嫌笼统,不能说明这种游戏的起源、发展以及具体的游戏规则。

"抓子儿"游戏在明清笔记、小说中多有记载。《帝京景物略》中有:"是月也,女妇闲,手五丸,且掷且拾且承,曰抓子儿。丸用橡皮银砾为之,竞以快捷。"①明代河北《永平府志》载:"清明展墓,连日倾城踏青、看花、挑菜、簪柳、斗百草……家家树秋千为戏,闺人挝子儿赌胜负,童子团纸为风鸢,引绳放之。"《金瓶梅》第二十四回:"宋惠莲正和玉箫、小玉在后边院子里挝子儿,赌打瓜子,玩成一块。"

这种被称为"抓子儿"的游戏,很可能起源于满族传统的"抓(chuǎ)嘎拉哈"。嘎拉哈是满语的音译,它是指羊、猪、狍子、獐、鹿、黄羊等的膝盖骨,又称"背式骨",学名为"髌骨"。嘎拉哈四面呈凹凸不同的形状,清人徐兰《塞上杂记》云:"骨分四面,有棱起如云者为珍儿,

---

① 〔明〕刘侗、于奕正:《帝京景物略》卷二《春场》,第101页,上海:上海古籍出版社,2001。

珍儿背为鬼儿,俯者为背儿,仰者为梢儿"。今人则分别称之为"壳儿""背儿""增儿""驴儿",或"坑儿""肚儿""云儿""轮儿"等。玩嘎拉哈的游戏主要流行于我国的东北和北方地区。实际上,北魏时鲜卑族已把嘎拉哈用于游戏或殉葬品。金元时期蒙古族儿童也用于游戏或作为礼物互相赠送。清人杨宾《柳边纪略》记载:满族"童子相戏,多剔獐、狍、麋、鹿前腿前骨,以锡灌其窍,名噶什哈,或三或五,堆地上,击之中者,尽取所堆,不中者与堆者一枚。多者千,少者十百,各盛于囊,岁时闲暇,虽壮者亦为之。"①嘎拉哈的玩者多为儿童和妇女,玩法有多种。《满洲源流考》记载了"抓嘎拉哈"的玩法:"一手摊掷承空上下各取之,以不动局上者为工,妇女多能之,非男子事也。"②现代的玩法与古代相似,只是花样更为繁多。抓嘎拉哈时,通常是将若干嘎拉哈散开,取其一抛起,再立即用同一只手迅速抓起形态相同的几个,并将抛起的接在手中,要求动作迅速、准确。如果每次都能抓得起,接得住,则一直抓下去。若有失手,则依次轮给下一人抓,直到将所有子抓完,也以抓得多少定胜负。

　　笔者儿时也玩过这种游戏,只是玩法与此略有不同:一副嘎拉哈由四个组成,另外还要有一个"沙包"或一个小皮球作为抛掷物。定输赢用累计分的方式。得分关键的第一步是撒子儿,如果撒成四个一样形态的,并且同时抓起,再接住"沙包",就会得 40 分;三个一样,同时抓起,得 30 分;如果两两一样,同时抓起四个,就会得 20 分,抓起其中的两个是 10 分。通常嘎拉哈两端面积较小,不容易立住,一旦撒成一个立住的,就要把四个子都抓起,这样可以得 50 分。为了得分多,可以在抛出"沙包"后,迅速翻动嘎拉哈,使其形态相同,这就要求眼疾手快。为了增加游戏的难度,还要求在抓子儿和翻子儿的时候,不能碰到其他子儿,否则就算犯规。小时候玩的嘎拉哈,通常用猪拐骨或羊拐骨。猪嘎拉哈较大,较容易得到;羊嘎拉哈大小正合适,但是不易得到。那时候如果谁有一副玩得发亮的羊嘎拉哈,是非常让人羡慕的。

---

① 〔清〕杨宾著:《柳边纪略》,见《龙江三纪》,第 115 页,哈尔滨:黑龙江人民出版社,1985。
② 〔清〕阿桂等著:《满洲源流考》,第 378 页,沈阳:辽宁民族出版社,1988。

　　玩嘎拉哈游戏很可能随女真等民族与汉族的接触而传入中原地区,并且逐渐发生变异。抓嘎拉哈在汉族地区,又叫抓子儿、挝子儿、抓羊拐。"子儿"已不限于用拐骨,可以用果核、石子等取代,这是汉族民间就地取材的产物。满族入主中原以后,这种游戏在汉族地区进一步流行。《红楼梦》中所写的"抓子儿",可能就是指满族的"抓嘎拉哈",也可能是指它的变异形式。但无论"子儿"用的是什么,其玩法皆大同小异。

第七章

《红楼梦》与满族风俗文化(下)

第一节　《红楼梦》与满族骑射风俗

　　骑射,是满族最鲜明的民族特征。发源于白山黑水之间的满族先人,自古以来就以精骑善射而著称。"凡生男儿,则悬弓矢以门前志喜,六七岁时,即以木制弓箭练习射鹄。""女人之执鞭驰马,不异于男,十余岁儿童亦能佩弓驰逐。"①骑射在满族人的生产、生活和军事征服中发挥了重大的作用。16世纪,建州首领努尔哈赤带领他的部下,跃马弯弓,以雷霆万钧之势,统一东北诸部。后来八骑劲旅大举入关,凭借的也是这支举世无双的铮铮铁骑。魏源在《圣武记》中写道:"得朝鲜人十,不若得蒙古人一;得蒙古人十,不若得满洲部落人一。"②为了保持满族的骑射传统,清朝历代皇帝,尤其是顺、康、雍、乾时期,都十分关注八旗子弟的骑射训练,不断告诫旗人以"国语骑射"为本,并采取实际措施努力保持满族的骑射之风。清朝前期,身经百战的八旗兵还有相当的战斗力;

---

①〔朝鲜〕李民寏:《建州见闻录》,载《清入关前史料选辑》(三),第473页,北京:中国人民大学出版社,1991。

② 魏源:《圣武记·开国龙兴记》,第6页,上海:世界书局,1936。

但是清中叶以后,承平日久,习于晏安,八旗子弟对祖先戎马倥偬的生活已经相当陌生了。《红楼梦》产生的乾隆中叶,正是这一转变的关键时期。乾隆帝曾为挽救日益衰微的"国语骑射"而殚精竭虑,做出了种种努力,但结果仍然是每况愈下。到了清代末期,大多数八旗子弟已经不会骑马射箭了。《红楼梦》中几处关于骑射的情节,真实地反映了这一历史背景。

一、骑射教育

《红楼梦》第二十六回,写宝玉病愈之后,出来在园中闲逛,顺着沁芳园走来:

> 只见那边山坡上两只小鹿箭也似的跑来,宝玉不解其意。正自纳闷,只见贾兰在后面拿着一张小弓追了下来……宝玉道:"你又淘气了。好好的射他作什么?"贾兰笑道:"这会子不念书,闲着作什么?所以演习演习骑射。"

所谓"骑射",即骑马射箭。满族自其先世始,数千年来多以射猎为业,故俗尚骑射。满族人家的孩子,从幼儿时期始即进行崇尚骑射的教育。黑龙江、吉林等地满族有一首流行很广的《摇篮曲》:"悠悠喳,巴卜喳,小阿哥,睡觉吧。领银喳,上档喳,上了档子吊膀子,吊膀子,拉硬弓,要拉硬弓得长大。拉响弓,骑大马,你阿玛出兵发马啦。大花翎子亮白顶喳,挣下功劳是你们爷俩的啊!"这首摇篮曲是母亲对孩子进行崇尚骑射的启蒙教育。满族儿童到六岁的时候就利用木制的弓箭练习射鹄。十三四岁就开始随父兄参加行围射猎。

满洲入关以后,历代皇帝都非常重视保持骑射之风。贾兰口中所说的骑射,并非泛泛之词,而是清代对八旗子弟最基本的要求。按清朝的制度规定,八旗子弟自幼即当学习骑射,定期举行考试。亲王、贝勒以下,要年满六十,才能免去骑射考试。学校专设骑射课程,武举以骑射为必修科目。士子应试,必先试其骑射,合式方能入围。康熙二十八年(1689年)上谕:"满洲以骑射为本,学习骑射,原不妨碍读书,考试举人、进士,亦令骑射。"①乾隆二十三年(1758)清廷规定:"满洲、蒙

---

① 〔清〕张廷玉等:《清朝文献通考》卷四十八《选举》二,杭州:浙江古籍出版社,2000年影印本。

古现任三品以上大臣之子孙及亲兄弟子侄,有应试者,具令自行奏闻,国语、骑射皆有可观,方准入场。"①骑射已成为清初上至皇帝下至一般旗员必须遵从的一项制度。福格《听雨丛谈》记载了皇子演练骑射的情景:"皇子年六岁,入学就傅……每日皇子于卯初入学,未正二刻散学。散学后习步射,在圆明园五日一习马射。寒暑无间……"又记云:"每日功课,入学先学蒙古语二句,挽竹板弓数开……散学后晚食。食已,射箭。"②乾隆自己回忆说:"余自十二岁恭侍皇祖临门骑射,每因射中,荷蒙天语褒嘉。故己卯《射诗》有'屡中亲承仁祖欢'之句。自壬寅至今丙午凡六十四年矣。"③皇子、皇帝尚且如此,一般的旗人贵族之家也应身体力行。因此,贾兰所说的"演习骑射",对于八旗世家子弟乃分内之事。

又如《红楼梦》第五十四回凤姐嘱咐宝玉道:

> 宝玉,别喝冷酒,仔细手颤,明儿写不得字,拉不得弓。

漫不经心的一句话,交代了宝玉平素也进行骑射练习。第七十五回写贾母问贾珍,宝玉的箭如何了,贾珍回答道:"大长进了,不但式样好,而且弓也长了一个力气。"贾母道:"这也够了,且别贪力,仔细努伤着。"这里的"力气"是指弓来说的,弓的强度以"力"或"劲"来计算。射箭的成绩是以拉开弓的"力"和射中的"的"来衡量的。自清初至光绪末年,清朝各级政府均实行武举制度,无论乡试、会试、殿试,都是第一场试骑射,第二场试步射,第三场试兵略,第一场不合格没有资格参加第二、三场比赛。清朝皇帝十分重视骑射,各类兵器中首推弓箭,乾隆皇帝曾说:"周家以稼穑开基,我国家以弧矢定天下。"④并在武举考试中规定:"首场马箭射甎球,二场步箭射布侯,均发九矢。马射中二,步射中三为合式";康熙十三年,"更定马射树的距三十五步,中三矢为合式,不合式不得试二场。步射距八十步,中二矢为合式。再试以八力、十力、十二力之弓";康熙三十二年,"步射改树的距五十步,中二矢为

① 〔清〕张廷玉等:《清朝文献通考》卷五十一《选举》五,杭州:浙江古籍出版社,2000 年影印本。

② 〔清〕福格:《听雨丛谈》卷十一"尚书房"条,第 218~219 页,北京:中华书局,1984。

③ 清高宗:《御制诗五集》卷二十五,《景印文渊阁四库全书》,第 1309 册,台北:台湾商务印书馆,1983。

④ 〔清〕昭梿:《啸亭杂录》卷一,第 16 页,北京:中华书局,1980。

合式";乾隆间,"复改三十步射六矢中二为合式"。① 此外,还要每年一度在八旗将士中进行骑射技艺考核,做到"角射而赏罚之",五十米处立靶,规定:"一卒步射十矢,马射五矢,步射中七、马射中三者为上等,赏弓一矢十,白金、布帛各七;步射中五,马射中二,为中等,赏白金、布帛各五;马、步或一不中,或两俱不中,则笞之。一佐领受笞之卒过十人,则佐领有不善教练之罚,至夺俸。"②据载,镶黄旗满洲鳌拜的重孙戴钧就因"骑射不好",而被取消了补授佐领的资格。③

为了保持满族的骑射传统,清朝对旗人骑马也有明确规定:"满洲官唯亲王、郡王、大学士、尚书乘舆。贝勒、贝子、公、都统及二品文官,非年老者不得乘舆。其余文、武均乘马。"④《红楼梦》中多处写到骑马的事,贾珍、贾琏、宝玉等出门均骑马。不仅如此,书中第四十三回还描写了宝玉娴熟的骑马本领:

> 天亮了,只见宝玉遍体纯素,从角门出来,一语不发跨上马,一弯腰,顺着街就趱下去了。……说着,越性加了鞭,那马早已转了两个弯子,出了城门。茗烟越发不得主意,只得紧紧跟着。
> 一气跑了七八里路出来,人烟渐渐稀少,宝玉方勒住马……茗烟在后面只嘱咐:"二爷好生骑着,这马总没大骑,手提紧着。"一面说着,早已进了城,仍从后门进去,忙忙来至怡红院中。

宝玉能够这样娴熟地驾驭生马,可见平时是有过训练的。

然而,尽管统治者一再宣谕倡导,骑射之风仍日渐衰落。清朝中期,随着大规模战争的结束,八旗将士多以骄逸自安,罔有学勠弓马。乾隆四十年,八旗参加会试的举人 125 名,而报称近视眼以图免考骑射者竟有 70 余人,其中 53 人确是不会骑射者。⑤ 乾隆曾亲自考试推荐上来的八旗官员,发现他们马步箭极差,"所射非不至靶,即擦地而去,甚至有任意放箭几至伤人者"⑥。《红楼梦》产生在乾隆中叶,书中写到了

---

① 赵尔巽等:《清史稿》卷一八〇《选举》三,第 3172 页,北京:中华书局,1976。
② 〔清〕金德纯:《旗军志》,见金毓绂主编《辽海丛书》,沈阳:辽沈书社,1992。
③ 付克东:《八旗制度中的满蒙汉关系》,《民族研究》1980 年第 6 期。
④ 赵尔巽等:《清史稿》卷一二〇《舆服》一,第 3030 页,北京:中华书局,1976。
⑤ 光绪《大清会典事例》卷一一三七《八旗都统·户口》,北京:中华书局,1991 年影印本。
⑥ 〔清〕张廷玉等:《清朝文献通考》卷一九二《兵志》十四,杭州:浙江古籍出版社,2000 年影印本。

宝玉的骑术还算不错,对于箭法如何却没有明写。但是有一点可以明确,无论是贾母还是宝玉,这时对演练骑射都已经不抱什么积极的态度了。

二、木兰行围

《红楼梦》第二十六回还写到了打围。薛蟠问冯紫英面上的青伤时,冯紫英说:

> "这个脸上,是前日打围,在铁网山教兔鹘捎一翅膀。"宝玉道:"几时的话?"紫英道:"三月二十八日去的,前儿也就回来了。"

满族称狩猎为"打围",即狩猎时必多数人分队包抄围猎。《宁古塔纪略》云:"四季常出猎打围。有朝出暮归者,有两三日而归者,谓之打小围。秋间打野鸡围,仲冬打大围,案八旗排阵而行。"①满族人在不断积累狩猎经验的过程中,养成了集体围猎的习惯,"出猎开围之际,各出箭一枝,十人中立一总领,属九人而行,各照方向,不许错乱"②。这个"总领",满语称"牛禄厄真"。集体围猎不仅增加了猎取野兽的数量,更重要的是增强了组织性和纪律性。后来,努尔哈赤利用满族人的围猎组织创建了八旗制度。

打围是满族的传统习俗,清代从皇帝到八旗地方官府都十分重视围猎,有着"习武木兰,毋忘家法"的传统。木兰即满语"哨鹿"之意。木兰围场位于河北承德地区最北部,其东西相距三百里,南北直径近三百里,周长一千余里,总面积约一万余平方公里。这里地形错综复杂,有种类繁多的飞禽走兽。康熙、乾隆等历代皇帝多次亲自带领王室成员至木兰围场,以延续八旗的尚武精神。从康熙二十年(1681)开设围场起,至道光元年(1821)停止围场,大约一百四十年,很少有间断。康熙帝一生行围四十八次,每次二十天,每次行围的人数都在万人以上。据《清圣祖实录》统计,康熙帝一生的狩猎成果,单是在木兰围场,"用鸟枪弓矢获鹿一百三十五,熊二十,豹二十五,猞猁狲十,麋鹿十四,狼九十六,野猪一百三十二,哨获之鹿凡数百",而"其于围场

---

① 〔清〕吴振臣:《宁古塔纪略》,见《龙江三纪》,第 250 页,哈尔滨:黑龙江人民出版社,1985。
② 《清太祖武皇帝实录》卷二,见潘喆等编《清入关前史料选辑》(一),第 321 页,北京:中国人民大学出版社,1984。

内随便射获诸兽不可胜记矣"。雍正帝在位十三年,没有到过围场,但他遗嘱后世子孙:"当遵皇考所行,习武木兰,毋忘家法。"①乾隆帝年间行围二十八次,并把木兰行围发展到更大规模;嘉庆年间行围十五次。行围的目的不单纯是为了娱乐和获取猎物,更重要的是为了武备。康熙帝一再强调"围猎必讲武事"。行围时先由士兵在统一口令下进行合围,然后由皇帝发出围歼的命令,御前大臣侍卫皆射,直至全歼围中之兽,后根据射杀的数量进行奖惩。无论天气何等恶劣,都必须完成行围任务,借以锻炼兵士的身体素质,提高骑射技艺。《清史稿·圣祖本纪》记康熙帝去世前的话,可以明确看出清初提倡打围的意义:"有人谓朕塞外行围,劳苦军士。不知承平日久,岂可遂忘武备? 军旅数兴,师武臣立,克底有功,此皆勤于训练之所致也。"②

由于清廷的重视和提倡,八旗贵胄仕宦之家也特别盛行打围。《清稗类钞·时令类》"满洲岁时记略"条云:"十月,少年臂鹰走狗,逐捕禽兽,名打围。按定旗分,不论平原山谷,圈占一处,曰围场。无论人数多寡,必分两翼,由远而近,渐次相逼,曰合围。或日一合再合,所得禽兽,必饷戚友。"③《红楼梦》所写冯紫英随父亲神武将军冯唐到铁网山打围,正是这样历史背景的具体反映。

清初,皇帝几乎年年都要行围,但道光以后就不再兴行围之事。震钧《天咫偶闻》记载说:

> 自开国至乾、嘉,田狩盖为重典,非以从禽,实以习武也。圣祖于热河建避暑山庄,以备木兰巡狩行围之制,一用兵法,围时以能多杀者为上,皆以习战斗也。又杀虎之制,以二侍卫杀一虎,得者受上赏。故嘉庆癸酉之变,京营兵皆能战,遂以殄除巨寇,灭此朝食。道光以后,不复田狩,于是讲武之典遂废。后生小子既不知征役之劳,又不习击刺之法,下至束伍安营,全忘旧制,更安望其杀敌至果乎? 迨同治中,穆宗奋欲有为,亲政后曾畋于南苑。诸环列至有预购雉兔,至临时插矢献之,而蒙花翎之赐,可为叹息也。④

---

① 〔清〕乾隆:《避暑山庄后序》,见承德避暑山庄永佑寺《避暑山庄后序》碑。
② 赵尔巽等:《清史稿》卷八《圣祖本纪》三,第304页,北京:中华书局,1976。
③ 徐珂编撰:《清稗类钞·时令类》"满洲岁时记略"条,第9~10页,北京:中华书局,1984。
④ 〔清〕震钧:《天咫偶闻》卷一,第12页,北京:北京古籍出版社,1982。

实际上,木兰行围虽然是在道光以后废止,但其衰落早在乾隆年间就已经充分显现。乾隆时期已到了弓箭入库、马放南山的时代,年轻一代贪图安逸享乐,早已视打围为畏途。《红楼梦》中写宝玉问冯紫英道:"单你去了,还是老世伯也去了?"紫英道:"可不是家父去,我没法儿,去罢了。难道我闲疯了,咱们几个人吃酒听唱的不乐,寻那个苦恼去?"可见,打围对于冯紫英这一代人来说,已经成为无可奈何之事。上一代人虽然还保持着清初的尚武精神,还爱好骑射围猎,但这一代人已将它视为"苦恼",而宁可去吃酒、听唱。《红楼梦》通过描写冯唐、冯紫英两代人对打围的不同态度,真实地反映了满族骑射之风在清代中叶的转变。

三、以射为戏

为了维持八旗的尚武精神,清代还出现了许多以习射为目的的体育游戏。弓箭的军事功能退化了,但是娱乐功能渗透到日常生活中。震钧《天咫偶闻》描写道:"国家创业,以弧矢威天下,故八旗以骑射为本务,而士夫家居亦以射为娱。家有射圃,良朋三五,约期为会。"①射圃,即习射之场,《续资治通鉴·元顺帝至正七年》云:"十月,辛卯,开东华射圃。"《红楼梦》第二十六回"蜂腰桥设言传心事,潇湘馆春困发幽情",庚辰本墨笔眉批:"惜卫若兰射圃文字迷失无稿,叹叹。丁亥夏,畸笏叟。"又,第三十一回"撕扇子作千金一笑,因麒麟伏白首双星",己卯、庚辰、王府及有正本皆有回末总评:"后数十回若兰在射圃所佩之麒麟,正此麒麟也。提纲伏于此回中,所谓草蛇灰线在千里之外。"可见在《红楼梦》原稿中也有这方面的文字。

这种在家庭射圃中以射会友的射法很多,有"射鹄子""射簇""射香火""射兔""射稠"等花样,都需要较高的技巧。《天咫偶闻》中记载了四种较射的方法:第一种叫"射鹄子",即"高悬栖皮,送以响箭"。鹄子有许多层,最小的一层叫"羊眼"。清中叶果益亭将军就专工射鹄,被称为"果羊眼"。比"射羊眼"更见技巧的是"射花篮",即一箭诸圈皆开而不落,如花篮一般。第二种叫"射月子",即"画布为正",满语名艾

---

① 〔清〕震钧著:《天咫偶闻》卷一,第91页,北京:北京古籍出版社,1982。

杭,就是用布画个标志作为靶子。第三种叫"射绸",即"悬方寸之绸于空而射之"。最难的是第四种"射香火",即夜间悬挂香火,在一定距离用箭射灭。①

对于"射鹄子",《红楼梦》第七十五回也有描写:

> 原来贾珍近因居丧,每不得游玩旷荡,又不得观优闻乐作遣。无聊之极,便生了个破闷之法。日间以习射为由,请了各世家弟兄及诸富贵亲友来较射。……因此在天香楼下箭道内立了鹄子,皆约定每日早饭后来射鹄子。

但贾珍的目的并非较射,而是以射为由进行聚赌,因此立了罚约,赌个利物。贾珍不好出名,便命贾蓉做局家。这些都是少年,正是斗鸡走狗、问柳评花的一干游侠纨绔。贾政不知就里,认为"文既误,武也当习,况在武荫之属",因而反让宝玉等人也参加。结果"三四个月的光景,竟一日一日赌胜于射,公然斗叶掷骰,放头开局,夜赌起来"。按清代律例规定不许聚赌,但对于以射来赌是不禁止的。震钧《天咫偶闻》曰:"定制,赌有禁,惟以射赌者无禁,故有大书于门曰'步靶候教'者,赌箭场也。"②清廷这样做的目的本是为了鼓励骑射,但是时间久了性质发生了改变,"步靶候教"的赌箭场变成了公然聚众的赌场。《红楼梦》通过对"射鹄子"的描写,反映了乾隆时期骑射之风的衰落和蜕变。

第二节 《红楼梦》与满族蓄奴风俗

《红楼梦》一书以贵族家庭生活为背景,作者以大量的笔墨描写了贾府奴婢的生活。它真实地反映了由于满族入主中原所形成的清代奴婢制度的独有特点,生动地再现了清代满族社会尤其是旗人贵族家庭中各类奴婢的生存状况、精神面貌以及错综复杂的主仆关系。本节将结合相关史料,对贾府的蓄奴风俗加以探讨。

---

① 〔清〕震钧著:《天咫偶闻》卷一,第91页,北京:北京古籍出版社,1982。
② 〔清〕震钧著:《天咫偶闻》卷一,第91页,北京:北京古籍出版社,1982。

一、清代奴婢制度与满族蓄奴之风

清代是由满族和汉族联合建立的封建王朝。清代社会的奴婢制度，既与我国历代封建社会奴婢制度有关，更与满族本身的社会发展直接相关。一般认为，大约从公元前 21 世纪至公元前 476 年，即夏至春秋时期，是我国奴隶制社会时期。① 在奴隶制度下，奴隶主贵族将大批的战俘和罪犯以及负债的平民降为奴隶，广泛地用于家内服役和生产劳动。封建生产方式的确立，并没有使奴隶制生产关系的残余彻底清除，奴婢制度就是这种残余形式之一。奴婢制度在我国封建社会长期存在，有时甚至表现得相当显著，直至半殖民地半封建社会也没有完全绝迹。自秦汉以来的历代帝王、贵族富豪、官宦人家都大量占有奴婢。封建社会官奴婢主要来自罪犯和俘房，私奴婢主要来自"买卖"等方式。历代封建统治者为了加强对奴婢的剥削和压迫，多次通过法律形式使奴婢的身份地位合法化、固定化。秦汉开始，就从法律上肯定了对奴婢的役使制度，但同时也规定了不能像奴隶社会那样任意杀害奴婢，甚至还允许部分奴婢通过军功、屯边、赦免、赎身等途径而改变身份。奴婢的法律地位发生了很大变化，此时奴婢已经不同于奴隶

---

① "夏、商、周为奴隶社会"的说法，以郭沫若先生为代表。1956 年，郭沫若根据斯大林关于奴隶社会与封建社会区别的理论，断定"夏、殷、周三代的生产方式只能是奴隶制度"，而且把奴隶制的下限定在春秋与战国之际（郭沫若：《奴隶制时代》，北京：科学出版社，1956 年，第 25 页），并与主张"西周为封建制"的范文澜等人发生了一场论争，结果郭氏的说法得到肯定，于是"夏、商、周三代是奴隶社会"几乎成为大陆学界的定论。冯友兰《中国哲学史新编》（北京：人民出版社，1964 年）、侯外庐《中国思想通史》（北京：人民出版社，1957 年）、任继愈《中国哲学史》（北京：人民出版社，1985 年）等皆主之。但是，此前 1949 年，范文澜在考察了《诗经》中《甫田》《大田》《载芟》《良耜》《噫嘻》《臣工》之后，认为："从这些诗篇看来，可以断言西周领主与农民的关系是封建的关系。"又说："夏商奴隶制度发展而不发达，周奴隶制度更不发展而封建制度却发展很快。"（范文澜：《中国通史简编》，北京：人民出版社，1949 年，第 144 页）1956 年，孙作云在《从诗经中所见的西周封建社会》中指出："西周和春秋时代的农业生产主要是农奴，而不是奴隶；因而，西周和春秋是封建社会。"（孙作云：《诗经与周代社会研究》，北京：中华书局，1966 年）台湾"中央研究院"张光直院士于 1983 年出版的《中国青铜时代》（北京：生活·读书·新知三联书店，1983 年）一书也认为：夏、商、周三代大部分时期都实行宗法封建制度。最近，又有台湾学者根据地下文物和甲骨文等，得出结论："中国古代的确有奴隶存在，但不能说中国古代有奴隶制度，更不能说中国古代有奴隶社会。"（王赞源：《中国古代有奴隶社会吗——从文献和甲金文看古代奴隶现象》，《职大学报》2003 年第 3 期）

制度下的奴隶,而类似于农奴。① 但是,在我国整个封建社会中,奴婢的法律地位仍然是极为低下的,属于"贱民"阶层之末。清朝建立之后,不仅保存了历代封建王朝的奴婢制度,而且还继续推行满洲入关以前奴隶制社会的主奴关系,并将其移植到汉族封建社会的奴婢制度中去,这就形成了清代奴婢制度所独有的特点。

满族在进入辽沈地区以前处于奴隶制发展时期,奴隶是当时最重要的生产手段。奴隶主要来源于战俘,朝鲜《李朝实录》记载了建州女真"剽掠上国边氓,做奴使唤"的情形。努尔哈赤在统一女真各部和对明的战争中,每年都要俘获大量俘虏,并将他们"分给众军"为奴。这些由俘虏转变而来的奴隶,除一部分从事家内劳役以外,大部分被用于农业生产。当时存在的"拖克索",就是驱使奴仆耕作的庄园。满洲入关以后,在社会的政治、经济生活中仍然保存着浓厚的奴隶制残余色彩。他们不仅把关外的奴仆带进关内,而且采取掠夺、价买、强迫投充和籍没罪犯等方法,继续扩大奴婢的来源,大大增加了清代社会奴婢的数量和种类。据载,在清初三次圈地期间被迫带地、无地投充为奴的人数共有 49943 丁。② 为了防止奴仆的大量逃亡,清朝还制定了《逃人律》。满族入关以后继续维护奴隶制残余,给清代社会带来了极大影响,直接促使整个清代社会蓄奴风气进一步盛行。

清代上层社会,从皇帝到各级贵族、官僚、地主、豪商、富户,以至八旗官兵,都拥有数量不等的奴婢,这在当时是一种普遍的社会风气,并得到了官方的支持与保护。奴婢数量的多少,还成为他们等级贵贱、门第高低、权力大小的重要标志。"仆从多寡,不以所司繁简而论,均以职分尊卑而定,以示等威也。"③皇帝是最大的奴婢占有者,内务府蓄养大批宫内奴婢,另外还有万余名生产奴仆。皇帝以下各级贵族,

① 马克思区别奴隶与农奴的不同为:"奴隶并不曾出卖他自己的劳动力给奴隶主,正如耕牛不出卖它自己的服役给农民一样。奴隶连同他自己的劳动力一次永远出卖给他的主人了。……他本身是商品,可是劳动力不是他的商品。""农奴所出卖的只是自己劳动力的一部分。并非他从土地所有主方面领得报酬,而是想法的,土地所有主从他那里收得贡租。"(马克思:《雇用劳动与资本》,北京:生活·读书·新知三联书店,1953 年,第 9 页)
② 转引自左云鹏:《论清代旗地的形成、演变及其性质》,《历史研究》1961 年第 5 期。
③〔清〕福格:《听雨丛谈》卷五"满汉官员准用家人数目"条,第 117 页,北京:中华书局,1984。

清政府规定他们分别占有不同数量的生产奴仆:亲王准许拥有 950
名,郡王准许拥有 270 名,贝勒可以拥有 215 名,贝子拥有 170 名,宗
室公拥有 90 名。此外诸如公侯伯、都统、尚书、副都统、侍郎、参领、佐
领等满族勋贵和各级臣僚,都可以合法地拥有数十名不等的壮丁奴
仆。①此外,他们还可以拥有人数众多的家内奴仆。康熙二十五年
(1686 年)议准外任官僚准带奴仆数目为:"汉督抚准带家人五十人,藩
臬准带四十人,道府准带三十人,同通州县准带二十人,州同以下杂职
准带十人,妇人亦不得过此,厨役等不在此数。旗员外官蓄养家人,准
照此例倍之。"②从历次贵族、官僚被抄家籍没的奴婢数目看,更能说明
问题。例如:雍正初年,曹𫖯被革职抄家时,被没入官"家人男女共一
百四十口"③。曹雪芹舅祖父李煦被抄没入官的人数更多,"计仆人二
百七十名"④。《红楼梦》记载宁国府被抄家后,清点余下的奴婢尚有
"三十余家,共男女二百十二名",大体是符合当时社会的真实情况的。

　　清朝为了加强对奴婢的管理,还制定了一系列极为严格的法律章
程。如雍正四年(1726 年)谕曰:

　　　　满洲风俗,尊卑上下,秩然整肃,最严主仆之分。家主所以约
　　束奴仆者,虽或严切,亦无不相安为固然。及见汉人陵替之俗,彼
　　此相形,而不肖奴仆,遂生觖望,虽约束之道无加于畴昔,而向之
　　相安者,遂觉为难堪矣。乃至一二满洲大臣,渐染汉人之俗,亦有
　　宽纵其下渐就陵替者,此于风俗人心大有关系,不可不加整饬。
　　夫主仆之分一定,则终身不能更易,本身及妻子,仰其衣食,赖其
　　生养,固宜有不忍背负之心,而且世世子孙,长远服役,亦当有不
　　敢纵肆之念。今汉人之奴仆,乃有傲慢顽梗,不尊约束,加以苛
　　责,则轻去其主,种种敝俗,朕所洞悉。嗣后汉人奴仆,如有顽傲
　　不尊约束,或背主逃匿,或私行讪谤,被伊主觉察者,应作何惩治,

----

① 转引自左云鹏:《清代旗下奴仆的地位及其变化》,《陕西师大学报》1980 年第 1 期。
② 〔清〕福格著:《听雨丛谈》卷五"满汉官员准用家人数目"条,第 117 页,北京:中华书局,
1984。
③ 故宫博物院明清档案部编:《关于江宁织造曹家档案史料》,第 187 页,北京:中华书局,
1975。
④ 故宫博物院明清档案部编:《关于江宁织造曹家档案史料》,第 208 页,北京:中华书局,
1975。

与满洲待奴仆之法,作何画一之处,著满洲大学士九卿详悉定议具奏。①

雍正的这道上谕,说明当时汉族的主仆关系与满族存在明显差别,满族奴仆对主人的人身依附关系较汉族严格得多。现在要求满汉"画一"处理,就是要将满人管理奴婢的办法实施于汉人,这势必造成明以来渐趋松弛的人身依附关系更趋严格。这是清代奴婢制度的一个显著特点。②

二、《红楼梦》中贾府的蓄奴风俗

(一) 贾府奴婢的来源

1. 价买

"价买"人口为奴,是清代社会最主要、最经常的奴婢来源渠道。《红楼梦》中的贾府就是不断通过"价买"的方式,从破产农民或城市贫民手中买来他们的子女,不断补充自己的奴婢来源。例如,晴雯就是赖大买来后,又拿去孝敬贾母的;袭人是当日其父兄破产,只剩下她"还值几两银子",就把她卖给了贾府;至于龄官、芳官等人则是当作"玩意儿"买来的。贾赦在诱迫鸳鸯为妾不遂后,"终久费了五百两银子,买了一个十七岁女孩来,名唤嫣红,收在屋里",老祖宗还说:"他要什么人,我这里有钱,叫他只管一万八千的买去就是。"这种公开"价买"奴婢的行为,在清代上层社会是极为普遍的现象。

奴婢买卖要订立契约。契约有红契和白契之分,两者的法律地位及其所承担的义务是有很大不同的。所谓红契,是指载入"奴档"、经过官府税契登记,钤盖有官府印信的卖身契;所谓白契,是指民间凭中作证,而未经官府钤盖印信,未经录入"奴档"的卖身契。两者在法律上同样有效,但红契奴婢法律地位低,一概不准赎身;而白契奴婢在一定年限之内,一般允许赎身。清朝律例记载:"雍正元年以后,白契所买单身及带有妻室子女之人,俱准赎身。若买主配有妻室者,不准赎。

---

① 《清世宗实录·雍正四年十一月》卷五十,第757~758页,北京:中华书局,1985年影印本。

② 以上关于清代奴婢制度的梳理,参考韦庆远等《清代奴婢制度》相关章节,第1~21页,北京:中国人民大学出版社,1982。

是红契即为家人,白契即为雇工。"①《红楼梦》中的袭人,实际上是以"卖倒的死契"卖进贾府的,就是所谓的"红契",按道理是不能赎身的,只不过仗着贾府慈善宽厚,她母兄才有了为她赎身的念头。

2. 家生子儿

家生子儿,即古代所谓"奴产子"。奴婢所生的子女,其身份仍然为奴。因此,满语中有所谓"家生子儿"(ujin)、"两辈奴"(furna)、"三辈奴"(bolgosa)、"四辈奴"(gangiysu)的说法。满洲奴婢除第一辈奴外,都称"家生子儿"。"家生子儿"本人及其祖辈都有"奴档"可查,一般不能赎身,婚配俱由家主做主。

贾府中有大量的"家生子儿",明确说明的有小红、鸳鸯等。如第二十四回介绍小红时说:

> 原来这小红本姓林,小名红玉,只因"玉"字犯了林黛玉、宝玉,便都把这个字隐起来,便都叫他"小红"。原是荣国府中世代的旧仆,他父母现在收管各处房田事务。这红玉年方十六岁,因分人在大观园的时节,把他便分在怡红院中,倒也清幽雅静。

又如第四十六回平儿和鸳鸯的对话,也点明了鸳鸯的"家生子儿"身份:

> 平儿道:"你的父母都在南京看房子,没上来,终久也寻的着。现在还有你哥哥嫂子在这里。可惜你是这里的家生女儿,不如我们两个是单在这里。"鸳鸯道:"家生女儿怎么样?'牛不喝水强按头'?我不愿意,难道杀我的老子娘不成?"

其他如赵姨娘也是"家生子儿",她的本家、亲戚都在贾府做事,所以当她的兄弟赵国基死后,探春按照对待"家生子儿"的惯例,赏给她二十两银子。另外像父母都在贾府充当下人,而女儿充当奴婢的,也多半可能是"家生子儿"。

"家生子儿"在贾府中的待遇与一般奴仆不同,往往受到主子的另眼看待。如前面所说的小红家,正因为是"家生子儿",她父亲才能负责"收管各处田房事务",而她本人一进贾府当差,就被分配到怡红院;相比之下,柳五儿想要进怡红院,却得千方百计地拉关系、找门路。又如第六十回写赵姨娘的一个内亲叫钱槐,"他父亲现在库上管帐,他本

---

① 〔清〕张廷玉等:《清朝文献通考》卷一九八《刑》四,杭州:浙江古籍出版社,2000 年影印本。

身又派跟贾环上学",也是很受重用,因此手头很宽裕。第五十四回贾母听说袭人的妈死了时,说的"她又不是咱们根生土长的奴才,没受过咱们什么大恩典"的话,正道出了"家生子儿"和外头奴才的区别。但是另一方面也应看到,"家生子儿"对主人的人身依附关系要比外头奴才强得多。第十九回袭人哄骗宝玉自己要赎身时说,"我又比不得是这里的家生子儿",言外之意是说"家生子儿"一般是不能赎身的,只能世代在贾府为奴。

3. 战俘

贾府奴婢还有另外一个来源:战俘。第六十三回写道:"贾府二宅皆有先人当年所获之囚赐为奴隶,只不过令其饲养马匹,皆不堪大用。"满洲贵族在入关前后,在统一女真各部和对明朝的战争中,都曾经把大量的战俘没为奴隶。这种"以所俘获按军功分给军士"的做法,在清朝建立全国统治以后,仍然继续执行并得到大力维护。顺治六年(1649年),顺治帝在给兵部的上谕中说:"原以满洲官兵身经百战,或有因父战殁而以所俘赏其子者,或有因兄战殁而以所俘赏其弟者,或有亲身舍死战获者。"①统治者正是利用这种赏给俘获人口为奴的办法,作为对参战官兵的酬劳和鼓舞斗志的手段。《红楼梦》真实地反映了这一历史背景。贾府因军功起家,可见贾府也有这种奴隶。这种强迫俘虏为奴的办法,在以后的军事镇压中还曾不断出现,这在《儿女英雄传》中就有体现。小说中安家的祖辈参加过平定大、小金川的战争,战后许多俘虏作为家奴赏赐给有功之臣,如长姐的爹娘就是贵州仲苗的叛党,是老祖太爷手里分赏功臣为奴的战俘。

(二)贾府奴婢的种类、职责及地位

贾府的家内奴婢主要用于家庭服务,包括管理家务、侍奉、歌舞、扈从以及家庭杂务等。不同用途的奴婢,由于服役的内容以及与主人之间的关系不同,其经济和政治地位也产生了很大差别。

1. 管家

贾府中地位最高的奴才是管家奴仆。清代上层社会,除了使用一般奴婢担负家内杂役之外,还利用一些奴仆管理家务,负责催租、索

---

① 《清世祖实录·顺治六年三月至四月》卷四十三,第345页,北京:中华书局,1985年影印本。

债、掌管账目、料理钱财、管理奴婢等事务,充当主子的大小管家。如《红楼梦》中的周瑞、赖大、林之孝等,就是这类人物的艺术典型。清代的许多管家奴仆是具有双重身份的人物,一面是主子的奴才,另一面在自己的名下又往往拥有人数不等的奴婢。这些是从奴婢中分化出来的上层分子,与主人的关系密切,往往被赋予一定的权力。他们有的还可以通过捐纳、考试,甚至由奴主荐举等途径而获得一定的官职,成为官僚队伍中的一员。贾府中的赖大就是这类人物的典型代表。他一方面以奴才总管的身份在贾府当差,但另一方面又倚势贾府的权势,经营聚敛,交通官府,居然也有了自己的花园和可观的财产。他的子女"也是公子哥儿似的,读书写字,也是丫头、老婆、奶子捧凤凰似的"。赖大的儿子甚至可以"捐了前程在身上",官拜七品县正堂。这并非完全出于小说的虚构,而是符合历史的真实。雍正曾经说过:"凡属旗人,一入大臣之列,即有一出名之管家。"①据《苏州府志》记载,苏州织造李煦家人汤、钱、瞿、郭四姓,"皆巨富,在苏置宅,各值万金有余"②。年羹尧家人魏之耀有家产数十万金;乾隆时期权臣和珅家人刘全积资至二十余万两。这类人往往倚仗主人的地位权势,欺压百姓,敲诈勒索,成为所谓的"豪奴""悍仆"。所以,当时就有人把这类"豪奴"列入四害之一。清人纪昀《阅微草堂笔记》卷六曰:"其最为民害者,一曰吏,一曰役,一曰官之亲属,一曰官之仆隶。是四种人,无官之责,有官之权。官或自顾考成,彼则惟知牟利,依草附木,怙势作威,足使人敲骨洒膏,吞声泣血。四大洲内,惟此四种恶业至多。"③当然,这类"豪奴"在奴婢阶层毕竟是极少数,而且一旦靠山倒台,他们仍作为主子的私有财产被抄没入官,然后再被赏拨给新的主子或变价发卖。如雍正二年李煦被抄家后,对李家奴婢是这样处理的:

> 雍正二年(1724)十月十六日,内务府总管允禄奏:准总督查弼纳来文称:李煦家属及其家仆钱仲璇等男女并男童幼女共二百余名口,在苏州发卖,迄今将及一年,南省人民均知为旗人,无人敢买。……当经臣衙门查明,在途中病故男子一、妇人一及幼女

---

① 《清世宗实录·雍正五年七月》卷五十九,第898页,北京:中华书局,1985年影印本。
② 〔清〕冯桂芬著:《苏州府志》卷一四八《杂记》五,清光绪八年(1880)刻本。
③ 〔清〕纪昀著:《阅微草堂笔记》卷六,第104页,上海:上海古籍出版社,1980。

不计外,现送到人数共二百七十名,均交崇文门监督五十一等变价。……奉旨:大将军年羹尧人少,将送来人着年羹尧拣取,并令年羹尧将拣取人数奏闻。余者交崇文门监督。钦此。①

可见,如钱仲璿等人,虽得势一时,但是"奴籍"身份是不易改变的。

2. 一般家内奴婢

贾府中数量最多的是伏侍主子日常生活的家用奴仆。仅以荣府为例,"合算起来,从上至下,也有三百余口人",其中各级主子只有二十多人,其余都是奴婢。每位男女老少主子都必须由一批奴婢伏侍。宝玉身边的婢女,仅叫得出名字就有二十几人,另有亲随的仆人、小厮十余人。诸如迎春、探春、惜春、黛玉等贵族小姐,每人起码要役使保姆、大小丫头十余人。至于辈分更高的贾母、王夫人、贾政等男女主子,身边的奴婢更远过此数。这些奴婢又有不同的职责,分成不同的等级。

清代满族贵族家庭有乳母习俗,满语称乳母为"嬷嬷",如宝玉的乳母李嬷嬷、贾政的乳母赖嬷嬷等。这些乳母因为"奶过哥儿姐儿",所以受到主子的另眼看待,在贾府奴婢中拥有较高的地位。嬷嬷的丈夫称"嬷嬷爹",是地位仅次于管家的男性奴仆,他可以代替主子管教比自己地位更低的奴仆。在主子身边伏侍的贴身丫鬟被称为"大丫头",如袭人、晴雯、鸳鸯、司棋、紫鹃等,她们可以差使和教训下面的"小丫头",被称为"二层主子"。生活在贾府最底层的是各类末等杂役,他们多半是"粗使"奴仆。有从事做饭、洗衣、打扫、看园、种菜、栽花等家务的"老婆子";有供"大丫头"使唤的"小丫头";有为主人抬轿、喂养牲口的男仆;还有跟班跑腿办事的奴才和"小厮"。这些奴仆在贾府中的地位最低,经常受到主子和"上等奴仆"的申斥甚至打骂。

3. 优伶

贾府中除了有用于家务劳动的奴仆外,还有用于歌舞娱乐的奴婢。大观园刚刚建成,贾府即派人到苏州买来十二个"小戏子",组成自己的戏班。买奴组班演戏,在当时的上层官僚贵族和富户之间是极为普遍的现象。乾隆时期,宫廷里也设有"苏州班"。在清代初期和中

---

① 故宫博物院明清档案部编:《关于江宁织造曹家档案史料》,第208~209页,北京:中华书局,1975。

期,许多衙门都自备戏班。因为当时只有北京以及少数大城市(如苏州等)才有戏班,而清政府又禁止官员尤其是旗人入内观看。曹寅和李煦的江宁、苏州织造府中都有戏班,清代许多笔记还记载了乾嘉时期官僚、富户之间争养优伶、炫耀豪华的风气。如嘉庆年间湖南布政司郑源涛,"养戏班两班,争奇斗巧,昼夜不息"①。怀柔富商王某,"以市帛起家,筑室万间,召集优伶,耽于声色"②。敦诚《四松堂集》和敦敏《懋斋诗钞》,也记述了他家"小部梨园"和"西园歌舞"的往事。可见,《红楼梦》中自蓄戏班的描写,是有充分现实根据的。

家庭戏班的成员多是从城镇特别是江南一带的城镇挑选价买而来的。她们虽才艺出众,但仍不过是奴下奴,用书中赵姨娘的话说:"我家下三等奴才也比你高贵些的。"她们将来的结局不是终老为奴,就是被收为侍妾,或是遣嫁小厮。贾府中除了芳官、龄官等十二个新买来的"小戏子"外,还有原先一些"学过演唱的女人们","如今皆已皤然老妪了"——如果芳官等人不被遣出大观园,这或许就是她们将来的结局。小说第五十八回写由于皇太妃"已薨",朝廷敕谕天下,官宦人家养优伶男女者一概遣发,"将不愿去者分散在园中使唤"。但是她们原本并不擅长做家务,加之貌美伶俐,有时"未免倚强压人",自然难见容于大观园的奴仆中间,这使她们在贾府的处境更加艰难。芳官等优伶是贾府奴婢中一个特殊的群体,出色的才貌与卑贱的地位兼于一身。她们虽然年轻貌美,甚至恃宠持骄,但是毫无自由和人格可言,不仅被"关在这牢坑里学这个劳什子",还要承受人格上的侮辱。在贾府主子眼里,她们终究不过是"玩意儿"而已。

以上所涉及的仅仅是贾府的家内奴仆。除此而外,《红楼梦》还写及其他形形色色的奴仆:有在田庄从事生产的庄丁;有替主子拜佛求神的小和尚、小尼姑;有替主人经商的家奴;有跟随主人出兵打仗的兵奴;还有外任跟班的仆从。这些不作为全书描写的重点,不再赘言。

(三)贾府对奴婢的管理

1. 日常管理

贾府对奴婢有着严格的管理。平时不得随意离开,随时听候调

① 〔清〕姚元之:《竹叶亭杂记》卷二,第 53 页,北京:中华书局,1982。
② 〔清〕昭梿:《啸亭续录》卷二"本朝富民之多"条,第 434 页,北京:中华书局,1980。

遣,有事离开必须告假。如果违犯规矩,就会受到严厉的惩罚,打嘴巴、打板子、抽鞭子、蹲马圈,这些都是常规性的教责;重则就要被撵出去。在经济上,贾府的奴婢每月都有固定收入,就是凤姐按月发放的"例钱"。据第三十六回所述,每房大丫头每人每月一吊钱,小丫头每人每月五百钱。遇到年节、婚丧、立功等,主人会有额外恩赏。如袭人的母亲去世,王夫人赏了她四十两银子;惜春的丫头入画,她哥哥是贾珍身边的小厮,贾珍常常赏钱给他。但是,如果违犯了规矩,月钱就会被革除。第十四回凤姐协理宁国府,犯事的奴婢被革除"一月钱米"。

2. 婚姻管理

贾府奴婢的婚姻一般不能自主,而是由贾府指定婚配。雍正五年(1727年)规定:"凡汉人家生奴仆,印契所买奴仆,并雍正五年以前白契所买及投靠养育年久,或婢女招配生有子息者,俱系家奴,世世子孙,永远服役,婚配俱由家主,仍造册报官存案。"①当时的法律还规定:"良贱不得为婚姻。""若妄以奴婢为良人,而与良人为夫妻者,仗九十。"②严禁"良""贱"通婚,其目的是为了避免"良贱不分",只有通过指定本主所有奴婢的互相婚配,或婢女招配才能保证奴婢数量的繁殖。因此,贾府的家生奴婢成年后,只能由贾府指定配给府中的奴婢。《红楼梦》书中多次写到要把一些婢女"拉出去配小厮"。小厮,就是对青年男性奴仆的称呼。婢女配小厮,就能保证他们的下一代仍然是奴婢,仍然能在贾府服役。像迎春的丫鬟司棋与其表兄之间的私情,在贾府是绝对不允许的。

贾府中少数婢女的婚配还有另外一个渠道——被收房为妾。纳婢为妾,是旗人社会普遍的风气,是入关前满族社会亦婢亦妻现象的延伸。书中的赵姨娘、周姨娘就是通过这个途径,取得了半个主子的地位,她们所生的子女则是正式的主子;平儿是凤姐的陪房,也被贾琏收房,成为"通房丫头",被府里人称为"平姑娘";袭人则正向这个方向过渡。不过,随着社会的发展,这一做法遭到了许多旗下婢女的反抗。

3. "赎身"和"放出"

贾府的奴婢有"赎身为民"或"放出为民"的可能。所谓"赎身为

① 昆冈、李鸿章等主修:《钦定大清会典事例》卷八一〇,北京:中华书局,1991年影印本。
② 《大清律例》卷十《户律·婚姻》,清光绪二十九年(1903)石印本。

民"，就是奴婢通过交还一定身价或与奴主交涉取得同意，允许他们恢复一般民人的身份地位；所谓"放出为民"，是指允许奴仆解除奴籍，收入民籍，从而取得了一般民人的地位和权利。《红楼梦》中除了前面提到的袭人要赎身之外，第六十回还写道：春燕对她娘说："宝玉常说，将来这屋里的人，无论家里外头的，一应我们这些人，他都要回太太全放出去，与本人父母自便呢。"可见，无论是契买奴婢，还是"家生子儿"，都有可能解除奴籍。当然这其中有许多严格的限制。

奴婢赎身、放出的正式规定，最早见于康熙二十四年(1685 年)。当时规定："凡八旗户下家人，不论远年旧仆，及近岁契买奴仆，如实系本主念其数辈出力，情愿放出为民，或本主不能养赡，愿令赎身为民者，呈明本旗咨部，转行地方官，收入民籍，不准求谋仕宦。至伊等子孙，各照该籍民人办理。"①至雍正三年(1725 年)二月，清世宗又批准户部奏请："八旗家奴……如果伊主念其累世效力，情愿令其赎身为民，档案可查，以后不得借端控告。"②其后又几经反复③，终于在乾隆四十八年(1782 年)四月二十八日，对满汉家奴"放出为民"的范围、条件及放出后的身份地位作了全面规定：

> 谕：向来满汉官员人等家奴，在本主家服役三代，实在出力者，原有准其放出之例。此项人等既经伊主放出，作为旗民正身，亦未便绝其上进之阶，但须明立章程，于录用之中仍令有所限制。嗣后，此等旗民家奴，合例后经该家主放出者，满洲则令该家主于本旗报明咨部存案；汉人则令该家主于本籍地方官报明咨部存案，经部复准后，准其与平民一例应考出仕，但京官不得至京堂，

---

① 〔清〕张廷玉等：《清朝文献通考》卷二十《户口》二，杭州：浙江古籍出版社，2000 年影印本。

② 《清世宗实录·雍正三年二月》卷二十九，第 439 页，北京：中华书局，1985 年影印本。

③ 这些反复，在清朝颁行的律例中有所反映。查《清朝文献通考》可知："定例，康熙六十一年(1722 年)以前各旗所买白契之人，俱不准赎身，有逃走者，许递逃牌。雍正元年(1723 年)以后白契所买单身及带有妻室子女之人，俱准赎身，若买主配有妻室者，不准赎。是红契则为家人，白契即为雇工。"(《清朝文献通考》卷一九八《刑》四)又，"乾隆三年(1738 年)定，自乾隆元年以前白契所买作为印契者，不准赎身为民。"(《清朝文献通考》卷二十《户口》二)又，"乾隆七年(1742 年)，刑部议复……请嗣后民人于雍正十三年(1735 年)以前白契所买家人，照八旗之例，准作家奴，倘伊主殴杀、故杀，俱照红契一例拟断；若乾隆元年(1736 年)以后，将婢女招配者，依照八旗配有妻室不准赎身之例作为家奴外，其余白契所买之人，俱照白契定拟。至旗民所买婢女，已配给红契家奴者，准照红契办理。从之。"(《清朝文献通考》卷一九八《刑》四)

外官不得至三品,以示限制。著为令。①

贾府中最典型的一个"放出为民"的例子就是赖大的儿子。第四十五回赖嬷嬷亲口说他孙子:

> 你今年活了三十岁,虽然是人家的奴才,一落娘胎胞,主子恩典,放你出来……到二十岁上,又蒙主子的恩典,许你捐个前程在身上。

赖嬷嬷一家数辈在贾府效力,所以到赖大儿子这一辈才有可能得到主子的"恩典",被"放出为民";不仅如此,还被准许捐了官,这些都是符合乾隆时期有关法律规定的。

(四)贾府的主仆关系

"主仆之分,满洲尤严"②,这在贾府中体现得最为鲜明。赵姨娘本是贾府中的"家生子儿",虽然被贾政收为婢妾,并且为他生下一双儿女,但是她在贾府中的地位仍然很低下。不仅王熙凤能够大肆教训她,就连丫头们也不把她放在眼里。第六十回中她辱骂了芳官之后,芳官立即回敬道:"'梅香拜把子,——都是奴才'罢咧!"在"最严主仆之分"的贾府中,其亲生女儿探春也只认嫡母王夫人为母亲,而称她为"姨娘"。第五十五回中,赵姨娘为她兄弟讨要四十两葬银时,探春却说:"我拉扯谁?谁家姑娘们拉扯奴才了?""谁是我舅舅?我舅舅年下才升了九省检点,那里又跑出一个舅舅来?"张冥飞在《古今小说评林》中说:"乃有谓探春对生母太无情义者,是其人毫不知八旗世族中之习惯者也。满人有世仆之制,主仆之分极严。所纳之妾,如系仆家之女,其看待自较所纳平民之女不同。"又引述了尹继善的故事作为例证:"尹文端继善之母张氏,妾也,乾隆帝封为一品夫人,文端之父操杖大诟其子,张夫人跪求乃免。"——"盖妾本以婢蓄,身份自低。"③可见,如赵姨娘所受的这般待遇,在八旗世家中是司空见惯的。

需要指出的是,由于深远的历史原因,满族社会的主仆关系是十分复杂的。它不同于西方社会的奴隶制,也不能完全用阶级的观点去分析。以贾府为例,这里既存在着不可逾越的主奴界限,同时也有主

---

① 〔清〕张廷玉等:《清朝文献通考》卷二十,《户口》二,杭州:浙江古籍出版社,2000 年影印本。

② 〔清〕陈康祺:《郎潜纪闻三笔》卷二,第 674 页,北京:中华书局,1984。

③ 朱一玄编:《明清小说资料选编》,第 740 页,济南:齐鲁书社,1990。

仆恩义。尤其是"家生子儿",长期与主子生活在一起,奴才想对主子报恩,主子对奴才也很有感情。特别是一些姑娘对待丫头,很多都是亲如姐妹。贾府的奴婢大多不愿意离开贾府,如第三十回王夫人要撵金钏儿出去,金钏哭求说:"太太要打骂,只管发落,别叫我出去就是天恩了。"第三十一回,袭人、晴雯吵嘴,宝玉要回王夫人,把晴雯放出去,晴雯抗议说:"只管回去,我一头碰死了也不出这门。"据有熟悉清代掌故的老人回忆,辛亥革命后,旗地、财产被没收,有些多病、无子女的老世仆仍然和穷下来的主人住在一起;有的王府,甚至格格、阿哥反过来伺候这些走不动的老世仆;有子女的"家生子儿",有了好的地方,也还时常回来看看当时吃不上饭的主人。①

第三节 《红楼梦》与满族重女风俗

与汉族妇女相比,满族妇女拥有较高的家庭和社会地位,满族社会对妇女的尊重程度远过于汉族。这与满族曾经有过的一段特殊历史时期有关。长期生活在白山黑水之间,受生产力和自然环境的影响,满族妇女必须与男子一样参加生产劳动。她们自古就是天足,执鞭骑马也不亚于男子,在经济生活中发挥了重要的作用,因此在家庭中也有较高的地位。满族妇女也很少有汉族妇女所受的礼教束缚,杨宾《柳边纪略》记载了清初关外满族的生活,他们还保留了民族的古老风俗:"凡卧,头临炕边,脚抵窗,无论男女尊卑皆并头。""往来无内外,妻妾不相避。"②全无汉族严格的男女之大防。入关后,满族统治者开始用儒家的伦理道德规范重塑自己的民族,在这个过程中满族妇女付出了最为沉重的代价。在旗人社会(尤其是上层社会),对于礼教的普遍遵奉,包括对妇女贞节等的要求,以及旗人家庭中"规矩"、礼节的繁琐严密,比汉族社会有过之而无不及。尽管如此,我们必须承认,满族妇女仍然保留了很多固有的特点,在中原传统妇德外壳之下,仍然有

---

① 凯和:《〈红楼梦〉中的"家生子儿"》,《满族研究》2001 年第 4 期。
② 〔清〕杨宾:《柳边纪略》卷四,见《龙江三记》,第 115、108 页,哈尔滨:黑龙江人民出版社,1985。

其固有的性格内涵。终清一代,在旗人社会,妇女的地位与价值以及男子对妇女的尊重与评价,都与汉族社会有很大的不同。旗人社会中的女子持家、重小姑、重内亲等习俗在《红楼梦》中都有生动的体现,从中不仅揭示出满族社会妇女生活的一个侧面,同时也为研究曹雪芹女性观的形成提供了重要的价值参考。

一、女子持家

曹雪芹在《红楼梦》中充分肯定了女子的两种才能,一种是以黛玉为代表的"咏絮才",一种则是以王熙凤为代表的"齐家才"。前者发脉于才子佳人小说,更多的是对唐传奇以来佳人形象的继承;而后者则直接来源于作者在现实生活中的所见所感,是作者在女性形象塑造上的一个重要突破。《红楼梦》对于女子实干才能的充分肯定,有学者将其概括为反封建、反传统,还有学者援引西方的女性主义视角加以关照,实际上都不如在满族文化中解释得明快。

满族女性在家庭中具有远非汉族女性所能比拟的地位。在满族风俗中,女子持家是其重要的社会特征。满族女性操持家务、精明能干,这一点清人笔记多有记载。《啸亭续录》卷三载:"福文襄王夫人姓阿颜觉罗氏,总督明公山女也。性爽伉,遇事多决断,配文襄王廿余年,封疆案牍尝为佐理。……文襄王薨后,夫人持家数十年,以严厉称,闺门整肃,人争慕之。"①又,卷五记载:"和孝公主,惇妃所生,为纯皇帝最幼女。……性刚毅,能弯十力弓。……下嫁于丰绅殷德。……后和相籍没,驸马继殂,公主持家政十余年,内外严肃,赖以小康。"②女子持家的习惯直至民国初年在北京郊区的旗营里仍然保持着。满族学者金启孮先生亲眼所见旗营里,"男女没有太大的区别,男人能干的事,女人也能干",还听说"营房中都是女子持家,女人知道的事比男人多得多,自然除了打仗以外"。③满族入关以后,生活发生了重大改变,男子开始向职业军人转化,女子主要依靠男子的披甲俸饷生活,不再需要从事繁重的生产劳动,这是清代旗人妇女区别汉族妇女的重要群

---

① 〔清〕昭梿:《啸亭续录》卷三"福文襄王夫人"条,第447~448页,北京:中华书局,1980。
② 〔清〕昭梿:《啸亭续录》卷五"和孝公主"条,第515页,北京:中华书局,1980。
③ 金启孮著:《北京郊区的满族》,第4~6页,呼和浩特:内蒙古大学出版社,1989。

体特征;而男子当兵则需经常离家在外,甚至可能长期不归,操持家务的担子就由女子独立承担。精明能干、泼辣爽利、争强好胜,这是环境对满族妇女提出的特殊要求。

《红楼梦》在这方面完全是按照满族风俗来写的,第六回中周瑞家的对刘姥姥说:"我们这里又不比五年前了。如今太太竟不太管事,都是琏二奶奶管家了。"可见贾府始终都是女人当家。接着又借周瑞家的之口介绍了如今的当家奶奶:"这位凤姑娘年纪虽小,行事却比世人都大呢。如今出挑的美人一样的模样儿,少说些有一万个心眼子。再要赌口齿,十个会说话的男子也说他不过。"作者在篇中用了大量的笔墨随处描写凤姐在理家方面的精明才干,尤其是在第十四回秦可卿大出殡中,她不仅将丧事处理得井井有条,同时还革除了宁府的五项陋习,充分展示了凤姐纵横捭阖、沉着历练的风采。《红楼梦》中不仅是凤姐,贾府的其他女子中也不乏有理家才干者。秦可卿临死前托梦给凤姐,谈论的也是贾府的家业问题。探春、宝钗代凤姐理事期间,兴利除弊,为贾府节约了好几项开支。就连清高的黛玉也曾说过"我虽不管事,心里每常闲了,替你们一算计,出的多进的少,如今若不省俭,必致后手不接"的话(第六十二回)。探春理家之事可以从满族文化中找到根据,满族素有"当家姑娘"的说法,未出阁的姑娘当家理事是极多极正常的现象,这也是满族家庭大龄未嫁甚至终身未嫁的女子比汉族家庭要多的原因之一。无独有偶,在《儿女英雄传》中也是女子持家。何玉凤嫁到安家以后便操持家政,重整家业,其泼辣历练不亚于凤姐。相比之下,安老爷、安公子却从不过问家事。第三十回中,何玉凤、张金凤两个媳妇与公公议论家计之事,安老爷对于祖上留下的庄田,甚至连确切的亩数、所应得的租银都一概不知,一任庄头哄骗;安公子则一心读书,以至于对玉凤提出的建议竟"闻所未闻"。可见满族男子不理家到了何种程度。也正因为如此,满族男子对女子的理家才能是颇为欣赏的。金启孮先生曾经谈到,满族男人最欣赏女人两个突出特点:一是注重贞节;另一个就是精明能干,泼辣厉害。《红楼梦》中的王熙凤、探春,《儿女英雄传》中的何玉凤都是泼辣厉害的角色,作者显然是持赞赏态度的,与汉族男子欣赏的温柔蕴藉形成了鲜明对比。

二、姑娘为尊

满族有重小姑的习俗,未出嫁的姑娘在家中有较高的地位。《清稗类钞·风俗类》云:"旗俗,家庭之间,礼节最繁重,而未字之小姑,其尊亚于姑,宴居会食,翁姑上坐,小姑侧坐,媳妇侍立于旁,进盘匜,奉巾栉惟谨,如仆媪焉。"又云:"小姑之在家庭,虽其父母兄嫂,亦皆尊称之为姑奶奶。"①《红楼梦》中也有不少地方专门描写了满族重小姑的习俗,如第四十三回写贾府就餐的座次安排:

> 众丫头婆子见贾母十分高兴也都高兴,忙忙的各自分头去请的请,传的传,没顿饭的工夫,老的,少的,上的,下的,乌压压挤了一屋子。只薛姨妈和贾母对坐,邢夫人、王夫人只坐在房门前两张椅子上,宝钗姊妹等五六个人坐在炕上,宝玉坐在贾母怀前,地下满满的站了一地。贾母忙命拿几个小杌子来,给赖大母亲等几个年高有体面的妈妈坐了。——贾府风俗:年高伏侍过父母的家人,比年轻的主子还有体面呢,所以尤氏、凤姐儿等只管地下站着,那赖大的母亲等三四个老妈妈告个罪,都坐在小杌子上了。

此种场面完全是满族贵族家庭的规矩习俗,其中"宝钗姊妹等五六个人坐在炕上",而"尤氏、凤姐等只管地下站着",正是满族重小姑习俗的具体体现。这里所谓的小姑位尊,是与儿媳妇位卑相对比而言的。

满族小姑不仅有参与家庭事务的权利(如前所述),在家庭中还要受到其他成员的礼遇。金启孮先生在《北京郊区的满族》中描写道:"满族姑娘在家庭中的地位很高……父、母、兄、嫂都对她们表示十分尊敬。比如早晨哥哥遇见了妹妹,也要很客气地说:'妹妹您早起来啦! 早茶喝啦?'"②即使父母过世,女儿在家中仍然受尊待。与汉族家庭的重男轻女相比较,满族家庭从某种意义上说应该是男女并重的。《红楼梦》第五十五回中,探春代理家政期间,有些奴仆欺她年少,借机刁难,平儿教训她们道:"他撒个娇儿,太太也得让他一二分,二奶奶也不敢怎样。你们就这么大胆子小看他,可是鸡蛋往石头上碰!"此话正道出了探春等小姑在家中的特殊地位。满族小姑之所以在家中受到尊崇,可能与八旗的选秀制度有关。按照清代遴选秀女制度规定,八旗官员、兵丁及闲散之女,均要参加三年一次的秀女遴选,如选中即可能被配予宗室子弟做福晋。如《红楼梦》中的宝钗就是准备进京待选

---

① 徐珂:《清稗类钞·风俗类》"旗俗重小姑"条,第2212页,北京:中华书局,1984。
② 金启孮:《北京郊区的满族》,第49页,呼和浩特:内蒙古大学出版社,1989。

的;而贾元春更是一夜之间大富大贵的典型例子。应该指出的是,满族人家即使是嫁出去的女儿在娘家也同样要受到重视和尊敬,老舍小说《正红旗下》中的"姑母",就是一个典型的满族姑奶奶形象。她住在哥嫂家,哥哥处处得谦让她,嫂嫂不论多辛苦,也得首先侍候好姑奶奶,至于侄儿侄女更得小心行事,即使这样还经常挑毛病、发脾气。满族妇女无论婚前还是婚后,都能在娘家得到尊崇和善待,这是满族妇女社会生活非常独特的一个方面,与汉族社会所谓"嫁出去的女儿,泼出去的水"形成了鲜明的对照。正因为如此,《红楼梦》中黛玉在其母贾敏去世后仍能受到贾府的优待,这正表明了贾敏在贾家的地位。

满族的重小姑习俗还影响到了北京的风俗,《清稗类钞·风俗类》云:"京师有谚语曰:'鸡不啼,狗不咬,十八岁大姑娘满街跑。'盖即指小姑也。小姑之在家庭,虽其父母兄嫂,亦皆尊称之为姑奶奶。因此之故,而所谓姑奶奶者,颇得不规则之自由。南城外之茶楼、酒馆、戏园、球房,罔不有姑奶奶。"①据说有《北地佳人行》一篇,"读之可知嘉、道京师妇女之奢侈骄佚也。"诗中写道:"北地佳人少小时,养成性格含娇痴。闺中行乐随年换,世上闲愁百不知。"②当时北京妇女之所以能这样做,大概也是受了满族重小姑习俗的影响。《红楼梦》所写的迎春、探春、惜春以及黛玉、宝钗、湘云等小姑,她们是公侯家的小姐,当受礼教的约束,自然不能随意抛头露面,但是大观园为她们提供了一个相对自由的空间。她们可以读书、写字、吟诗、绘画,可以猜谜、喝酒、划拳,甚至可以"割腥啖膻"、醉卧酣眠。总之,只要在允许的范围内,她们尽可以施展各方面的才能。较之于汉族女子,满族女子做女儿时不仅拥有更多受教育的机会,同时也拥有更大更多的自由。可以说,如果没有满族文化中重小姑的传统,曹雪芹也不会亲历闺阁中那么多见识行为不凡的女子,更不会写出这部传昭"闺友闺情"的弘篇伟著。贾宝玉有句名言:"女儿是水做的骨肉,男子是泥做的骨肉,我见了女儿便清爽,见了男子便觉浊臭逼人!"其文化内涵是多元的,曹雪芹有意尊女贬男的原因也很多,但是由于生活于旗人家庭,很容易产生对女儿的尊敬态度,肯定是其中一个重要因素。

---

① 徐珂:《清稗类钞·风俗类》"旗俗重小姑"条,第2212页,北京:中华书局,1984。
② 徐珂:《清稗类钞·风俗类》"北方妇女之奢佚"条,第2196页,北京:中华书局,1984。

三、重内亲

《红楼梦》还体现了满族独特的重内亲习俗。在汉族宗法制社会中是以父系亲属为直系亲属的,而母系亲属只算是旁系外姓人;平时也是与父系亲属联系密切,而与母系亲属则较为疏远。与汉族严格的宗法制度不同,满族在相当长的时间内保持着重内亲的习俗。这在清皇室中就有体现,例如康熙死后由其内侄隆科多宣布传位遗诏,此举据清史学家孟森先生分析,是由满族重内亲习俗造成的。孟森在《世宗入承大统考实》中说:"隆科多何以能独擅圣祖凭几之末命,此当考清室尊重内亲之习惯而得之。"①又据《佳梦轩丛著》记载:"国初,椒房大臣例有舅舅之称,凡奏章以及行文俱以'舅舅'二字冠于官衔之上,故有'舅舅佟国维'、'舅舅隆科多'之称,雍正末年停止。"②可见清皇室对内亲之尊重。直至民国初年,北京郊区的旗营中仍然保持着重内亲的习俗,金启孮先生曾经回忆儿时去外祖母家,首先来看望他们的多半都是他的姨姥姥、姨儿、舅舅和他们的儿女,总之都是外祖母娘家一边的。③ 从今天北京流行的俗谚,诸如"姥姥不疼,舅舅不爱""外甥是舅舅家的狗,吃饱了就走"之类,仍然可以看出满族重内亲习俗的遗存。

《红楼梦》中表现满族这一习俗的突出例子就是黛玉进贾府。黛玉能够长期寄养在舅舅家,一方面是由于"林家的人都死绝了"(第五十七回),本家亲戚中无可去之处;另一方面也是因为"舅母家如同自己家一样"(第二十六回),在这种情况下住入贾府完全是顺理成章的事情。黛玉在舅舅家所受的待遇也非同一般,从入门第一天起老祖宗就对她疼爱有加,平时吃穿用度也与迎春姐妹一样。甚至贾母对黛玉的喜爱还在迎春诸人之上,第七回中写道:"原来近日贾母说孙女们太多了,一处挤着倒不方便,只留宝玉黛玉二人这边解闷,却将迎、探、惜三人移到王夫人这边房后三间小抱厦内居住。"贾母对黛玉的疼爱也微妙地折射出疼爱女儿的心理。如果说黛玉住在贾府是事出有因,那

---

① 孟森:《心史丛刊》附录,第295页,长沙:岳麓书社,1986。
② 〔清〕奕赓:《佳梦轩丛著》,第86页,北京:北京古籍出版社,1994。
③ 金启孮:《北京郊区的满族》,第5页,呼和浩特:内蒙古大学出版社,1989。

么薛姨妈在京城有自己的产业和房屋,却带着宝钗和薛蟠住在姐姐、姐夫家,而且一住就是几年,这在汉族礼法中是说不通的,这种做法只能出现在满族家庭中。另外,像史湘云是老祖宗的亲戚,平时也与贾府走动频繁,时常要在这里小住一阵。其他如薛宝琴、薛科、邢岫烟、尤二姐、尤三姐、秦钟等,这些与贾府往来的也都是王夫人、邢夫人、尤氏、秦可卿等娘家一边的亲戚。总之,《红楼梦》中所写与贾府往来的差不多尽是内亲。

满族重内亲的习俗本身与汉族的宗法制度是相违背的,在满汉文化长期交融的过程中,满族这一习俗也在逐渐削弱和改变,到了清朝末年已经和汉族没有太大的区别了。《红楼梦》既真实地反映了满族重内亲的习俗,同时也对父系宗法制有所强调。如第三回王熙凤夸赞黛玉时说:"况且这通身的气派,竟不像老祖宗的外孙女儿,竟是个嫡亲的孙女。"第二十回又借宝玉之口说:"咱们(指宝黛)是姑舅姐妹,宝姐姐是两姨姊妹,论亲戚,他比你疏。"第九十八回贾母还亲口说道:"并不是我忍心不来送你(指黛玉),只为有个亲疏。你是我的外孙女儿,是亲的了,若与宝玉比起来,可是宝玉比你更亲些。"这些都是对父系宗法制的肯定。

女子持家、重小姑、重内亲等习俗,从不同侧面多角度地反映了满族文化传统中女子较高的社会地位和家庭地位。曹雪芹作为包衣旗人,对满汉两大民族文化的冲突和交融感受得最为深切。在对两个民族文化的深刻反省中,曹雪芹敏锐地捕捉到妇女命运这一重大问题,并能自觉吸纳两个民族文化之所长来构建自己的女性观。面对两个民族不同的文化传统,曹雪芹始终保持清醒而审慎的鉴别态度。例如在妇女裹足问题上,"天足"与"三寸金莲"分别代表了两个民族各自不同的审美取向。曹雪芹按照生活的实际情况,在《红楼梦》中或明或暗地既写了大脚,也写了小脚,但是绝没有像《金瓶梅》《聊斋志异》等那样专门描写男子的"爱莲癖"。相比之下,同样是旗人出身的文康,在这一问题上却显得十分可笑,他在《儿女英雄传》中处处要显露满族意识,却独为旗女玉凤换上一双小脚,可资一噱。

主要参考文献

〔汉〕郑玄注,〔唐〕孔颖达等正义《十三经注疏》,北京:北京大学出版社,2000。

〔汉〕司马迁《史记》,北京:中华书局,2006。

〔汉〕班固著,〔唐〕颜师古注《汉书》,北京:中华书局,1962。

〔汉〕许慎《说文解字》,北京:中华书局,1963。

〔汉〕王符撰,〔清〕汪继培笺《潜夫论笺》,北京:中华书局,1979。

〔汉〕许慎《说文解字新订》,北京:中华书局,2002。

〔晋〕王弼注,〔唐〕孔颖达疏《周易正义》,北京:北京大学出版社,2002。

〔晋〕陈寿《三国志》,北京:中华书局,1959。

〔晋〕范晔著《后汉书·严光传》,北京:中华书局,1965。

〔南朝梁〕宗懔《荆楚岁时记》,太原:山西人民出版社,1987。

〔北魏〕贾思勰《齐民要术校释》,北京:农业出版社,1982。

〔北齐〕颜之推《颜氏家训》,上海:上海古籍出版社,1980。

〔唐〕房玄龄《晋书》,北京:中华书局,1974。

〔唐〕李延寿《南史》,北京:中华书局,1975。

〔唐〕李延寿《北史》,北京:中华书局,1974。

〔唐〕白居易《白居易集》,北京:中华书局,1979。

〔唐〕欧阳询著《艺文类聚》,上海:上海古籍出版社,1982。

〔唐〕杜佑著《通典》,北京:中华书局,1988。

〔五代〕刘昫《旧唐书》,北京:中华书局,1975。

〔宋〕高承《事物纪原》,北京:中华书局,1989。

〔宋〕吴处厚《青箱杂记》,北京:中华书局,1985。

〔宋〕欧阳修《归田录》,西安:三秦出版社,2001。

〔宋〕沈括《梦溪笔谈》,上海:上海书店出版社,2003。

〔宋〕罗大经《鹤林玉露》,北京:中华书局,1983。〔宋〕洪迈《夷坚志》,北京:中华书局,1981。

〔宋〕陆游《老学庵笔记》,西安:三秦出版社,2003。

〔宋〕周煇撰. 刘永翔校注. 清波杂志校注. 北京:中华书局,1994。

〔宋〕史绳祖《学斋占毕》,上海:上海古籍出版社,1992。

〔宋〕王辟之《渑水燕谈录》,北京:中华书局,1981。

〔宋〕张邦基《墨斋漫录》,北京:中华书局,2002。

〔宋〕邵博《邵氏闻见后录》,北京:中华书局,1983。

〔宋〕宇文懋昭,《崔文印校证》《大金国志校证》,北京:中华书局,1986。

〔宋〕徐梦莘《三朝北盟会编》,上海:上海古籍出版社,1992。

〔宋〕孟元老《东京梦华录(外四种)》,北京:文化艺术出版社,1998。

〔宋〕吴自牧著《梦粱录》,北京:文化艺术出版社,1998。

〔宋〕周密《武林旧事》,北京:文化艺术出版社,1998。

〔宋〕王溥《唐会要》,北京:中华书局,1955。

〔宋〕周密《齐东野语》北京:中华书局,1983。

〔宋〕耐得翁著,周峰点校《都城纪胜》,北京:文化艺术出版社,1998。

〔元〕马端临撰《文献通考》,北京:中华书局,1986。

〔元〕脱脱等《金史》,北京:中华书局,1975。

〔元〕脱脱等《宋史》,北京:中华书局,1985。

〔明〕宋濂《元史》,北京:中华书局,1976。

〔明〕胡震亨《唐音癸签》,上海:上海古籍出版社,1981。

〔明〕于慎行纂修《兖州府志(五十二卷)刻本》,明万历二十四年(1596)。

〔明〕熊元修、马文炜纂《安丘县志(二十八卷)刻本》,万历十七年(1589)。

〔明〕黄宗昌修,黄坦续《崂山志(八卷)石印本》,民国五年(1916)。

〔明〕张岱《陶庵梦忆》,青岛:青岛出版社,2005。

〔明〕张岱著,云告点校《琅嬛文集》,长沙:岳麓书社,1985。

〔明〕谢肇淛《五杂俎》,上海:上海书店出版社,2001。

〔明〕刘侗,于奕正著《帝京景物略》,上海古籍出版社,2001。

〔明〕西周生著,翟冰校点《醒世姻缘传》,济南:齐鲁书社,1993。

〔明〕史玄、夏仁虎、阙名编《旧京遗事·旧京琐记·燕京杂记》,北京:北京古籍出版社,1986。

〔明〕罗贯中《三国志演义》,济南:山东文艺出版社,1997。

〔明〕兰陵笑笑生《金瓶梅》,济南:齐鲁书社,1987。

〔明〕施耐庵《水浒传》,济南:山东文艺出版社,1995。

〔明〕冯梦龙《警世通言》,济南:齐鲁书社,1993。

〔明〕张瀚《松窗梦语》,上海:上海古籍出版社,1986。

〔明〕兰陵笑笑生《金瓶梅词话》,北京:人民文学出版社,1985。

〔明〕冯梦龙《警世恒言》,济南:齐鲁书社,1993。

〔明〕黄宗昌修《崂山志.刻本》,即墨:新民印书局,1916。

〔清〕梁章钜《称谓录》,北京:中华书局,1996。

〔清〕王士禛《池北偶谈》,北京:中华书局,1982。

〔清〕纪昀《阅微草堂笔记》,上海:上海古籍出版社,1980。

〔清〕杨宾等《龙江三记》,哈尔滨:黑龙江人民出版社,1985。

〔清〕西清《黑龙江外记》,哈尔滨:黑龙江人民出版社,1984。

〔清〕阿桂等修《满洲源流考》,沈阳:辽宁民族出版社,1988。

〔清〕阿桂等修《盛京通志》乾隆四十九年武英殿刻本。

〔清〕徐珂编《清稗类钞》,北京:中华书局,1984—1986。

〔清〕昭梿《啸亭杂录》,北京:中华书局,1980。

〔清〕震钧《天咫偶闻》,北京:北京古籍出版社,1982。

〔清〕福格《听雨丛谈》，北京：中华书局，1984。

〔清〕富察敦崇、潘荣陛《燕京岁时记·帝京岁时纪胜》，北京：北京古籍出版社，1981。

〔清〕爱新觉罗·瀛生等《京城旧事》，北京：北京燕山出版社，1998。

〔清〕赵祥呈修，钱江等纂《山东通志（六十四卷）》，刻本．康熙十七年（1678）。

〔清〕张承燮修，法伟堂等纂《益都县图志（五十四卷）》，刻本．光绪三十三年（1907）。

〔清〕张鸣铎修，张廷寀等纂《淄川县志（十卷）》，刻本．乾隆四十一年（1776）。

〔清〕邓性修，李焕章纂《临淄县志（十六卷）》，刻本．康熙十一年（1672）。

〔清〕尤淑孝修，李元正纂《即墨县志（十二卷）》，刻本．乾隆二十九年（1764）。

〔清〕蒋焜修，唐梦赉等纂《济南府志（五十四卷）》，刻本．康熙三十一年（1692）。

〔清〕吴璋修，曹楙坚纂《章丘县志（十六卷）》，刻本．道光十三年（1833）。

〔清〕凌绂曾修，邵承照纂《肥城县志（十卷）》，刻本．光绪十七年（1891）。

〔清〕叶先登修，冯文显纂《颜神镇志（五卷）》，刻本．康熙九年（1670）。

〔清〕余为霖修，郭国琦等纂《齐东县志（八卷）》，刻本．康熙二十四年（1685）。

〔清〕李敬修纂修《平阴县志（八卷）》刻本．光绪二十一年（1895）。

〔清〕倪企望修，钟廷瑛等纂《长山县志（十六卷）》，刻本．嘉庆六年（1801）。

〔清〕马大相《灵岩志》，济南：山东友谊出版社，1994。

〔清〕魏源《圣武记》，北京：中华书局，1984。

〔清〕鄂尔泰等修《八旗通志》，沈阳：东北师范大学出版社，1987。

〔清〕昆冈等修《钦定大清会典事例》，北京：中华书局影印本，

1991。

〔清〕张廷玉等《清朝文献通考》，杭州：浙江古籍出版社影印本，2000。

〔清〕弘昼等修《八旗满洲氏族通谱》，沈阳：辽沈书社影印本，1989。

〔清〕纪昀等编《钦定四库全书》，北京：商务印书馆影印文渊阁本，2005。

〔清〕蒲松龄著，任笃行辑校.全校会注集评《聊斋志异》，济南：齐鲁书社，2000。

〔清〕蒲松龄著，路大荒整理《蒲松龄集》，上海：上海古籍出版社，1986。

〔清〕曹雪芹著，冯其庸重校批注《红楼梦》，沈阳：辽宁人民出版社，2005。

〔清〕俞樾《茶香室丛钞》，北京：中华书局，1995。

〔清〕郭庆藩撰《庄子集释》，北京：中华书局，2010。

〔清〕陈梦雷编纂《古今图书集成》，台北：鼎文书局，1977。

〔清〕顾禄《清嘉录》，上海：上海古籍出版社，1986。

〔清〕富申修《博山县志.刻本》清乾隆十八年（1753）。

〔清〕富申修《博山县志.刻本》，清道光十三年（1833）。

〔清〕文康《儿女英雄传》，济南：齐鲁书社，1995。

乐钟尧、赵咸庆修，赵仁山纂〈邹平县志（十八卷）〉，刻本.民国三年（1914）。

王金岳修，赵文琴等纂《昌乐县续志（三十八卷）》，铅印本.民国二十三年（1934）。

李起元修，王连儒纂《长清县志（十六卷）》，铅印本.民国二十四年（1935）。

杨启东修，赵梓湘纂〈青城县志（四卷）》，铅印本.民国二十四年（1935）。

王荫桂修，张新会纂《博山县志（十五卷）》，铅印本.民国二十六年（1937）。

章诗同.荀子简注.上海：上海人民出版社，1974。

故宫博物院明清档案部.关于江宁织造曹家档案史料.北京：中华书局，1975。

周汝昌.红楼梦新证.北京：人民文学出版社，1976。

赵尔巽等. 清史稿. 北京：中华书局，1977。

故宫博物院明清档案部、中国第一历史档案馆编. 清代档案史料丛编（第 2 辑）. 北京：中华书局，1978。

山东大学蒲松龄研究室编. 蒲松龄研究集刊. 济南：齐鲁书社，1980。

中国社会科学院历史研究所清史研究室编. 清史资料（第 1 辑）. 北京：中华书局，1980。

冯其庸. 曹雪芹家世新考. 上海：上海古籍出版社，1980。

吴恩裕. 曹雪芹丛考. 上海：上海古籍出版社，1980。

郭豫适. 红楼研究小史稿. 上海：上海文艺出版社，1980。

小横香室主人编. 清朝野史大观. 上海：上海书店，1981。

杨伯峻. 春秋左传注. 北京：中华书局，1981。

叶朗. 中国小说美学. 北京：北京大学出版社，1982。

李厚基、韩海明. 人鬼狐妖的艺术世界. 天津：天津人民出版社，1982。

崇彝. 道咸以来朝野杂记. 北京：北京古籍出版社，1982。

中国人民政治协商会议全国文史资料研究委员会编. 晚清宫廷生活见闻录. 北京：文史资料出版社，1982。

韦庆远等. 清代奴婢制度. 北京：中国人民大学出版社，1982。

欧阳健、萧相恺. 水浒新议. 重庆：重庆出版社，1983。

王焕镳校释. 墨子校释. 杭州：浙江文艺出版社，1984。

吴晓铃、范宁、周妙中. 话本选. 北京：人民文学出版社，1984。

山东美术出版社编. 山东风物志. 济南：山东美术出版社，1984。

中国第一历史档案馆整理. 康熙起居注. 北京：中华书局，1984。

周祖谟. 尔雅校笺. 南京：江苏教育出版社，1984。

乌丙安. 中国民俗学. 沈阳：辽宁大学出版社，1985。

何心. 水浒研究. 上海：上海古籍出版社，1985。

张紫晨. 中国民俗与民俗学. 杭州：浙江人民出版社，1985。

汪玢玲. 蒲松龄与民间文学. 上海：上海文艺出版社，1985。

辽宁省编委会编. 满族社会历史调查. 沈阳：辽宁人民出版社，1985。

傅崇兰. 中国运河城市发展史. 成都：四川人民出版社，1985。

《清实录》编辑部. 大清历朝实录. 北京：中华书局影印本，1985～1987。

任孚先. 聊斋志异评析. 济南：山东人民出版社，1986。

严北溟、严捷译注. 列子译注. 上海：上海古籍出版社，1986。

胡朴安. 中华全国风俗志. 石家庄：河北人民出版社，1986。

宗力、刘群. 中国民间诸神. 石家庄：河北人民出版社，1986。

宝君、秋水. 泰山民间故事. 济南：山东友谊出版社，1986。

马瑞芳. 蒲松龄评传. 北京：人民文学出版社，1986。

王锺翰点校. 清史列传. 北京：中华书局，1987。

关嘉录等译. 天聪九年档. 天津：天津古籍出版社，1987。

陈澔注. 礼记. 上海：上海古籍出版社，1987。

李保光. 曹州牡丹史话. 济南：山东友谊出版社，1987。

汪远平. 水浒拾趣. 太原：北岳文艺出版社，1987。

陶立璠. 民俗学概论. 北京：中央民族学院出版社，1987。

山曼、李万鹏、姜文华、叶涛、王殿基. 山东民俗. 济南：山东友谊出版社，1988。

金启孮. 北京郊区的满族. 呼和浩特：内蒙古大学出版社，1989。

宋兆麟. 巫与巫术. 成都：四川民族出版社，1989。

冯其庸、李希凡主编. 红楼梦大辞典. 北京：文化艺术出版社，1990。

孙文良主编. 满族大辞典. 沈阳：辽宁大学出版社，1990。

山东省地方史志编纂委员会编. 山东风物大全. 北京：世界知识出版社，1990。

朱一玄编. 明清小说资料选编. 济南：齐鲁书社，1990。

马瑞芳《〈聊斋志异〉创作论》，济南：山东大学出版社，1990。

中国第一历史档案馆、中国社会科学院历史研究所译注. 满文老档. 北京：中华书局，1990。

潘哲等编. 清入关前史料选辑（第三辑）. 北京：中国人民大学出版社，1991。

李燕光，关捷主编. 满族通史. 沈阳：辽宁民族出版社，1991。

北京出版社编. 古今笔记精华. 北京：北京出版社，1991。

乔继堂. 中国岁时礼俗. 天津：天津人民出版社，1991。

张清吉《〈醒世姻缘传〉新考》，郑州：中州古籍出版社，1991。

曹亦冰. 林兰香和醒世姻缘传. 沈阳：辽宁教育出版社，1992。

徐复岭《〈醒世姻缘传〉作者和语言考论》,济南:齐鲁书社,1993。

李路阳,畏冬.中国清代习俗史.北京:人民出版社,1994。

安作璋主编,朱亚非著.山东通史·明清卷.济南:山东人民出版社,1994。

杨天宇译注.仪礼译注.上海:上海古籍出版社,1994。

丁世良编.中国地方志民俗资料汇编(华东卷).北京:书目文献出版社,1995。

王志民.齐文化论稿.济南:山东大学出版社,1995。

乌丙安.中国民间信仰.上海:上海人民出版社,1996。

胡平生译注.孝经译注.北京:中华书局,1996。

山东省地方史志编纂委员会.山东省志·民俗志.济南:山东人民出版社,1996。

施正康,施惠康.水浒纵横谈.上海:学林出版社,1996。

朝鲜·朴趾源.热河日记(外一种).北京:书目文献出版社,1996。

鲁迅.古小说钩沉.济南:齐鲁书社,1997。

金启孮.北京城区的满族.沈阳:辽宁民族出版社,1998年。

姚二龙.民俗论.北京:大众文艺出版社,1998。

钟敬文主编.民俗学概论.上海:上海文艺出版社,1998。

李增坡主编.丁耀亢研究——海峡两岸丁耀亢学术研讨会论文集.郑州:中州古籍出版社,1998。

田涛、郑秦点校.大清律例.北京:法律出版社,1999。

张佳生主编.满族文化史.沈阳:辽宁民族出版社,1999。

定宜庄.满族的妇女生活与婚姻制度研究.北京:北京大学出版社,1999。

巩聿信.金瓶梅文化研究.北京:中国文联出版社,1999。

袁世硕、徐仲伟.蒲松龄评传.南京:南京大学出版社,2000。

任笃行.全校会注集评《聊斋志异》.济南:齐鲁书社,2000。

孙逊.中国古代小说与宗教.上海:复旦大学出版社,2000。

刘锦藻.清朝续文献通考.杭州:浙江古籍出版社影印本,2000。

聂石樵注.诗经新注.济南:齐鲁书社,2000。

朱一玄编.红楼梦资料汇编.天津:南开大学出版社,2001。

吕启祥、林东海主编. 红楼梦研究稀见资料汇编. 北京：人民文学出版社，2001。

林永匡、袁立泽. 中国风俗通史（清代卷）. 上海：上海文艺出版社，2001。

安作璋. 中国运河文化史. 济南：山东教育出版社，2001。

刘德龙主编. 民间俗信与科学文化. 济南：山东教育出版社，2002。

赵浦根，朱赤. 山东寺庙塔窟. 济南：齐鲁书社，2002。

朱一玄编. 聊斋志异资料汇编. 天津：南开大学出版社，2002。

马瑞芳. 神鬼狐妖的世界. 北京：中华书局，2002。

汪玢玲《鬼狐风情——〈聊斋志异〉与民俗文化》，哈尔滨：黑龙江人民出版社，2003。

方立天. 中国佛教哲学要义. 北京：中国人民大学出版社，2003。

王文宝. 中国民俗研究史. 哈尔滨：黑龙江人民出版社，2003。

王同舟《地煞天罡——〈水浒传〉与民俗文化》，哈尔滨：黑龙江人民出版社，2003。

段江丽.《醒世姻缘传》研究. 长沙：岳麓书社，2003。

周汝昌. 曹雪芹传. 天津：百花文艺出版社，2003。

安作璋、王志民主编，朱亚非、石玲、陈冬生等著. 齐鲁文化通史·明清卷. 北京：中华书局，2004。

山曼，孙丽华. 齐鲁民俗. 济南：山东文艺出版社，2004。

周耀明《汉族风俗史·明代、清代前期汉族风俗》（四卷），上海：学林出版社，2004。

叶德均. 戏曲小说丛考. 北京：中华书局，2004。

吴光正. 中国古代小说的原型与母题. 北京：社会科学文献出版社，2004。

皋于厚. 明清小说的文化审视. 北京：学苑出版社，2004。

梁景之. 清代民间宗教与乡土社会. 北京：社会科学文献出版社，2004。

叶春生主编. 区域民俗学. 哈尔滨：黑龙江人民出版社，2004。

朱正昌主编. 齐鲁特色文化丛书. 济南：山东友谊出版社，2004。

袁世硕《蒲松龄与〈聊斋志异〉》，济南：山东文艺出版社，2004。

黄能馥，陈娟娟. 中国服饰史. 上海：上海人民出版社，2004。

杨天宇译注. 周礼译注. 上海：上海古籍出版社，2004。

周振甫. 小说例话. 南京：江苏教育出版社，2005。

齐涛主编，郑土有著. 中国民俗通志·信仰志. 济南：山东教育出版社，2005。

牟钟鉴，白奚，常大群等. 全真七子与齐鲁文化. 济南：齐鲁书社，2005。

周虹. 满族妇女生活与民俗文化研究. 北京：中国社会科学出版社，2005。

王守国、卫绍生《酒文化与艺术精神》，开封：河南大学出版社，2006。

邓云乡《红楼风俗名物谭——邓云乡论〈红楼梦〉》，北京：文化艺术出版社，2006。

静轩《〈红楼梦〉中的东北风神》，长春：北方妇女儿童出版社，2006。

启功. 启功给你讲红楼. 北京：中华书局，2006。

周星主编. 民俗学的历史、理论与方法. 上海：商务印书馆，2006。

王云. 明清山东运河区域社会变迁. 北京：人民出版社，2006。

陈勤建. 中国民俗学. 上海：华东师范大学出版社2007。

宁稼雨. 水浒别裁. 北京：中国人民大学出版社，2007。

晓红. 中华一壶酒：酒的故事. 北京：中国林业出版社，2007。

萧家成. 升华的魅力：中华民族酒文化. 北京：华龄出版社，2007。

杨子华. 水浒文化新解. 北京：新世界出版社，2007。

夏薇《〈醒世姻缘传〉研究》，北京：中华书局，2007。

冀昀主编. 论语·孟子·大学·中庸. 北京：线装书局，2007。

杨义. 中国古典小说十二讲. 上海：上海三联书店，2007。

续修四库全书编委会编. 续修四库全书. 上海：上海古籍出版社，2013。

后　记

　　从 20 世纪开始,中国古代小说便成为学术界关注的
热点,但从民俗学的角度对古代小说进行观照研究,乃是
近年来才出现的比较新颖的角度和方法,国内外都出现
了不少有关论著。国内如鲁小俊的《〈三国演义〉与民俗
文化》、王同舟的《〈水浒传〉与民俗文化》、何良昊的《〈金
瓶梅〉与民俗文化》、汪玢玲的《鬼狐风情——〈聊斋志异〉
与民俗文化》等;国外如俄罗斯学者李福清的《古典小说
与传统》《〈三国演义〉与民间文学传统》,日本学者铃木阳
一的《小说的读法》等。民俗学本身的研究也日益为人们
所重视,著名学者钟敬文主编的《民俗学概论》和乌丙安
的《中国民俗学》奠定了本学科的研究基础。尽管如此,
文学与民俗的研究仍有不少值得开拓的课题,如将某一
地域或某一少数民族的民俗文化结合起来进行研究,就
有其新意和价值,但迄今为止尚未引起足够的重视。

　　自古以来,山东便是我国文化学术的重要地区之一。
明清时期的许多著名小说如《水浒传》《金瓶梅》《醒世姻
缘传》《聊斋志异》等,都与山东的乡土文化息息相关,或
以山东地区为故事发生地,或其作者为山东人。在上述
小说作品中蕴涵着丰富的有关山东民俗方面的资料,有
待于我们去挖掘。通过对其进行认真细致全面的整理,
再与当今的山东民俗进行比较,可以总结出山东民俗的

发展变化、历史沿革。这对于认识、把握山东民俗的特点,发扬光大山东的优秀文化传统,以及改造、革除某些陈规陋习都具有积极的现实意义。《红楼梦》作者曹雪芹的祖辈曾生活在东北地区,并入了旗籍,因此在《红楼梦》中随处可见有关满族民俗文化的描写。对这些内容进行深入探讨,必将有利于拓展《红楼梦》研究的视野和领域。

本书是在山东省社科基金规划项目"明清小说与山东民俗"的基础上完成的。同时也是山东教育出版社推出的"中国古代小说发展研究丛书"之一。自 2005 年以来,我和我的几位博士、硕士研究生一起为本书搜集资料,商讨大纲,切磋切磨,几易寒暑。从 2008 年至今,他们分别完成了各自的博士或硕士学位论文,顺利通过了答辩。在此基础上,我统一作了适当的删补修改。具体分工情况如下:第一章由张建撰写,第二章由吕祥华撰写,第三章由王平撰写,第四章由苗俊涛撰写,第五章由孟雪撰写,第六章、第七章由白燕撰写。《绪论》则综合了大家的意见,由王平执笔撰写。虽然在修改中尽量使各部分能够统一,但不尽如人意处仍有不少,可能会给读者带来诸多不便。至于文中的错误与不妥之处,主要应由我来负责,望读者毋吝批评指正。

王 平
2015 年春于山东大学